大京班

上 青龙偃月

罗怡春 ◎ 著

北方联合出版传媒（集团）股份有限公司
春风文艺出版社
·沈阳·

图书在版编目（CIP）数据

大京班.上，青龙偃月 / 罗怡春著.—沈阳：春
风文艺出版社，2019.3（2021.1重印）
ISBN 978-7-5313-5593-9

Ⅰ.①大… Ⅱ.①罗… Ⅲ.①长篇小说—中国—当代
Ⅳ.①I247.5

中国版本图书馆CIP数据核字（2019）第046107号

北方联合出版传媒（集团）股份有限公司
春风文艺出版社出版发行
http://www.chunfengwenyi.com
沈阳市和平区十一纬路25号　邮编：110003
永清县晔盛亚胶印有限公司印刷

责任编辑：韩　喆　姚宏越　刘　维　责任校对：陈　杰
装帧设计：鼎籍文化创意　　　　　　　幅面尺寸：160mm×230mm
字　　数：492千字　　　　　　　　　印　　张：36.25
版　　次：2019年3月第1版　　　　　印　　次：2021年1月第2次
定　　价：88.00元（全2册）　　　　书　　号：ISBN 978-7-5313-5593-9

引 言

　　凤阁龙楼连霄汉，红砖碧瓦染春秋。气势磅礴的古都北京在世界文明长廊中的身影和足迹，仿佛从每片砖墙瓦缝中都渗透出来。十九世纪初，尽管英国的工业革命以迅猛之速闻名于世界，尽管日本的明治维新使弹丸之地跃身于世界列强，然而，他们始终对这座有着千年历史的古都十分迷恋，对大清王朝的国人仍身着长衫，留着小辫，挥舞长毫感到莫名其妙。在耻笑国人愚昧的同时，他们却又迷恋着这个东方古国独有的氛围和它独具特色的文化艺术，特别是对大清王朝推崇的京剧艺术十分着迷。虽说听不懂，却又看不够。他们感到那里的东西是那么深奥，一张张五彩斑斓的脸，一件件光怪陆离的衣，刀枪剑戟摆满舞台，咿咿呀呀追赶不停。台下着魔似的观众更是痴迷，拍着巴掌激动不已地大呼小叫。他们觉得不可思议，简直不可思议……

　　中国京剧在清末已达到了鼎盛，这门艺术有着海纳百川之容，更受到大清王朝主宰者——慈禧太后的垂爱，使得这门艺术得以发展，以至后来被称为"国剧"而享誉世界。由此引出在那个风雨飘摇的年代，梨园人所独有的喜怒哀乐以及京剧两大世家间的恩怨情仇、悲欢离合。它是那样缠绵、悲壮而富有传奇色彩。

目录

第一章

京潮脉动

　　清末时期，国运衰败，立国近三百年的大清王朝已处于风雨飘摇之中。最近一段时期，慈禧太后已多日未见朝臣。她不想见他们，她觉得这些大臣拿着朝廷俸禄，只知贪腐，不替朝廷效力。满以为斩杀一批改革志士和王公大臣后会换来二十年的平静，却不想惹来的社会谴责更是沸沸扬扬，使得她心绪不宁、寝食难安。凭栏远眺，烟雨弥漫，破碎的山河再难现王朝昔日辉煌的景象，西花厅传来阵阵委婉悠扬的琴声也再难唤起这个京剧推崇者的兴致。面对此情此景，她感慨地吟诵着唐代诗人的绝句："商女不知亡国恨，隔江犹唱《后庭花》……"年近七旬的她眼中浸透着泪水，欲诉无人。是呀，江山虽破，与他人何干？

　　说来说去，忠君之臣太少，古来武侯能有几人？关云长之所以被后人供奉，除了勇武，被人赞美的不还是忠义吗？对，要宣扬武侯，宣扬忠君。让大臣、将士们好好学习武侯，好好看看关公戏。一番沉思后，为慎重起见，她即刻宣礼部，以振兴国剧为由，在全国选出十个大京班，进行关公戏对决，选出一台最好的，由宫中举荐在全国巡演，此项事务的进程必须随时向她呈报。

　　此消息一出，全国梨园界为之震动。多年来梨园人勤学苦练，靠本事吃饭，还是头一次有朝廷出头来选拔、举荐、巡演。这种名利双收的大好机会怎能不争？岂能不抢？只要是有点资历的班社，只要是有点名望的好角儿，大多掰开手指拿捏，掐算，研究着自己有几成把握。

京剧在京，这是业界的说法。名家名票、大班大社在京居多。同行们也公认，这是京剧最正宗、戏路子最讲究的地方。在百余年的传承中，这里也聚集了众多世家，霍家班便是其中一家。霍家以唱红净戏闻名于世，班主霍思纯文武兼备，功力深厚，霸气逼人，在梨园界颇有影响，受人尊崇。每当他在舞台上高唱一曲，一亮相，观众便不由自主地被他非凡的气度所折服。

霍家夫妻共养一儿一女，儿子霍达子承父业，虽不出息，却也混出些名堂。女儿霍娇娇天生丽质，惹人疼爱。霍娇娇自幼受梨园熏陶，酷爱唱戏，虽说大清律令中规定女子不得登台，可大清王朝已基本处于末法时代，也不再有人认真贯彻律令，不少女子开始出入戏园子，有的也试着登台。霍家女儿娇娇虽说当时只有九岁，在众人的鼓励下竟也登台亮相，不承想一炮走红京城，人称"霍九红"。随着时间的流逝，霍九红如今已十八岁，出落得亭亭玉立，惹人喜爱。她如红树上的新芽为霍家增添色彩，使霍家班在京城梨园界有着举足轻重的地位。

朝廷消息一传出，梨园人如沐春风，霍家人更是兴奋不已。儿女替父亲端茶倒水，点烟揉背，信誓旦旦地要让父亲拔得头筹，让桌子摆上更多的雪花白银。老班主稳如泰山地坐在八仙桌旁眯起眼睛不停地思量着：中国很大，名班不少，好角儿如林，红净不多。至于唱关公戏的人嘛，他捏着手指算了算，自觉问题不大，只有山东陈家班班主陈琏琨能与之一争高下。自己毕竟久居京城，从形势上看胜他一筹。不过对陈琏琨他还是放心不下，为做到心中有数，他找来自家戏班的马三爷，研究如何应对陈家的事情。两人商议了一个晚上，霍班主让马三爷亲自到山东去一趟，摸摸陈家班的底。当一切部署完毕后，他才与马三爷排出自己的戏码。

红红的灯笼绿绿的水，长长的古道绵绵的山，一时间由水旱两路而来的各大京班络绎不绝，云集京城，好一派京剧繁荣景象。来的都是唱红净戏名气响亮的名班，他们纷纷租下场子，亮出本家绝活。一是在京城造势，给自家打打场子；二是以戏会友，给自己增添点人气。这些天京城舞台上精彩纷呈，十分热闹。各戏园子门前红灯高挑，彩旗飘飘，每家报出的戏码都堪称绝活，《艳阳楼》《战宛城》《一箭仇》《挑滑车》《长坂坡》等，使京城戏迷们大饱眼福。知情人都竖起大拇指说："不是太后这一召，这辈子上哪能一下子看这么多好戏？"说来也怪，这些好角儿什么戏都唱，唯关公戏不唱，因为他们都等着别人能开个头，打个样，特别是京城还有个唱关公的名角儿霍思纯，别让人家挑了礼。

到京的各大班主纷纷前来拜访霍班主，诚邀他上演关公戏给同行们做个示范，却都被他哼哼呀呀地回绝了。他压根没拿这些人当回事，他心里知道，在全国能把关公戏唱到出神入化境界的不过两人，一个是自己，另一个便是山东的陈琏琨。

陈家班不仅在山东有名望，在全国梨园界也很有影响。陈琏琨以武生挑班，功力深厚，文武昆乱不挡，红净戏唱得更是达到炉火纯青的境界，在业界深受好评，人们曾美誉其为"活关公"。近来他也听闻关公戏大比擂的消息，天赐良机岂有不争之理？但他没急着马上到京城，而是想途经烟台、威海、天津再到北京。一是沿路挣些所需资费，二是顺路把进京城想演的戏热热身。今晚在烟台是首场关公大戏，前面是《温酒斩华雄》，后面是《古城会》。别看陈琏琨有这样大的影响，在大半个中国都演过，可眼前这个小城他平生也只来过两次，对于这里他还真有些忌惮，因为他师傅在这里栽过大跟头。

　　人们普遍知晓，京剧在京城、上海、天津三大城市最有根基，可还真不知道在中国唱戏最受挑剔的地方，是这个不大的小城——烟台。别看这座小城不大，却不乏文人墨客，巨贾富商。其中尚有不少当年在朝为官，后为躲避风险隐居此地的官员及家眷。这些人大多有一大爱好，那便是看戏。唱戏的人比道行，看戏的人比讲究，慢慢地在这里形成一种谁懂戏懂得越深，谁越有文化，谁懂得越多，谁越有资历的规矩。看戏和研究戏在这里仿佛形成一种时尚，人们以此为乐，以此为荣。

　　这里不仅有两个戏班子，还有三大票会，也就是戏迷们聚集的地方。他们除了在这里评说谁好谁差之外，也在这里演唱几番，人们所说的票友大多就是这些人。这里是码头，是有钱的地方。地方好，一般来的班子就多；班子多，看戏人欣赏的水平相对就高，戏看得就挑剔。谁唱得地不地道，谁的做派讲不讲究，老生怎么唱，衰派怎么演，靠牌怎么扎，水袖怎么舞，都有讲究。毛病挑到最细致的地方时，再好的角儿都难以应付。如果你唱得不地道，票会的头头提起灯笼便走，剩下的票友也跟着提着灯笼走，场子里瞬间空无一人，把你晾在台上。一会儿便有一帮人进来拿着各种垃圾扔到台上，什么话难听骂什么，直至把你轰下台去。过去也曾有没拿此地票界当回事的角儿，在这里就这样把戏唱砸的。不管你是什么好角儿，有没有名望，他们根本不惯你毛病。

　　票界为了证明他们不是无理取闹，第二天会派人到唱戏的班子里去与你理论，去说明你的戏唱得是如何不对、不讲究、不地道。由于他们戏看得实在太多，对各派研究得也相当仔细，一般的班子也只能认栽。

　　三大票会中最有名的当数荆五爷。此人名叫荆宝铎，是道光年间的秀才，也曾在朝为官，后躲到这里安享晚年。此人年近八旬，童颜鹤发，白须飘然，上知天文，下晓地理，博古通今，通达人情，特别是对京剧情有独钟，且见多识广，深得票友尊崇。由于品位高，一般的戏他不看，国内有名望的大角儿到此，也要三恭五请，给足了面子，他才肯出来看出戏。仿佛不请这位老者认定，你就不是中国的好角儿一般。但也有一样，并非你请他，他就肯认同你。必须是你戏演得好，他才认定你的技艺。如果他不认同你，你就是卖足了力气，他也会提着灯笼就走，不留余地。

颜世龙是山东济南府的买卖人，济南府有名的票友，也是陈琏琨的铁杆戏迷。这次陈琏琨进京前到烟台唱戏，他也一路跟随而来，并帮陈琏琨与烟台的票界沟通、联系。看在颜世龙的情分上，荆五爷还是要给几分薄面的。

烟台的票界看戏很有自己的风格，有名望和有些身份的人大多看夜场，也就是七点钟的戏。看戏时他们通常每个人手里提着一盏很精致的小红灯笼，放在自己的桌前，一般情况下是他们什么时候认同了你，什么时候才会把灯笼吹灭，认真地看戏。当然，如果票会的大会首把灯吹灭，他们也会一起跟着把灯吹灭，算是对你的认同。

海风习习，残云淡淡，看戏的人穿着讲究，仿佛要参加盛会般的样子，提着一串一串的小红灯笼从不同的方向拥向城中的五凤楼戏园子。别看城不大，这个戏园子可是十分讲究，因为这是看戏人享受的地方。精巧的舞台干干净净，台下红木桌椅锃光瓦亮，票会的人将上好的水果、干果摆满桌上，等待贵客般地迎候着人们的到来。

人们陆续走进场子，将一盏盏小红灯笼放在桌前，相互攀谈着、议论着。陈家班的人掀开出将入相的帘子往下面看了一会儿，见场子中间的位置上留着四五个位子，他们知道那一定是为荆五爷和另两个会的会首预留下的。打场的锣鼓声由弱渐强，提示着人们大戏即将开场。这时几个提着灯笼的人走进场子，被恭维着的荆五爷显得那样高贵又怡然自得。走到看戏的位子上，他放下灯笼，向场内前前后后的戏迷恭恭敬敬地拱了拱手，当人们甚为尊重地为他鼓了遍掌后，他便稳稳当当地坐在位子上，准备认真地看戏了。

锣鼓声声震荡小城，琴弦阵阵余音绕梁。八面跃虎旗虎虎生风，青龙偃月刀寒光闪闪，陈琏琨身披红袍，动如行云流水，静如青山古松，足蹬三寸半厚底，脚下稳当利落，关公戏演得神韵飘逸，唱功做派十分讲究，足显几十年扎实的舞台功力，博得台下阵阵掌声。尽管如此，台下的小红灯笼依旧没有熄灭，几位老者仍端坐在那里十分认真地看着他迈的每一步，捋的每一髯，唱中转的每一腔，弹的每一声。戏过半场的时候，荆五爷终于欣然地点了点头，向场上的人举起手里的灯笼，将它轻轻地吹灭，场下的人也都跟着把灯笼吹灭了，直到这时替陈班主来打场的颜世龙才拍了拍胸脯，呼出了提着的一口气儿。大戏唱过，陈琏琨精湛的技艺博得人们一致好评，以荆五爷为首的戏迷站起身为台上的陈家班送上阵阵热烈的掌声。

当晚，以荆五爷为首的几位票会会首在靠近海边的祥瑞阁酒楼为陈家班设了晚宴，席间荆五爷对陈家班赞不绝口。五爷握着陈琏琨的手，说平生戏着实看了不少，可像陈班主这样精彩的戏，还是让他大饱眼福。陈琏琨恭恭敬敬地端详着眼前这位老人说："久闻烟台票界眼界甚高，也闻听五爷乃世外高人，琏琨不才，如有不到之处，还望五爷和各位多多指教。"

荆五爷对陈琏琨笑了笑，说："人们说我们看戏挑剔，其实我认为这并非坏事，如果大家都不挑剔，逢人便说好，那么国戏还怎么发展？好则为好，不好则为不好。"

听了这话，陈琏琨对这位老者更是钦佩有加，是呀，好为好，不好则为不好，这也是戏剧行本身应遵守的规则。荆五爷望着仪表堂堂的陈琏琨，很是赏识地说："琏琨哪，说句心里话，老朽平生最大的嗜好便是看戏，好角儿也认得不少，可像你这样的好角儿还真就不多。扮相好，嗓子好，功夫好，做派好，没得挑剔。听说此次朝廷要推选活关公，老朽想，如果不出意外，当非你莫属哇。如不是你，那可就非戏之事啦。倘若如此公也别过于在意，最重要的是一辈子把戏唱好，无愧此生矣。"听了老者的话，陈琏琨深鞠一躬说："先生放心，琏琨谨记在心。"

烟台的几天大戏唱罢之后，陈琏琨仿佛有了几分底气。告别了烟台诸位长者，陈家班又走威海，进天津，最后安安稳稳地来到了京城。陈家班在京城西直门外租了套连体四合院套安顿下来后，陈琏琨非常客气地走访了进京的各大班主。之后备上一份厚礼，拜访京城梨园很有影响的霍家。

这天他领着两个儿子来到霍家门前，在一座超大的四合院门前停下了脚步。庄重的朱漆大门，金黄色的狮头叩环，大门旁悬挂着两个印着"霍"字的大灯笼，映衬出宅主人那殷实家业和在梨园不可撼动的地位。敲过门后，陈琏琨通报了自己的家号，霍家人把他们引进里层的院落。当陈家两个儿子穿过两层跨院时不免瞠目结舌：只见里面大院套着小院，小院含接廊桥，红砖青瓦彩雕楼，翠木粉花太湖石，真是气派。唱戏人还能这样有钱，着实令人叹服。

听说陈琏琨前来拜访，霍思纯忙出来迎接，非常热情地握住陈琏琨的手问长问短，显得甚是关切，把陈琏琨父子感动得冲霍班主直拱手，并一口一个"老泰山"地叫着。这个称呼把霍班主叫得心里美美的，这种尊称的确把他的地位捧得很高，还争什么？明显自己就是尊长，就是红净戏的把头。他稳稳地靠在红木椅上，显得派头十足。

室内雕梁画栋，翠屏玉琢，尽显梨园世家气派，从山东匆匆而来的陈琏琨不免心生叹服，世家就是世家，非一般艺人可比。陈琏琨和霍思纯虽曾见过面，但并无深交，此番红净戏比拼都心知肚明彼此是真正的对手，便也不往深聊。礼节性的拜访后陈琏琨称家中还有事，便告辞。对霍家的拜访，给陈琏琨的心中多少留下些压力，这种压力来自京城的梨园，自己毕竟是外来的班子呀。

陈琏琨的大儿子陈祖盛，年方二十岁，虽长得没有弟弟祖德那般灵秀，可他英俊中却带有几分憨实。祖盛性格开朗，为人忠厚，但憨实的外表下却透着过人的机敏，且做事心中有数。特别是他习惯于眯起一双眼，总不知他在想些什么。虽说他总想好好地与父亲学关公戏，怎奈父亲始终认为他天资不够，不肯传他，只一心想把本事传给小儿子祖德，以继承自己的事业和班子。

为培养小儿子，陈班主让宽二爷每天看着两个儿子练功，主要也是哥哥陪着弟弟练，长靠戏练完了练短打戏，短打戏练完了练刀枪把子功。弟弟始终都是角儿的位置，哥哥却总是陪着打下手。为练戏他不知挨了多少枪捅刀削，弟弟打完总是一个漂亮的亮相，而他不是抢背便是摔打一番，这使祖盛心里一直很不舒服。他心说："甭瞧不起我，等我哪天练好了给你们看。"虽说他也在偷偷地练，但与弟弟一比，确实引不起父亲的兴趣。

且说这几天不见了大儿子祖盛的人影，原来自打陈家班进京后，祖盛便被繁华的京城弄得眼花缭乱、神魂颠倒。他南瞧北望，东走西看，去了前门大街、珠市口、天桥、菜市口，一会儿吃个驴打滚儿，一会儿叼个糖葫芦。一双眼，一张嘴仿佛已经不再够用。他来到紫禁城门前，被这座雄伟的建筑所震撼。他问身边的人，这是什么地方。人们讥笑地告诉他，这是紫禁城，是皇上住的地方。他更加瞠目结舌，心说："好嘛，皇上一个人住这么大的地方？在戏里头不就只有一张桌子、两把椅子吗？"

逛完街，祖盛便一头扎进各个戏园子里看戏，什么云家班、马家班、庆家班、赵家班的戏让他看了个够。啊，真是大开眼界，各有各的看家戏，各有各的绝活儿，好角儿就是好角儿！京城真是个好地方，比山东好，比济南府好。走在街上看到花花绿绿的串灯，万紫千红的招牌，真是亮眼。满大街黄包车上坐着的女人真漂亮，看得他不觉心里发痒："老子将来也得娶一个这么漂亮的老婆，没啥不可能的，只要老子把戏唱好了，像我爹一样把老爷戏唱得棒棒的，满桌子摆满白花花的银子。哼，不愁你们不天天围着大爷我转。"想到这儿，他忽然想起父亲常说的一句话，天底下只有两个唱关公有名的，一个是他，一个是霍思纯。对呀，应该看看霍班主的戏去呀，看看人家的关公戏是怎么唱的。

他拜访了不少人，打听霍班主唱戏的地方。人们告诉他，霍家班大多在长安戏园唱。哦，祖盛听后马不停蹄地跑到长安戏园。可进了园子并没有看到霍班主演关公戏，而是一个坤角儿演旦角戏——《大破天门阵》。虽说年龄不大，可戏分足量。前半场文文静静，娇滴滴，后半场身披大靠，挥舞刀枪不让须眉。刀花、枪花在她手里耍得如风如电。大翻身，小翻身，点步翻身，干净利索，功力非同一般。每当最后亮相那叫个脆，稳如泰山。啥也甭说，就是一个字，好！台下人如痴如醉般为她送上响亮的掌声。祖盛也情不自禁地把巴掌拍得啪啪响，不停地喊好，以表达对台上角儿的佩服和敬意。好角儿，真是好角儿，山东的班子也有坤角儿，可像这么漂亮，功夫练到这份儿上的，还从未见过。他问身旁一个鼓掌正起劲儿的老头儿："台上唱戏的这是谁呀？"那老者吐着满口京腔说："嘿，这都不知道哇，这是霍九红啊。"

"霍九红？霍九红是谁呀？"

"嘿，霍九红是谁您都不知道，还跑这儿来看戏？"

祖盛不理解，心说，看不看戏和知不知道霍九红有啥关系？那老者竖着大拇指告诉他："霍九红是霍班主的女儿，九岁登台红遍京城，是好角儿中的好角儿啊。"听此言祖盛不由得心生喜爱之意，说道："哦，原来是霍班主的女儿呀，难怪戏唱得这么好，人长得也俊，这小丫头谁要娶到家里那得多得劲儿。"话音未落，老者不由得翻了脸："说什么呢？要看戏好好看，不好好看滚蛋。"嘿，这老家伙，祖盛还想要跟人家论道论道，没想到老者把眼睛瞪得溜圆说："滚不滚？别说老子抽你。"祖盛一看，老头儿真翻脸了，吓得忙三蹿两闪溜出了戏园子。身后还听那老者对他不停地叫骂："什么东西，跑这儿捡便宜，下次再让我瞧见非抽你丫不可。"祖盛心说："好家伙，京城的戏迷可真够厉害的。"

自从看了霍九红的戏，祖盛天天就想往长安戏园跑。什么《玉堂春》《虹霓关》《三战张月娥》，九红的戏他看了个够。他每次都早早地进场子，坐到最靠前的位置，叫好叫得特卖力，巴掌拍肿了，嗓子也喊哑了。有一次霍九红在演《贵妃醉酒》时，向台下的他抛了个媚眼。这下子可坏了，祖盛好几个晚上都没睡好觉。

一天晚上，他躲到场子后门等了很久，散了戏的九红在几个姐妹的陪同下走出场子。夜光下，素颜的九红更显妖媚，一头秀发在微风中飘扬，是那样摄人心魄。祖盛看傻了般直勾勾地盯着渐渐走近的霍九红，以致几个姐妹都愣在了那里。霍九红一眼认出了这个在台下把巴掌拍得最响的小伙子，笑呵呵地对他说："哟，怎么是你呀？散了戏还不回家？怎么，想请本姑娘吃消夜吗？"祖盛一听乐了，说："是呀，行啊。"霍九红和姐妹们一听便哈哈大笑。霍九红说："就凭你也想打本姑奶奶的主意？把那俩钱留着给你娘买火烧去吧。哈哈哈。"随着一串银铃般的笑声，霍九红和姐妹们消失在一片夜色之中。祖盛傻呵呵地站在那里望着远去的霍九红感慨万千，多美的人儿啊，多看上一眼都觉得是福分。

　　由于陈家班进京的时间晚了些，京城好地段的戏园子都已被别的戏班子租去了，所以陈家班的管事宽二爷忙碌了好些天也没能找到更合适的场子。常言道："唱戏没有好地点，累死好角儿不眨眼。"可见唱戏地点的重要。别的班主热身戏唱得红红火火，可陈家班也不能总在家里坐冷板凳啊。

　　祖盛听说了宽二爷跑场子的事，见父亲很是犯难，便对父母说这件事交给他办。第二天下午，他来到广合戏园，这是广东张家班张班主租的园子。说来也巧，张家班今天没唱戏，园子里外静悄悄的，祖盛一个人走进戏园子。嚯，上下一看，这个戏园子还真不错。场子虽不大，舞台挺精致。出将入相的帘子干干净净，台下的红木桌椅锃光瓦亮。祖盛心想，参要是在这儿唱戏，那可是再合适不过。于是他找到了张班主，张班主见陈家大公子来了，很是客气地给他沏茶，倒水，洗水果，并问他到此何意。祖盛便把想串换几天场子的事跟张班主说了。祖盛本以为他是参要好的朋友，这点事不成问题，可万万没想到张班主面露难色。他告诉祖盛，不是他不想借场子，只是租他场子的人是宝利通商行老板，名叫万鑫魁，租的时候就立下合约，不能转租，如转租加三倍赔偿。怕陈家人不信，张班主特意把合约找出来拿给祖盛看了看。祖盛虽识字不多，但也能看出大概。

　　祖盛又连走了几个戏园子，都是父亲要好的叔伯唱戏的地方，可每当谈到要串几天场子的事情，他们都面露难色，理由均与张班主所说的差不多。直到此时，祖盛的脑袋才嗡的一声，忽有一种不好的感觉，父亲租场子的事可能要出问题。

　　当陈班主听了大儿子的述说之后，便觉问题严重起来。一路拖家带口，鞍马劳顿来到京城，干什么来啦？这要是没有园子那可怎么办？万鑫魁到底是什么人哪，这么大的本事？一个商行的老板租这么多场子干什么呢？

陈班主忙让宽二爷和祖盛出去打听一下，看还能不能想出别的办法。第二天晚上祖盛回来了，他在长安戏园从一个戏迷的嘴里打听到，原来万鑫魁是霍九红的相好，在朝廷刚刚发出要召各大京班进京比试关公戏的消息没过几天的时候，万鑫魁就把京城街面上好一点的戏园子都包下来了。进京城的这些班子，基本都是从他手里租借的场子。这时陈班主才恍然大悟，说来说去还是没绕过霍家，他忽有一种被人算计之感，虽早料到与霍家会有一争，但没想到来得竟这么快。

一家人饿饿了半天也没饿饿出个头绪。最后祖盛说："依我看复杂的事倒不如简单地办，不如直接去找万鑫魁，看他怎么说。这毕竟是朝廷号召的比擂，真出什么岔子，他也吃不了兜着走。再说爹也是有名有号的角儿，谅他也不敢太过分。"大家觉得祖盛说得有一定道理。陈班主点了点头说："嗯，还是局外人看得清。"祖盛一听就不高兴了，我怎么还成局外人了？陈班主也觉话说得不中听，便拍了拍大儿子说："不管好与歹，明天先打听打听这个宝利通商行在什么地方，然后再商量，看怎么个说法。"

说完了事，陈琏琨带着小儿子到他的房间说戏去了。看得出，他是那么喜欢祖德，不免使祖盛感到失落，自己不论怎么张罗，可终归还是不如弟弟。乌夫人看出大儿子的心事，忙宽慰他说："这些天你爹常夸你，说你懂事多了，知道为家里张罗事，你爹说过些天给你说《铁笼山》。"祖盛不满地哼了一声说："我想学关公戏，他不教，只教祖德，从来都把门锁上教，我真不知道我是不是他的亲儿子。"乌夫人说："也别怪你爹，你弟弟功练得比你好，戏唱得比你好，他喜欢他也属正常。"祖盛叹了口气说："我知道，我知道，谁让咱唱戏不灵光呢。只要娘对我好，我也就心满意足啦。"望着大儿子一脸沮丧的样子，乌夫人忽觉一阵心酸。她搂着祖盛说："孩子呀，都是自家人，别生你爹和弟弟的气，唱不唱戏又能怎样？你不照样是娘的儿子吗？娘心里疼你，懂你，你聪明、善良，知道照顾家，知道疼人。娘心里有数。"听了母亲的话，祖盛心里好受了些，他站起身深深地给母亲鞠了一躬，回自己房间去了。

几天后，祖盛按照人们的介绍和宽二爷来到位于前门的宝利通商行。听说这个宝利通商行表面上是做丝绸生意，但背地里是与洋人做瓷器、古董生意的。这个叫万鑫魁的人不仅有钱，且牛得很。他们进里面通报了自己的姓名，说是要找万老板。一个伙计走进里面，不多会儿，便出来把他们领进楼上万鑫魁的办公室。嚯，好亮堂的地方，房间这样敞亮，祖盛有些看傻的样子。只见一个头发梳得溜光、有着两道浓眉的人，正用狼一般的眼睛注视着他们。

万鑫魁还算客气地从椅子上站起身，让他们坐在沙发上，自己搬了把椅子坐在他们的面前，一双眼睛盯着陈祖盛，好像只等他们开口的样子。祖盛发现万鑫魁是那样冷漠，似笑非笑地盯着自己，是自负，是傲慢，说不清。难道这就是有钱人的特质吗？祖盛心想，他心里什么都明白，只是不想多费唇舌，于是祖盛说："听说万老板近期把京城的戏园子都包了下来，又租给了不少唱戏的班子，我们陈家班晚来了几天，所以想在万老板这儿也租个园子，不知万老板能不能行个方便？"万鑫魁看着祖德笑了笑，说："真的不巧，我包的园子都租出去了，没有能再租给你们陈家的啦。"说到这儿他又想了想，说："噢，好像还有个园子没人租，但离城里远了点，在丰台。如果陈家不嫌弃，我倒是可以包给你们陈家哟。"祖盛一听笑了："万老板真会开玩笑，丰台？还不如让我们陈家班到唐山唱戏去啦。"

"那是你们家的事，我管不着。不过在丰台唱戏也没什么不好哇，那儿的兵营很多，唱点《挑滑车》《战荆州》《战马超》什么的不是正对路吗？再说你们陈家班关公戏拿手，给当兵的唱唱，让他们赤胆忠心保卫大清江山不是美事一桩吗？万一老佛爷一高兴，封你们一个活关公什么的那不是一举两得吗？"说完，他嘿嘿地笑了一阵，觉得很是开心。陈祖盛压了压火气，心想这小子不是戏班子里的人，可损人这套把戏玩得不比戏班子里的人差呢。于是祖盛对万鑫魁说："看不出哇，只听说万老板对旦角儿戏感兴趣，还真不知对生行的戏也挺精通啊。"

一句话说完，万鑫魁不仅没有生气，反而更加开心地大笑起来，用手指着祖盛说："好，好，我喜欢你。我就喜欢直率的人。"接着他又哈哈大笑。祖盛心说，什么毛病？敬他不好使，挖苦他还挺高兴，纯属神经病。祖盛接着说："丰台太远，我家班主肯定不能去，至于活不活关公的，比试完自有分说。我今天来想与万老板再商量一个办法，不知万老板能否通融？"万鑫魁说："请讲。"祖盛接着说："我们知道各家在租戏园子的时候都与万老板签了约，所以我们想，从一家班子手中借租几天唱戏，不知万老板能否同意？"听了此话，万鑫魁的脸忽然阴沉了下来，他摇了摇头说："不行。"

"为什么？"

万鑫魁跷起二郎腿，把身子往椅子后面靠了靠说："不为什么，就是不行。"对于祖盛来说，他还是头一次经历这样的事情，遇到一个不跟你讲道理的人，祖盛觉得气往上撞。想了想问万鑫魁："万老板，难道你不怕经官？"

"经官？经什么官？"万鑫魁边说边得意地摇晃着自己的脑袋说，"我一个生意人，买卖是我的自由，我的东西，我想卖给谁我就卖给谁，我不想卖谁，我就不卖。谁管得着？"祖盛毫不客气地说："朝廷管得着。"一句话把万鑫魁说愣了，之后他又神经病般地大笑起来："朝廷管得着？朝廷没事干啦？管我干吗？我包场子，我租场子非法吗？"祖盛说："那要看什么时候。换以往没人管你，可眼下朝廷召集全国京班进京比擂，你一个经营丝绸的商行租这么多场子投机倒把，影响朝廷号令，使有志之士无地可演，无戏可唱，连借租一个戏园子你都不让。这种强行霸市的行为，我要告到官府，你可吃不了兜着走。"

这句话倒是把万鑫魁说得变了脸色。祖盛接着说："万老板，我家在梨园界也非等闲之辈，给我家一个方便，事后我陈家将铭记万老板的情分。正所谓，山不转水转，人不转运转，太阳不会总在一个人头顶，人生总有马高镫短之时。在人困境之时能帮一把，也算给自己修一分德行，我想应该是这么个道理，望万老板三思。不多打扰，两天后我听万老板的消息，望给予关照。"说完，祖盛大大方方地站起身，向万鑫魁一拱手，以示尊重。万鑫魁将他们送出洋行，望着远去的陈祖盛，万鑫魁觉得不可思议，一个唱戏的臭小子能稳稳当当地跟自己讲大道理，这些年还着实少见。

一阵悠扬的琴声伴着一阵优美的唱腔从霍家宅院中轻轻飘出，如清凉凉的水，甜滋滋的蜜，使正欲下车的万鑫魁停下了脚步，坐回到车里。他叫车夫把车停在霍家宅院的门口，自己躺在车上听了好一阵子才起身叫响霍家的门。进院后，少班主霍达急忙迎了出来。这些年他没少从这个喜爱妹妹的财东手里掏银子。今见他来，更显热情。万鑫魁却不在意地问："九红今天怎么没去唱戏呀？"霍达说："妹妹这些日子戏唱得有些累了，在家歇两天。"万鑫魁不解地问："九红唱累了，你为什么不顶着唱几天哪？"霍达不以为然地说："天太热啦，等天凉点的时候我再唱。"万鑫魁叹了口气，又想到方才见过的陈家少班主，更觉这个不成器的人叫他讨厌。为了避免他再向自己要银子，他想紧步走进客厅，可还是被霍达有力的大手拽住了，霍达笑嘻嘻地说："万兄，这些日子手头有点紧，能不能……嘿嘿嘿……"这笑实在叫他恶心，什么也别说，这些年都是一个程序，他连忙拉开手里的提包，拿出一张银票递给霍达，霍达忙殷勤地领着他向妹妹吊嗓子的偏房走去。

> 海岛冰轮初转腾，见玉兔，玉兔又早东升，那冰轮离海岛，乾坤分外明……

好甜美的声音哪，站在房门口，万鑫魁有些不舍得进去。霍达忙帮他推开偏房的门，见万老板来了，屋内伺候霍九红吊嗓子的琴师丫鬟，便一个个自觉地走出来，这仿佛是几年来慢慢形成的规矩。但是今天当他们刚要走到门口的时候，却被万鑫魁唤住了，他让他们接着伺候霍九红吊嗓子。他搬了把椅子坐在一个角落静静地欣赏着九红唱戏。霍九红抿着红红的嘴唇，向他暗送秋波，问他想听她唱什么。万鑫魁说："唱什么都成。"的确，霍九红唱什么他都爱听。

九红虽是梨园世家出身，却是个追求时尚的姑娘，特别是这几年在万鑫魁的影响下，更不俗于梨园人的穿着打扮。今天她内穿奶白色的丝衫，下穿深绿色长裙，一件紫红色坎肩罩在身上是那么鲜艳和透亮，洁白的胳膊显得摄人心魄。她手持一把小折扇，边唱边轻轻地舞动，神态娇美，身姿婀娜。粉盈盈的脸上秋水般的双眸惹人怜爱。万鑫魁虽说也在听，但更多的是在那里静静地欣赏着这个天生丽质的美人。

阵阵悠扬的声腔把他的思绪带向远方。那是四年前与霍九红相识之初，台上那样温顺的女子，台下却那样霸气。与其交往中稍有不适，霍九红甩脸便走。不讲场不场面，不论台不台面，压根不惯你的毛病。论身份自己在京城也算有名有号，梨园界大小名伶哪个不是礼让三分？可唯独这个霍九红，好与歹要看她的心情，行与不行要图个心顺。不高兴时，你就是把门敲破了，她也不给你开。说也纳闷，世上的女人见过不少，可自己偏偏喜欢上了她。多大脾气自己也愿意惯着，多大的性子也得由着。拿钱摆不平她，因为她不缺；拿理摆不平她，因为她任性。这可怎么办呢？想着想着，他情不自禁地又在那儿咯咯地笑起来。这一笑可惹祸了，琴声马上停了，霍九红用询问的目光望着他问："我唱的地方有什么错处吗？"万鑫魁忙解释说："没有，没有，我是自己想事呢。"霍九红的脸子垮了下来，不高兴地说："以后我吊嗓子的时候你别进来。"

"好好好，好好好。"

"再过一会儿我就好了，你先到客厅等我吧。"

"好好好，好好好……"

万鑫魁忙提着皮包走出屋子，向霍家客厅走去。听说万鑫魁来了，霍班主早已在客厅等候。因为这个人几年来一直是霍家的贵客，大事小情有求必应，帮了霍家不少的忙。虽说腰缠万贯，人却还算斯文，而且又很喜欢京剧，着实难得。只要一来，霍思纯便把戏班子怎么走的码头，怎么练的绝活儿之类的事都翻腾出来讲，他听得津津有味。因此，他一来，霍班主便像遇到知音似的，沏上茶，等着给他说书。

万鑫魁进客厅后，霍家用人端来点心，送上茶。万鑫魁与老班主攀谈起来，霍班主又给他讲起自己当年如何学戏，如何跑码头、走江湖。给他讲烟台票友如何看戏，天津观众如何起堂。班主讲得神采飞扬，万鑫魁听得如痴如醉。随着一阵银铃般的笑声，霍九红走进客厅。方才的阴云一扫而去，一个娇滴滴的姑娘出现在大家面前。"万兄来啦，怎么也不早知会一声？也好有个准备。"万鑫魁笑了："还准备什么呀，我又不是外人。"霍九红调皮地在他肩上轻轻地拍了一下说："就你不拿自己当外人，霍家的门是谁想进就进的呀？""哎，怎么说话？"霍班主拿出家长的架势批评霍九红，认为她实在是淘气。万鑫魁笑着说："不碍事，九红如果不这样说话，我还真有些不大适应。"于是大家便哈哈大笑起来。之后，万鑫魁把今天陈家班少班主找他租借戏园子的事说给他们听，问问他们该如何处理，让他们帮着拿个主意。

这件事最早本是霍家班担心陈家班进京把人气炒起来而求万鑫魁想出的办法，可如今陈家班讲出的道理也很难驳斥，万一由此引出什么不好的风声，恐对宝利通商行和霍家班都有不好的影响。听了情况后，霍班主也觉用场子限制别人唱戏实属下作，传扬出去对本家影响恶劣，但让陈家如鱼得水地租场子唱戏，怎显京城梨园的威风？这可如何是好，霍班主有些犯难。思来想去后，霍九红说："威不威风，不在场子；精不精到，也不全在本事。唱戏也好，比擂也罢，还有个人气，还有个谋划。在山东他可以呼风唤雨，但这次毕竟是在咱京城。戏唱得再好，这里不是他的势力范围。依我之见，咱们跟他陈家这次就斗斗这个人气，就在咱霍家唱戏的对面，租他个场子！"

一句话把大家说愣了，霍班主说："在咱对面租他个场子？"霍九红说："对！不是说要比擂吗？从热戏这天开始，咱就跟他比，把他的红火气儿，把他的精气神都给他压下去，看他还拿什么本事去争这个头筹。""嗯。"霍班主点了点头，可还是觉得说说可以，万一买陈家班账的人多，那不是自找苦吃吗？霍九红笑了，她告诉父亲："这就不用爹操心了，这不是坐着个财神爷吗？"霍班主还是不解："这唱不唱戏和财神爷有什么关系呢？"霍九红说："这关系可就大啦。"于是她笑眯眯地坐到了万鑫魁的边上，用手钩着万鑫魁的脖子说："冤家，养兵千日，用在一时。这回可是看你出血的时候啦。"万鑫魁一拱手，学着京剧小生的腔调，毫不在乎地说："啊，小姐，请吩咐，我万某万死不辞呀。"说完这句台词后，满屋子的人都大笑。霍九红笑着说："什么呀，念得这么难听。"万鑫魁自己也笑出了眼泪说："念难听也怪你，平时不好好给我说戏。"但他还是不明白霍九红心里的道道，问霍九红："说说，把你一肚子的坏水都给哥哥我倒出来听听，看需要哥哥我干点什么。""什么叫一肚子坏水呀？告诉你吧，别看生意场上你精明强干，可论唱戏这里面的门道，你还真不灵光。""是是是，这我知道，这我知道。还要听姑娘指点。"万鑫魁不敢顶嘴，怕九红发脾气，论起这方面他还真不是霍九红的对手。霍九红说："斗戏是什么？斗智，斗法，斗心气。这里面说法可就多了。别看租场子这事没叫咱难住他，但这已经给他一个下马威了，足以告诉他，这一亩三分地，可不像他想象的那么好蹚。接下来，咱们要做的是尽量把自己的戏迷、票界的朋友、京城梨园界和咱要好的人都联络起来，一是捧咱们场子，咱也不是说拆他们台，但冷他们的场子总是可以的吧？两个场子相距不过几百米，咱爹的场子红红火火，他的场子冷冷清清，不过五天，他必败阵。"

霍班主听后点点头，觉得有道理。万鑫魁也觉这主意不错，他看着霍九红问："那需要我做什么？"九红说："什么叫需要你做什么呀？请人哪，京城的达官显贵，梨园的名伶世家，票界的望族名士，包括戏迷里能说会道之人，你都得把他们请到爹的场子里来呀。"万鑫魁如梦初醒地哦了一声。

"哦什么呀，还没完呢。"

"还没完？"

"当然！你还要把一些挑三拣四的、调皮捣蛋的、不好伺候的人弄到对面戏园子里去才行，而且这个更重要。"九红说完，万鑫魁冲着她竖起大拇指说："还说自己不坏呢，坏得连我都不得不服你。这辈子可千万别有什么短落在你手里，好家伙……"霍九红笑着冲他说："那你还真得小心着点。"万鑫魁像领命一般地说："好哩，就这么着，我着手准备着。"万鑫魁站起身欲走，被霍班主拉住，让他吃了晚饭再走，他说他还有点事要和九红商量，霍班主说那好，商量完过来吃饭。万鑫魁与霍九红向后院九红的闺房走去。

　　大四合院后面单独有一个小院落，清雅而宁静，这是属于九红自己的天地。除了母亲之外，连父亲和哥哥都很少来此。万鑫魁和霍九红进院后便走进九红的卧房。万鑫魁急不可耐地抱住霍九红就吻，手不停地摩挲着她的全身。九红任由他抚弄着自己，但当万鑫魁去脱她衣服的时候，她却用手挡住了他，说这些日子还要唱戏，不能毁了嗓子。已气喘吁吁的万鑫魁哪还顾得上这些，还是边说"不怕不怕"，边去扒她的衣服，却被霍九红推开了："不是说了吗，这些天不行，回嗓子，等过些日子戏唱完了再说吧。"边说边扣上被万鑫魁解开的扣子。万鑫魁有些丧气地叹了口气："唉，唱戏唱戏，一家子人都闲着，就看你一个人扑腾。"霍九红哼了声说："不唱戏吃什么？谁养活呀？"万鑫魁说："我养你呀。"

　　霍九红一撇嘴，说："你有爹娘，还有媳妇儿子要养，我可指望不上你。漫说是你，就是我爹，我都没指望过。"听了这话，万鑫魁有些不高兴地说："你呀，什么都好，就是太犟，嘴也太硬。"霍九红嘿嘿地乐了起来，忽现出百般娇柔地说："万兄，没别的意思，我是说我们女人最好别去靠别人活着，那样我们还有点尊严。是吗？"万鑫魁过来再次抱住这个既聪明又漂亮的姑娘，想说什么，却又把话咽了回去。他闭着眼睛，抚摸着九红的身体，九红依旧任由他的手在自己的身体上搜寻、抚弄。霍九红悄声问万鑫魁："万兄，你身边那么多漂亮女人，为什么偏偏喜欢我呢？"万鑫魁悄声说："你与她们不同，你很率真，又天生丽质，你的风情万种无人可比，对别人我从没动过真心，可对你，我是发自内心地爱慕。"霍九红用小手在他的肩上轻轻捶了一下："坏蛋，没有不被你攻破的城池。"

两个人缠绵地享受着午后的温存，窗外除了叽叽喳喳的叫声外，再也听不到什么声音，院子里是那么静，那么静……

第二章

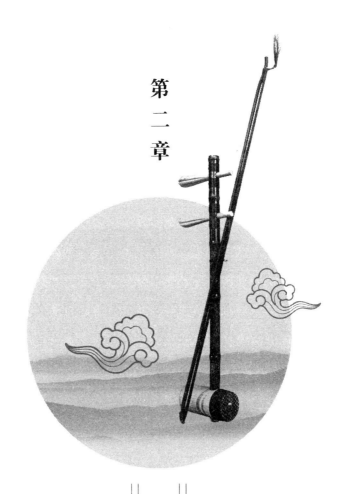

叫板世家

在与万鑫魁交涉后，陈家班终于在京城最繁华的地段租到了一个戏园子。起初陈家还沉浸于胜利的喜悦之中，大家都跷起拇指为祖盛的胆识和智慧称道。特别是宽二爷夸祖盛临危不惧、临阵不乱的能耐，把祖盛如何与商行万老板较量的经过，绘声绘色地讲述给了陈班主夫妇。父亲拍着祖盛的肩说："没想到小将出马一个顶俩！看来你的戏也没白学嘛。"一听这个"戏"字，祖盛心里就不高兴，回了句："我也只配学点边边拉拉的戏吧。"父母有些过意不去地笑了笑。

陈家班不仅租下了场子，而且还是好地段，亮场子，这下连借租的事都省了，也甭低三下四地再去求相好的朋友。让他们看看，咱陈家班晚了也有好场子唱戏！可正当大伙高兴的时候，祖盛忽觉哪里不对劲儿，广合戏园，那不就与霍家班的长安戏园隔着条街吗？这怎么有点像唱对台戏呀？于是他把这件事告诉了父母，陈班主听后，脸色阴沉了下来。他问祖盛："果真如此吗？"祖盛说："一点不假，我前些日子时常到长安戏园看霍家班的戏，广合戏园是另一个班子唱戏。怎么忽然给了咱们家呢？"正吃晚饭的陈班主顿时放下了碗筷，一个人到院子里踱步去了。

虽说有所提防，霍家还是心机重重，场子这一憋一租里面足以看出问题。在京城里光待着不唱戏肯定是不行的，可唱对台戏，自己却没有准备。这是京城，是人家的势力范围，自己到底有几分胜算？这明显是给自己摆了一道。可这道坎自己怎么过呢？宽二爷在戏班子里算是主意最多的人，此时也拿不出能缓解的办法。乌夫人是个直性子的人，她走到院子里对丈夫说：“自古华山一条路，狭路相逢勇者胜。管他什么对不对台戏，唱了这么多年戏，咱怕过谁？”陈班主听着没吱声，心说，夫人说得也不无道理，眼前明摆着就一条道，没的选择。于是他对宽二爷说：“排戏码吧。”

广合戏园贴出了陈家班三天大戏的戏码，第一天大戏是《艳阳楼》《火烧裴元庆》，第二天是《战马超》《闹天宫》，第三天是《洗浮山》《古城会》。人们看到戏码的时候，无不瞠目结舌，戏码之硬史无前例，而且不同以往的是，这三天戏不从上午一直演到晚上，而是一天只演一场。此消息一出，震惊京城梨园界和戏迷。想一观陈家班戏的人纷纷来到戏园子门口，听说一张票从五百钱最后高抬到一两纹银。没一会儿工夫，门口贴出告示，三天戏票已全部售光。不管多少从远道而来的人嚷嚷着要看戏，要陈家班加演两场，可戏园子仍是告诉大家戏票已全部售光，不再加演。

当霍思纯得知此消息时，呆呆地坐在红木椅上思考了许久。陈琏琨这是怎么啦？再好的身子骨也没这么排戏码的呀！一个硬戏接一个硬戏地唱，这明显是在京城叫板哪！可说真的，京城还真没一个能应得了这几出戏连着唱的人。不仅戏好，而且要身体好。自己是唱不了他这些戏的。他心知，陈琏琨八成是知道自己跟他打对台的心思了。他轻叹一口气，心说，世上的人哪，也不知为了什么，总想唱对台戏，本来大家是可以好好相处的嘛。可转念又一想，戏是什么？戏就是饭碗，戏就是家小，戏就是生命。如不能堂堂正正地站在这个舞台上，还不如死了省心。别的可以不争，戏不能不争。对，马上找万鑫魁，看看他安排得怎么样了。

霍思纯让丫鬟叫女儿九红，丫鬟告诉他小姐今天唱戏去啦，得好晚才能回来。他又马上找来儿子，让他到戏园子把九红叫回来。霍达不解地问："爹，九红正唱戏怎么回得来？那不赔银子了吗？"霍班主告诉他赔银子也得回来，不行你晚上顶她唱两出。霍达面现难色地说："我哪顶得了她呀，那不叫观众给我喝倒彩呀！"听这话霍班主生气了："平时干吗啦？叫你学，叫你练，敢情都跟屎一块拉出去啦？今天你唱也得唱，不唱也得给我唱。要是叫观众给你轰下去，就别再进我这个门！"霍达见父亲真动气了，便软下来说："好好好，我去，我唱。可万一九红不回来怎么办？"霍班主这下更生气了，脸色发青地对他吼道："你就告诉她，说我让她马上回来，家里着火了！""好好好，我去我去，我这就走，这就走。"霍达吓得一溜烟跑出了霍家大院，心说，爹这是怎么啦？还从来没见他发过这么大的火。

霍九红急匆匆地赶回家里，问父亲到底发生了什么事。霍班主面带愁容地把陈家班排戏码的事告诉了九红。九红不屑地说："我当什么事呢，吓死我了。"九红用拿手绢的小手拍了拍心口，放松了心思紧跟着说："多大点事呀，还非回了我的戏。我得赶紧赶回去，我担心哥的戏不灵，别再砸了咱的场子。"说完转身欲走，却被霍班主唤住。他告诉女儿他心里很不踏实，女儿再次安慰他，让他放心，不会有问题的，说完又要回场子唱戏去。

这时老班主终于拉下脸子问女儿："我说话你听是不听？"霍九红见父亲真的动气了，便附和着说："听啊，我不是怕哥那边出事嘛。"霍班主冷冷地说："他出不出事我不管，叫观众轰下台，叫观众打个鼻青脸肿，那叫活该！让他长个记性，以后少游手好闲不练功。想吃霍家班这碗饭，那就得把功夫练得棒棒的。你今天的任务是马上把万鑫魁给我找来，我要他马上把这些日子准备的事一清二楚地给我说明白。听见了吗？"霍九红还从来没见过爹跟她像下军令般地说话，她知道此时老爹心里一定承受着很大的压力，便马上答应了爹的要求，换了身衣服奔宝利通商行去了。

正当霍班主闷坐家中之时，陆续从外面进来好几伙客人，见了霍班主，他们嚷嚷着山东陈家班不厚道，分明没把梨园界的朋友放在眼里，听说陈家班只请了张家班、马家班和关外黄家班去看戏，不请别的班子分明是区别对待。大家话锋一转又说陈家班更没把霍班主放在眼里，隔着一条街唱戏，分明是公开挑战霍家班。一会儿，霍思纯的家里便成了大杂院般不得安生，把霍班主吵得脑仁疼。他像不知道此事似的说："能吗？不会吧？琏琨不是那种人哪。"

一伙人还是闹哄哄地叫骂个不停。他们一说让霍班主给他们评评理，二说既然他不仁，咱们也不能义，得想个办法整治陈家班。连戏园子老板朱马田也跟着叫嚷个不停，说这不光是戏不戏的事，这等于变相砸他的场子，不能让他们消消停停地唱戏，大家只听霍老板一句话。一时间，大家把霍思纯架到了高处。霍思纯笑了笑不说什么。他知道，这些人是有气吐不出，想把自己架到陈家班的炮口上去。这些年经历的风风雨雨，使他已经把戏班子里人们的花花肠子捋得再清楚不过了。他故意微笑着，一声不吭。他要让他们发泄，让他们使着劲儿吵嚷叫骂，再聚起一些人进来更好。

正在这时，霍九红带着万鑫魁来到霍家，霍班主让大家稍坐会儿，便领着万鑫魁来到偏房的客厅，听万鑫魁的情况。可万万没想到，万鑫魁见了霍班主面露难色，说下面的人连从票口到从别的班子里串的票加到一块不过三十多张。霍班主一听便蒙了，怎么还卖上票了？三天一共才三十多张票，还想拆人家的台子？不是做梦吗？霍班主问："到底是怎么回事？"万鑫魁说："肯定是有高人在后面出了招儿，不然不会是这种情况。"霍班主听罢便坐在椅子上说:"看来陈家班是有所防范,有所准备喽……"

原来就在陈班主决定背水一战的那天夜里,忽然有人来访,来者不是别人,正是北京的一个梨园人,名叫罗明申,年方四十,仪表堂堂。此人也曾是世家出身,但因家境不幸,后来慢慢败落,现在在别的戏班里唱二路老生。别看他戏唱得不敢叫人恭维,但此人非常好学,帮谁弄个剧本,帮谁拢个局,替谁摆摆事,讲讲情,非常在行。他对戏班子里的事情更是了如指掌,无师自通,因为他的父亲曾与乌夫人的父亲要好,所以听说陈家班来京,便前来拜望。他听乌夫人诉说了目前的情况后,便紧锁眉头。乌夫人觉得他毕竟是北京梨园人,对这儿的情况熟,让他帮着拿拿主意,罗明申便一五一十地帮着陈家分析情况。

他觉得强龙难压地头蛇,陈家班初来乍到,立足未稳,与霍家唱对台戏必处下风。陈琏琨听后觉得丧气。罗明申看出陈班主的焦躁,便对他说:"小弟有一计策不知当说不当说。"陈琏琨让他快说。罗明申问陈琏琨:"此番进京所图是名声,还是金钱?"陈琏琨说当然是名声啊。罗明申说:"以小弟之见,将计就计。既然设了对台戏,咱也不怕他,把戏码排得棒棒的,咱请人看戏。""请人看?"陈班主没弄明白。罗明申说:"对,咱就请人看。而且只演三天,一天就一场。"

听到这儿,乌夫人好像明白了,说道:"对呀,咱和他较什么劲儿?咱就像往静静的河水里扔块大石头,砸它一阵波澜之后,转身就走,再看,没啦!"听到这儿,陈琏琨好像也一下开了窍般地说:"好!他给咱画的道道,咱偏不走。可怎么个请法呢?都请谁呀?"罗明申告诉他这里的门道可就大啦。既然要请,就要排场,得花点钱。陈琏琨一拍胸脯说:"花钱咱不怕,来的路上演了一道的戏,不就是进京来花的吗?"说到这儿,一屋子的人都乐了,仿佛拨开云雾见青天一般。罗明申接着说:"记着,哥哥，每场两百多人，这三场共六百多人，咱这回呀改个方式，不先放人进来，咱设票号卖票。国外的场子现在都这么干啦。"陈琏琨听着觉得新鲜，他显得非常兴奋，提着的心仿佛放下了几分。

罗明申告诉陈琏琨："争取一张票都别落到外人手里。京城的达官显贵咱要送，进京的各大班主要给，京城梨园界有名望的和票界知名的人要给，自己的朋友也要给，大红帖子一张，每人备份厚礼，叫他们看看您的派头和阵势。"罗明申问陈琏琨："京城梨园和进京的班子中有与哥哥特别要好之人吧？"

"有。秦桧还有仨朋友呢，哥哥我怎么还没有仨俩朋友？"

"好，咱就当仨吧。每个班子算五十人，咱每场给他们班子拿五十张票，告诉他们保证必到。再每场给梨园尊者、朋友、名票等送出三十张，这就一百八十张票出去了，再把剩余的二十来张票捏在手里，哥哥您的票怎么也该卖到一两银子一张吧？"

"嗯，差不多吧。"

"那好，咱窗口也别一张不卖，窗口贴上告示，想看戏者每人只限买一张。看准了真是想来看哥哥戏的，咱就卖他一张。这几十张票最后每张炒到三两银子一张，您这几场戏就叫火了。"

大家一听都乐了，祖盛如见世外高人般欣赏着眼前这位罗明申。要不说京城卧虎藏龙呢，自己真得学着点。只是陈琏琨听后拿不定主意："一张票炒到三两银子不好吧？会不会犯说道？"罗明申告诉他："犯不犯说道咱不管，只要咱在京城戏唱火了就行。"

这天晚上罗明申在陈家一直聊到很晚才走，望着他远去的身影，陈家人无不露出感激之情。乌夫人感慨地说："真是地有险象环生，天无绝人之路哇。看来咱陈家班能逢凶化吉，遇难成祥啊。"这才使陈家人放下心来排出他们最硬实的戏码。

话说霍思纯气得坐在那里直喘，不拿正眼看万鑫魁，把霍九红臊得脸红一阵白一阵的不是滋味。霍班主抬起屁股回到正堂客厅，大家又围过来，看他有什么办法对付陈家班，也好给他们出出气。霍班主思来想去后说："我倒是不在乎什么，可我觉得这样下去，丢的不光是我一个人的脸吧？"说完大家你看看我，我看看你，可不是吗，霍班主说得有道理呀。

这时候有人说："这件事已经不光是陈家班和霍家班的对台戏了，咱们大伙得站在霍家班这面捧着霍班主唱。他连唱三天，咱连唱五天。在京的班子和来京的班子的好角儿都站出来，来他个群英会。从大角儿到小角儿，咱站他个满堂。他不是戏硬吗？咱来他个人棒。这戏谁上哪儿看过？大活儿，小活儿，咱各班班主全应着，舞台上下站他个齐全。"边上一个班主说："好哩，我看行。算我一个，不管来啥，只要霍班主一声招呼。"霍班主感激地冲他拱了拱手，表示领情的意思。这时候在场的人都纷纷表态，支持霍班主。马德海乐得涨红了脸，端着自带的小紫砂壶美滋滋地喝了口水说："这下，可够陈琏琨喝一壶的啦。他这哪是跟霍家班唱对台戏呀？他这是在跟京城梨园界打擂。"赵玉铎忙说："这话我可挑你的礼啦，我们是干吗的呀？他这是在和天下戏班打擂！"

霍九红和万鑫魁走进屋里，听人们这么一说，也觉得这不失为一计。为平息霍班主心里的火，万鑫魁马上表态："这个对台戏所有班家的费用都由我出！"一句话惹恼了霍班主，他沉下脸子说："班子里的人说话，你最好别插嘴。别总以为就你有钱，看看屋里谁像缺钱的人哪！"万鑫魁马上笑着说："对对对，各位班主都是财东，我也只是想表示一下对各位的敬意罢了。"众人再次仔细商定了戏码和人头后，觉得心里有了些底，便兴冲冲地离开了霍家。

　　回屋后霍班主见九红面露不悦，也明白是方才对万鑫魁存在不恭之处。他告诉万鑫魁："戏班子里面的事不同于你们商行的买卖，就拿方才来说，咱们不出钱，等于是大家自发的；如果咱们拿了钱，就成咱们纠集人马跟陈家班斗戏了不是？既花了大头钱，又落了一身的不是，叫人笑话。"万鑫魁向霍班主拱了拱手说："还是老班主想得周到，这样不仅对事好，侄儿还省了一笔银子，可谓一举两得。"霍班主听后大笑说："哪那么便宜的事？该花的钱你一分也少不了。"

　　万鑫魁愣了，不知霍班主什么意思。霍班主告诉他："斗戏是什么？说白了还是斗人，斗钱。不给各班子的钱是可以的，但场子里里外外要披红挂绿，焕然一新。俗话说人靠衣裳马靠鞍，打戏台也有打场子的一面，明白吗？"万鑫魁忙说："明白明白。"霍班主又说："请京城梨园界的三老四少，请社会上的名流绅士，不能都是拿一张嘴出溜的。每张帖子后面要备上一份厚礼。"万鑫魁听后似有所悟。霍班主接着说："你还没全明白。我想，陈家班也一定会这样做，派人打听打听，他都备的啥，咱只能比他厚，不能比他薄。知道吗？"万鑫魁点着头说："放心吧，老爷子，办这些事才是我的本行。"霍九红也一再叮嘱他，这次可千万要尽心点，别再像上次那样给爹个措手不及。万鑫魁拍了拍胸脯说："这次绝对不会，我敢立军令状。"

　　就在陈琏琨的大戏上演之际，对街长安戏园也披红挂彩，气象一新。迎风飘动的彩带，彰显着舞台霸主临场的威风。霍家班贴出三天大戏的戏码，第一天大戏是《长坂坡》《汉津口》。霍思纯前面演赵云，后面演关公。第二天大戏是《战宛城》，霍思纯前演张绣后演典韦。第三天大戏《闹天宫》《闹地府》《闹龙宫》，霍思纯演孙悟空。剧中所有配演均是京城有名望的梨园世家的好角儿，连二三路活都由进京各大班班主扮演。好角儿配好角儿，名角儿捧名角儿，如果说陈家班班主是独木秀于林，霍家班便成了万树花似火。这种阵势历来不曾见过，当陈家听说霍家班排出这些戏码后，预感形势不好。

戏迷看了这阵势，便觉双方的戏好，而台后的戏则更加叫绝。大家纷纷站在戏园子门口品头论足，有的说陈家班的戏码硬，有的说霍家班的戏人气旺。关公戏的大比拼尚未开始，陈霍两家却在这里摆开阵势，亮出了刀枪。锣鼓声声渐近，上阵没有退兵，是福不是祸，是祸躲不过！不能再去琢磨二三，不信邪的陈琏琨也不再找谁去商量应对的法子，决定披挂上阵，戏场交锋了。

夕阳渐渐西下，灯火初染华彩。京城的夜晚热闹非凡，戏园的门前车水马龙。两大武生对垒，梨园上演绝技，一饱眼福在即，焉有不来之理？只是要到谁家，这是今晚要抉择之事。两大戏班邀请的都是京城梨园有名望的三老四少，好戏的名人名票，各界的绅士名流，进京的各大班主尽管帖子和礼物都送到了府上，可这些人到底要到谁家，那便是他们的选择。

一支支画笔勾勒出多彩脸谱，艳丽的服饰装扮出鲜活人物。扮戏的后台更是一个其乐融融的地方，师兄师弟们喜笑颜开，窃窃私语。今晚陈琏琨上演的是《艳阳楼》《火烧裴元庆》。弟弟祖德帮着父亲唱戏，演花逢春和《火烧裴元庆》里的李元霸。祖盛的主要任务是帮着母亲和宽二爷接待要来场子看父亲戏的梨园老少和被邀请的各界人士。

等啊等啊，可除了这几位班主之外，没再来几个有名望的人。这是怎么回事呢？祖盛跑到门口东张西望，也不再见场子门口站着等票的人，火爆的气氛冷清了下来。祖盛觉得不对劲儿。正在这时一个常在这个园子看戏的戏迷告诉他说，这些人都跑长安戏园去啦，那边可热闹啦。他问那人怎么个热闹法，那人没好笑地说："怎么个热闹，您自己过去看看不就知道了吗？"于是祖盛告诉宽二爷在这儿盯一会儿，他飞奔到对街的长安戏园。远远地见戏园门口车水马龙，一排排身着花花绿绿衣裳的人，迎接着一个个从黄包车上下来的阔绰之人。他们一个个手拿着大红帖子在大门口相互致贺，热情洋溢。霍九红和霍达向客人不停地鞠躬致谢。祖盛越走越近，见霍家所来之人都是京城各班子的好角儿和穿着讲究的社会名流。怪不得自己家门前如此清冷，原来这些人都捧霍家班场子来啦。见此情景他心头一阵沉痛，心说："爹爹呀爹爹，看来咱陈家班今晚要兵败广合啦……"

锣鼓声声催开场子。一出《艳阳楼》演得出神入化，做派令人叫绝。趟马、圆场如行云流水，刀花、枪花干净利落。"好功夫！"台下传来阵阵叫好之声，掌声如雷鸣般轰响。《火烧裴元庆》演得更是叫场内观众大呼小叫，激动不已。身披长靠的陈班主鹞子翻身如海底捞月，下着三寸厚底从两张桌翻下似燕雀翻飞，特别是手持的两个大锤，在场上纷飞入云，扔上去的大锤落下来时却总是稳稳当当地落在陈班主手拿着的另一个锤上，绝戏中的绝技。谁都知道，没有五年八年是练不出这套锤技的。这两场戏他演得出神入化，无以言表。台下的几位班主边看边说，这戏看着过瘾，太过瘾啦。霍家班的场子里无论如何是看不着这戏的。

的确不假，霍班主着实唱不了这戏，可霍家班每晚的场子里却是高朋满座，喝彩声连连。大戏《长坂坡》从开场到结束，掌声几乎不曾间断，老班主稳稳当当，不急不躁，彰显出大将风范。场上捧角儿的角儿们也都是京城梨园世家，都有名望，更为他的戏增添光彩。长坂坡七进七出，如入无人之境。一杆大枪在老班主手中运用得相当精到，每个枪花的下场，均博得台下轰动掌声。《汉津口》中的关公更让他演得炉火纯青，气贯九州。台下的人均把双手举过头顶，以示祝贺。众人拍手高呼："好角儿！好角儿！"

连续三天大戏几乎都是同样的模式，同样的结果。陈家班的戏好，霍家班的场热。从第二天起社会新兴起的各种报刊纷纷以《全国梨园各路精英会聚长安戏园》为题，宣传了霍家班三天大戏演出成功。虽说罗明申也找了几家报社报道了陈家班演戏的盛况，但分量不够，数量有限，如泥牛入海，几乎无人问津。明摆着，这一局对阵，终以陈家班的失败而宣告结束。

演出结束的那天，霍家班的场里场外一片欢腾景象，而陈家班的场里场外则显得清冷。当卸下服装的那一刻，陈琏琨从未有过的疲倦周身袭来，他一头栽倒在桌旁，被家人抬回家中。身边的好友和几位班主都不觉替陈班主感到痛心。他们深知这场对台戏已经不只是与霍家的对垒，仿佛是与京城梨园界及全国众多京班的较量，小小陈家班怎是敌手？

来看陈班主的人都觉得京城梨园倚仗势力这样欺负一个外地班子实在过分。乌夫人也劝陈班主回山东，有的是地方唱戏，有的是地方挣钱，干吗非在这儿受窝囊气？两个儿子的意见却不同。小儿子的想法和母亲一致，认为再留下去不值得，初来乍到就给咱使这么大个绊子，关公戏大比拼，还不把咱吃了。大儿子祖盛却不认同他们的想法。他劝慰父亲："虽说咱初战不利，但是非自有公论。咱是初来乍到，没有根基，也正赶上唱上了对台戏，他们向着霍家。这里面有几种因素：一、京城唱戏的世家抱团欺外，也正是因为爹戏唱得好，咱陈家班在全国的名声太响，他们合着伙，给咱提个醒，别小瞧了他们。二、进京的班子也明知这次全国的各班子关公戏比播压根没他们什么事，最终还是在咱们陈霍两家产生头筹，所以他们鼓动霍家压派咱们，帮着霍家把咱扳倒，这叫少一个对手是一个对手。之后他们再借着这件事抓霍家的不仁不义，把霍家搞垮，这是一石二鸟之计。"

大家觉得有几分道理，祖盛咳嗽了两声接着说："他们这种拉着大帮对付人的招儿也只能是一时，再整他们也整不起，因为京城梨园的恩恩怨怨本来也不少，他们不可能总这么帮着一家去欺负一家，连他们自己都觉得不讲道义，不人性。所以咱们不能走，不能一碰硬就服软。只要挺过了这一阵儿，我相信，事态肯定会发生咱意想不到的变化，到那时候，咱再是去是留，都出入从容。如果咱现在一走，可就叫梨园界笑掉大牙啦。"

陈班主觉得大儿子说得不无道理。宽二爷也在一旁劝陈班主，说："班主哇，咱练了一辈子功，受了半辈子苦，不就等着在行内出类拔萃，拔得头筹的这天吗？眼前这点事算什么？咱得学先人刘邦，学韩信哪。"这时祖盛又对父亲说："爹，您要是不信，我把话撂在这儿，不出几天，进京这些班子的班主肯定都会来看望你，而且会骂霍思纯不是东西。"父母觉得儿子说得在理，便决定不回山东。

事情真如祖盛所料，几天后，正当陈家人在家里聊天之时，进京的各班班主纷纷前来拜望陈班主。不大的小屋一会儿便挤得满满当当，把乌夫人和大儿子祖盛忙得不可开交。可对台戏结束才没几天，班主们相见不知该说些什么，一时间室内显得有些尴尬，还是湖北班子的赵班主为人老实，先开口说："本来我们是该来捧场，谁知霍班主也把帖子送到班子里，人家是京城梨园大户咱哪敢得罪？所以如有冷落陈兄的地方，希望陈班主多多谅解。"陈琏琨告诉大家也甭误会，咱各班云聚京城可能有的地方让人挑礼也在所难免。霍班主可能挑他的礼了，这一两天他亲自到霍班主家里拜望，给霍班主赔个不是，也就是了。

几位班主马上替陈琏琨鸣不平："凭什么看他呀？咱又没什么不是，要看得他来看咱们才是正理。"大家纷纷说对。陈琏琨告诉大家："所谓戏是死的，人是活的。走在一座桥上，大家都得让着点，如果都依着自己的性子，难免都要掉进水里。"

正在这时，另外几位与陈班主要好的张班主、马班主、黄班主也到了，黄班主知道自己是干什么来的，他极其热情地与这些班主打招呼，帮着陈琏琨打场子。心说舞台上咱使不上劲儿，但这出戏缺了我可不成。听了几位班主歉意的话后，他跟着说："兄弟们，咱本来就是外帮秧，咱自己再不抱着点团儿，那还不散花了吗？难怪人家把咱排在下九流，都到这份儿上了，还扯这些没用的干吗？"大家一听轰地笑了起来，觉着话糙理不糙，说的是这么个理儿。

乌夫人已命人在北京全聚德烤鸭店买来了几只烤鸭，又做了好几道陈家很有特色的好菜，摆满了桌，陈琏琨取出好酒，将各位班主请进餐厅。一时间笑声阵阵。陈家班迎来了失败后的第一个喜庆日子。乌夫人出了餐厅心说奇怪，咋这么齐呢？这几位班主咋也来得这么巧？大儿子祖盛笑嘻嘻地告诉母亲，是他把这几位叔伯请来的，专门帮着爹唱好今晚这出《温酒斩华雄》戏的。母亲不得不佩服大儿子的机灵劲儿，心说，儿子真是出息了。

第二天，陈琏琨前来拜望霍班主。霍班主仍是笑容可掬地将他迎进室内。大家坐定后，陈琏琨说："听说霍班主前几天唱了几天大戏，正赶上自己的班子也忙，没能一睹班主风采，甚是遗憾。"霍班主说："都是吃这口饭的人，戏比天大，有天大的事，哪能分神去做别的，是吧？不过听说你戏唱得还是不错的。"霍班主言语间带着些许尊者姿态，也潜藏些许胜利者的骄傲。见过这些世面的陈琏琨也并不计较话里话外，接着对霍班主说："兄台比愚弟年长几岁，今后兄弟如有不到之处，还望兄台多多提醒，多多指教才好。"

本来是句客气话，可霍班主并不客气，他端起茶杯喝了口茶，捋了捋松散的鬓发，抬起眼皮对陈琏琨说："按理说是这么个理儿，可京城不比山东。在京城唱戏自然有京城的规矩，什么戏该唱，什么戏不该唱，什么戏先唱，什么戏后唱都是有说道的。京城的世家不少，弄不好会受到众人的指责，会捅娄子的。"陈琏琨笑了："唱戏只为糊口罢了，想不到里面还有这么些说道。""当然。"霍班主说得非常坚定，接着又说："糊口也要讲个分寸。看到街上的狗了吗？看着骨头和肉的话，那也得领头的狗先吃呀。"听了这句话，陈琏琨心里很不舒服。他问霍班主："以霍班主之见，兄弟在京城这戏该怎么唱？"霍班主拢了拢头发说："既然你问到这儿了，我就有什么说什么啦。在京城你什么戏都可以唱，唯独关公戏不能唱。"

"为什么？"

霍班主眯着眼看了看有些不忿的陈琏琨说："因为这是京城，这是我的地界，你在这儿唱关公戏，我便视为对我霍家的挑战。"

陈琏琨不解地问："堂堂京城只你一家唱关公戏，别人不能唱了吗？"

"别人唱可以，你不能唱。"

"这是为何？"

霍班主笑了，说："这个你心里明白。"陈琏琨脸涨得通红，心说，这不是欺负人吗。他又问："难道我在京城就唱不了关公戏了吗？"霍思纯想了想说："也不是不能唱，要唱也可以，就是你必须拜在我的门下。"陈琏琨这下可火了，他腾地站起身来对霍班主说："霍班主，你欺人太甚。想京城的梨园是梨园人的梨园，京城的戏也是唱戏人的戏。这关公戏陈某是唱定了！霍班主，再会！"说完，陈琏琨拂袖而去。

第
三
章

机
缘
巧
遇

陈琏琨到霍家遭遇的事情被众人得知后，大家都觉得霍思纯做得过分，特别是进京的各大班子也觉得霍思纯事做得太绝。凭什么不能唱关公戏，敢情京城是他们家的京城，关公是他们家的关公？可说归说，气归气，没惹着自己，谁去碰这个硬？

一个多月过去了，陈家班像罐养土鳖一样被圈在了家里。唱戏的人是要靠唱戏挣钱养家的，这些天班子里陆续走了几人，尽管宽二爷处处去安抚，可陈家班的人还是很不稳定。这些日子陈琏琨只觉一口恶气窝在心口非常难受，一排排火泡从左嘴角一直长到下巴，叫人看了十分心疼。这天他正一个人闷坐家中，乌夫人忽然走进客厅，告诉他，山东的颜世龙看他来了。听了这个消息，陈班主非常高兴，忙与夫人出来迎接。

颜世龙是陈琏琨的铁杆戏迷，陈琏琨在山东唱戏的时候，唱到哪儿，他就带着一帮戏迷跟到哪儿，捧到哪儿。前些时陈琏琨在烟台唱戏便是他带着一帮票友、戏迷一直跟到烟台捧场。对陈家班，他可算倾尽全力，大事小情都抢着花钱。这次正赶上京城的一个商号管他要点货，同时他也知道陈琏琨进京参加全国大京班关公戏的比擂，所以立马来到了京城。办完了事，他便打听到陈琏琨的住地，急急忙忙来到了陈家。

陈琏琨夫妇迎出客厅，见到颜世龙，陈琏琨喜出望外，却又忽感一阵委屈、心酸，便将他紧紧抱在怀中说："古人云：曾经沧海难为水，除却巫山不是云。想我陈琏琨今世能交上世龙这样的朋友也不枉此生啦。"说完两行泪水流了下来，把颜世龙搞得也非常感动，他拍着陈琏琨的肩说："可不是吗，一晃多少日子不见啦，兄弟想你啦。"说完二人相互打量一番，陈琏琨拉着他的手走进客厅。落座后，陈琏琨忙吩咐下人沏茶，这时，颜世龙忙冲陈琏琨摆了摆手，他从提着的一个皮袋子里面取出两个用蜡纸包的纸包说："唱戏的人最讲究的就是喝茶，哥哥的这口兄弟我知道，所以我今儿个给你带了点好茶让你尝尝，喝好了，今后就包在兄弟我的身上了。"说完他把两个纸包交给了陈琏琨。陈琏琨打开一看，是茶叶，便问颜世龙："这是什么茶？"颜世龙说："先甭问，您先泡上尝尝味道。"陈琏琨笑了，心说，神神道道的，我什么茶没喝过？便叫下人泡这个茶去了。

一会儿下人将泡好的茶端了上来，陈班主刚要揭盖儿，被颜世龙拿手架住，告诉他稍等片刻。陈琏琨开玩笑地问他："该不会是皇上喝的茶吧？"颜世龙绷着脸说："还真叫哥哥你说着了，这还真就是皇上喝的茶。"陈琏琨夫妇听后也都绷起了脸，问："什么茶呀？"颜世龙边说边走到茶壶的边上，端起壶，用手摇了摇说："先甭问，喝两杯之后再告诉你。"颜世龙轻轻地打开茶壶的盖子，将茶水倒进几个杯中，忽然间，只觉室内芳香四溢。"嗬，好香的味道。"陈琏琨止不住地赞叹一声。

夫妇二人端过杯子一喝，香醇可口，津津有味。绿莹莹的色泽清澈透明，引人注目。陈琏琨说："嗯，还别说，真是好茶。喝了半辈子茶，还真是头一次喝这种茶。别卖关子啦，快告诉哥哥，这叫什么茶？"颜世龙得意地告诉他："这是台湾冻顶最上乘的茶，叫金胆龙眼。地处寒岭之巅，每年的产量很少，就是宫里的人，也很少弄到。"陈班主跟他不惜外地说：

"就跟我吹是吧？宫里人都弄不到，你能弄到？宫里人都很少喝，你包我喝？"颜世龙笑着说："这个您还就说对了，宫里喝不着，未必咱就喝不着。咱是什么人哪？咱是买卖人哪对不对？您是什么人哪？您是活关公啊，对不对？"

这一句话让陈琏琨的脸上顿时罩上了一层阴影。颜世龙觉得奇怪，心说，嗯，这是怎么回事？对这个好戏之人来说，陈班主唱戏是最大的事啦，进北京唱戏，那就是更大的事啦。这是怎么回事？他打破砂锅追问个不停，没办法，乌夫人便把进京后租场子，与霍家唱对台戏，到霍家班拜访霍班主，霍班主提出无理要求的事一股脑儿地说给了颜世龙。颜世龙是个火暴性子，一听就炸了："这不是明摆着欺负人吗？欺负别人可以，欺负到我哥哥的头上，他也不掂量掂量自己的分量。莫说我哥哥不答应，连我都不答应。陈兄，你告诉我他家在哪儿，我去帮你评评这个理儿。"陈琏琨忙安抚他说："算啦，人家是京城梨园世家，傲得很。再说你又不是行里的人，凭什么找人家去呀？"

颜世龙合计了一下，也觉得陈琏琨说得在理，可这口气怎么咽得下？他闭着眼睛喝着茶，想了一会儿说："哥哥，这事您甭愁，交给兄弟我去办。他不让咱们在京城唱关公戏，我今儿个就是要让他看看，咱在京城是怎么唱这出关公戏的！"说完他站起身就往外走，陈琏琨想拦住他，希望他吃过饭再走，颜世龙执意不肯便匆匆离开陈家。陈家夫妇望着他离去的背影非常感动，心说这样的朋友到哪儿去找哇？

颜世龙在京城的朋友名叫袁朴君，他是京城的大买卖人，祖上三代经营茶叶和丝绸，如今开的商行更是兴隆红火，官商两道行走畅通，财源滚滚流入家中。此人虽是商人，却爱舞文弄墨，十分儒雅，虽经商但不奸诈，很讲义气，而且与颜世龙趣味极其相投的一样便是喜爱听戏、唱戏，因此他与颜世龙的交情很好，烧香叩头义结金兰。颜世龙喜欢唱老生，袁朴君喜欢唱旦角儿。虽说身处两地，可二人总能找到在买卖上合作的机会，凑到一块儿便把锣鼓弦弹找到家里，好好唱上两天，才算过瘾。今天袁朴君把锣鼓弦弹都邀到了家里，可等来的颜世龙并不像以往只等开唱的好兴致。袁朴君把他拉到一旁一问，颜世龙便把在陈家听得的一切说给了袁朴君，并求袁朴君一定想办法帮他大哥这个忙。

袁朴君一听，便静静地坐了下来，心想，世龙是凭义气，可自己是北京的商人，又常与梨园人交往，不仅与霍九红学过两出戏，而且也曾要好几分，只是后来因些说不清的事，无缘罢了，所以眼下结拜弟兄相求于他，他不知该如何是好。颜世龙一眼便看出袁朴君的心思，说道："袁兄，这件事你无论如何得帮兄弟我的忙。要多少钱，兄弟我出多少钱。"一句话说得袁朴君心里很不舒服，他忙问："颜世龙，你我兄弟之间是钱的关系吗？"颜世龙忙说："那你忧虑什么呢？难道咱们差的是情义吗？是我不如你与霍思纯的关系，还是我不如你与霍九红的关系？"一句话问得袁朴君说不出话来。他忙解释说："不是不如他们，我只是担心这个忙我帮不上。"

"嘿，"颜世龙笑了，"这个话你跟别人说我信，你跟我说不觉得咱们生分吗？你在京城的影响力难道我还不知道吗？"

"做生意咱们成，可帮着谁唱戏，这不是咱的行儿啊。"

"兄弟，咱生意都做了，别的还有什么不能做的？我想问问你，你说什么不是生意？就看你想不想帮兄弟我这个忙啦。"

望着比他还狡猾的这个结拜兄弟，袁朴君有些无奈，"说，你有什么点子，就直接跟我说吧。"颜世龙嘿嘿地笑了，说："这就对了，这才是咱们兄弟间说的话。"

于是他问袁朴君："你不是说王爷要庆六十大寿吗？我想他庆寿肯定得请戏班子唱戏吧。"袁朴君想了想说："嗯，应该是吧。"颜世龙一拍大腿说："那就好。哥哥只求你一件事，你把这个唱戏的班子交给山东陈家班。"

"那哪成？人家定的班子我怎么推呀？"

颜世龙眯起笑眼说："这个你得听哥哥的啦，你给王爷送茶的时候，得把山东陈家班进京的消息告诉他，说山东陈家班的戏如何如何好，得给我吹出去。同时你得告诉他，还请什么班子？你就说你送给他一台祝寿大戏。前演《闹天宫》，喜庆，后演《古城会》，讲究。只要王爷同意了，这件事就办成了。你既帮了我的兄弟，也不得罪霍家。同时你给王爷献台好戏，王爷还感谢你。你说这样的好事你上哪儿找去？一举几得呀，也就哥哥我能帮你找到这样的好事吧，谁还能像我这么疼你？"

袁朴君一听笑了："是，也就你能想出这主意。不过你对你陈大哥这份情义也真是难得，你什么时候能对我这么好哇？"颜世龙一听瞪起了眼睛说："有没有良心？你这一声招呼，我连夜就赶过来了，谁能像我这么听你招呼的呢？"袁朴君嘿嘿笑了起来说："好吧，就听你的，我明儿个就去王府。可今儿个得说下来，这次你得在北京多住些日子，别老跟火燎腚儿似的，刚见面就走。"颜世龙也笑了，说："怎么这两天谁都说我跟火燎腚儿似的？我真是火燎腚儿吗？"袁朴君用拿手帕的手敲了他脑袋一下说："可不，就你自己不知。来吧，再聊锣鼓弦都凉了。今儿个咱唱哪出？唱《坐宫》吗？"颜世龙想了想说："不，咱今儿个不唱《坐宫》，咱唱《武家坡》。"一阵锣鼓敲响后，清脆的琴声悠扬而起，颜世龙清了清嗓子，摇头摆脑地唱起了导板："一马离了西凉界，不由人一阵阵泪洒胸怀……"

三天后，颜世龙面带微笑走进了陈家，陈琏琨夫妇将他热情地迎进客厅，下人将沏好的茶倒进杯子里。颜世龙一喝觉得不对，便问陈琏琨："哥哥，这不是我给您捎来的茶吧？"陈琏琨告诉他："这茶哪能随着便喝，哥哥不得省着点。"颜世龙说："用不着。进这茶的人是我结拜兄弟，皇上喝不着，咱也得喝。"陈琏琨冲乌夫人笑了笑，用手点着颜世龙说："不吹能死呀？还皇上喝不着，我也得喝。让哥哥我找死呀？"颜世龙一听瞪起了眼睛说："还吹什么呀，别看你兄弟在山东做生意，在北京咱也不含糊。"说完将一个大红请柬啪的一声拍在陈琏琨的面前。陈琏琨心说又装神弄鬼的，拿个东西来显摆，便随手拿起大红帖子，一看觉着这个帖子非常精致，十分讲究，便轻轻打开，上面用毛笔工工整整地写着："俞王府于本年十月八日为俞亲王祝六十寿辰，恭请山东陈家班前来献戏一台，《闹天宫》《古城会》。午后四时，本府恭迎山东陈家班到府。"

看过大红请柬，陈琏琨顿觉心跳加速，血往上涌。到俞王府唱戏，这可是想都没敢想过的事情啊。一双仍在发直的眼望着眼前这个总是围着自己转悠的兄弟，心说："我的老天，这通的是哪路神仙哪？"乌夫人见状也走过来接过大红帖子看了一遍，露出吃惊的表情。颜世龙看出陈琏琨夫妇的心思，便随意地站起身弹了一下衣袖说："哥嫂不必惊讶，这也是叫咱们赶上了，一是说明你们的命好，遇难成祥；二是说明你们的运气好，关键的时候兄弟我就来了，遇到的朋友也能帮上这个忙。"陈琏琨过来拉住颜世龙的手，无比感谢地说："兄弟，叫哥哥我说什么好哇。这个情，哥哥就是到死了都不会忘的。"乌夫人也过来说："世龙啊，这得花不少银子吧？这个钱一定让嫂子出。"

一听这话颜世龙板起了脸说："嫂子呀，这话是怎么说的？这压根就不是什么钱的事，这叫情义，这是世龙对哥、对嫂子的一片情义呀。我要不是敬重哥哥，多少钱，我也不能舍这张脸去求人哪。"乌夫人听罢，急忙转过头去，她怕叫颜世龙看见自己流下的泪水。颜世龙说："嫂子不必难过，虽说我不是干这行的，但也知道唱戏这碗饭不那么好吃。咱们哪，遇什么事解决什么事。他霍思纯不叫咱在京城唱关公戏咱就不唱啊？没门。咱不仅要唱，而且要上王府去唱。以后指不准还要进宫里去唱呢。"陈琏琨听罢冲颜世龙拱了拱手说："兄弟，大恩不言谢啦，哥一定不负兄弟的厚望，你既然在京城给哥哥搭好了台子，哥哥就让你看看，这出关公戏，哥哥是怎么唱红的！"

天高云淡，秋风送爽，陈家班的人带着喜悦的心情走进俞王府。普通百姓哪见过如此的气派？青砖碧瓦，红毡铺道，一层层的院落，一套套的豪宅。傍晚时分，各处亮起的大红灯笼在灰蓝色天空的映衬下，显得有几分诗意。王府里有个自家的小戏台，虽说不大，却十分精致。陈家班的人被安置在后台做上演前的准备，宽二爷跟每个人打着招呼，提醒大家今晚的戏一定要铆足了劲儿唱，不能出一点的错处。陈家班的人兴致勃勃地告诉宽二爷，让他放心，说一定要让王爷看到最好的一出戏。兴奋的心情一扫对台戏失败以来罩在陈家班头顶的阴霾。

在众人陪同下，王爷走进小戏园子。只见他长得白白净净，慈眉善目，一身深棕色的衣服显得特别精神，八撇小胡分得有模有样，手里拿着一个鼻烟壶，不停地嗅着，不时地打着喷嚏，左右的人不时向他探过脸儿来说三道四，他点头应承着。颜世龙带着好朋友袁朴君来到后台拜望陈班主，陈琏琨和乌夫人对袁公子表示千恩万谢。袁朴君让他们甭担心，说王爷这面他都打点好了，只管唱好戏就成，说完他们到台下等着看陈班主戏去了。

堂鼓咚咚，银锣锵锵，唢呐声更是把气氛推向了高处。首先从花果山水帘洞里跳出一群身怀各种绝技的小猴子，连翻带蹦的好不让人喜欢。王爷一看就非常开心，叫下面的伙计给小猴子们扔点元宝，于是管家叫几个人拿着小银元宝一个个扔到台上，小猴子们捡到了小元宝，不住地冲老王爷做拜，一开场就将气氛搞得热热闹闹，非常火爆。接着陈班主演的孙悟空上台了，一张美猴脸甚是惹人喜爱，唱腔满宫满调，动作干净利落，一根金箍棒在他手里挑刀弄枪，闪闪发光。最后的大开打更显现出陈琏琨高超的功夫和技艺。老王爷很开心，他对身旁的袁朴君说："这个班子不错，好功夫。"袁朴君告诉王爷："更好的还在后头呢，唱关公戏才是陈班主的拿手好戏呢。"王爷一听甚是高兴。

稍作休息后，陈琏琨已扮好了关公。锣鼓喧天，又开场啦，陈琏琨手提青龙偃月刀唱起导板："紧紧加鞭奔阳关……"陈班主的唱腔高昂，嗓音洪亮。这一嗓子，底下顿时炸锅般响起一片掌声，哗哗作响。连老王爷都不免从椅背上立起了身子，想好好听听，好好看看。一阵锣鼓声后，八面跃虎旗迎风而上，陈班主手提青龙偃月刀稳稳地站到九龙口上，他微闭双目，左腿端起，亮出一个金鸡独立勒马的造型,这个精彩的亮相着实迷人，博得台下阵阵掌声，连老王爷都纳闷，这是方才演孙猴子的人吗？他往后靠了靠，想好好看看这出戏。

只听到陈班主接唱原板："一路上思兄泪不干……挂印封金辞曹归汉……过黄河斩秦琪一路来闯出五关……"唱腔悠远，功架端庄，人物逼真，生动感人。老王爷非常认真地看到最后，他站起身冲台上演关公的陈琏琨拱了拱手大声说道："好角儿！"陈琏琨也忙拱手向王爷表示谢意。台下的人不停地向陈班主鼓掌，表示敬意，并向台上扔许多小银元宝，陈家班的人这下可高兴了，边捡边向台下的人不停地摆出各种造型，以示谢意。老王爷非常高兴，他让袁朴君通知陈家班，要在王府设宴款待陈琏琨。

王府宴厅金碧辉煌，如人间天堂。唱戏的人总唱帝王将相，可他们做梦都想不到帝王的奢华竟是这般。彩灯明彻，珠光宝气，宽大的宴厅里雕梁画栋，飘飘欲仙。山珍海味已摆满桌上，只等陈班主一家赴宴。戏后意犹未尽的王爷捋着两撇胡须，美滋滋地回味着方才陈班主《古城会》里的几句吹腔，他清了一下嗓子，边比画边唱道："叫马童，你与爷忙把路引，大摇大摆走进了古城……"大家听后都为王爷鼓掌，王爷问身边的袁朴君："你戏看得多，你给我说说，本王有没有那么点意思？"袁朴君说："什么叫那么点意思呀？您是行家呀。不过您要是真喜欢这口，我建议您还真得跟人家陈班主请教请教。"王爷点了点头说："嗯，陈班主戏唱得不错，有关二爷的气派。"正说话间，陈琏琨一家已走进大堂，老王爷很是尊重地拱起手，以示对陈班主尊重，陈琏琨也与王爷客套一番后，被王爷拉着坐入席间。

王府家的桌面上摆的都是好东西，红烧是红烧，滑熘是滑熘，清炖是清炖，爆炒是爆炒。红红绿绿，五颜六色，真是叫人眼花得不知拿筷子去搛哪个好。祖盛撸起袖子就奔桌中间那个大盘子，被祖德拉住，并小声告诉他："这是王府，注意点规矩。"祖盛看了看，放下快要伸出去的筷子，心说："这些个大人，吃完了再说好不好？放着这么些好东西不吃，净在那儿扯闲篇。"

酒宴开席了，席间大家直敬老王爷酒，什么福如东海呀，寿比南山哪，把老王爷敬得非常乐和，并不停地劝陈琏琨吃菜。老王爷一抬头忽然看见陈家大儿子大口大口地吃，吃得满头大汗，便笑了。陈家人见状，便觉不好意思。乌夫人忙用脚踩身边大儿子的脚，意思是告诉大儿子注意点，别叫人看了笑话。没想到大儿子没领会母亲的意思，越踩他脚他越往盘子里搛菜，吃得越欢实，这可把乌夫人搞得非常尴尬。老王爷看着笑了，他起身亲自为大儿子祖盛夹了块鸡腿，放到祖盛的餐盘子里说："多吃点，多吃点，今天是本王爷生辰，谁吃得越香，谁就越是尊敬本王爷的人。"一句话算是解了陈家的难堪。

酒过三巡后，老王爷又把话题转到了戏上，为了显出自己是内行，便对身边的人说："要说这角儿好不好，甭多，只要他往九龙口那儿一站，我就知道他的分量。一般没道行的戏子站到九龙口就发抖哇，可像陈班主这样的好角儿往那儿一站，那可就截然不同啦，纹丝不动，稳如泰山。"借着酒劲儿，袁朴君问王爷："陈班主这关公戏唱得地道不地道？"老王爷说："什么叫地不地道，活关公一般。"袁朴君追问道："活关公？"老王爷一竖大拇指说："活关公！"袁朴君忙对陈璇琨说："还不赶快过来谢王爷。"陈班主立即站起身恭恭敬敬地给老王爷深鞠一躬说："谢王爷，小民一介戏子怎敢受王爷如此抬爱？今后只要王爷有用得着小民的地方，小民愿效犬马之劳。"

袁朴君说："嘿，瞧你说那么多废话呀，王爷都夸你是活关公啦，还不求王爷一幅墨宝？"一句话提醒了陈璇琨，他马上借机向老王爷讨一幅字，老王爷正在兴头上，便吩咐下人笔墨伺候。一会儿下人将笔墨摆到厅堂之上，老王爷捋着八字胡，一甩头上的辫子，拿起笔略微思索了一下，便龙飞凤舞地将两行字书写毕。两个用人拿起这幅墨宝面向大家，上面写着"偃月神刀随风舞，亚赛当年活关公"。看罢，袁朴君忙给陈班主使了个眼色，陈璇琨立刻跪在王爷面前，千恩万谢地表示对王爷的崇敬之情。

陈家班无疑打了场大胜仗，陈班主在自家院里连摆两天酒席，以犒劳班子里的人。陈班主点到为止，回屋歇息去了，留下两个儿子和宽二爷照应班子里的人。祖德不喜欢喝酒，吃了一口也回屋背戏去了，只留下大儿子祖盛和宽二爷照应着大家。只见祖盛端着大碗东桌走完西桌喝，连喊带叫的好不威风。乌夫人劝他少喝点，别出洋相，他却告诉母亲说："爹和弟弟都不在，我再不帮着爹维持个场面怎么能行？"母亲一合计儿子说得也在理，便由他去了。他端着大碗向班子里的人和武行敬酒，这时班子里的武行头儿宋彪对祖盛说："少当家的，我有个想法不知该不该说。"祖盛像当家人似的说："但说无妨。"宋彪神神秘秘地说："少当家的，我想知道，下一步咱和霍家还唱不唱对台戏啦？"祖盛不假思索地说："那还用问？一箭之仇岂能不报？"

宋彪笑了笑说："要我说呀，咱没必要再跟他唱什么对台戏，他已经输啦。"祖盛不解地问："已经输啦？这是怎么讲？"宋彪说："您想啊，他不让咱唱关公戏，咱已经在京城唱完啦，而且王爷又赠给咱一幅字是吧。"祖盛说："是呀。"

"这字写的是什么呀？"

"两大行字呢，想不起来了。"

"几大行咱不管，我想最重要的是最后那仨字。"大家忽然异口同声地说："活关公！""嘿！"宋彪一拍大腿说，"对啦，就这仨字最值钱。要我说呀，咱就把这仨字拓下来，原模原样地刻在一个大黑漆木板子上，烫金挂银后往咱陈家班的大门口一挂，哪个班子还和咱争？"祖盛眼前一亮，觉得是这么个理儿，便竖着大拇指对宋彪说："行啊，彪哥，想不到你还有这么两下子。的确，有老王爷赐的这仨字，谁还敢放个屁？"祖盛将酒干了之后说："就这么着！"

于是祖盛在家门口量好了尺寸，找到一个做牌匾的作坊，将"活关公"这仨字拓了下来，刻在一个黑漆木板之上，夜里和几个小哥们偷偷地扛了回来，正好框在家里的大门之上。之后他们提着一盏灯笼，借着光亮一看，嘿，简直是气派得很，三个烫金大字龙飞凤舞，大黑漆板发出耀眼的光芒，显得分量十足。祖盛对身边的武行弟兄们说："别看霍家有多大的院子，多大的场子，在这仨字面前他就得让咱三分。"身边的小弟兄们一个个也仰起笑脸看着他说："那可不，这回咱陈家班是扬眉吐气啦。"调皮鬼小磕巴问宋彪："彪……彪……彪哥，这……这回还离……离不离开陈家班啦？"宋彪气得往小磕巴屁股上狠狠地踢了一脚说："哪儿都有你。"

次日清晨，乌夫人从屋里出来，听见有好些人在大门口说话，便走了出来，见一个个看着大门上面说着什么，便回过头来，忽见一块黑漆板挂在了大门之上，再仔细一看，上面写着"活关公"三个大字，顿时一惊。是谁赠的吗？不会呀，自己和丈夫都不知道哇。那这到底是怎么回事呢？她忙回屋把陈琏琨叫了出来，让丈夫看看这是怎么回事。陈班主倒还冷静，他吩咐人把宽二爷叫了出来问是怎么回事，宽二爷也一脸的迷茫。这就怪事了，于是他又吩咐把两个儿子叫出来。祖德看着不觉笑了，说这一定是天赐。陈班主说他胡说八道，分明是老王爷的字迹，怎会是天赐？之后又问祖盛，祖盛也连打哈欠，边揉眼睛边摇头。老班主说这可真就是怪事了。乌夫人问陈琏琨："这事可怎么处理呀？"陈琏琨一笑："处理什么呀？我看挂这儿正合适。"大家轻松地笑了，说："对呀，本来就是活关公嘛。"

陈家班进王府唱戏的事情不少梨园人是知道的，可封他为活关公的事，却压根不晓得。这两天，明来的、暗过的都过来看了这块叫人羡慕的大黑匾，之后便一股风般地传遍了梨园。这件事被霍思纯得知后，一个跟了他十几年的紫砂壶被他摔得粉碎。陈琏琨哪陈琏琨，你这是成心跟我叫板啦。他一屁股坐到大红木椅上，却又显得十分无奈。王爷怎么能看陈家班的戏呀？是什么人帮的忙？他忙吩咐儿子霍达出去给他打听。

还真别小看了霍达，如水般泼出去的银子没白花，一天的工夫，这里面是怎么回事，叫他摸了个底儿清。霍思纯心说："不能啊，这个袁朴君咱认得呀，不是还跟咱九红学过戏吗？他怎么能帮着外帮打京帮呢？"他又把九红找来，让九红出头问袁朴君怎么个意思。九红发怵，袁朴君虽是票友，可他是个大买卖人，在京城有名有号。咱们再红，不过一个戏子罢了。自己与万鑫魁敢横，那是因为他自找的，可这个袁朴君谁惹得起呀？霍思纯告诉霍九红："让万鑫魁去找他。"霍九红说："甭提他，他不去还好。他们是水火冤家，去了更糟。"霍达告诉父亲，最早是袁朴君先喜欢上妹妹的，后因这事与万鑫魁掰了。霍班主一听顿时一拍大腿说："嘿，原来我没输在戏上，却输在你的身上。"霍九红一听便炸了，啪地摔碎了手中的茶杯说："干我什么事？以后再少拿这些破事烦我。"说完当的一声，推门而去。

第
四
章

戏园风波

不知是俞王爷的派头大，还是陈琏琨在王府戏唱红的缘故，这几天呼啦一下，好几位戏园子的老板、掌堂纷纷前来拜访陈琏琨，提着白花花的银子约他唱戏，一定就是十场八场。连一直捧霍家唱戏的长安戏园老板朱马田都连跑了好几趟陈家，想换换主道，请陈家班到长安戏园连唱十天大戏，被陈琏琨拒绝了。他觉得那样实在是打霍思纯的脸，不仁义。朱马田认为陈班主不买他的面子，心里很不是滋味，临出门时放下狠话："我来捧你你不应，可如果你到别的场子唱戏，怕也不会舒服。"说完拂袖而去。可说来也怪，陈琏琨越是拒绝，约他唱戏的人越多。东四的不行，西四的来，前门的不行，天桥的来。他们以为陈班主嫌钱少，从每场二十两的包银一直抬到四十两。白花花的包银放在八仙桌上，闪闪发光，惹人喜爱，可陈班主就是一个不行百个不行地回绝了左一个右一个的邀请，把白花花的包银又都退了回去。这几天陈家的门前车水马龙，把前来拜访陈琏琨的梨园人馋得直流口水。

眼见一个个乘兴而来扫兴而去的场主脸上带着不悦的神色，大儿子祖盛和乌夫人劝陈班主不能再这样了，即便不得罪梨园班子，也会把戏园老板全得罪光了。陈琏琨觉得是这个意思，就算拿糖，也拿得差不多了。一天，广合戏园的周老板再次提着白花花的银子摆满了陈家的八仙桌，他规规矩矩地给陈琏琨鞠了一躬说："陈班主，您也别笑话我没脸没皮，我还是想包你十场戏，这回每场给您五十两银子，这在京城已是最高的价啦。"陈琏琨跟他客气地说："不是拿糖，我是怕再砸了你的场子呀。您想，您要是赔了，我的心里如何能踏实？"

听了这话，周老板苦笑了几声，说："陈班主可真会开玩笑，自打您把'活关公'这仨字往大门口一挂的那天起，这满北京城等着看您戏的人都快憋疯啦，场子三番五次地来，腿都快跑折了，干吗？不就是想趁着您火挣这份钱嘛。要赔钱谁往这儿跑？好家伙，您就是不开面，把这些戏园子的人都撅回去了。好歹您在我的园子唱过几天戏，算是有份薄面，所以我是死赖着跟您磨。您唱戏为的一个'红'字，我们经营园子也为了这个'红'字。好歹咱俩也算有过这个缘分，要红咱们一块儿红，要砸咱们一块儿砸。兄弟今儿个出来是跟场界的人打过这个赌的，我跟他们说了，陈班主在京城不唱便罢，要唱肯定得在我的场子里先唱。"最后他仿佛带着哭腔对陈琏琨说："哥哥，今儿个您就赏兄弟我这个面儿吧。"

说到这儿，周老板站起身恭恭敬敬地给陈琏琨深鞠一躬，陈琏琨忙起身扶住他，并对他说："不是兄弟拿糖，我知道他们都等着我去唱戏，可我想这个面儿要给，我也只能给你周兄啊，谁让我一进京城就在咱广合唱戏了不是？咱也甭五十两银子，就四十两，周兄看如何？"周老板一下子眼圈儿就红了，拱着手对陈琏琨说："人们都说您'活关公'这仨字不白挂，那俞王爷的眼睛不瞎，活关公就是活关公。"说到这儿，他兴奋地对陈琏琨说："不瞒您说，临来的时候我都想好啦，这回咱再唱戏的时候，把您大门口这个大黑漆匾请到戏园大门楼子上去。看谁还敢跟咱们唱对台戏！"

陈琏琨谦逊地问："那样好吗？"周老板一挺脖子说："有什么不好？

好家伙，这风头咱不占还等什么呀？"说到这儿，他叹了口气接着说："唉，您唱戏，我卖场子。其实咱吃的差不多是一口饭。您红了，我牛气；您砸了，我低气。自您上次在我那儿走了背字儿，不瞒您说，我在园子行和戏迷那儿都抬不起头哇。"听到这儿，陈琏琨低下了头，几滴泪水不经意地掉了下来，心里为方才的虚伪而悔过又庆幸自己今天把面子给了周老板的决定，不然自己算什么人哪。想到这儿他问周老板："还有什么要求，哥哥都答应你。"一句话，使周老板脸上顿时容光焕发，他说："只这个要求，别的什么都没有啦，您就把戏码排得硬硬的，到时候兄弟我就在那儿等着伺候哥哥您啦。"陈琏琨一拱手说："好，就这么着啦！"

活关公的大黑漆匾在大红绸缎的映衬下，高高地悬挂在广合戏园的大门楼前。为造势，周老板命人在前门定做两个近两人高的关公像伫立在广合戏园的门前。大门旁边立牌上标注着陈家班十天大戏的戏码，围观的人里外三层，他们边看戏码，边指着头顶上这块大黑漆匾品评着陈家班，讲述着陈琏琨的趣事。这里不仅是小小的广告发布中心，更是戏迷比发言权的地方。

他们越说越玄，津津有味，比谁知道得更多，看谁说得更邪乎。这种助推的作用很有效，不大工夫，三天大戏，每张五百钱的票全部售光。周老板一看这情形立即封住票口，将每张票抬到了一两银子。一两就一两，谁让陈琏琨是"活关公"啊。眼见两场票又卖个精光，周老板再次封住了票口。此时他真是心花怒放，能卖个好价在预料之中，可真没想到能这么火。十天的大戏呀，肯定是大赚一笔。这回让场界的人看看，我周连德也有今天。

舞台之上比光彩，舞台之下比人气。当广合戏园门楼挂上烫金匾的消息传来，长安戏园的老板朱马田的肚子气得跟蛤蟆一样鼓。既然你陈琏琨不买老子的账，那就叫你知道我朱马田是谁！

朱马田的确不是好东西，此人狗头鼠面，天生长了坏人相。使人想不到的是，他的秉性比他的长相更坏。说是地赖吧，还算有点身份。说有点身份呢，又天生不干好事，吃喝嫖赌，且流氓成性，借着这个戏园子不知玩弄了多少良家女子。特别是开始有了女子登台唱戏之后，他竟能在戏园女子化装的更衣室内安上夹层，他钻到夹层里透过小窟窿偷窥女子换衣服。

有一次霍九红穿戏装前脱下衣服，把他看呆了，白白细细的皮肤，丰润婀娜的身段，把他看得心里痒痒的。只是九红从不脱下身上的红兜兜，馋得他心里着实放不下，好几次在后台调戏九红说：“妹妹呀，什么时候能不能把衣裳脱下来，叫哥哥我看看也好。”九红非常气愤地扇了他一个耳光。万鑫魁听说此事，带着几个道上的人收拾他，叫他跪在九红脚下给九红舔鞋，才算免了此事。可满京城一共有几个万鑫魁这样的人给唱戏人做主呢？所以他守着这个戏园子，仗着交下几个人，整天七个不服八个不忿地狐假虎威。今天听说广合的周连德把陈家班约到他的场子唱戏去了，又悬匾又挂彩的好不张扬，这不是成心气我朱某吗？他心说：“既然你们不仁，就休怪我不义。要不给你们来点好看的，你们就不知道我有三头六臂！”

票卖得这么好，使周连德心花怒放。正当他喝着茶水，闭着眼睛坐在屋里做发财梦的时候，忽然前堂的赵掌柜慌慌张张地跑了进来，他上气不接下气地说：“不好了，不好了，大门口的场口叫人给砸了。”“什么？场口叫人给砸了？是谁干的？怎么回事？”赵掌柜说：“不知道，我们正在门口布置堂口，忽然来了一伙人，什么也没说，不管三七二十一，拿着手中的棒子，把戏码牌子和堂口里挂的彩条了花篮子都砸的砸，扯的扯，弄得乱七八糟，我们是怎么拦也拦不住。您快过去看看吧老板，您再不去，他们指不定还要砸什么呢。”

“他们反了呀？爷爷在这儿吃了几十年的饭，还没见过谁舞刀弄枪地砸我的场子。"周老板瞪着眼睛，霍地从桌子底下抽出一把二尺五寸长的大砍刀，跟着赵掌柜向前堂走去。

方才在园子门口的人正在布置，忽见十几个人提着大木棒子，冲散了人群，嘴里骂骂咧咧，见东西就砸。把两个伫立的关公像砸倒了之后，便冲进园子堂里，又将唱戏人和戏园子人专供的关二爷的神像也一股脑儿地给砸了。为首的一个胖高个儿边砸还边喊叫："叫你们嚷嚷活关公，老子今儿个倒要看看谁是活关公。"吓得小跑堂们四下奔逃，狼狈不堪。里外砸了一通后，他们又回到大门口，几个人用长长的竿子去挑挂在戏园大门楼子上边挂着的那块大黑匾。那个胖高个儿指使着手下说："挑下来，挑下来。看了这么多年戏，我就没看见过谁敢挂这块牌子。"正在这时，忽听里面大吼一声，周老板瞪着血红的眼睛，提着大砍刀冲了出来。还在堂口砸东西的两个壮汉上前拦他，他挥起砍刀照着奔他来的人的脑袋就是一刀，幸亏那人反应还算灵巧，拿着木棒将刀拨过，可没架住周老板忽然飞起的一脚，着实把他蹬出去三四米远。另一个见势不妙，转身要跑，可周老板已一步飞到他的身后，手起刀落，只听娘啊一声惨叫，飞溅的血已在周老板的脸上。

周老板提着大砍刀一个箭步蹿出大门口，大吼一声："都给我住手！"这一下可把正准备挑匾的几个人吓坏了，心说，我的娘啊，哪儿来这么个凶神恶煞的人？他们纷纷扔下手中的竿子，躲到了那个胖高个儿的身后。那个胖高个儿倒没显得惧怕，眯起一双眼睛望着周老板，摆出一副气不忿的架势。周老板仔细辨认了一下，认出这个胖高个儿是天桥卖把式的王三。哦，他明白了，这一定是什么人雇他来干的这件事。他左右看了一眼，见被砸得七零八落的园子，心中十分气愤，用手指着那个胖高个儿问："你不是王三吗？说说，你凭什么砸我的园子？今天给我个交代便罢，不然的话，哼，爷爷的这把刀可放不过你们。"

这时，被周老板踢倒的那个人架着被周老板砍伤的那个人从堂口里走了出来，边走边说："三哥，三哥，老四被他砍了，你可得给四哥做主哇。"大门口的人见被架着的那个人一脸狼狈的样子，再看看周老板手提大刀一脸怒气的气势，顿觉这个戏园的老板不好惹。此时，戏园的人也从惊魂未定中缓过神来，纷纷提着各种家伙出来站在周老板的身后，并挥舞着手中的棍棒大吼："你们凭什么砸我们的园子？赔我们的园子！"此时王三的底气也顿减了几分，但肉烂嘴不能烂哪，他一撇嘴，挺了挺肚子说："没什么交代的，事是你爷爷我干的，怎么着吧？我知道你练过几天武把超，怎么着？不会是想跟你爷爷我过过招儿吧？"一句话惹恼了周老板，只见他瞪红了血眼，冲着身后的弟兄大喊一声："兄弟们，要想吃这碗饭，就抢起家伙给我上！"

"上啊……干哪……"身后的兄弟们也不管三七二十一，抢起手中的家伙就冲了过去。人多势众，王三的手下见势不妙，顿时四下奔逃。等着单挑的王三压根没想到周老板的这手，身陷重围，如虎落平阳。打红了眼的周老板抢起大刀真往王三的脑袋上砍，王三顿时慌了手脚，顾上顾不了下，应东应不了西，三下五除二地被广合戏园的人抢着手中的各种家伙打翻在地。尽管他流着血水的嘴里不停地嚷嚷周老板一群人打他一个不讲信义，可此时再也由不得他要横，被广合戏园的人结结实实地捆了起来。这时方才在戏园门口的戏迷都围拢过来看这个天桥把式的笑话。同时他们不得不佩服广合戏园的周老板，像看英雄似的冲他竖起大拇指说："真是没看出来，周老板还有两下子。还没看陈家班的戏，倒是看了一出关公战王三。"霎时间，这个消息飞快地传到各处，各戏园、戏班、霍家、陈家都知道广合戏园上演了一出关公战王三的大戏。

　　周老板将王三等人送到当地衙门，把事情发生的经过说给了他们听，他们一看是王三，就想草草了事，说和说和便得了。这下周老板可不干了，他问衙门里的人知不知道陈家班的班主陈琏琨是谁。衙门里的人晃着脑袋说不认识。周老板便将陈家班给王府唱戏和王爷赠匾的事说给了衙门的人，又告诉他们说："这几台戏是俞王爷吩咐在我的场子唱的，说俞王爷要来看戏，如果这事处理不好叫王爷知道了，吃不了谁兜着？我周连德狗屁不是，可军爷您不想为这事丢了吃饭的家伙吧？"一听说俞王爷，当差的校尉便把头头叫了出来。校尉头头一听便知晓了此事的分量。他问周老板："依兄弟之见该当如何？"

　　周老板一听有门儿，便提出了自己的条件："一是问清这事的主使，把该拿的人犯都拿了，二是让主使的人出钱赔广合的损失，这不算过分吧？"当差的校尉头头说："再合情理不过。"他告诉周老板，请他放心，这件事他们一定认真办差，给广合戏园一个满意的交代。聪明的周老板临出门时，往校尉头头手里塞了二十两银子说："办差是件辛苦的事，兄弟们喝杯茶吧。"校尉假装客套了一下，装进了自己的口袋，对周老板说："兄台放心，兄弟我一定严加办理，只是……"周老板一看他还有话说，便凑到近前问他还有什么需求，校尉头头小声对周老板说："也没什么大事，就是家父是个戏迷，听说山东陈家班在你们那儿唱戏，想看场戏，不知方不方便？"周老板一拍胸脯说："这有何难，想什么时候看打声招呼，包在兄弟我身上。"

　　"痛快。"校尉头头这回冲周老板一抱拳说，"多谢兄台，以后广合但凡有事，尽管前来找我。这些人，胆子也太大了，光天化日之下，敢来砸咱广合的园子，也不打听打听周兄是谁。放心吧，兄台，这事交给弟弟我啦。"这时周老板也凑近校尉头头的耳边悄声说："有件事还得劳烦兄弟。

拿了人之后赔偿的事得靠兄弟你多多费心啦。"校尉头头小声地问周老板：

"得多少数？"周连德伸出两根手指说："怎么还不得二百两啊？之后兄弟亏不着你。"校尉头头马上绷着脸说："什么叫二百两啊？那至少也得五百两嘛。放心吧，周兄，这件事交给我啦，不拿钱咱还能放人吗？"两人哈哈笑了起来。再次恭谦过后，周老板领着自己的弟兄赶回戏园。

没有什么比这再好的广告了，各戏园门前的戏迷纷纷拥到广合戏园的门前，要买票看戏的人更是多出好些，一是要看陈家班的好戏，二是要看看戏园老板中的活关公。刚把王三等人送到衙门回来的周老板像大英雄般被门前的人目送进戏园。看到纷纷要买票的人，周老板立即通知前堂封堂，后三场的戏票先不卖了。大家立刻明白了周老板的心思，玩着命干这么一仗，这回戏票可要暴涨一回啦。周老板吩咐赵掌柜，重新布置戏园的门场和堂口，把他那把大砍刀架在卖票的堂口里，让人们看看，哪个有胆子的还敢再来砸老子的场子。

赵掌柜从前堂匆匆赶回来，他告诉周老板："前堂那儿买票的人快把堂口挤爆啦，都吵着要买票，要看戏，问咱们为什么不开后三天的戏票。"周老板一听，乐得眼睛快眯成一条缝了。他告诉赵掌柜不急，再等等。赵掌柜说："压得差不多啦，不行咱们再涨点，我担心再这样下去对咱们广合的信誉不好哇。"周老板一听，立马瞪起了眼睛说："有什么不好？这是拿命玩出来的，老子在大门口抢大刀的时候他们除了看着，哪个上来帮咱们啦？这回也让他们知道，要看好戏，就得多拿钱。"赵掌柜一听也有道理，但还是说："大门口的人都称您也是活关公呢，我觉得借着这个当口，咱也得个称号不是？"周老板一听乐了，他拍了拍赵掌柜的肩说："兄弟，你哥哥我是个血性子人，关公咱佩服，可咱当不了。真被人架在那儿下不来，咱也难受。哥哥我是个实在人，我就知道吃咱们这口饭也得押上半条命去。

既然豁出命去了，咱就得有回报。今天咱不趁这当口卖个好价钱，哪天后悔都来不及。明白吗？"赵掌柜点了点头，回身向前堂走去。

皮鞭啪啪作响，惨叫呼喊连天。衙门口里的校尉办差哪容什么地痞无赖？他们挥舞着蘸了凉水的鞭子，抽得几个闹事的人惨叫不止。特别是校尉的头头吩咐手下的校尉，甭问什么口供，先揍他一个时辰再说。打人是件快活的事，也是件挨累的活。几个校尉轮着班地揍了他们一个时辰，累得是满头大汗。这时校尉头头才端着一个茶杯走了进来，吩咐一声松绑。几个校尉便把王三等人松了绑，架到了校尉头头的面前。再见王三已被揍得皮开肉绽，没了尿性，再不像刚进来时七个不服八个不忿的样子。校尉头头问他服不服，王三连连说："小的服啦，小的服啦。"之后便一五一十地把事情的原委招了出来。校尉头头让他在记录的笔录上签字画押，按了手印，之后押了起来。校尉头头看了供词后，冲着手底下的人喊了一声："来呀，按供词里供的人给我挨个拿人。""是！"一声令下，校尉分为几伙，唰的一下，各奔拿人的地点而去。

祖盛从广合戏园回来，把那儿的情况说给父亲听。陈琏琨为周老板敢作敢为的血性劲儿称道。管戏园子的人，没有这两下子还真就不行。同时也为他压着后三场的票不开，质疑他多少有些趁火打劫之意，担心影响了自己在京城戏迷中的名声，便想乘车到广合戏园劝说周老板，却被乌夫人拦住。乌夫人告诉他："咱只管唱戏，票抬到八两银子一张也与咱无关，人家拿命换回点银子也属正常，换了你，戏园子是不是早已经被砸了好几番了？"陈班主笑了笑，说："还别说，咱们还真就没这两下子。他们戏唱得比咱们还热闹。"乌夫人说："越热闹越好，这十台戏唱完，咱再唱他十台，看看霍家班这回拿什么跟咱们较量。"

几家欢喜几家愁，梨园趣事染春秋。万没想到几天的工夫，原以为稳坐霸主地位的霍家被冷冷清清地撂到了一旁。陈家班如火如荼的气势，广合戏园子大张旗鼓的造势，把京城的戏迷都聚到了陈家班的场子里。这怎能不叫霍思纯唉声叹气，心乱如麻，再摔八个紫砂壶又如何。这两天霍九红不离身边地哄着他，劝他用不着跟陈家班逞一时的威风，这又不是朝廷比擂，等过了这个风头，再跟他较量。霍班主摇了摇头，感叹女儿不懂得他的心思。他心里并不是为几台戏，而是前些天自己把话放狠了，这个脸丢得太大，以后在戏班子里传开，会遭多少人的白眼，惹多少人耻笑。

万鑫魁看出了老人的心思，便安慰他："官不逞一地之威，兵不在一时之勇。日子还长着呢，只要我们有耐心，争口气只是时间的问题。想他一个外地的班子，能有多少龙王气儿？我们毕竟占天时，占地利，占人和。他陈家班这么张扬地摆出阵势，别说咱们，就连别的班子也不一定心气儿顺当。他总不能天天进王府唱戏吧？这个红火气儿一过，咱重整旗鼓另开张，还是把京城的梨园行聚到一块儿，这个霸主的位置还得是您老坐着。"听了万鑫魁的话，霍班主心气儿顺了许多。正在这时，前院看门的来报："官府好些人围住了大门，点名道姓要拿少爷归案。""官府的人？拿少爷归案？归什么案？"一句话吓得霍思纯魂飞魄散。霍班主带着九红、万鑫魁向大门口走去。

一排带刀的校尉横眉立目地站在大门口，其中一个头头撇着嘴，眯着眼，捋着八字胡问他可否是霍班主。舞台上再威风的人，到这个时候也立刻矮人三分，他忙回复说："正是老朽，不知军爷前来所为何事。"小头目立刻拿出一张画过押、按过红手印的供状告诉他："你家少爷霍达和长安戏园子的朱马田指使天桥的地痞无赖砸了广合的场子。天桥的王三把他给供出来了，我们拿他归案。望霍班主行个方便，把你儿子霍达交出来，别影响弟兄们办差。"

"不可能！我儿子是个守法之人，怎么会勾结不三不四之人干出这种事？再说我儿子天天被我关在屋里学戏，怎么可能有空出去？军爷，你们一定是搞错了。"校尉头头笑了笑，小声说："真是不见棺材不落泪，不到黄河不死心哪。"说着走近霍班主，把那张供状送到离他眼前一尺近的地方说："霍班主不会不识字吧？你自己看看。"霍班主掏出花镜戴上，认真看着这张仿佛还带着几滴血迹的供状，半读半看地观望着，但他看到的好像不是字，仿佛看见了一遍遍的过堂，一阵阵皮鞭，一张张惊恐的脸。儿子真要是进去了可怎么办？本是一派英雄豪气的他，顿显一副萎靡的样子，用弱弱的声音哀求："军爷，外面风太大，能不能到屋里去说？"

"不行！"校尉头头斩钉截铁地回答，"我们是奉了俞王府的命来拿人的。今天你家少爷必须交给我们，否则我们可要抄你的家啦。"

一句话如五雷轰顶，吓得霍思纯立刻周身瘫软，被一旁的霍九红扶住。万鑫魁忙上前说："军爷息怒，军爷息怒。有话好说，有话好说。"他随手掏出自己的名片递给校尉头头，说："我们懂得这个规矩，您当差办案理当配合，但现在少爷真不在府上，不信您可以进去看。如果他回来我们一定把他带到衙门，把事情搞清楚。"校尉头头哼了一声说："不在不要紧，我们可以在这儿等啊，如果今儿个拿不着人，我们可就不客气了。"

万鑫魁说："军爷放心，有天大的胆子谁敢跟衙门较劲儿是不是？军爷们办差也不容易，不如这样，在哪儿都是等，军爷们进屋里头喝杯茶，歇歇。"说着万鑫魁走向校尉头头，将一张银票放到校尉头头的手里。做这种事一贯得手的万鑫魁万万没想到，这次碰到了岔头。校尉头头啪的一下将银票扔在了地上，板起脸问他："干什么？贿赂官差？你好大的胆子！"他唰的一声抽出腰刀，狠狠地盯着万鑫魁，万鑫魁吓得顿时面如土色，忙解释说："并非如此，并非如此。只是看军爷们辛苦，请军爷喝杯茶罢了。"

校尉头头低头看了眼他的名片说："今儿个主要是拿霍达，没工夫跟你们扯淡，换个时候，连你一块儿带走。"

霍家什么时候受过这种窝囊气？霍九红气不过，她板起脸说："我说你是哪个衙门口的？多大个事值得你吆五喝六的？砸个场子怎么啦？不是没放火烧了吗？要多少钱？赔钱不就得了吗？值当吗？"

"嘿，好大的口气呀，你就是霍九红吧？"

"正是你家姑奶奶，怎么着吧。"

霍班主马上斥责女儿，让她别这样对待官差。霍九红瞥了眼校尉，用鼻子哼了一声。校尉头头嘿嘿乐了，回身对身后的几个校尉俏皮地说："想不到京城的霍家班，爷儿们还不如一个娘儿们尿性啊。"校尉们哈哈地乐了起来，这时校尉头头脸上露出几分笑说："我看这样好啦，既然霍达现在不在家里，那我们也没必要在这里白等着啦，但该找你们马上派人去找，记着，今晚二更之前必须把人给我们送来。有什么话说什么话，有什么事办什么事，想逃肯定是逃不掉的。如果二更天还没见人，等我们把人拿到的时候，哼，那可就别怪兄弟们不客气啦。"说着，做出一个把刀抽出来又唰地放进刀鞘里的动作，带着校尉们向远处走去。

脸色苍白的霍班主一副萎靡的样子问："这可怎么办？这可怎么办？"万鑫魁从地上捡起被人扔掉的那张银票，仿佛也无计可施。霍九红安慰霍班主说："爹呀，是福不是祸，是祸躲不过。没看见魁哥把银票放人手里，人家都给扔出来了吗？真要是俞王府要拿人，谁敢怠慢哪？哥也太糊涂了，你说这么大的事你倒是和家里人商量商量啊，跟那个朱马田瞎折腾什么？这下可好，倒是把自个儿搭进去了。"霍班主一跺脚说："嘿，现在说这些还有什么用啊？赶快派人找他去呀，没听人说吗，等人家把他找到，就不知道该咋整啦。"万鑫魁不知所措地说："倒是这么个理儿，可到哪儿找他去呀？我不知道他平时都在哪儿啊。"

霍达归案的事，校尉们并没把希望寄托在霍家身上。离开霍家之后，校尉头头便派人四处寻找霍达，在初更的时候，把霍达从天桥边上西花楼的妓院里拉出来，带回了衙门。"这回可就怪不着咱哥们儿啦。"校尉头头边撸着袖子边吩咐手下的校尉："把鞭子、凉水、棒子都给我预备齐了，今儿个大爷我要亲自给他们过过堂。"校尉们按照吩咐把一切都伺候好了之后，又搬了把大椅子摆在问案的大堂里。室内手提刑具的校尉们站在两旁，记录员摆好了笔纸，校尉头头吩咐一声"带人犯"，下面的人高喊了一声带人犯，惊魂未定的霍达连推带架地被带到了堂上。对于霍达来说，砸个场子压根不算什么事，再说又不是自己干的，虽说王三被抓了，可朱马田说没什么事，顶多花俩钱平吧平吧也就结了。可万没想到衙门会拿人，他从被妓院被窝子里拉出来时就被校尉们一通揍，打得他爹呀娘啊一直喊到衙门。这一升堂，更吓得他魂飞魄散，知道不好，他马上装起熊来，低着头一声不吭。校尉头头也不看他，边修剪着指甲边问他话："下跪何人哪？"

"小的霍达。"

"是哪家的人哪？"

"回老爷，京城霍家班人。"

"霍家班是干什么的呀？"

"回老爷，霍家班是唱戏的。"

"你学过戏吗？"

"回老爷，小的学过几出戏。"

"都会什么戏报上名来我听听。"

一听这话霍达傻了，心说这位军爷不问案子怎么问起戏来了，便说学过《挑滑车》《长坂坡》《英雄义》《八大锤》，还有……还有……校尉头头放下了剪刀抬起头往下看了看说："你爹没教你几出关公戏？"霍达说："教了，教过我《汉津口》《走麦城》。"校尉头头哼了一声说："难怪你今儿个走了麦城了。嗯，不过这几出都属硬戏呀，这里面哪出戏你学得扎实呀？嗯？"霍达没弄明白地想了想说，应该说是《挑滑车》吧。校尉头头点了点头说："好，本大爷今天就看看你这出《挑滑车》，这么说吧，案子你是犯了，从轻从重可以商量，但那要看你这出戏唱得怎么样。"霍达蒙了，心说这是什么地方，还是头一回听说这么审案子，忙说："好，好，谢谢军爷，谢谢军爷。"校尉头头对下面说了一声："来呀，把我那杆大枪拿来。"身旁的人说："是！"便从身后把校尉头头学过戏的那杆大枪递给校尉头头。他把大枪往霍达跪着的地方一扔说："先给我耍个大枪花，之后挑车，最后给我走遍起霸，听明白了吗？"霍达忙说："听明白了，听明白了。"

霍达看着校尉头头问："军爷，我还披不披靠啦？"校尉头头说："还披什么靠，今儿个不仅不披靠，军爷我可怜你们戏子穿太多衣裳唱戏太累，也不得施展。今儿个你把身上所有的衣服都脱喽给大爷我唱一回戏，你看怎么样？"

"这……这……"霍达心说这可怎么唱。这时身边的校尉们拍着手里的刑具吼叫："快脱！快脱！"霍达吓得忙说："我脱，我脱。"霍达边说边脱，脱得只剩下一个裤衩，看着校尉头头。校尉头头看了他一眼接着说："看什么呀？脱呀。"下面的校尉们又吼："快脱！快脱！"霍达只得遵从地说："哎，哎，我脱，我脱。"之后便把身上脱得一丝不挂，看着身旁的人。此时校尉们再也憋不住哈哈大笑起来，心说咱们头儿也太能折腾人了。这时从后面走出几个人，架好了鼓和锣，坐到离霍达不远的地方。校尉头头对霍达说："看见了吗？为了审你，本大爷可费了不少的工夫和钱财，听着，今儿个你唱好了便罢，如若不然……"说到这儿，校尉头头指了指边上绑犯人的架子、皮鞭和冷水盆说："那些个东西可都是为伺候你准备的，明白吗？"霍达顿时出一身冷汗说："明白，小的明白。"这时校尉头头冲下边敲锣鼓的人说了声："开始吧。"啪啪啪……当当当……一场好戏开始了。

第五章

衙门好戏

　　对校尉头头这种半真半假的审案方式，霍达像蒙头人似的不知所措。明知有羞辱的成分，可又不敢反抗，事到如今也只能任其摆布。锣鼓敲响了，他只得拿起大枪耍枪花。应当说是名家子弟，功夫练得还算可以，一杆大枪在他手里耍得虎虎生风，做派也算地道，但他毕竟是光着屁股在屋里头耍大枪，本身就是件再滑稽不过的事情，怎能有好的效果？校尉们的笑声如炸开了锅一样沸腾，他们乐得直不起腰的样子使耍大枪的霍达无地自容，可又不敢把枪放下，直到打鼓佬们也乐得打不了鼓了，霍达才把枪放下。

　　说来也怪，大家乐得不行了，唯独校尉头头一本正经地看着他耍大枪。霍达放下大枪，一脸茫然地看着他，他点着头嗯了一声说："把挑车给我来一遍。"什么？霍达心说："大家都看成这样了，还让我来挑车？"校尉头头板起脸，一本正经地问："怎么，本官没说明白吗？把挑车给我来一遍。"

　　"哦，是，是。"霍达忙遵从地准备开始挑车的戏。校尉头头用手点了点几个打鼓佬，意思是让他们认真打。那几个人马上憋住了笑，又认真地打上了急急风，等着霍达上场。霍达又开始光着屁股做挑车的那套动作。其中有一段是勒马飞叉的动作，平时在场上是穿着裤衩和裤子飞叉，现在光着屁股飞，他龇牙咧嘴疼得不行，想停下又不敢，偷眼往上面看，见校尉头头一脸凶巴巴的样子，便只能硬着头皮往上飞，再往下摔。

两旁的校尉笑得已是不行，他们交头接耳，说头头太能捉弄人。一整套的动作总算做完，霍达也顾不得光不光屁股了，累得坐在地上呼呼直喘。校尉头头让身旁的人给霍达送了碗水，霍达喝了个精光，用询问的目光看着校尉头头，校尉头头说：“不忙，不忙，喘口气，一会儿把起霸给我来一遍。”这下打鼓佬们乐了，心说，这小子太损，哪有这么干的？按理说，唱《挑滑车》应该是先起霸，看动作，摆足了份儿，再耍大枪花，看看手里的功夫利不利落。最后才能挑车，这不仅仅是看功夫，更是个力气活儿，这套动作做完后戏也就打住了。天大的能人也只能是坐在台后歇着了。这可倒好，这位军爷反着来，大枪花耍完，车挑完再来起霸，霍达可怎么起这个霸呀？

校尉头头冲还在喘粗气的霍达说：“歇得差不多了，来，走遍起霸吧。”霍达费尽力气站起身，此时他已顾不得笑不笑话，只能等锣鼓开点儿，完事再说了。锣鼓佬们认真地打起锣鼓，霍达再次光着屁股上场了。这下比方才更惹人发笑，方才是急场，还能遮遮掩掩。这起霸是武戏中摆份儿，看动作的文场，这霍达光着屁股一下下地做动作，更是叫堂上的捂嘴捧腹。这回霍达的脸可真是没地方放，简直是有个地缝都想钻进去。他真后悔听了朱马田给他出砸场子的坏主意。他小子跑了，大爷今儿个在这儿受尽羞辱，眼泪顿时从他的眼睛里流出。这下，屋内的人顿时压住了笑声，锣鼓声也变得越来越弱，可校尉头头的眼神却变得更加严峻。他冲打鼓佬们摆了下手，锣鼓声顿时停了下来。

霍达也停下了动作看着校尉头头。校尉头头咳嗽了两声问霍达：“霍达，你知罪吗？”

"小人知罪。"

"你知何罪？"

"小人不该与朱马田串通指使王三砸广合的场子。"

"知道本官为什么用这种方式罚你吗？"

霍达抬起一双泪眼摇了摇头。校尉头头告诉他："想你出身梨园名门，不好好在家修炼本事，与歹人勾结砸人家场子，这是一罪。事发后不来投案，跑去逛窑子，这是二罪。考虑到你不是本案的主使，再加上你是名家之后，本官多少要给霍家留点颜面。另外你方才戏练得还算不错，本大爷今天饶了你。"霍达顿时泪流满面地跪在了地上，给校尉头头直磕响头，嘴里不停地说："小人下次绝对不敢了，绝对不敢了。"校尉头头哼了一声说："谅你也不敢。再犯，本大爷让你把所学过的戏都在这儿唱了。"这时他对手下人说："来呀，搬把椅子过来，让他把衣服穿上坐这儿。"两个人帮着霍达穿上衣服后，又搬了把椅子让他坐在了校尉头头下面。校尉头头对霍达说："今天算便宜你，因为家父是票界的人，对你们霍家也算仰慕几分。今天让你知道你这几分功夫还没算白下，否则可就惨啦。"

说到这儿，他高喊一声："带人犯！"只见几个人押着朱马田，连踢带打地带了进来。尽管朱马田嘴里不停地喊冤枉，可还是连连挨耳光，打得他满眼冒金星。一个校尉边打边说："还喊冤枉，再喊老子揍不死你。"一脚便把他踢到校尉头头的面前。校尉头头看了眼朱马田问他："砸场子的事是不是你主使王三等人干的？"朱马田忽然看见霍达坐在旁边，以为霍达出卖了他，便对校尉头头说："军爷，小人冤枉，这件事是霍达让我指使王三干的。"霍达一听，气得大喊："你小子敢血口喷人，老子整死你。"说着霍达起身要踢朱马田，校尉头头长长地嗯了一声，对霍达说："这是公堂，明白吗？要懂规矩。规矩，明白吗？"

　　霍达马上乖乖地坐回原处。校尉头头接着问朱马田："我想知道你参没参与砸场子的事？"朱马田想了想说："参与了。可我……"还没等朱马田把话说完，校尉头头便说："这不结了吗。来呀，把他给我架起来！"这时过来几个校尉，不容分说，三下五除二把朱马田架到了行刑架子上。校尉头头起身对霍达说："霍家少爷，你的戏练完了，现在该让你看看兄弟我是怎么练的这出戏啦。"他麻利地脱去外衣，撸起袖子，冲锣鼓佬们点了点头。只见锣鼓佬冲旁边的人一点头，有力的锣鼓声急急风般敲响。校尉头头拿起皮鞭，蘸了蘸冷水，冲着朱马田的身上开始抽打。由于锣鼓声太响，惨叫的声音被压了下去，可他龇牙咧嘴的惨相，便叫霍达看出一身冷汗。这时他才庆幸，尽管方才光着屁股丢尽了脸，可终究还是比被绑在架子上受此酷刑要强上百倍。

　　朱马田身上鲜血淋漓，惨叫不止。打完了上身，校尉头头觉得还没过瘾，便拾起霍达方才使过的那把大枪，冲着朱马田的脸就开始拍打，边拍嘴里边说："你不是霸道吗？老子今天就让你知道什么叫霸道！"校尉头头拍完了脸又拿大枪头使劲儿地戳他下身，一通连抽带打，朱马田像个血葫芦似的已没了人的模样，连见行刑如家常便饭的校尉都直闭眼睛，锣鼓佬敲打的声音也渐渐变弱，校尉头头提着杆大枪呼呼直喘，也不再说什么了。这时一个校尉走过来在他耳边嘀咕了几句，他点了点头，用递过来的毛巾擦了把汗坐回到自己的位子上，对下面的人说："松绑，把人犯带过来。"下面的人把朱马田从架子上解下来，押到校尉头头面前。校尉头头看了看坐在一旁发傻的霍达问："霍少爷，现在你该知道本官的良苦用心了吧？"霍达冲校尉头头连连拱手，以示谢意。这时，校尉头头才开始对朱马田进行审问。

　　再说霍家派人四处寻找霍达，忽听人说，霍达在天桥西花院的妓院被西四衙门的人给抓走了，便慌了手脚。闻听此言，霍班主气得直跺脚，骂道："逆子，现世报，你说你去什么地方不好，在那么个地方被衙门带走还能有好果子吃？"九红、万鑫魁及一大帮子帮忙寻人的人都不知该如何是好。霍班主冲着万鑫魁一瞪眼说："还立着干吗？快去打听打听消息，看把少爷怎么啦？""好好好，是是是。"大家匆匆离开霍家四处打听消息。不长时间，霍九红和万鑫魁回来了，说打听出来了，霍达肯定是被西四衙门的人抓去了，只见衙门外灯笼火把的，很是森严，谁也探不出个口风。霍母哇地哭出声来，心说，完了，儿子这次可真是要遭罪了。

不长时间马三爷回来了，他说他打听出来了，西四衙门的头头名叫张久立，是个票友的儿子。这小子从小是个学武术的，后来又学过几天戏，他爹看他成不了材，便不再让他唱戏。他以前成天打架斗殴的在当地也曾是一霸，外号"三黑手"。他爹怕他捅出什么娄子，便让他当兵去了，没想到几年后出息了，便被派到了这个差事。霍班主一听喜忧参半，喜的是这小子家是票友，和唱戏终有几分缘分，忧的是这小子也是个好生事的人，大门口一见就不是善茬，儿子落在他手里还能有好？他马上吩咐，备车，备钱，要亲自找张久立的父亲去。马三爷说："甭去了，班主，我都去了，不顶用。他爹说这小子浑得很，以前也遇到过这种事，这小子从来不给这个面儿，他爹根本就管不了他。"霍班主一听便说，死马也得当活马医呀，我亲自到衙门见见这个活祖宗。

霍班主、万鑫魁去了几趟衙门，也没见着这个名叫张久立的校尉头头。霍班主心说，什么小破官？这么不留情面，之后叹息了一声说："我算是看明白了，在这个世界上千万别犯在别人手里，千万别求人哪……"

霍九红望着扫兴而归的父亲和相好，心里着实不是滋味，便对他们说："我去。"霍班主和万鑫魁对她说："该说的都说了，该做的也都做了，我们去都不行，你一个女流之辈出这个面干吗？叫人撅回来多丢人。"霍九红无奈地说："爹不是说过吗，死马就当活马医吧。"说完她略拾掇拾掇，在万鑫魁的陪同下，坐上黄包车奔西四衙门而去。

说来也怪，别看霍班主、宝利通商行的老板见不着这个张久立，可当报上霍九红的名号后，里面传来信，说校尉头头稍后见她。一句话把霍九红和万鑫魁都愣住了。他们心说，怎么个意思？这小子不会是个色鬼吧？万鑫魁坚决要陪着霍九红进去，可当班的校尉就是不答应，这可难住了霍九红。最后她一咬牙说："哼，姑奶奶这小半辈净见色鬼了，我今天倒想看看他吃什么豹子胆了，敢在姑奶奶身上动粗。"就这样霍九红被带进了西四衙门。

穿过一条条阴暗的通道，最后霍九红被带到了校尉头头张久立的房间。张久立身着校尉服饰，手拿一本书端坐在桌旁，眼皮抬也不抬地看书。校尉告诉他霍家姑娘来了，他只哼了一声，仍没动静。校尉退出去好一会儿，张久立放下手中的书，抬起眼看了看霍九红，指着墙边一把椅子示意霍姑娘坐下。霍九红坐在椅子上，看着这个牛气烘烘的校尉头头心说，有什么了不起的？如不是霍达犯在你手里，姑奶奶能搭理你？她不屑的样子被张久立看了出来，张久立眯着眼睛说："姑娘想得不错，的确，如果不是你兄长犯了案子，你怎么会屈尊到这种地方？可话说回来了，让你进来，本大爷已是看在你霍九红的面子上特别开恩啦。"霍九红顿时一愣，心说，这小子倒挺厉害，居然能看出姑奶奶的心思，于是对张久立说："张少爷，我也知道你有一号，这屋里也没外人，干脆点说吧，开个条件，怎么着才能把我哥哥放出去？"张久立毫不犹豫地告诉她，案子没完人是不能放的。霍九红问他："那你让我进来干吗？"张久立笑了，说："姑娘是自己要来的，我并没请你呀。"一句话把霍九红顶了回去。她忙问张久立："我哥哥在哪儿？我能看看吗？"张久立说："可以呀。"于是他唤校尉带霍姑娘去看他哥哥。

地下牢房里阴暗而潮湿，一股股恶臭夹杂着发了霉的气味实在难闻。霍九红用手帕捂着鼻子，穿过一间间牢房，被带到最里边的那间。校尉打开牢房的门，让霍九红走了进去，霍九红一眼看到在墙的一角躺着一个像血葫芦一样的人缩在那里，霍九红顿时感到周身发冷，这是哥哥吗？怎么会被打成了这个样子？她大喊一声"哥哥"便不顾一切地扑了上去。可那人连点反应也没有，奄奄一息的样子。再看这张脸，皮开肉绽，处处血痕，包包块块，青青紫紫，干脆认不出是谁的脸。霍九红声泪俱下地摇晃着这个人哭喊着哥哥，这个人在不停的摇晃中慢慢地睁开了眼睛，用微弱的声音说："水……水……"

霍九红喊校尉让他们取水来。霍九红顾不得脏与不脏，把那人的头靠在自己腿边，让他一点点地喝水。霍九红看那人的脸型和慢慢睁开的小眼睛，怎么不像自己的哥哥呢？难道一夜的工夫哥哥被人把脸打小了？但眼睛不能被打小哇。她再仔细辨认了一会儿，发现这不是她的哥哥，而是长安戏园的那个朱马田。她本能地一下子将这个人推到一边，忙用手帕掸着身上的血迹，并大喊："来人，来人！"小校尉进屋后，她没管三七二十一，照着校尉的脸就是一巴掌，说："不要脸的东西，敢戏弄你家姑奶奶，也不打听打听我是谁！"她冲手捂着脸的校尉问："我看的是我哥哥霍达，这个人是谁？"小校尉用手捂着脸奔那个人走去，边走边说："是霍达呀，不是霍达吗？"他再仔细辨认了一会儿说："对不起霍姑娘，这牢房里就这么些人，霍达在哪儿我就不知道啦。"

"赶紧带我去找张久立，我去问问他，这到底是怎么回事！"

"哎，哎。"

小校尉带着她离开了牢房，向张久立的房间走去。再次见到满眼泪痕的霍九红时，张久立客气了几分，歉意地解释说小校尉把她带错房间了。霍九红坚持说要看哥哥，张久立劝她别看了，怎么着今天也不能放人。霍九红一屁股坐在椅子上说："不行，今天我一定要见到人，否则是不会离开衙门的。"张久立见拧不过霍九红，便带着霍九红再次进了牢房。张久立让校尉打开一间比较干净的牢房，霍达正呆呆地坐在里面，见校尉头头领着妹妹进来，便一声哭喊奔霍九红扑来。霍九红扶着哥哥上下打量，见没用过刑的样子，心里便踏实了许多。张久立告诉霍九红："给你们一顿饭的时间聊聊，本官还有事就不奉陪啦。"说完，冲身边的小校尉说了几句什么就走了。

当霍九红再次被带回到张久立的房间时，她对张久立客气了几分，也有了几分尊重，对张久立对她哥哥的关照表示了感激，但还是提出要把哥哥带回家去，拿多少保金都成。张久立对她说："霍姑娘，我之所以对少爷留情，除考虑到霍家的威望，也算是对姑娘你的敬重，家父是个戏迷，对姑娘有几分崇拜。在我分内能帮的我尽力了，我力所不及的还望姑娘原谅。这件事情说大不大，说小可也不小。您也知道，你们砸的不仅是广合的场子，没看见人家场子上面挂着俞王爷赠的牌匾吗？如果王爷府真的怪罪下来，小的可吃罪不起呀。"话说到这个份儿上，霍九红也不再任性，再说人家有情，有理，有规矩。

霍九红一副无奈的样子问张久立："您看该怎么办？"张久立想了想说："我给姑娘出个主意吧，行与不行，您回去跟令尊霍老班主商量。事到如今，你们只能求一个人帮忙啦，陈家班的班主——陈琏琨。除此人之外……"说到这儿张久立摇了摇头接着说，"恐怕没人能接这个茬。"霍九红想了想，叹了口气说："那就试试吧。"她站起身，心存感激地对张久立说："谢张公子啦，我哥哥在这儿还望您关照，缺什么东西您尽管说话。"她边说边往外走，随口问："也不知张公子喜欢什么，爱好什么，如果我能帮上忙的，望张公子以后不要客气。"张久立笑着说："姑娘不必客气，小的所做的都是分内应做之事。"说着，张久立已将她送到大门口，霍九红说："话说回来，我们除了唱戏，也不会别的呀。听说兄台父亲是京城名票，如果老人家什么时候想唱一出的话，或是兄台什么时候想票一出的话，妹妹随时奉陪。"张久立半开玩笑地告诉她："还真有这个可能。"霍九红脸上飞过一道红霞，她回过头媚眼迷离地望着张久立说："那好，张公子，咱们一言为定，您票戏的时候可不许再约别人啦。"张久立冲霍九红拱手说："多谢霍姑娘，咱们一言为定。"

望着远去的霍九红，张久立身边的校尉们对头头说："这姑娘长得可真漂亮。"张久立对身边的人说："不仅人漂亮，戏唱得还好呢，我爹为看她的戏可没少花银子。"一个贴身的校尉问张久立："您说您又不打，又不放人，有便宜也不占，到底是图个什么呢？"张久立看着他说："不打有不打的理儿，不放有不放的理儿。另外便宜不是随便占的明白吗？知道这个案子是怎么回事吗？表面上是砸了广合的场子，其实是两大戏班较着劲儿呢。揍一个朱马田怎么着都没事，那叫惩罚恶霸，可这两大家子咱可得罪不起。别小看唱戏的人，他们都手眼通天，搞不好会伤着自个儿。"

小校尉不解地问："那咱一开始甭管不就结了？"张久立说："瞧瞧，又傻了不是？不管怎么挣钱？不管谁领你人情？"小校尉讨教地说："再跟我说说这里的道道。"张久立说："想长点能耐呀？将来出息了可得记着哥哥的点拨之恩哪。"小校尉笑嘻嘻地说："那是，那是。"张久立对他说："不会办差的人办差又挣不着钱，又得罪人。会办差的人，钱还得挣，人还得交。但要看怎么个办法。像这个案子，广合周连德的钱怎么拿都没事，霍家的钱可不能拿，拿不好会出事。人还不能打，打就得罪了，但是教训他是可以的，这种不务正事的花花太岁，怎么教训霍家也说不出什么。人不能轻易放，指不定陈家有什么说道，但面子还要给，不能给他家的别人，给霍班主那老头子等于白给，他不懂情理。要给只能给霍九红，别看她是个女流，但听说此人挺仗义，算咱交个人情。至于那个朱马田嘛，该怎么揍怎么揍，该要他多少钱就要他多少钱。这是个没人性的狗东西，把他揍了谁都称快，都得对咱们竖大拇指。不拿足了银子，他是甭想迈出这衙门槛的。明白了吗？"小校尉摇头晃脑地品着话里的道道说："嗯，是这么个理儿。"

看着张久立把霍九红送出西四衙门，特别是霍九红最后与张久立说话抛过去的一个媚眼，万鑫魁回家的路上觉得不是滋味。对于一个风月场上的老手，他担心九红可能失身。回到霍家的第一件事便把九红单独领进了九红的闺房，问九红进去后都发生了什么，霍九红把进去的经过讲给他听。他问九红姓张的碰没碰她的身子，霍九红说没有。万鑫魁死活不信。最后提出让九红把衣服脱下来，让他查看查看。九红觉得羞怯，可又拗不过他，再说为了证明自己的清白，便把衣服脱了下来。万鑫魁从上到下把霍九红的身体嗅了个遍，看看有没有别的男人的味道。嗅了半天，查看了半天，才放下心来，信了九红的话。抬起头再看九红的时候，他发现九红用一种鄙视的目光看着他，他一个劲儿地给九红赔不是，说自己实在是太喜欢她，在意她，所以才情不自禁地会这样。九红问他："是不是你们把唱戏的女人都当贱货？"万鑫魁一下子跪在地下说绝不是，如果当贱货谁会这样在意？九红叹了口气说："宠物也好，贱货也罢，你今天的行为真叫我觉得龌龊。"说罢，九红穿上衣裳向父亲的房间走去。

听女儿诉说了儿子在里面遭到的羞辱，霍思纯夫妇心如刀绞，可好在姓张这小子还没像对朱马田那样动刑，才放下心来。他也知道，人一天不出来，便不知道会有什么样的变故，得赶快想法子把人弄出来才是上策。当听女儿说这件事要办，只有去求陈家班的陈琏琨才行时，霍思纯便连连摇头说："做不得，做不得，死都做不得。这不是等于拿我的脸往人家屁股上贴吗？"他一步三摇头地说不，这可难住了霍九红。霍九红问父亲："事到如今还救不救哥哥了？"霍班主说："救哇，换个法子，什么条件都成。唯独去不得陈家。"

霍九红问万鑫魁有什么办法，万鑫魁听了九红的诉说后，也觉得自己没有办法。霍九红说："那只有一个办法，就是求袁朴君啦。"万鑫魁一听不干了，因为他知道袁朴君当年一直想跟霍九红来往，只因自己抢先一步，如果今天因为这事去求他，说不准会出什么样的事情。霍九红急眼了，说："你满脑子除了裤腰带以下那点事，就再没点别的东西了吗？"一句话把万鑫魁说得满面赤红，她冲着父亲和万鑫魁说："这样不行，那样也不行，那你们自己想办法去吧，姑奶奶我不管啦！"说完推开门，往自己的小院走去，进屋后哐的一声把门关上，任凭万鑫魁在外面怎么敲，再也不开。

傍晚时分，母亲敲开了女儿的房门，她求女儿想办法把儿子尽快救出来。同时，她告诉女儿："你爹也是死要面子活受罪。干脆，这件事不用告诉你爹，你去陈家一趟，求他们网开一面，出个头把人救出来。"九红哭了，问道："怎么这些个不是人干的事都交到我的头上？"霍母拍了拍女儿的头说："唉，谁让你生在霍家呢？你爹也是，犟得很，都是唱戏之人，干吗那么难为人家？事到如今，这事你不去咋办？"九红看了看外面的天色，便告诉母亲她这就去。母亲说："不急，明天也赶趟。"九红说："要办就尽早，从牢里出来的时候，哥哥哭着喊着说尽早把他救出去，那份罪哪是人受的呀。"母亲上前一把将九红抱在怀里："孩子呀，娘没白疼你，你的心眼可真好。"说着她把一个小手提箱放在九红的桌上，"也别空着手，娘已经把一些东西给你准备好啦。记着，求人矮三分，多说点好听的。"九红擦干了眼泪对母亲点了点头，便换上衣服，收拾一下推门走了出去。

霍达与朱马田都被西四衙门拿去的事很快在各戏班和戏迷之间传开了。都听说那个叫张三黑的头头把他们收拾得够呛。这两天把广合戏园的周连德得意得出门横晃，神气十足。他往陈家班一会儿一趟地跑，把怎么让霍达练的戏，怎么揍的朱马田，活灵活现地跟陈家的人讲个不停。陈琏琨对这些压根没有兴趣，只有大儿子祖盛乐此不疲地听得津津有味。

这天晚上祖盛正在家门口与武行弟兄们聊得热火朝天，忽见一个女子向他家门前走来，当越走越近的时候，他忽然发现，这不是霍九红吗？他忙抢前两步迎向霍九红说："哟，这不是九红姑娘吗？"霍九红停住脚，一下子认出他："你不是台下拍巴掌的年轻人吗？你这是？"这时宋彪等人忙走上去对霍九红说："这是我们家少班主。"霍九红顿时睁大了眼睛："什么？你是陈家班的少班主？"祖盛笑呵呵地一拱手说："不才陈祖盛，让姑娘见笑了。"

"哎呀……"霍九红闭上眼睛似笑非笑地仰起头说，"天下真是无巧不成书哇……"之后，她睁开眼睛认真地打量着祖盛说："也算你我兄妹有缘分，今天我是特来拜访陈家的，哥哥能带我进去吗？"祖盛一挺胸说："没说的，妹妹请跟我来。"

陈班主正与宽二爷商量唱戏的事，忽听前院来报，霍班主女儿霍九红前来拜望陈班主，陈班主和宽二爷的眼睛顿时对视到了一处。霍九红来拜见？什么意思？还没等他们反应过来，大儿子祖盛已将霍九红领进院内，边走边热情地说："霍姑娘这边请，爹，霍家班的九红姑娘来拜望您啦。"

陈琏琨忙起身迎出来。只见穿一身皎月色服饰的霍九红手提一个小箱包，规规矩矩地站在客厅前，用羞怯的目光望着迎出来的陈班主。陈班主忙说："姑娘请进，姑娘请进。"祖盛更是热情地为霍九红让座，掸尘，并吩咐仆人小红给霍家姑娘泡一壶待客的好茶。

乌夫人听说霍家班霍九红亲自来登门拜访，也想到客厅见识见识这位誉满京城的女子。进屋一见，果真名不虚传。粉红的脸蛋光洁明亮，一头秀发如云霞，非常端庄，站有相，坐有姿，气质非凡，不愧为大家之女。霍九红起身给乌夫人见过礼后，便打开小皮箱把母亲托她带给陈家的礼物送到了乌夫人的手中。乌夫人一看，嗬，好贵重的礼物。女子的象牙饰品一套，女子真丝服饰一套，一罐西藏的藏红花，一罐西北的虫草。陈班主和乌夫人不大好意思地说："姑娘礼重啦，陈家何德何能，受之有愧，受之有愧呀。"这时霍九红说："伯父，伯母，早就应该来看望你们，只是都忙些乱事，没得空闲。今天家母让我过来拜望二老，望今后常有个来往。给伯母带些饰品，给伯父带些补品，红花补血，虫草补气，望伯父伯母笑纳。"

祖盛把待客的名茶金胆龙眼端了上来，他卖关子似的左摇三圈，右晃三圈，才把壶盖打开，倒了一杯放在霍九红的旁边，问霍九红这茶香不香。霍九红一闻，还别说，真是很香。她问祖盛这是什么茶这么香。祖盛便显摆地说："这可叫姑娘问着了，这茶产自台湾，在冻顶之巅，学名金胆龙眼，是俞王爷赏赐的，只有贵客能享受这待遇。今天这是姑娘您来了，我爹才拿出来招待您的。"祖盛越聊越显摆，王爷家这，王爷家那，白话得陈班主心里好不自在。陈琏琨忙将儿子的话打住，问霍九红："这么晚来我们陈家一定是有什么事吧？我是个实在人，有什么话不妨直说，只要我陈琏琨能办的我尽力而为。"话说到这儿，再绕弯子也没什么意思。于是霍九红便把霍达被关进去的前前后后都和盘托出，最后求陈班主出面把她哥哥救出来。

听罢此话，陈琏琨顿露难色，说："帮什么忙都是应该的，只是初到京城，衙门里的人我不认得呀，姑娘。"霍九红笑了，说："大伯呀，戏中常说，人的名，树的影啊。您是不认得他们，可他们都知道您哪。我保证，只要您一到，他们立马放人。"陈琏琨纳闷，能吗？霍九红看出陈班主犹豫，便说了句："只是不知陈伯伯肯不肯赏霍家这个脸啦。"陈琏琨还在纳闷，祖盛忙说："爹，您要是怕跌份儿，我帮您出这个面，陪着霍姑娘走一趟。"

"一边待着去！"陈琏琨不高兴了，心说怎么哪儿都有你？之后他告诉霍九红："既然姑娘求到我了，不管行与不行，明天我都走一趟。"听了这话，霍九红顿时泪水涌下，没想到陈班主一口应下自己的请求，于是起身再次拜谢陈家二老，同时也对陈家大少爷深鞠一躬。她心知，陈少爷因自己叫父亲申斥一通，自己应当还这个礼。祖盛忙拱手还霍九红一礼以示尊重。就这样霍九红带着完成使命的喜悦离开了陈家，霍九红虽说是晚辈，可陈家二老都热情地将她送到大门之外。望着远去的霍九红，乌夫人说："甭提多大的能耐，就这个漂亮劲儿，满京城可上哪儿再去找哇。"人们陆续进了院里，唯独祖盛还在门口遥望着远去的霍九红……

一直望到再也不见了影子，他才默默地回到院里，与背着手盯着他的父亲碰了个正着。他有些手足无措地看着父亲，父亲埋怨他不懂规矩，不知礼义廉耻。说来了个姑娘看把你嘚瑟的，显摆什么？还王爷给的茶，那霍九红是多聪明的人，还听不出你卖关子？你还要亲自陪人家姑娘去衙门，显什么大眼？你算老几？谁能买你的账？这时乌夫人过来，劝陈班主说："孩子也是好意，他不是怕你跌份儿吗？帮你打个圆场有什么不对？"陈班主说："你也甭护着他，就他那点花花肠子谁看不出来？还想打人家霍九红的主意？哼，别叫人把大牙笑掉了。"说完转身向客厅走去。这时祖盛对母亲说："娘，你说有他这么当爹的吗？我有什么不对的？他总这么呵斥我？怎么对人家霍九红客气点就癞蛤蟆想吃天鹅肉啦？"没想到他这句话叫没走进屋的陈琏琨听了个真切，陈琏琨回过头来说："对。说得一点没错，就是癞蛤蟆想吃天鹅肉。"这回儿子可真有点急了，他对父亲说："你还真就别跟我较这个劲儿，赶明儿个我要真把天鹅肉吃着了怎么办？"父亲轻蔑地一笑说："那我管你叫爹。"祖盛说："别价，我受用不起。我要真把天鹅肉吃着那天，您就认认真真地给我说两出关公戏，您看成吗？"父亲回过头看了眼儿子说："行啊。"祖盛说："好！您记着您今晚说过的话。"说完，他一掸袖子向自己的屋里走去。

第 六 章

风 云 突 变

　　第二天，陈琏琨带着宽二爷和大儿子祖盛去了西四衙门。通报了名姓过后，张久立亲自出来迎接。可能是出于自己学过几天戏的缘故，他的确想亲眼见识这位被梨园界尊崇的人是什么样子。客套一番后，张久立把陈班主一行人请进衙门，问清了情况后，他皱起眉头告诉陈琏琨："不是我不给陈班主这个面子，这件事不好办哪，抓了两个砸场子的主使人，如果放了一个必然会惹人是非，陈班主您说我该如何处置？"陈琏琨想了想说："我看不难，两个主使也必有其中一人是真正的主使。据我所知，霍达年轻气盛，朱马田更坏一筹，所以说他才是主犯。只要有他在牢里蹲着，这个案子就挑不出你军爷的毛病。何况霍达一人现在系霍陈两家的情分，望军爷您网开一面。如有什么情况和变故，我陈琏琨愿作保承担。"

　　说着，陈琏琨递上一张百两银票，说："军爷们也不容易，只当喝杯茶水费用罢了。"张久立直推说："万万不可，这样愧杀晚辈。"陈琏琨拍了拍他的肩乐了，说："小意思，小意思，我也是代霍家向你表示问候罢了。"张久立说："陈班主有所不知，这件事还牵连着广合戏园和王爷府那边的事，如果有什么闪失小的怕……"陈琏琨笑了说："军爷不必担心，不论哪边的事情，都有我担着。"这时张久立才显出放心的样子。陈琏琨仔细地打量了张久立一番说："年轻人，你很聪明，案子办得独到，有威风，有杀气。听说你父亲是票界的人？"张久立不好意思地告诉陈琏琨："老人家倒是喜欢唱那么两句。"陈班主又问："听说你也学过几天的戏？"张久立说："学倒是学过，可上不了台呀。"陈琏琨乐了说："谁说上不了台？这不是唱得蛮好的吗？孩子，这个世界处处是舞台，人人是演员哪，只是看我们演技如何啦。"

一席话说得张久立无比高兴，陈琏琨是什么人哪？甭说别人，从他父亲口中快把耳朵听出茧子啦。于是他也不装，收起陈班主放在桌上的银票说："大伯放心，在这个世道上怎么做人，久立心中自有主见。好与歹，善与恶，久立自能分清。今天既然陈班主大驾光临，我久立没有二话，有什么事我担着便是。"于是他冲身边的小校尉说："马上放人，把霍达交给陈班主领回去吧。"小校尉答应后匆匆出去，不一会儿把惊魂未定的霍达领了出来。见了陈班主他先是吓了一跳，马上缩回身子想往后退，被张久立一把拉住："跑什么？人家陈班主是来救你的。"

一句话使霍达的心神定了下来。张久立说："看看，你们砸了人家的场子，人家还要把你保出去。比一比，看一看，谁高谁低你们自有分寸。"霍达惭愧地跪在地上给陈班主磕了几个响头，边磕边说："谢谢师叔，谢谢师叔，侄儿错了，侄儿再也不敢了。"陈琏琨将霍达扶了起来，看了看这张受过苦的脸说："孩子呀，这件事不怪你，要怪只能怪那个朱马田，以后要小心哪。"张久立气得踢了霍达屁股一脚，告诉他："今天要不是陈班主亲自来救你，这个班房你至少得蹲半年知道吗？"

霍达像磕头虫似的点着头说："知道，知道，谢师叔搭救。"陈琏琨对张久立说："谢谢军爷，那我们就不多打扰啦。"说完陈班主领着霍达向外走去，张久立和校尉们跟在后面。张久立无比佩服地对陈琏琨说："不愧是好角儿，走起路来都带着气派，带着风采。"陈琏琨笑了，说："军爷说错啦，你才是好角儿啊。"张久立说："陈班主取笑我。"陈琏琨说："绝非取笑。你想啊，一个小小的案子叫你审得风生水起，霍陈两家，两大场子都围着你唱了好几天的大戏，到现在还没唱完吧？"张久立愣了一下问陈班主："什么意思？""还什么意思呀，那里面不还蹲着一个朱马田吗？这连台戏不还得接着唱吗？"张久立一听，立马明白过来，哈哈大笑起来说："那个狗东西，我揍不扁他！"

听说陈琏琨答应女儿要救儿子出狱，霍思纯又羞又喜，大清早就起身，一个人在客厅里转悠个不停，思考着自陈家班进京以来的前前后后。霍九红和霍夫人也来到了客厅，说着昨天去陈家的前前后后，霍班主冲她们娘儿俩甩脸子说："你们没规矩，这么大的事，也不和我商量商量就自己做主。霍达一个人丢脸还不够，还非把我的脸也丢进去。"霍九红和霍夫人气得没法。九红非常生气，问："你到底要怎么样吧？你儿子在里面蹲着，吓得哆嗦，像个小鸡崽儿似的，你救不出来，娘让我去找人救，你又说三道四。那你说怎么办吧？"霍班主一拍桌子说："有什么怎么办的，那个万鑫魁到底是干什么吃的？平时一个能百个能的，到了关键时刻狗屁不顶，以后让他少来占咱们家便宜。"

一句话羞得九红扭过头去，她问父亲："你到底想怎么的吧？要不我现在去陈家把事辞了行吧，不争气的儿子你自己救去吧。"说着就往外走。霍家老两口顿时追了出来，霍思纯说："你给我站住！还反了你啦？我是你爹，我说什么就是什么！"正在这时，前院的下人来报，陈家班的陈班主来了。霍家的几个人全愣在了院子中央，心说，不是说下午来吗？怎么现在就到了呢？霍班主吩咐一声请，他拢了拢头发，装作一副泰然自若的样子坐回到客厅里，等着陈琏琨。霍夫人拉着九红想进客厅，九红擦着泪一扭身回自己房间去了。

　　陈琏琨带着大儿子祖盛，领着霍达走进客厅。霍思纯满面春风地迎上前来，两人同时一拱手，陈琏琨说："霍班主别来无恙，琏琨有礼啦。"霍思纯像没那么回事似的拉着陈琏琨的手走到座位旁，请他入了座。这时霍达一下子跪倒在父亲面前，不停地磕头说："父亲在上，儿子不孝，请父亲原谅。"没想到霍思纯冷不防起身，狠狠地一脚把霍达踢出去老远，说："逆子，不好好在家练功学戏，一天天跑到外面跟不三不四的人鬼混。今天要不是你陈师叔求人把你放出来，我才不管。让你好好在里面受受磨难，知道什么叫遭罪。"陈琏琨忙上前拉住霍思纯说："小孩子一时糊涂，上了别人的当。"这时霍思纯拉着陈琏琨的手说："兄弟呀，多谢你帮霍家的忙啦，依我之见，就把他关在那里好好反省反省得啦。你看你，还非把他弄出来做什么呀。"陈琏琨笑了，说："孩子就是孩子，你忍心，我也不忍心不是？"说到这儿，两个人都哈哈地笑了起来，都不提砸场子的事。

　　九红回屋擦去泪痕，又重新描画眉眼、扑胭脂来到客厅，见到陈班主便上前拜谢，说："感谢陈班主大人大量，把哥哥从班房里救了出来。"这一句话使霍班主顿觉羞臊，心说这丫头，哪壶不开提哪壶。陈班主马上上前扶起霍九红看着她说："应该的，应该的。都是吃唱戏这口饭的人，说什么谢字。当然，若不是姑娘亲自出面，老朽是不会舍这张脸的。"话里的话霍九红听得明白，霍家二老听得更是明了。霍思纯脸白一阵红一阵的很不好看。陈琏琨站起身说："事办完了，我也该走啦。"他又像忽然想起什么似的说："哦，霍班主，过几天琏琨在广合唱几天戏，还望老班主前来赐教。"说完恭恭敬敬地给霍思纯深鞠一躬。

　　霍思纯站起身，拉着陈琏琨的手往外走，边走边聊着。九红也跟着送了出来，她站在祖盛的身边，用感激的目光望着祖盛小声说："哥哥以后有什么需要妹妹做的事尽管开口，妹妹一定尽心。"祖盛看着九红小声说："哥哥没什么需要，就是爱看妹妹唱戏，我以后喊好的时候，你多看我两眼就成。"九红脸红了，笑着说："这个容易，只要你还把好喊得最响，我一准看着你。"就这样大家说说笑笑地走到大门前，两位班主拱手致意，相互道别后，陈班主带着祖盛向远处走去。祖盛一步一回头地望着霍家门前，走不远见大门口一个人也没了，多少有些失落，心说："唉，什么时候霍九红能像我目送她远去那样该多好。"陈班主说："别看啦，我早说过，癞蛤蟆是吃不着天鹅肉的。"

这些天来了不少替朱马田作保的人，想疏通关系把朱马田放出来，可收了周连德银子的张久立哪肯放手？不管来了什么有头有脸的人，他就是拿俞王府这张王牌顶着。还别说，真就管用。听了这个茬的人立马就不再托保了。这下可苦了蹲在牢中的朱马田。张久立没时间搭理他，可下面淘气的小校尉哪肯放过他？他们学着张久立唱戏审案的手法变着花样地拿他作乐。倒了霉的朱马田两天一受审，三天一过堂，把七百年的谷子八百年的糠都招了出来。听说他是个色鬼，小校尉们专拣他乱七八糟的事问，而且不停地拍着惊堂木喊："讲细节！讲细节！"本来他招得就已经不堪入耳，可小校尉们觉得还不过瘾，便拿起板子拍他，搞得他最后连编带造的什么难听讲什么，听得堂上的人哈哈大笑。末了，还要拿起板子再使劲儿往他屁股上拍打一通，最后再往他的下身涂上点辣椒面儿，痛得他死去活来。受了不少折磨的他终于知道，人可千万别落在别人的手里。

周连德在张久立的陪同下，来到了看押朱马田的牢房。今天周连德是带着使命来的，他想趁着朱马田遭罪这当口，帮着场子行的一个朋友盘下朱马田这个长安戏园。另外他也想好好挖苦挖苦朱马田时，在他面前一泄愤恨。可当见到蜷缩在墙角的朱马田时，他吓了一跳。我的娘啊，怎么没人模样啦？受尽苦难的朱马田见周连德进来，吓得连忙躲闪。周连德过去撩开他的衣服看了看，特别是看到下身打得像烂桃似的时候，下意识地说："这也太惨点了吧。"开始还害怕周连德的朱马田见此情景，忙扑过来抱住周连德的大腿苦苦哀求，希望帮着说说情放他一条生路，说此生将感谢他的大恩大德。

周连德随即装出一副无可奈何的样子说："老兄，我也没办法。你这次娄子捅得太大啦，得罪的不光是我，是陈家，还有王爷府哇。别说是放人，你的脑袋还能不能再长在你脖子上都得另说啦。"一句话吓得朱马田立刻尿了裤子。他再三向周连德赔不是，说自己不是人，以后再也不敢了，求周连德行行好，托托人救救他。周连德拿出慈悲的样子，显得左右为难地说："怎么整啊，人心都是肉长的，以前再有小摩擦，可哪有舌头不碰牙的？看在咱们吃一碗饭的分儿上，我还真就找了王爷府的一个管事的，他说人他可以想办法救，只是提出一个条件，要买你的场子。"

"买场子……"朱马田愣了，因为这可不是件什么钱不钱的事，他眼睛滴溜溜地转。周连德马上跟着说："我就说了，这场子哪是轻易能卖的呀？那是咱们行吃饭本钱不是。当时我就把他给回了。"一听这话，朱马田顿时像没了脉一样地说："别回呀周兄，他能给多少？"

"咳，这些人还能出多少钱？明摆着想宰你一刀哇，是不是？"

"宰一刀也总得有个数哇。"

"他说了，顶多出八千两银子。"

"八千两？周兄，我那场子哪是这个价呀？盘的时候我就花了三万多呀。"

"谁说不是呢！可你也得想想，如果你出不去的话，别说八千，连你家，你老婆孩子又是什么呀，孩子都姓旁人姓啦！"

朱马田一听掉眼泪了，不管是真是假，也只能认栽了。他对周连德说："周兄啊，只要能把我救出去，就麻烦你帮我做主吧。"周连德立马装出另一副样子说："哎哎哎，朱兄，这可不成，绝对不成，弄不好落埋怨，你还是叫家里人找人去吧。"

朱马田心知，家里人要能办，他至于今天还蹲在这里吗？他拉着周连德的手说："周兄啊，看在咱同行的分儿上，你就帮我一把吧，你说得对，如果我死了，连老婆都不知道是谁的啦。"周连德装着很是同情地望着他，说："要不我帮你再去问问。"朱马田忙说："拜托周兄，拜托周兄。"周连德叹了口气摇了摇头说："另外，你得罪的也不光是王府哇，这里里外外的疏通，也不能全凭一张嘴是吧？"

话还没说完，朱马田立刻点头说："明白明白，我马上给家里捎信儿。"说着，他看着背手站在一旁的张久立，因为这些天来他的家人始终不得进来探视。张久立冲他点了点头，意思是允许他给家人带信儿。他马上兴奋地问周连德："周兄，不知得多少银子？"周连德说："怎么还不得两千两啊。"周连德想再狠狠地敲他一笔，可没想到朱马田直冲他磕头说："没问题，没问题，只要放兄弟一条生路。"周连德冲张久立看了看，心说，要少了。张久立捂嘴大笑。话已出去不能再改了，可聪明的周连德忙说："兄弟我出去尽力帮你活动。能不能活着走出去那还要看你的造化。但有一样，出去了可不许告状，在这里的情形可不许对任何人讲，听明白了吗？"

朱马田像磕头虫似的直点头说："我明白，我明白。请周兄和张大人放心，就是打掉多少颗牙我也得往肚子里咽。"就这样，张久立派一个小校尉到朱马田家捎信儿，告诉他们可以到牢里探视朱马田了。朱家按周连德的要求，在一张卖长安戏园的契约上签了字，又从那八千两银子里拿出两千两交给了周连德。出了牢房，周连德只拿了五百两银子，将余下的银子交给了张久立。张久立拍了拍周连德说："周兄，没想到你也够狠的呀。"周连德笑了笑，说："这也是赶上这么个机会，帮朋友个忙。"两天后，周连德领着朱家人把在牢中受尽苦难的朱马田接回了朱家。这天深夜，朱马田悄悄跑到戏园子门口，围着它绕了好久，怎么也没想到，不到几天，自己竟成了丧家犬，流浪汉。他坐在不远处伤心地哭了好久。

大戏开场了，广合戏园张灯结彩，车水马龙。门前拥挤的人群多是戏迷。有的看首场，看不上首场的人也来到门前跟着凑这个热闹。大家纷纷抬头望着广合戏园精心布置的俞王爷所赐的"活关公"这块匾，在两个大红灯笼的照耀下，它是那样显眼夺目。陈家班这次演出可谓是盛况空前，京城有名望的人都来到了广合戏园，仿佛都已忘却了前些时日帮着霍家班唱对台戏的事。他们手持陈琏琨送去的大红请柬，满面喜气，显得非常高贵。乌夫人首次站立大门旁迎候着每位应邀前来的贵客，大儿子祖盛也帮着母亲接待客人。忽然，在人群中他一眼见到了正冲他走来的霍九红，只见她云鬓高绾，身着艳红色衣裳，脖颈上佩戴着一条大大的珍珠项链，闪闪发光，映衬着那张洁白而美丽的脸，真是美得无法形容。

祖盛刚想上前搭话，忽见边上陪着她的是宝利通商行的万鑫魁，便觉不妥，往回走了走。可没想到霍九红满面含笑地直奔他而来，左一声哥哥，右一声哥哥地叫着，把祖盛美得一时不知怎么好。可边上冷脸的万鑫魁却很不自在，他连续咳嗽了好几声，意思是不想让九红多搭理陈祖盛，分明有几分看不起的架势。祖盛心说："这可不是在洋行啦，这回也算是到我家的地盘啦，你还威风个什么？老子今儿个好好玩玩你。"于是祖盛像压根没看见他似的对霍九红极其热情地说："哟，妹妹来啦，你说，来了这么些有头有脸的人，可唯独妹妹你在人群中像你佩戴的这串珍珠般闪亮。今天是家父的首场演出，有你来，那真是蓬荜生辉。"霍九红一听乐得捆起嘴笑着问："真的吗？哥哥不是拿我开心吧？"祖盛认真地说："真的，妹妹，这满京城里头，要说美女多的是，要说才女也不少，可在才女中还能有你这么漂亮的，非你莫属。别的客人都由我娘迎着，唯独您，由我专门迎候。"

女孩子就是爱听好听的，霍九红也不例外，再加上今天毕竟是陈家班的场面，有陈家大公子在门前这般殷勤迎候，是件有面子的事。她用那双媚眼望着祖盛说："哥哥就是会说话，不管是真是假，我倒是高兴着呢。"这时不耐烦的万鑫魁再次咳嗽了几声，祖盛仿佛刚刚看见万鑫魁似的说："哟，这不是万老板吗？怎么着，不会是又想包场子来了吧？"一句话刺到了万鑫魁的痛处，想京城的大老板，岂容一个小戏子调侃？万鑫魁甩下脸子冲祖盛说："神气什么呀？别以为你爹弄了幅王爷的墨宝就了不起了。告诉你，京城的水深着呢小子，当心哪天翻了船都没人捞你们。"祖盛笑呵呵地说："瞧你说的，没看见我这直和妹妹套近乎呢吗，我就指着我妹妹捞我呢，是吧妹妹？"九红已感到他们之间的火药味，便笑呵呵地应了声之后，拉着万鑫魁进场子里去了。陈祖盛望着他们的背影乐呵呵地吹着口哨，好不开心，心想这个世界世事无常，变化太快。前些日子求他租场子时，看他牛的那个样子，再看看今天，自己能站在这儿拿他开心，实在是难以想象。

锣鼓声声，唢呐阵阵，琴声悠扬，喝彩连连。在一片期待的欢呼声中，观众们迎来了这位一直带有传奇色彩的陈家班班主陈琏琨。由于对台戏失败的教训，陈琏琨十分珍惜和重视这场演出，他要拿出百分之百的精力和本事来唱这台戏，他要让京城的梨园中人和戏迷好好看看他的本事，他要用事实来证明自己的实力。因此，他首场演出便以《艳阳楼》和《古城会》两出大戏作为开场，这两出是武生戏和红净戏中最叫人期待的大戏，他要让首场的人们看到一个艺人炉火纯青的艺术造诣。

在舞台上，他的艺术成就和艺术境界的确令同行和戏迷叹为观止。高登的一把大扇子拿在手中霸气十足，趟马圆场行云流水，枪花、刀花，如绣针般在手稳稳当当。关公戏更是他的看家本领，只见他手持青龙偃月刀威风凛凛，一念一唱动听悦耳，造型优美，人物鲜活。京城的戏迷忘却了往日捧角儿在台下大喊大叫的习惯，而被他真切地带到了戏剧的情境之中，如诗如画，如梦如幻。只有两个字能加以形容，一个是"好"，另一个是"棒"。就连万鑫魁也不得不佩服地抬起手为这位真正的艺术家送上敬佩的掌声。他小声地对身边的霍九红说，长这么大还是头一次看这样的好戏。霍九红也认同他的说法，频频为陈班主精彩的表演喝彩。两出大戏结束的时候，观众送上热烈的掌声，站在原地久久不肯离去，等着再次欢迎陈班主上台谢幕，想再多看几眼他的模样。陈琏琨连连向梨园的同行、京城的戏迷鞠躬致谢，前后有五六次之多，这种场面当时在京城实属不多。

霍九红和万鑫魁看完戏回霍家，将演出情况说给了霍班主，他们二人均说陈班主戏演得好，唱得地道。霍班主闻听此言只是哼了一声："还把匾挂上了，纯属哗众取宠。他挂上活关公就是活关公了吗？王爷说他是他就是？王爷懂个屁！"万鑫魁说："不管匾不匾，戏唱得还是不错的。"霍班主听后冲他呸了一口说："你懂什么？你看过几出戏？你就是个臭棒槌，真外行。"说完，十分不悦地回卧室去了，霍九红冲碰了一鼻子灰的万鑫魁吐了下舌头说："这回知道了吧？说话也要分个人。"万鑫魁顽皮地抽了下自己的嘴巴。

一连几天大戏，把京城梨园人和戏迷的胃口吊得老高。广合戏园一两银子一张的票，被倒票人炒到了三两银子一张。周连德揪心地说，早知道陈班主的戏肯定火，能卖个好价，但还是踩空一步，叫这帮人捞了一笔去。

戏园子里依旧掌声不断，喝彩连连。当戏唱到第六天的时候，戏园子外忽然来了一队佩刀的校尉，将广合戏园大门给封了。其中一个一脸横肉的头头，命手下上楼将那块明晃晃的"活关公"的牌子取下来，当众将这块牌子用刀斧劈了个粉碎。正在场子里品戏的周连德听说此事，提着他那把二尺多长的大砍刀出来要与封场子的人拼命，被几个校尉三下五除二地按到了地上。

满脸横肉的头头抽出腰刀架在了他的脖子上对他说："还敢跟爷爷舞刀弄枪？我看你是活腻了。"被按在地下的周连德不服气地冲那个头头大喊："我看你是活腻歪了，这块匾是俞王爷赠的！"那个头头一听笑了："正因为是俞王爷赠的，老子今天才来封你的场子，明白了吗？"这句话吓得周连德瞪圆了眼睛，张着的嘴半天都没合上。一脸横肉的头头告诉自己的手下："进场子，把所有的人都轰出来，把陈家班的人全都带到顺天府衙接受审问。"话音刚落，训练有素的校尉唰地分两队直奔场子里，叫停了台上正唱戏的陈家班，将看戏的观众统统赶出了戏园子。

忽然间一片哗然，有几个不服的戏迷和年轻人吵吵嚷嚷地想与封场子的校尉论理，被校尉一通嘴巴抽得立马不敢再多嘴。眼前的一切已使他们吓得目瞪口呆，因为那么有声望的陈琏琨和陈家班的人，眼睁睁地被一排排带了出去。出得戏园子再看，一排排的校尉如虎狼般站立在门前，那块曾被人们羡慕不已的牌匾已被刀斧砍得七零八碎，不成样子。这下人们才晓得出事了，陈家班出大事了！

第 七 章

沐浴天恩

　　陈家班出事的消息在京城迅速传开，梨园界的人纷纷猜测到底是怎么回事，可谁也没个准信儿。这几天霍家班的门前车水马龙，络绎不绝，都以为霍家能有准确信息，可除了听到几句霍班主对陈家班的冷嘲热讽之外依然什么也没有听到。凭直觉，人们知道，这绝不仅仅是因为唱戏的事，一定是大事。陈班主一个唱戏的人能有什么大事？

　　几天后，霍九红从万鑫魁那里得到了消息。原来是太后与皇上之间发生了激烈的矛盾，而俞王爷在感情上站到了皇上的一边，所以老王爷被削了职，下了大狱。罪状中有一条便是，违背懿旨，私封梨园尊贵，有意与朝廷对抗，所以才有广合戏园被封一茬。陈家班是受封对象，所以也被牵连进来，被带到顺天府进行调查。

　　陈家班的人被带到顺天府衙，一家人被关在一间屋子里，其余人分散着被关在各处，不停地接受审问和训话。对于唱戏的人来说，陈琏琨一家还是头一次经历这样的事。除了大儿子祖盛没心没肺的没太在意外，从父母到弟弟都吓得不轻。乌夫人有些拿不准地问陈班主会是什么事，能有什么结果。陈班主摇了摇头有些消沉，就大儿子端着碗面条边吃边劝母亲："没啥事，因为咱就是个唱戏的，也没犯法，能有什么事？"所以他一会儿一喊人一会儿一叫人地说衙门里的伙食太差，要给他父母弄点好吃的东西才行。他对母亲说："您甭害怕，您越害怕他们越会觉得您有事。"母亲听了大儿子的话，心里也觉是这么个理儿，于是感到踏实了些许。

一会儿一个人端着一个盆走过来，祖盛对母亲笑了笑说："怎么样？我说得一点没错吧，不能软了，咱是陈家班，到哪儿都有一号，看没看见，给咱拿吃的来了吧。"说话间端盆的人走到了门口，祖盛乐呵呵地迎上前去，想接过送来的东西，没想到那人将一盆凉水扬到了祖盛的脸上。这一下陈家的人全吓傻了，祖盛像落汤鸡似的呆呆地站在那里。乌夫人本能地上前护住儿子，指责校尉："凭什么欺负人？"却被那个校尉一脚踢倒在地，他叉着腰趾高气扬地冲着乌夫人大吼："老子就欺负你啦，怎么着吧？还想吃好吃的？你们也配？你们这帮臭唱戏的，是下九流！知道吗？"见乌夫人被人欺负，陈班主和小儿子祖德站起身来想和他们理论，却万万没想到，祖盛如饿虎扑食般一个箭步冲过去将小校尉扑倒在地，挥起拳头一通暴打，速度之快，连门口站着的两个守卫和陈家人都还来不及反应，那个校尉已是鼻口蹿血，求饶不止。祖盛眼里充满了血丝，边打边怒吼："敢骂老子是臭戏子！敢骂老子是下九流！"陈班主急忙过去拉开了儿子，直给校尉赔罪，并责怪儿子无法无天，实在过分。

敢殴打衙门的校尉，简直是吃了豹子胆了。不容分说，祖盛被冠以抗拒执法的罪名受了刑法。被架回来时，他已是遍体鳞伤，人事不省，心疼得母亲不知说什么好。父亲也心疼地过来直给儿子擦伤，但从心底里佩服大儿子这股子血性。在众人的呼唤下，祖盛慢慢睁开了眼睛，都以为他一定会难受得哭出来，可没想到睁开眼的祖盛嘿嘿笑了起来。

什么毛病？不会是打疯了吧？父母眼光对视了一下又看着他。母亲问他："伤口疼不疼啊？伤着骨头了吗？"祖盛笑着说："疼倒是有点疼，不过算不得什么，比起爹给我扳腿、劈叉的滋味差多啦。"陈班主哭笑不得地捶了祖盛一拳说："臭小子，都什么时候了，还跟你娘开玩笑。"

欢喜之人天天喜，受难之人时时难。想进京施展抱负的陈家班遭到了前所未有的打击。除对陈琏琨两口子在审问中稍微客气点之外，其余人都遭了刑讯，连帮陈家班管事的宽二爷也不例外地挨了几个嘴巴。小儿子祖德气不过也被抽了几通鞭子。大儿子祖盛和广合戏园老板周连德更不必说，胆敢持刀阻法？胆敢在狱中抗上，殴打校尉？想起他就抽他一通，想起他就揍他一通。在这里一定要让他们知道，这里就是鬼窟，这里就是地狱，是阎王爷和小鬼的天下！

此时，京城梨园界和外来的班子里有许多人为陈家班担忧，也有许多幸灾乐祸的人说三道四，其中不乏刚刚出大牢的朱马田。他拖着伤刚好的身子也跳出来声讨，并带人到周连德家里索要那两千两银子。霍九红从张久立那里获悉一些陈家班的情况，甚是替陈家捏了把汗。一天，她一个人背着家里来到顺天府衙，想要看望被关押的陈家班的人，被顺天府衙的人拒绝了。里面的人告诉她，陈家班的人是钦犯，任何人不得探视。冷冷的脸子，硬硬的话，使霍九红顿感陈家的事来头不小。虽说接触陈家人的日子不多，但陈家人给她留下的印象是好的，是深刻的。陈大伯是那样直率，陈家的大哥是那样热情。这样好的人如何就成了钦犯呢？这是什么世道？简直是有理也没地儿说清，带着一份凄凉，九红一个人徘徊在府衙的墙外，走哇，想啊。

秋风起，秋雨凉，深秋的京城天空乌云密布。霍班主独自站在房门前仰望着远天，表情凝重的他不知思索着什么，以致霍九红连唤了好几声，他都没有听到。这几天他谢绝会客，一个人在家里显得沉闷。他不想见那些到这里来议论陈琏琨的人，他觉得这些人如墙头草般忽东忽西很不地道。

虽说这些人以为陈家班的人被关进大牢，他肯定会如去掉心头大患般高兴，可他却真真的高兴不起来，倒是觉得心里堵得慌，以至头天晚上万鑫魁和霍达在家里幸灾乐祸地埋汰陈家班，被他骂了出去。家里人也都蒙了，不知他是怎么了。

见九红过来，他以少有的温情对女儿笑了笑说："你来啦，爹正有事想找你，你一会儿替爹跑几个地方。"九红问他："都去哪儿？什么事？"他告诉女儿："去北海街找一下万大爷，去珠市口找一下洪老爷，去西单找一下唐九叔，去西四胡同找一下李伯伯，约他们下午到我这儿来一趟。"霍九红一听愣住了，这四位是京城梨园泰斗级的人物，约他们来家里做什么呀？爹有什么事吗？霍班主苦笑了一下说："是呀，没重要的事能约他们来吗？"九红狐疑地问父亲是什么事，霍班主想了想说："陈琏琨一家被关进去七八天啦，我有些放心不下，毕竟是咱们梨园人，都是吃唱戏这碗饭的。咱家霍达出事人家出面关照了咱，咱怎么能在这个时候隔岸观火，看人家笑话？"

九红立即明白了爹爹的意思，随口告诉父亲："我去顺天府衙了，人家说陈家是钦犯，爹不怕受牵连吗？"霍班主笑了，说："什么钦犯？如果有罪，也不过是王爷。一个唱戏的人能有什么大不了的罪？所以我想请梨园行的几大望族一起作个保，把陈琏琨一家保出来。"几句话说完，霍班主见女儿的泪水唰地流了出来，九红走近父亲，轻轻地抱住他说："爹，这就对了，女儿也正想找您商量这件事呢。咱都是梨园人，人不亲祖宗还亲不是？争啊斗哇的图个啥？"霍班主拍了拍女儿说："哎，这可是两码事。救人归救人，斗戏归斗戏。一个是人性，一个是志向，两者不可混为一谈，明白吗？"女儿笑了，说："爹说的我都记住了。"九红心知，父亲挣来的家产，几辈子都受用不了。可要争的是一个名分，一个值得人们尊崇的地位，一份在梨园发展史上永远抹不掉的记忆。之后，她告诉父亲这就去找几位师伯，一会儿就回来。

午后时分，按霍班主的邀请，京城梨园的几位尊者纷纷乘黄包车来到了霍家。其中最有影响的当数万福临，他是生行引领者，几代梨园世家，根基深厚。洪喜奎则是梨园界资历最深的长者，不仅技艺精湛，且桃李满天下，影响深远，曾是红净戏的头牌，只是现在年过八旬，隐居家中，不能再出台演出。其余两位也是梨园界不可撼动的尊者。大家寒暄过后，霍班主便把请他们来的意思说给他们听，想听听他们的想法。几个人你看看我，我看看你地笑了，都表示愿意为此事效力。洪班主望着霍思纯说："思纯哪，你这样想就对啦，不论哪行，以德为本，以德服人。唱戏之人更不能离经叛道。不管怎么说，陈琏琨是咱梨园界难得的人才，这个时候咱不搭救他谁搭救他？一个唱戏的人能有啥罪？还什么钦犯？听着都觉得好笑。"几位班主见洪老爷子表态坚决，便也都纷纷响应。就这样，定在第二天下午到顺天府衙门前会合，由霍班主出面与顺天府衙的人具体商谈保释的问题。

面对京城梨园五大巨头前来保释陈家班，顺天府的人觉得不可小视，很快将此事呈报给了刑部，刑部又将此事报给了太后。慈禧太后听了此事后紧锁眉头思索了良久，心说总是拿不顺心的事烦我。之后便召来顺天府的头头询问了陈家班的情况后，命他们接受保释，放了陈家班的人。顺天府的人走了之后，太监李莲英问太后："不是要治陈家班的罪吗？怎么又放人了呢？"慈禧太后对他说："不可小视这些梨园世家，这个世界上的戏都是他们编出来的，他们唱你好，你这一生便名垂青史；他们说你坏，你将遭到后人的诟骂，永世背上恶名。既然是这五个京城梨园人出头作保，证明此事已在京城引起不小的震动，给他们点面子，也说明朝廷对他们的重视，落个好听的名声。再者说，他们说得也不无道理，有错的是俞王爷，与陈家班关系不大。"李莲英听后点头笑着说："真是谁也没有太后英明。"慈禧笑了笑说："不过也没那么简单，这件事还没算完，哀家自有决断。"说完她懒洋洋地朝后殿走去。

脱离苦海见彼岸，遇难恰逢有情人。当陈家班的人走出顺天府衙门时，首先见到大门口站着的五位梨园尊者和霍九红等迎候他们出来，顿使陈家班的人感动不已。什么是戏？这才是戏。这比多少年来台下的喝彩声都叫人倍受感动。在众人的安慰下，陈家班的人回到了自己的家中。看着被抄得零乱的家，想着曾有的温馨而愉快的生活，想到在京期间所经历的前前后后，大家不禁潸然泪下。争啊争，到底争来了什么？正所谓露多大的脸，现多大的眼。十几天前还擎着块牌子炫耀得不得了，想不到几日后便关进了大牢。这次要不是霍家出头搭救，还不知要遭多少罪。想到这儿，陈琏琨毫不犹豫地对家里人说："打点东西，回山东！"这次的决心是坚定的，不再犹豫的，所以家人马上开始收拾东西，宽二爷出去租马车，一直忙活到深夜才睡。

多日的苦熬已使大家疲惫不堪，加上一天的劳累，人们倒头便熟睡过去。睡到深夜，忽听大门一阵阵被敲砸的声音，大家忙披着衣服来到大门前，只见两排士兵身佩腰刀，手持火把，明晃晃地站立在大门两旁，甚是威武，甚是肃穆，叫人心惊胆战。陈班主从众人中走出来，见门口站立着一个面色发黄的老者，凭多年唱戏的直觉，他知道这个老者一定是个太监。他规规矩矩地拱起手，对那老者说："不知公公驾到，小人有失远迎，望公公恕罪。"公公从鼻子里哼了一声说："不愧是唱戏之人，还算懂得礼数。"之后，他清了清嗓子，高声些说："懿旨到，陈琏琨听旨。"陈家班的人立即都跪在了地上。公公接着宣读："太后有旨，宣山东陈家班于本月十五日进宫献戏一台，剧目《古城会》。"还没等陈琏琨反应过来，老太监几乎将懿旨扔到了陈琏琨的手中，陈琏琨和陈家班人忙俯下身子叩头，山呼万岁。

老太监用蔑视的目光看着陈琏琨，对陈琏琨说："陈班主，离进宫的日子还有十天，你要好好背戏，太后可是行家糊弄不得。咱家不必多说，你要知道这里的轻重，明白了吗？"陈琏琨连连说："小的明白，小的明白。小的一定好好背戏，不敢糊弄。"老太监神气十足地用鼻子哼了一声说："谅你也不敢。"这时，乌夫人忙递给丈夫一个包裹，陈琏琨忙将包裹恭恭敬敬地送到老太监的手中说："大半夜的，公公和军爷们都辛苦啦，喝杯茶水吧，算小的孝敬公公啦。"公公也不避讳，用手掂了掂，足有百两银子，便露出笑模样说："都是公事，班主何必客气。不过咱家还是要提醒陈班主，戏要往好了唱，明白吗？"陈琏琨忙连连点头说："明白，明白，小的一定遵公公的话去做。"老太监望着陈琏琨叹了一声，摇了摇头，一挥手，领着宫中的士兵离开了陈家。望着消失在远处的灯火，陈家班的人仿佛感到陈家班要大祸临头了！

本来不想在戏台上再引起任何争端的陈家班突然陷入了无底深渊。想一走了事都不成，看来朝廷是要拿一个唱戏班子开刀啦。看着宣旨老太监一脸黄皮的样子，陈家班的人心里没了底数。可太后的懿旨谁敢不遵哪？这一夜苦杀了陈琏琨，他料理后事般地把妻儿叫到身边，把如果自己回不来及以后的事情交代了一遍，本来两个儿子都应当是子继父业，可老班主却挨个拍了又拍，搂了又搂。最后告诉妻子，不管今后日子多苦，千万别叫孩子再吃唱戏这碗饭。

此消息不胫而走，再次引来梨园界一片狐疑。到底是怎么回事？不是几大泰斗刚刚保释过吗？干吗非要置陈家班于死地？但这一次梨园人再也没有敢吭声的了。因为事情的水深水浅谁也摸不清，即便陈琏琨在此期间到霍家去，对霍班主营救陈家班一事表示感谢，霍班主也不提及这次宫里请他唱戏一事。彼此的心照不宣，也预示着大家对这件事的猜疑，一切都看造化，大家只能拭目以待。事已至此，陈琏琨反倒突然觉得没什么好求的，也没什么好怕的了。一个唱戏之人，其奈我何？宁愿叫人打死，也不能叫人吓死。事到如今就豁出去了。

十日很快过去。一大早，陈琏琨就摆好香炉，给关帝爷上了三炷香，又取出心爱的青龙偃月刀亲了又亲，摸了又摸，希望关帝爷能保佑陈家班逃过此劫。午后时分，朝廷派来了几辆车，将陈家班演戏所用的服装道具装进车内，还派一辆专车拉着班主陈琏琨进宫。这使得在陈家班门前看着的人心里捉摸不透，什么意思呢？陈家班这事到底能咋样呢？就这样，一行人在宫中人的带领下，走进宫中。

给王公大臣唱的叫堂会，而给皇家唱戏则叫御戏。近一个时期，国家内忧外患，朝廷还是头一次摆这样气派恢宏的排场。红墙重兵把守，内外灯火通明，湖光倒映五彩，烟柳环绕楼亭。王公大臣陪着太后和皇上端坐台下，美若天仙的后宫嫔妃侧坐两旁，她们身上穿着锦衣丝绸，在灯火的照耀下，色彩斑斓，闪闪发亮。

自打把一切想开，不再有任何杂念之后，陈琏琨仿佛给自己打了一腔实足的人生底气。什么皇上不皇上，御戏不御戏的？唱戏的和做工的一样，只要把活儿做好了就行。什么王爷不王爷的？干我屁事？我就是活关公，我就是关云长！不管紫禁城也好，仪鸾殿也罢，陈班主还是在后台一个相对僻静的地方上香供起了关二爷。

"嘿嘿，这是什么地儿知不知道？不许点明火知道吗？"一个老太监板着脸冲着陈老班主走过来。陈琏琨也板起脸，慢慢地转过身来，冲着太监说："这是行里演关公戏的规矩，否则会给人们带来不祥。"老太监看了看他，又想了想，咂了下舌头退却了。一会儿又来了一个好像主事的老太监，他走过来看了看陈琏琨，又看了看供着的关二爷，便冲着方才的那个太监耳语几句下去了。陈琏琨望着他们远去的背影心说，奴才终是奴才，你们也知道关二爷不好惹是吧。

今天晚上太后和皇上要看他演《古城会》。这是关老爷戏里唱念做派最叫响，也是最难演的一出戏。故事主要说的是，关公为保二位皇嫂不得已降服于曹操，曹操好生地款待他，上马献金，下马送银，每日派十位美女服侍。当听说兄长刘备在河北有了消息后，关公便封金挂印、抛下钱财，不顾一切地带领二位皇嫂千里奔波寻兄找弟。这出戏体现了关云长不爱官爵财色，不忘旧交情谊的忠义之举。

锣鼓声打破了紫禁城的寂静，大戏即将开场，看本事的时候到了。虽说陈琏琨方才还觉得底气十足，可真到该他上台献艺的时候，心里不免有些忐忑不安。满中国谁不知道慈禧太后是谁呀，她是个杀人都不眨一下眼的婆娘，常常是心气不顺，就要拿人开刀问斩。自己不过是个唱戏的，说不对了心思，保不准今儿晚上脑袋就不在自己的脖子上啦。来不及多想了，导板的京胡声已拉响了。他运足底气，随着响亮的琴声送上了一阵嘹亮的声腔："紧紧加鞭奔阳关，一路上思兄泪不干……"以往唱完这两句的时候，台下的喝彩声早炸了锅般沸腾了，可今天尽管陈班主仿佛运足了平生的底气，亮出有史以来最嘹亮的歌喉，但导板过后，台下却一点反响都没有，这是陈琏琨没有想到的事情。

来不及多想了，他以最美的身段和最稳的步伐舞完了上场后的马趟子，台下依旧没有半点的动静，这使他的汗水一下子从头到脚流了下来。他脑子里嗡的一声，一片空白。这时紧贴在他身边的一个人小声地冲他说："老爷子呀，该接唱啦。"片刻的空白后，他又听见了嘹亮的琴声，他醒了醒神儿接唱道："封金挂印辞曹瞒，在黄河斩秦琪闯出五关……"最后的拖腔，他再次运足了力气，故意把膛音唱得炸响，表现出忠勇武将的豪迈气。舞台下的人被深深地震撼了。

这时只听得一个清脆的掌声响起，是众人最中间，身穿黄凤袍的那个女人鼓的掌。随之是一片越来越响的掌声和喝彩声。随着这阵掌声，陈琏琨才稍舒一口气，随着稍舒的这口气，他的泪水唰地一下流了下来。演员是不许流泪的，但在这出戏里流的泪是恰到好处。他仰起头，仿佛遥望远方，怀想起桃园结义的二位兄弟的样子念道："桃园结义十五载，徐州一别挂心怀。今闻吾兄在河北，封金挂印又归来。哈哈哈哈……"在怀念的泪水中他仰天大笑，望着眼前的此情此景，谁还能不说这是一位杰出的好演员？谁还怀疑这就是个与众不同的活关公呢？中间位子上端坐的这位老妇人再次抬起手，这次还没等她的双掌合拢，身旁的人便送上了一阵更加热烈的掌声。

龙位上坐着的人是不能用正眼来看的，通常回太后、皇上的话也要跪在地上说。但那是王公大臣，嫔妃奴才。台上的人是戏里的人，戏里的人是上天的人，他们是不受这种礼节束缚的，做主演的可以用余光瞟着看，打小旗的小龙套也可以在走动中瞟着看。陈琏琨在左右摇晃的时候已瞟看了几次，他见到龙位上坐着的这个人，龙眉凤目，面如冠玉般透亮，可终是挺不起身子。可他身旁端坐着的那位老妇人，却从骨子里透出威严肃穆，至高无上之感，只是那张脸有几分阴沉，眼睛里射出阵阵寒光。哦，看来人们说得不假，这个皇帝在这个国家里不过是个摆设，这个老太太才是这个国家的掌控之人。由于太后起先给台上的演员喝了彩，所以台下看戏人的气氛也松弛了下来，大家时不时地跟着台上的唱腔声和动作晃动着身子和脑袋，但太后却是端坐那里一动不动，她的目光专注地看着陈琏琨一招一式的做派，品评着戏中的滋味。

《古城会》里，关老爷唱的那段吹腔是该剧里的戏胆，关老爷手持一把折扇边摇边唱，腔调十分受听，而陈琏琨这段唱又是特别地道，最难得的是有一股子炸音，在唱和念白的时候，会像子弹般一颗颗送向观众的耳朵里，更彰显出关老爷的壮怀豪情。只见他站稳身子，冲马童摆了摆手，高声叫道："马童，与爷抬刀，带马。"这个马字刚一出口，便又一次博得了满堂彩。接着他开始跟着唢呐满宫满调地高声唱道："叫马童，你与爷忙把路引，大摇大摆，走进了古城。"实在是太漂亮，太过瘾啦，台下不少过去一直喜欢看戏的王爷和妃子情不自禁地赞扬起这位在艺术功力上着实过人的陈班主。一个王爷像是很懂戏的样子对边上的人说："看这出戏，其实看的就是这几下。你看他唱大摇大摆的时候，身体跟着腔左摇右摆，这几下，行云流水一般，显得特洒脱，是老爷戏里特有的东西，撂到别的地方就不行啦。只有关老爷可以这么走，明白吗？"另一个人紧跟着应和："那是，要不说看着过瘾的还得是老爷戏。"

戏散了，王公大臣、嫔妃娘娘簇拥着太后和皇上离开了看台，向后殿走去。直到此时，陈班主才松了一口气儿，他感到这是他平生唱得最累的一台戏，好像已经把下半辈子的力气都用完了一样地瘫坐在后面的一把大靠椅上，只见他面色惨白，浑身上下直冒热气，汗如雨水般滴洒在地下，连动静都能听到一般。演员们来不及宽衣卸装便聚到了陈班主身旁，大家还从没有见过陈班主如此虚弱的时候。宽二爷小声地说："班主，今儿个咱们的戏是唱得最叫响的一天。"陈琏琨微微地睁开眼看了看他，有气无力地说："把刀给我拿过来。"小伙计把闪闪发光的青龙偃月刀送到了宽二爷的手中，宽二爷将刀把儿轻轻地送入陈琏琨手中，陈琏琨用力晃动了一下刀把儿，只听刀头上的铁环当当作响，好像才真正地舒了口气，觉得脑袋的确还长在自己的脖子上。"老爷的这把刀哇……"宽二爷忙说，"是老爷的刀，也是您的刀哇，您是活关公啊。"陈琏琨惨然地笑了笑："可别再提这茬儿了，看来活关公可真不是好当的呀。"

世上本无事，庸人自扰之。因为事情的本身没有那么复杂，只是涉事的人自己把事情想得过于复杂。太后怎么会轻易为难一个唱戏的人呢？只因前些时候，宫中为了推行新政的事展开了一场惨烈的斗争，皇帝不甘做傀儡，在几位大臣的支持下，想以推行新政的方式赶慈禧太后下台，但他们在政治上太幼稚，根本不是太后的对手，结果被太后镇压了，皇帝也被囚进了瀛台。慈禧也看出，朝廷上下对她不满的人数众多，对大臣也无法个个斩杀，特别是身边的这个皇帝，是不能杀的。想来想去，她还是觉得搬出忠厚仁义的说辞来感召他们，让他们放下心来为自己卖命效力。因此才在大局平定后宣诏，在紫禁城内设宴，款待王公大臣、文武百官，并在紫禁城内摆台看戏。

听说俞王爷在外面封了个活关公？那倒好，自己倒要看看这个活关公戏唱得到底如何。派人一打听，说是山东陈家班班主陈琏琨。以前虽说不在京城，可戏唱得倒是蛮地道，在梨园界深有影响，这次是来参加全国红净戏比播的。太后一听，当即拍板，就让陈家班进宫唱这出《古城会》。可唱戏的人哪知晓其中这些事情？只以为收拾了老王爷之后，就要收拾和老王爷有关的人，这才使得陈班主一家人虚惊一场，直到此时，陈家班一班人还在殿外的戏台子后面等待听旨，不知所措。

慈禧太后是个很有雅兴的人，她在掌控天下的同时，对娱乐仍很感兴趣，无论观花、赏景、看书、看戏，都有着极大的爱好。观花赏月是为了心情，看书看戏却是为了政治，以史明鉴。慈禧很爱看戏，爱看好戏，而且戏看得非常明白。哪个旦角儿唱得好，哪个老生味道足，哪个花脸演得活，哪个武生功架漂亮，她都如数家珍。看了这么多年的戏，让她看中的戏子却没几个。今天她看了陈琏琨的戏觉得不错，好几个地方触动了她的心怀，她觉得这个戏子以情感人着实少见。回宫的路上她吩咐身旁的人说："宣陈琏琨到养心殿回话。"养心殿本是皇上居住的地方，但自斩除了推行新政的重臣之后，她更是无忧无虑地躺在了这里。

散戏半天了，戏台的后面仍鸦雀无声地等待着皇家的宣赏和行令。大家开始更换服饰，都这么半天了也没个动静，小龙套们小声地嘀咕着什么。正说话间，一个年轻的小太监走了进来，他拉开一条黄布对堂内高声叫道："懿旨下，陈家班跪听宣读。"一句话，大家全跪在了地上。小太监高声宣旨："太后有旨，今观陈家班关公戏，众心甚悦，特召陈家班班主陈琏琨更换服饰后，养心殿回话。"众人同声高喊："谢老佛爷，愿老佛爷千岁千岁千千岁。"

小太监宣旨后走了，大家都兴高采烈地站起身要向班主致贺，可班主这时还跪在地上没有抬头，宽二爷忙走过去扶他："班主，人走啦。"这时抬起头的陈琏琨已是泪流满面，他小声地对宽二爷说："关二爷真的显灵啦，关二爷真的显灵啦……"宽二爷忙迎合着："是是，关二爷保佑咱们哪，以后咱得多给关二爷上几炷香。"陈琏琨马上接上一句："不能光上香，还得多供白条鸡！"

"对对，多供白条鸡，多供白条鸡。"下人们马上过来服侍班主，这时大家才见班主的脸上有了一丝丝的血色。

在一个太监的陪同下，陈琏琨走进了养心殿，跪在地上高声说："小人陈琏琨叩见太后，愿太后千岁千岁千千岁。"话过半晌没有动静，这让陈琏琨心里有点发毛。稍过片刻，只觉得从很遥远的地方传来一个微弱的妇人声音，那声音拉得缓慢而细长："陈琏琨，你学了多少年的戏啦？"

"回……回太后的话，小的学了四十年的戏啦。"

"打多大起学的戏呀？"

"回太后的话，小的五岁起学的戏。"

"哦……这么说，你也是快五旬的人啦。"

"是，是，回太后的话，小的今年四十五岁。"

"老爷戏演了多少年啦？"

"回太后的话，小的学演关公戏已快三十年了。"

"哦……我说嘛……"又稍停了片刻，那个声音又从很遥远的地方传来，"陈琏琨，你抬头回话。"

陈琏琨有些胆怯地回答："不敢，小的不敢。"

"恕你无罪，抬头回话。"

陈琏琨还在迟疑，这时只听身旁的一个太监不大耐烦地说："太后让你抬头回话，哪那么啰唆？"

"是，是。"这时陈琏琨抬起头来，见不远处不知是长椅还是躺床的位置上，几个如花似玉的宫女侍奉着一个躺着的老妇人，只见她玉冠金顶，周身上下花红叶绿，像花丛中的一只大蝴蝶一般，只是跟身旁的宫女比起来显得面色苍黄，气力不足。不用多想，这肯定是慈禧太后。她摆弄着手中长长的指甲，一双眼睛微微睁开看着陈琏琨，看得他心里有点发毛。其实两人间的距离不过四五米远，但对于陈琏琨来说，这距离仿佛就是天上人间一般。高台上的这个老妇人在陈琏琨抬起头之后，微微向前抬了抬身子，她想仔细地看看这个扮演关云长的人到底长什么模样。哦……四方脸膛，五官端庄，干干净净的脸上很有光泽，怎么看也不像个唱戏的人哪，至少三品以上的官员才会养得如此面貌……"除了老爷戏，你还唱过什么戏呀？"

"回太后的话，《长坂坡》《挑滑车》《艳阳楼》《战宛城》《闹天宫》也都唱。"

"嗬，还能唱猴戏呀？现在还能唱吗？"

"现在……现在也能唱。"

"快五十岁的人啦，那可不容易呀。什么时候有工夫，还真想看看你再唱两出。"

"谢太后，小人一定尽力。"

慈禧好像突然没了兴致般打了个哈欠："陈琏琨，你带班不易，关公戏演得如此精到很是难得，哀家要好好赏你，望你在民间多演忠义仁爱之戏教化子民，体恤朝廷。等咱大清国什么时候兵强马壮了，到那个时候，我再好好地封赏你。"

"是是是，小的一定谨遵太后旨意，多演好戏，为咱大清国效力。"陈琏琨像鸡啄米般地一个劲儿地叩头。慈禧太后拉长了声对下边喊了声："来人哪，把赐给陈家班的东西拿上来。"这时从偏殿处走上三四个太监，他们都端着黄锦缎盘子走了上来，规规矩矩地站在旁边。慈禧太后说："陈琏琨近前回话。"陈琏琨起身侧立在与当值老太监一步之隔的地方站定。慈禧太后接着说："陈琏琨，这些是给你的赏赐。"一个小太监走到陈琏琨身旁，拉开上面的黄锦缎，几块殷红、深绿、浅蓝色的闪光石露了出来，它们像一只只洋人的眼睛般闪耀着奇异的光彩。"陈琏琨，这是波斯国赠给咱们的礼品，是哀家最喜欢的宝石，今天把它送给你，我想也是对关帝爷的一种敬重。"陈琏琨虽是唱戏的也知道宝石的价值，他连忙又跪倒在地山呼千岁。"不忙不忙，哀家还有赏赐。"说完又一个小太监走上来，拉下盘子上的黄锦缎，一对非常剔透的玉佩露了出来："这是南边送来的

• 111 •

一对和田玉佩，哀家把它赏赐与你。"

"谢太后。"还未等陈琏琨说完，又上来一个小太监，从眼神可分明看出他眼中冒出的嫉妒之火。有什么了不起的？一个臭唱戏的，凭什么一下子得了这么大的好处？他慢慢拉开黄锦缎，露出一个十分精致的小盒子。慈禧太后慢条斯理地说："看你戏演得太累了，哀家赏你一盒点心，拿回去吧。你关公戏演得很好，只是那把青龙偃月刀太平常，既然被誉为活关公，那就得把自个儿塑在那儿，不然唱戏之人众多，各有各的绝活儿，你靠什么撑得起来呀？"陈琏琨忙点头称："是是是，太后所言甚是，小人回去后就好好置办。"

看着他的样子，慈禧满意地点了点头："陈琏琨，以后哀家要常看看你的戏，把你所熟悉的关公戏都给哀家好好演上一遍，演好了哀家还会有赏，知道吗？"陈琏琨这次忙跪倒在地连连叩头："知道知道，谢太后鸿恩，小人一定为太后唱好御戏，以谢太后对梨园关怀之情。"慈禧的脸上掠过瞬间的笑容，随即连打两个哈欠："去吧，哀家也累了，你那一班子人还在那儿等着你呢。小李子呀……"

"回太后，奴才在这儿呢。"哦，这个老太监原来就是李莲英啊。陈班主用余光看了看李莲英，他像个小孩般地笑盈盈地看着主子，等待着她的吩咐。"你派人把东西送到班子里去，今儿个戏唱得不错，大伙都有份儿，每人赏五两银子，算是宫里头对他们的犒劳吧。"

"是，奴才照办就是。"李莲英看了看边上的陈琏琨，小声对他说："快谢恩哪。"陈琏琨再次谢恩："谢太后对陈家班格外恩典，陈家班老老少少将永记太后的大恩大德。""罢了罢了，唱戏的人苦，不容易，只要他们以后陪着你好好唱戏就是啦。"

宝石和玉佩是多么昂贵的东西呀，再说那个精致的盒子，哪是什么点心？

当陈琏琨接到手里的时候就觉得这个盒子非常重，心里便合计，可当人面又不能随意打开。回到家进了里屋，当他悄悄打开这个十分漂亮的五彩盒子后，立马愣住了，我的天哪，这哪是什么点心？金灿灿的小金元宝，光闪闪地冲他瞪着眼睛一般。哦，我的天哪……直到此时他心里才明白，难怪那个小太监直冲他瞪眼睛呢，原来太后的赏赐如此厚重。

第八章

戏在戏外

　　太后对陈家班的格外恩典，在梨园界引起震动，特别是太后赏赐陈琏琨无数珍宝的消息不胫而走，叫梨园界的人有种酸溜溜的感觉。连一向对财物显得不大在意的霍班主，心里也有种说不出的滋味。尽管不少到他家来的人说三道四，霍班主还是劝他们，不要这样说，毕竟也是梨园界的光荣嘛，可当夜里睡不着觉的时候，不免一个人坐到客厅里，觉得心里不得劲儿，好像头上的光环正悄无声息地失去光芒。

　　忽然之间，陈琏琨在京城声名鹊起。演完御戏的第一件事，便是去顺天府衙将广合戏园的周老板保释出来。一听说陈琏琨来了，过去对他家下过手的大小人物均不敢露面，纷纷从暗处探出头来偷窥一番。他们摇着头觉得不可思议，今非昔比，这个世界上的事简直是太奇妙，难以捉摸。

　　陈琏琨是个聪明人，他心知，太后的东西也不是白给的，临出养心殿的时候，太后曾点拨他几句话，他没敢忘。那就是把行头和那把青龙偃月刀更换一新，太后以后指不定哪天还会看陈家班的戏，再看他还是以前的那套东西，那他可就像守财奴般难堪啦。

　　没多合计，陈琏琨来到珠市口，在当时北京做戏装、道具最讲究的一家店铺皓月斋定了套新款的关公戏服，什么马鞭、扇子、盔头、髯口全换了套新的。青龙偃月刀更是经过他好几个晚上没睡觉精心设计出了一款新样式，带有青龙奔月图案，用金丝银丝包裹而成。刀头镂空，比以前大了一圈，更加显眼。刀杆用中国南方最讲究的椐木磨打，再用朱砂涂脂而成，哪怕是刀杆底部最简单的一个刀攥儿，也要刮金烫银，雕云附图。好一把青龙偃月刀，在北京谁能拿得起这把青龙偃月刀？非我莫属。满北京城谁不认识唱关公戏的陈琏琨，那就让他们认识认识这把青龙偃月刀吧！

自打进宫给太后唱红了之后，陈琏琨的戏价一路飙升，由过去的一场四十两纹银涨到每场六十两，如演关公戏单加十两。戏园子的老板都想借这个红火气儿捞上几笔，纷纷开出更优厚的条件，可陈琏琨还是一句话，只在广合戏园唱戏。近些时，陈琏琨认认真真地在京城唱了几天戏。这回行里行外再也没人质疑陈琏琨的本事，就连一向傲慢的霍班主也前来捧场般地看一看他的戏，与同行说上几句奉承的话，可话里话外还是听着发酸。

一天看完戏后，霍九红陪着父亲吃消夜，问父亲近来为何心情不悦。老父亲放下筷子叹了口气对女儿说："这个家里未来出息的也只有你，你聪明、漂亮，又是天生吃戏饭的材料，爹只能跟你说说心里话，都是在顶尖上唱戏的人，你说陈琏琨一下子跳到咱脑袋顶上，我怎么能吃得下，睡得稳？"

望着女儿投来的同情的目光，霍思纯自嘲地笑了笑说："唱戏这碗饭不好吃呀，天生不是这块材料吃不下这碗饭；是这块材料不下苦功也吃不了这碗饭；是这块材料，能下得苦功，赶不上好运气还吃不上好饭。你说，这碗饭好吃吗？"九红见父亲有些伤感，便忙劝解他："爹的志向太高。这个年纪应该会活着，把这些看得淡一点。"霍思纯却苦笑了一下说："上山容易，下山难。怎么个淡法？爹毕竟是站到了山顶上的人哪。"

霍九红突然问父亲："前些时本来陈家已经走到绝境的边缘，爹为什么号召梨园界的人前去搭救陈班主？如果说防患于未然，那当时没有必要行这样之举呀。"霍思纯笑了笑说："说我们是戏子，天天在舞台上唱戏。其实人间才是舞台，每个人平时都在演戏。前些时唱对台戏的时候，陈家班败下阵去，可他拿了块王爷的牌匾又唱了起来。正当人们都夸陈家班戏好的时候，谁想他又遇上了难，败了一阵。这个时候如果我们也像市面上唱戏人那样背后议论人家，幸灾乐祸，那就太不地道，可真就成了臭唱戏，下九流啦。这个时候应救人于危难，救人于水火，才是大气，才显梨园领袖风范。基于这点，我才向几位梨园长者发出邀请，前去搭救陈家，这样才能在舞台上真正赢得一局。"

女儿欣慰地向父亲伸出大拇指，表示赞同和从来没有过的尊敬。她问父亲："以您之见，陈家班进宫演御戏是好是歹？"霍班主笑了："任何事情不分好歹，总有两面。从面上说受宠了，可如果不知谦虚，不懂低调，自会引来是非，惹来麻烦。"女儿点了点头问父亲："您对陈瑄琨这个人到底印象如何？"霍思纯想了想说："论起本事，真有能耐，包括你爹在内也不得不佩服。就像我说你一样，天生吃这碗饭的人，功夫下得也到家，只是做事还不成熟，有些小家子气。"这天晚上父女二人聊人聊戏谈了很久，九红还是第一次听父亲和她谈得这样深，这样久。

唱关公戏的人对关公自然有着崇拜意识，自陈瑄琨在宫里唱红了之后，对关二爷的敬拜更是锦上添花般地讲究起来。每天要请出青龙偃月刀，供了又供，拜了又拜。每当要演关公戏的时候，头一天要净身，不近女色，不行房事。演出前的头半个时辰要用香火熏手，以免尘世的污浊污染了关二爷的青龙偃月刀。他用一个长长的五彩樟木箱单独装这把刀，除了他开启，班子里任何人是不得随意触碰的，女人更是不行。演戏之前要在后台找一个僻静的地方把长刀供在此处，杀一只纯白色的公鸡，用其血擦拭刀头，然后再上好三炷香，祭拜三次。据说只有这样，才能达到请神入室的目的。不少人俏皮地说，陈琏琨的戏，后台比前台更好看。

除此之外，在院子里腾出一个屋子以焚火上香敬奉关二爷，每天香火不断，烟雾缭绕。陈琏琨拜的时候如虔诚的信徒，可出来后却像关二爷再世般神圣无比。梨园界有句话，像不像，三分样。为了演好关公，达到形似神随，心神合一，每当上完香，坐回到厅堂八仙桌前的时候，陈琏琨都手拿一本书，眯起丹凤眼，左手时常有意无意地效仿着关老爷捋美髯的样子，捋上三捋。甭说家人看着认同，就连他自己也觉得，关二爷就是这样。对，关二爷肯定就是这样。

世上没有不透风的墙，陈琏琨的这套做派很快传到了梨园界人士的耳中，不少人笑他故作卖弄，装腔作势。臭穷酸，说他胖，他还喘上了，装孙子。一天，广西戏班的赵班主拜访陈琏琨时对他说："您现在就是关二爷啦，在天上有您的牌位，怎么还吃肉哇？得吃素啦。"陈琏琨真往心里去了，几天后他一本正经地对妻子说要吃素。

妻子哪敢违背他的意志，照样八个菜端上桌来，颜色搭配得玉绿翠白，十分讲究。吃了一阵子，陈琏琨发现不行，素也倒是挺好吃，可唱起戏来明显感到没劲儿，后半场支撑不起身子骨，便又改成吃荤。事后他才知道，广西戏班的赵班主是成心来跟他犯损来的，还故意把此事传扬到各戏班里，有意笑话他还真把自己当成活关公了。这件事使陈琏琨心里很不是滋味，他觉得自打唱了这场御戏，和梨园界朋友的心离得远了。尽管后来他也放下架子，请同行吃喝畅谈，可并不解决什么问题，吃喝畅谈过后，同行该挖苦他还挖苦他，该跟他犯损还跟他犯损。

这多少使他感到烦恼。怎么回事呢，他搞不明白。有一天云南张班主前来探望他，聊起此事，张班主说了实话："这不很简单吗？木秀于林，风必摧之。你想，京城那么多唱戏之人，加上各地名班，唱老爷戏的人也不在少数，单你被王爷封了活关公，事还没了，又被太后召去唱了御戏。唱砸了、唱平了都还好，偏偏你还唱红了，又得了那么多财宝。你想，谁心里能是个滋味？""哦……"陈琏琨叹了口气，心说，这我可就没有办法啦，总不能在老佛爷那里把戏演砸了，再成全同行里的好友吧。

说来也怪，梨园人瞪圆了眼睛等着的活关公擂台赛迟迟没个消息。一年多过去了，陈琏琨的陈家班在京城也渐渐立稳了脚跟。如今的陈琏琨在京城梨园界也是一摇三晃的人物，免不了有些自得之意。他也托人从南方定做了两个花岗岩的狮子，在大门两侧悬挂两个"陈"字的大红灯笼，抬眼望去很是气派，只是少了当初那块大黑漆匾，如果那块匾如今还在那该有多好。

一天，宫里再次派人来到陈家班，这次这个宣旨的太监的脸上明显地挂着笑容，显得和颜悦色。他拉开黄锦缎对陈家班宣了旨，要他们三天之后进宫唱戏，所有演戏人员及服饰道具都由宫中派车来取。陈琏琨非常明白地拿出百两纹银送到公公面前，公公显得更加亲热地拍了拍他的肩说："恭喜你呀，陈班主，估摸着以后不仅年节，每隔一段日子我们太后就得看出您的戏啦。"说着，太监看了看他的庭院，接着说："这房屋庭院您也得再扩大修缮修缮哪，不然怎么能放得下我们太后的恩赏呢？"陈琏琨恭敬地笑了笑说："瞧公公说的，上次也是老佛爷有兴致，小人哪敢再贪求老佛爷的宝物呢？"

听了这话，公公放大了架子，背起手边走边看，边看边说："这您可就不知道啦，陈班主，要说起给你的这点东西，对我们太后来说那就是九牛一毛哇。太后看中了要想赏赐，那是挡都挡不住的。可话说回来了，我们这些做奴才的也得在旁边和着说，不然的话……"不用再多说，都是聪明人，还没等他把话说完，乌夫人已将又包好的百两纹银交到了丈夫手中，陈班主随即乐呵呵地递到公公的手中："瞧您这话说的，走南闯北四十来年，这点规矩我还不懂吗？公公多多美言，小的一定记在心里，记在心里。"太监掂了掂银子的分量，脸上马上露出喜色："瞧您，陈班主，怎么能这样？这样不好吧？"

"小意思，小意思，公公受累，理当如此，理当如此。"太监一背手："那好，陈班主，本公公这就回复太后的懿旨，三天后我们可就等着看您的大戏啦。"陈老班主恭恭敬敬地把太监送到门外，望着他带着几个人骑着高头大马奔紫禁城的方向扬长而去，心里感到无比的快活。

这次给慈禧太后演的御戏并不在紫禁城，而是在北京风景最秀丽的颐和园。五月弥漫着春天的芳香，碧水春波倒映着两岸的绿柳，坡岭古松呼唤着遥远的春风，楼台殿阁坐满了王公大臣。七彩的锦绣把这个用银子打造的人间仙园布置得分外艳丽，众兵镇守的气势把此处尽显得格外庄严。本来颐和园里有专供宫廷看戏的小戏台子，可太后说那里太闷气，要在外面搭个大戏台子看戏才敞亮。就这样，在半山坡下搭起了宽大而漂亮的戏台子，是否是太后要让人们感受到她看御戏要比任何人都要显得气派非凡呢？

那时候还没有气象站，但我们的祖先却把气象时辰把握得如此准确。这天风和日丽，一朵朵挂在天上的云朵像听话的孩子般懒洋洋地躺在那里讨人喜欢。用粗大而精美的红松木搭建起来的大舞台，也被宫人装点得格外美观大气。红丝绒、黄锦缎里三层外三层地包裹着台上台下的每一根木柱，红黄相间的色调无不衬托出皇家、王族的雍容气派，仿佛在向文武百官昭示，皇族王权不可侵犯。虽说当今统治天下的不是皇上，可是比皇上权力更大的女人更要向人们展示她的威严和气势。五月京花飞满天，皇族公卿好威严。一出小戏浮云事，小事大做寓意宽。

近一段时期太后的心情并不太好，中国的国运不佳，内外堪忧。南方战乱四起，外国人趁火打劫，在没有办法的情况下连连签了许多不平等的条约，这下子更是惹恼了众多爱国志士，他们聚众闹事，人心不宁。朝廷里的人也看不出未来的走向，像骑墙草一样不朝个面，把慈禧太后气得直拍案。拍案又能解决什么问题呢？国事至此，国运至此，仿佛就是一个衰落了的大家，人人都有权利去指责，去叫骂，可又有谁一心一意地为朝廷效力？为这个国家的命运着想？也有人好像在为朝廷着想，可经细细一品，一看，发现他们还是为了自己的好处奔忙。

年近七旬的慈禧太后这一段日子消瘦了许多，她已是好多个晚上没有合眼睡上一个安稳觉了，只有真心替她担忧的李莲英偷偷地哭了好几次，有一次被太后无意中看在眼里，为之动容。她知道这个奴才的命运是和自己系在一起的，所以和他聊了许多。她像个老姐姐一样和李莲英望着日落后的一片云霞，感慨相伴着起伏的心潮。大清国近三百年的昌盛，怎么就到了今天这样子呢？是德之不足，还是法之不严呢？

望着太后脸上的一片茫然，李莲英告诉太后："其实都不是，是老啦，是这个国家老啦，就像一个千疮百孔的房子一样，要堵的地方太多啦。可在房子里避雨的人又不去堵房子，而是把屋子里能挡雨的东西都拽到自己的身子旁挡雨，不去管这个房子的事啦。""哦……"慈禧太后点了点头。国是别人的，而家才是自己的，百姓是这样，大臣也是如此。归根结底，人都是自私的呀……

真也好，假也罢，精神总还是要振奋的。虽说南方战事吃紧，仗打得也不怎么光彩，可勇猛效力的将士还是需要犒劳的。"命内务府拨出纹银一百万两，奖励前方有功的将臣。"令刚发出去，就被内务府挡了回来。他们说国库空虚，拿不出这么多银子。"一百万两都拿不出来，那就拿五十万两吧。"发出的懿旨再次被挡了回来,他们说五十万两也拿不出来。这回太后急了,她怒睁双眼道:"五十万两银子也拿不出来?银子都叫狗叼去了吗?钱是怎么管的?给我想办法拿银子,不然,我挨个儿查你们的家!"

说别的都是白扯,还是最后这一句话管用。没两个时辰,内务府的人禀报说:"想尽了一切办法,太后需要的一百万两银子总算是凑齐了。"慈禧一听,总算消了口气儿,可积压在胸口的恼怒却更加沉重。一阵胸闷使她不停地咳嗽起来,随之是一阵头痛目眩,她干咳了一阵,几个宫女把她扶到长椅上坐下,舒胸的舒胸,捶背的捶背,好一阵子才缓过点神儿来。老啦……真的是老啦……她微睁着眼,望着窗外五月灿烂的阳光,回想着年少时的情景,大清帝国是何等的风光荣耀哇。想着想着,她委屈地叹了口气,一行老泪缓缓流下。

"老佛爷,您别一个劲儿地自个儿生闷气呀,看气坏了身子,咱大清国还指着您壮运势呢。"看着一脸苦相的李莲英,慈禧的心又爱又怜,是呀,自己还得挺着,不然依靠自己的这些奴才大臣可怎么办哪?她微闭双眼养了养神儿,传旨,昭告各部大臣,朝中四品以上文武百官,五月二十五在颐和园犒赏前线将士,同时宣旨一道,宣陈家班,五月二十五日在颐和园唱关公戏《阳平关》,以振我军勇猛气势。就这样,在五月的这天,颐和园内徐徐地拉开了御戏的帷幕。

锣鼓声由弱渐强,唢呐嘶鸣刺破青天。陈琏琨以高亢的嗓音送上了大戏的唱段:"遥望阳平跨长川……玉马飞过一线天。关平周仓在两侧,与爷共闯鬼门关。"好亮的嗓子呀,人未出场先得彩,气势压过五彩台。紧接着八面跃虎旗二龙出水飞驰而上,在响亮的四击头声中,陈琏琨脚踩三寸半的厚底,在马童的引领下,手提青龙偃月刀飞驰而上,在九龙口处稳当而漂亮地定神亮相。不管锣鼓急急风怎么催，他仍是微闭双目气定神闲。紧接着他左手牵马，右手扬鞭催马，左右摇摆着身子，美美地骑在马上的动作不断博得台下的喝彩。动作潇洒至极，就连对京剧很有鉴赏力的慈禧太后也不得不为他喝彩。"这个陈琏琨真是个好角儿，唱念做打都好。"一眼叫慈禧太后看到更美的东西还不仅如此，而是陈琏琨上场时手提的那把青龙偃月刀。别看慈禧太后的年龄大，可她的眼睛是非常锐利的，虽说御戏是离观众近的地方，但离慈禧太后所坐的位置至少也得十几米远，可她一眼就看出这不是上次他手中的那把青龙偃月刀啦，这把刀的设计是如此精巧、漂亮、与众不同。亮晶晶的刀头寒光闪闪，配上他今天披的这套新行头是活生生、威凛凛哪。好聪明的戏子，他知道讨太后的欢心。此时看到身旁的王公大臣、文武百官兴高采烈的样子，慈禧太后的心里满意了许多。奴才们，看看关云长是怎么勇猛杀敌，精忠报国的。

好角儿一身姣，好底儿一身飘。从龙套到配演都齐刷刷，干干净净，翻得轻飘，打得漂亮。自从上次跟着陈班主唱御戏得到了银子后，陈家班个个都显得精神百倍，特别是今天又跟班主来唱御戏，更显得生龙活虎。每个人都在场上瞪圆了眼睛，飞虎旗耍得呼呼作响，不时博得台下的喝彩之声，美得宽二爷的嘴都合不上了，一直在下面说："小子们，好好演，今儿个保不准太后高兴了赏你们每人十两银子。"

陈琏琨唱戏的劲头依旧十足，今天他要铆足了劲儿，给慈禧太后、给王公大臣好好看看"活关公"是怎么演出来的。武戏开始了，场上开打得十分热闹，舞台之上寒光闪闪，敌方的将士在青龙偃月刀下一个个人仰马翻，倍显关云长勇猛无敌。今天百官中来的大多是武将，他们更爱看这种厮杀的场面，叫好声和掌声连连不断，整个御戏的表演过程热热闹闹，喜气洋洋。虽说只是看场戏，可慈禧太后的脸上今天放射出无限的光彩，身旁的大臣们也感到慈禧太后很少有今天这样的兴致，兴奋得在几处跟着喝了两声彩，好像很长时间的郁闷随着喝彩声释放了出去，就像她看到了前方将士真像关云长这般杀敌无数，勇猛无畏一般。

戏散了之后，人们仍有些不肯离去，他们总还感觉余兴未了，特别是在大臣里有许多戏迷，平时就很爱看戏品评，这一回看了好戏，更是站在台下比画，七嘴八舌地品头论足，关公的这出戏的绝活儿是什么，关公的那出戏露彩的是什么地儿，哪一下的战袍怎么搂，哪一下的髯口是怎么捋，刀是如何背，下场花要怎么耍，好像他们看起戏来很在行的样子。

透过出将入相口，陈班主见老佛爷在众人的簇拥下，被架上了銮轿，后面跟着浩浩荡荡的宫人大臣向山下走去。这时一个太监走了进来，他拿出黄锦缎，用细长的声音宣道："懿旨下，跪听宣读。"大家纷纷跪在地上。小太监拉开黄锦缎："太后有旨，赏陈家班纹银三百两。宣陈家班班主陈琏琨携关公青龙偃月刀宫中回话。"

"谢太后，太后千岁千岁千千岁。"当陈班主从地上爬起来的时候，小太监上前搭了他一把："陈班主慢起……"这时陈琏琨发现，这个小太监是前几天跟着那个岁数稍大点的太监到他家里宣旨的那个小太监，只见他笑盈盈地对他说："陈班主，我干爹说让我过来侍候着您。""你干爹？"陈琏琨有点纳闷，后恍然大悟，哦，一定是那天到家里来宣旨的那个年龄大的太监，之后便亲热地说："哦，谢谢，谢谢，多谢公公美意。"

小太监手往旁边一侧，陈琏琨明白，这是让他跟着走的意思，便要过去拿那把青龙偃月刀，这时候被小太监挡住："陈班主，这把刀还是咱家帮您拿着吧。"陈琏琨还想客气地再接过来，却被聪明的宽二爷拉了一下，他马上明白，不管真刀假刀，反正这叫刀。进宫的时候还是由太监公公拿着它更合适。就这样，陈琏琨跟着这个小太监走下了舞台，见一顶很漂亮的轿子正在下面等着他们，在小太监的示意下，他乘上轿子跟小太监奔紫禁城的方向去了。

紫禁城是那样宏伟辉煌，可里面静得叫人感到有些发怵。所谓的肃穆可能就是从这种气氛中来的吧。进了紫禁城，陈班主跟在小太监身后往大殿的里面走，小太监虽扛着一把大刀，可他心里美滋滋的，那意思仿佛在向别人炫耀，我是在给太后办差。大刀是用红丝绒布包裹着的，小太监也是方才在离得好远的地方看见这把刀，只是现在他感到这把刀的分量可真是不轻，便问起了陈班主："嗬，这把刀的分量可不轻啊。"陈琏琨有些歉意地说："不好意思，公公受累啦。"小太监忙说："没什么，没什么，当差嘛，应该的。"

"哪儿的话呢，您是太后身边的人，以后还要多多关照才是。"小太监美滋滋地笑了："嘿，这话说得我们心里爱听，不怕您笑话，别看我们人不人鬼不鬼的，可我们真是一旦黑上谁，也够他喝一壶的。"

"那是那是，相府门前七品官嘛，更别说是太后身边的红人呢。"嘿，陈琏琨今儿个也真会说话，这个"红"字叫小太监听着心里更加舒坦，他更爱与陈班主多说几句了："陈班主，要说您的戏呀，那可真叫棒。我们老佛爷以前哪，也常看戏，可还没像上次那样赏过谁那么多、那么重的东西呢。"

"那是小人偏得，小人偏得。"说着，他们走到了养心殿的门外，小太监告诉他进去禀报一声，便走了进去。这时，从殿里传出高宣之声："太后有旨，陈琏琨进殿回话。"陈琏琨小心翼翼地走了进去，跪在地上连连叩头称道："小人陈琏琨叩见太后千岁千岁千千岁，愿太后洪福齐天，福寿延年。"

"平身吧，陈琏琨，给他拉把椅子坐着说话。"陈琏琨稍有迟疑，怎么让他坐着了。只见那个小太监忙从旁边搬了把椅子，在离慈禧太后不太远的地方放下，这时陈琏琨忙说："谢太后！"因为他学过戏，在戏里这套程序是常有的事，所以他所跪所立的姿势都显得潇洒、优雅，与一般见慈禧太后的人是有区别的，他规规矩矩地在离太后不远的地方坐下。慈禧太后仍是有气无力地斜靠在那个大长椅上问："陈琏琨，哀家赐给你们班子里的赏收到了吗？"陈琏琨又听到了这个细长而遥远的声音，但这次他已听着非常顺耳了，而且仿佛还有些点亲切的感觉。他连连点头："收到了，收到了，多谢太后恩典。"

"戏演得不错，威风凛凛，振奋精神。咱大清国要是真有这么几个活关公该有多好哇，我也就不用总躺在这儿发愁啦……"说着她停歇了会儿，好像要喘喘气的样子，可只听她长叹了口气，"唉，触景生情，望之兴叹哪，要说咱们的军队，也算兵强马壮啦，要说咱们在兵力这上面花的银子也不少啦，可就是不行，咱们学着外国人的样子也兴建了水师，买了那么多的军舰大炮，可进水没几下子，全叫人家给轰到水底下去啦，这是怎么回事呢？我想啊想啊，想来想去觉得不光是什么钱的事，还是忠勇的事，将士不用命，皇上愁白头哇。只有皇上才为国家着急呀，他是多需要像关云长这样的人在身边听使唤哪。"

这半天的话，她好像是自己跟自己说一样，也不需要别人听，也不需要别人回答。接着她对陈琏琨说："今儿个的戏，就是让你给这些个武官来唱的，让他们看看关云长的忠义，让他们看看关云长的勇猛。好好教教他们，让他们再上了前线也能有股子精气神儿，等什么时候咱大清国的气运好转了，也能让我在这把椅子上好好地睡上几天。"

"是是，太后说得极是，小人一定听太后的旨意为大清国多演好戏，让咱们的将士忠义神勇，保咱大清江山国泰民安。"慈禧太后听了他的回话觉得不错，像背戏词儿般利索，便嘿嘿地笑了几下："说得好，都说戏子没什么学问，我看你对答得很利索，从小读过书吗？"陈琏琨不大好意思地回答："啊，没进过学堂，倒是也看了些书。"

"哦，是自悟的呀，也不错。我也是进了宫之后才学了很多的东西，长了不少的见识。人哪，只有自己想学东西的时候，学的东西才管用，不然学了多少也算白费呀。"

"老佛爷，您……"这时老太监李莲英忙打了下岔，意思是想让太后休息。慈禧却摇了一下手："不碍事，今儿个我的心情还算好，多聊几句没什么。方才我说到哪儿啦？"李莲英忙答道："老佛爷方才说自己想学的东西管用，自己要是不想学呀，学多少也算白费。"说完他像小孩似的笑眯眯地看着太后，慈禧忙说："对对，这东西呀，什么时候都不白学，今儿个用不上的，保不准明儿个用上，明儿个用不上的以后用上，学了总不白学呀。"

说完，她看了看下边的陈琏琨，陈琏琨忙点头称是。她像个长辈似的看着他又笑了笑："是成才的人哪他就知道学东西，不是成才的人哪，他就知道吃东西。我说的是这么个理儿吧？"陈琏琨忙回太后的话说："太后所言极是，人生有限，学海无边。人生在世总要有所为，而有为之道莫过学也。太后之所以虚怀若谷，放眼四海，正是因为太后所学所悟，知多识广，所以吾辈应当好好仿效太后之精神，启人生之作为。"

太后眯起眼睛看着眼前的这个唱戏的，心想，这不像个唱戏之人，怎么倒像个当官的材料？她半天未语，想着什么，随即又好像一下子没了兴趣似的打了两个哈欠道："哎呀，年岁大啦，精神头不够用啦，陈琏琨，你戏演得很好，关云长叫你演绎得栩栩如生，威严壮美，以后我要常召你入宫，看看你的戏，回去歇着吧。"说完，太后又连打了几个哈欠，陈琏琨忙谢了恩，跟在小太监后面走了。

李莲英像没弄明白似的问太后："太后，怎么没赏他呢？不是都准备好了吗？"太后望着陈琏琨的背影说："不行，给得太多会害死他的，外面那些戏子也不是好惹的呀。"

第九章

青龙偃月

同行是冤家，同行是见不得别人比自己更重要、更荣耀的。陈班主这次进宫唱戏没得到宫中的任何赏赐，这倒使梨园里好多人为他愤愤不平。好多从前酸了吧唧的人这次登他的门，骂慈禧太后抠门，骂她是卖国贼，说这个娘儿们如何霸道，如何血腥，如何把国事当儿戏。

戏班子里这种破嘴骂天下的臭毛病什么时候能改呢？陈琏琨也学着连打哈欠的方式，显得疲倦送走了客人，一个人坐在堂屋里琢磨着这些日子发生的事情。夜深了，望望四下无人，陈琏琨小心翼翼地从里屋床底下的一个小洞里拿出一个小木盒子，从里面取出一个用红丝绒包裹着的小布包，小心翼翼地打开，从里面露出亮晶晶的宝石，他取出一块红色的宝石，冲着灯光专注地看着。

殷红色里仿佛隐藏着自远古到漫无边际的寰宇间的故事，他认真地看着，总想从这殷红色之中破译出那里面的故事，到底是火大于血，还是血大于火。之后他又分别把另外几块宝石也拿出来，放到灯光底下认真地观察着，要数绿色的宝石看着更有神秘感，总是看不透最里面的东西，如冥冥之中的感受。要数蓝色宝石看着心里更透亮，像浩瀚的大海，像天际，像寰宇般广阔而敞亮，痛快。宝石总是时不时地从不同侧面闪耀着光芒，他感到这东西不大，却灵性无比，不然怎会这般剔透和纯然？陈琏琨看罢又用手去掂了掂，比黄金更贵重的东西呀，都说太后不好，可是太后没有亏待了自己呀。众多唱戏之人，谁得过这么多的宝贝呀？关二爷呀，我陈琏琨是托您的大福啦。

把宝石小心翼翼地藏好之后，陈琏琨习惯性地来到祭拜关二爷的香堂上好了三炷香，躬身三拜。之后，取过青龙偃月刀，用丝绒布擦了又擦，看了又看。忽然想起，那天被唤进宫中，拜见太后的时候，明明是宣旨带青龙偃月刀晋见的呀，可太后怎么没有看上一看的意思呢？太后好像有好多的话要说，可正到了兴头上怎么又不说了呢？这使陈琏琨百思不得其解。是呀，一个国家多少大事要处理呢？一个唱戏的人，一个唱戏的事又算得了什么呢？正在合计之间，忽然听到院子外一阵声音，夜深人静之时，哪儿会有这般声响。他走出堂屋来到院子里，见大门外一片灯火，映得家门格外明亮。

还没等他弄明白是怎么回事的时候，咚咚的敲门声已震响他的耳朵，他忙唤管家打开大门，只见门前两排腰间佩刀的士兵手举火把站立在大门两侧，把大门外照得一片通明。这时，那天到他家来宣旨的那个太监，在两个士兵的保护下，一脸庄重地向门内走来，见站在院子中央发愣的陈琏琨，他高声说道："懿旨下，陈琏琨跪听宣读。"他拉开黄锦缎懿旨宣道："太后有旨，宣陈琏琨带关公戏中的青龙偃月刀进宫，不得有误。"陈琏琨以为后面还有话，还跪在那儿没敢动地儿，这时太监忙说："陈班主，领旨谢恩，跟咱家走吧。"陈琏琨这时才忙叩头高声说道："小人陈琏琨领旨谢恩，太后千岁千岁千千岁。"太监过来搭了他一把，将他扶起来。这时太监脸上露出神秘的微笑："陈班主，咱家说得没错吧？我家主子要是想给你恩惠的时候，你是想挡都挡不住哇。跟咱家进宫去吧。"

陈琏琨蒙头地左右看看，这大半夜的宣我进宫是怎么回事呀？他忙问这个太监："这么晚了，宣我进宫是为何事呀？"太监神秘地笑了笑："瞧你问的，我哪儿知道哇？再说多了可就有揣摩太后旨意之嫌啦，那可是要掉脑袋的。陈老班主，你还是换上衣服，带着刀跟咱家进宫去吧。"懿旨下，哪还有二话？走吧。陈琏琨忙换上衣服，让小太监扛上他的青龙偃月刀，出了门，坐在了跟马队同来的一顶轿子上，朝紫禁城的方向去了。大街之上马蹄清脆，夜色之中灯火一片，满京城谁还有这样的威严呢？坐在轿子里的陈琏琨心里还在不停地纳闷："这么晚了太后召我进宫是什么意思呢……"

太后不仅仅是天上的星辰，也是凡间的女人，也有茶余饭后的情趣，也有人间情感。只是国事所系，难有自由，又因年岁已高，难再风花雪月，但当某种感觉触及她内心深处的时候，也免不了使她动情。

自前几天召见陈琏琨后，她觉得这个唱戏的除了戏唱得好之外，人也不错，回答起话来也很受听，仿佛一条柳枝拨动了她心中的某根丝弦。按说以前也看过几个人演的红净戏，可都没有陈琏琨唱得地道，唱得美，演得神韵飘逸。再说大多唱戏的卸了装之后显得粗犷有余，风雅不足，而陈琏琨和他们不一样，他身上有一股儒雅之风，虽年近五旬，可脸上仍白净光亮，红润有泽，从面相上看就叫人心里透亮舒服。那天之所以没有看他新做的青龙偃月刀，没有马上再赏赐他东西，也是为了找一个清闲的工夫找他聊聊。今天赶上没什么烦心的事，便想起了这个茬儿，向身边的太监宣了道密旨，召他带刀进宫，随便聊聊。按理说对大臣和民间人士是不得在后宫随意召见的，但此时的慈禧太后早已废除了人们对她在各方面限定的规矩和约束。只要她高兴，再多规矩也休想阻挡她的所作所为。

这天晚上，她在储秀宫像往日一样用罢御膳在灯下批阅完了各州府衙的奏折后，在宫女的服侍下，卸去浓妆，宽衣沐浴。慈禧是个很讲究品位的人，她的沐浴可并不亚于皇宫中的御膳排场，宽大的浴池里盛满了清莹的水，这水一定是头年冬天的瑞雪化成的清水，说这是上天赐予世间最圣洁的水，用在人的身体上会美洁肌肤，去火解毒。清水中又要放五颜六色的花瓣，有南国的菊花，北国的梅花……人说用自然中的花瓣洗浴出来的身体会长时间散发出清淡的芳香。

花瓣撒在浴池中，像给上帝预备的盛大晚宴般丰色秀美，水洒在她身上的时候，她感到无比满足。她浸泡在水中，微闭双目，任服侍的宫女们用柔滑的手臂轻轻擦着她的肌肤，别看慈禧太后年近七旬，面色苍黄，可她身体的肌肤保养得却如十八岁少女般细嫩柔滑，光洁透亮。这可能和她始终享受人间精致的生活和保养有关，也和宫中众太医方方面面的调养有关。最后宫女再用上好的牛奶一遍遍涂在她的身上搓揉，听说用奶搓揉过的身体会更好地保持肌肤的弹性和美白，同时会散发出诱人的乳香味道。撩开大大的纱帐，宫女搀扶着太后走出浴池，慈禧躺在宽大而舒适的床上，闭目养神，只等着见一见这个自己感兴趣的唱戏的了。

夜色中的紫禁城空旷而宁静，给人一种无比渺小之感。月光下的亭台楼阁，雕栏玉砌青光微微，皇宫中的威严使大气都不敢喘的陈琏琨感到阵阵的压力。他跟在太监的后面向后殿走去，他小声问太监："公公，我们要到哪儿去呀？"公公把手指放到嘴边上，冲他嘘了一声："甭多问，到了地方你就知道啦。"穿过层层楼台，走过条条长廊，没一会儿，在一个偏门的地方，太监停下了脚步。太监对他说："你先在这儿候着，待咱家进去通报一声。"

太监缓步走了进去，不大一会儿，太监出来了，他接过另一个小太监肩上扛着的那把大刀，小声地对陈班主说："陈班主，您随咱家来吧。"

这时他小心翼翼地跟在太监的后面走进了偏门。陈琏琨进来后看到，门虽不大，但里面却有一个很宽敞的大院，高矗的大殿里面灯火依稀，这种幽暗之感让陈班主感到阵阵神秘，他有些不大相信慈禧太后会在这里召见像他这样一个再平常不过的唱戏之人。这时太监冲他小声说道："进去后说话要当心，别惹得太后不高兴，明白了吗？"陈琏琨连连点头称是，他心说，谁长几个脑袋，还敢惹太后生气。

陈琏琨跟在太监身后走进殿内，可幽暗的室内并没有一个人影。太监冲着殿后的方向回禀说："启禀太后，陈家班班主陈琏琨到啦。"这时只听一个细而长的声音从后屋传来："知道啦，给他搬把椅子，你们下去吧。"太监冲着那个细长的声音点头哈腰地说："是，奴才们下去啦。"太监很客气地给陈琏琨搬了把红木椅子，放到离不知是大靠椅还是坐榻不远的地方，自己下去了。

太监出去后，室内半晌仍没有动静，屋里静得仿佛掉根针都能听见。陈琏琨下意识地四周看了看，只见壁上木雕美观典雅，室内香炉里散发出的味道诱人魂灵，身旁红木坐榻上丝光映烛。这是什么地方啊？陈琏琨丈二和尚摸不着头脑，就在他还在环顾之际，一个身穿铜色凤衣的女人在侍女的陪同下从后面走了出来。陈琏琨当即跪在地上山呼千岁不敢抬头。这个女人在侍女的搀扶下经过他的身边，走到坐榻的位置坐下，陈琏琨只感到迷人的芳香阵阵扑来。那个细长声的女人对宫女们说："我和陈班主聊一会子，你们先下去吧。"宫女们把沏好茶的杯子放到太后的身边，又放下门前的丝帘，手提灯笼下去了。陈琏琨只感到脑袋渐渐肿胀，一片空白。这是怎么回事呀？自己这不是在做梦吧？这时，只听那个细长的声音又说话了："陈琏琨，你起来坐这儿说话吧。"

"小人不敢，小人不敢，在太后面前哪有小人的座位？""哈哈哈……"

一阵轻而细长的笑声，好像一阵风般在室内飘浮着："陈琏琨，哀家恕你无罪，起来坐这儿说话吧。"陈琏琨有些哆嗦地站起身，坐到慈禧的身边，只是阵阵的芳香犹如热浪般使他有些透不过气来。慈禧仿佛看出他的紧张，便对他说："今儿个你不必拘礼，我也只是想和你随便聊聊你们戏班子里头的事，知道吗？"

"回太后，小人知道了。"陈琏琨连连擦汗。为了缓解陈琏琨紧张的情绪，慈禧首先问道："陈琏琨，前几天看戏时我发现，你的那把关公刀是新做的吧？"

"太后圣明，这把刀的确是小人为今后给太后唱好戏才新定做的。"

"拿过来叫我瞧瞧。"

"是，是。"陈琏琨忙走到墙边，解开红丝绒套子，把崭新锃亮的青龙偃月刀取了出来，恭恭敬敬地走到太后的身边，小心翼翼地托起刀身，把刀头交到慈禧的手中。慈禧眯起眼认真地看着，用手轻轻抚摸着镏金烫银的刀头，又摸了摸上面的各色宝石，无比赞赏地说："真是太漂亮啦，我想关帝爷当年也未见得能拿得上这样漂亮的宝刀哇。真是难为你了，花了多少银子呀？"

"回太后，小人花了三个金元宝。"

"哦……"慈禧眯着眼睛看着他笑了笑，"不多，值。"听到这句话后，陈琏琨的心里无比高兴和踏实，好像一下子松弛了许多。慈禧又接着说："干什么吆喝什么，人靠衣裳马靠鞍，你们唱戏的不就靠着这行头和手中的家伙跟别人说事吗？"陈琏琨听后非常佩服地说道："太后圣明，普天下的事，什么都绕不过太后的眼睛。""陈琏琨，把水给我倒上。"

"哦哦，是是。"陈琏琨走到慈禧太后身边，提起小巧而玲珑的茶壶，给太后倒了杯茶。太后看着他说："你也坐过来，喝点茶吧。""是是，谢太后。"陈琏琨只得遵命，把红木椅子向前挪了挪，挪到离慈禧更近的坐榻旁，给慈禧倒上茶，也给自己倒了一杯。慈禧看着他心里发笑，这个陈琏琨，舞台上身手矫健，现在怎么倒显得笨手笨脚的，忙说："陈琏琨，你是个唱戏之人，又不是什么大臣，在这儿不必拘礼，就像聊家常似的跟哀家随意聊聊。"陈琏琨听后笑得嘴角有些不大自然地说："小人怎敢？太后乃一国之母，母仪天下，小人怎敢随意和太后聊家常之事。"

"哈哈哈……一国之母、母仪天下，你回答得怎么都像是戏词呢？不过很是受听，哀家就是愿意听你的回话，知道吗？所以才这么晚把你召来陪我聊聊天，解解闷。"

"是是，谢太后对小人高看，只要太后高兴，就是小人的福分。"

"嗯……"慈禧端起茶杯，喝了口茶，问陈琏琨，"学戏是个很苦的行当吧？"

"哎呀……"一句话问得陈琏琨好像眼前一片茫然，"回太后，学戏之人所耗之力，学戏之人所吃的苦，可谓人世间的苦中之苦啦。"

"你天资不错，为什么不好生读书？怎么会误到这一行呢？"望着慈禧一脸的兴致，有想听下去的意思，陈琏琨说："回太后，这话说起来可就长啦。"慈禧今晚的确一个哈欠也没打，也没有疲倦的意思，她就是想和这个唱戏的面对面地聊聊，所以很有心思地对他说："没关系，我倒想和你聊聊。喝点茶吧，这是最好的明前茶。"

两杯茶下肚后，陈琏琨才放松了些，放开了点胆子，便给慈禧讲起了戏班子和自己的身世。陈琏琨告诉慈禧，自己是个从小没爹没娘的孩子，是被一个戏班子的班主在一个码头唱戏时捡回来的，也没签什么卖身契，被班主养大留在戏班子里吃起了唱戏这口饭。学戏的岁月应当说是他人生炼狱的过程，没有没吃过的苦，没有没受过的罪。

　　陈琏琨回忆说，自打懂事起，便像奴才般伺候师傅师娘，什么生炉子、倒尿盆、洗衣服、做饭，都干过。自己像个弃儿似的在风雪中忍饥挨饿，睡不着觉的时候，肠子绞着劲儿地疼，像个冷锤子般在冰雪地上翻着跟头，别看吃不饱，睡不好，可他渴望改变命运的心气儿却是班子里没有人能超过的。从撕腿、劈胯，到翻翻打打，样样他都练得比别人刻苦。一有时间他总是偷看着师哥师弟们学戏背戏，特别是师傅演戏时，他总扒着门看个不停，偷偷地记着戏里的每一下。

　　年复一年，当他已是半大小伙子的时候，他肚子里的玩意儿已使他在精神和气质上发生了很大的变化。他已经从小小的龙套，变成了能跟师傅对打戏里的上下手，而且师傅与他打合了把之后，渐渐地离不开他了。又从上下手熬到了配演，不少戏里只要他露出几下绝活儿，台下肯定有人喝彩，最后终于让师傅看中了眼。也算他的造化好，因为老两口只生了一个女儿，没有儿子，看中了他能吃苦，懂事理，懂感情，再加上从他天分上看出长大是个角儿坯子，班主便把女儿许配给了他，同时把自己身上的这点能耐全部教给了他，把自己的班子、全部家产也都系在了他的身上。这些年在唱戏的路上可谓是翻千山，越万岭，阅人无数。别小看这从师傅手里接下的小小戏班子，在他的带领下，戏班很快蹿红起来。在梨园界一提起"老爷戏"，便称他有一号。

　　"哦……可谓吃得苦中苦，方为人上人哪。看来你这半辈子也是很不容易的呀。"慈禧很是感慨地看着陈琏琨，目光中饱含同情，此时的慈禧已不再让陈琏琨感到无比威严，而更像一个知书达礼的尊长和家人，可不是嘛，按年龄辈分，慈禧足以称得上是自己母亲啦。陈琏琨感激地说："是呀，但小人又是伶人之中最幸运的人啦，能得到太后如此赏识和恩泽，得是小人几辈人积下的阴德呀。小人除了唱戏也没什么能耐，只要太后高兴，小人能回报万一，就是小人最大的心愿和福分啦。"

陈琏琨回答得很真诚，算是个有良心的人。慈禧看着眼前这个漂亮的男人，心里感到很舒服，便说道："没什么，你虽是个戏子，但你和他们不一样，这也可能和你很早就琢磨老爷戏有关，演久了心里就会有一种忠义情怀，有一种豪杰之气，这也是我喜欢见你的地方，也是我愿意赏赐你的原因。我要把你的班子装点得漂漂亮亮地去演仁义礼智信，去演忠勇威猛杰。人世间太需要像关云长这样的人啦……"说到这儿，太后不免一阵感伤，她垂下头叹了口气："人们是不是把我说得很坏，很可怕，很狰狞呢？"

"不不……"陈琏琨连连摆手，"不不，不是这样。"慈禧抬起眼看着他苦笑了几下，那意思是说，撒谎你都没学会呢。陈琏琨连忙辩解："老百姓懂得什么，太后怎么能理会他们？"慈禧很认真地说："怎么能不理会？人活一世，草活一秋哇，人的名誉比什么都重要。历史往往不是写出来的，而是传出来的。如果说官家像棵树，而百姓则是遍地的草，无处不生，有土即在。他们传下去的东西，往往就被认成事实呀。关云长的忠义豪情不是传下来的吗？谁又知道多少年后人们把我这个老太婆传成什么样子呢？"

说完，她有些悲观地望着眼前这个演绎关公神韵颇佳的陈琏琨，仿佛要在他脸上找到答案，但是没有，陈琏琨也给不了一个让她满意的答案。她有些失意地笑了笑，说："其实想开了也没有什么，人到底有没有来世，未来需不需要祭奠，这都不是强求之事呀。"慈禧如此注重名誉，如此在意民间百姓对她的传言，是陈琏琨没有想到的。看来这个老人并不像大家所说的那样心狠手辣、面目狰狞。想到这儿，他抬起头仔细地望了望慈禧，心中泛起一阵对这个老妇人的崇敬与同情。人生啊，真是不容易。如此尊贵的人，又当如何？不也被无限的烦恼所困所惑吗？

当再次抬起头望着慈禧时，他发现这个老人的脸上已泛出慈祥的光芒，仿佛方才的一切都云消雾散，她的目光中透着超人的智慧，笑容中饱含着对一切事物的宽容。慈禧望着他接着说："其实天地间的每个人都是一样的，只是利益、矛盾和权力把他们改变了，使人们有了欲望，有了仇恨，有了杀戮。如果没有这些东西作祟，我又何尝不想人人安居，和睦相处，天下太平呢？但是不行啊，一个妇人掌控大事，更要拿出超人的决断，不然他们会说你妇人之仁，看不起你，或是推你下台，或是把你杀掉。我是不会让他们把我推下去的，至于今后，我也顾不了许多啦。"

由于坐得很近，慈禧仿佛无意间拿起了陈琏琨的手看了看，年近五旬的人，手还是这般柔软，实在难得。她轻轻地抚摸着，摆弄着，完全忘记了这是一个男人的手。慈禧说："你说你吃了那么多的苦，可这双手怎么如此光滑，这般柔软？"慈禧像孩子般看着眼前的这个男人，使陈琏琨觉得好笑。他回说："是呢，人们也都说我这双手不像男子汉的手，倒像是……"说到这儿，他没敢再往下说。慈禧笑了："说你这双手像女人的手？"陈琏琨不好意思地点了点头。慈禧说："别听他们瞎扯，手软若绵属贵人之相。那是你修来的福分。不然哀家怎会单单召见你。"一句话使陈琏琨恍然大悟，可不是吗。"谢太后指点迷津。"慈禧笑了："什么指点迷津？什么好听就说什么罢了。"这一夜很有意思，一个人讲戏，一个人讲统治，好像谁也不挨谁的事，可两个人又都说得很尽兴，听得很认真。一个是太后，一个是草民，却有着叫人难以想象的默契。陈琏琨想，可能是慈禧想找个和宫中毫不相干的人倾诉她心中的苦闷吧。慈禧抬起头，望了望窗外的晨曦，对陈琏琨说："好好唱你的戏吧，其实人生和唱戏差不多，是聪明人才能唱好戏，戏唱好了，人生悟得也就差不多了。"

说完，她从身后取过好像早就准备好的一卷黄锦缎，轻轻地铺开，里面露出四个大字"御戏高人"。她把锦缎送到陈琏琨的面前说:"陈琏琨,这是哀家想送给你的,看看怎么样。"陈琏琨接过黄锦缎,看看这四个大字,这真可谓唱戏人的宝中之宝。他无限感激地趴在地下,声泪俱下地山呼千岁。慈禧却对他说:"不忙不忙,你先起来吧。"说罢,她收回在陈琏琨手中的锦缎,说:"想来想去,我觉得还是把它烧掉,知道为什么吗?"陈琏琨真是没搞明白,他摇着头:"烧掉?为什么?"慈禧笑了笑:"为了我死了之后,你的脑袋别叫人砍掉。"陈琏琨想,太后真是圣明至极,他感激的泪水唰地流了下来:"太后过虑了,想这是皇恩浩荡,国之珍宝,谁敢砍小人的脑袋呢?"慈禧连连摇头:"不不,你不懂,唱戏我不如你明白,可在这方面……你远远想不到这背后的危险。"

虽已是清晨,可慈禧并未有倦意,她脸上焕发出少有的光泽,望着这个从心里喜爱的艺人说:"时候也不早啦,你也该回去啦。以后我会常常召你进宫,看看你的戏,听你聊聊天,有什么事可以和我说。"陈琏琨感激不尽地说:"不敢不敢,小人怎敢劳太后思虑,只要太后平平安安,快快乐乐,就是小人的福分啦。"这时只听慈禧轻轻喊了声:"来人哪。"顷刻间,宫女和当值的小太监唰地一下走了进来。慈禧慢声细语地对他们说:"把我给陈班主的东西拿过来吧。"

这时又上来两个手端红漆盘子的小太监,他们走到陈班主面前,揭开上面的黄锦缎,露出了里面的东西。是一些亮闪闪的宝石和一对金镶玉的貔貅。陈琏琨感动得不知说什么好,自己何德何能,敢受如此重赏?慈禧对目光呆滞的陈琏琨说:"陈琏琨,这是我以前喜欢的玩意儿,留给你做个念想吧。"陈琏琨忙跪倒在地,叩着响头,山呼千岁:"谢太后天恩,小人收太后如此重赏,恐此生无以为报哇。"慈禧听着笑了笑说:"那就下辈子报吧……"

第
十
章

欢
喜
冤
家

　　陈家班在京城人气越来越旺，特别是听宫里人传出话说，活关公的比擂不比了。言外之意，陈琏琨就是活关公了。这引起霍思纯和许多梨园人的强烈不满。凭什么？太后怎么着？太后说他是活关公，他就是活关公啦？这是哪儿的理呀？可不忿归不忿，谁又敢较这个劲儿，评这个理呢？只好暗气暗憋。为不失风范，霍思纯表面上显得平静，拿出前辈的架势对人们说："没什么，活关公也不是说出来的。再说刚学会游泳的人自然扑腾得欢实，总有累的时候不是。"尽管他这样说，可心里憋足了劲儿。几辈梨园世家，岂容这般轻视。

　　梨园行的人就是这样，说行的时候人们天天捧你，说不行的时候几天就没人搭理你。不然何来宁让十亩地，不让一出戏之说？气势一旦被人打压下去，就再难保一言九鼎之势。他决定自己披挂上阵，亲自与陈家班好好地较量一番。

　　几天后他亲自选定了戏码，备好了行头，请来梨园界有头面的三老四少，在家里大摆酒宴，款待一番。席间他告诉人们他准备披挂上台专演红净戏，请各位班主赏光捧场。不用明言，大家已知晓其中缘故，便纷纷表示一定到场捧霍班主的场子。明面上不少嘴快之人在酒桌上大骂陈班主不识天高地厚，敢在京城舞台撼动霍家班的地位，但大多数人也都为霍思纯捏了把汗，气势渐下的霍家，怎是当红的陈琏琨的敌手？

尽管慈禧约见陈琏琨的事很隐秘，可还是被人们知晓，还是被传得沸沸扬扬，神乎其神。尽管慈禧不想因此事而引起梨园人的嫉妒，可她频频赠予陈琏琨的珍宝却不能不引起人们的不满。人们纷纷猜测，议论着慈禧到底为什么总召见他，到底能给这小子多少财宝，仨一群俩一伙地瞪着眼睛谈论着。有的人认为陈班主得到恩宠是实至名归，而更多的人觉得发酸。都是唱戏之人，凭什么专宠他？凭什么他能得到好几辈子都花不完的钱？天底下唱戏的就剩他陈琏琨啦？更有人认为不止于此，慈禧肯定与他另有财宝之外之事，人们也一笑了之，不敢多言，因为传出去会有脑袋搬家的危险。

近些时所发生的事情像走马灯似的在陈琏琨眼前转个不停。关二爷、慈禧太后、达官显贵、小太监、唱戏的，一张一张的面孔缓缓而过，他奇怪的是最近关二爷的面孔在他的脑海里变得模糊，而另一张脸总是在他脑海里浮现出来，那便是慈禧的面孔。对于政治，陈琏琨从来不感兴趣，近五十年的尘世风云，他只知道把戏唱好，成角儿，挣大钱，养家糊口，光耀班社。怎么也没有想到唱了几台御戏，竟能把自己唱到慈禧的身边。

这些天他一闭上眼睛除了迷茫中苍黄的脸色，便是一颗颗闪光的宝石，一块块洁白的玉佩，一锭锭发亮的元宝。慈禧虽说这是她喜欢的玩意儿，可这得值多少钱哪。难怪这帮人看见自己眼睛都发绿，怎么能不想把自己吃掉哇。想到这儿，他又悄悄地下了床，把门悄悄地关上，再仔细遮一遮窗帘，别有一点点的缝隙。尽管屋子里就他自己，可他还是轻手轻脚地从床下拿出小箱子，点燃蜡烛，将小箱子轻轻地打开，从里面轻轻地将每一件宝贝拿出来，放到桌上，在烛光中静静地观看，欣赏。他搞不明白，为什么这些小小的石头就这样值钱，而且值钱值得叫人们发出疯狂的嫉妒。

看着看着，忽然一个念头匆匆闪过，现在人们都知道自己得了好多珍宝，那么这些东西以后放在哪儿呢？那天夜里慈禧烧黄锦缎子御书的时候，连太后都替自己的以后担忧，要是真有那么一天，会不会有人来索要这些东西？这些东西到底还能不能是自己的呢？人生大都福祸相依呀。这使他忽然想起了一件事来，前几天一个在琉璃厂搞古玩玉器的朋友来他家见他时有意收他的东西，被他谢绝了。那人临走时告诉他，好东西不出手，也别放在身边。当时他只以为那人收东西心切，没太往心里去，可静下来想想觉得很有道理。

如今大家都知道慈禧给了自己很多宝贝，惦记着财宝的人不知多少，想到这儿，他蹲下身子再仔细看了看黑黝黝的床下，觉得不能再放在这儿了，他又把屋子里的上上下下都认真地看了一遍，忽然觉得在这个家里，哪儿都不是放这些珍宝的地方。寄放到别人那里？不行，自古道，白酒红人面，黄金黑人心哪。再好的亲戚朋友，一旦这些东西放到他手里，最后撕破脸皮算是好的，弄不好惹来杀心，还会带来灾祸。不行不行，绝对不行。

他望着一箱子的珍宝，显现出由此而带来的无奈之情。好东西呀，真是人世间至好的东西呀，你好得叫我拿你没有办法呀。放在自己的床底下会招人眼目，可放哪儿呢？他端着小箱走了几圈都觉得不行。最后一想，应当把它放到给关二爷上香的香案下面，谁会想到这么贵重的东西能放那儿呢？对，于是他轻手轻脚地打开门，来到上香的小屋，将小箱放在香案的下面。他相信，有关二爷在此保佑，料也无妨。

这几天陈班主的身体不适，想安排小儿子唱几场戏。没想到，近来随着见识和时局的影响，小儿子对唱戏失去了兴趣，不想再遭这份罪，请来了先生教他读书，书读得也还算好，可说撂就给撂下了，说什么这个国家腐败没落，文字无用。最近开始学演文明戏，要拯救人们的思想和灵魂。他不但不唱京剧，还说这些老掉牙的戏是这个腐朽社会同根而生的东西，应当让它和这个旧世界一起烂掉，所以他回到家里一天到晚地背词："啊，我的祖国，你沦落的身体何时不再被强盗践踏？"

"当圣火从东方升腾的时候，你们将看到一个崭新的世界在这里诞生！"

"来吧！我正等待，等待与你一起从这里走向死亡！"

他的大吵小嚷使陈班主十分担忧和心烦，每每至此，他总是把老伴叫来，让她与小儿子说说，别在家里这样大吵小嚷的。他叹气说："真是偏疼儿女不得济，哪壶不开提哪壶哇。"

小儿子不学戏了，可大儿子也不练功了。一天，祖盛遛到琉璃厂，被明月斋张老板死活拖进屋里喝酒。陈祖盛不大情愿，因为他真拿不出张老板让他出手的珍宝玉器。张老板不管这套，总是哄他尽快把宝物弄到手，卖个好价钱。说来也巧，正逢此时，霍九红和一个女伴打此经过，霍九红一眼便认出陈祖盛，说道："嘿，大哥，你到这儿来做什么呀？"

陈祖盛被不期而遇的梦中情人问得一下子不知说什么："啊……这不是……"说着祖盛显得神秘的样子走到九红的身边，贴近她的耳边悄声地对她说："我爹不是在宫里得了些宝贝嘛，我是出来询问一下行情，能出手就把它给卖了。"听此话，霍九红的脸上一下绽放出奇异的光泽："是吗？珍宝什么样子？让妹妹我瞧瞧哇。"祖盛更加神秘地悄声说："瞧你，那么贵的东西我还能带在身边哪？还不叫人给弄了呀？想瞧瞧行啊，哪天哥哥给你带过去几样让你开开眼。嘁，那东西别提多神奇了，那宝石在灯光下能变换颜色，那如意，摸在手里跟摸着羊油一般光滑。那叫个神。"

"是吗？"九红听得跟着了魔似的瞪大了眼睛。

"妹妹，明后天你有没有工夫？哥哥我请你吃顿饭。"

"行啊。"九红乐得眼睛都快眯成一条缝了。

"那好，咱就说定了，明天中午咱们在前门丰泽园门前不见不散。"

"说定了呀，把宝贝给我带来，让妹妹我开开眼。"

祖盛一拍胸脯说："一言为定！"目送九红走远，祖盛再次走进明月斋。张老板问他："这么漂亮的姑娘是谁呀？"祖盛一仰头，带着骄傲的神气告诉他："这是大名鼎鼎的霍九红啊。""哦……"张老板点了点头说，"听说过。不是和宝利通商行万老板相好的那个女人吗？"陈祖盛立即甩下了脸子，什么不爱听说什么。张老板看出祖盛的不悦，便改口说："那只是谣传，这么漂亮的姑娘谁不惦记呀，对不对？"

哎，这话才说对。祖盛抿了一口酒放下杯子想了想，问张老板："店里有没有宝石之类的东西？"张老板皮笑肉不笑地问祖盛："寒碜我是不是？要有宝石我还在这儿请你喝酒哇？要有也是假的。"

一句话把祖盛眼睛说得锃亮："假的？假的也行啊，让我看看。""这……这是什么意思？"张老板不明白地看着祖盛。祖盛不容分说，催促他马上拿给他看。张老板无奈，只得像哄小孩似的把他领向柜台，把一排排红绿色的小晶石拿出来摆放在陈祖盛的面前。陈祖盛却像看见了真宝石般欣喜若狂。"哦……我的乖乖，我可把你们找到啦！哈哈！"

什么毛病啊？不会是疯了吧？张老板望着令人不可思议的陈祖盛心想："我要真宝石想得发疯，他见着假宝石却发疯了。"

酒喝完了，张老板还是不停地向他叮嘱，尽快把老爷子的宝贝弄到手，一定帮他出个好价钱。祖盛认真地点头应承着张老板："一定，一定！"临出门前，祖盛对张老板说："最近手头有点紧，想从你这里借五十两银子。"张老板立即满口答应："没问题，没问题，漫说五十两，就是一百两也不成问题。"祖盛拿着借来的银子欣喜地离开明月斋，吹着口哨开心地走了。张老板望着他得意的样子心说，别以为老子的钱是风刮来的，借多少我都给你，可看你怎么还。

丰泽园是京城很有名气的一家饭店，进来的人大多有钱有势，有排场。为请梦中人前来约会，祖盛今天特地穿了件崭新的灰色长袍。为讨好九红，他还学着洋范买了束花拿在手中，准备献给霍九红。祖盛还带来了在明月斋弄来的假宝石和借来的五十两银子，他想在这里豪赌一把，为了这个女人，他决心不惜一切地把自己全赌进去，在所不惜。

九红按时应约，却一脸素颜地来到了他的面前。素颜更美丽，这个女人天生丽质，无论怎样都是美的。祖盛将鲜花献给了九红，九红接过花望着他，非常高兴。许久以来给她出钱买东西的人不少，可送鲜花，这还是头一次。九红看着他不多说什么，祖盛像暴发户般地叫来伙计，上这个，来那个，盘点着饭店里的美味佳肴，点得九红不好意思，叫停了他。两人相互望着，两个对垒家庭的儿女此时坐在一起，该说些什么呢？还是霍九红心里机灵，她从不经意的小东西聊起，慢慢把话题引到陈班主进宫唱戏的事情上。陈祖盛是个鬼机灵，霍九红此时心里绕腾那点东西，他仿佛猜个十有八九。见霍姑娘把话引到这上面，他便把此事更添枝加叶地给霍姑娘白话起来，把姑娘说得两只眼睛跟着他的手指头乱转，听得姑娘喜一阵，忧一阵。

光说不练假把式。这是梨园一句行话。意思就是说你得动点真格的东西拿出来给人看看。吃饭间，祖盛神神秘秘地将一个小红布包从兜里取出来，将宝石一颗颗取出来放在了霍九红的面前。"啊……"霍九红如见天使般睁圆了眼睛，血液涨红了她的脸庞。"这么贵重的东西哥哥就这么带在身上？"祖盛带着傲慢的神情告诉她："这些东西爹手里多的是。""哦……真漂亮，寰宇之精粹，人间之珍宝，难怪有那么多人向往着它们，原来如此。"说话间，九红将一块祖母绿托在手中透过窗子射进来的阳光欣赏着它们，看了绿的看红的，看完红的又看蓝的，她欣喜地研究着它们在阳光下发出的光彩。这天很愉快，在霍九红的倾慕中，圆满地完成了陈祖盛一掷千金为红颜的心愿，使他享受了有生以来从未有过的满足。

人逢喜事精神爽，陈祖盛再不张罗跟爹学戏，也不再扎上大靠没完没了地练，而是一天到晚嘴里哼着小曲，衣着干干净净地往院外跑个不停。母亲虽看在眼里，也没多管，孩子大了，也该到外面走走了，不然一天到晚磨她要和他爹学老爷戏，自己也没办法。

近些天每当夜深人静的时候，院内好像总能听到有什么动静。为防止有人进屋，陈琏琨把所有该锁的房屋都配上大大的铜锁，特别是给关公上香的屋子，每次锁上的时候都把锁弄成一个带有记号的样子。可有意思的是，有好几次他发现这个带有记号的锁都发生着微妙的变化。无疑，肯定有人碰过它。有意也好，无意也罢，屋里的东西是必须尽快想办法解决了。这便是使陈琏琨今晚来到小屋看财宝的缘故。

他觉得这些东西不能再这样稀里糊涂地在这个小屋里放着了。防家人倒还是次要，如今世道混乱，能人甚多，真叫谁惦记上，进来偷了东西是小，谋财害命，那可真叫世人笑掉大牙啦。陈班主将财宝箱抱回了睡觉的屋里，可这些东西放哪儿合适呢？他足足在这屋里转悠了半宿，也没转悠出个名堂。直到天快亮的时候，他一拍大腿，嘿！抱着它睡觉，不就结了吗。他把小木箱用一条被子裹上，枕在头底下试了试，觉得不会有什么问题了，便脱下衣服睡了。

这一觉是他有生以来最漫长、最复杂，也是最混乱的一觉。他做了好多梦，东一段、西一段，好像谁都不挨着谁，可谁和谁又都有关联。先是梦见朝廷派人抓他，后又梦见一伙坏人追他，有人进了他家把他和妻子绑了起来，严刑拷打向他要从宫中得来的财宝。打他的人一会儿是人，一会儿是鬼，一会儿是大儿子，一会儿是小儿子，使他弄不清到底是谁在向他要这些东西。一会儿梦见慈禧走近他的身旁要和他亲近些，一会儿又梦见在门外的李莲英手持着大利斧，只等他推开慈禧的门，就砍下他的脑袋。一会儿梦见好多王公大臣带人抄他的家，用刀架在他脖子上管他要宫中的财宝，把他吓得要命，把他累得要死。就在他简直快要不行的时候，只见关二爷手持青龙偃月刀，腾云驾雾而来："关某在此，谁敢近前！"一声炸雷般的声音，一下子将牛鬼蛇神全都吓得无影无踪。啊……关二爷终于来啦，关二爷终于来啦……当他出一身虚汗，从梦中惊醒过来的时候，只见一把青龙偃月刀放在他的床头，后来知道，那是妻子放在那里的。

丈夫的心思永远都在妻子心里装着。乌夫人知道，有天大的事，丈夫都不会瞒着自己一点一滴。最近丈夫从宫里得了那么多的宝贝，妻子的心里自然欢喜。当她看了没见过的宝石、玉佩、玉如意和后来丈夫再从宫里陆续带回来的贵重宝物时，眼睛却越睁越大，人被惊呆了。"天哪……太后这是怎么啦？怎会把如此贵重的东西都给了你这个对她毫无用处的人哪？难道她仅仅是喜欢看你的戏？不会吧……"陈琏琨却毫不迟疑地说："怎么没用？我是活关公，是大清王朝的军魂！"一天夜里两人躺在床上聊起这些事，妻子好像悟到了什么似的说："慈禧太后是这个世界上绝顶聪慧的女人，她的任何事情绝不是白做的。我琢磨着她可能有两个原因。"

"哪两个原因呢？"陈琏琨倒是很想听听妻子的想法。乌夫人说："首先得说她的确很爱看你的戏，也很赏识你，算得上是种缘分吧。另一个缘故是这个女人多年来杀人无数，真的也好，假的也罢，用老百姓的话说，算是作恶太多，所以心里不踏实。你在梨园号称活关公，加上戏演得没得挑，她也把你当作了关二爷的化身，好在她过世之后保她在阴间的平安吧。"

　　嗯，妻子的话还真不无道理。陈琏琨反复思忖着妻子的话。妻子接着问陈琏琨："不然她干吗一定要把你和你的班子装点得利利索索？干吗看见你那把青龙偃月刀重做之后兴奋得再给你那么多好东西？看来她对关二爷的信奉和崇拜也不亚于你呢，只是她贵为皇太后，不像我们民间那样的表白罢了。""嗯……"陈琏琨琢磨着，"有一定的道理。"妻子又偷偷地笑了笑："再有，不会像戏班子里的人传说的，和你有一腿吧？"

　　"净瞎扯。太后都什么岁数啦！"妻子转过身来看着他，像小孩子调皮般地笑着："这和岁数有什么关系？不少人还以为我不行了呢。"陈琏琨拍了拍她的屁股："普天之下有几个能和你比的？"妻子又轻轻地附在他的耳边，悄声地问："太后不能和我比呀？她可是大清国第一美女呀。"

　　"太后都快七旬啦。"

　　妻子嘿嘿地笑了起来："不是说女端半盆水，男提半袋糠吗？太后还端不动半盆水呀？"

　　"胡扯，我哪儿知道太后能不能端动半盆水呀。连桌上的茶水，都得我去给太后倒。荒唐之事不值一提，倒是这些东西该怎么办。你不觉得这些东西给咱带来好多的不适吗？"

　　"怎么不觉得。"妻子拿着折扇替陈琏琨扇着，眼睛却冥想般地望着窗外的月亮，今晚大大的月亮像乖儿子的脸般欢欢喜喜，清清白白，把夜空映照得透透亮亮。可妻子却有些沉重般叹了口气："唉，自从你把这些东西拿回家中之后，我就再也没睡过踏实觉。自从人们知道你得了太后的赏赐，我觉得人们的眼神都不正常了，总感到有好多双眼睛在偷窥着什么，我总能听到院子里有悄悄的脚步声，也可能是我心里不踏实。"

　　"说得是，我好像也听到了。看来真保不准有人盯上这些东西了。"妻子轻轻坐了起来："那可怎么办哪？哪儿安稳？实在不行就放在祖盛的屋里。"陈琏琨一听马上拦住了她的话:"得得得得,那还了得?那可就离父子反目,兄弟相残的日子不远了。不行不行。"陈琏琨望着妻子说:"我倒是有个想法不知道行不行。"妻子忙说:"你说说看。"陈琏琨说:"宝石这个东西呀,很小,一般人也不大认得。咱的青龙偃月刀上不净是些假宝石吗,咱何不把真宝石就镶嵌到上面?这样神不知鬼不觉呀,除了咱们俩,谁也不会知道。再说关二爷的刀是谁敢轻易动的吗?"妻子点头赞成:"嗯,还别说,这个法子我看行。可那些玉器和古玩什么的放在哪儿呢?"

"我也想了,咱哪,给关老爷供像下面做个厚厚的木底子,中间可以做夹层,把那些个东西牢牢地系在里头,然后实实地封上。一个是一般人想不到会把这些值钱的东西放在这儿,另一个是关老爷脚底下的东西谁敢去动啊。真要是敢动,漫说今生今世,他下辈子的命也难保。"妻子叹了口气:"咳,就怕他根本不管什么几辈子,贪财不要命的人从古至今不是大有人在吗?"一句话又把陈琏琨说傻了,他望着妻子问:"那怎么办?还有别的什么法子?"妻子摇了摇头:"我也没什么好办法,太后给你的东西,你看怎么好,就怎么办吧。这些本身就是放在皇家的东西,放到咱老百姓的手里,想保护好它,本身就没什么法子。""可做这把刀是手工绝活儿啊,不能让熟人知道。"

妻子听了他的话觉得有道理,说道:"越远越好,越不认得咱的人才好。""嗯……"陈琏琨觉得妻子的话很有道理,"不行咱就到关外那边去一趟,找个人把活儿做了,这样咱心里就踏实了。"两人合计好了跟谁也没说,只告诉宽二爷帮他们看看家,他们出去看个朋友三五天就回来。两人雇了一辆车,天亮之际离京去了。

一连两天没看见父母,祖盛问宽二爷:"爹娘上哪儿去啦?"宽二爷告诉陈祖盛说:"老两口说要出门看个朋友,三五天就回来。""还得好几天哪？"陈祖盛像不经意的样子出门去了。他直奔霍家而去，按照九红告诉他的方法，在东墙外不停地学乌鸦叫，用这种特殊的方式约出了霍九红，告诉她请她吃饭。霍九红思忖了一会儿，虽说万鑫魁去英国两个多月了，可自己近些时一直和陈家的少爷出出进进，万一哪天回来听人说三道四，怕是也麻烦哪。可陈祖盛非常着急，催促着霍九红说有好东西给她。听了这话，霍九红笑了笑，心想也没什么，因为万鑫魁知道陈霍两家的恩怨，想来不会责怪自己。于是告诉祖盛稍等一下，便回屋换了身衣服，跟着陈祖盛出来了。

话说祖盛为了勾住霍九红，已向琉璃厂的张老板借了二百多两银子了。张老板很是舍得，只要你吱声我就借，不怕你不还。陈祖盛请霍九红吃馆子，领着霍九红逛公园，看马戏，在相处中能感觉到霍九红真挺喜欢自己。可就是把二百两银子都忙活进去了，却连毛都没摸着，一天晚上在分手的时候，霍九红让他亲了下脸蛋，这可把陈祖盛乐坏了。今天听说父母还要几天才能回来，他鬼点子一算，是好时候了。他跑到琉璃厂张老板那儿又支了五十两银子，约出了霍九红，来到京城最讲究的一家餐馆，点了好些菜和点心，又开了两坛黄酒，二人开怀畅饮起来。

陈祖盛借着酒话，连吹带播地告诉霍九红，他就是未来的陈班主，他就是未来的活关公，他就是未来的大富豪。他告诉霍九红，他爹从慈禧那儿得到的宝物都放在他手里了，他今后能过上享不尽的荣华富贵的生活。这些话把喝了两碗黄酒的霍九红说得脸蛋像朵花般的明艳，她不停地用碗碰撞着祖盛伸过来的碗，用红红的小嘴抿着碗里的黄酒，笑得迷人，笑得开心。陈祖盛斜眼看了看窗外，见天色不早，便顺势将霍九红揽到自己怀中，像着了魔似的拉着她的手，表白着自己的爱恋之情。今天霍九红显得很是温顺，再不像过去那样，一动三怒的样子。

今天她躺在他的怀里，顺从地任由他的手分享着自己身体的每一部分。陈祖盛心里开始躁动，他要顺势进攻。于是他激动地告诉霍九红，他有一样定情之物一定要今天送给她。霍九红听了显得非常激动，望着他的一双眼睛说她什么也不要，只要他能永远像今天这样喜爱她，关心她就好。陈祖盛越听心里越热，越看霍九红娇美的样子，身体越有一种火山要爆发的澎湃感。"不行，男子汉大丈夫顶天立地，一言既出，驷马难追。我说今晚，就必须今晚交到你的手中。"

可能是喝了酒的缘故，加上祖盛巧妙的用心，霍九红被陈祖盛带到家里自己的房中。掩上门，他将霍九红抱到床上，亲了又亲，吻了又吻。一双手仿佛再不够用，他猛劲儿扒去九红的衣衫。噢，我的天哪……原来上天把女人造就得这般完美……祖盛迷离地亲吻着，霍九红尽情地享受着这个有些野性的男子带给她的感受。霍九红忽然从身体里涌动出一种从未有过的冲动，她一把拉起跪在她身边的陈祖盛，将他的衣衫扒去，陈祖盛也一下子意识到，大戏必须开始啦。之后，两个年轻人的身体结合到了一起。

天荒荒，地苍苍，云飘飘，雨茫茫……两个折腾了半天的年轻人微微睁开双眼的时候都笑了。谁也不再害羞地用被子遮挡身体，都用手抚摸着对方光滑的肌肤。这时陈祖盛头一次大着胆子问霍九红："那么多人追你，你为什么会喜欢上我呢？你喜欢我什么？"霍九红咯咯地乐了，她想了想说："喜欢你身上那股子骚烘烘的味道。"

"我臊吗？"陈祖盛下意识地闻着自己的身体。霍九红又乐了，她说："不是身体里的臊味，而是做派中那股子骚味。"几番云雨过后，两个人的酒可是都醒了。霍九红麻利地穿上衣服就要走人。陈祖盛说："别走哇，我还有东西给你呢。"霍九红听完他的话笑了，说："别在那儿蒙我啦，撒谎你还不是对手。想把你爹的珍宝给我吗？恐怕你现在都没见过吧。"

"原来你什么都知道哇，那你怎么还跟我来呢？"霍九红走过来认认真真地端详着他说："因为我喜欢你，从第一次见你面的时候就喜欢上你了，并不是因为你陈家有太后的宝物。本姑奶奶不缺钱，就是没什么宝贝，本姑奶奶照样一生一世活得滋润，敞亮。"

"那……那……"

"还有什么问的吗？"

"那看来，我是不配娶你了？"

霍九红边梳着头边回答说："你说呢？"一句话把满脑袋是鬼的陈祖盛问得一点底气都没了。看来人家什么都知道，连爹不想教他关公戏的事可能都一清二楚，还有什么好说的？这么一位美丽的姐儿怎么能是自己的呢？还想逗弄人家，没想到倒叫人家把自己耍了一通，可他还是贼心不死地问："那我们以后什么时候还能见面？"咯咯咯，又是一阵清脆的笑声，已梳妆完毕的霍九红冲他摆出了一个很优雅的姿势："还见面干什么呀？难道我对你的回报还不够吗？"

听了这话，陈祖盛心中不免有些恼怒，心想，原来碰上一个翻脸不认人的。霍九红仿佛看出他的懊恼，走到他的身边坐下，悄声对他说："其实我们现在做得已经很过分了，像我们两家这种关系，是不会走到一起去的。梁山伯与祝英台的故事听过吗？"陈祖盛不明白地冲她摇着头。霍九红告诉他："意思就是说，两个不匹配的家庭的儿女是不会走到一起的。"这回陈祖盛听明白了。霍九红对陈祖盛说："如果没有别的缘故，我可能会嫁给你。因为我喜欢你，和你在一起很开心，很满足，明白吗？"陈祖盛点了点头。霍九红起身走到门前稍稍停留，冲他摆了摆手说："再见啦。"说完推门而去，把留在屋里的陈祖盛搞得莫名其妙，他猛劲儿拍了拍自己的脑袋看是不是还疼，结果把眼前拍得一片金星。

第十一章

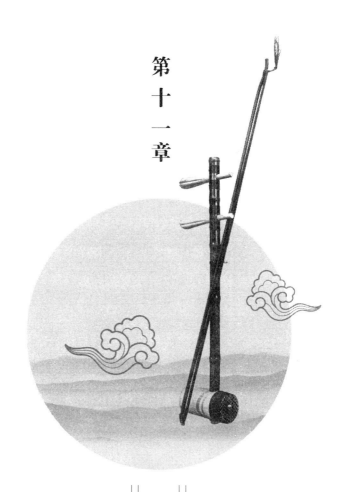

巧拙难分

陈琏琨和妻子到东北奉天，找了一个做道具手工活儿讲究的人，把刀头上面的晶石取下来，将十八颗真正的宝石镶嵌上去。连这位手艺人都觉得这把刀简直太漂亮了，一把大大的刀头在各色宝石的映衬下，发出罕见的光芒。做刀人恋恋不舍地看着它，赞不绝口。对这把刀是为谁做的，归谁使用却一无所知。这些闪闪发光的石头到底是什么，也是一无所知。因为他根本就无法想到会有如此多的宝石镶嵌在一把刀上。

宝石的问题解决了之后，陈琏琨又和妻子想尽办法，做供像的底座子，把另外一些珍宝很隐蔽地放到了里面，实实地封死了它。除了上香之外，仍是把供奉关二爷的香堂用大铜锁牢牢地锁上，任何人不得近前。这些都做完了之后，他忽然感觉自己很可笑，仿佛真像人们说的那样，由一个人们尊崇的活关公突然变成了一个守财奴。

人世无巧不成书。霍九红由于家庭宠爱，养成了我行我素的习惯，在当时算得上是开放型的女子。以前跟过万鑫魁，日子也不算短，但唯独这次只和陈祖盛过了一夜，就怀上了陈家的骨血。在与陈祖盛过了夜之后不久，她便开始感到周身不适，时常有恶心、呕吐之感。有一次在台上只唱了一小会儿，便再也无法支撑，倒在台上。霍家以为孩子是太疲惫了，扶到家里又补又养。可怎么补也不行，什么也吃不下，见东西就想呕。霍班主请来京城的名医给霍九红一把脉，医生告诉霍家霍姑娘有喜了，霍家的人脸全绿了。霍思纯想跟人家急，可这是京城有号的名医，断病十拿九稳，告诉他有喜，那肯定是有喜了。霍思纯多送了银子，算是封口费，送走了医生，便气不打一处来地对霍九红兴师问罪。

尽管霍九红平时在家里说一不二，可事做过了火，她也承受不了过大的压力，只好将事情的经过原原本本地向父母如实招了。霍思纯一听，眼前直冒金星，像吃了口屎又无法吐出来的样子，连抽着自己嘴巴，大喊："丢人哪……丢人！"他欲哭无泪，有气无力地坐到了身边的椅子上直喘粗气。他感到自己的一世英名顷刻间叫女儿毁于对手一个没出息儿子的手里。他决定尽快找人给女儿堕胎，可女儿坚决不答应。他问女儿，不把孩子做掉今后怎么嫁人？女儿告诉他，她谁也不想嫁，以后带着孩子生活。霍思纯气得眼前又是一片金星，心想，净扯，你一个人带着孩子过，可霍家的名声要不要了？他一脸发狠地冲妻子说："你好生劝她，孩子做也得做掉，不做，也得做！"转身回房去了。

万鑫魁从英国回来了，到霍家来了几次，却都被九红拒之门外。他问霍家是什么原因，霍家也给不了他答复，但从班子人的嘴里打听出，可能是九红身体出了什么问题。聪明的他一下子猜到，可能是这方面的事。他以为九红又遇到什么有钱有势的人了，便在霍家和九红门前闹腾了好几次，要九红给他个说法。一天，喝得酩酊大醉的他再次来到霍家，在九红门前大吵大闹，不肯离去。霍达劝不回他，霍班主也劝不动他，正在无奈之际，门嘭的一声被推开了，霍九红站在了万鑫魁的面前，她昂着头，怒目而视，问万鑫魁："本姑奶奶跟了你这几年待你可好？"万鑫魁方才酒气冲天，可真见了霍九红的时候，一下子就蔫了，他回答九红说："好。"霍九红又问他："你待本姑娘可好？"万鑫魁仍说："好。"霍九红忽然变色说："狗屁！本姑奶奶把感情给了你，把身子给了你，可你能给我个家吗？你肯给我个家吗？今天看我怀上孩子你来闹腾，难道你想让本姑奶奶一辈子当妞头陪着你吗？还讲不讲点德行！"

一番话，如一盆冷水浇在了万鑫魁的头上，他含着泪对霍九红说："九红，你如果把孩子做掉，我马上娶你，好吗？"

"呸！晚啦！"霍九红气愤地流下泪水说，"当初我对你那么好，那么真，你不肯娶我，如今我已怀上别人的骨肉，你才反悔。你当我霍九红是下贱坯子吗？"万鑫魁低下头想了想问九红："我想知道这个孩子的父亲到底是谁。"霍九红告诉他："这个就不烦你操心了，自然是一个爱我、疼我的人，也是我爱的人。"说完，她回身将门嘭的一声关上，再也没出来。这时霍班主让儿子霍达找人抬来一个大箱子，他当着万鑫魁的面打开，里面装满白花花的银子。霍班主劝万鑫魁："不要再闹下去啦，没有意义。毕竟曾经相好，嚷嚷出去叫人笑话。这也算是老朽替九红赔的一点不是吧……"万鑫魁却看也没看地转身走了，只是感到他走得有些难过，有些悲哀……

自从与霍九红有了床笫之事后，陈祖盛像丢了魂似的打不起精神。父母什么时候从外地回来，弟弟每天往哪儿跑，父亲是否还死乞白赖地拉着弟弟学关公戏，他再不往心里去了，满脑子里只有一个冲他默默微笑的霍九红。因为这是他人生中第一次尝到的禁果，是他的初恋，可没想到却如此残忍地被心爱的人迅速地一刀斩断，毫不留情，叫他怎不心痛难忍？

一躺到床上，他就抱着被子默默流泪，想啊，想啊，心里痛啊，痛啊。父母不知道大儿子这些天到底是怎么回事，只见他人一下子消瘦了许多，且心事重重。母亲过意不去，找丈夫为儿子求情，让他真的也好，假的也罢，拿出点时间教教大儿子关公戏。毕竟都是自己的儿子，上进有什么不好？陈琏琨真的没有想到大儿子为了学戏会如此痴迷，心也一下子软了，他让妻子告诉大儿子，每天下午可以跟他练戏。可当母亲无比兴奋地把此消息告诉大儿子的时候，祖盛却说了句："拉倒吧，谁跟他学那破玩意儿啊。"一句话，把母亲说得愣在那里半天没动地儿，心说这孩子到底是怎么啦。

祖盛不再披挂练功，他拿出所有的时间跑到霍家班院子外头转悠，目的只有一个，想看见霍九红的影子，可是没有看到。到处打听有没有霍九红的戏，还是没。霍九红好像一下子从人间蒸发了，也把他的魂给带走了。一天正在琉璃厂闲逛的时候，陈祖盛突然被迎面而来的人重重拍了一下，定神一看竟然是霍九红。她一脸严肃地把他拽到一旁。在他面前霍九红就是天上的月亮，皇家的公主，别说霍九红拽他，就是霍九红抽他，他也是求之不得。他顺从地跟过来，霍九红两眼直勾勾地盯着他，把他看得紧张到说不出话来："怎……怎……怎么啦？我到你家门外转，就是想看见你。你……你要是不让，我以后不去了还不行吗？"

"呸！"霍九红生气了，本以为见了他，他会说点思念她的话，没想到第一句就是可以不再去看她了，"亏你还是个男人，你不去？你凭什么不去？你和我……"说到这儿，霍九红小心地四下看了看，又压低了声对陈祖盛说："你和我做完了那事，就完啦？"一句话把陈祖盛说蒙了。哎，这啥人哪？不是你说的以后不再见面了吗？陈祖盛壮着胆子小声地问："不是你说的我们这样的家庭不能再来往的吗？"

"我什么时候说过？我说过吗？"陈祖盛的脑袋好像一下子大了两圈，嗡嗡直响。面对眼前这个美丽的姑娘，陈祖盛好像不认识般地仔细看着："你没说过吗？你忘了，那天你离开的时候……临出门前……"

"少跟我废话。"霍九红真是姑奶奶的脾气，她懒得再跟他没用地扯下去，便直截了当地对陈祖盛说："那时候是那时候，现在是现在。我怀了你的孩子了，你看怎么办吧。"

"什么？你怀上我的孩子了？"一句话把陈祖盛吓得差点趴在地下，因为这个幸福降临得实在太突然，再加上初尝禁果，还没想过什么孩子的问题，却被这个问题找上门来。追求是一件事，事实又是一码事。这个过程仿佛才刚刚开始，怎么就直接有果了呢？陈祖盛的确不知怎样应付。他转过脸来又问霍九红："那你看怎么办？"因为他也不知道自己的父母怎么看待他与霍家的关系，再加上自己和霍九红就这一次，怎么就有了孩子呢？他有些忐忑不安地问了句："这孩子真是我的吗？"一句话使霍九红的脸一下子涨成青紫色，还来不及反应，她的手迅速地甩到了陈祖盛的脸上："亏你问得出口，不是你的我上赶着找你？"陈祖盛捂着脸小心翼翼地看着气愤的姑娘，心说这句话可能问得有些伤人，便解释："我没别的意思，我是说咱俩的缘分的确是太那个了。"霍九红再次追问他："事到如今我只想问你，你看怎么办吧。"陈祖盛有些束手无策，说道："我也不知道哇。"

"难道你不想娶我了吗？"说完这句话的时候，霍九红泪水唰地流了出来。陈祖盛有些胆怯，同时怀着某种报复心态问："你不是说我配不上你，不让我们以后再见面的吗？"

"因为那时候我还不知道能怀上你的孩子。"说完她抹去了脸上的泪水，她没有想到自己把这件事情告诉这个男人的时候，他竟会是这种反应。霍九红伤心地说："看来是我想错了，早知道是今天这样，压根我就不该跟你来往，也用不着伤着心来找你。"说完，她转身欲走，却被陈祖盛一把拉住。他将霍九红紧紧地揽在怀中，亲了又亲，尽管霍九红拿出不大情愿的样子挣扎了几下，可还是顺从地由他热烈地亲吻和拥抱。陈祖盛摸着霍九红满头青丝，温柔地对她说："哄你玩呢，做着梦都想把你抱在怀中。"

"就因为你会哄我，所以我才决定来找你，父亲死活要我把孩子做掉，可我没答应。知道为什么吗？"陈祖盛听后有些感动，因为他知道，凭霍九红的长相、家世、能耐，找十个他都富富有余。他轻声地问霍九红："不知道哇，为什么？不会是因为我身上骚烘烘的味道吧？"霍九红像孩子似的轻轻捶了他一下说："骚样吧，只有你会哄我……"

陈琏琨是个只把心思用在戏上的人，对于家里和孩子的事很少过问。只是上次看在妻子苦求的面子上，终于想破例教一教大儿子戏，可反叫大儿子给撅回来了，这使他纳闷，想不出是什么缘故。近来他观察着大儿子，发现他一会儿喜上眉梢，一会儿面如沉云，好像有心事。他让宽二爷好好查一查此事。宽二爷可是久在戏班子里混的人，梨园界没有他不知道的事，只要是他想知道的，不用多大工夫，准能知道。在祖盛出门的时候他偷偷地跟了几次，心里便有了底，回复了班主。陈琏琨一听差点摔个跟头。想不到自己的儿子这么几天工夫就跟霍九红好上了，真想吃天鹅肉了？他问宽二爷："真的假的？"宽二爷告诉他："千真万确，的确有好几次看见少爷拉着霍姑娘的手逛街。"听了这个消息后陈琏琨哭也不是，笑也不是，呆呆地坐在那里好一阵儿没个动静，他告诉宽二爷："什么风也别露，对谁也甭提，接着给我盯着。"

虫多不怕咬，债多不压身。陈祖盛已从琉璃厂张老板的店里支了四百多两银子，张老板的笑脸开始变长了。他开始问陈祖盛什么时候兑现给他宝物的诺言，陈祖盛总是大大咧咧，不慌不忙地拍着肩对他说："甭急，心急吃不了热豆腐，这些个东西早晚都是我的，是我的也早晚都是你的。"每次说完，还都从他的店里拿出点小挂件给九红带回去解闷子。这一阵子只要霍九红跟他出来，他都能讨霍九红的欢心。想吃什么，他就给她弄什么吃。想喝什么，他就给她买什么喝。大串的冰糖葫芦叫他们嚼得那个甜，老北京的涮羊肉叫他们涮得那个美。霍九红问他："今后的日子都这么美吗？"他拍着胸脯对她说："你放心，你男人就是未来的活关公，未来的大富豪。"霍九红用手戳着他脑门说他就会吹牛。

的确，陈祖盛就会吹牛。事到如今，霍九红的肚子都显怀了，他还没胆子跟家里说呢。只有跟霍九红出来的时候他才感到美好，回到自己家却像偷鸡贼般地钻进屋里猫起来，一种恐惧使他在家里常常透不过气来。这次自己胆子也实在太大，几乎是把天捅了个窟窿。陈霍两家的积怨太深，父母会同意这件事吗？尽管爹也曾跟自己打赌说自己要是能把霍九红这个天鹅肉吃了，他就给自己说关公戏，但那毕竟是说笑哇，如果真知道自己把霍九红的肚子搞大了，还不把自己劈了？如果家里不同意，自己该怎么办？九红该怎么办？怎么办？他越想越怕，蜷曲着的身体越是感到周身疼痛，一夜夜地睡不好觉。每天在家吃饭的时候，他都小心翼翼地不敢出声，生怕让爹看到自己。眼下九红的肚子一天比一天大了，他仍不敢向家里透露半点实情，他一边为自己感到庆幸，一边为自己的懦弱而感到悲哀。

真是女大不中留，儿大不由爷呀，这个家不是要翻天了吗……这些天霍家可真是闹翻了天。抛出陈琏琨是霍家冤家不说，经人一打听才知道，陈家大儿子是吃啥啥不够，干啥啥不灵的主，除了吹牛之外没任何本事。霍思纯怎能忍心把如花似玉，京城最漂亮，戏唱得最叫响的女儿嫁给他呢？霍思纯这些日子吃不下，喝不下，满嘴全是泡。别说上台唱戏，来了客人也一律不见，生怕外人知道了家事，丢他的脸。霍思纯费尽了心思，磨破了嘴皮子可就是说服不了女儿，他拿定主意坚决不让女儿嫁给陈祖盛。可霍思纯看着女儿的肚子一天比一天地鼓了起来，即使苦恼，但在事实面前也不得不低下头。考虑到家丑不可外扬，为躲避社会上的舆论，他也只好打掉了牙往肚子里咽，同意了这门亲事。一天晚上他含着泪水来到女儿的屋里，跪在女儿面前说："奶奶，你是我的祖奶奶。事到如今你想怎么办，你就怎么办吧。"说完他起身，一步三晃地回自己屋去了。

天下哪有不透风的墙啊。在顺风耳宽二爷的打探下，终于知道霍家女儿怀上陈家孩子的事。尽管陈琏琨有思想准备，但当他得知这个消息的时候还是像被雷击了一般，瞠目结舌地坐在红木椅上半天说不出话来。这可把宽二爷吓得够呛，宽二爷忙上前劝班主想开点，没想到陈琏琨冲着天哈哈大笑，并大呼："能耐！能耐！这个兔崽子真能耐。这回我倒想看看，梨园界的这些人再说什么。哈哈哈！"宽二爷以为班主可能是听此事受了刺激，忙上前又去劝慰，陈琏琨拍了拍他的肩说自己没事，让他回屋去了。的确，听了此事陈班主受了些刺激，因为他万万没有想到这个儿子的本事远远超出了自己的想象。本以为大儿子惦记霍九红是癞蛤蟆想吃天鹅肉，可怎么也没想到他还真把天鹅肉给吃了。霍九红已开始显怀了，同时梨园界最霸道的霍思纯，也不得不同意了这门亲事。

此时他的心情也很复杂，是高兴？是气愤？是恼怒？说不清。他要把儿子叫到身边，用棍子好好教训他一顿。转念又一想，不行。他知道儿子现在心里一定承受着巨大的压力。自己干什么非要责难儿子呢？想到这儿，他又觉得好笑，他告诉妻子吩咐后厨，今晚好好做几道菜，家人好好吃顿饭。

饭后，陈琏琨把大儿子叫到自己的屋里，让他给自己沏壶最好的金胆龙眼。他关好了门窗，坐到大儿子面前，看着大儿子的脸色。儿子的脸色蜡黄，眼神游离，从晚饭的时候他就是这样的眼神，像一只受了惊吓的兔子般畏惧。父亲面带微笑地问大儿子为什么不好好地学戏，他以后会常常带着他练戏。儿子只是不住地冲他点头，什么也不说。父亲看不说此事也不行了，便问他对霍九红的事准备怎么办。一句话吓得陈祖盛扑通一声跪在了父亲的面前。他嘴里一个劲儿地说儿子该死，儿子该死，实在没想到能惹出这么大的祸来。尽管见到儿子可怜的样子有些心疼，可历来享有独尊的父亲，也想借着这个机会好好教育教育儿子，给他留下一个崇敬威严的记忆。他站起身围着儿子绕了好几圈，边走边说："行啊小子，真有能耐呀，看来天底下没有你不敢干的事呀。"

"儿子该死，儿子不孝。"陈祖盛哆哆嗦嗦地跪在地上不敢动弹。陈班主问他："为什么不把事早点和家里面说？"陈祖盛说："怕……怕家里责罚。"

"不说就不责罚了吗？你可真有能耐。你爹演戏行，你动真格行，搭上没几天，就能把姑娘的肚子搞大了。你打算怎么办？"祖盛抬头看了父亲一眼说："我……我也不知道该怎么办哪。我……我……"一听这话，陈琏琨真生气了，这哪像自己的孩子呀？这是什么人哪？敢做不敢当啊。他踢了儿子屁股一脚："这是句人话吗？人家姑娘肚子一天比一天大了，你还不知道怎么办？敢做不敢当，你个没出息的东西。"听了父亲的话，陈祖盛蒙了，他不知道他爹是什么意思。他含着泪看着父亲问："爹，您看事到如今，我该怎么办哪？"

"滚蛋，滚得越远越好，找一个让我看不见的地方去吧。"对于这句话，祖盛的心里是早有准备的，起初他心里害怕的就是他爹说这句话，怕得夜里直打哆嗦，直做噩梦。那该是种什么样的生活呢？他曾与霍九红开玩笑地探讨过这个话题，要是两家都不同意这个婚姻的时候他们该怎么办，霍九红天不怕地不怕地对他说过："那也没什么了不起，大不了自己唱戏混日子去。"自己混日子会是什么样呢？霍九红唱戏，他帮着打场子？那将是什么场面呢？今天终于在父亲的口中得到这样一个结论。进屋的时候他怕得要命，可当父亲真的把这句话说出来的时候，不知怎的，眼中的泪水忽然间全没了，忽然心如止水，身上轻得仿佛所有债务一下子都卸掉了一般。他慢慢地站起身，轻轻掸了掸身上的尘土，冲父亲深鞠一躬道："多谢爹不怪之恩，孩儿他日再报。"说完，转身欲走，被身后的父亲唤住。

陈琏琨没有想到，方才还唯唯诺诺的儿子，顷刻间变成另一个人了？看来自己对这个儿子还真是小看了呢。他又以长者的身份问："走？你上哪儿去？就凭你这点能耐能在社会立足？凭你能养得起京城最受人倾慕的娇小姐？"父亲用心良苦，儿子也是绝顶聪明。陈祖盛从父亲的话中明显听出留他的意思，便顺从地转过身，对父亲说："父亲说得极是，只是儿子怕惹二老生气，所以……"

"所以个屁，坐下好好说话吧。"两人又坐到了对面，这回父亲不再有怒色，而是平心静气地问儿子话，让他把他们在一起所有的经过仔细地讲给他听。祖盛也毫无隐瞒地将事情的原原本本讲给了父亲听。只是有一件事他向父亲隐瞒了，那就是他说他们在一起所有的花销都是霍九红出的钱，而把从张老板那儿借钱的事瞒了下来。因为这件事情太复杂，说出来怕爹生气。

当陈琏琨听了事情的经过后，沉思了半天，原以为霍九红跟他儿子是图他家的财宝而来，现在看不是这样，至少在怀孕前不是这样的。从某种程度上说，这个姑娘还是挺喜欢自己儿子的。他又看了看儿子，心说："臭小子，艳福还不浅呢，我怎么就没看出来他身上有叫这个姑娘喜欢的地方呢？"祖盛借势问父亲事到如今该怎么办，陈班主大声说："把姑娘娶了！敲锣打鼓娶到陈家！"陈祖盛扑通一声跪倒在父亲面前，给他磕了三个响头，说："感谢爹的大恩，孩儿和九红自当终身相报。"

听了这句话，陈班主也有些感动，还磕什么响头，毕竟是自己的儿子，本是分内之事，再说娶的又是一个有才、面容姣好的姑娘。他慢慢拉起儿子开玩笑地说："别价别价，该磕头的应当是我呀。你想，全中国也就两个活关公，可两个都是你爹啦……"一句话说得陈祖盛第一次感到羞愧。事后他把父亲这句话告诉霍九红的时候，霍九红乐了，说："你爹说得不假，不过别看他唱戏行，别的，他还真就没你能耐。不然我怎么会嫁给你呢？"

俗语说不是冤家不聚头，两个争斗活关公的对手，两个有着严重心理隔阂的名角儿，两个老死不相往来的戏班班主却成了儿女亲家，一时间成了梨园界争相谈论的话题。为了体面，为了给儿子和自己喜欢的姑娘撑足面子，陈琏琨花了不少银子，很有排场地在丰泽园大摆三天酒宴，为他们举办了婚礼。梨园界头面人物悉数到场，贺礼如雪花般飘进小夫妻的箱笼之中，只是很多人都替霍九红感到惋惜，不免有鲜花插在牛粪上之感。

挺着大肚子的霍九红毫无羞色，乐呵呵地走在众人之间陪大家聊天倒酒，自然也引来不少风言风语，可陈琏琨却喜盈盈地说："他们懂个屁，这才叫双喜临门。"对于这句话，霍九红听说后十分感动，她激动得偷偷哭了，为自己的选择而激动，为有一个能理解她的公爹而感动。对陈家一直耿耿于怀的霍思纯听后也沉思了许久，自问，如果换了自己，此时该当如何？

饭店对面不远处的房角下一辆黄包车里坐着一个人，他始终窥视着饭店里喜庆的场面。他不是别人，而是已经许久未见到霍九红身影的万鑫魁。在生意场和情场上从未失败过的他，今天显得是那样落寞和魂不守舍，直到此时他才知晓什么叫悔断肝肠。远远望见在饭店里走来走去的九红，不免使他回想起这个女人和自己在一起时的快乐时光，而今天自己忽然有种从云端掉下来的感觉。这么好的一个女人，千般的娇美，万般的妩媚，再不属于自己啦。从来都像狼一样坚强的他，不知怎么再也抑制不住泪水，他怕叫人看见笑话，转身离去了。

喜事办过后，陈家光明正大地把霍家闺女接进自己的家里。虽说陈家的宅第远不如霍家的阔气，可毕竟是京城名角儿之家，里外三层大套的四合院，专给祖盛和九红腾出来一套。红灯笼、红窗花贴得喜气洋洋，为了能让陈祖盛的第一个后代顺利出生，不中邪气，陈班主特意找人看了看宅院，在进院的大门口做了一个大大的影壁墙，意在是把一切妖邪之气挡在门外，使院子里的人吉祥顺利。

哥哥娶了新媳妇使家里增添了不少的喜气，这几天祖德只要一回家，必先跑到哥嫂的院子里坐一坐，聊上一会儿。对这个小叔子九红高看一眼，她挺着大肚子也要出来亲自招待。因为她看过祖德的戏，知道他是未来的好角儿，打心眼里喜欢这个被梨园人称为"小神童"的祖德。

九红欢喜地给他们泡茶，给他们洗瓜果，忍着恶心，亲自撸起袖子下厨，给他们烧几个菜，让他们哥俩喝两盅。她在边上看着显得是那样的开心，特别是当压根不会喝酒的小叔子喝红了脸，喝壮了胆，上敢骂天，下敢骂地，讲起国家命运和大道理的时候，霍九红更加佩服这个小叔子见多识广。每每此时，霍九红会在晚上和祖盛说，祖德天生就是干大事的人，让他以后多向弟弟学着点。祖盛总是不值一提地说："屁大事，我看都是些屁用不顶的事。常言道，秀才造反三年不成，就凭他们……"这句话，霍九红还真低下头好好琢磨了一阵子，觉得也有些道理。

一天不知何故，陈班主和小儿子祖德发生了争吵，父亲像受了巨大的侮辱般把眼前的桌子拍得啪啪直响："说的是人话吗？还做什么都行，就是不能唱戏。唱戏怎么啦？偷谁，抢谁啦？"小儿子却不吃这套，他仍不慌不忙地跟爹说："唱戏不丢人，唱戏是一个靠本事吃饭的行业，可我不想唱。"陈班主问他为什么不想唱，他告诉父亲，他心里装的不是一个戏班子，而是一个国家，是天下，他要为了国家的兴亡去奋斗，为一个国家的振兴而努力。

话还没等说完，把陈班主弄得哭笑不得。父亲觉得这个小儿子实在是可爱，难得他心里装着这么大的事业，笑的是这哪是他该想的事情。父亲又拿出耐心开导起儿子，告诉小儿子："唱戏没什么不好，不仅可以养家糊口，唱好了照样出人头地。远了不说，就说你爹，如今把戏唱出头了，连当朝的太后都要高看一眼。"说到这儿，小儿子把脸一绷冲父亲说："别提这个千刀万剐的女人，她是中华民族的千古罪人。她嗜血成性，涂炭生灵，难道几颗宝石、一些珠宝就把你的人性泯灭了吗？被关进顺天府的记忆你难道都忘了吗？不消灭这些人，这个国家何来光明……"

话还没说完，陈老班主箭步冲过去，一把把儿子的嘴捂上，心说："我的小祖宗啊，你是不是觉得你爹的脑袋还长在脖子上，你心里不舒服？"陈班主脸都吓白了，他忙走到窗前关紧了窗子，转回身像不认识般地看着小儿子说："你们每天都这么去革命吗？"小儿子毫不含糊地冲父亲点了点头。父亲失望地对他说："儿子呀，你还年少哇，世界上的事情你又懂得多少？爹真为你担心哪，只怕还没等你革命，自己的脑袋就不知叫谁革走啦……"

"我们不怕，这个思想准备我们是有的。"

"什么？这个思想准备你早有？"陈班主看着小儿子，实在弄不明白这到底是怎么回事，他心想："这不是活腻味了吗？这到底是受了什么魔法啦？关老爷呀，您要是真有灵的话就帮帮我，把这个误入歧途的儿子劝回我的身边吧。"他实在是不知道该怎么劝说儿子，最后只能以长辈的身份拉长了脸告诉儿子："打今儿个起，不管你干什么，不许你胡说八道。如果再让我听见，你就别再回我这个家，也别再管我叫爹！"说完，他一甩袖子走出了小儿子的屋子。

　　且说陈祖德，每天向先生交完了功课，便匆匆来到一个小小的文明剧社里排演文明戏。这里面大都是热血青年，领袖人物名叫左思承。此人精于算计，会笼络人，也很强势。由于他年长大家几岁，对时局也能讲出一二，加上是他倡导并创立的剧社，所以在这个小群体中很有话语权。说来也怪，在这个群体中他对谁都挺好，唯独对这个唱过戏的陈祖德半眼都瞧不上。陈祖德有着自己独到的优势，那就是他能拿出银子来支撑小剧社排戏置景等事。特别是后来人们发现，论别的不说，论排戏、演戏这方面，谁都不如他的水平高、能力强，所以祖德也深受大家尊重，在一个叫王立志同学的调解下，他们在这个群体中只好各自发挥才华，忍受着对方的敌视。

　　一天女主演病了，经人介绍，一位学生打扮的年轻女孩来到剧社，是应约来顶替女主演的，看年龄不过二十岁，其美貌令在场所有人都为之惊叹。她一头黑发，留着刘海，穿一身藏蓝色丝绸裤褂，显得素雅大方。白净净的瓜子脸圆润丰满，一双凤目水汪汪明亮，特别是那片红红的嘴唇，实在动人。太美了，这种美使得本来正打闹着的人一下子没有了半点声音。连在女孩子面前从来都目不斜视的左思承，都直勾勾地盯着姑娘看。

　　"嘿嘿嘿……"陈祖德这几声提示，使所有看着姑娘发呆的小伙子都意识到了自己的失态。这个剧由陈祖德担当指导，所以他有在场的指挥权。他客客气气地走上前去与姑娘握了握手，向姑娘介绍了一下剧社的情况，之后，姑娘很是大方地告诉大家，她叫陶思萦，今天是替她的女伴卢小燕来排演一个角色的。说完她看了看在座的人又很大方地说："听说文明戏很有意思，我来学学。因为我是第一次接触表演，所以希望在座的每一位给予指教，多多帮助。"

　　了解了姑娘的情况，并把在场的人给她做了介绍之后，祖德又把这个剧的剧情、女演员的角色事项向陶思萦做了简短的说明，之后大家便进入了排演工作。这个剧目初始安排的男主演是左思承，可他觉得这个角色太扭捏，有些娘娘腔，不男人，所以他不演，便由陈祖德演。男主演又是与剧里的女主演演夫妻，有不少对手戏。这样陈祖德既是导演，又是主演，一下子便先入为主般使陶姑娘感到眼前这个名叫陈祖德的男子是这个剧社的领袖，便对他十分客气，唯命是从。

这可使坐在一旁的左思承气得眼睛发绿，他心想："我是这个剧社的领袖哇，什么时候轮到你大抢风头？"眼看着陈祖德和这个新来的陶姑娘越演越入戏，越演越出彩，他几次上前去插话，想显示一下自己在这个群体中的存在，可对剧又说不到点子上，引不起陶姑娘的丝毫注意，反而把他显得弱智和拙笨，他心中很窝火，实在是再无法忍受，有说不出的痛苦。两天过后，他突然叫停了现场的排练，提出要修改剧本，更换角色。

"那怎么行？这剧不是排得好好的吗？凭什么呀？"陈祖德本能地反对他的意见。左思承却板起脸，背着手毫不示弱地说："不凭什么，这个剧太软弱，通篇的娘娘腔，没有一点冲击黑暗社会的意味，所以我提议马上换剧目，演员也要调整。"陈祖德觉得他纯粹是找不到自己府丞的地位，在这里鸡蛋里挑骨头，便对大家说他的这个说法不对，剧本是经大家讨论，一致通过的，希望大家一起说服左思承。没想到大家都迎合左思承的建议，说这个剧本不好。陈祖德一下子明白了，这是大家对他这两天在姑娘面前大出风头心生嫉妒的结果。他看着面前每一个人的眼睛，看到谁谁都避开他的目光，唯独左思承毫不示弱。最后他把目光落到新来的陶思萦的面前，他问陶姑娘对这个剧目如何看待。

姑娘略加思索后表达了自己的想法，她说："我倒不觉得这个剧软绵绵、娘娘腔。我们正是要通过这对夫妻的矛盾深刻地反映出这个时代男尊女卑的现实，揭露出那种表面上满嘴仁义道德，心里却一肚子男盗女娼的伪君子嘴脸。我感到大家在排演中都很精彩，如果是因为我是新来的，排演得不好受到影响的话，那我可以离开，换个更合适的人选。"说完，姑娘给大家鞠了个躬，又与陈祖德握了握手，转身收拾自己的东西欲走，这使在场的人面面相觑，不知如何是好。大伙心想，这哪成呢？就是因为不想让她走，才要把戏换掉，把角色换了，看看自己是否有机会与这个姑娘演对手戏。她要真走了那还有什么换不换剧的必要呢？

此时陈祖德心里什么都明白，可他偏不上前阻拦，他就想看看左思承此时是什么反应。当姑娘手提着小竹箱快走出门的时候，左思承一个箭步冲上前去拦住了姑娘的去路，他对姑娘说，他丝毫没有责怪她加入剧社和说她没有演好角色的意思，相反他是非常欢迎她的加入。因为有了她，这个剧社仿佛才真叫得起文明剧社。他实在是觉得这个剧太沉闷，太没有激情，但如果陶姑娘真正喜欢这个剧，喜欢这个角色的话，那么大家还是认同把这个剧排演下去的。这时屋子里的人都一致同意左思承的建议。陶姑娘看了看左思承，又回身看了看陈祖德，那目光明显在征询陈祖德的意见。

对于陈祖德来说，本来加入这个剧社是为了寻求真理，寻求文化兴国的一种可能，他的一腔热情和所有的心血是想在这个群体中实现未来的雄心壮志。尽管在这里也有不愉快的时候，但他觉得那只是人们性格中不协调的碰撞，不影响大家寻求真理，改变世界的大目标。可方才的一幕使他非常失望，他感到自己在和一帮伪君子为伍，太丑陋，太可悲。尽管他非常喜欢的这个姑娘正用一双期待的目光征询着他的意见，可他已感到自己周身冰凉，再也提不起什么热情。他一转身走到自己的座位上，拿起自己的衣服和背包，掸了掸上面的尘土，向门外走去。走出几步远，忽听后面有人喊他："陈祖德，你上哪儿去？"喊他的人是那位刚加入剧社的陶思萦姑娘。他停顿了一下，身也没转地对后面的姑娘说："我退出这个剧社了。"

"等等，我跟你去。"陶思萦的一句话把在场的人，包括陈祖德在内，一下子全震蒙了。大家脑子里同时画出一个问号。尽管众人和左思承上前再三阻拦，可陶思萦毫不怯懦，绷起脸告诉他们把路让开。左思承问陶姑娘，能不能给他一个离开的理由，姑娘看着他的眼睛说："我来到这里是寻找平等和自由的，但我发现，我可能是找错地方了。再见！"说完姑娘毫不犹豫地提着自己的东西，跟在陈祖德的后面向外面走去，身后留下一片指责之声。

此举令陈祖德没有想到，尽管他们在出来的一段路上谁也不知道该说些什么，可陈祖德确实对这位姑娘心存好感。万万没想到当他在这个群体中备受孤立的时候，这位众人关注的陶思萦却和他并肩站到了一起。陶思萦侧过头望着他，仿佛在等待着他开口，他便冲姑娘友好地笑了笑问道："你为什么离开了他们？"陶思萦想了想说："我方才说的话不是很清楚吗？我感到来错了地方，所以我要离开这里。我反倒要问你，你怎么什么也不说，拿着衣服就走哇？"陈祖德也想了想说："我们大概有同感吧。"

京城是个非常热闹的地方，红墙碧瓦的紫禁城外到处都有各式的铺子，陈祖德和陶思萦很快便熟得拉着手走完这家串那家，吃完这个尝那个地转个不停。他们来到一个戏园子外，听到里面锣鼓锵锵，喊声阵阵。陶思萦摇了摇陈祖德的手，那意思是想拉着他进去看看，可陈祖德耷拉下脑袋，显得很不情愿的样子。陶思萦问他为什么这样，他有些怯口地告诉陶思萦说，这里面是他父亲正在唱戏。

"什么？你父亲在里面唱戏？"陶思萦睁大了眼睛，显出非常不可思议的样子。陈祖德很不好意思地对陶思萦解释着自己的家事，同时向她表示自己已彻底脱离唱戏的职业，已经很久没有和家里的班子唱戏了。"为什么？"陶思萦再次睁大了眼睛显得不理解的样子。陈祖德告诉陶思萦说：

"国家都什么样子了？我们怎么还能有心思咿咿呀呀地唱戏？总觉得那个职业太低贱。"

"你怎么会有这种想法？这才真正是守旧思想。唱戏是一种劳动，是一种职业，是让人懂得道理的一种很好的职业呀。"陶思萦针对陈祖德的观念进行了一番批评，使陈祖德哑口无言。之后陶思萦问他："你父亲是演什么的？"他告诉她："父亲是唱武生，演关公的。""好哇，我最喜欢看关公戏。"她问祖德的父亲叫什么名字，是不是名角儿，陈祖德看着她点了头，对她说："算是名角儿吧，叫陈琏琨。"

"就是慈禧太后非常喜欢的那个演关公的吗？"陈祖德愣了，心说，这姑娘怎么什么都知道？姑娘拉着他的手就往里头走。陈祖德对她说："咱能不能上别的地方，干吗非要看戏呢？"陶思萦很认真地告诉他："不瞒你说，本姑娘最大的嗜好就是看戏。"

第十二章

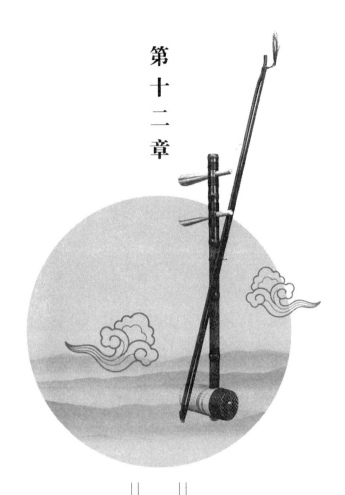

衰凤还巢

　　花了张老板近五百两的银子，陈祖盛却从未当回事。一天他仍像没事似的走进琉璃厂，被张老板一把拉住拽进屋里，问他宝贝的事到底怎么样了。他告诉陈祖盛，他找好的下家都急等着他的回话，跟他都快翻脸了。陈祖盛像压根没这么回事似的敷衍张老板，使张老板非常生气。他摆出一副今天不给个说法不行的架势，要求陈祖德要么给钱，要么给宝。陈祖盛一看张老板翻脸了，便也把脸子拉下来，他告诉张老板："钱我是花了，那也是你愿意借给我的。现在要钱没有，要宝我也拿不出来，你爱怎么着就怎么着吧。"看着陈祖盛一副臭无赖的样子，张老板是哭笑不得。

　　见硬的不行，张老板便马上又换一副笑脸，管陈祖盛叫"小祖宗"，央求他尽快把宝物给他，他肯定卖个好价钱，绝不会让他吃亏。这话祖盛倒还爱听，他也软声细语地告诉张老板，不是他不想把东西给他，他实在是找不着他爹藏东西的地方。张老板又再三叮咛他，让他多费点心思，一定把东西给他找出来，卖了宝贝他们谁都能过上好日子。话还没等他说完，便见陈祖盛的手又伸到了他的面前，告诉他，新媳妇在家里等着用钱呢，向他再借一百两银子。

　　张老板合计，这小子可真是债多不愁借，虱子多不怕咬哇。本来张老板是憋了一肚子气，早就合计不暴揍他一顿，也得踩着他脖子叫他把花的银子给他吐出来。可真到了这个时候，不知怎么着，就是动不了手。他忙吩咐下面的小二，到后面取一百两银子给陈家的大少爷。数了银子包好后，陈祖盛满脸堆笑地向张老板道别，告诉他，他回去后一定再好好找找，看他爹把宝贝藏什么地方了，如果找到了，一定拿这儿来交给他，由他出手。听了这话，张老板很受感动，他拍着陈祖盛的肩说："好小子，我把后半辈子的日子可都寄托在你的身上啦。"送走了陈祖盛，他忽又觉得失算，狠劲儿地抽了自己一个嘴巴："嘿，我又上当了，都是这点宝贝给我勾的。"

别看陈家一个月给不了大儿子几个银子，可小两口的日子过得可一点不比父母差，每天有吃有喝，小夫妻俩养得是油光满面。陈家对儿子的要求一向是很严格，很节省，这点霍九红知晓，可这些日子她就纳闷，祖盛这小子一出门这些烧鸡、大鸭梨都是从哪儿弄的呢？就凭陪他爹唱一场戏能得几个子儿？可后又一想，毕竟是大家的少爷，哪能缺着他的用度？再加上自己毕竟是给他家养孙子的新媳妇嘛。

祖盛非常喜欢自己的妻子，大家族出来的见多识广，所以不论霍九红说什么、讲什么，陈祖盛都瞪着一双发亮的小眼睛看着妻子，听得入神，无比崇拜。父亲说他不是唱关公戏的料，他始终耿耿于怀。有时在自己的小家里给九红比画比画自己偷学来的技艺，却总是惹得妻子哈哈大笑。妻子也告诉他，干别的你行，干这个你的确不是姑奶奶的同行。这是什么话？妻子怎么也和他们一个腔调？越这么说，陈祖盛心里越是不服。他每天照样学，照样练，偷着看父亲走戏，偷着看老丈人的戏。看过后自己找个背静的地方去练。一天妻子问他："既然你爹说你不是唱关公的料，你还死乞白赖地非要学关公干吗？"他告诉妻子，他从小就喜欢关公戏，什么赵云、马超、周瑜，都不能与关公相比。那气势，那扮相，简直太壮美，太迷人，所以他一生的志向就是学好关公戏。

弟弟不喜欢跟父亲再学戏，对于祖盛来说算是件好事。道理很简单，因为父亲只有两个儿子，所以这回不怕父亲不教他关公戏了。这些日子父亲只要演戏，他便目不转睛地学，目不转睛地看，并在前后台帮着父亲打理班子里的事情。可这几天发生一件事情使他心里摸不着了底儿。好些时对戏不感兴趣的弟弟忽然拉着一位十分漂亮的姑娘天天来看父亲的戏，这到底是怎么回事？他回家里问霍九红，让她帮他分析这是怎么个意思。霍九红也弄不明白是怎么回事。九红对这件事不上心，他非常不满，因为这涉及未来的很多事情。"涉及个屁，就凭你想接你爹的班子？我看门也没有。"进了陈家不到三个月的霍九红凭直觉感到，自己的公公压根就没想把这个戏班子交到自己丈夫的手中。一句话正中祖盛许久以来的心结，他的脸色渐渐阴沉下来。

不论外面的世界如何冷漠，剑拔弩张，京城的戏园子永远是一派喧嚣热闹的景象。穿着花枝招展的，一身财大气粗的，一脸嬉笑跑腿的，拉洋车的，五行八作，什么人都有。他们的确有着明显的身份区别，可在喊好的时候却有着极其公平和自由的权利。誉满京城的"活关公"陈琏琨今晚挂出牌子唱《千里走单骑》这出戏，想开眼的人都坐在园子里瞪圆了眼睛欣赏着他的架势。"哦！好！"会喊好的人在场子里把"好"叫喊得非常脆，不会喊好的人把巴掌拍得掌心通红。备受感染的陶思萦更是兴奋不已。"难怪慈禧太后会给你爹那么多的财宝，真是了不起。"看了陈班主的戏，陶思萦简直是着了迷。在场子里她显得很活跃，以至把陈祖德搞得很不好意思。陶思萦告诉陈祖德，她长这么大，还没看过能把京剧演得这么好的人。她无比真诚地央求陈祖德，以后常带她来看他父亲演的关公戏。陈祖德无比幸福地答应了她的请求。就这样，一次、两次、三次，陈祖德和陶思萦不断地出现在场子里。

听说祖德进了场子，还领了一个十分漂亮的姑娘来看戏，班子里的人感到很奇怪，陈班主更感莫名其妙，心说这小子多长时间不进场子啦，怎么一连来了好几天？他撩开帘子，顺着缝悄悄往下看着。嘿，领来的姑娘的确长得十分清秀，漂亮。他实在是弄不明白，就这么几天，小儿子怎么会发生如此大的变化，这倒使他开始对小儿子看戏的目的产生了不解和忧虑。

一天小儿子回家，老爷子把他叫到堂前，问他，和他在一起看戏的这个女孩子是谁家的姑娘。小儿子告诉父亲说："姑娘叫陶思萦，出身于书香门第。"听了这句话，老父亲很是高兴："书香门第好哇，书中自有黄金屋，书中自有颜如玉呀。"他看着小儿子像开玩笑般地说："行，小子，看不出你还真有点眼光，不愧是你爹的种。"他又问小儿子："怎么想起来看爹的戏呢？"小儿子告诉他，自己并不想看戏，而是这个姑娘十分爱看戏，而且非要拉着他陪着看。听了这话，陈班主高兴了，红光阵阵泛于脸颊，他一拍小儿子的肩膀说："这就对了！就应该这样，中国人不看京剧看什么？这姑娘我喜欢，哪天把她领家里来让我见见。"

近一段时间陈祖德受陶思萦的影响很大，特别是他对唱戏的态度，被陶思萦认真地批评了一番。陶思萦批评他认识偏激，批评他对艺术的无知。陶思萦还告诉他，不仅要学会艺术，还要懂得欣赏艺术。中国京剧是这个世界上最精深、最完美的艺术之一。其表现手段和方式不仅全面，而且成体系化，生旦净末丑，手眼身法步，唱念做打翻，包罗人生百态，是多少艺术家和前辈用心血栽培出的圣果。同时告诉他，在这个世界上，艺术是不朽的，是永恒的。祖德被说得哑口无言，他真不知道这个姑娘到底是做什么的。连自己该学却没学到的，都叫她说得这样精深，不免从刮目相看转变为崇拜之意。

陶思萦仿佛看出了他的心思，便顺势提出要求，告诉他，以后要常常带她看戏，因为从戏中会学到很多人们从书本中学不到的东西，戏会更加直接地使人提高悟性，这便是艺术对人的启蒙和教育。说来也怪，父亲的教诲怎么也没用，可这个女孩子的话怎么就这样受听，这样容易接受。父亲的戏班，什么金银财宝对他来说啥也不顶，可姑娘开出的条件，却让他无法拒绝。所以今天当父亲走进他屋里的时候，他再也显示不出前些时的那种热血青年的躁气，而是显得驯服了许多。他答应父亲，以后和他好好学戏，感动得父亲抱着他幸福地哭了……

披上绿蟒袍，提起偃月刀，祖德回家学戏已有一段日子了。戏的功夫要靠日积月累，而艺术的感觉和品位则要看艺人的天资和悟性。没用多长时间，小儿子的招招式式、举手投足已远远超过父亲一开始的想象，很有大角儿的风采和意韵。陈琏琨一招一式地给小儿子传授着红净的技艺，手眼身法步，腾展挪闪转，每一招式中，无不看出这位艺术家多年来对艺术的悟性，对关公这个人物的理解，多年来演出积累下的经验和在京梨园界中能独领风骚的道行。

首先他告诉小儿子，演关公重在神威，功架拉得不仅要美，要漂亮，还要如松一般的挺拔。关公要微眯着双眼，这既显出关公对一切无所畏惧的气魄，同时根据的是关公这个人物有些傲慢和轻易不瞪眼，瞪眼便杀人的传说。脚底下的步伐要干净，舞动的青龙偃月刀要如同神龙摆尾般漂亮。关公的头永远要微扬，这会体现出他大丈夫豪迈的气概。唱腔要高昂，炸音必响膛，念白要清晰，悦耳绕梁。老爷子把这些连讲带做地给孩子传授了之后，小儿子听傻了，这么多诀窍哇，这一时半会儿也学不会呀。父亲笑了："要是你一时半会儿就学得来，那活关公不就满大街都是了吗？"

既然拟定了小儿子将来接自己的班子，那么就要在他的身上下功夫。要想成名角儿，成大家，成人们称颂的活关公，那不是一朝一夕的事情，要潜移默化，这样才会有出息，才能成大器。于是，陈老班主白天给小儿子说戏，晚上讲梨园行的事情和这里面的规矩，讲自己这些年唱戏的体会，讲怎样把握关二爷这个人物。他告诉小儿子，艺术是相通的，中国的京剧艺术与中国的国画艺术就有相通之处，那就是写意。

他告诉儿子，不会唱戏的人演的是皮毛，会唱戏的人演的是意境。把这个"意境"二字弄明白了，就如同掌握了演戏的精髓，装龙似龙，扮虎像虎，只有弄通这个道理的人，才有可能成为艺术大家。这种意境由心生，能唱出意境的人又要靠多少年从艺的道行修炼而成。有的人是傻练，往九龙口那儿一站便不像人物，这说明他没有意境。演得神似，才是高人。"你爹我与众不同的地方，就是把关老爷其人、其事像吃东西般嚼碎了咽到肚子里，在心里、在胸中、在肠子里，年复一年、日复一日，反反复复地消化着、体味着，最后慢慢悟得身心一体，达到了心领神似。只要上了台，自己便是关公。"

为了启迪小儿子更加神似，陈琏琨常常在深夜把小儿子叫起来和他练夜功，静静的深夜里他领着儿子观星望月，舞刀迎风。据说关二爷是个会看天象的人，而且关二爷的武艺也是在深夜自悟而成，所以没人懂得他的刀法，也没有人能招架他的刀法。父亲告诉儿子，夜里练的不仅仅是功夫，更是练自己的神韵、意志，同时对一个演员练习眼神有特殊的好处，只有夜里练出来的眼神，在舞台上才会显得光亮而深邃。小儿子慢慢地领悟着父亲的每一个动作，感悟着父亲的每一句话。

直到此时他才醒悟，难怪陶思萦批评自己不懂中国艺术，原来京剧里面还有这么多说道呢。京剧程式化的表演表面上叫人感觉千篇一律，可在深层次里，却蕴含着更加博大的艺术精髓。他觉得应当重新审视中国京剧，但同时他也知道，在京剧演员中，能像父亲这样有心的人为数不多。因为他已远远脱离了那种只靠口传心授得来的一知半解的学练模式，已完成了中国戏剧演员走向人物化标志性的转变，形似和神似的区别被他掌握了精髓。月光下望着父亲的身影，感受着父亲招招式式中的神韵，他仿佛真的看到三国时的关云长一样。他手持大刀呆呆地站在那里望着父亲，目光中露出崇拜的神色，这段时光是他从艺以来难以忘怀的日子。

陈班主见小儿子学艺非常认真，心里非常舒服。因为他就怕小儿子说他是只会唱戏的艺人，就怕说他和京剧是旧时代的糟粕，应当扔进历史的垃圾堆里。望着小儿子这张对月生辉的脸庞，父亲感到格外亲切，这是自己生命的延续，这是活关公在人世间的传承。想着这些，以前只顾唱戏的陈琏琨心底不免涌出一种从未有过的对亲情的眷恋。他把自己手中拿着的这把青龙偃月刀交到小儿子手中，让儿子对着月光看上面闪烁的光辉，看每一颗宝石在月光下绽放出奇异的光芒。他想把这把刀上的秘密说给小儿子听，可又顿住了。他觉得这些事还是以后有机会的时候再讲给他听，现在要讲的是艺术，是关公。

这一夜两个人兴奋得回屋后仍你一言我一语，聊得格外开心，以至小儿子问他，外面相传他和慈禧太后有染之事到底是真是假的时候，老爷子都只笑了笑地对儿子说："你爹哪有那个胆哪。"两人这一夜聊得很有兴致，说笑声阵阵传到窗外，但这说笑声真是急坏了这一夜一直偷偷站在窗外的老大陈祖盛……

祖盛垂头丧气地回到自己的小屋。九红眯着眼睛观察着丈夫的脸色："爹教戏一直教到这时候？"

"嗯。"

"除了练戏没聊旁的？"

陈祖盛摇晃了几下脑袋，什么也没说，坐到了一边。霍九红接着又问："听爹说财宝的事了吗？"

"没有。"

"爹和祖德都聊些什么呀？哎呀，你可真急死我啦！"

"还不是聊学戏的事，什么境界呀，什么神龙见首不见尾呀。"

"你就一直站在墙根儿底下偷听来着？"

祖盛显得很委屈的样子点了点头。霍九红一把抱住丈夫，祖盛借势倒在妻子的怀中。九红感到丈夫此时像个被人丢弃的孩子般可怜："真是难为你，夜里这么凉，你说你非要待在那儿干吗？"她怜爱地用手抚摸着祖盛的脸，不知怎么，手往下一滑，触摸到了湿湿的地方，她知道丈夫流泪了，可她又不知拿什么话来安慰，只好对他说："其实学戏也没什么意思，我倒是觉得学那些东西还不如把心思放在老佛爷给你爹的那些珠宝上面。两头总得着一头吧？祖德是亲生的，咱也不是外帮秧吧？你爹喜欢祖德，愿意把本事传给他，愿意把班子交给他，那就让他把班子交给他。你如果这辈子真的就想唱关公戏，也不难，大不了生了孩子之后，我觍着脸求我爹教你，也不比你爹差半分。"

"真的吗？"听了这句话，陈祖盛忽然一下把头从九红的怀里钻了出来，擦干眼角的泪水，看着九红。霍九红笑了，怎么也想不到，平时油滑的丈夫，此时着实可爱："看看看，就这么点出息，我说这关公戏你要是不唱能死呀？"

祖盛低落地反驳了一句："死倒死不了，可活着就没意思了。"

九红哭笑不得地点了点头："真的，我说的都是真的。只要你想学，包在姑奶奶我身上。"

"那可太好啦。媳妇儿……"祖盛乐得捧起九红的脸，在她脸上重重地亲了一口，接着说："九红，你要真能让我学成了关公戏，我这辈子可就是你的长工啦，你让我干啥都行。"

"真的？"

"真的！"

"那给我搓脚这活儿，你可是做定啦。"

"没问题。漫说搓脚哇，就是搓腚，俺也给你搓个舒舒服服的。"一句话把霍九红逗得哈哈大笑起来："真恶心，谁用你搓腚啊？再说，你想搓，俺还不让你搓呢……哈哈哈……"祖盛也觉得自己说得太粗俗了点，不好意思地笑了。笑着笑着，祖盛忽有些疑虑地问九红："你爹行了，可能过你哥这一关吗？他也是咱同行啊。"霍九红满不在乎地说："爹那儿要是都说得通了，他算个啥？"听到这儿，陈祖盛忽然觉得笼罩在自己眼前十多年的阴云好像一下子都散去了，他脸上忽然闪现出一种从未有过的光彩，拉着九红的手，有些动情地对霍九红说："九红，你太好了，你是我的贵人、恩人。你放心，常言道，苍天不负有心人，只要你真能替我办这件事，这辈子我不论下什么功夫，都要把关公戏学好，我要让他们看看，我到底能不能成为活关公，我要自己带着班唱遍天下所有的地方，我要让你过上最好的生活，我天天供着你！"

一句话差点把霍九红说笑了，可她又不敢笑出来，因为她看到她男人表现出从未有过的认真。她心里知道，就凭她男人这点天分，就是让他练三辈子，也练不出个活关公，方才的话不过是尽量安慰丈夫罢了。她顺势对祖盛说："你用不着感谢我，也用不着供着我，只是有一件事我得把话说清楚，要是你能听我的，你这辈子的事我一准给你办。"

"行！你说吧，哪件事？"

"珠宝。"

"珠宝？"一听这两个字，祖盛的心里没底儿了。

"对，珠宝。我方才说了，祖德是亲生的，你也不是后娘养的呀。班子给了他，总不能把所有的家产和所有的珠宝也都给他吧。咱也不求多，分一半总是应该的吧。"九红话说得很在理，也说到祖盛心里去了，可他还是面带难色地对九红说："其实你说得在理，也是我心里想的。可咱爹的脾气我是知道的，现在谁敢跟他提这茬儿？再说，这话可怎么说呀？"

"这个不难。你不方便说，我说。我也是你们陈家拿轿子抬进来的媳妇吧。谁不知道你爹在太后那儿得了那么些的宝贝。怎么？不该给儿媳妇个见面礼吗？"

"应该倒是应该，可这个话怎么说出口哇？"

"这话的确不好直说，可以想个办法说呀。"

"啥办法？怎么说？"

霍九红笑了："怎么说？咱们是干吗的？咱们不是唱戏的吗？这句话得用唱戏的法子去说。"

"唱戏的法子怎么说？总不能到台子上去喊吧。"

"干吗到台子上去喊呢？家里不就是台子吗？记着吧，一家一台戏，家家都有台。今儿个太晚了，明儿白天我跟你仔细说。"说完，九红拉着丈夫的手上了炕，脱光了衣服，她让自己的男人做这些日子以来每天晚上都要做的一件事，就是帮她搓手、搓脚。也不知听谁说的，这样顺气，生孩子的时候顺产不会遭罪。别看祖盛唱关公戏不行，要说起伺候媳妇儿，那可是天下一顶一的好手。他不仅情愿，而且伺候得非常仔细，非常快乐，不厌其烦。一双手很轻柔，把霍九红舒服得如入云雾一般。

每每此时她都觉得自己还是很幸福的，自己找的这个男人虽说不漂亮、不风雅，可要论起哄自己可算是天下难找呢。揉哇揉哇……祖盛的手便顺着脚和小腿往上轻轻地抚摸，九红明知他又开始撩拨她，也笑眯眯地不拒绝。这些时他们两一直有着小默契，那就是按摩完身体，快快乐乐地行房事。虽说肚子一天天地大了，可祖盛却总是让九红能在身体舒服后，精神也达到飘飘欲仙的感受。她料定，这个世界上所有男人都没有祖盛这两下子。

一天夜里，陈琏琨忽听门外有动静，便警觉地提着手杖悄悄推开了房门，一看是大儿子祖盛小心翼翼地站在台阶前不知所措，而且脸色铁青，浑身发抖。"怎么啦祖盛？你这是……怎么啦？"大儿子一副欲言又止的样子，显得十分狼狈。见丈夫推开门轻轻说话，细心的妻子披着衣服来到门前，一看大儿子这副样子，心里十分不好受。本来对丈夫只教小儿子学戏一事就有些意见的她，忙走下台阶扶着大儿子左看右看，轻声地问儿子到底是怎么回事。说着又忙扶大儿子进屋，给儿子倒了杯热水，让他有话慢慢说。见到这般情景，陈班主忽有一丝歉疚之意袭上心头。自己是不是有些过分？毕竟都是自己亲生的儿子呀，不就是想跟自己学几出戏吗？自己干吗把事情做得这样绝呢？他天资不够归不够，学几出戏总是可以的吧。

想到这儿，陈琏琨忙显出从未有过的关怀，拉过一把椅子坐到大儿子身边，又摸了摸大儿子的脑门儿说："这么凉，在外面站了很长时间了吧？"大儿子点了点头，没说什么。"有什么事，这么晚了一个人站在外面？跟爹说说。"母亲也关心地替儿子搓着背，好像要把他的寒气逼出来，对他说："祖盛啊，有什么不痛快的事，和爹娘说出来，说出来就好啦。"祖盛再次抬起脸，用有些惭愧的目光看着父母，嘴角动了动又止住了到嘴边的话。父亲有些耐不住性子了："怎么像个娘儿们？有什么话就说。说！"大儿子像吓着了似的，吞吞吐吐地说："是……是……是这样的。九红……九红……"

"九红怎么啦？"一向很关心儿媳的陈班主有些沉不住气了。乌夫人也担心地催着他问到底是怎么回事。

"九红跟我闹别扭，把我给撵出来了。"

"什么……"听了大儿子的话，老两口大眼瞪小眼地相互看了半天，好像没听明白似的又看着大儿子追问他："到底因为什么事呀？她能把你给撵出来？"祖盛不好意思地接着说："她说我窝囊。"听了这话，母亲叹了口气，斜视了老头子一眼，那目光中充满怨气，但她还是安慰儿子："这话是从哪儿说起的？她凭什么说你窝囊？我觉着你挺机灵的，我怎么没看出来你窝囊？"大儿子面带羞色地问母亲："娘，您老真的没认为我窝囊吗？"一句话把乌夫人问哑巴了。父亲明显不满意了，他板起脸子问："就因为这吗？"

"还有……还有……"

"还有什么一块儿给我说出来。"

"是，是。九红说，都听说老佛爷最赏识爹的戏，又给了爹那么多的珠宝，可……可她过了门到今儿个，家里一件像样的东西也没给过她。"

"住口！"听到这里，陈琏琨恼怒地拍着桌子站起身来，"珠宝、珠宝，我早就猜到了她是为这些东西嫁到咱们家里来的。"说话间，他在屋里转了几转，忽然沉下脸，用手杖指着大儿子的脸一字一句地说："你们都给我记住了，只要我和你娘没死，谁都甭想打珠宝的主意，包括你和你家里的霍九红也不例外，知道吗？"

"知……知道了。"

本来乌夫人以为借着今晚的事好好劝劝老头子，以后也教教大儿子关公戏，可万万没想到忽然冒出来珠宝这件事。这件事在这个家里是最敏感的话题，是谁都不敢碰的话题，可儿媳妇霍九红竟然公开要向家里索要了，这怎么可能让老头子不发火呢？虽说九红是个出众的才女，是陈家的儿媳，可霍家和陈家有过很大的过节，这件事老头子也不是一天两天就能从心里消除隔阂的。看着陈班主怒气冲冲的样子，看着大儿子可怜巴巴的模样，乌夫人感到眼前的情形十分为难，只好和稀泥："好啦好啦，天都这么晚了，有什么话明儿个再说吧。"她扶起大儿子让他赶紧回家睡觉，并对大儿子说："宽慰宽慰九红，都是大人了，别总耍小孩子脾气。"

劝走了大儿子，夫妻俩都觉得这是一个信号。陈琏琨怒气犹在哼了一声，心说，真是厚颜无耻，竟大言不惭地要到头上来了。乌夫人无奈地说："这有什么？我早就料到会有这一天的，看着吧，这只是刚刚开始。"这一夜陈班主和夫人翻来覆去都没有睡好，天蒙蒙亮的时候陈班主才睡去，一会儿一个梦，一会儿一个梦，谁好像也不挨着谁，可每个梦都叫他感到疲惫不堪。不是梦见霍九红翻他的家，就是大儿子在后台窥视着他那把青龙偃月刀。在梦里他抱着那把刀死活不肯撒手，以至于台底下等着他唱戏的观众连连喝倒彩，他也不肯放下手中的刀轻易上台。陈琏琨不停地冲身边的人喊着："你们都给我听好了，谁也别想惦记我这把刀，谁也别想……"

可能是由于声音过大，惊醒了身边睡觉的乌夫人，乌夫人轻轻拍了拍他蜷缩着的身体，他仍在梦中大吼："干什么？干什么？还想动手是怎么着？"吼声中，蜷缩着的身体显得更加僵硬，他双目紧闭，两道长眉已凝结得跟两个黑炭珠一般，嘴像咬住了什么东西般闭得紧紧的，额上冒出一些虚汗。乌夫人感到丈夫肯定又做噩梦了，便忙推了丈夫儿下。陈班主噌的一下从床上坐了起来，看了看夫人，又环视了一下整个屋子，长长地叹了口气，浑身瘫软在床上，有气无力地自语了一句："这可真是没病找病。"

本来是两个年轻人耍小聪明的一个借口罢了，可没想到祖盛一出马就把霍九红导演的戏唱砸了，不仅他挨了爹的一通骂，连带着霍九红也一块儿被骂得够呛。当惯了姑奶奶的霍九红哪受过这个？从这天开始，她便再也不出自己小家的门了，也不再到陈班主的房里给公公和婆婆问安了，这使家里的气氛骤然变得紧张和别扭。这可把祖盛难为着了，他不知该如何处理这种复杂的关系。父母之命谁敢不遵？可九红的话他又不敢不听。眼见着媳妇儿的肚子一天比一天大，大得就像两个乳房下结着一个大倭瓜，以致每天晚上再给她揉的时候他已经开始感到有些累了。过去老两口一直关心九红肚子里的孩子，老夫妻俩三天两头到九红的屋里坐会儿，可眼下已经半个月了，陈班主再也没进祖盛的屋里。

祖盛有天晚上劝九红别跟家里头拧着了，不行就像没那么回事似的到老爷子屋里头坐会儿，把这个弯弯过去，把这个疙瘩解开。这下可惹恼了霍九红。她像发了疯似的指着陈祖盛大吼："窝囊废！人家都不肯教你戏，你自己还不觉警，拿着自己当亲生似的。我没见过像你这么不要脸的东西！你给我滚出去，我不跟你过了！"霍九红是个好角儿，嗓子特别好。这一通嚷嚷，把里三层外三层的人都喊到隔院的门外来了，大伙像吓着了似的听着里面的霍九红大吵大闹。

还没等祖盛还口，屋里又是乒乒乓乓摔东西的声音。这时候宽二爷带着陈班主和乌夫人也来到了院门口，忽听大儿子陈祖盛的一声哀号："奶奶！我的祖奶奶呀……你可别再这么折磨我啦……全是我的错，我是窝囊废，我是浑蛋成了吧……"紧跟着是一阵撕心裂肺的悲号，一旁听着的母亲掉下了眼泪。

陈琏琨不干了，只见他铁青着脸，牙咬得咯嘣咯嘣直响，用手杖指着院子里说："还想学关公呢？天生就是个不成器的东西！"紧接着他放大嗓门冲院子里大吼："别在这儿像唱蹦蹦戏似的撒泼，有能耐放把火把房子烧了。跟谁学的？别在这儿打我们陈家的主意。我告诉你，只要我还没死，没门！"陈琏琨一通吼声之后，里里外外一片沉寂。忽然间，只听屋子里哗的一声，声音是那样响，那样脆，以致人们感到了这个世界的片刻停顿。很显然，脾气倔强的霍九红砸碎了结婚时陈班主送给他们小夫妻的大大的水晶瓶。这天深夜在祖盛的护送下，霍九红挺着个大肚子含泪回到了父亲的家中。

本来就不赞成女儿嫁给陈家的霍思纯见此更是气不打一处来。他先是责骂女儿不知好歹，自食其果，但此时哪还是幸灾乐祸的时候。望着心肝宝贝泣不成声的样子，霍思纯心如刀绞，大骂陈家只贪钱财不顾亲情。他哆哆嗦嗦地指着陈祖盛大骂："说说你们陈家是什么东西？你说你到底算个什么玩意儿？我把女儿嫁给了你，可你们陈家像糊弄小孩似的待我闺女。谁不知道慈禧太后给你爹的宝贝堆得都快成山了，就算我闺女要一样还算过分吗？还活关公呢？纯属贪财鬼！"

骂得陈祖盛站在地中间待也不是，不待也不是，只好一个劲儿地点头，"对对对，是是是"地答应着。他越这样，霍思纯越来气，冲着他一拍桌子："对对对、是是是有个屁用？你给我个说法，怎么办？"陈祖盛委屈地抬起头瞅了瞅霍九红，又看着霍思纯怯懦地说："我也不知道哇，老爷子。您看怎么办就怎么办吧。"

"你看看，你看看……"霍思纯冲着女儿指着陈祖盛说，"你说，他到底是个什么东西？你说他到底什么地方招人稀罕？死活要嫁他。真是倒血霉了。"

"光生气有什么用？赶快想个法子呀。咱闺女不能就这么不清不白地离开陈家吧？"母亲心疼地搂着女儿冲霍思纯说着。曾有霸主地位的霍思纯哪是任人欺辱的人呢？他啪的一声拍响了八仙桌，怒气冲冲地说："不清不白地走？哪有这么便宜的事？闺女，走，跟爹到他们陈家要个说法！"

霍思纯说着，换上长袍马褂领着女儿就要往外走。可他感到女儿的手直往外挣，他知道女儿是不想把事做得太绝，又一想，自己干吗非要把事做得过分？领着女儿到陈家要珠宝？这要是传出去叫梨园的人怎么看待自己，还不叫人笑掉了大牙？像这样的事有气还是咽到肚子里去吧。他回过身疼爱地拍了拍女儿的肩，示意她坐下，对女儿说："唉，嫁出去的姑娘，泼出去的水呀。爹娘永远是爹娘，可你是嫁出去的人啦，好也罢，歹也罢，自己多担待着吧……"说完，霍思纯一步三摇头地走进了自己的睡房。

陈祖盛也为九红的委屈感到难过，默默地流下泪水。可往下怎么走哇？九红挺着个大肚子，她肯定是不能马上回到陈家了，自己该怎么办哪？霍九红看着祖盛一副狼狈的样子，心里也不是个滋味。正在这时，散了戏的霍达回到家里，听说了这件事情，急着来到后堂，想听听爹的主意。听说爹气得什么也不说了，便冲着陈祖盛大骂陈家势利小人，不管母亲怎么劝都劝阻不动。陈祖盛素来知晓好汉不吃眼前亏这个道理，面对着这位霍家和梨园人都不敢惹的活祖宗，他只有站在地当中，耷拉着脑袋任凭他骂，不敢回应。

骂得满身是汗的霍达终于累了，走到陈祖盛的面前，冲着他的脸上吐了口唾沫，便大摇大摆地向后院走去。窝囊，的确是窝囊到家啦。要说还是女人的心肠软，尽管陈家欺负了自己的闺女，可事已至此，九红的母亲还是忙找了条毛巾，替祖盛擦去脸上的唾沫，好心地劝他先回家，说有什么事以后再说。常言道，一日夫妻百日恩，两家血脉独有承。望着可怜巴巴的陈祖盛，九红一阵悲上心头，两行泪水止不住地涌出。她走到丈夫面前对他说："夜深了，你也该回去啦。我只能在娘家住下了，往下走一步算一步吧。"

"九红……"祖盛难过得哽咽住了，泪水吧嗒吧嗒地往下掉，停了一会儿接着说："你别难过，我……我回家再跟爹娘商量，等……等着我接你回去。"窝囊是窝囊了些，可到底还是祖盛从心底掏出来的话叫九红听着心里舒服。他受了这么多委屈，还是挂念着自己，这就不容易啦。霍九红将手轻轻地抚在他的脸上说："不给其实也没啥，我也是觉得心里不平衡，才想出这么个馊主意。只要你不怪我就好。回家去吧。"祖盛冲九红点了点头，望着她，一步三回头地走出了霍家宅院。出院门后，他望着高墙好一阵难过，他感到一夜之间，这道高墙好像把自己和妻子隔得好远好远。

第十三章

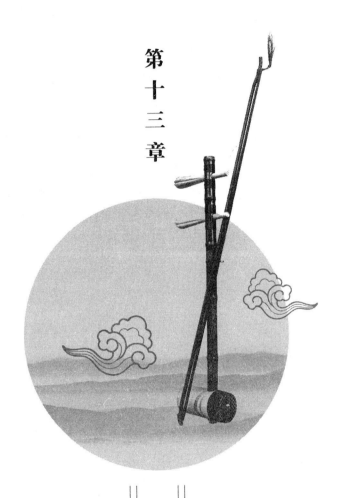

盗取宝刀

这些天陈班主发现，不少以前还不错的梨园界的朋友见了他都有意躲着他走，再演戏的时候后台也少了许多往日前来道贺的同行和票界朋友。他意识到，可能九红的事让大家知道了，霍家当着外人说他的坏话了。一开始他还没在乎，财宝是我的，怎么着？谁惦记着我就得给谁吗？别说是儿媳妇，就是亲儿子，老子不想给也是我自己的事！

这天，他又在后台摆好了香案，架起青龙偃月刀，斩了白毛鸡，用鲜血涂染刀头，冲着关帝像拜了三拜，起身离开香案到后屋化装去了。父亲走后，祖盛走过来望着这把刀看了许久，他总觉得这把刀好像与过去的那把刀有什么不同。借着幽暗的灯光他看了又看，摸了又摸，总觉得好像哪个地方和以前不大一样。

散了戏回到家里的时候，祖盛非常留心父亲的一切，他发现父亲仍是把这把刀从箱中取出，拿回到自己的房中。他心想，这就好，咱们晚上见。这天晚上他一直没睡，又在父亲的院外偷看父亲教弟弟学戏。他们练哪练哪，他在外面等啊等啊，终于等到他们教完了戏。弟弟回到自己的房里，父亲也收了工，他偷偷地从后墙跳进父亲的院中。他知道不管多晚，父亲有一个习惯，那就是要到旁屋架上青龙偃月刀给关帝爷上香。因此，他就猫在院旁的一棵大树后面望着，只等父亲回睡房睡下后，再伺机看能否有所收获。

陈琏琨回屋后，不一会儿果真提着青龙偃月刀出来了。他身穿一身白缎子裤褂，在月光的照射下闪着清辉，在晃动中，偃月刀也随之寒光四射。这把刀哇，在祖盛的梦里不知萦绕了多久，多少次他梦见自己手持这把青龙偃月刀在月下挥舞，虎虎生风。可今天他不是冲着练戏来的，而是想把这把刀看个仔细。

夜是那样静，静得在十米之外连父亲往供台旁架刀的声音都听得真切。他静静地等啊等啊，心想父亲真是虔诚，这么晚了怎么还会上这样长时间的香？过了好一阵，父亲终于从旁屋出来了，咣当一声锁上了大铜锁。在向睡房走去的十几步里，他停顿了两三次，细心地左右打量着院子里的一切，最后伸了伸懒腰，撩起帘子回到睡房去了。陈祖盛是个机灵鬼，他没有马上行动，仍是耐心地蹲在树后面等待着，他想再多等一会儿，等父母都睡实了的时候再行动。等啊等啊，父亲睡房里的灯熄灭了。又等啊等啊，等到这个世界上一切好像都停止了运动，他才悄悄地站了起来。可能是由于蹲的时间太长了的缘故，忽然他觉得眼前一片金星，脑袋嗡嗡作响，脚底下像有千百只蚂蚁叮咬他的脚板似的难受。他龇牙咧嘴地扶着大树又站了好一会儿，才猫着腰，悄悄地向旁屋走去。

祖盛悄声来到旁屋的窗前，像时迁偷鸡般撬开了窗子，又悄声地把窗户关上。走到香案前，屋里的香火已经烧到了根底，他双掌合十，冲着关帝像拜了几拜，之后走上前，想把青龙偃月刀看个仔细。可屋内实在是太黑了，怎么也看不清。他索性取下偃月刀来到窗前，想凭月光看个真切。刀依旧是那样沉重，加上自己有些心虚，他感到有些拿不动，费了不小的力气，才把刀头举到了窗前，借着光亮去看。哎？怎么好像又不是白天唱戏时供着的那把刀了呢？

他睁着自己那双独特的狐眼，上看下看，左看右看，怎么看都觉得和白天那把不一样，说又说不清，弄又弄不懂。心说，怪事了，到底差在哪儿呢？他伸出手在刀头上不停地摸，摸着摸着他发现，不一样的地方在于这把刀上闪闪发光的星星没有白天看到的那把刀显得厉害，这把刀上面绕月的那些闪亮的星星用手摸着发平，而白天供着的那把刀所有的星星是凸出来许多的。哦……原来是这样，我说嘛，父亲哪父亲，我说怎么这么一段时间里你不让我们碰这把刀呢？原来你在刀上做文章啦。

为什么呢？祖盛有些弄不明白地问自己，干吗非要再做把刀呢？而且神神秘秘的，难道和财宝有关吗？正想着，忽然他发现父亲睡房的灯忽然又亮了。凭直觉他感到父亲可能马上要过来。他马上回身把刀架到了供案上，可能由于紧张，没把刀的位置摆放得非常合适，但他也来不及整理了，他想马上抽身溜出旁屋，以免被父亲堵到屋里。可已经来不及了，当他刚要推门出去的时候，父亲睡房的门已经被推开了。只听见父亲一步步地朝旁屋走来，吓得他脑袋都大了，感觉从每一根头发丝里往外冒火一般发涨。左右一看，正好屋拐角的地上堆放着一堆母亲平时裹东西的布料，不容合计，他一头朝布料堆里扎去，把布往身上一盖，连大气都不敢喘一下。

哐当一声，门锁被打开了，陈琏琨拄着手杖一步步地走进屋内。凭直觉，陈祖盛能感到父亲正在端详着供案，并将没有摆放正的偃月刀重新摆放正，之后父亲又在屋内走来去走，之后又是摆弄刀的声音。不一会儿，父亲推门走出屋外，一步一步地向睡屋走去。在布料堆里的陈祖盛有一种就快被蒸熟了的感觉，如果父亲再多待一会儿，他有可能就被捂死在布料堆里了。他满头大汗地从布料堆里探出头来，大口大口地喘着粗气，此时他才感到，自由的呼吸对于一个人来说是多么重要。

扒着门缝往外看了半天，等啊等，又过了好一会儿，他才感到稍稍安全了些。他回身想再拜拜关帝，可忽然发现供架上的青龙偃月刀不见了，这把他吓了一跳。哎？这是怎么回事？一定是父亲拿回自己的睡房去了。哎？这是为什么呀？他越想越觉得蹊跷，这里面一定是有文章啦，那么到底是什么文章呢？是珠宝……对！一定是珠宝！那把带珠宝的青龙偃月刀一定就在父亲的房中。

随着哇的一声叫喊，祖盛和霍九红的孩子来到了人世。别看霍思纯半拉眼看不上陈家，可这个娃娃的落地给他带来了从未有过的欢乐："哈哈，还是个带把的呢。"老头子抱着这个孩子看了又看，亲了又亲，他从孩子坠落人世的第一声便能感到，这个孩子将来肯定是舞台上的好角儿，因为那一嗓子喊得实在是太响亮了。

"什么？霍九红把孩子生下来了？男孩女孩？"陈琏琨望着前来报信儿的宽二爷心急地问道。宽二爷告诉他是男孩，而且霍思纯给孩子起了个名叫霍思明。"什么？叫霍思明？那是我们陈家的骨血，他凭什么给取个霍家姓呢？"

"是呀，按理说是不应该的。"

"什么按理说不应该？这天经地义就是不应该的事。不行！我得找他去！"

宽二爷一把拉住转身欲走的陈琏琨，小声地对陈班主问："班主，您认为您自个儿这样闯去合适吗？"

"那怎么办哪？我也不能让他把我欺负成这个样子呀。"宽二爷拉着陈琏琨坐下对他说："我觉得这件事，还是由祖盛出面最为合适。"陈琏琨一想也对，方才是气昏了头，便让宽二爷把祖盛叫来。

近些时日，陈祖盛彻底失去了少年时对父亲的崇拜和想跟他学关公戏的念头，因为他从霍思纯的骂声中悟到，爹不像活关公，而是越来越像个守财奴。祖盛现在只对他爹常握着的那把青龙偃月刀感兴趣，绕绕哄哄不离左右，可老班主更是双目紧盯不放。陈祖盛反复试了几次，想到他爹的屋里弄个明白，可始终没有得手，那个屋不是父亲在，便是母亲在。这更加坚信了陈祖盛那宝石就在偃月刀上的断言。

自九红回家之后，他们从未再见。一是九红身体不方便出门，二是霍家根本不让他进。尽管他像从前那样在东墙外学着乌鸦叫喊个不停，可始终未见九红露面。没办法，他几次到霍家门口央求着想见九红一面，都被霍达赶了出来。他心里不满，很不满。他把这些不满归罪于父亲只认财宝，不念亲情。还什么三炷香火、月下练刀，都是扯淡！连儿女情长都不讲，还什么活关公？只有财宝才是真的。你知道，我也知道了。爹呀，娘！既然你们偏心，也就别怪儿子我不孝啦！

这些天，他费尽了心思琢磨着如何能进父亲的屋内，盗走宝刀，带着霍九红远走天涯的事情。今儿个正巧，宽二爷来找自己，说爹要他过去一趟。那好吧，他穿上衣服跟着宽二爷来到陈班主的房中。望着他现在一副吊儿郎当的样子，陈班主就气不打一处来。但没办法，今儿个这事，还真得求着他去办。他喝了口茶，像不经意地对陈祖盛说："听说九红把孩子生下来啦。"

"啊。"祖盛以极不在意的样子应承了一声。

"听说还是个男孩呀。"

"啊。"

嗯？这小子怎么一点反应都没有？这么大的事，他竟当耳旁风？什么意思呢？

"我问你话你听没听着？"

"听着呢。"

陈班主压了压气又接着说："听说他们给这个孩子起了个名字,叫霍思明?"

"啊。"

"啊啊啊,你就会啊,这么大的事,你连个反应都没有?"

祖盛垂下头笑了一下："我有反应有啥用?再说这算个啥事呀?"

"那是我孙子,连姓都叫人改了,还算啥事?"

"您还知道那是您孙子呀?您也在乎这个?"大儿子还是头一次不孝地数落着父亲。只见他一双狐眼毫不示弱地盯着父亲,把父亲盯得还真回答不上他的话,气得他指着祖盛大吼:"就你这副德行还想演老爷戏?我看你学土匪戏还差不多。"

"哎,算您说着了。从现在起,什么老爷戏,关公戏的,我啥也不学了,我以后还就当土匪去。"

"滚!你给我滚出陈家,我今后没你这么个儿子!"

一通骂,把陈祖盛骂回了家中。进屋后,他把门关得严严实实,一把拽过大被,捂在头上哭了半天。自己有孩子了,可姓了人家的姓。自己有老婆,可关在人家的大院里见不着。九红啊九红,我想死你啦,可你也不托人捎个信儿来……哭哇,哭哇,天色已渐晚。正当他哭得实在没有了力气的时候,一阵轻微的敲门声将他惊醒,原来是母亲看他来了。

对母亲,陈祖盛从来都是孝顺的,应当说,母亲说一不二。白天陈班主见压根就说服不了儿子到霍家去认领孙子的事,便动员了老伴前来说服大儿子。事情已摆在眼前,也没必要跟儿子兜圈子了,母亲便问起祖盛如何想办法把九红接回来,如何让这个孩子姓陈家的姓氏,因为这是陈家第一个孩子,况且又是个男孩。祖盛虽说孝顺,可对这件事他真是束手无策,因为他知道霍思纯对陈家的怨恨，知道霍九红的性格，她是绝不会轻易认输的，况且孩子现在又在人家家里，但他还是答应母亲，可以到霍家去试一试。

陈祖盛再次胆怯地来到霍家门前，想求看门人给他向里面的九红通报个信儿。没想到这次这个看门人格外客气，不一会儿，他出来说老爷在里面有请。嗯？陈祖盛像吃了口人丹般，气儿提到了嗓子眼儿。真的假的？怎么发生这么大的变化？但他还是小心翼翼地跟着看门人来到霍家的大厅。大厅里坐的都是霍家的人，老爷子坐在靠中堂的大红木椅上，手搓着核桃，慈眉善目地看着由远走近的他。祖盛走近霍思纯，忙跪倒在地，磕了三个响头说："岳父岳母大人在上，受小婿一拜。""起来吧，起来吧。"霍思纯这次没有难为他，因为承不承认，这个人都是他外孙的亲爹。他把陈祖盛让到自己身边坐下，问他干什么来了，祖盛告诉霍思纯说："是看儿子和九红来的。"霍思纯点了点头说："是该看看啦，人之常情嘛。"之后霍思纯让人领祖盛到九红的屋里去了。

祖盛推开九红屋门的时候，两人不约而同地愣住了，虽说短短两月，却恍如隔世。九红胖了，脸色更加红润，更加细腻，像天仙般美丽。祖盛瘦了，像干柴一样枯瘦，一定是这段日子见不到九红熬的吧。停顿片刻，几乎就在同时，两人相互扑向对方，双手紧紧搂抱住对方，抚摸着，亲吻着。两双手不停地从头摸到背，从背摸到头，从头摸到胸，像寻宝人在搜寻着宝物般急促，不，比寻宝更加急促。九红说："看你瘦成这个样子，怎么还有这么大的劲儿？"

"因为想你呀，只要见到你，我就有使不完的劲儿。"说完，祖盛欲脱下她的衣服，被九红拦住："不行不行，我还在坐月子，过些天吧，再过两三天也就好啦。"

"行。"这个"行"字还没说完，祖盛又抱了九红。亲哪，亲哪，好像怎么也亲不够；搂哇，抱哇，好像怎么也不过瘾。他心里默念着，还有三天，还有三天，媳妇儿就是我的啦。"九红，跟我说，想我了吗？"

"想啊，怎么能不想呢？你是我的男人哪。"

"是吗？告诉我你都怎么想我？"祖盛边说边搂抱着九红不停地抚摸和亲吻，"告诉我你想没想我？"

"想啊，就想你骚烘烘的味道和样子。"

"我骚吗？"

"骚！你是最骚最骚的人。"

"那你干吗还要嫁给我？"

"因为我就喜欢你这个骚劲儿。"

"好的宝贝，等你身体好了，我再好好地骚你呀。"

"好，好。我等着。"

祖盛忽然像想起什么似的问九红："我在东墙外学了那么久的乌鸦叫，你咋就不露个面儿呢？"九红一听笑了，说："那些时日我一直在母亲的屋里住着，怎么能听到你学乌鸦叫哇。"祖盛一听，拍了拍脑门子说："嘿，别提了，啊啊地叫了那么些天，叫得我嗓子都哑了。"九红一听乐了，说："就当你喊嗓子了。"

哇的一声，摇篮里孩子的哭声打断了两人的倾诉，九红忙过去抱过孩子，送到祖盛的面前说："来，看看你的儿子。"祖盛忙接过孩子，激动地说："我的儿子？我的儿子……"祖盛唰地流下泪水，"我和九红的孩子……多像你娘，多漂亮啊。都说不养儿不知父母恩，为了生你，你的爹娘遭了多少罪，受了多少委屈呀……"

孩子满月的第二天，霍家不亚于办婚礼般地请来梨园界的众多朋友，但除了陈祖盛之外，没再请任何陈家的人。酒席间，霍家把大胖小子抱出来，让大家看看，大胖小了长得白白净净，水灵灵的，一双大大的眼睛招人稀罕，非常像他娘霍九红，谁看了谁都夸上几句。人们免不了要问给孩子起个什么名字呀，霍思纯毫不迟疑地告诉大家，孩子名是他起的，名叫霍思明。为什么叫霍思明呢？因为思是代表考虑和长远的意思，明字有日有月，代表与日月同辉，就是说这个孩子将把霍家的艺术发扬光大，直至久远。

众人听了一片喝彩，霍思纯又说："有人问我你叫霍思纯，孙子怎么也范思字呢？我告诉他们，我家不计较这个，我范思，他也范思，这就等于这个孩子是我们霍家和我在这个世界上的延续。"听后，人们称霍班主就是与一般人不同，不俗，开明。喝彩之后，人们又有些纳闷，怎么霍思明呢？应当是陈思明啊，怎么能把姓改了呢？当然也有知道这里面过节的人，便在这时把陈霍两家近期不和的事情说了出来。霍思纯也不隐瞒地对人说："这个世界上，有的人把钱看得比什么都重，甚至比骨肉亲情都重要，我不这样。我始终认为，钱财乃身外之物，生带不来，死带不去呀，而情义和名声是重于一切的呀。所以呀，今天当着大家的面，我再宣布一件事情，我想收关门弟子啦。"众人听说霍思纯要收关门徒弟，这可是梨园界的一件大事呀，都争着问是谁呀，谁有这么大的福分哪。霍思纯告诉大家，这个人就是他的女婿陈祖盛。

一句话，全场顿时一片肃静，连嘴里正叼着鸡大腿的陈祖盛也愣在了那里。霍九红用手捅着身边的丈夫："快拜爹认师呀，快呀，你不一直要学关公戏吗？我好不容易才说通我爹的。"这件事实在是太突然啦，祖盛心想，九红怎么也没跟我打个招呼？他脑子一下子涌现出很多东西，同时又是一片空白，嗡嗡作响。怎么办？怎么办？现在该怎么办？突然一道寒光向他逼来，那不是别的，是霍九红眼中发出的一道指令，意思分明是：

还等什么？想不想做我的男人？想不想做孩子他爹！祖盛已来不及多想，起身来到霍思纯面前，跪倒在地忙说："感谢岳父大人天高地厚之恩，小婿一定好好学艺，侍奉二老天年。"

陈琏琨的儿子拜在了霍思纯的门下，简直是不可思议的事情。可眼前的事实又证明，的确拜在了霍思纯门下。到底谁是活关公啊？这个举动的意义可非同小可。按规矩陈祖盛向师傅师母敬了茶之后，再次跪倒在地，咚咚咚，磕了几个响头。霍思纯慈祥地用手搀扶起祖盛说："好好好，起来吧，起来吧。知道好好学艺就成，不用侍奉我们天年，只要今后你能好好待九红他们母子就好，我们是一家人嘛。"霍思纯话音刚落，人们送来一片赞许的掌声，并冲着他竖起大拇指称赞道：仁义、大度、善良，这才是真正的活关公。

听说了此事的陈琏琨差点背过气去，他知道自己在与霍思纯争活关公的较量上已输给了霍思纯，可万万没想到的是，全盘棋子中最重要的那个竟然是自己的儿子。活关公的儿子却拜在另一个活关公的门下，这意义已不言而喻。尽管祖盛一再向爹解释当时的情形，推脱着自己的责任，跪在地下不停地给爹磕响头，可一切已于事无补。陈琏琨被气得病倒了，他告诉儿子，你既然拜在你岳父的门下为徒，那就早点到霍家去吧。陈祖盛知道父亲的脾气，知道父亲这次是真的生气了，便托母亲好说歹说，才算留在了家里。

霍思纯既然听女儿的劝说认了这个不争气的徒弟，好歹也得做做样子，便给陈祖盛立个规矩，每星期二、五到霍家学戏。陈祖盛不得不听，每到礼拜二、五这天，只能像做贼般瞒着家里来到霍家学戏。他满以为霍思纯会一本正经地给他说戏，可没想到，从来那天开始，只要进了后院的教戏堂里，霍思纯总是让他把这些年他从他爹那里学到的东西给他走上一遍，而且每当陈祖盛走戏的时候，霍思纯总是撇着嘴边看边嫌弃，这不是，那不是，有时候竟哈哈大笑挖苦陈琏琨啥都不讲究，纯粹是野练。在地中央走戏的陈祖盛心如刀绞，这时他才知道，这哪是学戏呀，这老东西纯属让自己陪他玩猫捉耗子的把戏，拿老子一家开涮呢。他几次把心事讲给九红，可九红并没想那么多，她只想爹和陈琏琨是老冤家，很可能他挖苦够了也就得了，所以也就没放在心上。她劝祖盛说过些时日就好了，好在有人看你练戏呢。

霍思纯之所以这样做，是有他的想法的。唱关公戏，各有各的唱法，各有各的路数。陈琏琨这些年把关公戏唱得这样火红，自然有他独到的路子。虽说过去也看过陈琏琨的戏，但在戏园子里终归是走马观花，看个虎皮。真想把每下看个究竟是不可能的，而眼前这个傻女婿虽说走不出他爹的神韵，可这个戏路子，还是能从这个傻小子的身上看个八九不离十。因此，表面上他边看边嫌弃，实际上他把陈祖盛比画的每一下都认认真真地记在了脑子里，他不得不佩服陈琏琨的戏路子顺而且好。

一开始陈祖盛还能忍受，后来陈祖盛意识到不对，他发觉霍思纯看他走戏的时候神态是很认真的，不是压根就没拿他比比画画的东西当回事。他明白了，这个老东西另有企图。于是他开始不正经走戏了，他东一下，西一下，高一声，低一声，东一句，西一句地演起了关公，把坐在上堂的霍思纯一下子弄蒙了。这、这是什么玩意儿？这也不是京剧呀。这时他忽然发现陈祖盛在《华容道》的戏里怎么有自己的戏路子呢？他忙喊停了陈祖盛，问他："这是什么唱法？这出戏是跟谁学的？"陈祖盛嬉皮笑脸地对他说："忘了，这出戏跟好几个老爷子都学过，学乱了。"

坐在一旁的霍九红看得哈哈大笑，老爷子知道这小子是成心开耍了，便拂袖而去，剩下地中央的陈祖盛和霍九红笑弯了腰。陈祖盛终于明白，想从霍思纯这里学戏，纯属是不切实际的想象。他见四下无人，便抱起霍九红说："得啦，宝贝，看来你爹是不会教我唱关公连过五关啦，还是我教你唱一出关公难过美人关吧。"之后，两人笑嘻嘻地溜进霍九红的小屋里唱起了他们的恩爱小戏。

话说琉璃厂的张老板，盼着宝物把眼睛都盼肿了，可怎么也等不到陈祖盛的消息。这天他再也坐不住了，壮着胆子来到陈家找陈祖盛，要个说法。陈祖盛吓得一把把他拽进小屋，像做贼般小声说话。陈祖盛告诉他东西找得差不多啦，也就这两三天的事，事成之后会去通知他的。这次张老板可真急眼了，他告诉陈祖盛，三天后如果再听不到他的回音，那就大堂上见啦，他掏出一把大菜刀哐当一声扔到陈祖盛的眼前说："我可不是跟你开玩笑，这可是最后一次。"说罢，张老板转身离去。

人走后，陈祖盛呆若木鸡地坐在那里不知所措。常言道，杀人偿命，欠债还钱。他知道早晚会有这一天，可眼下自己上哪儿弄这么多钱去呀，八百两啊。汗水从他的脖子不停地往下淌，浑身上下冰凉冰凉。怎么办呢？究竟该怎么办呢？都是这个慈禧太后，你说你看戏就看戏，给我爹那么多财宝干吗？弄得我们一家子都不得安宁。

爹也是，你说你得了那么多财宝，拿出来点分给我们，让我们过点享福的日子，也省得家里人和外面人都惦记着，搞得我们不好交代呀。他在屋里像没了猎物的狼一样转悠来转悠去，没个主意。再硬挺下去肯定是不行的，张老板肯定是要挑明这件事情的，到那时别说父母，连跟九红都没法交代。怎么办？怎么办呢？他自问，真要是把爹的那把刀偷走了会是啥结果？爹还不疯了？不能，爹除了刀之外还有不少别的宝贝东西呢，人家说他这辈子吃都吃不尽，花都花不完。干脆一不做二不休，就这么干了。原来，在前些天他向父亲承认错误，给爹不停磕响头的时候，他就把父亲床下的一切瞄好了，他隐隐看见那把刀，被一块绿色丝绒布包裹着放在床底下。如果不是宝物，谁会把一个道具看得这样严实？

一天下午，陈祖盛到琉璃厂通知张老板，今天夜里在他家院外等他消息。张老板一看，大少爷今儿个终于有了动态，心里真是乐开花了，沏好上好的茶坐在家里，就等着今夜发大财啦。

陈班主自被气病后这些日子，不再夜里给小儿子说戏了，所以老两口都躺下很早。陈祖盛还是不敢过早动手，他在外院等啊等啊，等到月亮转向西边了，等到大家都已睡沉，他便睁圆了那双独有的狐眼，开始行动了。今晚，他像贼一样，黑布蒙头罩脸，身着夜行衣，脚穿千层底的靰鞋，加上祖盛本身就是练功之人，所以走起路来无半点声息。他攀上高墙，又轻轻跃下，猫着身子来到父母屋前。他透过窗子，竖起耳朵仔细听着里面的动静，听了一会儿，辨别出是父母打呼的声音，确定父母已经睡熟，便拿出早已准备好的小铁钩，将门闩一点一点地轻轻拨开，从外屋一点一点地爬到父母的睡房，在地下他停顿了一会儿，觉得父母仍在熟睡，便又一点一点地从床边爬向床里，用手够那个绿丝绒的布袋。哦，乖乖，你真的在这儿呢。

对于陈祖盛来说，这一刻的确是太幸福了，好像一下子把那笔八百两银子的债务抛到了九霄云外，得到重生一般。别急，别急，还要慢慢来。他不慌不忙，一点一点地取出包裹向床外移动，并竖着耳朵听着床上父母的动静。往外慢慢地爬，一点一点地爬，终于爬到门口啦，他悄悄站起身轻手轻脚地走出门，并将门尽可能地合在一起，之后带着大刀爬向高墙。墙外等了一夜的张老板看见他手提东西的影子，激动得差点就掉下了眼泪。我的天哪，这一天终于叫老子给盼来啦。他向跳下墙的祖盛不停地招手，祖盛走了过来，小声地对他说："东西是拿来了，可这东西的价钱得另议，这可绝不是什么八百两银子的事。"还没等祖盛把话说完，忽见几个身着夜行衣的大汉猛冲过来，一把夺下祖盛手中包裹着的大刀，撒腿消失得无影无踪。

哎，哎，怎么回事？两人你看我我看你地还没反应过来，眼前只剩下一片寂静的夜色。直到此时，陈祖盛才忽然反应过来，他龇牙咧嘴，脸变了形似的指着张老板叫道："好哇，姓张的，你小子敢跟我玩黑的是不是！"张老板到现在也没反应过来，怎么回事呢？大半夜的怎么还会有人跑到这里来抢东西？可见了陈祖盛的脸色后，他也反应过来，这是不是贼喊捉贼的一场把戏？他也变了脸色，嗖地从裤脚下抽出一把寒光闪闪的短刀，冲着陈祖盛发狠地说："好小子，长这么大，还真就没见过敢这么跟老子玩阴的。跟我唱贼喊捉贼的戏？你还嫩点。"说完，不容分说地冲着陈祖盛就猛刺过去。幸亏陈祖盛从小学艺，舞刀弄枪，反应灵敏，不然，这几刀非要了他的性命不可。陈祖盛左闪右躲，好在没有被他刺中，并一把搂住张老板的后腰说："姓张的，咱俩到底谁贼喊捉贼？"

"少跟老子玩这套哄小孩子的把戏，你个臭无赖，老子早看透你啦。"说话间仍不停地想拿刀刺陈祖盛，但论起打架，他实在不是陈祖盛的对手，被陈祖盛一绊摔了个狗啃泥，陈祖盛将他按倒在地，双手反背。他夺过短刀，对着张老板的一双眼睛压低了声音，显露出十分凶恶的面孔，问他到底是怎么回事，可张老板仍指责他为了赖钱，故意演贼喊捉贼的把戏。见此情景，陈祖盛将他一把扔开说："起来吧，要想演贼喊捉贼的戏还用那么费事？现在一刀捅了你，再把你埋了也不迟。"

张老板从地上爬起来，一品，陈祖盛说得也不无道理。那就奇了怪了，这到底是怎么回事？难道真是……不能啊，这事除了你，也就我知道了。不是咱俩，那还能有谁呀？两人坐在这儿分析来分析去，也分析不出个结果，这可悔死了陈祖盛，还不知道父母明天要是知道刀丢了会是什么样的结果呢。他像丢了魂似的，跟张老板连个招呼也没再打就跳回了陈家大院。

"什么？门开了？刀不见了？"当听到这一消息的时候，陈琏琨一下子背过气去了，大家过来你拍我按，好一通才算缓过这口气来。气是缓过来了，流下的泪水可就止不住了。这是什么刀哇？这是慈禧太后赏赐的宝石做的刀哇，是陈家的命根子呀，是一把绝世的珍贵宝刀哇，怎么能让它丢了呢？乌夫人也跟着丈夫哭得跟个泪人似的说不出话来，小儿子没拿这当回事，大儿子祖盛也跟着父母一个劲儿地抹眼泪。陈家这一大哭小号，人们才知道，原来陈琏琨把慈禧太后给他的宝石都镶嵌在那把青龙偃月刀上了，既羡慕，又替他感到惋惜。多好的一把刀哇，咋就叫夜贼给偷走了呢。

消息不胫而走，迅速传开，并一直传到宫中，同样也传到了慈禧太后的耳朵里。是吗？竟有这样的事情？这个戏子呀，好像有好长时间没看他的戏啦。这把镶嵌宝石的刀要是丢了，他一定会心疼死的。同时她也感到震怒："居然敢夜闯陈宅，把朝廷御赐的宝石做的青龙偃月刀给偷走了？胆子不小呢。"她立即吩咐李莲英："叫顺天府的人来见我。"不长时间，官位显要的大臣前来面见太后，高台上端坐的慈禧阴沉着脸子冲他们说："一天到晚搂着三妻四妾，就知道在家里寻欢作乐，京城的治安乱得乌七八糟，你们都是干什么吃的？"一句话吓得几人都趴在地上连呼小人该死，太后明察。慈禧跟他们说了陈班主家里发生的事情，给他们下了指令，十日之内，必破此案，追回陈家班丢失的青龙偃月刀。

出了大殿，几位大人的脑袋就大了，汗也流个不止，一脸苦相地你看着我，我看着你。你说一个唱戏的丢了把刀，这上哪儿去找哇？这不是叫臣子大海捞针吗？可太后吩咐下来的事谁敢不从啊？那是要掉脑袋的呀。几个人领命回去后分配了任务，首先是严查京城各个城门，不让东西外流。

二是让属下各自找自己的线人，搜集相关信息，打听这件东西的下落。三是见可疑就抓起来。四是寻找可疑人目标重点搜查。分配完任务，叫他们各自分头行动去了。

突然丢失了青龙偃月宝刀，陈琏琨真是挺不住了，他一病不起，整日陷入迷茫之中，在梦中大呼小叫直喊："我的刀……我的青龙偃月宝刀哇……"每逢这时乌夫人总是把他从梦中唤醒，可每次醒来之后，陈琏琨总是出一身大汗，泪流满面。他哭着对妻子说他对不起关二爷，对不起慈禧太后。

第十四章

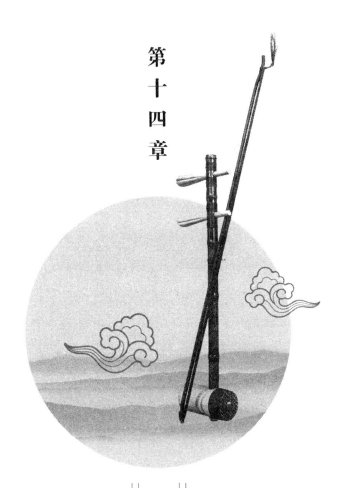

天下贼人

顺天府介入了案子，首先来到陈班主家了解情况，仔细分析各条线索。五天过去了，依旧没有任何收获。府衙的人东找西抓，挖地三尺地把分析到的地方都排查了一遍也没有个结果，青龙偃月刀仿佛人间蒸发般杳无音信。到底是什么人干的？刀到底藏在了什么地方？是不是丢失的当天就已经送出京城了呢？那可就惨啦，没法向太后交差啦，脑袋后这花翎可就叫人摘下去啦。顺天府的几个头头急得满嘴起泡。

这天几个头头和名捕又来到陈家，陈家像见到救星般迎进了这些京城难得一见的大官、名捕，之后便把他们知道的东西一股脑儿地说了出来。同时陈班主神神秘秘地说前几天梦见关二爷了，关二爷悄声地向他说宝刀目前仍在城中，他磕磕巴巴地说关二爷说盗刀之人就在身边。几个办案人一看陈班主好像神经了似的，不过后一句话倒是提醒了府衙的人。他们问陈班主夫妇，以前家里有过什么迹象。陈班主说也没太多的迹象，只是总觉得夜里有时有轻微的动静。几位捕头便对这句话加以留意，之后告诉陈班主，此事重大，连太后都牵挂在心。为了便于破案，请他不必顾及太多，有什么线索尽可能地说给他们听，以便认真梳理细节，侦破此案。

宝刀丢失之后，陈祖盛是既后悔又害怕。悔的是万不该听张老板的话，偷了父亲的宝物，怕的是万一父亲有个三长两短，自己岂不成了天大的罪人。刀是父亲的命根子，找不回来父亲算交待了。万一找到了，自己可怎么做人？怎么过下半生？他忐忑不安地不知怎么才好，想到父亲那里去劝劝，可总是心虚，他发现父亲看自己的眼光有点不对劲。虽说家里出了这么大的事，可他总有点像海里的黄花鱼溜着边走。

这天他正要往父亲的屋里去，突然见门外进来一伙身着官服的人，一打听，原来是顺天府衙的头头带着几位名捕遵照慈禧的旨意再次到陈家来了解宝刀丢失的情况，吓得他嗖的一下子窜回到自己的小屋去了。可总在屋里猫着也不是事，还得找张老板去讨个说法，这宝刀不能说丢就丢，叫他来个一退六二五。于是他从边门溜出来，直奔琉璃厂而去。

琉璃厂是京城淘金生财的地方，也是北京最热闹的地方。许多好东西你都能在这里淘到，京城和国家大事小情，京城的花边消息也能在这里打听到。陈家班丢失了青龙偃月刀，这样大的消息怎么能不在这里广有议论呢？这些天张老板心里跟油煎了似的焦急，到嘴的肉不知道叫谁给吞了，所以他像热锅上的蚂蚁般东走西串，装作凑热闹的人一样，这个屋瞧，那个店访。他希望能从这些人的嘴里听到些关于宝刀的消息。

可不知怎么回事，他去了好几个店，他没进去的时候人们议论正欢，可只要见他进来便一声不吭，而且都拿一双看贼的眼睛盯着他，把他弄得待也不是，不待也不是，很不得劲。他出门心想，这帮小子犯了什么毛病？

原来他还不晓得，自从他和陈家大少爷陈祖盛混在一起，大家便都在眼热地议论起他了，如今宝刀一丢，谁不把盗宝的疑点放在他的身上呢？特别是这些天陈家的大少爷像丢了魂似的往他这里跑，更惹人非议。虽说他也想听听人们议论的是什么，可大家都认为他纯粹是在贼喊捉贼。

这天早上他起了床正要出门，突然被一伙早在门前等候的人一把将他推进屋内，这伙人一个个膀大腰圆，怒目圆睁，身上佩带腰刀，一身衙服打扮，不用分辨，这一定是衙门的人来了。随即进来几个头戴顶子的人坐在了他的厅堂之中，其中一个年龄稍长的人眯缝着眼睛看了他一会儿，问他是否是明月斋的张宝德，他回答是。那人拿起桌上的一个茶杯啪的一声拍在桌上，只听哗的一声，杯子在他手中四分五裂。他大吼一声："张宝德！你串通陈家公子陈祖盛盗走宝刀，现在本官已查明此事，你还不从实招来。"

对于衙门的人找到他的头上，他早有心理准备，而且也将早已准备好的一套假话在心里默念了百遍有余。万没想到事发突然，特别是这个当官的一掌将桌上坚硬的紫砂杯拍得粉碎，把他吓得魂飞魄散，以为府衙已经掌握了他伙同陈祖盛盗取宝刀的事情，便一下子跪倒在地，将他串通陈祖盛盗刀的事情一一招供。招了一半的时候，府丞和捕头已听得有些不耐烦，便拍着桌子直接问宝刀何在。

这下张宝德傻了，他愣着说，盗出刀来还未仔细观看，便被另一伙不知名的贼人顺势夺走，到今天也不知宝刀的下落。可笑，简直是太可笑了，府衙的人怎么能相信这等哄人的蠢话，便毫不客气地将他绑在偏厅的柱子上，把他打得皮开肉绽，他也说不出下落。府衙的人将他押回府里，亮出各种刑具给他上了一番。可把张宝德的腿骨都打折了，他依旧说不出宝刀的下落，这才使府衙的人相信，宝刀可能真是被人再次盗走。能不能是陈家大公子陈祖盛所为呢？事不宜迟，他们火速来到陈家，将张宝德所交代的事情告诉了陈班主。

陈琏琨简直不敢相信，是自己的儿子伙同外人盗走了自己的宝刀，本已无精打采的他突然从床上蹦起来，到后厨操起一把菜刀，领人直扑后院大儿子的房中，将他从被窝里拉出来。祖盛已在琉璃厂听说张老板被抓的事情，知道已无法再抵赖下去，见父亲的眼睛已冒出火光，充满怒气，吓得说不出话来。陈琏琨的脸几乎变了形，将菜刀架在了儿子的脖子上，歇斯底里地大吼："狼崽子！畜生！你竟敢伙同外人盗取家财，我杀了你！"说着就想将手中的菜刀往下抹，幸亏身边的捕快手疾眼快，将他的手臂及时拉住，才没砍到祖盛的脖子。

乌夫人赶紧上前，拉开陈班主，让儿子赶快说出实情。此时陈祖盛已被吓得如一摊烂泥瘫软在地，他只得有气无力地将所有事情原原本本地说来。当听说宝刀又叫人再次盗走的时候，陈班主立即暴跳如雷："混账！到了今天你还敢抵赖，我劈了你！"说着他举起刀朝陈祖盛的脑袋砍去，再次被众人拦住。

对于陈家大公子，府衙的人还真就不敢动手，怕得罪陈家，牵动朝廷。幸好，陈班主发话，府衙的人将陈祖盛绑了起来，吊在陈家大堂之上，陈班主亲自挥动着皮鞭，拷问着宝刀的下落。一条条鞭痕，一声声惨叫，虽说也揪着母亲的心，可乌夫人也只能一言不发，等待着儿子说出宝刀的下落。惨叫一声高似一声，慢慢地又一声低于一声……

陈家大儿子伙同外人盗取宝刀的事情不胫而走，陈班主正在拷打大儿子的消息传到了霍家大院。人们不免感到气愤，可霍九红的心却一下子揪到了嗓子眼儿，她知道陈家对宝物重视的程度，也知道祖盛在陈家的地位，再拷打下去，会是什么样子，她不寒而栗。为了财宝，为了面子，自从生了孩子就再也没回陈家的这位娇小姐，此时再也顾不得许多，披上一件斗篷直奔陈家而去。尽管在大门口遭到父亲再三阻拦，可她仍不顾一切地冲了出去。

皮鞭划过肉体时留下一道道的血痕，慢慢地在陈祖盛的身下形成一摊血迹。当走进陈家厅堂的时候，霍九红见到丈夫像个血葫芦般被吊在房梁上，已经昏死过去。她惨叫一声，直扑向前抱住丈夫的双腿大吼不止："这可还是你们亲生骨肉？这还是你们的亲生儿子？"陈班主仍不依不饶地大吼："这个逆子已成贼子，我今天是为家除贼，为民除害！你还来护着他做什么？"

"他就是杀人犯，也是我的男人！也是我的丈夫！"

"这是我的家事，用不着你来管。出去！"

"不！这是你的家事，也是我的家事。我偏要管！"

"要管你就把刀给我拿出来！"

一句话说得霍九红哑口无言。是呀，丈夫偷了家里的刀拿不出来，自己想救他，可也拿不出刀来。当再抬起头时，她泪流满面地说："就为了一把刀，一把什么镶着珠宝的刀，你们就把我的男人拷打成这个样子吗？自古道，问案不过公堂，量刑不拿人命。可你们一不在公堂，二不顾人命，还讲不讲法！"

"这是在我家。我就是法！"

"你就是法？今天我偏不听！我今天倒要看看你们敢把我男人怎么样。还有你们这些衙门里的官差，他不明白道理，你们也不懂了吗？你们私设公堂，把我男人打得遍体鳞伤，几度昏死，我要告你们去！"一句话，还真是把顺天府的人吓得够呛，他们忙冲霍九红直摆手，赔不是，意思是陈班主不顾他们的劝阻便把儿子吊在堂顶，进行拷打，和他们无关。他们忙上前劝说陈班主："贵公子说的和琉璃厂的张宝德所说几乎完全一致，再加上如此拷打也再问不出什么，看来情况属实。可否让我们将贵公子带回府衙，日后好详细盘问？"

霍九红一听便说道："什么？人都打成这样了，还想把他带走？不行！"顺天府的官再大，可也知道霍九红这个人，更知道她是身系陈霍两家的人物，怎敢惹她？忙问："以姑娘的意思？"霍九红毫不客气地说："我要把陈祖盛带回我家养伤。"顺天府的人没了词，忙看班主陈琏琨的反应。陈琏琨摇了摇头说："不行。他是盗刀的人，也是我儿子。他必须待在我家，以防逃走。"

"天哪……这哪还像一个父亲说的话呀……"一声痛苦的呐喊后，霍九红瘫软在地，她再也不知拿什么话来理直气壮地回应公公。泪水一个劲地往下流："人都说演戏的人懂感情，懂礼义。可我家演了半世关公，还被人们誉为活关公的公爹竟能对亲生儿子说出这样的话来，叫我如何相信，叫世人如何信服哇……"说完她望着乌夫人问道："婆婆，公爹如此，难道你也这样想不成？我知道你们只喜爱小儿子，把班子、财宝和准备找回来的宝刀都给小儿子，宝刀我们是拿不出来赔你，大不了用祖盛的一命相抵吧。"

说完，她痛苦地站起身，向屋外走去。无论什么冲昏头脑的事情，女人的一声呐喊是惊天动地的；无论什么冲昏头脑的时候，女人的一声呼唤是一方灵丹妙药。面对霍九红的声声质问，陈家二老望着浑身是血的儿子也不知所措，而府衙的人也觉得陈班主做事过分。此时府衙来的人拦住正欲出门的霍九红，对陈班主说："陈班主哇，依我之见，还是按姑娘说的，让她把贵公子接回她家去养伤吧。毕竟陈祖盛是她的男人，也方便调养伤口，伤好得快，也便于办案子嘛。"

这回陈琏琨再也没说什么，但他又不愿服软，便对在场的人说："家里出了贼子，丢尽了我的脸面。九红啊，既然你愿意把他接回家去养伤，也好。等祖盛伤好之后，你告诉他，从今以后就不要再回我这里来啦。我没有他这个儿子，他也再没有我这个爹。"说完，他一挥袖，转身进后堂去了。

府衙的人抬着周身是血的陈祖盛跟在霍九红的身后，来到了霍家大院门前。一路上这些人不得不对眼前这个漂亮的梨园女子高看一眼。谁说戏子无情？方才不是看了一场最真切的戏吗？活关公为了财宝把儿子打得死去活来，可娇戏子却从众人面前抢走了丈夫。谁说戏子无义？方才不正是她一番理论，才使得在场的人哑口无言，救回了自己的男人吗？一场真实的人生戏剧仿佛一下子改变了他们一直以来对梨园女子的印象，都知道霍九红长得漂亮，戏演得好，而此时望着满面泪痕的她，忽然觉得世界上再也不会有比她更美的女人了。

　　来到霍家大院门前的时候，九红才发现霍家门前已聚满了人，霍班主和儿子霍达及梨园界不少人都堵在大门口，不让他们进去。霍思纯指着女儿气愤地说："我当初就不同意你嫁他，你非嫁这么个臭无赖。梨园人谁不知道他们陈家是什么家风？今天他们监守自盗，大打出手，骨肉相残，可你却把这个贼子抬到我家，岂不败了我家风水？传扬出去，让梨园界的人如何看我？马上把他抬回陈家，否则可别怪我这个爹六亲不认。"

　　刚有一个爹六亲不认，怎么这又来一个六亲不认的爹呢？府衙的人快被这些梨园名角儿搞迷糊了。抬着陈祖盛的人，抬也不是，放也不是。他们一个个你看看我，我看看你，最后把目光放在霍九红的身上。霍九红心里明白，爹存心是想在此时羞辱陈家。可爹怎么也不好好想想，自己的女儿也受牵连哪。

　　事已至此，寒碜也只能寒碜了。霍九红跪在地上，流着泪替陈祖盛说情，希望看在女儿和孙子的分儿上，让他们回到霍家养伤。哪怕伤好了，他们再想办法。霍思纯咬紧牙关，就是不放他们进门。戏班里的人知道，霍家是借机与陈家斗法，可外行的人哪懂这些？他们望着困境中的一对小夫妻，心里非常不是滋味。如果说怕陈琏珺是因为慈禧厚爱的缘故，可霍家班算什么东西？府丞板起脸冲大门前站着的人大吼一声："都给我闪开！"

随着一声大喊，唰的一下子，除了霍班主还在门口处站着，其余的人全都规规矩矩地退到门的两边。府丞下得马来，甩着脸子左右看了看戏班子的人，捋了捋小胡子看着门口站着的霍班主，问："你就是霍家班的班主？"霍班主还是个见过世面的人，他镇定地一拱手说："正是在下。"

"霍九红是你的女儿吗？"

"唉，家门不幸，家门不幸啊。"

"是亲生女儿吗？"

一句话，问得霍班主有些不悦："这是什么话？这京城之中，谁不知道霍九红是我的亲生女儿？怎么，难道还有什么异议不成？"

"不是我有异议，而是我们不理解呀。你看，你的女儿把浑身是伤的女婿带回家来，你不但不帮女儿，反而还令一帮人站在这里奚落你的女儿女婿，这还是父亲的所为吗？"

"这……"一句话把霍班主问得哑口无言，可他还是不想当众服软，便哼了一声接着说，"这是她自作自受，当时我就不同意她嫁给这么个无赖，可她不听啊。"

"听与不听，木已成舟，你就该帮着女儿把这个场子圆下来，可你不但不帮，反而还难为他们，简直连一个路人都不如了。"听了这话，霍班主的脸色非常难看，这些年来没有什么人敢这样挖苦他，他板着脸问这个人："请问阁下是哪一位呀？"府丞傲慢地抬起头，再次捋了捋下巴上的小胡子，眯着眼睛看了看霍班主说："不才正是顺天府衙府丞，张持重。"一句话说完，四周人顿感惊讶。张持重，这个名字京城人几乎无人不晓。顺天府府尹不仅是朝中四品命官，更是京师中实力派人物哇，谁惹得起他呀？如果不是慈禧有旨命他办理陈班主丢失宝刀一案，这些人怎有可能在这里见到他？听到这个名字后，霍班主的腰顿时就弯了下来，满脸赔笑地说："哎哟，不知张大人驾到，多有冒犯，多有冒犯。快快，里面请，里面请。"

"不必啦。如果能把九红小姐和令婿接进家去，本官就感激不尽啦。"府丞仍是漫不经心地捋着他的小胡子，神态是那样傲慢，对这些唱戏之人不屑一顾的样子。霍班主马上冲着儿子霍达说："听没听见张大人的话？还不赶快把你妹夫抬进家去。"

"是，是。来来来，搭把手，搭把手。"霍达领着霍家人三下两下把陈祖盛从府衙随从的手中接了过来，边接还边向身边的人说："轻着点，轻点哪，别碰着有伤的地方。"呼呼啦啦一阵，大伙把陈祖盛抬进了霍家。霍九红感激地走到张府丞面前，向他深施一礼。直到此时她才认真地看了看这位传说中惊人的京城办案第一高人。

这个小老头是那样貌不惊人，刀条子脸，小小的眼睛，灰黄色的皮肤上留有像刀子刮过多少回一样的道道疤痕，薄薄的嘴唇已成黑紫色，只有一缕小胡子有些与众不同。并不魁伟的身材却昂昂上挺，干巴巴的一团精气神凝聚不散。多亏他开口，否则今天自己还真不知该把祖盛抬向哪里。九红再次深鞠一躬："多谢大人开口相助，九红没齿难忘，今后大人如有用到我九红的地方，我和祖盛万死不辞。"

"好啦，姑娘，快进去歇息吧。望你夫君尽快养好身体，如有哪些线索，请尽快到府衙告诉老朽，毕竟大案在身，老朽心急呀……"

"一定，一定。"

"京城中有名有貌的名伶老朽见过不少，可像姑娘这样有情有义之人，老朽今天还是头一回见到。以后无论何时，如有为难之处，尽管找老朽，但愿能替你做主。"

"多谢，多谢！"

"那好，老朽告辞啦……"说完属下牵过马来，只见他飞身上马，动作之迅速，根本不像方才见过的老者，在场的人为之一惊。霍班主和大家不由得同时拱起手说："恭送张大人。"可他压根谁也没看一眼，只是向霍九红拱了拱手说："姑娘，再会，再会。"说完，一扬头，带着随从向远处奔去。随着人们望着他们远去的目光，霍班主狠狠地往地下吐了口唾沫："呸！什么东西？一伙子仗势欺人的家伙。"

"可不是吗，就仗着他们的主子欺负人，算什么东西。"

"这今天没碰上我们家的事，要是他敢这么对我，你看我的，姥姥……"

梨园界的人在霍家门口不忿地替霍老班主找面子似的说三道四。霍九红看也没看他们一眼就走进了家门，霍班主望着走进去的霍九红，又看了看身边梨园界的朋友觉得很没面子，自己轻轻地往脸上扇了个嘴巴说："丢人哪，家门不幸，家门不幸啊。"

在霍九红精心照料下，陈祖盛慢慢睁开了眼睛，可当他看清九红的那一刻，顿时泪流满面，由于感到无地自容，他把脸藏在了枕头底下。九红明白他的心思，同时也觉心中有愧，如果不是自己给丈夫出主意去要父母的宝物，可能祖盛不敢冒天下之大不韪，做出这等叫人唾骂的事情来。既然事已至此，现在只能夫妻二人共同承担这份骂名，不能让男人一个人心里受罪。因此，她像没事似的劝慰祖盛："没什么大不了的，儿子拿了爹的东西又有什么不对？不过是早一天晚一天的事罢了，好好在这儿养着，我看谁敢把你怎么着。"说完，又给丈夫沏茶又给丈夫倒水的，像压根没什么事一样，这使惊魂未定的祖盛心里踏实了许多。

过了一会儿，霍九红问起祖盛与张老板的关系是怎么回事，又问他欠张老板八百两银子到底是怎么回事。事情到了今天这个地步，再瞒看来也是不可能的了，所以陈祖盛便把他与张老板认识，并为讨好九红陆续从他手里借八百两银子的事，向九红和盘托出。虽说他说事时面带愧色，可九红听后却深受感动。谁说这小子狗屁不是？就凭他能在京城中把本姑奶奶独揽怀中，这还不是本事？谁说这小子呆笨愚钝？就凭他两手空空能想出这鬼点子从人精手里借出八百两银子，还不是本事？再说，所有的事毕竟是为了讨好自己才欠下债，欠下情，自己有什么理由怪他呢？不仅不能怪，反而要大大嘉奖才是。

九红深情地抱着祖盛还带有血迹的头亲了又亲，抚了又抚，两颗大大的泪珠滴在陈祖盛的脸上，她深情地说："祖盛啊，我就知道你对我好，你放心，欠那点银子不算啥，我替你还就是。什么珠不珠宝的，咱不要了，只要你能永远对我好，比啥都强。"听了这句话，陈祖盛心里像着了火般滚烫，泪水更是流淌不止。他拉着九红的手说："像你说的，能娶你是我一生最大的福分，我还敢对你不好？别说这点伤，为了你就是犯什么王法我都敢。"

"不不，"九红捂上他的嘴接着说，"王法咱可不能犯，你真犯了王法，我可就救不了你啦，那谁还能哄我呀？"陈祖盛笑了："没事，别看我烂命一条，可谁也奈何不了我。我今天把话放在这儿，那些珠宝，早早晚晚都是你的。"

"臭小子，我就知道你那一肚子鬼心眼不死呢，可我就是喜欢你这个劲。"说着九红亲昵地朝祖盛的脑袋上轻轻地拍了一下，接着又说，"哎，你说我怎么就喜欢上你了呢？"陈祖盛一双小眼睛盯着九红美丽的脸庞说："那还问啥，你不是说你就喜欢我身上这股骚烘烘的味道吗？"说着祖盛一把揽住九红就要去亲，可刚抬起膀子就疼得他龇牙咧嘴了，便被九红轻轻按下说："别闹别闹，这些天可不行，动动心眼可以，动身子骨，那可是会要你的命的。"陈祖盛叹息了一声，躺在床上说："这回可真把我爹气着了，不然怎么也不至于把我打成这副模样。"说完，他一双小眼睛眨个不停，霍九红心说这小子不好好养着，又在动什么鬼心眼？便问他又在瞎合计啥。陈祖盛说："我就纳闷，这把青龙偃月刀现在能在哪儿呢？"

是呀，这把青龙偃月刀现在到底在哪儿呢？这是好多人都在问的事。可这把刀目前仍在京城，藏在一个名叫王大拿的人的家中。王大拿也是琉璃厂的一个古董商，紧挨着明月斋张老板的店铺，他的店铺名叫古今坊。此人天庭饱满，地阁方圆。养得皮面干净，气色白里透红，四十岁上下，戴一副金丝边眼镜，罩住他那双漂亮而又永远眯缝起的眼睛，显得深不可测。王大拿店大货多，见多识广。很多同行看不准的东西都拿到他的店里让他瞧上一眼，而他一眼望去便知真伪，从未走眼，还能帮卖主拿个好价钱，所以人们才为他送上行内的一个尊称"王大拿"。王大拿为人大方，有时朋友借钱他连收条都不让打，显得非常仗义，在琉璃厂口碑甚好，加之他有一位在京城府衙当捕头的哥哥为其撑腰，所以素得人们敬重。

由于张老板的明月斋离王大拿的古今坊最近，所以他常到王大拿的店里串门，关系甚好，遇到自己看不准的古董字画，常登门让王大拿瞧上一眼，遇到手头短缺时也常跑到古今坊求王老板救济，他也常请王大拿到他的店里吃茶，家里的事和自己的朋友前来，他也从不回避王大拿。可自从陈琏琨的公子到了他明月斋之后这段日子，他总显得神秘兮兮，使王大拿心里很不舒服，加之京城对献御戏的陈琏琨，对太后赐宝事情的盛传，王大拿便一眼看透了张老板那点花花肠子。哦，这小子是动了邪念，想吃独的，在琉璃厂来个咸鱼大翻身哪，好好好，咱们走着瞧。

为此事王大拿心里好一阵子不痛快，一开始他还觉得这个张老板见利忘义，为了点宝物就不拿他当回事。慢慢地，他发现，自己的恼怒不仅于此，因为近来自己梦里也常常出现人们传说中慈禧太后给陈家班班主那些金樽、玉盏、宝石、古玩。这些东西时常跑到他眼前晃悠一会儿便无影无踪，搞得他心里痒痒的，魂不守舍。慢慢地，他心生妒忌，稀世珍宝岂容他人独占。一天他带着心事来到在府衙任小头目的哥哥家中，把自己的心思告诉了哥哥王宝生。本来就在衙门里染得一身匪气的王宝生一听便来了兴趣，为了保密起见，他让弟弟王大拿一定要装作什么都不知道，而且对这些事压根不感兴趣的样子。只是在暗地里要多留神，争取掌握他们这笔财宝出手的时间，他们便可借势拿到手中。

王大拿听了哥哥的话心里这才踏实了些许。因为他知道，在京城之中干这种买卖不管你是谁，都不会是衙门捕快的对手。常言道：贼吃贼，两头没；黑吃贼，贼任赔。从那以后，王大拿便很少接触张老板，即便张老板过来聊闲天，他也懒得搭理他，但暗地里他却一刻也没有放松对张老板的监视，他悄无声息地从自己家紧贴着张老板店的墙根底下，密密地钻了几个小孔，让自己贴心的小伙计天天听对面的声音。那么点个小洞洞怎么能听得清楚？可王大拿还是想出了办法，他在后院也用同样的方法在自己家隔壁钻了几个小洞洞，让小伙计天天听他和媳妇都说的是什么。

一开始有些听不清，可架不住天天练，天天听。慢慢地，小伙计还真就练出一副好耳力，不仅能听出他们说什么，就连小声说的悄悄话也听个八九不离十。就这样，小伙计天天听张老板屋里的话，特别是陈祖盛来的时候，小伙计听得特别仔细。陈祖盛怎么借的钱，借了多少钱，怎么谈的珠宝，想怎么弄到手，被小伙计听得一清二楚。那天陈祖盛最后一次来通知张老板夜里到他家接应他的事，也全被小伙计听得清楚，之后他告诉了王大拿。

王大拿一听乐得眼睛发亮，他当即拿出一百两银票给了小伙计，并告诉他此事不能对任何人说，还吩咐他马上回乡下待三个月，之后再回店里来。一切停当之后，王大拿来到衙门，找到哥哥说明了情况。他哥哥一听也为之激动，这可是一笔好买卖呀。他告诉弟弟只要情报准确，这笔财咱弟兄是赚定了。他们约好抢到东西后在南城郊外的一片废城墙处会面。哥哥送走了弟弟王大拿之后，亲自选定几个自己最要好的弟兄，趁夜色便悄悄埋伏在陈家左右，于是那天夜里便发生了贼抢贼的故事。

话说王大拿的哥哥满以为会抢到金银珠宝，可抢到手里的是一把演戏的破刀，怎么也弄不明白是怎么回事。等在南郊的弟弟接过长刀一看，眼睛顿时一亮，他告诉哥哥不识货的人是看不出其中奥秘的，这把刀贵就贵在这闪闪发光的宝石上，这便是慈禧太后赏赐给陈琏琨的名贵宝石，刀的双面加在一起一共十八颗，可谓价值连城。捕快们一听眼睛都发绿了，这下子可发大财了。为了答谢几位前来相助的兄弟，王大拿拿出银票，每人五百两，当作奖赏，加上哥哥一共六个人，王大拿给哥哥两千两，共拿出了四千五百两银票，算是做完了这单买卖。按理说银票已经不少了，可有两位兄弟总觉得还欠点什么，便往刀上又看了几眼，什么也没说，便跟着王大拿的哥哥王宝生回衙门去了。

王大拿万万没想到偷刀的事情会弄出这样大的动静，连慈禧都震怒了。王大拿的宝物还未出手，便已经出不了京城了。他忙找到哥哥商量把宝刀放在什么地方，因为琉璃厂是个最引人注目的地方，放在店中肯定是不行了。最后哥哥一咬牙，告诉他就存放在衙门里他的房中吧，俗话说灯下黑，目前顺天府衙可能就是最安全的地方了。

离太后限定的日期十日破案还剩不到两天的时间了，这期间又有两次太后把顺天府的官员叫去问话，责令十日破案，否则将摘去他的顶戴花翎。府里一层层追逼下来，府衙老府丞张持重这两天是人困马乏，满面愁云。这个案子可怎么破？青龙偃月刀如人间蒸发一般，渺无踪影。京城所有能与刀有关的地方快掘地三尺了，可连影也没看到，他现在开始怀疑这把刀已经不在京城了。

　　还有两天的时间，如果再拿不出刀来，自己的差事也就和大人们的顶子一块丢啦，张持重越想心里越不舒坦，索性叫了两个菜，提了一壶酒，自己在房中喝起了闷酒。伴君如伴虎，官差不自由哇……他一杯一杯地喝着，心里越来越不痛快。心说，这叫什么事，没事拿那么多的好东西给一个戏子，丢了东西不责怪他，反倒让我们忙个天昏地暗。让我们找也行，还限日子，这十天八天的上哪儿找这么贵重的东西？这不成心难为人吗？别看张持重平时威风凛凛，那是官架子撑着。今天喝得醉眼迷离，忽然像个马上就要上街扛活的小老头般可怜。喝着喝着，他觉得一个人喝酒太闷，便喊了一嗓子："今儿个谁当班？"一个名叫魏三的应了一声跑进来，说道："回老爷，今儿个小的当班。"

　　"坐下，陪我喝酒。"

　　"哎哟，老爷，这……小的不敢。"

　　"叫你喝，你就喝。废什么话，把酒倒上。"

　　"哎，哎。"

　　魏三只得规规矩矩地坐下，把酒给府丞和自己满上。魏三本来是王宝生的部下，但每个小队平时总要抽人在家里伺候府丞当班，今天这个魏三便被抽留了下来。魏三平时油嘴滑舌，有些鬼精灵，但心眼还算不错。只是由于鬼得很，所以没得到王宝生的信任，上次盗宝刀并没带他去。魏三平时见了府丞就有点哆嗦，今儿个见府丞叫他，一开始有点害怕，后来见府丞真是喝得不少，便笑嘻嘻地坐在那儿陪着府丞喝了起来。酒这个东西很有意思，别看平时贵贱差别多大，可两人只要把酒喝透了，就像可以光着腚进澡堂子一样不分高低。

　　府丞张持重先问起魏三的家乡、父母兄妹，又问他是否娶妻生子，还问他今后打算。聊哇聊，聊到了当下的青龙偃月刀上。聊到此，魏三见老府丞叹声不止，甚是难过，老府丞把一肚子的苦水全倒了出来，他骂完了这个骂那个，把自己的胸脯拍得啪啪作响，最后眼泪汪汪地说不出话来。魏三平时是最崇拜府丞的人，他羡慕他的威风凛凛，敬佩他的老成持重。今天见到府丞为了一件案子就将丢官解职，心里着实过意不去。想到此，他忙把门关上，给府丞倒了杯茶，往窗外看了看，认定的确没人了，便回到桌旁对府丞说："老爷，小的有件事想跟你老禀报，有关青龙偃月宝刀的事。"

一句话出口，如一声炸雷在张持重耳边轰响。方才还醉眼迷离的他立刻竖起了两道眉毛，眼睛里放出一道寒光："嗯？你说是有关宝刀的事？"魏三忙小声地回答说："正是。"

"快快说给我听。"

可不管府丞如何急迫，魏三仍是连咳嗽带吐痰的，就是不急着说。这时张持重拉着魏三的手说："小子，就别跟我卖关子了，你要是真能帮爷找到宝刀的下落，老爷我升你为分队府丞，赏你五百银，再加一套小院房你看如何？"

"谢您厚爱。禀告老爷，小的发现小府丞王宝生近期行为极不正常，常带手下人鬼鬼祟祟地跑到僻静处悄悄议论什么。小的好几次偷听，好像都在说青龙偃月刀的事情，可小的一去，他们便不再作声了，小的认为他们极有可能知道宝刀藏在什么地方。"

"王宝生？"听了魏三的话，张持重有些失望地摇了摇头，"怎么可能？不会的。他是咱顺天府衙的人哪……"

"人为财死，鸟为食亡。这并不在于他是不是咱府衙的人。据小的打听，他的同胞兄弟是京城琉璃厂有名的买卖人，人称王大拿，而且又是紧挨着张老板明月斋店边上古今坊的老板。难道说，这就没有些可疑之处吗？"

"什么？他弟弟是古今坊的老板？"

"禀大人，一点没错，那小子两次来咱府衙找他哥哥王宝生，都被小的撞见。"

"不对呀，古今坊咱们不是搜过了吗？可什么东西都未看见哪。"

"可疑之处正在于此，连大人您都不知道古今坊是王宝生亲兄弟开的，这把刀您怎么能搜查得到呢？"

"你是说……"

"一切由老爷明察。"

"哦……"府丞张持重捋着胡须，闭上眼睛慢慢地合计了一会儿，"有道理，有道理呀，我怎么就没查到他有个做珠宝生意的兄弟呢？你估计刀现在在哪儿呢？"

魏三看着府丞的眼睛，指了指自己的脚底下说："常言道灯下黑呀，老爷。"

"哈哈哈……"没等魏三说完，府丞张持重发出哈哈哈的笑声，把魏三吓愣了。张持重有所感慨地说："叹世间每当山重水复，定会柳暗花明。想不到吾逢困境之时，竟有人助我，真是天无绝人之路哇。本来以为丢官解职，看来咱爷们儿官运还不浅呢。好小子，好好侍候老爷我几年，少不了你的财宝娇娘。"

"谢老爷提拔，小的愿肝脑涂地。"

"好，好小子，词还不少，事成之后我定提拔你。常跟在王宝生身边的几个人都是谁？"

"回老爷，李荣冒、常五更、王洪涛。老爷，是不是尽早下手，免得夜长梦多呀？"

"如果咱分析得不错，他们已是煮在锅里的鸭子飞不出去啦。这件事就由我来办吧。只是这件事你不能对任何人说，如果说出去，小心脑袋。明白了吗？"

"小的明白。"

"回去吧，装作什么事也没发生过。"

"是，老爷。"

魏三走后，张持重招来府衙的副府丞刘一号。此人当年当捕快时脸上横着一道刀疤，面相极为吓人，但办事极其干净利索，固深得府丞张持重信任。张持重将魏三所说和自己的判断一并说给了刘一号，命刘一号从现在开始带着府丞卫队，亲自上岗，对进出的人严加检查，特别是随身所带的东西，更要留神查看，同时部署了明夜子时动手的命令。刘一号一听肺都快气炸了，没想到这帮王八蛋敢在窝里干贼事，不顾大人死活，想发玩命财。他冲张府丞一抱拳："大人放心，末将亲自办理。"

王宝生这些天也带着人马东查西找，表面上忙碌得风风火火，可这天回到府衙顿感风声不对。府丞大人把各分队的人全派出去查找宝刀的下落，唯独把他们分队留下值宿，而且明令他们不得擅自回家，违令者军法处置。虽说氛围有些紧张，可王宝生琢磨了半天，觉得自己并无破绽，便安下心来和弟兄几个吃过饭，喝了几杯酒蒙头就想睡。这时李荣冒悄悄来到他的身边，小声地对他说："府丞，事情不妙，你没发现刘一号拿什么眼神看咱们弟兄吗？"

"我也觉得不对，可咱没迈错步哇。"

"常言道，要想人不知，除非己莫为呀。谁知道哪股风把咱弟兄给透出去了呢？要想溜现在还来得及，再晚咱可就成瓮中之鳖啦。"

"那怎么办呢？我看这真有点三步一岗五步一哨的架势，咱能把这刀带出去吗？"

"命能不能带出去都两说啦，还哪能带那东西？目标太大，肯定不行。"

"那可是无价之宝，价值连城啊。"

"啥城不城的？如果不出事，肯定没人动。如果真要对咱下家伙，那东西还能比命值钱吗？"

王宝生合计了一下也觉得有道理，便对李荣冒说："快跟哥几个说说，咱们赶快想办法翻墙走吧。"

李荣冒把食指放到嘴边，示意他别弄出动静，悄声对他说："事到如今跑不了那么多人啦，咱哥俩要是命大，还有可能。加上他们，咱谁也走不成啦。"说完，他俩一眨眼睛，都捂着肚子说方才不知是什么东西吃坏了，要拉肚子，便一起奔茅厕去了。进了茅厕他们也顾不得什么埋不埋汰了，顺着旱厕的底沟，踩着屎尿，悄悄地爬向府衙外。刚起身要跑，忽然灯火通明，一排官兵手举火把，身着分队府丞服饰的魏三已经站到了他们的面前："王府丞，我已奉命在此恭候您多时啦。"魏三往前刚要探身想看个究竟，忽觉一阵臭气袭来，呛得他差点呕吐出来，咳嗽了几声后吩咐属下："给我拿下！带回去，清理之后，押送大堂。"

再说府衙里那几个小兄弟，左等分队府丞不来，右等不归，便猜二人可能是跑了。几个人吓得够呛，正合计着怎么办的时候，只听一声重重的破门声，还没弄明白是怎么回事，几把寒光闪闪的钢刀便逼到他们鼻子尖前。几个兄弟吓得忙喊："老爷饶命，老爷饶命，小的全招，小的全招。"刘一号带人听都不听，直奔王宝生床下，有个长长的布口袋，打开一看，正是那把闪闪发光的青龙偃月刀。之后吩咐手下，将他们全绑了，一并带到大堂受审。

　　审讯大堂今夜格外清冷，没有击鼓升堂的喊声，也少了很多龇牙咧嘴的衙役，在人犯的面前只有府丞张持重和副府丞刘一号。此时的张持重并没有他们想的那样杀气腾腾，而是不紧不慢地讯问着他们盗取宝刀的始末。讯问之后张持重长叹一声，虽然此案告破，可我顺天府的名声也已丧尽，这回可真叫世人说个正着哇。他叫人把那把举世闻名的青龙偃月刀取来，拿到手中看了又看，对着那十几颗宝石抚了又抚，长叹一声："唉，世人哪有不爱珍宝之理？"之后看了看堂下几位以前曾是自己兄弟的人，问："你们看应当拿你们怎么办？"

　　一句话把堂上所有人都问呆了，哪有这么判案子的？问犯人怎么给自己定罪？刘一号首先说："知法犯法，按律当斩。"

　　"饶命啊，大人，饶命啊，老爷。"

　　"老爷，看在跟随您多年的分儿上，就饶小的们一回吧。"府丞张持重将目光放了一直不敢吭声的王宝生身上，问："王宝生，你看此案应该怎么判哪？"王宝生此时将牙一咬，对着府丞张持重说："小的这次财迷心窍，对不住大人了，也连累弟兄们啦。小的只求一死，但求大人放过我的兄弟们吧，他们的确是无辜的，如果因小人而死，小的九泉之下也无法安生啊，大人。"

　　"嗯，算你还像个爷们儿。是你把我手下的弟兄带坏，你死罪难逃。不过看在你的分儿上我可以饶过你的兄弟。虽说死罪可免，但活罪难逃。其余人的脸上横刻四道疤痕，永不得踏入京城半步，如有违犯，杀无赦。"几个马上要被刺脸的人直冲张大人叩头，他们千恩万谢，并保证永不回京城。刘一号提醒府丞张持重："大人，这可都是朝廷的重案犯，您三思呀。"张持重长叹一声："唉，鸟为一口食，人为一口饭，都不容易呀。一个唱戏的一宿可得百万重金，他们好歹也跟了我这么多年啦。人哪，得饶人处且饶人吧。"

说完，他将生死牌往地上一扔，将王宝生拉出去斩了，几个人分别由刘一号执刀，在脸上横拉四刀，用布包好，将他们偷偷地用车连夜送出京城，之后吩咐手下人做出一个曾争斗过的现场，将案子报了上去。

魏三在府丞张持重的吩咐下，连夜带人到琉璃厂将王大拿抓获，将古今坊财产全部抄了，并将王大拿带到护城河边杀了，绑了块大石头沉入河底。处理完这一切，府丞张持重用手捋着胡须仰天长叹："人世间的你争我夺，斗斗杀杀，何时才是尽头哇？常言道，退一步海阔天空……也罢，也罢……"之后他将刘一号和魏三唤进室内，这一夜他们说了什么谁也不知道，只是快到天明时分，里面的灯光才渐渐熄灭。

第二天上午，也就是在侦破宝刀丢失案限期的最后一天，顺天府的几位大人和老府丞张持重来到宫中晋见慈禧，禀告她青龙偃月刀已在限期内找到。慈禧一听甚是高兴，忙让李莲英将宝刀呈上来让她仔细观瞧。她对着宝刀摸了又摸，抚了又抚，说："真是世上罕见之物，谁能不喜欢它呀，难为他了。"她将宝刀交到身边一个小太监的手中，对张持重说："爱卿侦破此案有功，哀家应当好好地奖赏你才是。来呀，赐张府丞赏银八千，加赐黄马褂一件。"张持重忙俯身跪倒在地连呼太后千岁千岁千千岁。同时，他跪在地上对慈禧说："启奏太后，臣还有一个请求。"

"爱卿不必拘礼，起来回话。有什么请求尽管说，哀家自会替你做主。"张持重跪在地上说："臣年岁已高，近来深感身心疲惫，有恐误了皇家大事，所以想告老还乡，颐养天年，望太后恩准。"一席话把慈禧和身边的大臣侍从都说愣了。想不到正封赏他的时候，他却提出来要告老还乡，这不成心让慈禧不高兴吗。还是李莲英很会解围，他马上献上一副笑脸对慈禧说："太后有所不知，干他们这行的确非常辛苦，一天要当半月过。

别看他现年不过六十，可身子骨已经差不多要散架子啦。您就让他歇息去吧。"

慈禧明知李莲英是替他说情，什么一天要当半月过，分明是对限他十日破案心怀不满。还怕你歇着不成？要钱没有，可想当官的，太多了，更别提这个人人眼热的顺天府衙门的府丞。于是她转怒为喜地对仍跪在那里的张持重说："爱卿快快请起，千万不必为你们府衙出了点小事而责怪自己。常言道哪个窝里都有偷腥的猫，哪个家里也都有败家子不是，虽有传言说你念旧情，擅自处决了你们顺天府衙的人，可你功大于过，哀家不会难为你。只是你想离任事出突然，哀家确实有些舍不得呀。可也没法子，人心都是肉长的，谁不想过过平稳安泰的日子呀，你们的命啊都比哀家的好，只有我得在这个破家里一撑到底啦……"

说到这儿，慈禧的眼中分明带着一种无限的哀愁，这倒使张持重等人心里不是滋味。慈禧随即又说："好歹咱们君臣一场，也算是缘分不浅，你为人耿直忠厚，替朝廷尽忠效力，哀家很是赏识。在位时不免得罪些达官显贵，离朝后难免遭人算计，哀家赐你一把宝剑，遇难时可将此剑拿出，告知对方此剑乃哀家所赐，任何人不得无视，有话可到京师来讲，哀家定会为你做主。"

"谢太后大恩……"听完慈禧一番话，张持重将身子紧紧趴倒在地，哇哇大哭，本来自己有些赌气地将官辞掉，可万万想不到慈禧对自己这般恩宠，连自己离朝后的事竟然都替自己想到了，真是后悔都来不及呀。他趴在地上呜呜地哭着，山呼千岁后，带着慈禧赐给他的八千赏银、一件黄马褂和一把装饰十分精美的宝剑离开了。慈禧望着他离去的背影看了好一会儿，说："哀家心里明白，这是个好人哪。哀家就是不明白，为什么好人一个个都离哀家而去呢……"

几天后，被批准离朝的张持重携家带眷，驾着几辆马车离开了京城，走出不到几十里的地方，魏三从另一个方向也赶着几辆马车追了上来，他的车里装的大多是从古今坊查抄出来的东西，他是随着张持重回云南做茶马生意去的。

第十五章

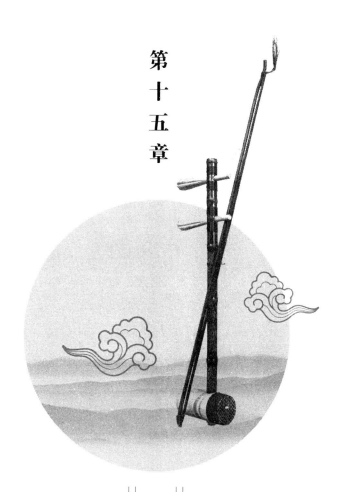

唯有挺字

　　陈班主一病不起。先是丢了刀，后是丢了儿子，最重要的是在梨园界丢了名声。人们把昔日对他的敬慕、崇拜，如今当成笑料。"还活关公呢，整个一活财迷。为了那么点宝贝，把他儿子打成血葫芦啦，现在还在霍家一瘸一拐地出不了屋呢。"

　　"什么叫六亲不认？这就叫六亲不认。现在就认他那个慈禧干娘啦。"

　　"现在不知这小子还拿不拿一本书在家里装孙子啦。"

　　之后便是阵阵奚落的笑声。当这一切被反馈到陈家的时候，陈琏琨心如刀绞，后悔不已。虽说身体有病，可一旦想到这些更使他彻夜难眠。这些天他反复思量，问自己到底是怎么了，怎么会做出这些让别人、让自己、让家人都难以理解的事呢？短短十几天，陈琏琨一下子老了许多，前些时还油黑油黑的头发，一瞬间罩上了一层霜雪。他心说，完啦，这下子自己的名声全完啦。再上台，下面将不知多少烂菜帮和臭鸡蛋会扔上来。越想心里越难过，妻子见状心里也十分难过。

　　尽管他因财宝丢失搞得家里家外形象如此狼狈，可但凡能眯一会儿的时候，宝刀仍会像风筝一样被吹到他的眼前。这天夜里他刚睡着，忽然梦见青龙偃月宝刀晃入他的梦中，这把刀在他面前左摇右晃，随风飘动，他冲着宝刀大喊："过来，过来，我是二爷，我是关公！"正在此时忽然听门外有敲门声，将他从梦中惊醒。

随即好像还有些许嘈杂之声。怎么回事？被盗过的他们见状真有些害怕了，陈班主吓得一下子钻进了被窝里，乌夫人只能硬挺着走出屋门来到大院的门前，只见门外灯火通明，而且好像有好多人的样子，她便壮着胆子，让家人打开了大门。只见两排卫士身佩腰刀，手持火把，伫立在两旁，一个有身份的大太监手持一宗黄色的卷轴站在她的面前。他娘娘腔地对乌夫人说："懿旨下，陈家班班主陈琏琨接旨。"

乌夫人此时不知是悲是喜，急忙跑进卧房，拉开陈琏琨的被子，对他说："当家的，懿旨下来了，叫你去接旨。"陈琏琨一脸的迷茫，自言自语："不知是凶是吉，既是懿旨，千难万险也得去接呀。"想到此，他忙披上外衣来到大门前，冲着公公跪倒在地，说："小人陈琏琨接旨。"太监对着陈琏琨高声道："太后有旨，宣陈琏琨即刻进宫。"陈琏琨还跪在那里等待下文，可半天再无动静，只觉得一只大手拉住陈琏琨的衣袖说："陈班主，还不快领旨谢恩哪？"陈琏琨抬起头问太监："完啦？"

"完啦。懿旨里哪那么多废话？"

"哦哦哦……"陈琏琨忙伏身在地高声喊道："谢太后千岁千岁千千岁。"说完，便被太监拉了起来。他一看这个太监不是外人，还是上几次前来宣旨的那个太监，便放松了许多。他一把拉住太监的手，悄声地问道："公公，深更半夜的，宣我进宫什么事呀？"太监笑容可掬地对他说："放心，咱家宣你进宫，什么时候有过不吉利的事呀？走吧，跟咱家进宫去吧。"

"哎，哎。"陈班主像小孩似的唤夫人拿些银子交到了太监手中，一头钻进早已备好的大轿，向紫禁城方向奔去。一路上陈班主的心里总像是在打鼓般的不宁，自己丢失了那么贵重的东西，太后对自己会是怎样呢？

是否还会像以前一样袒护着自己？还是会在一些大臣的责怪声中埋怨自己？想着想着，加之多日的疲劳，陈琏琨竟然在轿子里睡着了。

当他醒来时，大轿已被安安稳稳地停放在了紫禁城后宫的储秀宫门前。他的轿帘被缓缓地拉开，太监把一只胳膊顺到了他的轿前，意思是让他搭着手下轿子。他和声细语地对轿子里的陈班主说："陈班主，咱们到了，您随咱家进去面见太后吧。"陈班主搭着他的胳膊走下轿子，下意识地抬起头望了一眼天空，此时满天星光璀璨，万籁俱寂。他心想这是什么时辰哪？太后怎么会在这个时候召见自己呢？陈班主跟着太监向慈宁宫的院内走去，院子里却是灯光通明，灯光下院内养的各色花，红的、绿的、黄的、白的，一滴滴露珠挂在花瓣上，是那样美丽。

走进门内，室内空无一人，太监把陈班主安排在室内的一张椅子上坐下，冲着里面喊了声："禀太后，陈家班班主陈琏琨奉旨见驾。"里面传出一声细长的声音："知道啦，你下去吧。"太监顺从地说了声："知道啦。"他转身下去了。瞬间的工夫，从里间走出一个十分漂亮的小太监，他笑容满面地对陈班主做了个请的手势，说："陈班主请跟咱家来。"陈琏琨随着小太监走进里面的大屋，这个屋里灯光显得有些昏暗，要看清东西必须要十分留意才行。

陈琏琨稍微适应了一下灯光，只见不远处的床上斜靠着一个人，她在昏暗的灯光里面容显得那样憔悴，他知道那便是慈禧。陈琏琨忙冲着慈禧跪倒在地，说："小民陈琏琨遵旨见驾，愿太后千岁千岁千千岁。"还没等他说完，斜靠在床上的慈禧咯咯地笑了起来，冲着哆哆嗦嗦的陈琏琨说："你什么时候学会这套官不官、民不民的东西啦？"说完又是一阵嬉笑。慈禧说："起来坐下说话吧。"陈琏琨谢过慈禧之后，被小太监安排在离慈禧不远的地方坐了下来。慈禧对小太监说："把椅子拉得离哀家近点。"

于是小太监又将他的椅子向慈禧的方向拉得更近了一些。慈禧让小太监在外面候着，她要与陈班主聊一会儿天，小太监便下去了。

此时陈琏琨与慈禧的距离不过两三米远，还未等陈琏琨将慈禧看得清楚，慈禧却慢慢直起身子凑近他，用一种惊骇的目光望着他问："你是陈琏琨吗？怎么不到几天的工夫瘦成这个样子？头发怎么白啦？"听到这里，陈琏琨扑通一声跪倒在地，冲着慈禧直叩响头，口中不停地说："太后恕罪，小民该死，小民该死呀……"

"起来说话，起来说话，到底出了什么事？快快起来说话。"陈琏琨显得有气无力地从地上站起来，又坐回椅子上，泪流不止地对慈禧说："太后哇，小民将太后所赐的珍宝铸于青龙偃月刀上，藏于家中，不慎让人盗走啦……"

"哦，就因为这点事，就把你折腾成这个样子吗？"慈禧并没拿此事太当回事，可陈琏琨依旧声泪俱下地说："太后有所不知，小民对此刀如生命一般地爱惜。那里不仅有太后的恩惠，更凝聚着小民对太后、对关公所有的敬意。自从丢失宝刀，小民是食不甘味，夜不能寐。得知家中长子与偷盗宝刀案有关，小人将他严刑拷打，直至赶出家门。心中最不安的便是愧对太后对小民的一片珍视之情啊。"

慈禧听后长叹一声道："唉，这又是何苦。这便是天上一日，人间十载的道理呀。不过几块石头，看把你折腾成这副样子。你儿子的伤现如何呀？"陈琏琨听后摇了摇头："禀太后，小民不知。"

"陈琏琨哪，这就是你的不是啦。想人世间，什么还能比亲情更加重要？血浓于水，只有亲人在这个世界上才是自己的依靠。皇帝如果不败坏祖宗基业，我又怎能将他囚进瀛台，使之自省？可惜这个不争气的孩子呀……哀家现在也时常想起此事，觉得后悔，悔不该放纵他跟那些不土不洋的人混在一起，害人害己，也害了哀家呀。如果我有个好孩子，大清江山也不至于败到今天这地步⋯⋯"

聊过一会儿，陈琏琨慢慢止住悲泣，望着慈禧的目光，忽像有心事地问："禀太后，小人有一事不明，一直想请太后明示。"

"说吧，你有什么事想请教哀家？"

"小人与太后非亲非故，可太后对小人恩重如山，不知是为何呀？"

"哦⋯⋯因为你是个有才华的人，你身上的灵秀之气是哀家所欣赏的。当然也加上我们的缘分吧，看见你，我心里就敞亮，哀家就愿意多聊上一会儿天。"听到此，陈琏琨再次跪倒在地叩着头说："谢太后天高地厚之恩，小民万死无以为报。"

"起来吧，起来吧，记着，以后不要动不动就跪，见一面本来就很不容易。"说到此，慈禧的眼中显现出一种无限的怜爱之情，她冲着外面小声喊了声："来呀，把东西拿上来。"不大工夫，小太监拿着一个金黄色的布袋子上来，慈禧对他说："把它打开。"小太监忙打开布袋，将一把大刀拿了出来。慈禧看着陈琏琨问："陈琏琨，看看这把刀，与你的青龙偃月刀相比如何？"陈琏琨还在纳闷，太后莫非又要赠自己把大刀不成？他小心翼翼地接过大刀，尽管在昏暗的灯光下，但他也能辨别出他手中托着的这把大刀正是他日思夜想的那把青龙偃月刀。他手托着大刀，再次跪在慈禧面前，泣不成声地说："谢太后再次将宝刀赠予小民，小民当将此刀视如生命，祖祖辈辈留传，太后哇⋯⋯"

"起来吧，起来吧，我不是说以后不要再跪了吗？这一夜你都跪了多少回啦？"

"谢太后哇⋯⋯"

陈琏琨像受了委屈的孩子般抹着泪水，起身坐回原处。慈禧像看儿子般地看着他说："陈琏琨哪陈琏琨，哀家今夜把你找来就是想好好地告诉你一声，世上除了自个儿的命，除了自己的亲人，什么都没有那么重要。就算这把刀丢了，丢了就丢了呗，什么宝不宝贝的？你记着，这些东西永远都不属于哪一个人，它只是世上永远流传于人们手上的东西，不属于哪一个人。放在我手里了，今天它就是我的，放在你手里了，明天它就是你的，后天又不知它会放在谁的手里啦。明白这个道理了吗……"陈琏琨听后有所感悟地点了点头说："太后圣明。"

"嘿，什么叫圣明啊，本身就是个非常简单的道理。只有没钱的人和贪财的人才鬼迷心窍，不这么想罢了。所以你呀，今后可千万别再以此为重，丢了亲人，丢了亲情，明白了吗？"

"小民谨记在心。"

"回去好好演戏吧，可话说回来，能把这把刀找回来也真不容易呀，它可是我拿顺天府一个府丞帮你换回来的呀，以后我可再也没这么大的能耐啦……"陈琏琨刚要起身，被慈禧拦住，"别再跪，别再跪啦。"陈琏琨忙冲太后拱起手说："谢太后！小民恐怕回去后也再难唱戏啦。"

"为什么？"

"太后有所不知，为此事，小民暴打长子已被人们传得沸沸扬扬，都说小民是贪财爱物之辈，说小民六亲不认，根本算不上什么活关公，所以小民以后可能很难再演关公戏啦。"

"嘿，他们一哄，人们一听罢了，更多人也是心存嫉妒才这么说你。说你贪财爱物？他们哪个又仗义疏财啦？你记着，当他们听说哀家又将宝刀替你找了回来之后，他们不把你戏园子的门挤破才叫怪事。听着，回去后好好调养自己的身体，两个月后，哀家要看你的关公戏，你给哀家唱哪一出哇？"

"小民为太后唱《灞桥挑袍》，太后意下如何？"

"好。为奔亲人，断绝曹情，侠肝义胆，感天动地。这出戏不错，就这么说定了。"陈琏琨迟疑地好像还有什么话要说，可又不知怎么说，被慈禧看在眼里，她忙问陈琏琨："还有什么事情？"陈琏琨说："我还是对宝刀不放心，毕竟这个东西价值连城，恐怕别人再惦记。"慈禧笑了，告诉他："这回可以放心在家里放着了，就是拿着它在大街上走都不会有问题。为了这把刀不仅丢了顺天府衙门里的人的性命，也掉了那么多人的脑袋，谁有几条命还敢再惦记着它。"一句话如一道光，把陈琏琨心里的阴霾一扫而光。可不是吗，有太后在此，谁还敢惦记老子手里的这把青龙偃月刀！

转眼外面已经放亮，陈琏琨知道自己也该走啦，他忙起身对慈禧说："太后国事缠身，还为小民分心，小民心里实在过意不去，小民无别的本事，只在心里向上天祈求太后身体康健，平安吉祥。太后什么时候心情好，小民随叫随到，为太后唱戏，唱好戏。小民想再次为太后跪拜一次。"说着他非常虔诚地跪倒在地叩头道："愿太后万岁万岁万万岁。"

"哀家是女人，是不能喊万岁的。"

"那不过是一种陈旧的规矩罢了。在小民的心中，只求太后能够与松柏一样长青，与天地一般永恒。这是小民心里的希望，也是小民的福分哪……"

"难得你一片诚心。所谓人心都是肉长的，快起来吧，你也累了，回去好好歇着吧。"

出紫禁城的时候天已大亮，陈琏琨在侍卫的保护下，向家的方向走来。万万没想到的是，家门前已经站满了等待他回来的人。大家都用一种期待的目光望着他，除了些许紧张之外，他还感到一些激动。兵士为他拉开轿帘，他打开布袋，冲着这些期待的目光高举起手中的大刀。顷刻间，只听得眼前的人群中发出一片欢呼的声音。人们感到站在轿前的已不再是陈琏琨了，而是关公。不，比关公还神。这还了得，只是丢了一把刀，连慈禧都帮着他找，这不比关公还神？在人们的眼里，陈琏琨一下子高大了许多，更神气了许多。

可能有些过于激动，也可能是近来过度疲劳，在一片呼喊声中，陈琏琨只觉眼前一黑，晕了过去。幸好一个兵士将他扶住，这时一大帮人急忙上前将他围住，人们七嘴八舌，有的说按人中，有的说拍后脖颈子，更有人伸出手就要往下按，一个个显得比家人更着急。还是乌夫人是个明事的人，她急忙拦住大家说："不碍事，当家的可能是太过疲劳，回家好好睡上一会儿就会好的。"于是她吩咐宽二爷和春兰把陈班主抬进屋里去了。

天旋地转，风云变幻，市井繁杂，舞台纷乱。在陈琏琨的梦中，一切都好像颠倒了般使他迷茫，更使他恐惧。他只记得手里紧握着一把青龙偃月刀，替他壮着胆子。他索性对眼前的一切用尽力量挥舞着大刀，左劈右砍。同时嘴里还不停地替自己壮着胆子大吼："谁敢拦老子路，老子就砍死你。来吧！来吧！来——吧——"只听见自己耳边传来稀里哗啦的声音，真是过瘾，真是过瘾哪。可不知怎么，陈琏琨忽然感到自己被什么东西束缚住了双手，动弹不得，不论怎么使劲也无力挣脱。

在这一瞬间，陈琏琨只觉得周身一片凉爽，他感到无限的舒适和畅快。嗯？难道是下雨了吗？这是一场什么雨呀，这样及时，这样惬意。顷刻间，眼前的一切突然消失了。浮现在眼前的是一片祥云和万道霞光，他像一个孩子般躺在大地之上，沐浴在大自然温暖的怀抱之中。

乌夫人和宽二爷费了九牛二虎之力才算把方才在床上猛劲折腾，砸碎了床头的镜子和身旁花盆的陈班主按住。知道他可能是睡癔症了，便用凉手巾把他从头到脚擦了个遍，这才使陈班主安定了下来。忙活完这一切，二人相互一看都扑哧一声乐了。乌夫人开玩笑地说："好家伙，忙得像杀猪似的？"宽二爷也笑着说："夫人哪，这幸好是没人，不然还不把咱俩当盗宝贼给捉起来？"两人抹了抹脸上的汗水，见陈班主终于安安稳稳地睡下，便松了口气。

就这样，陈班主在床上睡呀，睡呀，足足睡了两天才算醒来。当他睁开眼睛时，一把光灿灿的大刀就放在他的床头，他望着这把失而复得的大刀，心中无限感慨，一把将大刀拿过来抱在怀里，无限幸福地抚摸着，亲了又亲，吻了又吻，说："宝贝儿……宝贝儿……爷总算把你找回来啦……"说完，他把刀又紧紧地搂在怀里，像个孩子似的呜呜地哭了起来，像个迷了路的孩子终于找到了娘，搂着娘的腿，再也不肯撒开的样子。

这些时日，陈祖盛在霍家过着一种寄人篱下和不被当人的日子，尽管有霍九红罩着，可他不光彩的行为毕竟遭到人们的指指点点。连带着一向在这个家里说一不二的霍九红也很少出屋，再不像从前那样我行我素。尽管祖盛也想拿出一种重新做人的气概，每天早晚到霍思纯的门前请安，怎奈岳父不理不睬。主子如是阴雨的面，奴才便是冰雹的脸。霍家班里平时油嘴滑舌的戏子可算找着攻击的对象了，他们三个一群，两个一伙，看见陈祖盛出来便冲着他挤眉弄眼，什么难听说什么，什么难堪挖苦什么。

"怎么着干殿下，又琢磨上岳父这把青龙刀啦？"

"嘿，你说人家这身板就是棒，前两天像个血葫芦似的，几天，就跟没事人似的了，真是一身贼皮子。"

"怎么着，你也学了不少关公戏啦，这回跑这儿唱《走麦城》来啦？"说完他们便冲着陈祖盛哈哈大笑，把一向不把这些俏皮嗑当回事的陈祖盛弄得脸红一阵、白一阵，很不舒服。有几次他想一跺脚，推开门走出霍家，可转念一想，别丢人，有什么挺不过去的？就当是大狱，自己也要在霍家蹲他三年！就这样，他咬着牙挺着。挺着挺着他发现，这个世界挺有意思，没有什么事是挺不过去的。这些人所有的心思无非是想撕他的脸，揪他的心，这有什么了不起？从那天开始，他像变了个性子似的和那些小戏子逗笑不止。不用你们撕老子的脸，老子自己撕下来给你们看；不用你们揪老子心，老子自己挖出来给你们瞧。霍思纯，一肚子坏水的糟老头子，关公戏你不好好教我，好，看我怎么在你们霍家好好给你们唱一出孙猴子大闹天宫。

从这天开始，陈祖盛从伙房做饭的张二手里借了套又脏又破的衣服穿在身上，手里拎着一根好似打狗棒的棍子，头不梳，脸也不洗，拿着一个大茶缸子满院子溜达。以前是见人就躲，现在是见着人就凑过去，什么难听他说什么，特别是跟那几个平时油嘴滑舌的小戏子，聊得更是火热。还没等他们几个合计怎么戏弄他，他便挥着大蒲扇，一头扎进他们之中嘻嘻哈哈地臭白话起来。好家伙，这一回可轮不着这几个小戏子说话了，只见陈祖盛红舌飞舞，满嘴白沫，指天骂地。气得霍家大管家张少柏冲他直发脾气，大吼："看看你那副德行，打扮得活脱脱像一个济公。你还是唱角儿家里出来的？"陈祖盛冲他翻了几下眼睛说："屁！什么角儿不角儿的？都是臭下九流，知道吧？下九流！"一句话把身边的人说得哈哈大笑。

"笑什么？你们就是下九流中的下九流，跑龙套的臭底包，知道吗？"一句话把小戏子们损得无地自容。他们中有不甘败阵服软的接着问他："我们是臭下九流，臭底包，你是什么呀？"

"我是什么？老子是齐天大圣！这还看不出来吗？"

"没看出来，说你是丐帮帮主，我看还差不多。"

"丐帮也比你强。你说你们干什么不好？好好回家种种地，到外面跑跑小买卖，是不是？非跑这儿唱什么戏，这碗饭是那么好吃的吗？一天累到晚，汗直往下淌，也挣不了几个破铜子儿。"

"可不是咋的。"几个小戏子觉得陈祖盛嘴虽损点儿，可话糙理不糙。陈祖盛拍着自己的肚皮说："你们不像我呀，满中国有几个活关公啊？从东到西，从南到北，一共就俩，都是我爹！对不对呀？"几个小戏子听了听，还不得不对他竖了竖大拇指。陈祖盛见他们的样子，更加扬扬得意地说："别管他们认不认真地教本少爷，那也得看本少爷认不认真跟他们学不是？本少爷不光要吃他们，喝他们，就是他们红遍京城的女儿，还得配给本少爷当媳妇。"

"这小子命真好。"

"他就是个混世魔王。"

"什么叫混世魔王啊？二启子说得一点不错，那就是本少爷的命！"

一听他说女儿两个字，小戏子们的小眼睛全都竖了起来，他们小声地问陈祖盛，霍九红跟他睡觉时是啥样。这时二启子忽又想起什么似的问陈祖盛："哎，我说陈少爷，人们都传说你爹把慈禧太后给那个了，是真的假的？"

"好小子，你胆敢辱骂当今太后，我看你小子是活腻了。"陈祖盛这一板脸可把这小子吓坏了，这哪是人前敢开的玩笑哇？二启子吓得脸都变色了，忙拉着陈祖盛的胳膊说："少爷，少爷，我没别的意思，咱们就是闹着玩，是不是？"陈祖盛大度地摆了摆手说："不碍事，不碍事，开开玩笑罢了。"这下子二启子才把心放进肚子里。陈祖盛手托着下巴想了想，说："都传说我爹和太后有染，不知是真是假。如果说是假的呢，那是人们高看我爹。如果这要是真的呢？也没什么不好。你们想啊，慈禧太后是什么人哪？那是咱们的一国之主，当今太后哇，是不是？"

听完这些，这些小戏子才恍然大悟，这小子尽占咱们便宜呢。一个个脱下鞋，跳起来追着陈祖盛满院子跑。这件事传到霍思纯的耳朵里，把他气得连连摔碎了好几个茶杯。传到霍九红的耳朵里，却把霍九红笑得快把肚皮乐开花了，她笑丈夫对待这帮臭戏子的无赖手段之老到和高明。

不仅如此，从这天开始，每当天刚刚放亮，就听院子里传来一阵阵高腔声。大家扒开帘子一看，便见陈祖盛足蹬厚底，身披长袍，挥舞长刀，在院子里背《千里走单骑》的戏。他故意把声腔唱得高低不一，怪里怪气，身段搞得歪七扭八，把大刀舞得横竖不顺。自己却扬扬得意，比比画画中酷似认真，把所有人逗得捧腹大笑。霍九红一开始觉得祖盛做得好像有点过，可后来想，又觉得没什么，死气沉沉的院子，大家也巴不得有这么个活妖精闹扯闹扯，便开着窗子，坐在屋内看着丈夫在院子里耍活宝。这下可把霍思纯气得够呛，这还了得，再容这小子这样闹下去，这个家成何体统。他穿上衣服来到院中，指着陈祖盛大吼："好啦！大清早你在院子里怪里怪气地搞什么名堂？滚回屋里去！"陈祖盛像没听明白岳父的话一般，傻呆呆地看着他说："岳父，师傅，我在这里练早功，在这里背关公戏呀。"

"胡说！背什么戏？你唱的是川剧还是汉剧？南腔北调，文武不搭的，什么玩意儿？你再这么胡搞，别怪我把你撵出霍家。"

"爹，您老别怪他，是我让他在那儿练给我看的。"说着话，霍九红已走出屋来，站到了陈祖盛和霍思纯中间。她指着陈祖盛的脑门说："我就说你，平时不多留心看爹练功演戏，看你把老爷的戏都唱成什么样子啦？这哪还是千里走单骑？整本一个八仙过海的张果老倒骑驴。"一句话，把满院子看热闹的人都逗得哈哈大笑。

"闹吧，闹吧，我看你们俩是成心和我作对。"霍思纯也拿这个不服管的女儿没辙，气得背着手回到屋里去了。霍九红见父亲进了屋，便狠狠地拍了陈祖盛脑门子一下说："我没睁开眼睛这么屁大点工夫，你就出来丢人现眼是不是？"陈祖盛像是受了多大的委屈般看着九红说："我这又咋的啦？你说我不练也不是，这回练也不是。"

"放屁！少在这儿跟我装傻。你这是练戏呀？谁这么练戏？"

"我爹在家里就这么练的，我亲眼见到的。"一句话把霍九红逗得捂着肚子蹲在地上乐得直不起腰来，心想，陈祖盛啊陈祖盛，你哪是我丈夫？你是我的祖宗，你是我的活祖宗。哈哈哈……

从此，霍家活祖宗这个口头禅便被这帮唱戏的在背地里传开了。不管梨园行还是社会各界有头有脸的什么人到霍家来，陈祖盛也从不回避，仍穿着那件破衣服在厅堂和院子里走来串去，毫不介意。气得霍思纯好几次下决心要把他赶出霍家，怎奈霍九红从中阻拦就是不从。后来没有办法，只好霍夫人出面找女儿商量，别让女婿再这样闹下去。杀人不过头点地，看在一向对自己还算不错的岳母的面上，陈祖盛也觉得闹得差不多了，便跪在岳母的面前赔不是，从此收手，霍家才算又恢复了平静，过上了太平的日子。

虽说是短短几十天，可对陈祖盛的启迪却是很大的。他发现，人原来是不可怕的，起码没有像自己想象的那么可怕。霍思纯，这个在梨园界吐个唾沫都成钉的人物，在自己想象中那是何等高贵，何等吓人？可如今不也是叫自己气得横竖不是，左右为难吗？再说这些臭唱戏的，平时看谁软，他能骑在你头上拉屎，恨不能用嘴里这根损舌头把你脸上的肉全都刮光，可一旦你不怕他们的时候，他们也不过是一帮臭叫花子。可谓人善被人欺，马善被人骑。看来真是这个道理。爹也曾跟自己说过，狼走遍天下吃肉，狗走遍天下吃屎。在这个世界上就得在人前硬挺住，你软了还真就不行。自己得当吃肉的狼，千万不能做吃屎的狗。

一天，陈祖盛吃过午饭走到院外，见从不远处的树后面走出一个人来，冲他招了招手，便奔他走来。走近一看不是别人，正是琉璃厂明月斋的张老板。他先向陈祖盛打听了近况，之后便将慈禧帮着陈家将青龙偃月宝刀找回来的事告诉了陈祖盛。陈祖盛心头为之一震，马上向他打听细情，他便把从琉璃厂听到的所有情况，包括古今坊被抄，王大拿被斩的情况都详详细细地告诉了陈祖盛。陈祖盛听了之后心中感到无限宽慰，不管怎么说，爹的宝刀算是物归原主啦，自己的罪过总算减轻了很多。可他马上又把脸沉了下来，表现出对此事不感兴趣的样子。

张老板见陈祖盛什么也不说，便问他是怎么想的。陈祖盛告诉他什么也没想，这些事和他已经没有什么关系了。张老板说那哪成啊，自己已在宝物上下了那么大的赌注，银子也借给你八百多两，要不你就把八百两银子还给我，从此这件事算是拉倒。陈祖盛一听，气得脸都绿了，他一把揪住张老板的衣领子大吼道："你把老子弄得如今人不人鬼不鬼的样子，你还敢来找老子要八百两银子？你知不知道为了这件事老子被打成什么模样？老子如今是有家难回，寄人篱下。要不是看在我爹是陈琏琨的分儿上，老子的脑袋瓜子现在都不知道搬哪儿去了，你知道吗？我还没来得及找你要赔偿，你却来找老子要什么银子。好，走！"陈祖盛不容分说便拉着张老板的衣领，拖着他就走。

"哎哎哎，少爷，少爷，你这是拉着我上哪儿去呀？"张老板拉住祖盛的手直往后挣。"上哪儿去？老子跟着你去顺天府衙，把你怂恿老子偷我爹宝刀的事好好说道说道，这么大的罪名，我不能一个人扛着。王大拿的家被抄了，人都死了。我想看看他们怎么抄你的明月斋！"一句话，还真把张老板的脸给吓白了，他马上改口说："算了算了，少爷，银子我不要了还不成吗？我不要了。"

"不要了？不要也不成。这件事不能就这么不清不白地了结，老子得在梨园界洗清自己的冤枉，我不能顶着不忠不孝、不干不净的名声活着，要死我也得拉上一个垫背的。走！"不容分说，陈祖盛还是使足了力气拉着张老板走，边走边气愤地说，"这回谁说也不好使，我光脚的不怕穿鞋的。我就要看看你们这些腰缠万贯的财主是怎么在菜市口把脑袋叫刀斧砍下去的。"这下可真把张老板吓坏了，特别是这回慈禧都出面帮着陈家寻找青龙偃月刀，谁还敢惹陈家？别管陈祖盛怎么不是东西，可他毕竟是陈家的大公子呀。再说，盗刀的事情的确是自己劝他干的，这要是真再追究起来，搞不好还真说不上出什么岔子。想到这儿他再次拉着陈祖盛的手说："哎哎哎，少爷少爷，你消消气，消消气，算我没说还不成吗？那点银子我不要了，真的不再要了。"

"你不要就算完啦？那本少爷这顿打，这身臭名声怎么办？"

"那……那咱俩就都算认赔了不就成了吗？"

"我凭什么认赔？刀，我从家里给你盗出来了，是你不小心叫王大拿知道了，叫人家给抢走了，这个不能怪我吧？"

"是，是。"

"我被我爹吊到房梁上打得浑身是血，腿到现在还一瘸一拐的。你看你看……"说着，陈祖盛故意装出一瘸一拐的样子走了几步路给张老板看了看，"我是戏班子出来的，别的我什么也不会，可我这条腿要是交待了，下半辈子还靠什么吃饭哪？"

"这个……"张老板还真不知怎么回答他的话。陈祖盛接着说："如今我被赶出了陈家的门，我爹再也不认我这个儿子了。你知道我们陈家是怎么回事，本来我是家里的长子，戏班子和所有宝物将来都应当是我的，可这下子全完了，都成我弟弟的了，我只能瞪着眼看着别人过荣华富贵的日子了，我的损失怎么办？"

"这个……那……"

"什么这个那个的？我本来挺好的一个人，现在背上你给我架上的这口黑锅，你说我将来怎么做人？九红这几天吵吵嚷嚷地跟我闹别扭，挺好个媳妇，就因为这事差点没了，你说我以后怎么活？怎么过日子吧？"陈祖盛一连几个怎么办把张老板问得两眼发花，直冒虚汗。他这次来找陈祖盛，本来以为他的银子能要回几个是几个，万万没想到陈祖盛给他出了这么大、这么多的难题，他是真回答不上来了。不回答这些问题，陈祖盛肯定不干，这小子浑，他什么事都能干出来，弄不好自己还要吃大亏。这可怎么办？他后悔不该自找麻烦，便硬着头皮问陈祖盛："那依你看应该怎么办？"

"依我看应该怎么办？"陈祖盛合计了一下说，"这么办吧，要多了也显得我不仗义，你再出两千两银子，咱俩就算扯平啦。"

"什么？两千两？我没听错吧，少爷？"

"没听错呀，两千两。你不给也行，咱找个衙门，好好说道说道也行。"一句话又把张老板给卡在那儿了。衙门谁敢去呀？那地方全是吃杂巴地的东西，巴不得我这样的买卖人去，摞我的大脖子呢。可两千两银子哪是什么小数哇？这个陈祖盛，也太黑了点。他想了想，马上赔着笑脸对陈祖盛附和着："按理说，两千两银子也不多，可小的手头上没有那么多银子，能不能……"

"不行！"祖盛翻脸了，告诉他，"少耍滑头，玩这套你还不是对手。我方才说得有理有据，合情合理。今儿个你答应我的条件，咱俩将来谁也不欠谁的，如果你不仗义，可别怪我翻脸无情，搞得你倾家荡产。"说完，陈祖盛摆出一副玩世不恭的样子，瞪着一双狼眼看着他。这回张老板真是着急了，他上气不接下气地说："少爷，我真是一下子拿不出这么多现钱，你宽限小的几天。"

"现在能拿给我多少？"

"小的家里只有千八百两的银子啦。"

"好。你马上带我去取，余下部分七天后我去取。记着，如果七天后我拿不回来，就不用我去了，顺天府的人会找你。听清楚了吗？"

"听清了，听清了。"

"好，走吧。"

说完，陈祖盛跟着张老板来到明月斋，从张老板手里取走八百两纹银。陈祖盛逼着张老板，给他打了欠下陈祖盛一千二百两纹银的字据，然后大摇大摆地回霍家大院去了。望着陈祖盛的背影，张老板捶胸顿足，号啕大哭，一是骂陈祖盛不是东西，二是怨自己财迷心窍，偷鸡不成蚀把米。

回家的路上陈祖盛碰巧遇上陈家班几个跑龙套的小底包，看见大少爷，他们纷纷凑上前问长问短，同时告诉大少爷老班主宝刀找回来了。祖盛说他也刚刚听到了这个消息。祖盛闭上眼睛，仰起头，长长地舒了一口气说："感谢老天，感谢太后，这下我终于可以踏实下来啦。"他让小兄弟们回去给他娘问个好，说他过些天回去看望她，之后便分手回霍家去了。

陈祖盛满怀喜悦回到霍家，他将取回的银子先藏在九红屋外不起眼的一个墙角，之后兴高采烈地推开屋门，冲着霍九红非常激动地说："我爹把刀找回来啦！"可九红却不冷不热地回了他一句说："喊啥，找不找回来关咱屁事？再说，有谁喊，也没有你喊的呀。"

"哎，你这叫啥话？怎么能说不关咱的事呢？我毕竟是陈家的长子嘛。再说我喊又怎么啦？我不喊谁喊哪？"

"不觉得丢人你就喊去，忘了叫人家吊在房梁上打得浑身上下血淋淋的时候啦？"

陈祖盛不介意地笑了笑说："嘿，爹打儿子那不是很正常的事吗？"

"还好意思说，为啥打你？"

"为啥打？为了我偷了他的刀呗。"

"那还光彩咋的？"

"啥光不光彩的？你不也跟我说，儿子偷爹的东西，那也是天经地义的事吗，对不对？"

"我那是宽慰你，看你当时那个活不起的熊样。我要再不替你说两句烂心窝子的话，你还不找根绳吊死？"

"哈哈哈……"听了霍九红的话之后，陈祖盛不仅没恼，反而大笑了起来。他冲着霍九红说："媳妇哇媳妇，都说你聪明，可你还是没把我陈祖盛看透。就这么点事，我还能找绳吊死？你太小看你男人啦。所谓荣能上擎九天，辱能受于胯下，这才是你男人的性格。不就挨了顿臭揍吗？那没什么了不起。爹，他还得给我当着；儿子，我还得给他做着。信不信，用不了几天，他还得到咱这儿来认回我这个儿子。"

"哟哟哟……"霍九红把嘴都快撇到墙角去了，心说，还有像他这么不要脸的，一个半拉都没叫人看上的东西，把自己倒看得比山还重。九红说："拉倒吧，你当你是谁呀？还到咱家来认你？也不好好照照镜子看看自己，你贵姓？"

"我姓陈！嘿嘿，这句话算是叫你问着了，我姓陈哪。"听了他的话霍九红哭笑不得，心说，哪有这么臭无赖的，姓陈咋的？姓陈，你爹不也把你打得遍体鳞伤，鲜血流淌吗？

"这你就不明白啦九红，所谓打是亲，骂是爱。当然我这次可能有点过了，可不正因为我，太后才能帮他去找刀吗？这个举动普天之下何曾有过？这得多替我爹提份哪！这就跟演戏一样，那得一场一场地往上扑哇！没我帮他打理这个场子，他哪来这么大的光彩？换句话说，他得感激我这个儿子是不是？再者说，血浓于水嘛，这个道理谁不知道哇？"

"屁。血浓于水，你还不回家认他这个爹？"

"哎，我可以不回家认他这个爹，可他不能不来认我这个儿子。"

"凭啥？"

"凭啥？凭他是陈琏琨，凭他是活关公，他不替谁着想，也得为自己的脸面着想吧？就为一把刀就把我这个儿子打成那模样？是不是有点过分啦……"

霍九红不屑地看了他一眼，心想，他把自己看得也未免太重了点。看着看着她忽然又笑了，她觉得自己的男人是有与众不同之处，难得他的思维跟别人不一样。换个人出了这事，该觉得很丢人，可他不，不仅不，反而还大吵小嚷地到处穷喊，这不等于扒开裆裤拉屎给人看吗？再说，他犯那么大的错，不回家给爹认错，居然还能想等他爹来认领他这个儿子。但细细一品，还真就有那么点道理。这个臭男人哪，谁拿他有什么办法呢？

第十六章

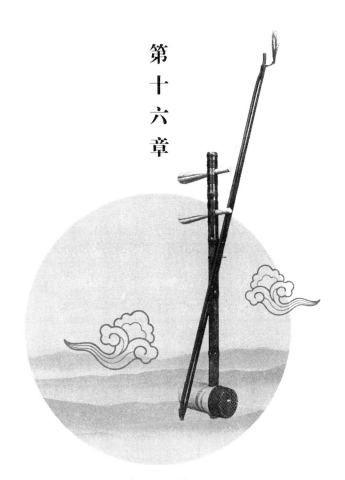

虎子无畏

　　自从父亲有病后，祖德便放弃了学戏，整天跑出去约陶思萦。陶思萦的清秀和美丽有着非同寻常的诱惑力，别说是他，就连剧社里一向清高的左思承，到现在还不死心地追求着她，希望她考虑参加同心剧社的活动，但陶思萦提出一个条件，那就是必须与陈祖德同时回剧社。左思承说只要你能回来，什么要求都答应。这两天陶思萦不停地做陈祖德的工作，希望他同她一起回同心剧社。陈祖德不想回去，不想再与左思承等人为伍，可他发现，在讲道理上，他永远不是陶思萦的对手，所以他也只能遵从她的意志了。

　　回剧社不久，陶思萦便创作了一部新剧，名字叫《走吧，向着光明的路》。主题是一个官宦家的小姐挣脱家里的束缚，嫁给了一个普通的教师，而且在教师进步思想的影响下，走上了一条追寻民主自由的路，不料风云突变，革新遭到镇压，二人双双被缚，押至刑场，面对死亡二人毫无惧色，相互宽慰，言今生为民主而来，亦愿为自由而去，之后被当局砍了头。

　　剧本中的整个故事和台词慷慨激昂，充满着年轻人的激情澎湃，受到剧社人们的一致好评。大家对陶思萦献上一片赞美，谁会想到一个刚到剧社不久的年轻人会这么快写出这样成熟和激动人心的剧本呢？此刻，祖德被陶思萦的理想主义情怀和为之不懈奋斗的精神所震撼，所折服。不仅是剧本的文采，还有那股子坚贞不渝的信念，又岂是一般男儿所能具备？在陶思萦的影响下，祖德对自由、平等、革命、理想有了更新的认识。在不断的接触中，他更加依恋对陶思萦的这份情感。

陈琏琨病好后的第一件事便是要教小儿子唱戏。一听小儿子好长时间不练功了，便气不打一处来。一天晚上，陈琏琨把小儿子叫到屋里，鼻子不是鼻子，脸不是脸地教训他，说他趁父亲有病，不练功，不背戏，净到外面做些没用的事情。陈琏琨万没想到的是，小儿子从鼻子里轻轻发出哼的一声。这一声严重刺激了父亲的自尊心，别说是他，当今整个梨园界，对于自己的一句话，谁不是都要仔细听着？他马上变得更加严厉，声音一下提了好几个调，满院子都能听到他的大吼："怎么着？长能耐了是不是？今天往这儿跑，明天往那儿串的能有什么出息？能当吃饭的本事吗？"

儿子不急不躁地对父亲说："不能当饭吃，可为的是更多的人能吃上饭。"

"胡说八道！又是什么革新革命的，把你弄得不成体统。你解决更多的人吃饭？你爹我这么大的本事，也没敢说这句话呢，就养咱这个戏班子，我都得尽心竭力，还要每天不间断地练功、背戏呀。人活在这个世上要有本事，知道吗？同样是唱戏的，太后凭什么给你爹那么多金银宝物？凭的是你爹的勤学苦练，凭你爹出众的本事。知道吗？"

"爹，您也用不着这么大吵大嚷的。您说的我都知道了，所谓人各有志，您得了多少财宝，那是您自己的事，与我并没有什么关系。"

"胡说！"老班主不高兴了，"怎么能说是我自己的事？我是为了这个家，这个班子，也是为了你。"

"大可不必。"陈祖德依旧显得非常平静，他温和地望着父亲和母亲说，"我不想为财物所累，我既不想要什么班子，也不想要什么财宝。我所要的是我的未来和我的自由。"

望着还很稚嫩的儿子，陈琏琨心里顿时涌动着无限的爱怜，他缓和了口气说："祖德呀，你是我的儿子，你的天资甚好，聪明伶俐。我和你娘对你寄予着无限的期望。我们是走过来的人啦，这世上的风霜雨雪见得太多啦。咱们行里有句话说得一点没错，一技在手，吃穿不愁。"说着他走到床头，取过那把耀眼的青龙偃月刀，无限感慨地望着这把刀说："这是一把普通的刀吗？不是。这是一种荣耀，不仅是你爹的荣耀，也是咱陈家的荣耀。"

陈祖德轻声笑了笑，问陈琏琨："它有什么用？"

"有什么用？"一句话把陈琏琨问愣了。这是什么话？这么贵重的东西，儿子竟问有什么用？陈班主认真地对儿子说："这是珍宝，这是我们家祖传的绝世珍宝。你明白吗？"陈祖德面色不改地说："如果说，为了它能让亲人不亲，父子不睦，我宁愿不要。"这一句话捅到了老班主的肺管子上，父亲顿时火冒三丈，他指着小儿子说："混账！敢挖苦起老子来了！那是因为宝贝吗？那是因为祖盛勾结外人偷盗家里的东西。别说是他，就是你，要是给我们班子蒙羞，我也毫不客气！"

"放心吧爹，那些东西，我根本不感兴趣。"

"看你们父子俩，这是干什么呀？快都歇着去吧。"母亲见事态不好，急忙打圆场，想把小儿子劝回屋，可这时陈琏琨真是生了气，他一把推开乌夫人，不满地说："都是你惯坏的。"稍平静了一下之后，陈琏琨对祖德说："好，好，我也看出来了，强拧的瓜不甜哪。从现在起，这个班子和什么财宝与你也没什么关系了。爱干什么，你就干什么去吧。不过给我记住喽，出去不要给我闯祸，也别提我是你爹。出去吧。"陈祖德规规矩矩地给父母道了晚安，回房去了。

　　小儿子出去后，陈班主忽然感到一阵心痛，他紧紧地握住桌旁一把椅子，皱紧了眉头，脸色蜡黄，豆大的汗珠从他的额头上滚落下来。乌夫人见此，急忙过来，想把他扶到床上歇息，陈班主冲她摇了摇头，示意就在桌旁坐下。乌夫人劝解他："你们这爷俩呀，总是拧不到一块去。他还是个孩子，你干吗还跟他动真火？"

　　老班主心口的疼痛虽说好了一些，可泪水却唰的一下子流了下来。他抓着乌夫人的手接着说："唉，人这辈子呀，好像是要什么不得什么，偏疼儿女也不得好哇。你说这个祖德是多好的材料，打小就给他下那么大的功夫，可他偏偏不按这道走。这个祖盛吧，天生不是唱戏的料，可死乞白赖地就想唱关公。你说是不是个笑话？上次为刀这件事，要不是九红冲出来拦着，我差点把他给打死。这几天天天夜里我都梦见他……"

　　陈琏琨泪流不止，声音有些哽咽："都是儿子，我觉着……我觉着……"说到这，他再也说不下去了。乌夫人怕他激动对心脏不好，急忙拦住他的话，宽慰他说："他爹呀，那也不能都怪你呀，他的确做得也太过分啦。怎么能勾结外人到家里偷东西呢？也得好好教训才对呀。"

　　老班主被乌夫人扶到床上，他躺在那里握着乌夫人的手说："那天夜里太后帮咱把刀找回来的时候对我说，人世间最重要的就是情感，特别是亲情。什么财宝，什么官禄，哪样东西都不是自己的，只有亲人是自己的，说这叫血浓于水。这些天我就琢磨着太后的话呀，越想越觉着有道理。财宝这东西固然是好，可它终不属于哪一个人。"

　　听到这，乌夫人笑了，说慈禧说得固然有一定道理，可那是因为是她。她的权力至高无上，她的财宝多得不计其数，多得到了她能不以为然的程度。所以她看谁好，就赏给谁。什么时候要想拿回来，就可以拿回来。别人能吗？别人不能。就像这一次，要不是她下了懿旨侦破案子，这把刀你是无论如何也找不回来啦。这把刀落在谁手，就是谁的啦。财宝这个东西是什么？盛世是物，乱世是钱。就是这么简单的道理，所以人们珍藏它，留着它。说它不重要？哪个时代人们不是为了它明争暗斗，打打杀杀？说这些也不是说我是个贪财之辈，我也只是认这个理。就拿梨园这些人来说，你戏唱得比他们好，他们佩服你，贴着你。可自从你得了那么多财宝，他们却开始疏远你。并不是说你待他们不好了，大多是因为心里的一种妒忌。听了夫人的话，陈班主也觉得有一定道理。本来他想跟乌夫人商量如何把老大祖盛找回来的事，可想了想，便又把这事推到后面去了。

《走吧，向着光明的路》终于开排了，尽管左思承对陈祖德演男主角与陶思萦搭戏尚有些耿耿于怀，但大多数人是兴奋的。特别是陶思萦与陈祖德配合默契，可谓天衣无缝。这对革命恋人，理想远大，情意绵绵。动情之处，把在场所有人感动得不得不屏住呼吸，以衫拭泪。特别是接近尾声的时候，当二人手挽着手，毫不畏惧地走向刑场的时候，人们为这一对年轻人的大无畏精神所震撼。同心剧社本来是个很不起眼的小剧社，没想到此剧在剧社中产生了极大影响，各剧社纷纷派人前来观看，都被此剧的立意和男女主演的高超演技深深折服，一个个竖起大拇指对着台上的演员连连称好。

为了扩大剧社的影响，他们开始悄悄地请一些社会进步人士到剧社来看戏。同心剧社声名鹊起，很多人都知道同心剧社有一对金童玉女般的演员，不仅长得漂亮，戏演得也特别好。连梨园界的人都带着对新剧种、新事物的好奇感到小剧社来一窥究竟。一天，陈祖盛陪着妻子霍九红也来到小剧社，没想到人们传说的这对金童玉女竟是自己的弟弟和弟弟的女友，兄弟相见格外亲切。祖盛和弟弟聊，九红和陶姑娘说，好不开心。自从祖盛被逐出陈家后，除了祖德去霍家看望了一次哥哥，之后还未在一起聚过。祖德很关心哥哥的近况，祖盛告诉他，自己是如何在霍家从受气到反抗的，逗得弟弟大笑不止。

之后，哥哥非常认真地对弟弟说："祖德，我不成器是天分不行。这次爹把我扫地出门，也是我自作自受。可你不一样，你天生就是唱角儿的坯子，爹的未来，班子的未来，都要靠你撑着呢。你为什么不好好地学戏，非要跟爹过不去，上这儿搞这套什么新剧呀？这个东西既不是什么本事，又不安全。我觉得你们这样搞下去，整不好哪天非出事不可。听哥哥的话，回到爹的身边，好好地跟爹学戏。"

弟弟听后笑了，他告诉哥哥："就是因为在戏班里待得时间太长，连世界到底有多大都不知道了。世界在发生着什么样的变化，人们在忍受着什么样的苦难，每个人在用什么样的期许和奋斗面对着未来，都不知道了。好在自己走出了戏班，融入了社会，才有了今天的目标。戏不是不可以唱，但那是以后的事情。当今社会有多少人昏昏然，等待着我们去唤醒，有多少人在死亡的边缘等待着我们去拯救。我要为时代，为社会贡献我的力量。"

新剧开演了。"走吧，向着光明的路……"在一片群情激昂的呼喊声中，台上走出一个个新面貌的演员。他们用表演抨击着黑暗的社会，诉说着要建立平等、自由、博爱的国家。哥哥和嫂嫂以前只看见弟弟学艺练功，在台上唱京剧。当弟弟和陶姑娘以现代表现手段表演一对革命恋人的时候，他们惊呆了，那种流畅的表演，人性的流露，真挚的爱情，被当局抓捕后毫无惧色地走向刑场，对死亡高呼革命万岁的义举，使他们感动得泫然泪下。他们像不认识了弟弟一样为之动容，为他鼓掌喝彩，哥哥这一次终于佩服了弟弟，并深受启发，原来戏还可以这样演。

就在陈祖盛被弟弟和陶思紫如此精彩的表演所震撼，思绪还未从这个情境中回过来的时候，大门被轰的一声砸开了，一群手持大刀长矛的官兵闯了进来，室内的人全惊呆了，空气一下子凝固了一般。一个满脸横肉的武官从大门外走进来，他手把着腰刀，一双充血的眼睛扫视着室内的每一个人，气势汹汹地问谁是这个班子的主人。

平时剧社争话语权的时候，不少人都跃跃欲试，可到这个时候谁也不吱声了，而且都直往后躲。陶思萦和祖德一起说出了："我是剧社的主人。"说完，二人会心地看着对方。此刻的情景，使在场的人深受感动，多么像方才剧中的那对革命恋人哪。武官冲二人大吼道："好大的胆子，光天化日，竟敢妖言惑众，煽动闹事。本官奉朝廷之命，封闭剧社，将剧社主事和首要分子关进大牢，回衙问罪。来呀，把他们统统拿下！"

"慢着！"就在官兵刚要上前抓人的一刻，陈祖德的一声高喊，把官兵们镇住了，他大义凛然地说："这位军爷，我们这些年轻人只是在这里排演我们自己喜欢的节目，并未对社会有什么不良影响，充其量不过是自娱自乐，何言蛊惑人心，煽动闹事？"

"是呀，我们何罪之有？"

"你们还讲不讲道理？"

这时不少剧社的人和看新剧的人也接着祖德的话茬嚷嚷起来，但只听啪的一声，剧本从武官的手中重重地摔在了地上。武官眯起那双充了血的眼睛看着陈祖德，说："年轻人，不要自作聪明，我们几天前就已知道了你们的所作所为。"之后，武官又左右看了看，问谁叫陶思萦，显然，再也无法隐瞒，因为这个名字就写在剧本的封皮之上。

"我叫陶思萦，这件事情与在场的其他人无关，这些人是我拿钱请来帮我排戏的，要拿人，你们只管拿我好了。"陶思萦挺身而出，站到了武官的面前，把所有责任揽到了自己的身上。武官有些不敢相信自己的眼睛，他再次睁大眼睛看着面前这个貌似天仙的姑娘，摇着头说："不会，不会。充其量不过一个演戏的人罢了，怎么会写出如此大逆不道的剧本？"在陶思萦一再说明下，武官不无遗憾地对陶思萦说："可惜了你这个姑娘，正当韶华芳龄，做什么不好？为什么非要跟朝廷过不去，被激进分子所利用，充当替罪羊？"

陶思萦却毫无惧色地对武官说："朝廷昏庸，官逼民反。我辈堂堂中华儿女，理应为国为民付诸行动，这是光明磊落之举，我不认为有什么非法，如果你认为我有罪的话，你可以把我带走，但有一点，不要殃及无辜，不要迁怒于今天在座的各位朋友。所谓一人做事一人当，军爷，我想这个道理我不说，您也自然会懂得的吧。"

武官紧皱眉头，看着陶思萦，又看了看室内的人说："虽然你说得利落，可独木不成林，想他们也难逃聚众传播、诽谤朝廷之罪。"说完又大吼一声："来呀，把他们全部带走！"说完，手持刀枪的士兵们气势汹汹地就要抓人，这时又一声呐喊："慢着！"想带人的士兵都被这一清脆而响亮的声音镇住了，愣在那里。陈祖德走到陶思萦的身边，站在武官的面前说："这位军爷，所谓杀人不过头点地，我想方才陶姑娘已把话说得再仔细不过了，如果军爷今天非要带人走的话，请把我和陶姑娘带走，因为这件事真的和今天在座的人无关。"

就在《走吧，向着光明的路》的排演还没有完全结束的时候，陈祖德和陶思萦果真就要走上一条与剧情酷似的道路。尽管祖盛上前拦住军官，说明祖德是当今御戏高手陈琏琨的儿子，不能随意拿人，可军官看着他无奈地说："这位公子，是他自个儿非往枪口上撞，这我就没辙啦……"

慈禧的心情近来格外不好，她想："小刀会等民团蛊惑民众说帮着朝廷驱赶洋人，洋人以此为借口，动枪动炮地给朝廷施加压力，朝廷内部不少人还不知好歹地要跟洋人对抗，说什么倾尽全力，拒洋人于国门之外。简直是胡说八道，洋人岂是那么好对付？要早能如此，哀家额头上的皱纹怎么会不到两三年的工夫增添了这么多？真是小儿不知路艰险。再者说，倾尽国力对付了洋人，江山不就丢了吗？那义和团也是一样。一旦朝廷势背，他们还不趁势夺了大清的江山？洋人要的不过是利益，而这些人要的是大清的江山，这种利害哀家不懂？"

慈禧太后这两天差李鸿章速去天津办理此案，交代得非常清楚，抓帮会的头领和参与闹事的主要成员，给洋人一个满意的交代，无论如何不能再与洋人发生矛盾，以免事态扩大。同时又差武将到南方去镇压民团。忙来忙去，天色渐晚，她拖着疲惫的身子刚要回慈宁宫，忽闻奏报顺天府衙府丞有事求见。大多知道这个时候太后是不喜欢被人打扰的，如果真在这个时候来奏事，一定是较为重要和棘手的事情，她便唤顺天府府尹进见。

一会儿，顺天府的官员手托一本书一样的东西走进殿内，给慈禧请过安之后，禀奏得到密报，查封了一个乱党剧社，并抓了两个激进分子。慈禧一听竖起了眼睛问他："是哪儿的人？什么背景？"顺天府官员回奏："据查是两个年轻人，都二十多岁，可他们排演的反动戏实在是令人发指。特别是这个姑娘，据说这个剧的剧本就出自她手，而这个男青年自己号称是这个剧社的主事。二人在被抓捕之际还口出狂言，抨击朝廷，毫不示弱。"说完把手中拿着的剧本呈给慈禧，慈禧接过看了几页顿时气冲牛斗，看也不看面前的官员，声如闷雷地问道："那你们还合计什么呢？难道还要哀家亲自替你们操刀不成吗？"

"可太后……"

"杀！"

"太后……"

"杀！杀！杀！"慈禧气得连连拍着龙榻旁的扶手，脸色铁青，连喊杀声，身边的人吓得冲着顺天府官员直摆手，意思是告诉他马上下去办事，别再惹太后心烦，可顺天府的官员还是小心地接着说："是，太后，按理说，小的早就该将他们斩首示众，可是……可是……"

"可是什么？"

"可是这个男青年的家世与众不同，小的特来禀报太后，方能决断。"

"有什么不同的？王子犯法与民同罪，今天他就是王公贵族，哀家也决不饶他。说说看，我倒想知道他是什么背景，敢在太岁头上动土。"

"回太后，并非哪个王公贵族的背景，而是京城陈家班班主陈琏琨的少公子，陈祖德。"

嗡的一声，慈禧的脑子一片空白，半天没缓过神来。简直想不到属下会报出这么个姓名，她下意识地再次拿起剧本看着，但恼怒之意却未减丝毫，合计了片刻，她对面前的几个官员说："暂且打入死囚牢。"

"领旨。"顺天府的人下殿去了，慈禧拿着剧本又接着往下看，越看脸色越难看，由于今天李总管未在，边上没有敢出声劝她的人，所以都提着一颗心，相互交流着眼神，生怕太后有个什么不好。越怕什么，越来什么。慈禧看着看着，身边的人只听噗的一声，慈禧一口鲜血喷在了龙榻之上，不省人事。

话说陈祖盛离开了同心剧社并没有马上回自己的家去禀告父亲弟弟的事情，因为他实在不知该怎么踏进自己的家门。按照自己的想法，父亲的宝刀找到了之后，父亲会到霍家来认领自己这个儿子，可是好多天过去了，父亲并没有这个举动，这使陈祖盛的心里非常难过。自己这个儿子不争气就算了，可如今弟弟出事了，而且凭直觉，这件事还非同小可，他担心父亲和母亲难以承受。

回到霍家后，他从角落里取出些从张老板那里诈来的银子走出来，他东找人西托人，到处打听弟弟的下落。直忙碌到第二天下午才知道弟弟被关进顺天府大牢押起来了，顺天府衙这个地方他不陌生啊，刚进京城时不是叫人关进去过吗？后来还真与这里边的人有过星点的接触。于是他叫人唤出一个叫刘志刚的小衙役，递上五两银子，询问弟弟和陶姑娘的情况。小衙役小心翼翼地把他领至僻静之处，五官挪移地对他说："好家伙，陈公子你怎么才来呀？快叫你家老爷子来吧，现在还在大牢里不停地大骂朝廷，赶快来人叫他把嘴闭上吧，不然的话……"

陈祖盛冲刘志刚一拱手，表示了谢意，之后问他祖德这事是大是小，刘志刚不假思索地说："敢公开辱骂朝廷的人有几个？再加上证据都叫大人拿到手了，看来这件事是不容易缓了。"说完，刘志刚拿手冲着陈祖盛做了个抹脖子的动作。

"不会吧？一个学生家家的，打一通给个教训就得了呗，怎么还得杀头哇？"

"说得轻巧，攻击朝廷是什么呀？那就是死罪，而且谁也不敢保。"

"那可怎么办？"陈祖盛真的蒙了，他替弟弟担心起来。刘志刚对他说："还什么怎么办？现在只能是死马当成活马医啦，快叫你爹找太后吧，看来谁也帮不上你啦。"

"除了找太后就没有别的什么办法了吗？我家出钱还不成吗？"

"我的娘啊，这钱谁敢收哇？别看这些人都想淘换你爹那些宝贝，这个时候，就是把你爹那把震撼京城的青龙偃月宝刀拿来，有谁敢要哇？"

"我能不能进去看看我弟弟？"

"不成不成，这可是掉脑袋的事，小的万万不敢。你弟弟现在可是重案犯，现在这工夫想要见你弟弟，除非你爹还有可能，别人……"刘志刚像拨浪鼓似的摇晃着脑袋。陈祖盛这下子终于知道弟弟事情的严重性了，于是他告别了刘志刚，急忙往家跑，想尽快把事情告诉父亲，让父亲想办法把弟弟救出来。

近来陈家班显得冷清，据说祖盛还真跟家里较上劲似的留在霍家，傍着媳妇霍九红唱上戏了。老两口时常在夜里叨叨起这件事情，总觉得别扭。这天傍晚，刚刚把饭菜端上桌子，老大陈祖盛推门走进家中，这一举动把坐在桌前的父母都搞愣了，手拿着筷子望着他，不知说什么好。血浓于水，母子连心。母亲急忙起身迎上前去，抱住大儿子，想说的话很多，可止不住的泪水哽住了她的咽喉，使她什么也说不出来，她只有拿着拳头不停地捶打着大儿子的肩膀，把泪水洒在了大儿子的胸前。骨肉至亲，父子之情。为了宝刀，曾是一肚子愤恨的父亲，此刻也再没有了那股子怒气，他看着夫人抱着儿子难过，心里也不是滋味。心说，唉，都是何苦，本是骨肉亲人，还有什么可追究的？他抬起头看着他们母子说："算啦算啦，回来了就好，坐下吃饭吧。"陈琏琨满以为自己这样大度，说出这样一句话也就算了却了恩怨，可没想到，大儿子劝慰住母亲之后，走到桌前，给父亲深施一礼说道："谢父亲，我已吃过饭了，今天回来是禀告父亲一件事情，之后我还得回去。"

故意跟我较劲，父亲不高兴地啪的一声把筷子摔在桌子上，脸子拉得老长说："是吗？还真就没看出来，霍家对你的吸引蛮大的嘛。"

"回父亲，那也不是，只是妻儿都在霍家，儿子不能丢下他们不管。"这话听着就像抛过来一个带刺的玩物，接也不是，不接也不是。陈班主并不示弱地说："唉，真是可怜天下父母心哪，既然你愿意留在霍家，那就随你自己的愿吧。可你给我记好喽，出去之后千万别再跟别人说我是你爹，也尽量不要跟别人提及我，明白了吗？"祖盛故意像没听见一样，并显得很孝顺的样子说："是，是，儿子记住了。"陈班主眼也懒得再抬一下地问祖盛："大老远的跑过来不会就是为了告诉我你以后就在霍家，傍着你师傅和你媳妇唱戏了吧？"

"不，儿子今天是为了一件大事才过来的。"

"什么大事呀？"

"这……"祖盛显得有些犹豫，陈班主以为大儿子又在故弄玄虚，便冷笑了两声说："别跟我卖什么关子啦，有话就说，有屁就放。就你那点花花肠子，隔着肚皮我都看得一清二楚。"

"你们爷俩能不能平心静气地说话……"乌夫人真的很着急，也很难过，她实在不希望他们父子就这样生分。她接着对大儿子说："祖盛啊，别看你爹嘴狠，这些天他都念叨着你，你就服个软，认个错，搬回家来吧，娘想你。"

"少在那儿废话听见了吗！"陈班主这回真的恼怒了，差点连桌带菜都掀到地下。他脸色铁青地对乌夫人说："想他？还没看出你生出个狼崽子？人家现在是什么人？人家是京城梨园世家的爱婿、高徒，是京城名角儿霍九红的男人。还想人家？人家想不想你？别在那儿自作多情了吧。"父亲的嘴真的很冷，把乌夫人和陈祖盛都撂到了一边。陈祖盛虽是话来得快的人，这次却真没接住父亲的冷嘲热讽，规规矩矩地站在那里听父亲的数落。陈班主也不想再数落儿子什么，他真有些动气了，心想，你既然不愿回这个家，我还真就懒得让你回来，于是他显得极不耐烦地说："好啦好啦，有什么事你就快说吧，我们还要吃饭呢。"

"是，是，我说，我说。是这么回事，弟弟……弟弟……"

"嗯？怎么回事？你弟弟怎么啦……"父亲显得极为关注地看着大儿子，意思是催他快往下说，陈祖盛觉得事到如今再不说也不行了，于是告诉父母："弟弟被抓起来了。"

"什么什么？你再说一遍。"父亲像没听明白似的要求大儿子把方才的话再清晰地重复一遍。于是陈祖盛把今天发生的事跟父母从头到尾说了一遍。

嗡的一声，陈班主顿时觉得脑袋大了，里面装着的不再是大脑，而是一堆糊窗户的糨子。这个晴天霹雳的消息对他打击不小，可他还是不愿接受这一现实，再加上对祖盛的话，他始终有所怀疑，所以又故作镇定地笑了笑说："哪儿冒出来的消息？别在那儿再编派你弟弟啦。"

"我说的都是真的，被抓的时候我正在他们剧社看他演话剧来着，下午我又到顺天府衙去了一趟，想探探风，人家没让我进。"望着脸涨得通红的大儿子，父亲这次不得不相信他说的是实情了。只见他头上青筋暴出，顿时冒出汗来，将手中的筷子啪地摔在桌子上，像是对妻子，也像是对自己大吼："我早就知道会有这么一天！"他气得站起身在屋里转悠着，忽然问大儿子："你说他被抓的时候，你就在他旁边，那你为什么不帮你弟弟一把？"祖盛马上解释："瞧您说的，我能不帮吗？我还特意告诉他们，我是京城陈家班的大公子，叫陈祖盛，他是我的亲弟弟叫陈祖德，所以你们不能抓人。"

"是呀，那后来呢？"

"您还别说，报了号还真管用，他们马上就不想抓祖德了，只想抓那个陶姑娘啦。"

"那怎么又把祖德抓走了呢？"

"唉，这就怪祖德啦。他见那些人要抓陶姑娘，他硬是上前拦阻，说他是这个剧社负责的，陶姑娘是按他的意思写的剧本，要抓就抓他。所以顺天府衙的人对我说，这就怪不得他们啦，只能把他们一起带回去交差了。"

"咳，你说这孩子是吃错药了怎么着？干吗非要往老虎笼子里钻呢？"乌夫人此时也不知该说什么好，又问大儿子："好在他们知道咱陈家班在京城的影响，你快去活动活动，把你弟弟救出来呀。"祖盛一脸愁容地对母亲说："母亲，要是像您老说的那么简单，我还回来跟你们报什么信哪？你们不知道哇，弟弟在被抓走之前，和陶姑娘一起当着众人大骂朝廷腐败昏庸，卖国求荣，把顺天府衙的人吓得都捂着耳朵不敢再听了。我下午去顺天府衙门，人家说弟弟是重案犯，要想救祖德，也只能回家搬老爷子想办法，或许还有得一救，否则……"

"否则怎么样？"老班主想听个究竟，陈祖盛摇了摇头对父亲说："人家只能提个醒，也没跟我再往下说。"

听了大儿子一通细说，陈班主感到情况不妙，在家里他已领教过小儿子当他的面辱骂朝廷、大骂慈禧的言辞。如果当着朝廷的官差还是这样辱骂，不是成心要掉脑袋吗？他忽然感到浑身燥热，汗流不止，一场大祸就在眼前……

第十七章

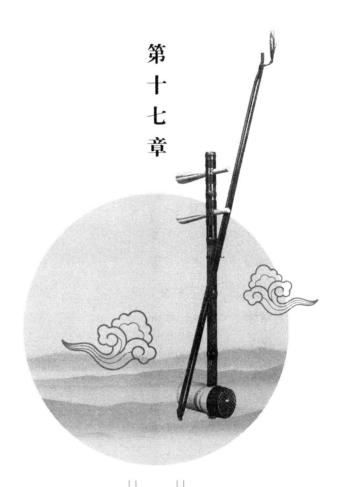

皇恩浩荡

听说小儿子被关进顺天府衙大牢，陈班主心急如焚。顾不得一切，放下碗筷，披上衣服带着大儿子祖盛直奔顺天府。尽管祖盛安慰他，可他仍是紧闭双眼，满头大汗。不大工夫，大牌楼隐约可见。顺天府衙这个地方对陈班主来说并不陌生，刚进京城的时候被关进来过。那时候他就告诫自己，今后可千万别做违法的事，别落在他们手里。万想不到，今天自己的儿子却被关了进来。思想间，来到了府衙门前，祖盛托人把刘志刚找了出来，让他进去通报一声，说陈班主想见见儿子陈祖德。

刘志刚一溜烟地跑了进去，不一会儿，府衙的府丞带着几个随从走了出来，见到陈班主忙拱手客套一番，陈班主拱手还礼后，对府丞说："不好意思，都怪老朽教子无方，给大人添麻烦了。孩子太小受人蛊惑，望大人看在老朽的分儿上，把他放了，老朽回去后一定严加管教，再不敢犯上。"这时府丞拱手对陈班主说："老班主，非是本官不通情理，可这个案子已上报朝廷，当朝太后亲自过问，兄弟实在是没有这个权力，望陈班主见谅。"陈班主听到这儿心里一凉："忙说，让我进去先见他一面吧。"府丞有些为难地看了看随从，之后还是很恭敬地对陈班主说："陈班主，本官职责所在，进去时间不能太长，望班主见谅。"

在侍卫的陪同下，陈琏琨带着大儿子祖盛走进死囚牢。这里阴森恐怖，潮湿黑暗，通过一排排的牢房，向最里面的一间走去。当他们来到祖德的牢房时，隔着铁栏杆往里看，祖德堆委在一个角落里睡着。我的天哪，这是什么孩子呀？出了天大的事，家人都急成了这个样子，他还能在这里睡着觉。

当陈班主和祖盛走进牢房后，醒来的祖德并没有急忙扑向他们，而是很冷静地站起身，望着他们。父亲忙扑向他，拉着儿子上下打量着，此时千言万语不知从何说起。望着老泪纵横的父亲，祖德备感心疼。陈班主掀起儿子的衣裳，看有没有受过刑的痕迹。还好，除了嘴边有些红肿之外，并未有动过大刑的迹象。狱卒给他们拿了两把椅子，祖德拉着父亲的手让他坐了下来。父亲握着小儿子的手不舍得撒开，生怕这一撒手，便再也没有了儿子一般。

看到父亲这双颤抖的手，小儿子深受感动。他感受到此时父亲的心是多么难过。他伏下身跪在父亲的面前说："爹呀，我知道您老此时的心情。您不必为我难过，儿子不过是为寻求真理，说了几句真话。我早就和您老说过，对于这一天，儿子是有思想准备的。"陈琏琨哇的一声哭出声来，说："孩子呀，你说你小小年纪懂得什么真理？不过是受人蒙惑罢了。听爹的话，好好跟朝廷认个错，爹再舍这张老脸找找太……太……"说到这儿，他向门口看了看，见没人，便说："爹再找找太后，让她法外开恩，放了你，咱回去好好唱咱们的戏去好吗？"

祖盛也流着泪对弟弟说："祖德呀，就听爹的话吧。你不知道听说你的事，爹和娘都急成什么样了。爹娘离不开你，这个家离不开你，哥哥离不开你呀祖德。"望着亲人的诉求，这回祖德流下泪水说："爹呀，哥哥，我知道你们的心情，可我是个为自由，为真理而奋斗的人。可能你们不理解我怎么会这样愚，这样傻。可这个国家的人需要我们这一代人去抛洒热血来斗争，才能换来一个崭新的世界。"说到这儿，祖德把目光转向祖盛说："哥呀，我知道我是出不去啦，爹和娘就拜托你照料啦。虽说你唱戏不灵，可弟弟知道，你是个极聪明的人。只要有你在，弟弟我也就放心啦。"

说到这儿，陈班主和陈祖盛再也无法控制住哭声，陈琏琨抱着祖德说："儿子呀，你这是中什么邪啦？爹这辈子见识也不算少啦，怎么就整不明白你这是要干什么呀？"祖盛也哭着劝弟弟："祖德呀，你可千万别这么说，爹娘受不了哇。谁爱革命谁革命，谁爱奋斗谁奋斗。你才多大的年纪，正是人生最好的时候，咱们得好好活着，活着比什么都强。你怎么能这样啊？"祖德替父亲擦干脸上的泪水说："爹呀，您老别难过，其实生和死对我们来说无所谓。死也是人生的一部分，对我来说只是来得早了点。我的死是有意义，有价值的。"他又将目光望向哥哥说："有位先贤不是这样说过吗，人生自古谁无死？留取丹心照汗青。这是一种精神，这是一种情怀，这是一种境界。如果这个世界谁都不去反抗邪恶，谁都不去推翻黑暗，那么这个世界不就真的不可救药了吗？"

两个人实在不知再拿什么来劝解祖德，只是搂着他，扶着他不停地哭，不停地流泪。祖德却像导师一样不停地劝解着他们，诉说着革命的伟大意义。时间已经不短，看守再次来到门口催促陈班主时间已到，不能再留。父亲依依不舍地抱着小儿子不肯撒手，最后还是一个校尉上前把陈班主和陈祖德分开，并有些不客气地将班主和祖盛推出牢房。陈班主仍紧紧地抓着铁栏杆不肯撒手，想再看看小儿子，再劝劝小儿子。他大喊着："祖德呀祖德，我的儿子呀，你再好好想想，别跟朝廷对抗，爹找太后去。"

陈班主和祖盛被带出府衙，这回已没有了府丞在门前相送，他们只能坐上马车朝家的方向而去。一路上陈琏琨老泪纵横，不停地说着："这孩子可怎么办？我的儿子可怎么办哪？"回家后乌夫人听说此事，顿时号啕大哭。她知道小儿子有思想，有性格，可万没想到这个初生牛犊真就不怕死到这种程度。可怜天下父母心，这可叫他们怎么活呀？

一夜没合眼的陈琏琨，第二天天不亮，便带着大儿子祖盛来到紫禁城门前，向里面通报了姓名，说要见慈禧。守门的侍卫不敢怠慢，便进宫里禀报了此事。过一会儿侍卫出来向他转达说，慈禧不在宫中，让他们离开此地。陈班主哪能回家呀？他跟侍卫说，慈禧不在，他可以等。忽见侍卫变了脸色，一挥手，两个手持长枪的侍卫过来，将他们推出好远。大儿子祖盛不忿了，冲着侍卫说："你们想干什么？知不知道我爹是什么人？我爹是活关公，连太后都高看一眼。我可告诉你们，这事如果太后哪天追究下来，叫你们吃不了兜着走！"

没想到的是，这话根本就吓不住侍卫，只见那人走过来，抽出腰刀架在陈祖盛的脖子上说："皇家重地，不得停留。若再废话，砍下你的脑袋。走！"一声吶喊，把陈班主吓得忙拉着大儿子想走。这时祖盛甩开爹的手说："爹，您还真就别怕他，这些人都是奴才。我今天倒要看看他是怎么把我的脑袋砍下来的。"说着，他把脖子伸向那个侍卫的刀底下说："有种的来吧！"

嚯，侍卫见这小子还真有种，顿时蒙了。在紫禁城门前也把五六年岗了，还是头一次看见敢在这儿耍驴的。他看了看陈祖盛，收起腰刀说："陈班主，我已禀告过，太后不在宫中。请你离开此地，我们各自方便好吗？"陈祖盛看了看侍卫说："哎，这还像句人话。别动不动就提着刀吓唬人，这个东西老子见多啦。脑袋掉了碗大个疤瘌，有什么呀？你不过一个奴才。哪天指不上谁求谁是不是？说完，他搀着父亲离开紫禁城向家的方向走去。

满以为还有张老脸的陈琏琨，没想到叫人从紫禁城门前撵了回来。回家后，他觉得头晕眼花，周身无力躺在床上再也不想起来。一行行泪水夺眶而出，他心疼儿子，青春年少，不懂轻重；怨慈禧薄情，不给说情的机会。一个孩子懂得什么？就是骂两声朝廷又能如何？至于非要砍人的脑袋？这叫什么世道？

听说陈家的不幸，梨园界很多人来到陈家，劝慰老班主放宽心。同时也痛骂朝廷不讲道理，不讲人性。老百姓都这样苦了，说几句话怎么就不行？乌夫人生怕因为这个再惹出什么麻烦，便以陈班主有病为由不许他们来这里说三道四。

陈琏琨带着夫人和大儿子再次来到顺天府衙，想见小儿子，却遭到府衙的拒绝，理由是重案犯禁止探视。"重案犯？重案犯？"陈班主两眼发呆，直勾勾地望着府衙大门，恨不能一下子冲进去，却被夫人紧紧地拉住了臂膀。在夫人的劝说下，他们只好回家，再想办法。可一家人堆坐家中又能想出什么办法？愁肠百结，泪眼相对，天仿佛要塌下来一般。正这时，霍班主带着女儿来到陈家。见到霍班主，陈班主感动得一下子扑过去，牢牢地抱住他泣不成声。霍班主宽慰地拍着他的肩什么也说不出来，他知道，此时说什么都没用，只要让他哭个痛快就好了。

大家坐下后，霍班主发现，仅仅几个月，陈琏琨老了。忽然之间白了头发，不仅气色不好，脸上的肉也垂了下来，真让人感到痛心。以前为救陈琏琨自己在梨园界发起营救行动，可这次万难营救，因为他这个小儿子辱骂朝廷，是政治犯。霍班主叹惜一声说："琏琨哪，咱们都是唱戏出身，又都是好角儿，只知道自己要强，在教育孩子上有欠缺，这是一方面。更重要的是世道不好，难以应付。人常说，旦夕祸福，人力难为呀。祖德这孩子漫说你，连我心里都疼爱呀。多好的材料，可是没有办法呀。只能是尽力而为啦，但你也要注意自己的身体呀。"

　　望着自己的儿女亲家，看着昔日里与自己对阵的这位老对手，此时陈琏琨顿觉一股暖流流遍全身，同时又有些羞愧之意。多少过往，浮如烟云。细细想来，都是何苦？他望着身边的儿媳霍九红，示意她坐到身旁。他端详着这张美丽的脸庞，想起她救大儿子时那种不顾一切的样子，觉得她是那样可爱。他问九红孩子怎么样，近来都唱什么戏。九红一一回答着公公的话，并说过几天把孩子抱过来，让爷爷好好稀罕稀罕。陈琏琨苦笑着说："好哇，好哇。"他若有所思地把目光望向窗外说："孩子是未来，是希望啊……"

　　一天，梨园界的朋友罗世申突然来到陈家，他显得焦急的样子对陈家夫妇说："不好了，前门已贴出告示，说明天一早要将近期三十八名要犯推至菜市口斩首，上面有祖德和陶思萦的名字。"这一惊天消息如一声巨雷把陈琏琨夫妇都吓蒙了。他们眼睛直勾勾地站在那里，手上端着的碗掉在了地上，摔得粉碎。"天哪！"陈琏琨举起双手，仰望苍天，做出想要去够什么东西的样子，心里怕有这天，这天真的就来了，不容自己去分说，去理论。

　　大儿子、霍九红不一会儿也跑了回来，把这个消息准确地带回家中。梨园界很多人都聚集到陈家班的门里门外。陈家如灭顶之灾来临一般，院内失去了以往的喜庆和欢笑，人们沉浸在一种极度压抑之中。

　　每当前门张贴出砍头的告示，菜市口都会挤满前来看热闹的人。他们既是像看戏，也像参与演戏一样，人们头一天就准备好往犯人身上扔的臭鸡蛋和烂菜帮子。之后跟着行刑队往砍头的地方奔跑，看看刽子手高举着大刀，是怎么把人头又快又脆地砍下来的。遇到软骨头，他们会笑话一番，说他没尿性；遇到好汉爷，他们回家后会学着他的模样喊着："脑袋掉了碗大个疤，再过二十年老子还是条好汉！"这天见到前门的告示，好家伙，这回一下子处决三十多人，如推出大戏一般，是件挺过瘾的事，他们照例准备好看热闹的一切东西，就等着那天好好看看刽子手是怎么行刑，能不能遇到几个有尿性的好汉。

死囚牢的大门打开了，一排排押解犯人的刑车向菜市口的方向驶来。前前后后围满了观看的人，跟着一溜长队向砍人的地方行进。已经哭肿眼睛的陈家班三人一群，两人一伙地掺杂在行人当中。老大祖盛跟着父亲，九红跟着婆婆，宽二爷等人则分着几帮，从大牢押解车辆一出来便寻找着少班主祖德的影子。

每个犯人衣衫褴褛，面如土色。背上插着一个白牌子，上面写着他们的名字和所犯下的罪行。有的是政治犯，有的是杀人犯，有的是江洋大盗和奸淫犯。马上要被杀头了，他们大多目光呆滞，显出一副任人宰割的模样。有的从死囚牢大门出来便大吵小喊，直呼冤枉，有的更是不服地辱骂不止。大多数人聚集在这样人的周围，像看到剧中的好角儿一样给他喝彩，冲他竖起大拇指，说他有尿性。宽二爷和班子里的张彪等人从出门的头看到尾也没见着祖德的影子，心说不会看错呀。九红和乌夫人在中间路段，祖盛和父亲则在菜市口的头段，分别查看和分辨着被押解的人，却都没有看到祖德和陶姑娘的身影。怎么回事呢？一数车数，也是三十八。祖德和陶姑娘哪儿去啦？是不是被杀了？还是早已被秘密处决了？陈家人陷入迷茫之中。

一排排车辆终于行驶到行刑的地方。犯人被押解下来，他们被推至一个个砍头的地方跪下，临砍头前每人给一碗酒喝。有的犯人喝了，有的犯人则不喝，只等被砍头的一刻来临。很多人哭哭喊喊说冤枉，有几个人仍大喊大叫表示不服。一个年轻人更是向人们高喊："推翻腐败朝廷，自由万岁！"很多人冲着他喝彩，被众多官兵制止。还没等那个年轻人再喊，一个官兵上前用一条红布封住了他的嘴。行刑官示意，先砍他的头。当刽子手将这个年轻人的头往下按的时候，只见这个年轻人不肯屈服地再次抬起头，仇恨的目光利剑般射向天空。这一刻观看的人群再也无法压制，他们为他高呼："年轻人，二十年后还是条好汉！"

陈班主揉着眼睛使足了劲往前挤，想真切地看看，这是不是他的儿子祖德。正当他想再仔细地分辨时，只见唰的一道白光，之后又是一片红光向他扑来。"人头被砍下来了，我的儿子被他们把头砍下来了！"之后眼前便是一片漆黑，他身子瘫软，昏厥过去。

陈琏琨醒过来的时候已是三天后的一个下午，夫人和大儿子祖盛这几天一直守候在他的床边。见他醒了，乌夫人庆幸地流下泪水说："老头子呀，你可算是醒过来啦。这些天快把我吓死啦。"陈琏琨只觉周身无力，好像真的要死了一样。他望着妻子和儿子，泪水滚动而下，嘴里喃喃地说："儿子呀，我的儿子呀。"忽然，他像着了魔般一下子坐起身大吼："凭什么杀人！凭什么砍我儿子的头！王法何在！天理何在！"之后一倒身，便再次昏厥过去。

这些天乌夫人、祖盛、霍九红，从方方面面托人打探祖德的消息。不论是西四衙门的张久立，顺天府衙的狱卒刘志刚，还是梨园界探风准确的罗世申，以及九红许久不见的万鑫魁，但是谁都打听不出半点风声。虽然没见砍他的头，可这个人却再也没有了踪迹。

陈琏琨终于从漫长的睡梦中走出，但再不见了昔日的风采。他只是目光呆滞地躺在床上，望着房顶，一句话也没有。许多梨园界的朋友前来探望，怕叫人看着笑话，乌夫人以病重为由，谢绝一切探望。这些人大多为陈家的衰落感到难过，为舞台上才华横溢的名伶感到担忧。乌夫人想劝解丈夫，可没有半点儿子的消息，拿什么劝解呢？只能想方设法做点补身体的东西，可陈琏琨什么也不想吃，只是呆呆斜靠在床边向大门口望着。既没有泪，也没有笑。呆呆地望着，望着。

又是一个深秋来临，片片落叶难舍地离开了枝干凋零飘落。近一时期义和团运动再次如澎湃的潮水兴起，英法联军的炮舰又在中国海岸轰击不停。没几天的工夫，就听说英国人和法国人占领了天津，同时还加进了许多国家的部队，号称八国联军，开始向京城进发。外国人实在是太欺负人了，中国的内政也要看他们的脸子，中国人自己的事情也要征得他们的同意，天底下哪有这样的道理？江山是祖宗给我留下来的，与你们有什么关系？慈禧心里痛恨，并更加委屈，但没有办法，谁让自己国家这般衰败？她也反思着一个决策者的无能，以及由此可能带来的灾祸。慈禧紧锁眉头在殿内坐卧不安，心绪不宁。

她越想越气，只觉血往上涌，头晕目眩。看来躲一躲是势在必行的事啦，太监和宫中的人正大箱小箱地往外搬运着东西，看着宫中乱哄哄的场面，她感到自己实在有些丢人，大清国什么时候丢过这样的颜面？世人一定会责骂自己，也一定会嘲笑自己。可我又有什么办法？面对山河破碎的局面，自己已是好几个夜晚没有睡好觉了，闭上眼满脑子全是白天的事，睁开眼又觉得头晕眼花。此时她感到这双眼睛睁也不是，闭也不是，不知怎么才好。她一屁股坐在床榻上，望着窗外的远天，望着紫禁城朱红色的城墙，心中不禁一阵悲凉。

事态不知会朝着什么方向发展，自己年岁老啦，这一趟躲避出行，不知还能不能回来。再回来的时候这个令世界叹为观止的紫禁城是否还能伫立人间？会不会像当年的圆明园，再让洋人一把火给烧了？此情此景，使她想起南唐后主李煜的一首词：四十年来家国，三千里地山河。凤阁龙楼连霄汉，玉树琼枝作烟萝，几曾识干戈……她仿佛看到一个被幽禁的自己，是那样凄凉，那样可怜。自己虽非帝王，却有众多宫娥。自己虽是女辈，可也已主宰大清数十年，有众多朝臣，众多子民……

万籁俱寂，午夜沉沉。一阵叩门声终于敲响了沉寂许久的陈家班大门，仍是一队皇家兵马，仍是一片松油火把将门前照耀得通明一片，陈班主在夫人的搀扶下向大门走来。第一个映入眼帘的不再是以前的那个老太监，而是大名鼎鼎的公公李莲英站在他的面前。虽说陈班主的心情沉重，但凭借半世的阅历，他知道，规矩还是要讲的。他三步两步过来，跪在门前向李莲英问安。李莲英中规中矩地宣道："懿旨到，陈琏琨跪听宣读。"

陈家人忙趴下身，李莲英拿出懿旨向他宣读："宣陈家班班主陈琏琨即刻进宫，不得有误。"宣读完，还未等陈琏琨山呼千岁，李莲英忙上前将陈琏琨扶起来说："陈班主马上随咱家进宫见太后去吧。"不容陈琏琨再回身换什么衣裳，几个随从上前恭恭敬敬地将他搀扶上大轿，向紫禁城的方向而去。

国运不好，天象也难看。黑云层层遮住星月，隐隐闷雷声声入耳。寒冷的秋风夹杂着怪叫声时常掀开大轿的帘子，使陈班主感到阵阵刺骨的冷意。紫禁城外三步一岗，五步一哨，刀枪晃晃，甚是威严。随着人马走进宫中，李莲英对陈班主说："陈班主请稍候，待咱家进去禀报一声。"一会儿李莲英出来，对随行的人一挥手，兵士离去。李莲英拉着陈班主的手说："太后今儿个心情不好，进去后挑点好听的说。明白了吗陈班主？"陈琏琨忙冲李莲英点头说是。在李莲英的带领下，他们走进颐年堂。李莲英对里面说了一声："禀太后，陈家班班主陈琏琨到啦。"里面隐隐传出有气无力的声音："让他进来吧。"李莲英忙对陈琏琨说："陈班主，太后传你进去说话。"之后又小声地对他说："挑点好听的说，明白吗？"陈琏琨冲他点了点头，跟着李莲英向屋内走去。

好久未进紫禁城了，对陈琏琨来说，过往的一切恍如烟云，是那样亲切，又是那样遥远。李莲英将陈琏琨带进屋后，便退了出去。慈禧的身影出现在眼前，她手拿一本书斜靠在床榻上，正注视着一步步向他走来的陈琏琨。陈琏琨正要跪下山呼千岁，慈禧用手势示意他不必再跪，说："我不是跟你说过吗，以后见了哀家不必再行这种礼数。"陈琏琨却一下子跪倒在地说："太后虽说恩泽于我，可太后是天上的太阳，小民不过尘世的蝼蚁，怎敢乱了礼数。"之后他更低地伏下身高呼："愿太后千岁，千岁，千千岁。"

慈禧慢慢地放下手中的书，看着他说："平身吧。陈琏琨，搬把椅子过来说话。"陈琏琨仍趴在地上说："小民不敢，太后有何旨意，吩咐便是。"慈禧慢慢直起了身子，看着眼前趴着的陈琏琨说："哀家让你搬把椅子过来说话，听明白了吗？"陈琏琨想了想说："回太后，听明白了。"之后他像小孩似的起身搬了把椅子，放在慈禧床榻旁边不动。慈禧说："陈琏琨，坐下吧。"陈琏琨坐了下来却不肯抬头正视慈禧。这回由于离得很近，慈禧认真打量着眼前这个人，仿佛看了半天，慈禧忽然闭上眼睛，若有所思地说："你的头发怎么全白啦？这可与去年见你时大不相同啦？"之后，二人相对无语坐了片刻。

慈禧慢慢支撑起身子走下床榻，向室内挂着的一幅精美的关公像走去，她站在画像前凝视了许久说："哀家平生阅人无数，杀人也不少。在妖影缠身，噩梦连连的日子里，是这幅关公画像伴随哀家一路走来。我是多希望在我的身旁有这样一位将军，一位臣子相伴哪。"陈琏琨听后心说，杀人如麻，怎么会有这样的臣子保佑？慈禧接着说："你很像画中的关公，只可惜你是舞台上的关公。舞台上的关公也好，你是那样神似，哀家慢慢地也就把你当成关公啦。"

说到这儿，慈禧笑了，好像是自得，也好像是在自嘲。她慢慢回身走向床榻，在靠近陈琏琨的地方坐下看着陈琏琨。可能是由于思想感情疏远的关系，陈琏琨忽觉这个老太婆很老，很难看，而且比去年见到时更老，更加难看。慈禧一直看着他的眼睛，使他不得不低下头，合计着该对慈禧说些什么。慈禧想了想问陈琏琨："你是名伶，是舞台上的角儿。你跟哀家说说，你唱戏的时候是愿意听台下的喝彩，还是愿意听台下的叫骂？

陈琏琨很自然地回复说："当然愿意听台下的喝彩。"慈禧说："对呀。唱戏的人谁不愿意听台下的喝彩？哪个愿意听台下的辱骂？你是台上唱戏的角儿，哀家是这个国家唱戏的角儿。这个理你明白吗？"陈琏琨马上意识到慈禧要跟他理论了，自己再有性格，再有脾气，这个时候也要不得，那是要掉脑袋的。于是他顺服地说："明白，明白。这个小人明白。所谓一人之下，万人之上。况太后乃一国之母，岂容侵犯。"

听了陈琏琨的话，慈禧的身子微微后倾了一下说："看不出，你一个戏子出身，却这般懂得道理、规矩。如不是偏爱，哀家还真想把你留在身边做个官呢。"陈琏琨忙说："小人不敢，小人何德何能，也只是戏演多了，懂得些许的规矩罢了。"慈禧笑着说："不尽然，也有很多学了一辈子书，看了一辈子戏仍不懂这个道理的人。就拿你的儿子陈祖德来说吧。"一句话，陈琏琨顿觉一股冷气从颈骨直贯脚底，冷汗瞬间湿透全身。可事已至此，人已在此，只能任凭她决断啦。

慈禧微笑着冲他摆了下手，示意他不必紧张，接着说："我知道这世上，要求自由的人甚是不少。一些人为着自己的利益藏在后面蛊惑着别人跑到台前替他们叫喊，替他们卖命。你儿子便是其中受蛊惑、受愚弄的。"说到这儿，陈琏琨忙起身跪倒在地，哭着对慈禧说："太后圣明，太后真的圣明啊。小人在家里劝他千百遍，太后对我陈家恩情无边，怎么能与朝廷对抗。可这个逆子还是被人迷惑、被人迷惑呀……"陈琏琨手捶前胸，声泪俱下。慈禧走到他的身边，将他扶起来，望着满头白发、面目有些苍老的陈琏琨说："看你的样子也一定是因儿子的事伤神过度所致。也怪我朝廷的事太多，未顾得上你。"

"赶上这事谁都难受。你一定认为哀家要杀了你的儿子吧？"陈琏琨望着慈禧感到纳闷，难道我儿子没死吗？慈禧看出他的心思，眯缝起眼睛告诉他："也就是看在你陈琏琨的面子上，哀家是法外开恩啦！"听了这句话，陈琏琨哇的一声哭了出来。他顾不得慈禧跟他一再说的礼数，虔诚地跪倒在慈禧的脚下，哭着对慈禧说："太后哇，你真是圣明，是我的大恩人哪。想我陈家世世代代也难报你大恩之万一呀……"说到这儿，陈琏琨只剩下哭，再也说不下去了。慈禧这次没去扶他，只是望着他说："陈琏琨哪，你站起来说话吧。"陈琏琨擦去脸上的泪水，起身坐到慈禧的身边，望着慈禧。

窗外雷声隆隆，风声呼呼作响。慈禧微闭上双眼像是对自己说："又是一年秋风起，又是一阵秋雨寒哪。"她睁开眼对陈琏琨说："一家之主难当，一国之君更是不易呀。就拿你儿子这件事来说吧，所有犯上之人都杀了，唯你儿子和你未来的儿媳，哀家是法外开恩了。可又不能急着放，因为那样会乱了王法，不能给人以公平的交代。所以时隔数日，所有风声都已息去，哀家才好行事，明白了吗陈琏琨？"见陈琏琨还要起身去跪，慈禧一把将他拉住，说别再折腾了，哀家折腾不起啦。

慈禧又说："为避免引起不必要的乱子，哀家已命人把你儿子送回家去啦，你回家的时候自然会见到他。要好好管教，小小年纪吵吵什么腐败？翻开书看看，哪朝哪代没有腐败？哀家又如何不知？普天之下莫非王土，他们贪走的每一两银子都是皇家的钱财，都是大清国的东西。你以为哀家愿意吗？没办法，人都自私，这和西洋人生产的机器一样，不烧油，它就不转哪。"陈琏琨连连点头称是,他也觉得慈禧讲得很有道理。

窗外的风雨声一阵强似一阵,雨滴啪啪敲打在窗子上实在影响心情。慈禧显得消沉地对陈琏琨说:"我老啦,能照拂你的日子也不多啦。国家像窗外的景色一样,都在飘摇之中,再过几天哀家要离开京城一阵子,回来之后,你能不能再见到哀家就未尝可知啦。"

说到这儿,慈禧显得非常难过,陈琏琨更觉心酸。对于政治、时局,他不懂,拿不出宽心话来劝慰慈禧。他说:"太后哇,过深的道理小民不懂,小民只是希望不论何时,何地,太后都要保重身体。留得青山在,不怕没柴烧。小民会在家里天天烧香为太后祈福,求太后安康。"听了陈琏琨的话,慈禧的心情仿佛好些。

带着无限的感激,带着无限的眷恋,陈琏琨离开了紫禁城,在宫中卫队的护送下,向家的方向走去。回望渐行渐远的紫禁城,他感到那里不仅巍峨,更有亲切和关怀,有一张在自己记忆中永远无法忘记的脸庞。

大京班

下 涅槃重生

罗怡春 ◎ 著

北方联合出版传媒（集团）股份有限公司
春风文艺出版社
·沈阳·

图书在版编目（CIP）数据

大京班.下,涅槃重生 / 罗怡春著. —沈阳 : 春
风文艺出版社, 2019.3（2021.1重印）
　　ISBN 978-7-5313-5593-9

　　Ⅰ.①大… Ⅱ.①罗… Ⅲ.①长篇小说—中国—当代
Ⅳ.①I247.5

　　中国版本图书馆CIP数据核字（2019）第046103号

第十八章

虎狼入室

　　深夜进家，父子相见。流不尽的相思之泪，诉不尽的万语千言。小儿子消瘦了许多，也消沉了许多。近一年的大牢把他关得精神有些恍惚，与人交流有些障碍。老父亲安慰他，让他在家好好学戏，好好读书，一切都会过去的。可万没想到，祖德还是坚定地说："不！我仍要投身到革命之中，不推翻这个朝廷我死不瞑目！"啪的一个嘴巴狠狠地抽在他的脸上。陈班主这次可真是急眼了。他瞪着血红的眼睛对儿子吼道："革命，革命。差点革了你老子和你娘的命你知道吗！"之后他上前一把抱住小儿子，爱抚地摸着他的头说："儿子呀，你知道这一年你爹和你娘，你的哥嫂是怎么过来的吗？啊？我们家不像家，人不像人地盼着你，念着你。爹天天吃不下，喝不下，睡不着地想着你。你差点就看不见你爹啦……"说着，他伤心地哭了起来。

　　乌夫人走过来劝祖德说："儿子呀，你就安生点，让你爹娘和家人好好地活着吧。谁想革什么命，那是他们的事。菜市口行刑那天咱全家和班子里的人都去啦，人头一颗一颗地往下砍，鲜血一腔一腔地往外喷，那哪是闹着玩的？这回要不是太后法外开恩，咱母子今生就再也见不着啦，你知道吗？"祖德深受感动，但他仍心有不服地说："娘，正是为了那些先烈的血不白流，儿子才要继续革命。"又是一记响亮的耳光抽在祖德的脸上。从未打过儿子的乌夫人这次也急了，她大吼一声："跪下！"

祖德乖乖地跪在地上，吓得一旁站着的祖盛和九红不敢吭声，直冲祖德使眼色。乌夫人问他："你还有没有点良心？知不知道心疼父母？这个家就你一个人吗？你想死？这一家人怎么办？书都白读啦？戏都白唱了吗？懂不懂得孝顺？知不知道生你养你，我和你爹费了多少心血，流过多少泪水？啊！"一番话说得小儿子不得不低下头，不敢再吭一声。

陈琏琨的小儿子回来了，消息如炸雷般在梨园界引起轰动。天老爷，这陈琏琨上辈子到底积什么德啦，能有这样的造化。人们七嘴八舌地议论纷纷，都在猜想其中的奥秘。最后霍班主对大家说："甭瞎猜啦，说浅了是琏琨的造化，往深了说，那是人家的缘分。再说太后，她也是人。人吃五谷杂粮，就有情感。有情感就有偏私，就有薄有厚，这也属自然。"大家听后觉得是这么个理，是缘分。只可惜咱同样是人，咋就没人家陈琏琨这缘分？

听说陈祖德回来了，同心剧社的伙伴们带着刚刚回来的陶思萦前来看望他，并希望他再次回到同心剧社，结果被老班主挡在门外，唯把陶思萦留在了家中。望着这个水灵灵的姑娘，陈班主感慨万千，他劝姑娘好好读书，以后如与祖德成亲了，好好地生活。说了好多，可姑娘就是低头不语。最后，陈班主只好收住口，让他们俩进屋说悄悄话去了。

祖德向陶姑娘诉说了回家后的情况，并告诉陶思萦给他点时间，他会说服父母，最后向她表达永远爱她的决心。陶姑娘望着眼前的恋人哭了，说没有他在她的身旁自己会感到迷茫。陶姑娘告诉他，无论何时，发生了何等变故，请他相信，她的心和她的身体都永远只属于他。二人山盟海誓后，紧紧地拥抱在一起，这对恋人的心跳动得是那样快，那样强劲。

这几天街市上人心惶惶，显得混乱。再不见戏园子前站满着人，再不见琉璃厂显出太平的样子。人们仿佛听见远处隆隆的炮声，大家东张西望的，不知所措。祖盛跑到西四衙门看到了张久立，听他说皇上和太后昨天夜里从宫里随大队人马向西边跑了。还听说留着大胡子、长着绿眼珠的长毛子马上就打到京城啦。这一消息使祖盛陷入极大的恐惧之中。

出了西四衙门，祖盛来到琉璃厂明月斋找张老板，声称来要张老板欠下的那一千二百两银子。满以为耍光棍的他会蒙住张老板，拿回银子。不想张宝德立马竖起了眼，一把抓住了他说："好小子，连慈禧都往山西跑了，你还敢在这儿吃生米？也不睁开眼睛好好瞧瞧爷爷我是谁。"说着就要喊人抓祖盛，祖盛见势不好，一脚踢倒张老板，推开门撒腿就跑。只听身后吵吵嚷嚷地追他，他不管不顾一溜烟跑回到霍家。从藏银子的地方取出所剩的银子数了数，所剩不到二百两，他合计着如果真是京城出了乱子，自己和九红该怎么办。

陈家人见局势不好，特别是慈禧临行前告诫的话，陈琏琨决定尽早动身回山东老家暂避一段，等什么时候太平了，朝廷回来了，再研究重新回京城的事情。一家人正在琢磨着事情的时候，突然门前来了一队宫廷的官兵。一个头头叩开了陈家的门，说是传太后懿旨，要陈琏琨带青龙偃月刀进宫。陈琏琨上下打量着这些军爷，发现这些彪形大汉冷眉怒目，有的人脸上还带着一道道的疤痕，叫人看了发怵。大家还是头一次见这样的宫中卫队，没有太监，也没有拿懿旨，便要陈琏琨进宫见慈禧。尤其还要他携带青龙偃月刀，这使陈琏琨疑心重重。他以身体不爽回绝他们，可这些人说太后有旨，不去不行。

望着眼前的一切，陈琏琨心里似乎明白，来者不善，不去怕是不行啦。怕出更大的乱子，他进屋与乌夫人商量一番，决定带那把最早的青龙偃月刀跟着宫里的人去一趟。同时嘱咐夫人，如果今夜见不到他回来，便不要再等他，马上奔山东老家去。乌夫人感到不妙，替丈夫担心地哭了起来，被陈班主嘘的一声制止了，用目光示意她千万留神，悄声说："照顾好家人，保护好那把宝刀，千万给我记住喽，就是陈家人都死了，也不能把这把青龙偃月刀交到外人手里。"就这样，陈班主带着一把普通的青龙偃月刀，随着这队人马向紫禁城的方向而去。

祖盛与九红商量完自己的小九九后，回到家里，想把听到的情况与父母说说，同时问问父母的想法。进家后看见母亲六神无主的样子，问母亲是怎么了，母亲便把方才宫里来人的事情告诉了大儿子。祖盛一听知道不好，他告诉母亲紫禁城已经没人啦，太后和皇上昨天夜里就往西边跑啦，八国联军马上就打进京城啦。母亲问他听谁说的，他告诉母亲，是西四衙门张久立告诉他的，千真万确。

听了这些，乌夫人顿时愣在那里，两行泪水流了下来，她断定丈夫此去凶多吉少。她把陈班主临行前说的话告诉了大儿子，祖盛扶着踉跄的母亲坐下说："爹说得也不是没有道理。也可能是遇上歹人了，他怕咱们越陷越深，所以让您带着刀和家人躲避他们。"那可怎么办哪！乌夫人呜呜地哭了起来。小儿子刚刚回来，丈夫又陷入虎口，如晴天霹雳的打击使她有些支撑不起。大儿子劝母亲别慌，说："我想只要那把真的青龙偃月刀没落在那伙歹人的手里，爹的性命暂时不会有什么大问题，我相信他们还会回来的。"

乌夫人担心地望着大儿子问："那可怎么办呢？看这伙人的样子不善，气急了肯定会抄咱们的家的。孩子呀，现在你就是娘的主心骨啦，你看如何是好呢？"祖盛把娘和弟弟叫到身边，小声地对他们说："趁现在还来得及，马上收拾起贵重的东西，您带着弟弟赶快回山东。保护好那把青龙偃月刀，那可是爹的命根子。剩下的事交给我来对付，我保证，只要您儿子在，我爹就死不了。"看着大儿子，乌夫人深受感动，真的没白疼他一场。

祖德见哥哥这般英勇，也不示弱。他说："哥要等爹我也在家里等，反正我是死过一回的人啦，我什么都不怕，我等爹回来。"祖盛上前抱住弟弟说："祖德呀，你年轻，有才华。你是爹和娘的命根子，是陈家班的未来和希望。哥烂命一条，啥都不怕，对付这些歹人是哥哥我的长项。听哥哥的话，赶快帮娘收拾东西，尽早离开，保住咱陈家班的命脉。这就是你帮哥哥的大忙啦。"什么都不必再说，望着祖盛的眼睛，母子几人抱在一起哭成一团。之后乌夫人麻利地收拾东西，一个多时辰后，雇了三辆马车，带着小儿子祖德和宽二爷，趁着微垂的夜幕，直奔山东济南府而去。

母亲和弟弟走后，陈祖盛将母亲交给他的另一把普通的青龙偃月刀藏在后院的烟囱里。之后将后屋没来得及带走的好茶金胆龙眼取了出来，好好地泡上一壶，稳稳当当地坐在屋里，边喝着茶边等着要来的人。虽说自己还没经历过与歹人打交道的事，可在戏里也看了不少。他拍了拍跳得很快的心告诉自己，别紧张，别紧张，一切都会过去的。

忽然一阵轰鸣声，一颗炮弹好像落在了不远的地方，紧跟着不停的爆炸声从不远处传来，屋子里便能听到外面的嘈杂声和喊声。祖盛心说不好，是不是洋毛子进京城啦？九红怎么办？孩子怎么办？他本能地想出去，可忽然停住了脚步，心说娘和弟弟都不在了，自己要是走了爹可怎么办？他左右为难地站也不是，坐也不是地在屋子里乱转。最后终于决定在这里等着，只能是把爹等回来再说啦。

拿定了主意，祖盛将正对着的家门打开，看着一群群外逃的人，思考着对策。忽然几匹马停在家门前，从上面跳下三个官兵装扮的大汉，走进陈家，见到陈祖盛便问他是谁。祖盛告诉他们说自己是陈琏琨的儿子，陈家班的少班主，名叫陈祖盛。几个人把大门关上，相互交换了一下眼色便对他说："少班主，你父亲拿着假青龙偃月刀进宫蒙骗太后，已被关押。如想救你父亲必须马上把真刀拿出来跟我们进宫，或许能保住你父亲的性命。"

陈祖盛放声大笑起来说："飞贼过河甭使狗刨，太后昨天夜里就离开宫中了。说吧，哪路神仙？报上号，让我知道个明白。"几个人顿时愣了，心说这小子什么来头？陈祖盛一摆手说："各位好汉坐，坐，喝茶，喝茶。"几个人没有心思喝茶，说："少班主，时间不容耽误，快将你爹那把真的青龙偃月刀拿出来，也许能保全你爹的性命。"陈祖盛望着他们摇了摇头说："你这么随便一说我如何信你？刀可以给你们，但见不到我爹，一切无从谈起。"

"少废话，再多嘴，老子斩了你！"一个胖高个儿大汉上前将一把明晃晃的钢刀架在祖盛的脖子上。但见祖盛面不改色，眼都不眨一下，笑呵呵地对他说："来呀，眨眨眼老子不是好汉。我倒想知道，是我的脑袋值钱，还是那把青龙偃月刀值钱。"

一个像头头的大汉上前将刀推到一边，对陈祖盛说："难道你真不担心你爹的死活？"陈祖盛这时露出笑容，说："这才是想办事的样子。我能不担心我爹的死活吗？满大街的人都跑光了，我在这儿等死呀？我不正是等着你们来找我吗？我还是那句话，想要刀，我可以找，但条件是必须让我见到我爹！"几个大汉相互看了看，又听了听外面的动静。一个大汉说："兄弟，看得出，你也是条汉子。能不能这样，你找着刀后，我们带你一块去押你爹的地方。如果刀是真的，我们就把你们放了。"陈祖盛坚定地摇了摇头说："不行。我还是那句话，见着我爹，我给你们找刀。"胖高个儿大汉又急了，再次拿刀架在祖盛脖子上说："哪那么多废话？斩了他得了。"头头上前再次推开刀，看了看外面的天，对胖高个儿说："老五，看来只能让你跑一趟啦，尽快把人带过来。"胖高个儿哼了一声走到门外，骑上马飞奔而去。

另两个大汉从屋里来到院子里，可什么也没找到，呼呼喘了一会儿也只好跟祖盛一起坐下喝茶，与祖盛攀谈起来。祖盛张开嘴就白话开了，从山东到山西，从京城到紫禁城，从吃到穿，从戏到人，天南地北他仿佛无所不知，无一不晓，一点没有惧怕他们的样子。最后祖盛说："人为财死，鸟为食亡。包括哥几个在内，逢乱世，想发点财也是天经地义的事。只是做起事来咱们还要讲究个道。"一番话，还真让那个小头头对祖盛另眼相看，心说，这小子，怎么有点像咱们道上的人哪？

大门终于开了，胖高个儿扛着一个大黑袋子走进院子，进屋后把袋子打开，将奄奄一息的陈班主放在地上。头头冲祖盛指了指脚下的陈班主，对他说："看看吧，是不是你爹？"祖盛急扑过去，呼唤着父亲，可遍体鳞伤的父亲已失去了知觉。头头帮着祖盛把陈班主抬到床上，祖盛给父亲喝了点水。父亲微微睁开眼睛辨认了一会儿，问："你娘呢？"祖盛小声告诉他："娘和弟弟都已经走啦。"陈班主欣慰地叹了口气说："哎，这我就放心啦……"之后又闭上眼睛仿佛睡过去一样。

几个大汉逼着陈祖盛找刀。祖盛也毫不含糊，上后院墙，从烟囱里将那把旧的青龙偃月刀取出来，交到了他们的手中。几个大汉很是兴奋，拿起刀认真观瞧着上面闪亮的宝石，一会儿冲光亮看，一会儿背着光看。可谁也拿不准这东西是真是假。最后那个头头说："只能带回去让大哥分辨啦。"于是他对祖盛说："只能让你跟我们走一趟啦。"祖盛毫不含糊地说："可以。"之后他们将一条黑布蒙在陈祖盛的眼睛上，骑上马，带着他飞一般向西郊方向疾驰而去。

飞奔了不知道多久后，大家在山边一片青瓦房前停下了马，几个人先进去，随后陈祖盛也被带了进去。当解开眼前黑布后，他发现这是一个很大很黑的屋子，里面点着许多很粗的蜡烛，屋里站着七八个强壮的汉子，每个人都凶巴巴的样子，这里仿佛戏里的鬼窟一般。正座上一个大汉，脸上有几道深深的伤疤。此人名叫杜云飞，是当年顺天府衙里偷刀的老二。王大拿的哥哥死后，他便领着另几个脸上带伤的弟兄跑到西北去了。近来听说京城有变，便带着弟兄几人，就为取这把青龙偃月宝刀而来。

他手拿青龙偃月刀端详着，抬起头望着陈祖盛问："你是陈家的大儿子？"陈祖盛说是。他又问："你娘和你弟弟都上哪儿去啦？"祖盛想了想说："不知道哇，我回家的时候家里已经没有人啦。"杜云飞笑了，说是不是把真的青龙偃月刀拿走啦？陈祖盛说："不会。我家一共就两把大刀，一把是爹拿的那把，另一把就是我找到的这把。除此之外，我家再没有什么刀啦。"啪的一声，杜云飞将大刀扔到地上，愤怒地说："胡说！这两把分明都是假的。真刀老子在王大拿手里见过，那上面满是金银和宝石。说，真刀在哪儿？马上给老子拿来。不然，你可没你爹的运气啦。看见了吗？"他指着旁边一个布满血迹的刑架说："今天夜里，你是难逃这道鬼门关啦。"

望着满是血迹的架子，祖盛顿觉周身战栗，一颗颗带血的大钉子像老虎牙般要刺进自己的骨肉里，自己将如何招架？但他心想，反正刀自己是拿不出来了，这顿打挨也得挨，不挨也得挨。谁让自己挺着胸等爹来着呢？事到如今也只有来个死不认账，或许……唉，也没什么或不或许啦，爱怎么着怎么着吧。想到这他把心一横，仍是死咬着口说，家里就这两把刀，什么王不王大拿他不认得。杜云飞一挥手，另几个大汉上前将祖盛推上刑架，轮起皮鞭便开始抽打。一阵一阵的鞭，一盆一盆的水，把陈祖盛打得死去活来，但他仍是说家里就剩这两把刀了。

枪炮声和喊杀声遥遥传来，杜云飞走出屋子站在山边遥望着京城，觉得再拷打下去也不会有什么结果。他对身边的一个大汉说："看来这座京城难逃一劫啦。"另一大汉说看样子是要破城了。杜云飞无限感慨地说："城里住的都是酒囊饭袋，好汉却在西北，京城怎能不破？兵马司、顺天府，你还真是牵着老子的心哪。"身旁的大汉说："关咱屁事？咱还不是为了刀来的吗？"杜云飞不无叹惜地说："一把稀世珍宝，实非容易得手。看来咱们还是与宝刀无缘哪……"

另一个大汉说："为了它，大哥死了。咱脸上留了那么多疤瘌，人不人，鬼不鬼地活着……"杜云飞说："唉，幸亏老府丞手下留情，能活着也算造化啦。只是这把宝刀着实叫人心痴呀。"身边的兄弟问他现在该怎么办，不行就把这小子杀了算了。杜云飞说："算啦，得饶人处且饶人。这次没得手，下次找。如果人死了，连下次的机会都没有啦。把这小子绑到麻袋里扔到山下去吧。"

九红在家左等祖盛不回，右等不归，心里着急，便来到婆婆家里。见院子里空无一人，心说，怎么这样快就都走啦？她往屋里走，却见到躺在床上的陈班主，只见他浑身血迹斑斑，人事不省。九红连忙又是喂水，又是擦伤。陈班主渐渐醒来，望着儿媳，一股泪水涌了出来。九红问公公到底是怎么回事，陈班主便把事情的经过告诉给了儿媳妇。说自己是被一伙贼人骗去了，他们没拿到真的青龙偃月刀，便把自己打成这样。九红望了望问公公，祖盛呢？老班主仿佛想到什么似的告诉九红，祖盛为了等他回来，肯定也叫他们带去啦。一句话，红九的脑袋嗡的一下子涨得老大。九红凭直觉感觉不好，这不是替公公顶雷去了吗？此去凶多吉少哇。九红忙问公公贼人把他带到的是什么地方，老班主回想了片刻说："西郊那边，一片瓦房的地方。"九红把公公安顿好之后，忙奔西四衙门而去。

夜风习习，炮声隆隆，到处是呼喊的人群，到处是凄凉的景象。西四衙门前已混乱得不成样子，再不是几年前那般的威严。院里院外没几个人了，黑洞洞，暗乎乎摸不着个方向。幸好九红还是在院里找到了张久立，她立即向他报了案。可张久立显得为难地对她说："姑奶奶，这都什么时候啦？谁还顾得上什么案子呀？再说里里外外也没人手啦。"九红已顾不得颜面，跪下身，抓着张久立的衣角哭着说："张军爷，看在我一家老小的分儿上，你就帮帮我吧，不然我男人可就没命啦。"张久立将九红扶起，对她说："唉，也就是你霍九红，哥哥我就帮你这一回吧。"说完，他急唤过两个小校尉，抄起家伙，骑上快马奔京城西郊灰瓦房的方向疾驰而去。

终于大家在灰瓦房附近山边的几间房子里寻找到贼人作案的痕迹。进屋仔细查看，人已经走了，只剩下行刑架子上的血迹。走出屋，他们再仔细搜寻，也不见任何踪迹。听远处城内已枪声大作，浓烟滚滚，张久立顿觉不能久留，只好策马扬鞭奔城内而去。

城门洞开，洋人依仗枪炮，将城门攻破。尽管京城中跑了众多官家和百姓，但仍有许多爱国志士，忠于职守的将官士兵，不顾一切地与洋人进行着殊死的搏斗。手持刀枪棍棒的中华儿女，满腔怒火地保卫着家园。他们顾不得洋人的枪炮多么凶猛，顾不得明晃晃的刺刀多么瘆人，他们只有一个信念，把自己手中的家伙插进洋人的身体里，或是把烧开的油浇到洋人的身上，或是与他们同归于尽。为了壮足胆子，他们拼命地呐喊着。城内浓烟滚滚，火光冲天。张久立回城时，正赶上洋人的队伍往城里冲，他领着仅剩的两个校尉冲进洋人队伍，抽出腰刀左劈右砍，嘴里仍不停地大喊："可恶的洋鬼子，老子跟你们拼啦……"砰砰砰，一排排子弹射来，他和随从倒在血泊之中。后来收尸的人说，他至死都没有闭上眼睛。

八国联军进入了这座古老的京城。这是东方的圣地，也是他们渴望一观的古城。已杀红了眼的洋人闯进京城百姓的住所，见好东西就抢，稍有反抗他们就地枪杀，更有甚者在大街上就扒下女人的衣服公开奸淫，兽性大发。古老的京城成了人性最邪恶、最肮脏的检验场。古国的子民，古国的女人，在这里遭受着从未有过的侮辱和践踏……

霍九红仍在陈家护理着公公，等待着丈夫。突然大门破开，一群洋人闯进屋里。他们看见眼前这个女人长得这样漂亮，一个个瞪起发蓝的眼睛大呼小叫。霍九红抄起已准备好的菜刀要与他们拼命，可一个女子怎敌几个大汉？顷刻间，她便被几个洋人按在床上。只听啊的一声惨叫，一旁昏迷的陈琏琨慢慢地睁开了眼睛。

洋人的大呼小叫终于将陈琏琨从梦中惊醒。看到眼前的一切，他无比愤怒，起身想与这些禽兽拼命，可动了几下，却挪不动身体，眼看着儿媳被洋人奸淫。"啊！苍天哪，快救救我的儿媳吧。啊！"陈琏琨哭号着，但是没用，仍然无法阻止洋人的兽行。无力再挣扎的霍九红内心充满着愤恨，双眼浸满了泪水，她只感到周身的刺痛，肉体被不停地抓挠。闭上眼睛忍受着，忍受着。

洋人渐渐疲惫了，他们心满意足地穿上衣服，推门而去。霍九红渐渐地睁开了眼睛，她的第一个反应便是去死。她起身去取被洋人丢在一旁的菜刀，刚要抹脖子，忽听身旁一声大喊："九红！"霍九红转过头看着身旁的公公，更觉丢人，实在是不能再活在这个世上。她下定决心去死，再次去抹脖子，再次听到那声撕心裂肺的呼唤："九红！你不能死呀。要死我死，你死了，我可怎么跟我儿子祖盛交代呀！"

第十九章

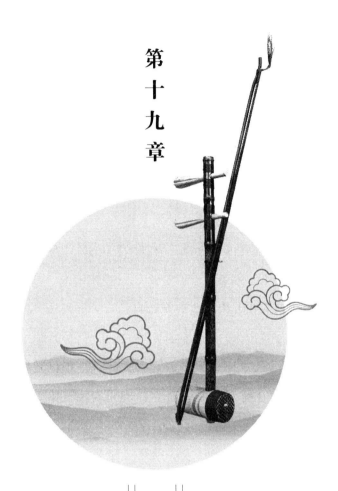

国难人难

　　不知过了多久，阵阵凉风将被捆在麻袋中的陈祖盛吹醒。这是在哪儿啊？自己这是怎么啦？他想扒开麻袋从里面挣脱出来，可忽感周身疼痛，一摸身上，道道伤痕皮开肉绽，方想起自己今天的经历。他不顾一切地从麻袋里三扒两扒挣脱出来，躺在地上呼呼喘气。一片片掠过的浮云遮拦着眼前忽明忽暗的星光，一声声犬马嘶鸣传来京城不堪的劫难。看着眼前的山坡，他知道自己是被这帮贼人扔下来了。他使尽力气站起身，遥望着城里，那里烟火弥漫。他明白，洋人破城了。

　　祖盛一路奔回城内，处处人声呐喊，火光冲天。他忍着疼痛，向家的方向走去。可当路过紫禁城的时候，见一群群人正拼着命跑进跑出。这是干什么呢？再走近，借着火光仔细一看，洋人正从里往外抢东西。他心说，这帮狗杂种，趁火打劫呀，咱们的好东西不能让他们抢去呀。想着，他左右看了看，正好找了一根树干，便随手折去大小枝子，拿在手中。可又一想，自己一个人就是拼了命也不起作用啊。他猫起腰想再靠近些观察，忽见一个洋鬼子一手拿着一个大瓷瓶向他藏身的地方跑来。就在这个洋鬼子到他身边的时候，他忽地抡起木棒照着洋鬼子脑袋狠狠砸去。

　　只听嘭的一声，洋鬼子没来得及吭声便栽倒在地，可大瓷瓶也随之啪的一声摔个粉碎。他拿起几块碎片看了看，不用说，肯定是好东西。他想了想，迅速扒下洋人的衣服，套在自己身上，把靴子、皮带全穿戴上，最后把大铁帽子也罩在头上，打量打量自己，觉得好别扭。别扭就别扭吧，他随手在泥塘子里摸了几把泥抹在脸上，又往身上抹了抹。嗯，觉得这样可能还混得过去，随即便向紫禁城里冲去。他使劲地低着头往里跑，生怕洋人认出他来。后来他发现，这些抢红了眼的洋人哪还顾得上认不认出他？便放开胆子也在里面找东西。

挂着的书画已经没了，见一个洋鬼子随手拿了件不起眼的"铁器"看了看，不当回事地扔到地上走了。他蹲下身仔细看了看这件"铁器"，一匹马拉着一辆车。他听明月斋张老板跟他说过，这是战国时的青铜马车。宝贝，可叫爷爷我把你碰着啦。洋鬼子只知道中国的瓷器，不懂中国的历史，不然你也就与你家爷爷无缘啦。想着，他脱下外衣，将这架马车包裹起来，藏在腋下，又东瞧西望地寻找起来。忽见架子旁摆放着一个红色的大瓷瓶，这个瓷瓶格外惹眼，红里包着绿，绿里透着红。对，张老板说过，这叫珐琅彩瓷，瓷器当中的极品。他从上面够下瓷瓶，一手提着马车，一手拎着大瓷瓶，飞快地跑出紫禁城。跑出好远后，确认身后的确没人追他，便将两个宝贝放在地上，借着火光认真欣赏着，不觉咯咯乐了起来。心想，虽说挨了顿揍，可也算因祸得福。猛抬起头，家怎么样啦？爹怎么样啦？九红和孩子怎么样啦？自己在这儿干什么呢？

天已渐渐放亮，乱哄哄的京城仍在劫难之中，祖盛傻了眼地东张西望。他预感到家里不安全，便将手里的两样珍宝悄悄藏在一片树林中挖的坑里，用土埋上，再用树枝覆盖在上面，觉得不会有人发现。他又在街边找到一个木棒子，向家走去……

又来了一伙洋人想发泄他们的兽欲，这次有所准备的陈家二人都拿起刀棒奋起反抗，但终是寡不敌众，被制服的二人再次遭到凌辱。之后洋人竟把他们吊在院子的树上取乐。被吊在树上的陈家二人悲愤交加，不堪忍受。陈琏琨心说，早知如此，不如方才死了的好。

更令人发指的是，在这其中还有两个身穿清朝官服的官员，他们不仅不制止这种野蛮行径，还奉迎着洋人取乐，上前捡女人的便宜。

一个戴着花翎的官员冲围观的人叫喊着："看见了吗，都放规矩点，谁要是胆敢反抗洋大人，这就是下场。听见了吗！"围观的人渐渐低下了头，唯有一双充满血丝的眼睛越瞪越大，这便是陈祖盛。见自己的父亲，自己的女人受尽人间凌辱，是可忍，孰不可忍。"啊……我跟你们拼啦……"

一声嘶吼，只见他冲出人群，举起木棒朝领头的一个洋人劈头砸去。只听嘭的一声，脑浆如飞沫般喷出。"死人啦，死人啦……"人群开始骚动，祖盛仍在挥舞大棒奋力拼命，去救自己的妻子和父亲。可在惊慌中反应过来的洋鬼子已经吹响了哨子，并将子弹推进了枪膛。这时，只见一个大汉将祖盛一把拉了回来。此时，只听霍九红声嘶力竭地大喊一声："祖盛，快跑哇，不然你就没命啦！"陈祖盛已经什么也听不进去了，他只感到气愤难当，血往上涌，心说，活不起，我死得起！他想拼命去救苦难中的妻子和父亲，却再次被大汉一双有力的大手抱住，将他推至身后，这时，一个小个子抓起他的手就往门外跑，砰砰两声枪响，子弹从他们身边呼啸而过，小个子拉着祖盛拼命地奔跑，枪声和哨声在他们身后响作一团。

祖盛回过头望着家的方向，泪水滚滚而落。皇上，太后，你们算干什么吃的？让百姓在这里遭尽人间凌辱。九红被扒光衣服的一幕，再难从他眼前消失。他仰天大吼："不报此仇，誓不为人！"

一个戏子把洋人打死了，这还了得。负责京津处理洋务的临时办事机构生怕惹怒洋人，便很是认真地又是贴告示捕人，又是处分当时在场的两个官员。最后赔了洋人很多钱，算是把这件事压下去了，但悬赏捉拿陈祖盛的通缉画像却已贴满京城。祖盛情知京城是不能再待了，如若不跑，抓着肯定没命。这两天他东躲西藏，总还是想回家再看一眼。可不论白天夜里，家门前总有士兵把守，他不敢上前。站在远处遥望着家门，心中阵阵酸楚凄凉。他想回霍家看看自己的儿子，可霍家门前院后总有兵士转来转去，明显已设下了埋伏。他忽想起《林冲夜奔》这出戏，便一边想一边小声哼唱起来："数尽更筹，听残银漏，逃秦寇。唉，好叫俺有国难投……"

这几天一直跟在他屁股后面不肯走的小个子帮着他观察情况，给他出去找吃的喝的，很是亲近。他心想，这个时候身边还能有个人陪伴也真是难得。一天，他问小个子："哥现在人不人，鬼不鬼地东躲西藏的，你不怕受连累呀？"小个子笑嘻嘻地说不怕。他问小个子："你为什么照顾哥哥？"小个子冲他说："哥是条汉子。""嚯！"祖盛笑了，看不出，他对自己还挺崇拜，便问小个子怎么不回家。小个子告诉他，自己已经没有家了，父母早就死了，只剩下他一个人混在街上。哦，又是一个孤儿。

祖盛心疼地把他搂在身旁，问他叫什么名字，他告诉祖盛，他也不知道自己叫什么名，只是很多人管他叫小六子。"哦，小六子。"祖盛对小六子说，"六子，哥现在一个人跑路都来不及，不能再带着你啦。你对哥好，哥心领啦。等事过去，哥哥回来，一定好好报答你。"小六子一听难过了，他说他就想跟着祖盛，哪儿都不想去。再说，两个人出入总比一个人有个关照。小六子告诉祖盛，别以为他是累赘，市面上的人和事他都懂，从天桥到琉璃厂，从做刀的到卖枪炮的，从开店的到搓脚的，没有他不认得的人。"吹牛吧。"祖盛不信地笑了笑。小六子把胸脯拍得啪啪作响地说："不信，你可以考考我。"祖盛心说，这小子倒真是挺机灵，真有这么个小兄弟留在身边也未必是坏事。

祖盛问小六子："琉璃厂有个明月斋，你知道吗？"小六子毫不含糊地说："知道哇，店主是张宝德呀。"嗯？祖盛听了一愣。又问他："有个叫王大拿的你知道吗？"小六子不屑一顾地说："王大拿都死啦。"这一下祖盛蒙了，眼前这个十五六岁的孩子，好像一下子高大了不少。这哪是什么孩子？整一个混世小魔王啊。祖盛问他："可是你跟着哥哥要做什么呀？"小六子摇了摇头，说："我也不知道哇，反正你干什么，我就干什么呗。"祖盛低下头沉思了一会儿，说："这么着吧，你跟哥哥走一趟，之后咱们再说。"

这天夜里，祖盛带着小六子来到藏宝的地方，取出从紫禁城拎回来的宝物，借着月光，他把东西放在地上让小六子看，他问小六子，懂不懂这两个东西。小六子上下认真地看着，说懂倒不是很懂，但看得出，肯定是很值钱的东西。他问祖盛："这个时候你把它拿出来干什么呀？"祖盛说："卖了。"

"卖了？"小六子看着祖盛，摇了摇头，说，"这兵荒马乱的时候，谁买呀？"祖盛笑了："兵荒马乱的时候照样有人买。走，跟我到琉璃厂走一趟。"小六子一把将他拦住说："这个时候到琉璃厂，你不是找死吗？即便你跑得了，东西不也扔那儿了吗？"祖盛一下子愣了，心想，还别说，这小子说得有几分道理。

小六子问他到琉璃厂找谁，祖盛说："找明月斋的张宝德呀，把这两件东西卖给他。""我当什么事呢，"小六子说，"干吗还非到琉璃厂啊？到他家里不就结了。""到他家？你认得他们家呀？""那当然，不然你兄弟我也不敢跟你吹这个牛哇。再说，这个时候琉璃厂谁家还开店哪？"祖盛一想是这个道理，说那好，咱们就到他们家去。

小六子带着祖盛来到东郊一个四合院的门前，敲响了大门。他让看门的告诉主人，说小六子来了，带了几样好东西让东家掌掌眼。看门人进去后，祖盛有点不放心，便问小六子："就咱们俩，带着这么贵重的东西，能不能叫他把咱吃黑喽？"小六子毫不含糊地对祖盛说："对别人可能，对咱，他不敢。"嘿，没看出来，这还真是个小混世魔王呢。不一会儿，一个熟悉的声音传了出来："六子来啦……"推开门，一张胖乎乎的大脸，正是明月斋的张宝德。

从上次被祖盛敲走八百两银子后，张老板对祖盛痛恨至极，但今天是这个小精怪领祖盛来的，张宝德还算客气，把他们让进屋里。进屋后，六子对张宝德说："张老板，我朋友有几件东西，您给掌掌眼。"张宝德笑了，说这位陈少爷他认识。于是祖盛把两件宝物拿出来放在桌子上。见了桌上的东西，张宝德倒吸一口冷气。他拿在手中认真地看着，边看边说："好东西，真是好东西呀。只是一点，这是皇家的宝物，谁敢收在手中，那是要掉脑袋的呀。"

看完，他将宝物放在桌上，看着陈祖盛。祖盛心里明白，张宝德要杀价。于是他对张宝德说："不错，我们只想知道这是不是真品，掉不掉脑袋，那与咱无关，有不怕掉脑袋的人。"说完，祖盛对身边的小六子说："咱们走。""哈哈哈……"身后的张宝德笑了，"陈少爷，我真佩服你，满京城都贴满了你的头像，你还敢提着这么贵重的东西出来，也不怕叫人吃了黑？"

这时，小六子对张宝德说："张老板，这活儿是大虎爷让我带陈少爷来的。大虎爷关照过，买卖行与不行，给个公道。"张宝德马上赔出笑脸说："这个我知道，这个我知道。"于是他再次坐到桌边看着宝物说："论行情，值些银子。可现在兵荒马乱，谁肯花大价钱收哇？哎呀……这个……"陈祖盛笑着对张宝德说："张老板，甭再跟我兜圈子啦，您就说，这两件东西您能出多少银子吧？行了，您就收着。不行，我就拿走。"

张宝德不停地看着，最后说："这么着，我一口价，三千。"祖盛毫不退让地说："八千。"张宝德又说："五千。"祖盛还是坚定地说："八千！""哎呀陈少爷，摞平时，两万可能都是它。可现在是什么时候？谁家放那么多银子是不是？你肯定是要跑路，过几天我也要跑路。身边总得留点钱哪是不是？"听了张宝德的话，祖盛也觉得差不多就行。于是对他说："五千就五千，但我要现银。"

"没问题，我马上就取。"

不大工夫，张宝德从后屋取出三张银票，两张两千两的，一张一千两的，共计五千两银票交到陈祖盛手中，说："兄弟，刀不刀的咱们一页翻过。看来咱们还是缘分不浅，以后有什么好东西，你尽管往哥哥我这儿拿，肯定比别人的价高。"祖盛叠好银票，对身旁的六子说："咱们走吧。"于是二人走出门外，张宝德乐呵呵地送到大门口。出大门的陈祖盛对张宝德说："张老板，我今天给您的是兵荒马乱的价，等什么时候太平喽，我再来取太平后的那笔银子。记着，把东西给我收藏好喽。"说完，一转身，他领着六子消失在夜色之中。张宝德气得直翻白眼，心说："这小子还真想吃定我啦！"

出得张家，祖盛带着小六子在一片树林里坐下，今晚的月亮好美好亮，隔着树丛都能照见他们的脸庞，祖盛看着小六子，沉思了一会儿问他："六子呀，你跟哥说，你到底是干什么的？你说的那个虎爷到底是干什么的呀？"小六子拿了根小树枝在地上有心无心地划着，说："虎爷是道上的，吃替人平事这口饭的。"祖盛问："他手下有好多人吗？"小六子说："是，都是挺能打仗的。"祖盛又问："那个虎爷杀过人吗？"小六子看着祖盛点点头说："杀过，所以谁都不敢招惹他。"

哦……祖盛一听明白了，是吃杂木地的人。便问小六子："你是跟着他的吧？"小六子乐了，说："是。"祖盛略有所思地摸了摸小六子的头说："六子呀，哥不能在此多待啦，下一步要去哪儿，连哥自己也不知道。哥感激你这些天的关照，还是那句话，如果哥不死，哥一定回来找你。"说着，祖盛取出一千两银票放在小六子手里说："六子呀，这些银子你拿着，看看能干点什么，自己干点什么，道上那口饭不是好吃的，也省得混不好，哪天出了事。"

小六子哭了，说："哥，我不要银子，我就想跟着你。你上哪儿我上哪儿，你吃啥我吃啥。"祖盛说："六子呀，哥现在是跑路的人，是玩命的人。是死是活连我自己都不知道，你说你跟着我除了遭罪，还图啥吧？你毕竟还小哇。"六子看着祖盛说："哥呀，我不小啦。是人知道的事，我都知道，是人做过的事我都做过。我哪儿都不想去，我谁都不想跟，只想跟着你。你上哪儿我就上哪儿，你遭啥罪我跟你遭啥罪。你玩命，我跟你玩命。你要死了，我替你报仇。"

呀！祖盛真没想到，一个十五六岁的孩子能说出这样一番大人都难以说出的话来，真是不能小看了这个小混世魔王呢。借着月光，他望着六子真挚的脸和流下的泪水，忽感到自己是那么喜欢这个小兄弟。他起身坐到六子身边，紧紧地搂着小六子问他："为什么非要跟着哥哥我呀？我哪儿好呢？"小六子说："我知道你，也听说过你。你是陈家的大公子，你是好人，更是条汉子，所以我就想跟着你混。"祖盛乐了，说："哥是有家有业的人，哥哥不能混哪。"六子说："等你不混的时候，我也就不混啦，反正我就想跟着你。"啥也不用再说了，反正他就是想跟着自己啦。祖盛感慨地拍了拍他的肩说："既然这样，那你就跟着哥哥吧。"

跑路是他们现在唯一的出路。可怎么跑，往哪儿跑呢？祖盛想了整整一个晚上。深夜，他将睡熟的六子唤醒，对他说："六子呀，在这个世界上光拿银子是不行的，你不是说认得卖枪卖炮的人吗？哥哥想买两把枪，你能不能帮哥哥买到？"六子揉了揉眼睛说："没问题呀。"祖盛问他："到哪儿买呀？"他说："就找虎爷买呀，他以前替别人买过枪。"祖盛又问："能不能出啥事？"六子摆了摆手说："不能，人家很讲规矩的，拿啥钱办啥事，不吃黑。吃黑往往都是在不讲道的情况下才做的。"

"哦……"祖盛点了点头，心说，在这方面自己还真不如眼前这个臭小子。于是他问小六子，什么手枪最好用。小六子说大多愿买德国造的驳壳枪。子弹装得多，还能打连发。祖盛想了想说："那好，咱就买两把驳壳枪。大概多少银子一把？"六子不假思索地说："一百两银子一把。"祖盛又问："子弹怎么卖？"六子说："二两银子一发，一支枪只卖二百发。"祖盛咂舌问道："二两银子一发？那么贵呀？"小六子笑了说："哥，不贵呀，一颗子弹可就是一条人命啊。"祖盛抬起头望着夜空想了想，说："可不是吗，这样一想也就不贵了哈！"

两人用一千两银子，买了两支驳壳枪和四百发子弹。取到这两把枪的那天祖盛乐坏了，驳壳枪在夜里闪闪发光，招人稀罕。六子像小教师爷一样帮他摆弄着，告诉他怎么上子弹，怎么扣扳机，怎么瞄准，怎么打枪。祖盛看着枪，心说，青龙偃月刀的时代过去啦，现在是洋枪洋炮的时代啦。中国人手里要都有这些家伙，洋鬼子敢占咱京城吗？忽然，九红被扒光衣服的情景闯进他的脑海，他发了狠地冲着天一扣扳机，啪！清脆的枪声震荡林间山谷，他拍了拍小六子的肩说："走，跟哥到关外去！"

第二十章

学演关公

　　因为陈祖盛打死洋人，陈琏琨和霍九红被押进大牢。在霍班主和梨园人与洋务办的人的交涉下，加上施暴罪行的揭露，洋人不得不同意将霍九红放出，但陈琏琨仍被关押在大牢。

　　听说九红遭此劫难，梨园人既气愤，又心痛：多好的角儿啊！这些天好多人提着补品来到霍家进行慰问，表达愤慨。可除了霍夫人，他们谁也没有见到，霍九红更是谁也不见，唯同意万鑫魁见了她一面。因为听父母说，在营救她的时候，万鑫魁玩了命一样与洋人交涉，最后也是他花好大一笔钱说和，才把她营救出来。见到九红时，万鑫魁抱着九红捶胸顿足，痛哭不止。他要验看九红身上的伤，却被九红拒绝了，九红说不必了，伤总是会好的。

　　营救出霍九红后，梨园人再次发起营救陈琏琨的行动，但这次失败了。洋人提出一个条件，要陈家或是梨园界，拿那把青龙偃月刀来换人。大家一听全傻了眼，连外国人都知道这把宝刀，你说可怎么办？问九红九红不知道，托人到大牢问陈琏琨，陈琏琨一问三摇头。陈家院里没了人，祖盛肯定也逃命去了。这可怎么办？有人说，乌夫人和小儿子肯定逃往山东了，便派人到山东与陈家人联系。

霍班主这几天脸色铁青，什么也不说，一个人在角落里来回踱步。他不仅替女儿难过，更替女儿后悔。好好一个闺女，愣是嫁到了陈家遭这份罪。他恨洋人，更恨慈禧太后。好好一个国家，愣是叫洋鬼子打成这般模样，叫百姓承受这般苦难。一想起陈琏琨，他更是心烦，还活关公呢，弄一堆财宝叫人惦记，弄那么一把青龙偃月刀惹祸上身，现在想救他都不成，在大牢里还不肯拿刀换命。他望着窗外的飞鸟说："唉，人为财死，鸟为食亡啊，老祖宗们哪，你们这些话，是多少人用血和命总结出来的千古绝句呀。"

世道混乱，梨园人还上哪儿唱什么戏呢？大家和街上的百姓没什么区别，家境好点的靠吃点老底子，家境不好的也得上街该卖粥的卖粥，该卖瓜的瓜。实在没本钱的底包，只好拎双鞋，跑到人多点的地方要要把式，混两个钱度日。大家企盼着能赶快太平，让老百姓的日子好过点，但不知什么时候是个头。乱世呀，你快快过去吧！

经过长途跋涉，陈祖盛领着小六子闯过了山海关。向前望去，雄关古道，遥遥的长城延绵起伏，不禁让人感慨万千。长城再长，也只想挡着关里关外的百姓，外国人却几炮便轰开了国门。九红和爹被辱的一幕在他眼前久久挥之不去。他心里像火一般燃烧，可也只能偷着藏着像贼一样地活着。心说，什么世道，就没个讲理的地方。再走百余里之后，一片镇子显现在眼前，再走也实在是走不起了，想了想，已离开京城好远了，抓他找他也想不到这个地方，于是他便和小六子走进城里住了下来。

一晃好些日子过去，可总待着也不是个事。干什么呢？除了唱戏，自己什么也不会呀。对，搭个班子唱吧，也算没事找事啦。这几天祖盛在街上东张西望的，发现尽管京城叫洋人占了，可关外却好像没受什么影响，街上的店面该开开，人们该吃吃，该喝喝。祖盛和六子吃过饭走进一个戏园子，见戏园子里面照旧唱戏，捧场的人连呼带叫，好生热闹。这一场面恍如隔世，使他感到周身上下热血沸腾。

自己是京班子里的人，爹和媳妇都是京城叫响的角儿。爹和九红要是不出事该有多好，他担心着，一股辛酸泪便涌出双眼，小六子知道哥哥想家，又想起难过的事了，便偷偷地递给他一条手巾，祖盛擦过泪后对小六子说："唉，哥哥以前也是干这个的。"小六子笑了，说："我知道，我看过你唱戏。""嗯？你看过我演戏？你看我演过什么呀？"小六子想了想说："我看你演过大花脸。"祖盛心里明白了，便对小六子说："那是周仓。"小六子不明白地问："周仓？周仓是干什么的呀？"祖盛说："周仓是关公的副将，是给关二爷保驾的。"小六子说："那我现在就是周仓了呗？""嗯。"祖盛看着他笑了，说，"就算是吧。"

一连看了好几天的戏，祖盛挑了一个还不错的戏班，想试试，搭个班。一天他走进后台，找到了班主，说自己想搭他的班子唱戏。班主姓郑，年近五旬，为人还算客气，问了他好多戏班的规矩，祖盛对答如流。之后班主又问他都唱过什么戏，祖盛便把跟他爹学的戏和看过的戏都跟班主报了一遍。班主一听他报上来的戏码，顿时一惊。这是行家，是好角儿啊。于是问起他的过往经历，当得知他是京剧名家陈琏琨的儿子时，马上起身，恭恭敬敬地给他深施一礼："陈公子在上，小的有眼不识泰山，见谅见谅。"祖盛忙起身还礼："打扰打扰，先生见谅。祖盛行至关外，近来也无事可做，便想在先生这里停留几日，还望先生关照。"

陈琏琨的儿子来唱几出戏，那还用说吗？可郑班主看着他有些思虑地说："按理说这是件大好事，可老朽的班子太小，利也太薄，不知这个……"祖盛立马明白，要说价钱了。于是祖盛满面含笑地告诉班主："先生不必过虑，唱戏钱我分文不取，祖盛只想在这里停留些日子，够口饭吃就行。"

听了这句话，班主喜笑颜开，哈哈，天上掉馅饼了！

郑班主把祖盛和小六子留在戏班，安排了上好的住处，每天吃好的喝好的，待如上宾。几天过后，老班主来见祖盛，问他想先唱哪几出戏，好给他备好行头。祖盛毫不含糊地告诉班主，先安排头三天的戏，先唱《古城会》，后唱《艳阳楼》，最后唱《铁笼山》。班主刚要走，被祖盛拦住。他告诉郑班主："我出来唱戏爹不知道，所以千万别提我是陈琏琨的儿子。"本来一心想打着陈琏琨名义挣钱的郑班主有些心凉，可又一想，这也可能是陈家的规矩，便答应了他的要求。不提就不提，少班主唱好了也行。郑班主欢欢喜喜地去安排戏的事了。

尽管如此，戏园子门前还是张贴了不少帮着祖盛吹牛的牌子，什么国剧高手、红净名家，等等。还别说，还真有不少看戏的行家和戏迷前来观赏。戏就要开场了，陈祖盛把谱摆得十足。小六子在后台帮他端茶倒水，揉肩捶背。之后他也学着他爹的样子，取过青龙偃月刀，对着关公像又是烧香，又是叩拜。也杀了一只白毛鸡，用血涂抹刀头，好一番折腾。戏班人看傻了眼似的冲他竖大拇指说："好角儿就是好角儿，这派头真是与众不同。"

郑班主有个女儿，名叫郑婉秋，不仅人长得漂亮，戏唱得也相当好，是这个班子里的当家旦角儿。郑班主将女儿介绍给祖盛，希望将来在梨园能得到陈家的关照。婉秋哥哥长哥哥短地叫着，陈祖盛客客气气地应承着。大家恭敬完，便都下台等着看他的好戏去了。

锣鼓阵阵，唢呐声声，大戏开场了。一阵嘶哑的嗓子扯开《古城会》的大戏，台下顿时哄哄嚷嚷。陈祖盛扮着关公，手提大刀来到台上，却因脚下不稳，没亮好在九龙口的第一次相，惹来观众一片倒彩。郑班主顿时慌了手脚，但人有马高镫短，这也只是开场，也许一会儿会好的，他尽量平复下自己的心情，仍坐在那看戏。祖盛只是看多演过这出戏，自己并未

大京班

唱过。本来以为关外这不毛之地没见过什么，他上来比画一通，观众就会认账。哪想关外对戏之专业不亚于京城，也是各派林立，好角儿芸芸。他这两下子怎能唬得了国剧行家？

一阵倒彩后，陈祖盛顿时心虚。马趟子的圆场也跑不匀称了，上马的动作也做不全了。这时台下炸了窝一样沸腾了，倒彩声连带着水果皮一起扔到了台上。祖盛还想接着唱，可台下的人再不认同，大吵大嚷地轰他下台。吓得郑班主只好跑到台上冲着台下直拱手，赔不是，马上换女儿的《春秋亭》白送给大家看，才算平息了观众的怨气。出了场子观众还大骂不止，还国剧高手，红净名家。狗屁！

站在不远处观望的祖盛心里七上八下的，不知该怎么面对郑班主，小六子却咯咯笑个不停。祖盛问他："你笑什么？"小六子问他："这出戏你唱过没有？"陈祖盛说："没唱过。"小六子说："没唱过的戏，你也敢上台唱？我真是服你。"陈祖盛说："可不是吗，漫说你，连我都佩服我自己，连没唱过的戏都敢唱，这个世界上还有什么我陈祖盛不敢干的事呢？只是一样，我该怎么和人家郑班主交代呀。"

这天晚上，郑家班的院子里跟开了锅般的热闹，大花脸、小花脸，花旦闺门旦，全都在院里学起了陈祖盛的《古城会》，祖盛和六子隔窗看着他们学自己寻开心的样子。叽叽喳喳的抢白，嘻嘻哈哈的笑话，如刀子一样剜着祖盛的心。唱好关公戏是他一生的梦想，当个京剧好角儿是他奋斗的目标。首战兵败关外，面对同行的戏弄，他的自尊被大大挫伤了。满以为是京剧世家的艺人，就可闯荡江湖，现在看来自己的确没下到功夫，舞台上就是不灵。这时才想起父亲的一句话，台上一分钟，台下十年功啊。

陈祖盛走进郑班主的房中，见郑班主正一个人坐在那儿喝闷酒，一看便知心里很不畅快。郑班主看着进来的他，轻蔑地哼了一下，那意思好像是说"真是笑话"。祖盛愧疚地对班主表示了歉意，说如果自己唱主角儿不灵，以后可以安排他唱配角儿。不说便罢，一说唱戏，郑班主立马气不打一处来。他说："你跟我说句真话，你到底是谁？你是陈琏琨的儿子吗？"陈祖盛立即对天盟誓，说只要有半句假话，天打五雷轰。之后便把家中老小，父母过往都跟郑班主叨叨了一通。郑班主这才半信半疑，但这仍纳闷，陈琏琨的戏自己看过呀，如猛虎游龙，叱咤风云一般。漫说你是他儿子，就是给他看大门的人，也不至于把戏唱到这步田地呀。行啦，看在前辈面子上，也别再追究，亏就自己吃了吧。郑班主从床边取出五十两银子对陈祖盛说："真的也好，假的也罢。毕竟咱相识一场。戏唱好也中，唱砸也罢，这是老朽给少爷的报酬。如日后相见，还望少班主见谅。您明儿个就另寻个地方吧。"郑班主给陈祖盛下了逐客令。

祖盛站也不是，坐也不是，无奈之下，把近来自己的家事告诉了郑班主。他求郑班主开恩，让自己留在郑家班暂避一时，等京城有了变化，家人有了消息，他再回京城。郑班主一听，顿感惊讶："原来陈家蒙难啦？这还有什么说的？天下梨园是一家呀，戏咱可以不唱啦，就在叔叔我这儿待着，想吃什么吃什么，想喝什么喝什么。"祖盛说："别价，我毕竟是个大活人，干点力所能及的都行。"力所能及的是什么呀？郑班主低头合计着，祖盛说："实在不行，我就下厨，给咱班子做饭吧。"郑班主一听直摇头："那哪成啊？您是陈家的少班主，大少爷，怎么能跑到我的班子里做饭呢？这要是叫人知道了，我以后在咱梨园行可怎么混哪？"祖盛笑着说："没事，我在家也常帮我们班子下厨。明儿个您把班子里厨子辞了，后天我正式下厨，咱就这么定了。"

别看祖盛唱戏不灵，做厨师却得到班子里的一片赞扬。大家伙端着碗来到伙房都笑盈盈地冲着他直竖大拇指，调皮的小花脸冲他说："还别说，关老爷炒的菜就是好吃。"逗得大家哈哈大笑。

郑班主和女儿更是喜笑颜开。一是他们在危难中结识了陈家公子，二是祖盛煎炒烹炸，样样可口。如果婉秋晚上有戏，白天祖盛就知道该给姑娘做什么吃，肯定不会糊她的嗓子。郑班主甚是高兴，只要晚上有空闲的时候，便烫上一壶小酒，把祖盛约到屋里喝几口，听祖盛讲他知道的事。在班主心里，祖盛是有学问的人。他不仅知道得多，且讲得绘声绘色，有条有理，有滋有味。时间长了婉秋也凑起热闹，听得她如痴如醉，格外开心。

有一天，郑班主唱了一出《华容道》，祖盛甚是惊讶，他真没想到郑班主关公戏唱得这么好。这天晚上，祖盛来到郑班主的屋里和郑班主攀谈起来，聊着聊着祖盛便把话题扯到关公戏上，他道出希望郑班主教他关公戏的要求，被郑班主一口回绝。郑班主说："你这不是纯让我关公面前耍大刀，鲁班门前弄利斧吗？跟你那两个爹相比，我这纯属野路子，端不上台面。这以后叫人知道了还不笑掉大牙？绝对不行。"可祖盛却跪在了他的膝下："郑班主，我虽是梨园世家出身，怎奈我爹不肯教我，我岳父也只传他子不肯教我。我平生只想学好关公戏，却求师无门。看了班主的戏，我深有感触，望班主教我。"

"哎哟哎哟，这可愧杀老朽啦，少爷快起来，少爷快起来，我可真受不了你这一跪。"说完，郑班主将祖盛扶起来，望着那一脸的挚诚，他很感动，可仍觉这是个难题，他对祖盛说："少爷，您说您在这儿想怎么着都成，唯这唱戏，我没这个资格呀，您想您是名班子出来的，我……"祖盛忙打断他的话："郑班主，别提什么名班子，我知道我不灵才想跟您学戏，您也别看不起我，我就是想跟您学，这还有什么不行的呢？"郑班主想了想说："少爷，您看这么着行不行，您哪也别拜我什么师父，咱爷俩就是好好研究研究这戏。有空呢，您可以过来跟我切磋切磋，我呢能帮上什么就帮你什么，您看成吗？"祖盛想了想说："也好，我想让您把您会的那几出关公戏认认真真地给我说说。"郑班主说："也好，赶明儿个起，每天晚上你愿意过来就过来，我给你说说。"祖盛哈哈大笑地上前一把抱住郑班主说："郑班主，谢谢您啦，保不准哪天还真叫您教出个活关公来。"郑班主低头自嘲地笑了笑说："但愿如此，但愿如此。"

从这天开始，祖盛天天依旧做饭，伺候台上台下的角儿，该干什么还干什么，只是多了一样，晚上偷偷地跑到郑班主的屋里学戏。学戏的头天晚上，郑班主问他："少爷，您说您干什么不行？为什么非要学这个戏呢？"祖盛说："班主，叫您说着了，其实我什么不干也衣食无忧，但是我就是想学关公戏，我就是想唱关公戏，您说该怎么办呢？"郑班主叹了口气说："没辙，这就叫没辙呀。"接着他对祖盛说："咱不论师徒可以，但您毕竟想跟我学呀，既然想跟我学，那么咱们也得讲点规矩，学戏的过程中一切您得听我的好吗？"祖盛毫不犹豫地回答说："听！绝对听您的，您怎么说，我就怎么做。"

郑班主望着他说："把腿抬起来我看看。"祖盛很听话地把腿抬了起来。郑班主一看，还行，基本功还可以，只是脚下很不稳当，晃来晃去，脚下没根。于是对他说："唱戏全凭两条腿，从今天开始你要每天都练两个时辰的腿，跑五十圈圆场，行吗？"祖盛忙点着头说："行！"郑班主说好，回屋练腿去吧。祖盛愣了，心说，您不是说给我说戏吗？郑班主看出他的心思，便说："戏好学，功难练。你脚底下都站不稳当，学了戏又有什么用啊？先练腿，跑圆场，我看行了再给你说。"祖盛没敢反驳，低着头回屋压腿去了。婉秋知道了这事后直怨父亲："人家少爷拿您当回事，您还真摆上谱啦？好歹那是陈家的少爷，将来叫人知道了多不好？"郑班主说："你不懂，我这是为他好。我才不想叫人知道呢，真要叫人知道也得说我郑春云是个地道的人。"女儿听了爹的话觉得也是有些道理。

从这天开始，祖盛每天夜里都在郑班主的小后院里，穿上厚底吊腿，撕腿，劈叉，踢腿，之后郑班主拿着一根小藤子棍看着他跑五十圈圆场，之后又要看着他左右晃动五十圈的双晃膀。祖盛问郑班主为什么要晃双晃膀，郑班主告诉他，这两条膀子可太重要了，如果松弛不下来，做出所有的动作都显得僵硬，不自如，没有范儿。祖盛心服地点了点头，只要是师傅说的，一定有道理，一定有道理。所有的基本功下来足有两个时辰。

从这天开始，祖盛一有时间便练功，不是压腿就是晃膀子，把郑家父女都看呆了，心说，这小子还真有点毅力。时光如梭一天天过去，郑班主见祖盛的功力大有长进，心里很高兴。祖盛也觉得师傅该教戏了，一天晚饭后，他跑到郑班主的屋里问班主，是不是该给他说戏啦。郑班主指着为他搬来的一把唱戏用的大太师椅，让他坐在上面。祖盛听话地坐在太师椅上，以为班主要给他说戏了。郑班主让他贴着椅子前后左右晃动，祖盛也前后左右地晃动。晃动了一会儿觉得除了头晕之外，没什么意思，便问郑班主："这是干什么呀？这叫哪门子功啊？"郑班主一听乐了："叫你说着了，这叫椅子功，知道吗？你爹没跟你说过？"祖盛呆头呆脑地摇了摇头说："没说过。"郑班主叹了口气，心说："也难怪，看来你爹是真就没想把戏教给你呀。"

郑班主告诉祖盛，这功夫的作用可大啦，跑龙套的没必要学，可要想唱角儿，非学这功夫不可。祖盛还是摇着头不明白，郑班主把他替下来，自己坐到椅子上开始前后左右地晃动说："所谓逢前必后，逢左必右哇，在场上的一举一动，摇头摆尾的动作从哪儿来？都是从这儿来的呀。先是前后左右地摇，慢慢地加上上身和手臂的摆动，看见了吗？"郑班主边说边做，把动作做得极美极洒脱，看得祖盛有些着迷，他心说，难怪这些个唱角儿做出的动作那样美，叫人看着那样舒服，原来如此呀。郑班主走过来拍了拍他的肩说："少爷，我教你这些东西好像与戏无关，其实作用大啦。"祖盛兴奋地一拍大腿说："师傅哇，您说得对，我知道，这东西才是我祖盛要学的东西呀。"

从这天开始，祖盛像着了魔一样迷上了这个椅子功，有空他就摇，有空他就晃，晃得他眼前的人不知道是怎么回事，一个个都过来直摸他的头，以为他发烧烧迷糊了。劈腿，圆场，晃膀子，摇椅子；劈腿，圆场，晃膀子，摇椅子……摇哇摇，晃啊晃，时间如流水般匆匆而过，一晃三四个月过去了。一天晚上，祖盛正在跑圆场，郑班主拿着两把大刀走过来，交到祖盛手里一把说："少爷，今天给你加门新功，耍大刀。这是练手里的功夫，上得台，手拿着这把青龙偃月刀会显得自如，好看——一取，一掂，特别是耍刀花背刀的时候，整套动作不仅要连贯，还要漂亮。"说着，郑班主开始给祖盛做了一套关公耍大刀的动作，边做边说："刀随人走，行肩揉背，上劈下撩，横扫如风。托刀提刀，如松伫立，跨马背刀，开现杀机。所以演关公的手眼身法步要融为一体，看见了吗少爷？"

做完之后，他走到祖盛身边接着告诉他："再跟你说说耍刀时这双眼睛吧，按照咱唱戏的说法，关公是轻易不睁眼睛的，如果他怒目睁开是要开杀戒的，所以他提刀、托刀的时候都是微闭双目，显出他大丈夫的气概和性格中的傲慢。他所有动作都比一般人物的缓慢，显出他对一切毫不在乎，英雄本色也好，英雄气概也罢，总而言之，演这个人物的时候，在台上心里唯记住一点，老子天下第一！所以你现在明白你爹为什么总在家里摆关公像啦，老爷戏总体来说讲究功架，明白吗少爷？"

祖盛此时方有所感悟，好一个英雄本色，英雄气概！郑班主笑了笑说："纯属班门弄斧，班门弄斧哇，你说你爹是当代活关公，你却在这儿听我臭白话，是不是太可笑哇少爷？"这一刻祖盛对郑班主感到从未有过的亲切，长了这么大，学了这么久的戏，就没有人跟他讲过这么多让他听着有感悟的话语。他认真地跪在地上对郑班主说："我爹再是活关公，可他不教我。虽然您说不认我这个徒弟，可我认你这个师傅。师傅您放心，我一定学好关公戏，不给您老丢人。"郑班主忙扶起他说："别价别价，这是我应做的，应做的，只要你想认真学，就是咱梨园人的幸事。"

一晃过了好些日子，祖盛的长进很大，郑班主告诉他马上要给他说戏了，乐得祖盛在睡梦里都比比画画。有天夜里，六子把他从梦中叫醒，说他叨叨咕咕说什么站如松，坐如钟，稳如山，行如风……手脚还不停地比画着，怪吓人的，是不是睡迷糊了？祖盛一听乐了，说想不到我陈祖盛学戏也能学得神神道道的。

到关外好些日子了，这天祖盛和班主告了假，说想与六子一块到奉天城逛逛。郑班主给了假，告诉他们早去早归，别在外惹事。祖盛欣喜地答应了，叫了辆马车一路奔奉天城而去。

关外的名城别有一番风情，大姑娘小媳妇性格开朗，小伙子老爷们儿性情豪放。一天路过市场，只见一片圈楼上都是招摇的姑娘，她们穿得花花绿绿，一只手半捂着嘴，一只手拿一方小手帕冲下面的人们招呼着，正是一座青楼。

六子问祖盛为什么不进青楼玩耍，祖盛说："什么地方哥都敢去，唯这个地方哥不能进，那样对不起你嫂子。"六子一听点了点头说："我早说过，你跟他们不同。你是个汉子，而且讲仁义，所以弟弟我愿意跟着你。""是吗？"祖盛美滋滋地笑了笑，"嗯，这话我爱听。"

逛完奉天城，祖盛和六子回到了锦州城。他们嘻嘻哈哈回到班子，发现人们的脸上不对劲，打听了几个人，谁都是不好说什么的样子。嗯？这是怎么啦？祖盛忙奔郑班主的屋走去。见郑班主一副愁眉苦脸的样子，眼睛肿得跟桃似的，明显刚刚哭过。不问还好，祖盛一问，郑班主呜呜地又大哭起来。"到底是怎么回事呀？哎呀，可急死啦。"祖盛真着急了，便上前一把将郑班主的手拉住问他到底怎么了，于是郑班主将发生的事情讲给了他。

就在昨天晚上，刚刚散了戏的时候，突然来了一伙蒙面大汉，将婉秋给劫走了。只留下一封信，说让班子凑足三千两银子，五天后等着赎人。如果五天后不能交钱的话，他们就撕票。祖盛听后问班主这伙人是哪儿的，头头叫什么名，郑班主摇了摇头说不知道，他们只说五天后他们会给咱们消息。祖盛沉默了一会儿认真想着什么。郑班主说："我担心姑娘叫他们糟蹋了。"祖盛劝慰老班主："不会的。我猜想这伙人肯定是黑道，或是土匪。他们劫了人既然想让您出钱去赎，多半是为了索钱财。如果他们想祸害人，就不会提出五天后让您赎人了。"郑班主觉得有些道理，便问："祖盛，你看应该怎么办？"祖盛说："还能怎么办？就是砸锅卖铁也得救姑娘啊。"郑班主说："对对对，砸锅卖铁也得把我女儿救回来。我明天张罗银子去。"

第二天回来的时候，郑班主仍是一副愁眉苦脸的样子。祖盛问他张罗得怎么样啦，他告诉祖盛，好多人都躲着他，不肯见他，更甭提借钱啦。张罗了大半天，还没凑够八百两。郑班主一顿足说："水到尽时天不雨，人逢难处无友朋啊。可怜我那姑娘……"说到这儿，郑班主说不下去了。班子里好多人来劝他，有的说不行大家伙帮着班主凑凑。可除了两个还算仗义的人外，多半只是叹息，班子里的人又有几个钱哪。

老班主担心夜长梦多，女儿遭遇不测，便又到外面奔波求人。万般无奈许下承诺，谁要是能救出婉秋，他就将女儿许配给谁。满以为这是件可以打动人心的条件，可仍是没人接这个茬儿。一是要跟土匪强人打交道，二是得三千两银子，这兵荒马乱的年月，上哪儿弄这三千两银子呀？有这三千两银子谁买臭唱戏的呀？老班主再次沮丧而归，坐在屋里号啕大哭，大骂吃人的世道，坑害他们父女。祖盛劝郑班主别急，说大家再好好想想办法。

晚饭后，祖盛把班子里还算仗义的汉子，一个是唱大花脸的张德凯，一个是唱武生的马血旺叫到屋里，向他们了解这一带的情况，估计是什么人把婉秋姑娘劫走的。张德凯认为不像是什么黑道，肯定是明道上的土匪干的。辽西这一带好几伙土匪，离这儿最近的是在黑山一带的王三发，号称叫九天，手下有百号人马，斧钺钩叉，长枪土炮都有，连官府都不愿碰他。他常跑到城里来抢劫，绑票，这回估计还是他。

祖盛听了大概心里有了点数。祖盛又问他们这个王三发有什么爱好，张德凯笑了："这行的人还有什么更大的爱好？一个是钱，一个是色呗。"他告诉祖盛，西城不远处的花满楼，是有名的青楼，那里的头牌叫五唤春，是王三发一直包养的。祖盛听了点头思索着。张德凯问："怎么着兄弟？你不会是想跟王三发叫板吧？"祖盛眯着眼睛看着张德凯，说他还没想好。张德凯说："行啦爷爷，我知道您胆大，什么戏都敢唱。可那是在舞台上，顶大天弄几个倒彩叫人轰下去。可这是玩命啊，弄不好脑袋就不在脖子上长着啦。"

明显他不赞成玩这个命。唱武生的马血旺却不忿："妈的，土匪怎么着？土匪也不是铁打的，我还就真不忿这个劲。"看出来了，这是条汉子。于是祖盛问他们，如果我要真和这个王三发动家伙，你们谁肯跟我一起办这个差事？一直在一旁听事的小六子举起手说："算我一个。"马血旺也举起手说："兄弟，我跟你干！"张德凯不好意思地摇了摇头："兄弟，不是我不肯帮班主，可我是有家小的人，玩不起这个命啊。"祖盛说："哥哥放心，这个咱纯凭自己。咱都不是什么黑不黑道，土不土匪出身，但不能眼看着婉秋姑娘身陷火坑，不能看着老班主家破人亡不是。有这个胆的，咱就试一试。没这个胆咱还是兄弟。"

张德凯走后，祖盛对六子和马血旺说："兄弟们，死马咱当活马医，是真是假咱先试一家伙。放心，掉脑袋的事由我来，你们只管配合着我就成。你们看成吗？"两人点点头。马血旺有些气馁地说："唉，可惜咱没硬家伙呀。"祖盛说："这个我来想办法，听好了，你们就像唱戏一样，只管配合我。我猜想这件事，王三发占有八九。明天咱分头打听打听，摸摸情况。六子呀，你先到那个花满楼踩踩点，看看地势，给哥哥我选个地方。"小六子鬼机灵地点了点头。祖盛冲马血旺说："兄弟，你也随意走走看看，有什么觉得有用处的事，告诉我。千万记着，这件事除咱三个人，谁都不能告诉，包括郑班主。知道吧？"两人点了点头，今晚的事算是结束了。

第二天照着陈祖盛的吩咐，他们各自行动，办自己需要办的事情去了。祖盛来到街上给自己置办了一身讲究的衣服，古铜色的长袍，黑色的褂子，琉璃厂商人的礼帽，配上一副黑色的墨镜。他穿戴在身上看了看，觉得自己真是很英俊呢，左右摇摆看了看，心说就差腰里再插上两把家伙了。置办完毕，给六子和马血旺也各买了一套像样的衣服，心说妥了，唱这出戏的行头老子置办完啦。

进了家铁铺，买了两把雪亮的短刀，又在街上买了几尺黑布。祖盛又买了几双便于行走的千层底布鞋，回班子后将这些东西放到自己的床下，之后来到了郑班主的屋里。老班主一副一筹莫展的样子，看着进来的祖盛只是无奈地摇了摇头。祖盛走到他的床边，将一包银子放在他的身旁对他说："班主，我就这么大的能耐啦，不够的您再好好想办法凑凑。您放心，只要有我在，您的女儿肯定不会出事。这两天我也可能不在，但您老放心，我不会出什么事的。后天如果有前来索钱的人，您带着银子把婉秋妹妹赎回来。一般来说，图钱的人不会祸害我妹妹，这也是他们道上的规矩。如果没人来索钱，您也甭担心，在班子里等我的消息，我一定将妹妹带回来。"

说完，他拍了拍郑班主的肩，自己走了出去。嗯？这是怎么个茬儿？郑班主还没来得及反应，人走了。郑班主看到床边有一个包裹，打开一看，白花花的银子露了出来。郑班主顿时泪流满面，心说，这个搭班的少班主自己真是留对了，别看他台上关公唱得不怎么着，可仁义之心却真真难得。等他回来自己一定好好教他关公戏，把会的都说给他。

傍晚的时候小六子回来了，将去花满楼的情况跟祖盛说了。原来城西面有片被开采的大煤窑，那里有钱的人不少，所以很繁荣，也非常热闹。街南最大的一家青楼叫花满堂，六子进去看了看，姑娘们长得也都很漂亮，只是没见着五唤春。祖盛纳闷，一个青楼女子怎么起这么个号？六子笑了，说听别人说，这姑娘厉害，一晚上能伺候五个男人，所以别人送了她这么个绰号。祖盛一听笑了，说该死的王三发，也不怕叫她抽干了。之后，六子便把花满楼里面的地形给祖盛画了个图，并告诉祖盛据说五唤春就在最里面的那个房间。祖盛看着图，心里不停地盘算着。

祖盛和六子把藏在房上烟囱里的短刀、驳壳枪和子弹取了出来，光闪闪亮刷刷的短刀着实壮人胆量，看着它顿时感到自己像大侠一样威风。祖盛让六子把马血旺找到了房中，告诉他事不宜迟，今晚就要行动。他将两把短刀一把给了马血旺，一把给了六子，让他们别在腰里，以防万一。他亮出两把驳壳枪放在桌上说："这个只能兄弟我拿着。一旦出了事，只能用枪说话。明白吗？"马血旺看着祖盛，非常豪气地对他说："既然跟你干了，就没想什么你出事我出事。要拼命咱一块来，要出事咱一块跑。"

祖盛一把拉过马血旺的手，说："有尿性。真没想到在关外能遇上你这样的兄弟。"

六子突然向祖盛提议说："大哥，不如咱仨拜个把子吧。"祖盛看了看马血旺，问他："不知血旺兄意下如何？"马血旺毫不含糊地说："哥哥我巴不得呀。可屋里既没有烧的香，也没有神案哪。"祖盛笑着说："心在神在，不差物件。只要咱们兄弟能心心相印，上苍有知。"于是三个人摆上三个海碗，倒了点酒，学着戏中桃园结义的样子，冲着窗外的明月拜上三拜，说："我三人在此结拜，不求同年同月同日生，但求同年同月同日死。"几人像模像样地冲天磕了几个响头，用刀子割破手指，将血滴在碗里一饮而尽。之后三个人满怀豪情地紧紧抱在一起。

蝶儿奔着花，蜂儿奔着蜜。不论什么时代，不论什么时候，男人永远是喜欢女人的。不论生意好与坏，不论男人少与老，青楼的生意仿佛从来不曾受过影响。五颜六色的花满楼里着实叫人痴迷，姑娘们的确令人心醉。

只见外面忽然进来两位客人，从面上一看便知是有钱人。跑堂的马上过来招呼着，给他们泡了一壶上好的花茶。老鸨子也过来赔笑恭迎着，问他们是不是来找姑娘的。陈祖盛摘下墨镜冲老鸨子笑了笑说："不找姑娘到这儿来吃饭哪？"一句话把老鸨子逗乐了。

老鸨子拍了下祖盛说："一看客官就是位有钱的主顾，给这两位大爷选最好的姑娘伺候着。"祖盛一把将老鸨子的手抓住，说："本大爷今天是慕名而来，单点你们这儿的花魁五唤春的。"一听这话，老鸨子挪开了祖盛的手说："哟，大爷，这可不巧，唤春姑娘今儿个出去啦，不在楼里。"祖盛对她笑了笑说："甭跟我打哑谜，我听说了，姑娘就在楼上。"看着祖盛一副玩世不恭的样子，老鸨子合计，看样子是个不大好惹的人呢。于是赔着笑对祖盛说："不瞒客官，我家唤春有一年多不陪客人啦。"祖盛嗦的一声，身子往后靠了靠说："怎么着？从良啦？从良搬出去呀？还在青楼里住着干吗呀？怎么着，想在青楼里头立牌坊怎么着？不会吧？"说完哈哈大笑起来。

话说得实在难听，老鸨子的脸上红一阵白一阵的不是颜色，可看着祖盛一派骄横的样子却不敢发作，只好对祖盛说："这里漂亮姑娘多的是，大爷另选一位有何不可。"祖盛说："不行，老子瘾大，听说唤春姑娘功夫了得，本大爷今天是特地抽时间来会她的。"一句话把旁边好几个男人逗乐了，可老鸨子却是不想再听了，她撂下脸子没好颜色地对祖盛说："这位客官，不知你听没听说过叫九天？"祖盛一边嗑着瓜子一边吐着皮说："我认识他干吗呀？他和我有什么关系？"老鸨子不无得意地说："他和你是没关系，可他与唤春却有关系。"

祖盛像一下子明白过来似的说："哦，明白了，敢情她让叫九天给包了是吧？"老鸨子很是骄傲地哼了一声，点了点头。祖盛马上赔着笑脸说："这么着大娘，您吃这碗饭是为了挣钱，唤春卖这个笑也不为别的。什么叫不叫九天的，钱放进你和她的腰包里是真格的。这么着，您开个价，是多少我照付。"老鸨子想了想，伸出一个巴掌。祖盛看着问："五十两？"老鸨子得意地点了点头。祖盛冲站在身边的马血旺一歪脑袋，马血旺从身上掏出五十两银子扔到桌上。老鸨子看到银子一下子乐了，笑眯眯地对祖盛说："这位大爷真大方，一看就不是一般的主顾。您等等，我这就上去叫唤春。"

说着，老鸨子扭着身子上楼去了。不一会儿便下来了："唤春姑娘今儿个心情不好，让大爷再换个姑娘。这……"老鸨子看着手中的银子，装出不舍得放手的样子。祖盛说："怎么着？跟我拿乔是吧？非等着本大爷翻脸是吧？"老鸨子马上过来赔不是："不是的大爷，姑娘真的不舒服哇。"

祖盛说："她不舒服我让她舒服不就行了吗。"一句话，再次惹得堂内的客人们哈哈大笑，说祖盛话来得真快。祖盛问老鸨子姑娘是不是嫌钱少，老鸨子有些为难地看着祖盛。祖盛再次冲着马血旺一歪头，又是五十两银子扔到了桌上。这回老鸨子可乐坏了，自开楼以来，还没有哪个客官在姑娘身上一次扔下一百两银子。她忙冲祖盛说："大爷放心，大爷放心，我这就告诉姑娘，您稍等，稍等啊。"她一溜小跑奔楼上去了。

祖盛进了五唤春的房后，老鸨子想给马血旺也找个姑娘，让他也玩玩。马血旺不干，他撂着脸子只坐在那里喝茶，等着上面会五唤春的东家。老鸨子一看便知，上面的大爷一定是有身份的财主，便打理其他客人去了。

话说不知过了多久，忽然不见了在下面等东家的客官。老鸨子和龟奴觉得奇怪，便上楼听房里的动静。试敲了几下门，里面没动静，便小心翼翼地推开门。不看便罢，一看傻了眼。只见窗子大开，屋里的人不见了。老鸨子大喊："快来人，快来人哪，人不见啦！"

找了半天楼内无人，在桌上放着一封给王三发的信。老鸨子悄悄地打开信，上面写着：

　　三发兄，唤春我带走了。放心，我不会难为她。望你于后天午时，带上你手中的郑婉秋在大虎山东侧林子里与我换人。望兄勿误，关某拜上。

看了信，老鸨子顿觉脑袋老大，如大难临头般坐在那里直出冷汗。心说这下惨了，闯祸了。王三发一再告诫她不许叫唤春接客，要是知道了这事还不要了自己的脑袋。身边的一个下人对她说："事到如今瞒着也没用。咱就跟当家的说，来了两个强盗，硬是把唤春姑娘从花满楼抢跑了不就得了，谁知道唤春接不接客的。"老鸨子一听，觉得也只有这么办了，于是派下人骑上马奔黑山青石岭去了。

原来，祖盛进五唤春的屋后不久，便将她捆绑起来，打开后窗吹了一声口哨，六子带了两匹马直奔窗下，祖盛利落地将人送下，跳下楼，和六子一起奔远处而去。在下面的马血旺觉得时辰差不多时，便也悄悄地溜了出去，在城北口与祖盛和六子会合了。几个人带着捆绑着的五唤春向离黑山不远处的大虎山奔去。

行走在绿林的王三发还从来没吃过这样的亏，当报信的人将花满楼发生的事情告诉他，再把陈祖盛留下的信交到他手里之后，他立马掀翻了酒桌，用枪顶着报信人的脑袋问，是不是又让唤春接客了。报信人一口咬定说没有，就是两个大汉闯进花满楼抢走了五唤春。之后学着抢匪的样子，拍着胸脯说："老子今天就是冲着叫九天来的，让他有能耐找老子来吧！"王三发将信将疑地又看了看给他留下的那封信，合计着，关某拜上？关某是谁呀？方圆百里有号的绺子，大小旮旯有头脸的人自己也都知道，从来还没有在这一亩三分地跟老子动粗的呀。关某，这个关某是谁呀？

来到关人的屋里，王三发询问郑婉秋，他爹认得哪个道上和绺子的人，问她认不认得一个姓关的人，郑婉秋本来也不知道，什么也答不上来。身边的一个兄弟劝他，既然这样了，干脆，就把这个姑娘给办了，留在身边算了。一个黄花大姑娘，不比什么唤春强多了吗？"去你妈的！"王三发一脚把那个小兄弟蹬倒在地骂道，"你懂个屁？现在这还是黄不黄花闺女和唤不唤春的事吗？这明摆着是要拔老子香火，掘老子寨门，跟老子叫板来了，不明白吗？今儿个忍了，明儿个还不追着咱满处跑？"

他又看了看信，撅起牛鼻子哼了一声，说："我倒是想看看是谁有这么大的胆子，敢给老子摆这一道。"他忙吩咐一声，后天中午备齐了人马和家伙，到大虎山熊树林走一趟，下面的人应声而去。身边一个兄弟色眯眯地问他："大把子，这个姑娘？"王三发立马拉下脸子说："想干什么？咱们这叫绑票，不是抓娘儿们。要觉得裤裆发热，就上窑子去。"说完，他晃着大脑袋回自己屋去了。小兄弟们知道，这是听说把五唤春抢走，闹心了。

大虎山旁的熊树林非常茂密，听说这里常有熊瞎子出没，故取名熊树林，一般没人敢来。今天，王三发带着二三十人，配着长短枪，骑着快马来到这里，在此等候与他交换人质的人。将近午时的太阳照在他脸上大大的伤疤之上，显出几分霸气。他也不时地抚摸着脸上的这道伤疤，自己从没觉得它是不好看、不体面的东西，反而对它疤有些自得。这是江湖闯荡留下的印记，这是男人经历风雨的彩虹；这是没人撼动的老虎椅资格，这是呼唤兄弟们的号令。多少人见了自己脸上这道伤疤望而却步，今天他要让即将出现的对手好好看看自己脸上这道伤疤。

等了好长时间，并未见到树林里走出人来。他显得不大耐烦，骑着嘶鸣的马不停地在原地兜着圈子。忽然，一个人从不远处走来，他忙带几个兄弟迎了过去。见一个从背后捆住手、嘴里堵上手巾的小孩走向他们。他忙命人将小孩松绑，问小孩是怎么回事。小孩告诉他说，他是在附近被抓来的，有两个人在那边的树林里，让他给这边的大爷带个信，说想要换人，只许带一个随从，不能多带人。王三发跳下马，手摸着大疤瘌，上下打量着来送信的小孩，问了问他是附近哪个村的，又问他姓什么，家有何人。小孩应对如流，看不出什么有诈之处。于是又问了问那边要跟他换人的人有多少，带什么家伙，长得什么样，小孩告诉他俩老爷们儿和一个女的，手里有枪，长得不善。王三发哼了一声，摸了摸脸上的疤瘌望着天说："嗯，敢来，就说明是江湖人哪。"

王三发冲紧随他身边的一个兄弟说："长武，带着那丫头跟我走一趟。"长武说："大哥，还是多带几个弟兄吧，以防有诈呀。"王三发笑了，说："不会，依我之见，这小孩说得没错，他们也就是想换人来的。不过告诉弟兄们，备好家伙，随时准备冲进去。"说完长武号令弟兄，做好准备，把假扮小孩的小六子也押了过去。之后，王三发按照小六子所指的方向，骑着马慢慢悠悠地溜了过去。来到丛林边上，冲着里面喊了一声："里面的好汉，报个姓名，大爷我来啦。"

这时忽听里面一阵爽朗的笑声："姓关名羽字云长，江湖人称偃月明。"偃月明？偃月明是谁呀？姓关？怎么没有听说过？一时来得太猛，王三发没有反应过来。长武合计了一下，字云长？"哦，大哥，他说他是关羽。"啊？王三发下意识地摸了摸疤瘌："他说他是关羽？哈哈哈……我还真没听说这一带来了关云长，不过我今天倒是想见识见识哪个关羽有这么大的胆子。"说完，他翻身下马，告诉长武带上人质跟他进去。长武还是有点不敢，王三发把眼珠子一瞪，长武才立马带上婉秋跟着他向林间发笑的地方走去。

王三发提着手枪走进林子，见一个生意人样子的人，戴着一副墨镜，腰间插着两把驳壳枪站在那里，一副满不在乎的样子。那人身边便是捆绑着的五唤春，他焦急地奔五唤春而去。陈祖盛突然将手放在了腰间的枪上，王三发停住了脚步，觉得自己的确有些冒失，便站在原地摸了摸脸上的疤瘌，上下打量着陈祖盛，说你胆子真是不小，哪股绺子的？报个号吧。陈祖盛说："我就是绺子，我就是江湖。"

"没听说过。"王三发毫不客气地摇了摇头。陈祖盛说："今天就让你听说一下。说吧，怎么换人？"哟？王三发合计，挺厉害呀，便问陈祖盛："兄弟，即便我把人给你，你认为你能带出去吗？"祖盛笑了，说：

"出不出去是我的事，你能不能出去也两说呀。"这时王三发才意识到，眼前只有陈祖盛一人，可小孩说还有一个人呢，不由得左右观望。没想到，忽然只觉耳边一阵风声，一个大布袋从上面直接把他罩在了里面。长武刚要举枪，陈祖盛的枪已顶在了他的脑门上："别动，动一下要你们的命。"

片刻之间，两个本以为自己浑身是胆、纵横江湖的首领，被五花大绑，推出林子。陈祖盛将枪口紧紧顶在王三发的脑后，被堵住嘴的王三发冲着自己的兄弟们直摇头，示意他们不要轻举妄动。陈祖盛让马血旺过去将婉秋姑娘和六子接了过来，之后吩咐马血旺骑马带着婉秋姑娘先走，自己压后。马血旺执意想让陈祖盛先走，可祖盛坚定地命令他先走，让他回去告诉班主，自己随后就到。

望着远去的马血旺，祖盛冲王三发拱了拱手说："大当家的，得罪了。实因这个姑娘的父亲是我的恩人，这个忙我不得不帮。今天这件事记在我的身上，请不要再难为他们父女。为保险起见，你必须跟我们走一段路，之后我们大路朝天，各行方便。"枪在后背，不得不从。王三发冲手下扬了扬头，意思是没什么，他陪他们走一段路。三人三匹马，飞快地向远处奔去，只听身后传来一阵阵对天鸣放的枪声和叫骂声。

行至二十多里路后，陈祖盛勒住丝缰，下马后再次对王三发拱手表示了歉意。王三发不阴不阳地也冲他拱了拱手，说没什么。祖盛也不再多说，上马后一扬鞭，奔远方疾驰而去。王三发摸了摸脸上的大疤瘌笑了，心说，还是毛儿嫩哪。

当行至黑山一片丛林里的路段时，祖盛忽觉马失前蹄，自己随之也飞了出去。当他和六子连滚带爬地扑棱起来的时候，忽然从林间蹿出许多手持长枪的土匪，将他们打翻在地，捆绑了起来。不多时，一队人马来到了他们的面前。王三发手提着枪，阴沉着脸走到陈祖盛的面前，一脚蹬在陈祖盛的脸上说："我倒想知道知道，谁是江湖，谁是规矩。"

当马血旺将婉秋安全地带回班子之后，整个班子都震惊了。父女相见抱头痛哭，老班主热泪盈眶说："我在家等了一天也没等着来索钱的人，还以为再也见不着你啦！"说完他就要给马血旺下跪，被马血旺拦住，郑班主对他说："我承诺过，谁要是救了我的女儿，我就把我女儿嫁给谁。我姓郑的决不食言。"马血旺见班子里围观的人太多，便将郑班主拉进屋里，将此事的前前后后对老班主说了实情。老班主再难止住流下的泪水，说："郑家积了什么德啦，来了这么一位救星。等陈少爷回来，咱们得好好感激人家呀。"尚未从惊恐中缓过神来的郑婉秋只是望着父亲点头，说："都听爹的，都听爹的。"

郑家父女和马血旺备好酒饭只等归来的陈祖盛和小六子，想要好好感激这两位危难中伸手援救的恩人。可左等不回，右等不归，从月亮初升，直到月儿西沉，还是没有祖盛和六子的人影。这可急坏了郑班主父女和马血旺。凭直觉，他们感到可能是出事了。与土匪打交道，本身就是从狼窝里往外跑的事，更何况他们人单势孤呢？郑班主让马血旺把整件事情从头到尾跟他细说一遍，马血旺便将从进花满楼到最后他离开的前前后后跟班主说了个详细。郑班主听后一拍大腿说："完啦，肯定是叫人从后面又咬上啦。陈少爷知道的戏也不少哇，怎么还叫人家摆了华容道了呢？"

只要有一点希望就要等，一天一天地等，半个月过去了。老班主望眼欲穿地守在班子大门口，望着街道的尽头，可还是没有祖盛和小六子的人影。这些天他心里很不是滋味，自己的女儿回来了，可陈少爷却杳无音信。他坐在大门口回想着自陈少爷搭班以来的一桩桩一件件事情，觉得他是那样惹人喜爱和体贴人，做事是那样大气又是那样正义凛然。难得呀，不愧是大班子里走出来的人，这胆识，这气魄。别看他演关二爷不像，可骨子里真有关二爷的气魄。从惊恐中渐渐平复下来的婉秋也陪着父亲等陈少爷，她依偎在父亲的身旁，泪流不止，在记忆中慢慢地复原着前些日的情境。先是被坏人抢走，后被关押在黑暗的小屋子里，一帮臭烘烘的男人在身前身后绕来绕去，直到一个人在林子里将匪首擒服，将她救出魔爪，逃离的马是那样快……

　　人们听说郑班主把女儿救回来了，觉得挺神奇。郑家班这些日子没再唱戏，除了班主和女儿一直在门口像晒太阳似的坐着，慢慢地又多了一个唱武生的小伙子也跟着坐在那里晒。班子里的人也纳闷，班主这是怎么个意思呢？唯唱花脸的张德凯好像猜着几分，可他不问，怕因此惹来麻烦。就这样，一个月，两个月过去了，可依旧没在街的尽头望见陈祖盛的身影。郑家父女感到痛苦异常，他们祈求着，盼望着他的平安归来，不停地念叨着："陈少爷，你在哪儿啊？你快回来吧。"

第二十一章

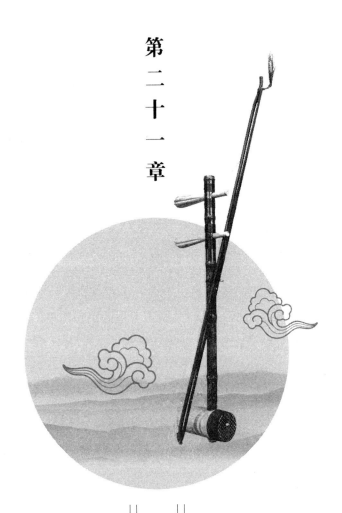

误入江湖

　　乌夫人带着小儿子和宽二爷一路逃到了老家山东。这里并没有京城那般混乱，可离家已久，这里却感到生疏。按照老班主临别时的交代，让小儿子好好在家练功唱戏，以待来日重振陈家班的大业，乌夫人让宽二爷看着小儿子练功，背戏，找场子，唱大戏。寻思着在兵荒马乱的岁月如何不荒废了小儿子的前程。

　　颜世龙听说陈家人回来了，来过几次，可未见陈班主回来，总觉是件事。他听了乌夫人的讲述更觉放心不下，便派人到京城打探陈班主的情况，不巧得到的消息与京城梨园界寻找陈家下落的人传回来的一样——陈班主被下了大狱，要他们速带青龙偃月刀去换人。这可难住了乌夫人，按理本该舍弃一切救爱人出大牢，可丈夫临行前一再叮咛她，不论出了什么事，千万不能透露这把刀的下落。

　　万般无奈下，她找来颜世龙商量怎样处理眼前的危机。颜世龙看着面前这传说中价值连城的宝刀，心中无限感慨，难怪世人都想争得此刀，连外国人都垂涎三尺，真是漂亮，难怪陈班主舍命也不愿拿刀相换。可什么还能比人的性命更加重要哇？他跟乌夫人商量，做好拿刀换人的准备，自己先到京城走一趟，听听风声。最好能到狱中见到陈班主，听听他的想法，也好劝劝他。如能花点钱营救出陈班主那是最好不过，实在不行，只能拿刀换人。乌夫人觉得他说得在理，便做好了起身的准备。

小儿子祖德这些时日心情十分烦躁，听说在京城保卫战当天，陶思萦和左思承等人一起参加了战斗。闻听左思承受了伤，陶姑娘随他和剧社的几个人一起东渡日本疗伤去了。战火纷飞的岁月，天各一方，杳无音信。他怀念陶思萦，思念这个美丽而清秀的恋人。只怪自己太软弱，怪家里生拉硬绑让他唱什么戏，接什么班子。这些日子他在家里一声不吭，面色沉沉，以这种方式来抗议对自己的管束。国之不存，戏有何用？人之不存，宝为何物？他对母亲和别人商量的事情不感兴趣，唯对父亲和哥哥的下落尚有所担忧。他的意见是马上拿刀到京城把父亲救出来，再找到哥哥的下落，好好找个地方安定生活。同时，他告诉母亲，他马上要去日本找自己的恋人陶思萦。

家事已如此乱套，怎能放小儿子再去什么日本？这两天乌夫人拿出所有耐心劝说小儿子，说等家里的事情全解决之后，他再去日本找陶姑娘。小儿子就是不干，两人因此发生了很大的冲突。

这些天乌夫人寝食难安，整夜整夜睡不着觉，头发一缕缕地脱落下来。本来白净净的样子，一下变成了黄瘦枯干的小老太太。陈家班从未遭受过如此沉重的打击，她心头的压力无人能担。不光丈夫身陷牢狱，大儿子更是杀死了洋人潜逃在外，生死不明；儿媳九红因照顾自己的丈夫而遭洋人祸害，被扒光了吊在院子里受尽侮辱……这一幕一幕让她备受煎熬。多好的儿媳，当初不该为财宝而将她逐出家门；多好的儿子，当初不该为宝刀一事将孩子吊在房梁上拷打得几次昏死。如今要是有大儿子在自己身边该有多好，也能帮着拿个主意，顶顶家事。儿子呀，你现在到底在哪儿啊……

颜世龙进京城后求找多人，终于在大牢中见到了陈琏琨。原来一个挺拔的艺术大家，竟变成了一个枯干的小老头。只是那双眼睛变得狡黠，看得出，虽被用过刑，可他仍不屈。见到颜世龙他没有哭，而是从眼睛里射出一腔的怒火。他控诉着洋人的罪行，说他们是禽兽，是狗，是驴！他说如此深仇大恨，定与他们不共戴天！颜世龙安慰后告诉他，现在必须拿刀先把他从大牢里换出来，生死攸关，一切以图来日。没想到陈琏琨立马翻了脸。他质问颜世龙到底干吗来了，是替洋人当说客的吗？他告诉颜世龙："我死不足惜，国宝岂能落入洋人手中？如果你还拿我当大哥，马上回去告诉我的家人打消这个念头。不然我这一辈子和你没完！"

颜世龙仍不舍地劝说他："你是好角儿中的好角儿，艺术中的艺术。什么宝贝还能比你的性命更重要……"还没等他说完，陈琏琨便大骂他浑蛋，狗汉奸，并让他马上滚蛋。颜世龙真是蒙了，像不认识似的看着眼前这位心中的偶像，心想，陈琏琨这是怎么啦？是神经错乱，还是真的舍命不舍财呀？

颜世龙将探访结果带给乌夫人，使她再次陷入万难抉择的境地。一边是命悬一线的丈夫，一边是丈夫舍性命不换的宝物，这可如何是好！颜世龙非常伤心，他对乌夫人慨叹：可叹一代名伶名不复存也。说完，他非常失望地离开陈家，从此便再没与陈家有过交往。

就在乌夫人左右为难之际，京城传来消息，说慈禧太后指派恭亲王和李鸿章在京城主政，与洋人谈判。在割让了很多土地、赔了很多银子的条件下，洋人的怒火平息下来，逐渐撤出京城。这个消息对乌夫人来说如喜从天降，只要洋人滚蛋了，慈禧回来了，丈夫肯定就有救出的希望。她不再犹豫，带着小儿子和宽二爷等人备上车，直奔京城而去。

虽说山河破碎，瓦砾遍地，京城还是在岁月的流转中渐渐恢复了曾有的宁静。店铺渐渐开张，灯火慢慢明亮，百业重整，人们走上街头。戏园子里传来阵阵锣鼓声，叫好的声音一天高过一天。昨天的惊恐，昨夜的忧伤，仿佛随着悠扬的琴声和一个个出场的人物消失远走。随即而来将是怎样的世界，怎样改变命运的事件，他们不得而知，更多的人只能抱着乱世之秋，及时行乐，快活一天是一天的想法。只是看戏的人因再也见不到霍九红的身影感到遗憾，他们痛恨洋人，祸害了咱们的女人，祸害了咱们的好角儿。

霍家失去了曾有的骄傲与尊严，自九红出事被接回家中后，霍班主便命人将门口悬挂的两个带着"霍"字的大灯笼摘了下来。多日来不论谁来探望，他都闭门谢客，梨园人都对这位世家名人表示同情，言语中也不免对陈家指指点点，说陈家街头捡块砖，家里丢扇门。本来梨园人还要不停地想办法营救陈琏琨，但随着这些风言风语渐渐也无人问津，无人理睬了。

女儿再不能登台唱戏了，霍班主深感难过。女儿的未来，曾是他一生的寄托。漫说京城戏迷爱看九红的戏，连他自己都十分钟情于女儿的表演。技艺精湛，才貌双全，上哪儿再寻得这般的秀玉？多少个夜晚他回顾着打小培养女儿的情景，给她换上鞋子，扎上板带；给她扳腿，为她练腰；看着她跑圆场，请人给她说戏；为她置办行头，让她登台唱角儿。日复一日，年复一年哪。终于看着她长大成人，誉满京城，多么大的欣慰，多么大的荣耀！自己家门前挂着的两个带着"霍"字的大灯笼，其中就有女儿的一盏哪。可是，可是……

霍班主老泪纵横地想着，哭着；哭着，想着。女儿啊，真是好，知道疼人，替家里担事，什么都好，就是太任性，这个任性把家里和自己都搭进去啦。事已至此再怪又有何用？这些天他独坐家中守月望日，闷闷不乐。他知道，女儿心中一定更加苦恼。这天他终于迈步走进了很少来的小套院，手端着从夫人手里接过来的参汤，来到女儿的房间，将参汤放在桌旁，坐到了女儿的床边。父女俩眼望着眼，谁也不说，谁也不讲地望了一阵，四行泪水不约而同从他们的脸庞落下。父亲用手帕为女儿擦去泪水说："别哭啦，别伤着身体。"不说还好，这一说女儿更是痛哭不已。她起身抱住父亲，伤心地请求着他的原谅。父亲拍着女儿说："世事难料，总难圆满，这岂能怪你。只是你不能再继续唱戏啦，叫爹心痛啊。这不仅是霍家的悲哀，是咱梨园的悲哀，也是咱们国家的悲哀呀。孩子呀，现在该想想往后的事啦。"

九红只是伏在爹的肩头上哭，不知如何回应父亲的话。霍班主叹息道："不论遇到什么事，只能往开了想。戏咱们唱得多啦，看得就更多啦。人的一生不容易呀，可总得往下过，好好地活着呀。对陈家你是尽了一切啦孩子，现在该是考虑自己的时候啦。"听到这儿，九红明白了爹的来意，便抹去泪水看着父亲。霍班主接着说："陈琏琨如今身陷囹圄，祖盛跑路生死不知，陈家班的人又都没了动静，你跟着他们还图个什么呢？依我之见，离开陈家吧。"九红问父亲："离开陈家我上谁家？"父亲低下头想了想说："这也只能是走一步看一步的事啦。"九红摇着头不同意父亲的意见："爹呀，我不同于百姓家姑娘，京城这事传得沸沸扬扬，我还能上谁家？祖盛如能看在夫妻情分上不嫌弃我，就算是我的万福啦，爹。"听了女儿这句话，老班主狠狠地捶着胸说："唉，我的女儿啊，怎么沦落到这般田地？"他什么也不能再跟女儿说了，站起身摇摇晃晃地走出女儿的卧房。

带着殷切的惦念，乌夫人敲开了霍家的大门。尽管霍班主极不情愿再见陈家的人，可霍夫人还是带着她来到女儿的房间。婆媳相见抱头痛哭，诉不尽的万语千言，化作泪水洒满衣襟。乌夫人抱起儿媳的脸摸了又摸，亲了又亲，说："孩子呀，你什么也不用说，娘都知道。你是咱陈家的恩人，以前陈家如有对不住你的地方，娘今天给你赔罪啦。"听了婆婆的话，九红更哭得像泪人一般，曾经的过往，曾有的委屈涌上心头。霍夫人在一旁劝女儿不要再哭，怕伤了身子。九红慢慢止住了悲伤，可开口的第一句话便是："有祖盛的消息吗？"听了这话，乌夫人哭了，倒不是因为儿子，而是九红在这个时候第一件事想的不是别的，而是她的儿子，她更加怜爱起这个儿媳。谁说戏子无情？谁说戏子无义？当年所有的猜忌，在这个姑娘面前是多么幼稚可笑。

乌夫人告诉她暂时还没有准确的消息，可听人说在关外的一个班子里看见过祖盛，但不知消息确不确切。她正派人到处去打听，去寻找，一旦有消息一定第一个告诉她。听了婆婆的话，九红的眼睛燃起几许亮色。她紧紧地握着婆婆的手，告诉婆婆要尽快去找，夜长梦多，别再在外面出什么事。乌夫人含泪对她说："放心吧孩子，祖盛的命大，我一定把他囫囵个地带回来交给你。"九红羞怯地低下头说："我现在的心里就是惦记着他啦。"之后抬起头，望着窗外的月亮，仿佛在对自己发问："他现在到底在哪儿啊？"

北风呼啸，白雪皑皑。关外的天地仿佛无限辽阔，关外的丛山如此雄壮巍峨。小年啦，家家挂起了红灯笼，启岁的爆竹震荡着城镇的街巷。散戏后，郑家班的人们也和百姓们一样包起了饺子，你们几个买点这，我们几个买点那，三一群，两一伙围坐在自己的小方圆里欢欢喜喜地边吃边说着每个人对来年的想法。郑班主和婉秋也备好了酒菜，坐在屋里准备好好过个小年。正在这时，一个身影出现在他们的面前，不是别人，正是阔别已久的陈家少爷陈祖盛。

起初父女俩愣在了那里，随后郑班主便一个箭步冲过去紧紧地将祖盛抱在怀中。两行老泪瞬间流下，他哽咽得说不出话来，婉秋也走过去紧紧地将他们抱住。过了好一会儿，郑班主问祖盛："少爷，这些时日你到哪儿去啦？惦记死我啦。这几个月我们都坐在门口望着，可就是望不着你的影子呀。"望着他们父女二人，祖盛的心里一阵欢喜，一阵悲凉。喜的是终于又见到亲人般的这对梨园父女，悲的是自己再不能像他们一样过着这种人世间平静而美满的生活。他将他们父女二人拉到桌旁坐下，对他们详细讲述发生的事情。

自那天送回婉秋，他落入王三发的手中，被带回了黑山老营。他本以为这回完了，只好硬挺一死。万没想到，王三发既没打他，也没杀他，说看他是条汉子，要他入伙。好死不如赖活着，落入人手，只能听凭人家摆布，任由命运捉弄。干就干吧，谁怕谁？他跟着王三发的人劫过几回道，抢过几家粮，只是绑票的事死活不做。王三发问他为什么，他说伤天害理的事就是砍了他的头，他也不会做。王三发觉得他挺仗义，越发近乎起来。

一天与王三发交谈的时候，祖盛告诉王三发，绿林和土匪是两个概念，土匪是残害百姓，绿林是行侠仗义。王三发问他行侠仗义是什么意思，他告诉王三发，就是杀富济贫。抢老百姓不算能耐，要抢咱就抢大户，一是解民怨，二是也划算。王三发一听冲他竖起了大拇指，说："我早就说过，你小子就是跟别人不一样。不干就不干，干就干大的。我说初出茅庐就敢在老子头上动土？就听你的，咱当绿林，杀富济贫！"从那天开始，他们做起了抢夺大户的买卖，可不管谁怎么抢，祖盛也没往自己兜里划拉半个子儿，王三发觉得祖盛这个人挺讲究，便让他做了二当家。祖盛带着弟兄们抢大户，杀歹人，不再骚扰百姓，也算他于乱世之秋在坏人当中积点阴德，做点好事吧。

陈祖盛把事情跟他们说了之后，郑班主呜呜地哭了起来。为了救自己的女儿，好端端的一个大京班的少班主竟当了土匪，这可叫我以后对陈家如何交代呀？女儿婉秋忙劝道："少爷当的是绿林。"郑班主说："什么绿林？咱戏唱得那么多谁不明白？绿林和土匪有什么区别？"陈祖盛劝郑班主不必难过，这也不过是权宜之计，一旦时机成熟，他会金盆洗手。听了这话，郑班主更难过："听听，金盆洗手，这行话一套一套的，还如何还其真身？我还没来得及给你说几出戏，你怎么就叫人拐到这道上了呢？"祖盛无奈地说："师傅，事出有因，身不由己呀，要怪也只能怪咱没生在光景好的年头。不过您老别急，要学的戏我还是要学的，指不定哪天我就偷偷地跑回来跟您学两出。"郑班主知道这是祖盛为宽他心逗他的话，他只能也尽量宽慰自己说："那倒是好，那倒是好。"

可无论如何，陈家少爷的不幸与郑家是有关系的。郑班主哭过之后对陈祖盛说："陈少爷，老朽不是怪罪你，是替你难过。现在你就是九鬼魔头，也是我郑家的恩人。陈少爷，老朽虽不才，但不会看错。不论干什么，你将来都必成大器。老朽也曾许下诺言，谁救了我家婉秋，我便将女儿许配给谁。今天你们就圆房，之后她就是你妻子，是你一辈子的媳妇。你当大官，她当太太。你当皇上，她就跟你当娘娘。你实在就是当一辈子土匪，她就是匪婆子。"

郑班主出言斩钉截铁，不容分说。女儿婉秋却羞羞地低下头，好像也只等陈家少爷的一句话。祖盛却拉住郑班主的手说："谢班主对我的厚爱。祖盛不才，所做区区小事，均为感老班主在我危难之时收留之恩，教戏之情啊。我曾拜在您老脚下说，一日为师，终身为父。师傅，咱们是一家人哪。祖盛是有妻子的人啦，怎能再娶？再说，妹妹尚小，今后前程可待，我怎敢做那种不仁不义之事？万万不可。""有何不可？即使你有家室，我家婉秋也可与你成亲。"祖盛坚定地摇头说："郑班主，什么都行，唯这件事绝对不可。如郑班主不嫌祖盛，我可拜您为义父，婉秋为我的义妹，您意下如何？""拜我为义父？"郑班主像没听明白似的傻站在那里。

婉秋走上前，握住祖盛的手说："哥呀，你真是这个世界上最好的人啦，这些天爹就跟我说，你就是当世的关云长。今日一事，更足见你的赤诚。身为男儿，你不贪财色；出自大家，你有情有义；误入绿林，你有胆有谋，妹妹我愿与你结拜为仁义兄妹。"这时郑班主仿佛刚从梦中醒来一般说："少爷，老朽只怕不配呀。"陈祖盛说："班主，祖盛初来时便已感到，您有仁爱之心，有容人之量；这样的义父，我祖盛求之不得呀。"三个人同时流下泪水，紧紧地拥抱在一起，仿佛都在为对方的感激而感激，被对方的感动而感动。

带着这份感动，祖盛从后门离开了郑家，郑家父女送别时见到了在后院等待的小六子，老班主一阵心酸，感慨这么点的孩子也因为自己家的事而走上邪路。六子恭恭敬敬地给老班主跪下磕了几个头说："恩公在上，请受侄儿一拜。"老班主扶起他，对祖盛和六子说："孩子呀，记着，不论到什么时候，什么地方，你们在这里有个家。一旦有个马高镫短的时候，千万别合计，到这儿来，老朽什么都不怕。"祖盛对班主拱手说："义父，咱们一言为定。"郑班主马上拍了拍脑袋说："对对对，义父。我是你的义父，那就更没说的啦，这是家。记住了吗？"

祖盛冲老人点了点头，转身对婉秋说："妹妹，你是天生的角儿坯子，别浪费了，跟班主好好学戏唱戏。家里如有什么需要我的事，可让我来办，我会常和你们联系的。"说完转身欲走，被婉秋从身后抱住，婉秋哭着对祖盛说："哥呀，妹妹心里真舍不得你走哇，像你这么好的人，怕走了就再见不到啦。在外面行事千万当心，刀枪无情，自己多留神哪。"祖盛摸了摸婉秋的头说："哥知道啦，义父不是说哥是九鬼魔头吗？我看这个名号不错，是有九条命的人呢。哥命大，你就放心吧。"

就在他们转身欲走之际，马血旺提着一个包裹忽然出现在他们的面前。他涨红了脸，很是不高兴地冲陈祖盛说："二弟呀，你这算怎么回事？回来不仅不告诉我，走都不跟哥打个招呼，这算什么兄弟？"祖盛想对他说些什么，被马血旺拦住，他告诉祖盛："方才想给老班主送点酒去，可在门外，你说的哥哥我都听到啦。甭说别的，咱们是交过命的兄弟，你到哪儿，哥哥我跟你到哪儿。"六子一下冲过来抱住马血旺说："大哥，这些日子我好想你。"陈祖盛还是有些顾虑地对马血旺说："大哥呀，兄弟下水是没办法的事啦，你应当跟着班主好好唱戏，过安稳的日子。这个浑水就由兄弟去蹚吧。"

"这是什么话呢？"马血旺翻脸了，"咱一个头磕在地上，喝着血酒对天盟誓都不算数了是不是？事是咱们一块做的，如今你们俩把我扔这儿，嫌我没用是怎么着？"祖盛还想再劝马血旺，马血旺一摆手："说什么都是扯，咱们既是过了命的兄弟，你们到哪儿我到哪儿，别说什么浑水，就是上刀山下油锅，哥哥也得跟着你们。"什么也不用再说了，马血旺毫不客气地走过去上了马，对郑班主和婉秋拱了拱手说："班主，师妹，我马血旺拜别啦。"郑班主捂住了眼睛，不想让马血旺看见自己的泪水，他既被眼前这三个年轻人的义气所感动，同时又为班子里再出一个土匪而深感内疚。

几个人拜别了班主和婉秋，骑上马，消失在一片夜色之中。老班主抬起头对天长叹了一口气说："这叫什么世道？好人还得去当土匪。"女儿忙再次更正父亲的话："爹，我不是跟您说过吗，哥当的是绿林。"郑班主忙苦笑着说："对，对。是绿林，绿林。"

雪花飘飘，残月朦胧。小年的鞭炮依稀，街巷的灯火如旧。年哪，你到底是个什么东西？以致还非要拿鞭炮去崩你？郑家父女像丢了什么东西似的相互看着，父亲对女儿说，这辈子戏唱了不少，人也见过不少，可叫爹竖起大拇指的人却没几个，陈家少爷算是顶尖的一个。郑婉秋不解地问父亲："爹，您说他是陈琏琨的儿子，可为什么戏唱得不灵啊？"郑班主不无感慨地说："世上的事呀，往往就是这样。台上唱得好哇，私底下不一定棒。台上唱得不灵呢，台下却不停地叫绝。不过我还是真想有时间好好给祖盛说几出戏呀。"

父女俩带着感激和遗憾回到了屋里，屋里还算暖和，可桌上的酒菜却已凉透。郑班主狠狠拍了一下大腿说："嘿，净顾着说话了，一家人也没好好地吃顿小年夜饭。"

第二十二章

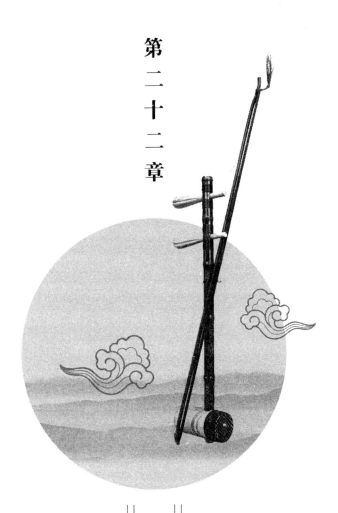

九鬼魔头

兵荒马乱的岁月，辽西一带绿林成帮，绺子成群，相互争斗火拼时有发生。他们在生存的道路上终于明白人的重要，智勇双全的能手一将难得。最近听说黑山一带闯出个九鬼魔头，甚是厉害，不仅能掐会算，且手使双枪百发百中。百步之外说打猴头，不打猴尾。在几次绺子争地盘、抢大户的行动中，都叫他占尽上风。绺子也从过去百八十人的小窝子，一下壮大成三百多号的大绺子，听说大把子王三发对此人都礼让三分。到底是什么样的人呢？大家都想会一会他，可又听说此人不善张扬，行事谨慎，从不参与绺子之间的首会和结拜，历来我行我素，甚是低调。

事情往往都是这样，越传越神，越神越传。这天王三发来到祖盛的屋里，见祖盛坐在一把椅子上摇晃个不停，便问他这练的是哪门子功夫。祖盛说这叫椅子功。王三发问他练这功有什么用，祖盛想了想笑着说："这叫架势功，把它练好了，就能像大英雄。"王三发问他听谁说的，祖盛说："听我师傅说的。"王三发说："你起来我摇晃摇晃。"说着坐到这把大太师椅上也左右摇晃起来，边摇边问祖盛："怎么样？哥哥我有没有点英雄的意思？"这下可把祖盛逗笑了："像，确实像个大英雄。"王三发却笑着说："别逗了，如果摇椅子能摇出大英雄，咱天天还提着这把枪东挡西杀的干吗？"

　　说完他站起身，发现祖盛的桌上放着一本《易经》，便笑着问祖盛："兄弟你还能看这个？能看懂吗？"祖盛笑着说："看不懂也得看。古人能把这东西传得这么久，自有它的道理。听说诸葛亮、刘伯温都精通这玩意儿，所以咱也得看看。""嘿，"王三发冲着他竖起大拇指说，"能在众人之中把你挑出来，哥哥我也算有眼力。是狼走遍天下吃肉，是狗行遍天下吃屎。唱什么戏？你天生就是吃这口饭的人。三百六十行，咱也算一行，你是这行里的狼头哇。"祖盛看着他笑了："这个话怎么讲？"王三发说："第一，你有胆子；第二，你有谋略；第三，你讲义气。没有这三样，吃不了这口饭。还有一样你比哥哥我强，那就是你讲仁义。按理说，咱们这行不应该有妇人之心，可一旦在这行里有仁义之心，必成大器。这就是哥哥我不杀你，一定把你留下来的缘故。今天闲着没事，跟哥哥我出去散散心，走一走吧。"

　　说罢，二人骑上快马奔驰而去，在一片芦苇荡前停了下来，王三发领着祖盛走进苇荡。这里的景色很美，静得出奇，只能听到风轻轻地掠过芦花发出沙沙的响声。心一下子清净得像这个世界再与他们无关一般。祖盛闭上眼，尽情地呼吸着独有的芳香。这才是仙境，这才是我要的美好生活。王三发看着他的样子哈哈笑了起来，问他："是不是一到这儿就有洗手不干的想法？"祖盛笑着说是。王三发也笑了："不瞒你，哥哥我也常来，常有和你一样的想法。烧死人的场子我也常去，一堆堆白骨告诉我，人生不过如此，生不带来，死不带去。争啊抢啊，都是无故作死。可是出了场子，他们就会把枪顶到我的脑门后头，不杀不行。进店里没钱，谁也不会给我一个馒头，不争不行，就是这么个道理。"

　　说着，王三发又领着祖盛往苇荡的深处走去，在一片半草半苇的植物边停下了脚步。王三发用手在一棵树下扒拉一会儿，取出一把锹，开始在另一棵树下挖起来。祖盛心里纳闷，王三发看着他笑了笑，不一会儿，只见一个大铁箱子的盖子露了出来。王三发用力将盖子打开，露出里面的东西，他让祖盛过去看看。祖盛往里一看，嚯，里面白花花、金灿灿的都是宝物。黄金、宝玉、珍珠、翡翠，还有古时的铜碗、银壶。好家伙，件件惹人喜爱，真是开眼了。王三发从侧面观看着陈祖盛说："怎么样？没见过这么多好东西吧？就是在你爹那儿也没见过这么多好东西吧？"

一句话把祖盛问傻了，因为自己压根就没跟王三发提及过家事。祖盛警觉地看着王三发。王三发笑了，说："别紧张兄弟。你在我这儿当二把子，我自然会把你的身世摸得清清楚楚。你是陈琏琨的儿子，陈家班的大少爷。你在京城杀了人跑路出来的对吧？"祖盛紧紧盯着他的眼睛，一言不发看着他。王三发说："看不出哇兄弟，你的胆子可真不小。"祖盛板着脸说："那是被逼的。"

"对！这话算叫你说着了。谁生下来不爱做人爱当土匪？没办法，都是被逼出来的。所以咱就别再看不起自己，一边干着，一边苦闷着。干吗呀？我还是那句话，你不是唱戏的，你天生就是吃这碗饭的。你不是舞台上的将军，是咱绿林的干将！"听了这话，祖盛乐了，王三发看在眼里，却仍耐着性子问他："陈家少爷，我想问问你，哥对你好不好？"祖盛毫不犹豫地回答说好。

"那好，"王三发又问他，"那哥哥一直要与你拜把子结为兄弟，你为什么一直都回避哥哥呀？"祖盛对他说："不是兄弟看不上哥哥，实因我的心不在这儿，我想走哇……"祖盛显出很苦闷的样子。王三发说："那好，我想问问你，你想去哪儿？"祖盛想了想说："我也不知道哇。"王三发一摊手："这不结了吗？漫说你杀了人，就是没杀，一日为匪，终身为寇。现在方圆几百里谁不知道你九鬼魔头？你砸了多少店铺？抢了多少大户？跟几大绺子结下多少恩怨？你想走？你能跑哪儿去？跑哪儿他们都能捉到你。他们找不着你的地方，官府能找到你。你说吧，除了在我这儿，你还能上哪儿更安全？"一通话，把陈祖盛说得愣了眼。他看着满箱子珠宝问王三发："大哥，你把我带这儿来只为了看这些宝贝吗？"

王三发乐了："不只是看，像这样的东西，哥哥我有三箱子，这些是给你的。哥哥没别的意思，只是想跟你做个真正的兄弟。"祖盛有些感动，他望着脸上长着大疤瘌的王三发说："谢谢大哥想着我，可这些东西我不要。""嗯？"王三发愣了，像没听清似的问，"你不要？为什么？"祖盛说："因为这些东西我并不需要。""没听说过。人为财死，鸟为食亡。人这辈子拼了半天为了啥？不就是有了钱财好享受吗？"祖盛笑了笑说："真的大哥，这些东西我真不需要。"王三发问祖盛："那你说说看，你到底需要什么？"祖盛说："我也说不清，以前只是想好好唱戏，唱角儿，讨个好老婆，有一份叫人尊敬的生活。可走着走着，却被赶到了这条路上，往后想要的是什么，我也说不清啦。"

王三发坐在那里呆呆地望着远方，仿佛是对自己说："难怪弟兄们都说你是个怪人，就连哥哥我到今天都没把你弄明白。现在看来，连你自己都没把自己弄明白。一开始大伙观察你，砸店铺，抢大户，你没往自己兜里装半点东西。争着抢着给你找女人，可你一个也不动。为啥呀兄弟？还惦着家里叫洋人祸害的那个女人吗？"一句话，祖盛低下头，泪水流了下来，那一幕再次浮现在他的眼前。与此同时，九红的音容笑貌，舞台风采，二人床第的翻滚，自己被抬进霍家的一幕一幕也都浮现在他的面前。他对王三发说："是呀，我想她啦，她是我一生最爱的人，我不能对不住她……"

王三发再不说什么了，他拍了拍祖盛的肩说："我理解，我理解。我曾经也这样爱过一个女人。哥哥没看错，你是个讲忠义，重情义的人。哥哥今天把你找来也想托付你一件事。这箱子东西在这儿，只有你知道，万一哪天有不测，哥哥在大孤山的老母和家小，就拜托兄弟你照料啦。"祖盛望着他点了点头。王三发笑着说："哭出来也好，别总闷在心里。有什么需要哥哥出头的事只管告诉哥哥，这个天底下，没有哥哥不敢干的事。"

这一天，他们二人聊了很多，也很掏心。祖盛觉得这个王三发并不像他以前想象的那样粗野蛮横，有时心思很细，也很会体贴人。是呀，一个大把子也不是谁都能当的呀。

近一时期官府剿匪力度加大，黑山老营叫官府的官兵抄了两次，损失不小。不能再在这里待了，可上哪儿去呀？王三发煞费苦心想不出辙来。一个弟兄给他出主意，让他将队伍开进医巫闾山。那里不仅风景秀丽，腹地辽阔，且回旋余地大。近可攻，退可守，来去自由，出入从容。王三发一听，下意识地摸了下脸上的疤瘌，摇了摇头说不行，因为他知道占据那里的马世龙实在厉害。那个小兄弟劝他说，这事让二当家的出面岂不是好？王三发一想，也行，不行就让祖盛出面找马世龙。

一天，王三发来到祖盛的屋里，说了当前的形势，并说出想在医巫闾山北站脚的事，想托祖盛到医巫闾山走一趟。祖盛觉得大当家的有为难之处，理当为他解忧，只是事来得太突然。王三发看出祖盛的心思，便对祖盛说："兄弟，说真话，这个马世龙，我还真有点发怵，他手下四五百条枪不是吃素的，加上这个人历来强势，从不吃软，我担心和他谈不拢。你现在在方圆百里名声响亮，且计谋高超，如你能出面，还有可能从他嘴里掏口食吃。"祖盛想了想冲王三发说："好吧大哥，我答应你。只是一样，这件事办完了，兄弟我可要洗手啦，您得放我一马。"王三发想了想说："行，只要你能拿下医巫闾山，大哥放你回家。""好！一言为定。"

为办好这件事，祖盛这两天还真下了点功夫。他知道这次要与匪首打交道，扮相和做派非常重要。他剪了一个中分头型，用油涂抹得发亮。做了一身蓝衣裤褂，内衬白衫，配着一块金链怀表挂在胸前。脚下配了双软牛皮功夫鞋，几圈裹腿缠绕腿下。最后戴上一副金丝边墨镜，将两把亮闪闪的驳壳枪往腰间一插，冲镜子里的自己看了看，得意地笑了。他哼着小曲推门走进王三发的大厅，把王三发弄愣了："兄弟，你这是要干吗去呀？"祖盛笑着说："唱戏去呀。"

"唱戏去？唱什么戏？"

"九鬼魔头智斗马世龙啊！"

"哎，不行不行。"王三发忙冲祖盛摆着手说，"你是二当家的，不是小混混。你代表我去，见的又是医巫闾山的大把子，怎么能这身装束？不稳重，不大气，没分量。江湖上把你传得神乎其神，你哪能穿这身打场子的衣裳呢？"祖盛笑了，他对王三发说："大哥，论辈分我小，论地位我是二当家，论咱黑山的人马不过人家的一半。我到那儿跟人家摆什么谱？什么分不分量的，用不着。我让他们看看我九鬼魔头是什么，是亡命徒！他不是怕咱太岁头上动土吗？我要告诉他，我就是找死来啦！"

听完祖盛的话，王三发起身围着他走了两圈说："兄弟你真行。这些点子都是从哪儿琢磨出来的呢？"祖盛冲王三发笑着说："还能哪儿学来的？从戏里学来的。这出戏叫《拜山》哪，这回不会说我唱戏没用了吧？"王三发冲着祖盛竖起大拇指说："这回哥哥我真算是服你啦。唱戏的人多着呢，也没有几个能唱好的。你天生就是角儿。"听了王三发的话，祖盛略有所思地望着远天的云霞，仿佛自言自语："唉，这句话我等了多久哇，要是能从我爹和我媳妇嘴里说出来该有多好哇。"

烟水横生，柏耸雄峰。关外有些名气的医巫闾山风光秀美，景色宜人。一层层岚烟似带缠绕山间，一片片火红的山楂树，在风的舞动下如仙子的秀发飘飘洒洒，如诗如画。难怪大把子要来医巫闾山，这里的确比黑山强上百倍。祖盛带着六子来到山脚下，向把山口的人送上帖子，不长时间，马世龙的人把他们带到了山上。进得马世龙的议事厅，陈祖盛拱手相拜，并将王三发备上的一份厚礼呈送了上去。马世龙坐在桌旁看也不看一眼地问："三狗子怎么没来呀？怕是当年脸上那一刀叫老子砍怕了吧？"此话一出，陈祖盛才明白王三发临行前说的话，原来他脸上的疤就是叫马世龙砍的。祖盛拱手说："马寨主，我家大把子这些天身体不爽，所以特派小弟备上厚礼前来探望，还望寨主笑纳，同时托小弟给寨主带信一封。"说着，从上衣兜里掏出一封信交给医巫闾山的小兄弟递给马世龙，马世龙看也不看地扔到一边望着陈祖盛说："怕是黄鼠狼给鸡拜年没安好心吧？早不来，晚不来，偏偏这个时候来，什么意思呀？"

祖盛说："马寨主，您还是看看我家大把子的信再说吧。"马世龙极不耐烦地看着他说："不用看，肯定是惦记上我医巫闾山了吧？没门儿。回去告诉王三狗子，最好别打我的主意，除非他把另一半脸伸过来，让我再砍他一刀。"

这句话说完，厅内的弟兄都哈哈大笑起来。很明显，他们是在嘲笑王三发和黑山镇的弟兄。面对他们的嘲笑，祖盛的脸上没有丝毫的表情，他双手抱肩，吊起二郎眼看着马世龙。马世龙喝了口桌上的酒问陈祖盛："你就是人们传的那个什么九鬼魔头？"陈祖盛毫不含糊地说："正是在下。"

"都把你传得神乎其神，我倒想知道知道，你到底有什么本事？"

陈祖盛哼笑了一下问："不知指的是哪方面？"

"都说你能掐会算，我想知道，明天是什么天哪？"

"明天中午聚云，傍晚暴雨。"

"扯淡。"

马世龙将酒碗扔到桌上说："这晴天大日头的，转过天就下暴雨？嗯？"他回身看了看自己的弟兄，小弟兄们都乐了，说祖盛纯属胡说八道。陈祖盛仍没表情地看着他们。马世龙忙拍了下桌子说："好，那咱就明天见，要不下雨，老子就给你放点血。"身后的小兄弟又是一阵狂笑。马世龙又想了想问祖盛，听说你的枪法了得，老子倒真想见识见识。陈祖盛说："好哇……"马世龙对身旁的一个兄弟说："把枪给他。"一个小混混过来，将陈祖盛的两把驳壳枪交还给了祖盛。祖盛望着马世龙问："怎么个试法？"马世龙站起身对他说："屋里的地方太小，施展不开，到外面去吧。"说着，一伙子人来到院外。

马世龙命手下叫来两个小兄弟，告诉他们站在百米开外，每个人的头上顶一个瓷壶。他问陈祖盛敢不敢打，祖盛说敢哪。他告诉陈祖盛："如果打掉了瓷壶，一切都好谈，如果打死了我的兄弟，你得偿命。"祖盛想了想，说："不行，你连信都未看，还不知道我要谈什么，我凭什么玩这个命？"马世龙一听也算有理，但凭直觉，他认为这个所谓的九鬼魔头一没枪法，二没胆子，便让身旁的小弟兄把信拿来。

他草草地看过信后问祖盛："怎么着？你们想占山北？哼，也不怕胀破你们的肚皮。就凭你打两枪就想占这么大的便宜？凭什么呀？"祖盛说："知道大当家的不肯轻易放手打拼下来的天地，我们也是有代价的。"

"什么代价？"

"两万两银子，一百根金条。"

"可老子不缺钱，老子缺的是命。"

"我保你呀。"

"嗯？"马世龙混世以来还从未见过这么傲世的年轻人。他回身围着陈祖盛绕了个圈，上下打量着。这身打扮倒是干净利落，像个高手。这身胆气也不含糊，敢拿命玩。这是什么地方？老子眨眨眼就能要他的命，可他毫不在乎。我倒要看看他能耐有几何？马世龙问祖盛："你保我命？怎么保？"祖盛背起手看着马世龙说："大当家的可能也知道现在的情形，你虽兵多势众，可那要看跟谁比。比起大绺子，你不是个儿。比起官兵，你更是不及。想医巫闾山虽大，你孤掌难鸣。可我们要是在山北呼应你，你便有了帮手。兵从南来，可往北去。兵从北来，可往南逃。相互间终有个联手和照应。我家大把子过去虽与大当家有过摩擦，但现如今应当算是难兄难弟。这个时候不联手，会被官家各个击破。到那个时候，什么你的我的，什么山南山北，都是别人的，与谁都无关。倒不如你今天卖我家大把子一个人情，钱虽不多，可毕竟关键时候解渴。情分再薄，关键时候必解危难哪。我嘴一说，你耳一听，想想是不是这么个理？如果您答应，我马上回去向大把子呈报。如果您不答应，这两枪我也没必要去打，这个命更没必要去玩。妥与否，大当家的定夺。"

嘿！一番话让马世龙觉得受听，理也的确是这么个理。他看着这身短衣襟打扮的陈祖盛觉得可惜，这样精干的年轻人怎么会跑去当王三发的手下呢？他忽觉得倒真应该看看他的枪法如何，是否真的像人们传说的那样百步穿杨。于是他对祖盛说："行，算你说得在理。如果你真能把他们头顶上的瓷壶打掉而不伤及他们毫发，我就答应你的要求。不过记住喽，答应的可是你的要求，不是三狗子的要求。明白了吗？"

"好！一言为定。"说完祖盛掏出腰间的驳壳枪，对着百米之外的两个人的头顶砰砰就是两枪。只听那边清脆的两声哗啦声，两只瓷壶被打得粉碎，那两个人像吓傻了一样呆呆地站在那里。在场所有人，包括马世龙都愣了，掏枪之快，枪法之准，毫不含糊。再看看他打完枪之后很是随意吹枪口的姿势，是那样潇洒，那样旁若无人。好！好枪法，好胆量，好一个九鬼魔头。他抬起手为陈祖盛拍着巴掌，身旁的小土匪们也高喊着好枪法，好枪法。

虽说马世龙对失去北山多少还是有些不爽，可晚上还是为黑山帮的二当家摆上了一桌丰盛的酒宴。他从心里喜欢这个年轻人，有胆有识，有勇有谋，真是名不虚传，自己手下要是有这样的干将该有多好。他频频举起大碗敬祖盛。席间他不无感慨地问："祖盛，以兄弟你这样好的身手，干吗屈尊于王三发的手下？你如跟着哥哥我干，不出两年要风得风，要雨得雨。他王三发凭什么做你的大把子？"

祖盛什么也不回答，只是乐着听马世龙说着。祖盛越是不说话，马世龙越是不停地说："兄弟要我说你不如跟着我干，我先给你一百人马，都由你说了算。你就替我守着北山，咱兄弟俩做个生死弟兄，将来一块打天下怎么样？"马世龙叨叨咕咕个没完。到此时酒也喝了不少，祖盛借着酒劲把脸一绷，对马世龙说："谢大当家的抬举和厚爱，可咱们道上讲的是一个义字。我是王三发大把子的手下，受其所差前来跟你谈买卖。买卖成了咱人情在，买卖不成我走人。还望大当家的海涵。"

一句话让马世龙封了口，可马世龙并不生气，仍端起大碗不停地跟祖盛喝，他想看看这个年轻人还有多大的酒量。喝酒对祖盛来说不是短口，打小他就偷偷跑到宽二爷的屋里弄两口，为这事爹差点把宽二爷给开喽。这半年多在黑山老营没干别的，除了练枪，净喝酒了，现在还能怕谁？今天的场面他是来者不拒。端碗就喝，很是豪爽。短短一天里，漫说马世龙，连医巫闾山这帮大小头目，身边的小混混都十分敬佩这个人们到处传扬的九鬼魔头。这一夜山上的弟兄们喝得好爽，好开心。席间为助兴，祖盛和马世龙再次拔枪，指哪儿打哪儿好不开心，也使祖盛见识了这位久闻于江湖的医巫闾山老大手上的功夫。

　　第二天起来的时候已是午时。马世龙迈步走出大院的时候，忽然愣在了那里。他抬头见满天乌云沉沉，风声呼啸，一下子想起昨天他考黑山这个二当家时说的话，"明天午时聚云，傍晚暴雨"。这小子这么神吗？他忙对身边的一个随从说："传令，备席。"

　　祖盛本以为很好地完成了这趟差事，可以回去向王三发交差，自己带着六子和马血旺展翅高飞，远走他乡，可刚收拾完东西，却见医巫闾山一个小弟来报说，大当家的已备好酒席，等着二当家的去赴宴。嗯？祖盛没弄明白："我不是跟你们大当家的说了，今天午后走吗？"那个小弟告诉他："我们大当家的说，今天晚上有暴雨，二当家的不宜出行，所以大当家的备好了酒席，请二当家的前去赴宴。"祖盛听后，推门往天上一看，仿佛明白了其中的缘故。

　　这桌宴席摆得仿佛比昨天更加丰盛，马世龙把自己无比珍惜的两颗已晒干的老虎胆都拿了出来。他摆好了两碗酒，将这两颗虎胆泡在了里边。当祖盛被请到场的时候，他显得那样亲切地抱住这个年轻人说："真叫你说着了，今天暴雨，这叫家不留人天留人哪。所以兄弟我想再好好地与你喝上几碗，掏掏心窝子聊上一聊。"马世龙满以为他这番热情会使祖盛欢喜，可祖盛却毫无表情地坐在了给他预备的座位上。他开门见山地问马世龙："怎么着大当家的，不会是不打算放你兄弟走了吧？"一句话，如一把刀子直刺马世龙的心窝子。他从一只碗里拿取出一颗浸泡过的虎胆，冲着火把的亮光看着，蓝晶晶的色彩是那样诱人。他问祖盛："二当家的，知道这是什么吗？"祖盛看了一眼说："虎胆。"

　　"嗯，算你有见识。吃过吗？"

　　"吃过。"

　　"知道这个补什么吗？"

"补胆。"

"嗯，知道我今天为什么要吃吗？"

"因为你的胆气还不足哇。"

马世龙将虎胆又泡在了碗里，看着眼前这个年轻人。他发现祖盛眯起的这双狼眼毫不含糊地盯着自己，便笑了起来："怎么着兄弟，你好像不高兴？"祖盛说："不是不高兴。昨天已经说好了，我们今天午后走人，我还要向我们大把子回话。"

"屁你个大把子，不瞒你说，这北山我是看在你的面子给的，与他何干？"

"给他的也好，给我的也罢，大当家为何出尔反尔，把我们留在了山上？"

马世龙笑了："不是跟你说了吗，这叫家不留人天留人嘛。"祖盛笑了："好像没那么简单吧，大当家的？哈哈哈……"祖盛一阵大笑，倒把马世龙笑蒙了。马世龙问他："你笑什么？"祖盛说："我笑你呀，不会是留不住我的人，想把我杀了吧？"一道寒光从马世龙眼角掠过，他对身边的人吩咐："上菜。"

一盘盘鹿肉、野猪肉摆满了桌子，每盘肉的上面都插着一把明晃晃的钢刀，使人感到很不舒服。马世龙做出一个请的手势，祖盛便拿起一把刀子插了一块鹿肉送到嘴里，做出细细品尝的样子。马世龙问他味道怎么样，祖盛摇了摇头说不鲜，不如从鹿身上直接片下来的肉烤着好吃。马世龙忙放下手里的刀子，对身边的人说，马上牵只活鹿来。身边的一个兄弟说："大哥，马上下暴雨啦，上哪儿去抓活鹿哇。"马世龙不高兴地看着手下说："马上派人去抓。"手下应声去了。马世龙问祖盛，你以前吃鹿肉都是从活鹿身上片着吃吗？祖盛点了点头说是，那样才有味道。

马世龙端起碗对祖盛说：“兄弟，这两颗虎胆，我留了好长时间，只是你来今天才取出来咱们俩分享，补胆也好，补气也罢，总算是哥哥对你的一份情义吧。”祖盛端起碗说：“谢谢大当家的高抬兄弟，如果大哥喜欢，我会给你多弄几颗。”马世龙说：“好，一言为定。”之后一扬脖，将虎胆随酒送进了肚子里。祖盛却用刀子将虎胆挑破，洒在酒里，酒水顿时变成蓝汪汪的颜色。马世龙忙对他说：“兄弟，这样喝会很苦的。”祖盛说：“这样劲才大，兄弟我以前总是这样喝。”之后扬起脖，将酒慢慢地喝了进去。喝完，他闭上眼睛显出很享受的样子。

马世龙真没见过在他面前敢这么放肆的年轻人。他对祖盛说：“兄弟，你能掐会算，我想让你看看明天是什么天气。”祖盛笑了：“这场大雨至少下两天，你还想让我看什么？”马世龙说：“我想再让你看看，三天后你是什么样子？”祖盛的脸拉得更长了：“大当家的有所不知，天命不能自算。”

“我明白了，就是说你不知道你三天后是什么样子。我想问问二当家的，如果你还能活三天的话，你最想做的一件事是什么？”祖盛想了想说：“唱戏。”

“唱戏？唱什么戏？”

“唱关公戏。”

“唱关公戏？嘿嘿，他说他想唱戏……”

山上的弟兄们哈哈大笑起来，可祖盛却没有半点表情。马世龙问他，你真的想唱戏？祖盛冲他很认真地点了点头，说自己真是这么想的。马世龙试探着问他：“我倒是想问问，你想唱哪出戏？”祖盛想了想：“事到如今，我也只能唱《走麦城》啦。”马世龙哈哈大笑起来：“江湖上如此有名的九鬼魔头也唱‘走麦城’。”说完他冲身边的一个弟兄说：“去，马上找个能唱关公戏的班子，要快。"那个兄弟说："大当家的，马上下暴雨啦，上哪儿找戏班子去呀？"马世龙立马竖起了眼睛说："就是下刀子，也得把班子给老子找来。听见了吗？"那个兄弟忙点着头，领着几个人跑下山去了。

傍黑时，一个戏班子终于被请上山来。班主是个老者，他哆哆嗦嗦地听候着匪首们的吩咐。祖盛过来问老者几句后方知这是个不大正规的草台班子，不过仍有关公戏的全套行头和大刀。祖盛取来青龙偃月刀拿在手里看了看，心说，这把大刀可是有段日子没摸过啦。祖盛问老者关公戏《走麦城》能演不，老者点了点头说，以前有人唱过，但不常演。祖盛告诉他这出戏自己只是看过却没唱过，让他跟打鼓佬和琴师说说，兜着他点，唱什么是什么，演到哪儿就是哪儿，让老者帮着他把着点场子。老班主说行，一定兜着他演。

祖盛也学着爹的样子，将青龙偃月刀架在关公像前，杀了只白毛鸡，用血涂洒在刀头之上，上好三炷香，躬身三拜。之后稳稳当当地坐在一个角落，一笔一笔地勾勒着关公的脸，他显得平静，可也感到骄傲。老子要唱关公啦，一会儿让你们瞧瞧老子在舞台上叱咤风云的样子。一帮臭土匪，你们哪知道爷爷的英雄气概。

祖盛的一切被马世龙看在眼里，他真弄不清这小子到底什么门道。自己明显杀机外露，可他却如此沉着，还想唱戏，还能不慌不忙，慢条斯理地坐那儿画脸，确实不一般。我倒要看看这出戏他给老子怎么唱。

听说二当家的要唱戏，两帮的土匪都聚在大厅里等着看戏。祖盛像模像样地扮戏。六子和马血旺及黑山的弟兄的枪全被医巫闾山上的弟兄下了，这让他们心里没了底。他们伺候在祖盛的身边，问祖盛该怎么办。祖盛摇了摇头说事到如今只能是走一步看一步，以静制动。他告诉弟兄们一点，既不要惹事，但也不能熊。祖盛看着六子说："兄弟呀，这回你可真要跟哥哥唱《走麦城》啦。"六子毫不畏惧地说："没啥，六子我早就跟你说过，你上哪儿我就跟你上哪儿，你当皇上我给你当大将，你当土匪我给你当保镖。这回咱不是应验了吗。"二人不约而同地笑了。

当当当当，锵锵锵锵，一阵锣鼓声震荡山林，大戏就要开场了。聚义厅里大小匪首坐了一片，都听说九鬼魔头文武双全，可还没听说他能唱戏，特别是还能唱关公戏，今儿个好好在这里开开眼。马世龙被众星捧月般居中而坐，他手端着酒碗，阴沉着脸。此时他也不知到底该怎么了断这件事情。如果再说服不了这个九鬼魔头，到底是把他放倒，还是把他放了？如果真杀了他，会是什么样的后果？正在想着，戏开场了。

孙权的人马大破荆州，听说关公败走麦城，便下令紧紧追赶。八面跃虎旗飞驰而上，祖盛手提青龙偃月刀，几个大搓步，英姿飒爽地亮在堂前。一阵沙哑的声音高吼道："关平周仓，封锁道口，与爷……杀……"之后他手捋美髯，仰天长叹开唱：

> 叹英雄一世，终落虎口，
> 狗贼子在身后追赶不休。
> 悔未听军师命严防死守，
> 一时间吾大意痛失荆州。
> 悔只悔对不住大哥恩厚，
> 恨只恨难随你人生尽头。
> 众儿郎听号令刀剑明露，
> 麦城路杀它个鬼哭神愁……

"众儿郎，与呀爷……杀……"

这个杀字喊出后，从祖盛的眼里仿佛冒出一道蓝光。之后祖盛开始与扮江东兵马的官兵展开大战，他挥舞青龙偃月刀左劈右砍，最后只剩下他自己被敌人团团围住。敌人大喊让他投降，他傲慢地站在那里动也不动，蔑视的目光扫视了一下全场，特别是向马世龙坐着的位置看了看，之后从容地拔出宝剑自刎。

按戏里死了之后应当倒地，戏就完了，可祖盛自刎后就是不倒下。打鼓佬对他喊："东家，你倒是快点倒下呀。"祖盛对着大家说："英雄不死！"之后他慢慢地放下宝剑向大厅走来，向大家一抱拳说："弟兄们，献丑啦。"没想到，全场所有的土匪都给他鼓起掌来，欢呼得乱叫。

祖盛返回身走向戏班子的演员和鼓佬琴师，向他们拱了拱手说："各位师傅，老少爷们，辛苦啦。"大家也冲他竖着大拇指，并为他鼓掌。他走向老班主问："师傅我这两下子像不像那么回事？"老班主激动地说："何止像回事？简直就是活关公啊。"听了这句话，祖盛的脑子里嗡的一声。

"活关公？我没听错吧？你说我是活关公？"

老班主仍是很激动地对他竖着大拇指说："没错，真是活关公。我看过那么多角儿演这出戏，数你演得最棒！好就好在你演出了那种英雄气概。小伙子呀，你也太能耐了。"打鼓佬走过来问祖盛："老大，你唱的这出《麦城》是哪道蔓的呀？"祖盛有些不好意思地笑了："我也不知道是哪道蔓的，我是就凭着自己唱啦，所以让你们跟着我呀。"打鼓佬笑着说："我说的嘛，没见过这个路子的唱法。"

祖盛卸下盔头，脱下蟒袍，走向马世龙，坐在了他的身边看着他问："怎么样大当家的，我演的还像那么回事吧？"马世龙眯缝着眼睛看着他问："二当家的，你到底是什么来路？不瞒你说，今天如不是看了你这出戏，你死定啦！"祖盛看着他问："看来是关二爷救了我啦？"马世龙点了点头说："也可以这么说吧。咱武行都拜关老爷，你把他演得活灵活现，着实难得，着实难得呀。"说完他沉默了半天，拍了拍祖盛的肩说："兄弟，别怪哥哥，我也是真舍不得你走哇。"说完，他独自一人向大厅外走去。

一会儿马世龙的一个随从走到祖盛的身边告诉他："我们大当家的说了，二当家的明天可以回黑山回复你们大当家的去啦。"听了这句话，心头压着的巨石一下子落了下来。祖盛抬起头，向天吐了口气，之后站起身走到关二爷的尊像前，再次点燃三炷香，躬身三拜。又走向戏班的班主，给他深施一礼说："谢班主大人，小的这边有礼了。"班主吓了一跳，忙扶起祖盛说："不敢不敢，小老儿可担不起呀。"直到此时，班子里的人还直冲着祖盛竖大拇指说："好角儿，真是好角儿。"

不知怎么，祖盛的眼前忽然一片迷蒙，滚烫的泪珠滑落下来。出来这么久，经历这么多风风雨雨，大小沟坎，也算有了些许的见识，甚至把自己传得神乎其神。可唯今夜叫他无比幸福，无比激动，因为戏班子里的人说他是好角儿，因为班主说他是活关公！

第二天，十几个黑山的弟兄将一封信交给了王三发，王三发打开一看，是陈祖盛写来的。上面写着：

> 大哥，恕小弟不辞而别。许久以来承蒙大哥关照，小弟感激不尽。但弟是恋家人，这里非小弟久留之所。医巫闾山事情已办妥，马世龙已答应咱们占据北山，也算小弟为大哥尽心效力啦。乱世之秋望大哥保重身体，保证安全。如有缘他日相见，再叙咱兄弟之情。
>
> 弟祖盛拜上

看了信，王三发还是感到失落，为了个北山，失去这么好的一个帮手，到底值还是不值？听了在医巫闾山发生的事后，王三发更觉后悔。他把给他出馊主意的那个小兄弟叫过来大骂一通后，躲回屋里呜呜地哭了好一阵子。

海阔凭鱼跃，天高任鸟飞。离开匪窟的陈祖盛如展翅的鲲鹏，带着六子和马血旺，骑着快马在山野里飞奔了许久。到哪儿去呢？祖盛想了想，觉得应该先回京城，再做打算。为躲避追拿，掩人耳目，在回京路过一个城镇的时候，祖盛特地收了一个戏班子。进了京城后，他要做的第一件事，便是让六子带路再一次敲开琉璃厂明月斋张老板的家门。他用枪顶住张宝德的脑袋，说这次是来取两件宝物盛世太平时的钱来的。黑洞洞的枪口对着脑门，张老板吓得差点尿了裤子，规规矩矩从家里又给他拿走了五千两的银票。祖盛用这笔钱为班子和自己置办了几出戏的行头和道具。

他派六子出去打听他案子的事，可六子回来告诉他，不仅那个案子没撤，连同在关外当土匪的案子又叫人立上了。祖盛一听，心里凉了半截。一天夜里，他让六子给他放哨，他跳进了自家的院里。漆黑的夜晚，只有父母的屋里亮着灯光，他悄悄潜到窗边，却什么也听不清，挑开一点窗纸向里望去，见父亲躺在床上，母亲坐在父亲的床边，手里好像缝补着什么似的说着闲话。由于耳边有风声，听不清母亲说什么，只看到母亲一脸疲倦的样子。他心里顿感一阵难过，如果自己能在母亲的身边，替她分忧解难，该有多好哇。他很想进去看望父母，又恐节外生枝，便只好悄悄跪在窗下向里面磕了一个头，跳墙离开了家里。

离开家后，祖盛又来到霍家大院墙外，在霍家墙外他绕了好大一阵子。他想好好听听动静，如果真有可能，他想把九红带着，远走天涯。他实在是太想念她了，这个女人为了自己家遭了那么大的罪，她被扒光身子吊在树上的情景，几年来一直萦绕在他心头，无法忘却。他发誓，今生今世一定要报答这个女人，这个为了自己和陈家付出一切的女人。可不论他怎么绕，没有人走出霍家。他小声学了几声乌鸦叫，顿觉身旁的树丛有晃动的声响，怕出事，他只好离开险地。

京城是不能待了，到底上哪儿呢？马血旺提议，走得越远越好，最好能逃到内蒙古去，所谓山高皇帝远嘛。陈祖盛觉得有一定的道理，于是便带着班子离开了京城，奔内蒙古的方向去了。

科尔沁草原无比辽阔，蓝天白云清澈而爽朗。蒙古族人非常豪爽，待人真诚，善歌善舞，喜好结交。虽在语言交流上有些障碍，但对于一个在逃犯来说，这是再好不过的地方。听说来了一个戏班子，草原民众感到很新鲜。祖盛带着班子给他们唱了几出戏，可他们看不懂，草原民族的人对他们在台上哼哼呀呀的东西感到莫名其妙。可当他们看到陈祖盛手提大刀左冲右杀的时候，却拼命地鼓掌喝彩，并很认真地拍着他的胸膛，冲着他竖起大拇指。一个戏班里的人说，他们说你演得像个大英雄。祖盛感到很高兴，像大英雄就好，关二爷就是大英雄。他竖起青龙偃月刀冲苍天拜了几拜，苍天不负有心人，但愿我真能在这里唱出一个活关公。

第二十三章

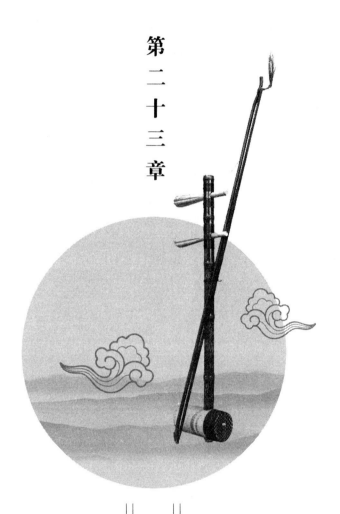

冤家修好

恭亲王和李鸿章安顿了京城的事宜，列强在中国得到了他们各自的好处。老百姓又能怎么样？叫叫嚷嚷骂了一通皇上后，又各自提着篮子卖菜，推着车子揽活去了。

慈禧回京城了，陈琏琨也自然从大牢里释放了出来。可是他再也没有见到慈禧，因为此时的慈禧再也抽不出时间给他。

陈琏琨回家后，第一件事便是与夫人一起到霍家看儿媳霍九红，同时也想把她从霍家请回来，可没有得到霍班主的同意。他以孩子体质太虚，要由母亲照料为由，拒绝了陈家的要求。陈琏琨见到霍九红后，父女俩抱头痛哭，被侮辱的一刻仿佛又在眼前，陈班主从怀里掏出一块无比剔透的祖母绿，挂在了儿媳的胸前："孩子呀，别怪爹的不是，你好好养身子，等祖盛回来，咱好好唱戏，好好过日子。"听了公公的话，千头万绪涌上心头，九红的泪水如奔泻的洪水再也止不住。也不知道是哭自己，还是哭祖盛，反正她觉得委屈，好多的委屈。

太后驾崩了，这个消息传出不知使多少人开心，多少人痛快。陈家小儿子祖德像见到了希望一样冲苍天拜上三拜，仿佛感到一个腐朽的世界即将倒塌，笼罩在中国天空的一片乌云终于散去。陈班主却把自己关在屋子里，不吃不喝，整整哭了一天。

慈禧给过自己无限的恩惠，一切一切恍如昨天。直到夕阳西下的时候，他才从家里的烟囱里取出那把叫他宁舍生命都不肯拿出来的青龙偃月刀。借着余晖观望着上面发光的宝石，红的依旧那样殷红，绿的仍是那样幽绿。他把刀头紧紧贴在自己的心口上感受着人们都说这些东西是世上的宝物，是有灵性的。若果真如此的话，太后哇，我陈琏琨祝你一路走好，如果真有另一个世界的话，你放心，我一定做关公过去保着你，保着你那边的江山。

很晚了，乌夫人才敲开门走进屋里。见丈夫好像有什么想说的，却又吞吞吐吐，便问他到底什么事。这时陈琏琨才对妻子说："太后走啦，太后走啦……"妻子对他说："我知道太后对你恩重如山，可人死不能复生，难得你有这份心思，太后如在天有灵，会得到一份欣慰的。"陈琏琨听后对她摆了摆手说："这只是其一，更重要的是马上面临的事情啊。太后在的时候提醒过我，她去世后要多加小心呢，我正琢磨着那些个东西和这把刀，这回可真成扎手的东西啦。"乌夫人想了想说："可不是吗，我早说过，这些东西本身就是放在皇家的东西，你说撂到咱一个百姓手里，叫咱放哪儿？偷偷放着还好，你说这一名二声的，满京城谁不知道你在太后那儿得了宝物？就连洋人都知道你手里有把宝刀，你说这可怎么办？不行咱就卖了，要不就给人。"

"胡扯，那哪成呢？这是太后的恩情，是我的荣耀，是传世之宝。"听了丈夫的话，望着他一脸的消瘦，乌夫人心疼地说："琏琨哪，我早就想劝你，你说过去咱只凭能耐唱戏缺过啥？少过啥？没有。可自从你有了这些宝物，特别是有了这把出了名的青龙偃月刀之后，亲人不亲，友人散去。你自己又吃了多少苦？遭了多少罪？几次都差点把命搭上，这是何苦？值得吗？"陈琏琨听着妻子的话，觉得不是没有道理，可当他把目光转向这把刀的时候，不觉又把刀头紧紧地贴在胸前，闭上眼睛心爱地抚摸着它说：

"值呀……有什么不值？命才值几个钱？可这把刀是我一生的荣耀，比我的生命重要，咱陈家要把它传下去。"

唉，这是着了什么魔了呢？乌夫人无奈地摇了摇头说："太后不是也跟你说了吗，这些东西压根就不属于哪一个人，今天在你手里是你的，明天保不准在谁手里就是他的。在宫里有皇家卫队守着都有人惦着，以前还有太后罩着你，如今太后也不在了，你说能没人惦着？你说你放哪儿吧？你拿什么保着它吧？"

"是呀，我放哪儿啊？"陈琏琨边说边四下看着。乌夫人说别看了，就咱这个家，半天时间连耗子洞都能翻成八个个儿。陈琏琨一听傻了，可不是吗，肯定是不能放在家里了，指不定哪天，连宫里的人都会找上门来。这可怎么办呢？对！有办法了。说着，陈琏琨的眼睛忽然一亮，乌夫人问他有什么办法快说说看。陈琏琨非常坚定地说："埋起来。"

"埋起来？"

"对，埋起来。找个最僻静的地方，只有咱们俩知道。"

"唉，我当什么法子，弄来弄去，还是个馊主意。"

"怎么能说是馊主意呢？"

乌夫人说："这不是自欺欺人吗？俗话说，跑得了和尚跑不了庙哇。只要找着你不就能找着这把刀吗？"

"找我我不怕，不是已经找过我好几次了吗？又怎么着了？"乌夫人望着丈夫半天无语，她觉得自己的丈夫怎么忽然像个固执的孩子。自从有了这些财宝，怎么就变成这个样子了呢？以前那个让自己崇拜、怜爱的陈琏琨哪儿去了呢？两行泪水忽地落下，她对丈夫说："琏琨哪，你这是怎么啦？难道咱真的就想为这些东西丢家舍命吗？你以前不是这个样子呀？

我心中那个陈琏琨，舞台上那个活关公哪儿去了呢？刚进京城时你身上凛凛正气，在梨园咱光光堂堂。争场子也好，对台戏也罢，谁不冲咱竖大拇指？可现在，梨园的朋友见了我都躲着走，连咱最好的朋友颜世龙都不再登咱陈家的门了……"

说到这儿，乌夫人呜呜地哭出声来，她是那样难过和委屈。陈琏琨看着夫人，心里像叫人拿刀子剜一样疼痛。一阵阵的血涌，使得他面色绯红，很不自在。可是他什么也不想说，也不想与夫人解释。他轻轻地拍了拍夫人的肩说："不早了，你也歇着吧，我想在这儿坐会儿。"

乌夫人躺下后，他一个人在屋里坐了很久，思考着夫人对他说的话，回想着这几年进京城的前前后后，真的像夫人说的那样，自己从一个活关公变成一个守财奴了吗？但有一点是真的，这次再回到家中，很少有梨园的朋友前来探望和拜会他了。就连算得上是自己亲家的霍思纯，也懒得再拿正眼看他一眼。这与夫人说的这些有关吗？他再次取过身边的青龙偃月刀在灯光下看着，他将刀头再次紧紧地抱在怀里，他觉得这把刀与自己是那样亲，亲得不忍离开它一眼，亲得不肯放手。两行老泪深情地滑下他的面孔。自己苦练了一生，没怕过什么，没惧过什么，除了气节，没在意过什么。唯这把刀，让自己终是不舍。眼下这把刀到底该如何放置，是刻不容缓要解决的事了。夜沉沉，思良久，一盏孤灯下愁杀了这个曾威震梨园的陈琏琨。

天色蒙蒙亮的时候，陈琏琨一个人夹着大木匣子，提着一把铁锹走出陈家，在街上叫了一辆马车向香山奔去。到山下他付了车钱，一个人向山上走去。他对自己说，就是我死了，别人也休想再知道这把刀的下落。

时间会渐渐抚平人们心头的创伤，京城的戏园慢慢开始红火起来。霍家班在戏园排出八天大戏，观众纷纷拥来，热闹空前。老班主不仅唱关公戏，这次连全部八大拿的戏都唱。他的扮相、功力和气势无不被梨园人称道，大家看着戏说，戏园子好久没这样的好戏啦。

好角儿就是好角儿，一招一式、一唱一念无不看出其独到的艺术天分和艺术生涯中所付出的努力。尽管陈琏琨心里不是滋味，可惺惺相惜，他不得不随着众人举起手为台上精彩的表演而高声喝彩。几天大戏后，梨园人纷纷来到霍家向老班主致意，几位好心的朋友劝霍班主借着红火头，将九红引出，东山再起，重现舞台。这句话正中霍思纯心怀。他是多么希望女儿重返舞台，再现光彩。可他又拿不准这件事，怕伤着孩子。有人说霍班主思虑过多，想九红才貌双全，早就艺压群芳，有很大的号召力，肯定不会有问题。在众梨园人的动员下，霍思纯终于下定决心，趁势将女儿力推出山，重出舞台，再现艺术风采。

在大戏唱到第八天的时候，也就是霍家班最后一场大戏的时候，戏码终于发生了变动，由原定的霍班主唱《古城会》，改为由霍九红唱《三战张月娥》，由霍班主陪霍九红演林冲。应当说这是一出好戏，众梨园人对霍九红重现舞台亮相也充满期待。霍九红对此虽说也有几分惧怕，但也期待已久。她梦想着舞台上的生活，这是她生命中一个特别重要的情结。这几天她刀花枪花顺了又顺，圆场、趟马练个不停，自觉问题不大。老父亲看在眼里喜于心内，行家有没有，就看一出手。女儿真是艺术天才，不论什么时候，只要拿起来就是好角儿。他对女儿的复出充满自信，为给女儿增加自信，他对女儿说："孩子呀，爹可在前面为你铺了七天大戏啦，台下可只等着你一展风采啦。"

为九红的复出，霍家请了不少梨园朋友前来捧场。万想不到的是，这天霍九红在舞台上刚一露面，下面不少戏迷就大吵小嚷地要看霍班主唱《古城会》，并将花生瓜子，橘子香蕉丢到舞台上，不买霍九红的账。从台上被赶下来的霍九红伤心至极，蜷缩在后台的一个角落里悲痛万分，为自己的遭遇感到愤恨，为自己的经历感到伤心。这一打击的沉重，不亚于被洋人欺辱，是人生中再次遭遇的重创。

回到家中的霍九红，对人生彻底失去了信心，此时她心中更加思念许久未见的丈夫祖盛，她惦念他别在外面出什么事，盼望他能早日归来，哪怕是过平民百姓的日子也好。这些天不论父母怎么来宽慰她，她都是一个人呆呆地坐在那里一声不吭，目光久久地凝视着窗外，等待着前些时离去的大雁归来。

陈家夫妇对这件事深为难过。特别是陈班主，他深知霍九红的遭遇与自己有着直接的关系，他知道他对不起九红，更对不起大儿子祖盛。为了尽可能弥补过失，也给自己心灵一些安慰，他与乌夫人商量，将家里的宝物拿出来一些给九红，以表安慰。乌夫人觉得应该，人家都给咱生下了孙子，再说她为陈家付出了名节，付出了人生，再不好好安慰孩子太不近人情了。于是陈班主打开了关公像下的殿盒，取出太后赠予他的和田玉佩和一对象牙雕环，及一对金镶玉裹的闹海麒麟。这天陈班主夫妇带着东西来到霍家，要求看望九红。霍班主让夫人陪着他们夫妇去了九红的小院。

九红见到了公公婆婆，伤心泪下，满腹委屈不知从何说起。陈班主坐到儿媳身边，劝慰她好好养身体，什么都不要想。这个世界上的事情千变万化，终有咱们峰回路转的一天。他非常坚定地对九红说："孩子呀，你的才华无人不知，你的善良对天可表。你要相信，只要有你公公在的一天，就一定有再次让你誉满京城的那天。"说完，他将包裹交到九红的手里，说道："爹娘也老啦，你是咱陈家未来的掌家人，这些东西你先收在手里，爹娘也好放心。虽说是宝物，可世上什么东西都是为人的生活所用，祖盛将来回来了，大家总要过日子，今后遇到沟坎的地方，也可拿它顶一时之需。"话虽不多，但九红却为之感动，她心知公公婆婆的良苦用心，更知他们终于将自己视为家庭中的一员，为他们惦念祖盛的心思感到阵阵温暖。

霍班主听夫人诉说了此事之后思虑了良久，他感到了陈琏琨的些许变化，但出于固执，他仍不愿原谅陈琏琨。他感到为了陈家，霍家失去得太多，特别是自己掌上的明珠，心爱的女儿，今天竟落得如此田地。

就在陈家人和九红苦苦期待祖盛尽早归来的时候，一天忽然来了一伙官差，他们询问陈霍两家，知不知道长子陈祖盛的下落，说他在关外当匪首有几件命案在身，官府正在缉拿他。陈霍两家如有知情者须速到官府报案，否则以通匪罪论处。一番话如晴天霹雳再次给陈霍两家罩上了阴影。

简直是天方夜谭，祖盛当土匪了？还当了土匪头子？可官府既然派人来拿，肯定是证据确凿。九红听说此事坐在床上半天说不出话来。这天晚上她把孩子接到屋里吻了又吻，亲了又亲。告诉他要乖，要懂事，要听爷爷奶奶的话。孩子走了之后，她插上门在屋子里穿好戏装，粉黛蛾眉打扮一番，一个人把自己关在屋子里唱起戏来。静静的夜里只听得后院飘来阵阵凄婉的唱戏声："喂呀呀，奴家好命苦，用得一世将你赌。半世云雨情，半世无用书。云中的马，风中的鹿，难追你疯癫癫奔逃的路。死鬼呀死鬼，终让我落得个披头散发一怨妇……"

霍班主和霍夫人感到女儿似乎有点不对头，来到她的屋前敲了几次门，可女儿却像没听到一般，仍一个人在屋子里唱个不停。担心出事，霍班主叫儿子霍达来到院子里，叫他今天夜里不准睡觉，好好看着妹妹，觉得不对劲马上叫他和夫人。儿子答应下来，搬了把椅子坐到院子里看着妹妹的房间，这样霍班主和夫人才稍稍放心地回屋睡觉去了。

唱啊唱，唱得霍达实在有些不耐烦了，他想睡觉，可在这清冷的院子里怎么睡？黑压压的夜，再听妹妹唱的这曲子有些瘆人，所以待了好长时间后，他觉得父母肯定睡了，便偷偷地回屋睡觉去了。

　　第二天早上，送饭的小红神色慌张地跑进大厅告诉霍班主说，小姐不见了。啪的一声，霍班主端着的碗摔在了桌子上。不容分说，他急匆匆地来到后院，见门是开着的，进屋一看，女儿不见了。房梁上却空悬着三尺白绫，好不瘆人。他命人叫来正在睡觉的儿子霍达，儿子说他一直等到半夜，妹妹不唱了，才回屋睡的觉，所以不知妹妹到底哪儿去了。啪的一声，狠狠的一记耳光扇在了霍达的脸上。霍班主脸色铁青，他用颤抖的手指着儿子："我再三叮嘱你看好你的妹妹，你却偷着睡觉。我告诉你，你妹妹要是有个三长两短，我要你的命！"霍达吓得直往他母亲身后躲闪，霍班主大吼一声："快去找人！还在这儿等死吗？"霍达吓得一溜烟跑了出去。

　　陈祖盛当土匪，霍九红出走，在梨园界引起极大的震动，人们大都表示同情，但对他们怀有敌意的人说他们本来就是一窝男盗女娼，是梨园界的败类。这给陈霍两家罩上了沉重的阴影，两位曾经让梨园界引以为豪的佼佼者，这些天都懒得出门，他们为这两个年轻人的轻率而难过，更为他们即将承受的命运感到担忧。这些天陈琏琨一直睡不着觉，眼前不停地翻卷着梨园风云和家世的沉浮。世道盛，家门兴；世道落，家门败，这是再简单不过的道理啦。

　　一天，一个来串门的梨园朋友告诉他，近来又进京几个班子，和京城的班子一起在灯市口和前门那儿的戏园子里唱戏，唱得非常热闹，而且还大张旗鼓地张贴出活关公的称号，大有与陈霍两家叫板的意思。陈琏琨听了微微一笑，好像压根没拿他们当回事似的，可人走之后，他却陷入了沉思，感觉有被人趁火打劫之意。

　　带着些许好奇，陈琏琨带着夫人来到前门戏园观看演出，却在这里与带夫人一起来看戏的霍思纯不期而遇。两位班主相见，谁还都没开口说话，便都捂着嘴哈哈大笑起来，仿佛都在说，让咱们也好好看看谁是活关公。

今天台上唱《古城会》的是山西宋家班班主宋超。本来还算有些本事，可当他听说两大红净泰斗在台下看戏时，顿时冒出一身冷汗。他深知，就凭自己这点能耐怎经得起这两位大家的品评？但锣鼓已响，箭在弦上，他只好硬着头皮登上舞台。由于心有杂念，平时八分功，这时也只能使上五分劲。不仅唱得底气不足，就是脚下也仿佛站立不稳，惹得台下哄堂大笑。这时台下的戏迷倒是把目光投向了端坐在台下看戏的两位京剧大家身上，都过来询问他们什么时候还唱关公戏。两位班主笑而不答，指了指台上说，我们先歇歇，让他唱唱。戏迷们纷纷冲着台上吐了几口吐沫，说这怎么能跟您二位比，这是什么玩意儿啊。霍班主看着台上问陈琏琨："你看他有几成功夫？"陈琏琨不假思索地说："也就五成吧。"之后他又问霍班主："霍班主您看他有几成功夫？"霍思纯也不假思索地说也就四成吧。陈琏琨笑了："看来您比我还刻薄。"

看完了戏，本该各回各家，可两位班主却好像意犹未尽。霍夫人于是说到家里坐会儿吧，有话家里聊。陈琏琨和乌夫人一听，霍夫人发出邀请，便顺水推舟说道："好哇，许久以来一直要拜访亲家，今天正是再好不过的机会。"霍夫人忙说："瞧你们，都是一家子人了，还总是这么客气。"霍班主笑呵呵地看了看乌夫人，一摆手，做出个请的手势，便各自上了自家的黄包车向霍家驶去。

回霍府后，霍夫人忙命仆人准备消夜。时间不长，各色小菜名点摆满了桌。两对夫妇四人对坐在一张八仙桌上，为助兴，霍班主特意让仆人拿来绍兴花雕酒与陈琏琨喝上几杯。席间他们相互讲述着梨园行多年来的风雅故事，却不谈及几年来两家曾有的矛盾与不快，更不谈祖盛当什么土匪头子的事情，甚至连九红突然出走这样大的事情也避而不谈，就像两家压根没那么回事一样。

万想不到，几杯酒过后，一个小家伙走进餐厅。他望着霍思纯喊了声爷爷，并顽皮地坐到爷爷的身边看着眼前这两个不大认识的长者。霍思纯告诉他来的这两个人也是爷爷、奶奶。小家伙很认真地冲着陈家夫妇喊了声："爷爷奶奶好。"望着这个小家伙，乌夫人顿时泪流不止，吃到嘴里的东西再难下咽。陈琏琨眼里含着泪光冲这个小家伙点着头，问他叫什么名字。小家伙告诉陈琏琨，他叫霍思明。陈琏琨问他为什么叫霍思明。小家伙又告诉他："爷爷说思是代表为了久远的意思，明是有日有月，可与日月同辉，就是说要让我将来把霍家的艺术发扬光大，直至永远。"两行泪水从陈琏琨的眼里夺眶而出，再难控制。他冲小家伙招了招手，将他紧紧地抱在怀中，感慨万千。

小家伙真是招人稀罕，陈琏琨夫妇用含着泪水的眼睛看着这个聪明、漂亮的小孙子。有像九红的地方，也有像祖盛的地方。此时一下子勾起乌夫人想念大儿子的心情，她泪流不止，心说，明明是自己的亲骨肉，怎么就姓了霍呢。陈琏琨问霍思明他的母亲好吗，霍思明告诉他说妈妈出去串门去了。陈琏琨问他妈妈对他好不好，思明告诉他说妈妈对他好，妈妈是这个世界上最好，最疼爱他的妈妈。陈班主问他爷爷奶奶对他好不好，思明告诉他说，爷爷奶奶对他最好，是这个世界上最疼他的爷爷奶奶。陈琏琨又问他父亲对他好不好，小家伙看着陈琏琨想了想，又看了看霍班主和霍夫人，想了想说："我也不知道哇，我总是看不见他呀。妈妈说他出门了，要好久才能回来看我。"陈琏琨的泪水像线珠般一串串地往下淌，他拍着自己的孙子说："你这个父亲哪，什么都好，就是打小就不让人省心哪。"

孙子霍思明的出现的确是意外，并非霍思纯的安排。为免除尴尬，霍思纯还是尽量控制着局面，他告诉霍思明："这位爷爷就是你父亲的父亲，这位奶奶就是你父亲的母亲，所以他们也是你的爷爷奶奶，明白吗？"小家伙望着陈琏琨夫妇很是认真地点了点头，却好像还没大弄明白的样子。这时仆人小红走进来，直向霍夫人赔不是，将小家伙霍思明带了出去。小孙子是出去了，可这顿饭却难以再吃下去。乌夫人以身体不适为由，由霍夫人陪着她休息去了。虽说已入夜，但两位班主却好像还是有话要说，霍思纯便将陈琏琨请到另一间偏房的客厅。

客厅里摆设讲究，舒适典雅，足见几辈梨园世家积累下的殷实家业和书香品格。各色秀玉做成的屏风，南国花梨精雕出的桌椅，墙壁上悬挂的名人书画及室内各处摆放的玲珑器具，虽不能与慈禧赐予的宝石玉玩相比，但每样东西仍显示出其独有的价值与品味。陈琏琨站在每样东西前认真地观看着，品味着它们传递给他的信息。宾主落痤后，霍思纯亲自给陈琏琨沏了壶茶，两个人喝了一会儿茶后，霍思纯问陈琏琨："琏琨哪，我们是不是老啦？"

"不老，其实我们正值手提青龙偃月刀的年岁呀。"

"果真如此吗？"

"果真如此。"

"我前些时一连唱了几天大戏，可始终不见你的动静啊？"

"我不唱是出于对老班主的尊重。"

"咳，这又何苦。"霍老班主说，"那都是我们从前的认识，不争何来的艺术？国剧这么些年的发展不就是大家争出来的吗？不争何来的好？不争谁还练哪？在戏台上能找到一个与自己不分伯仲的对手，细想来也是一件难得的事情啊。"

今晚的霍思纯好像很是感慨，他望着陈琏琨问："一晃相识的日子也不短了，你认为我这个人怎么样？"陈琏琨说："你是个好人，从你与梨园界的几位泰斗把我从衙门接出来那一刻,我就认为,你是一个真正的大家。梨园行有句话,坏不能坏在骨子里,输不能输在人品上。台上争是为了艺术,而台下要光光堂堂做人。为此事一直想找个机会感谢老班主,也想好好与班主聊上一聊。漫说咱们梨园同行,唱角儿的也好,领班的也罢,我们毕竟是儿女亲家呀。"

"哈哈哈!"霍思纯笑了,"这句话的确叫你说着了。"他仰起头长叹一声说:"一晃你进京城的日子也不短啦,如果不是非比出个活关公的事,我们应当是再好不过的兄弟。我们唱对台戏也好,相互争人气也罢,争来争去,却争出个打折骨头连着筋的儿女亲家。恐怕连咱自己都想不到会有这么一出戏等着咱们去唱吧?"陈琏琨说:"是呀,世上的事情真是无巧不成书,恐怕编故事的人都难以想象到这个情节呢。"说到这时,霍思纯显得神情沉重,他抬起眼看着陈琏琨说:"你说咱们俩,恩恩怨怨打成了一家,可把咱们结成一家的这两个孩子,却又让咱们这么不省心,祖盛跑路了,听说当了土匪又背了好几条人命。九红呢,自己把自己关在屋子里唱了一夜的戏,也跑了,只身在外,生死不知。我这一生啊,所有希望都在这个闺女身上,可她这一走,我……我……"说到这儿,老班主老泪纵横,再难诉说。

陈琏琨见霍班主这般悲痛,只好劝慰他说:"不必过分伤心,一切都会好起来的,他们都是命大之人,一定会回来的。"霍思纯擦去泪痕对陈琏琨说:"这些时日梨园的人离咱们都好像远啦,冷不丁还真有些叫人失落。"陈琏琨笑了,说:"其实没什么,这几年咱不净看着这些人冷冷热热的脸了吗?"霍思纯说:"可不是嘛,前几年梨园人说你踩高枝压人也好,说你攀龙附凤也罢,可太后死啦,那一页随着昨日的秋风被刮得再惹不起人们的兴趣啦。可说来说去,咱们还是唱戏的人哪,这身本事不能丢哇。"

说到这儿，陈琏琨轻轻地拍了下桌子说："叫你说着了，今天我正想好好和你聊聊这事。老班主哇，现如今我们是儿女亲家呀，不能再叫人说三道四啦。"

"嗯，往下说，往下说。"霍思纯很想听明白陈琏琨话里的话。陈琏琨说："难得你我兄弟今晚把话说开了，这也正是你我兄弟开始唱戏的时候啦。"霍班主当即明白了陈琏琨的意思，随即兴奋地一拍桌说："好！老哥哥我要的就是你这句话，有你我在此，这活关公的牌子岂是谁想挂就能挂出去的？""哈哈哈……"二人放声大笑，这笑声里包含着太多的意思。

第二十四章

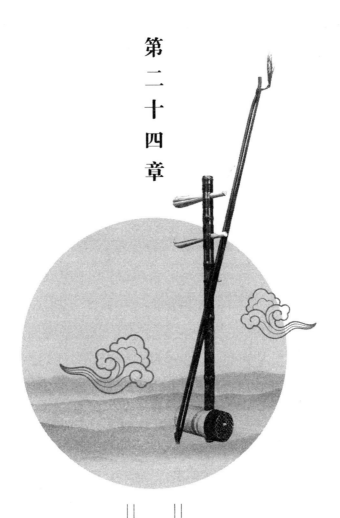

千里寻夫

随着辛亥革命的隆隆炮声，统治中国二百余年的大清帝国终于寿终正寝，走进了历史的坟墓。中华民族翻开了一个新的篇章，中华民国诞生了。

人们剪去了长长的辫子，新式的服饰渐渐多起来。新的气象使年轻人充满新的希望，他们脸上洋溢着笑容，期待和憧憬着更好的未来。陪着左思承去日本疗伤的陶思萦也随着大家坐船。她忙着通过各种方式与陈祖德联系。一晃离别多年，得到消息后，祖德如梦中惊醒，甩掉披在身上的大靠，脱掉脚下的厚底，任父母再如何相劝，头也不回地跑到天津登上轮船奔大上海而去。

问苍天，情为何物？这是至今人们无法回答的问题。他们有太多的思念，他们有太多的倾诉。在码头相见的一刻，一个深情的拥抱，长长的亲吻，足以表达这对恋人对爱的期许，对爱的坚守。在一旁的左思承看了心里很不是滋味，但他们却不理会身边的一切。他们那种从心底踊跃出来的情，再也不需遮遮掩掩。

这天夜里，祖德留宿在陶思萦的寓所里，他们买来好吃好喝的，晚上点燃了蜡烛，在小桌前相视而坐，诉说着这几年离别后各自的情况。烛光下，陶思萦更加秀丽，比前些年还要漂亮，且更加丰满。一双水汪汪的眼睛仍像从前那般清澈明亮，媚气诱人。从身体里散发出诱人的芳香更使祖德几次走过去把她拥在怀中。陶思萦不再有丝毫的羞怯，她任由祖德喜欢自己，以此来弥补几年前突然出走给恋人留下的遗憾，也用今天这种方式向恋人证明自己当年对他许下的承诺。

烛光下，祖德显得土气了几分，分明比远在东洋学习和为革命事业奔波的陶思萦在装束上，观念上，意识上，谈吐上落后几分，也可能随着这些年家境的动荡，老成了几分。但陶思萦没有嫌弃他，反而觉得这就是真正的陈祖德，她不喜欢左思承那样天天甜言蜜语，蜂拥蝶扑地围绕在自己的身边。她笑呵呵地坐在那里看着祖德，用手里的刀叉不停地向他嘴里送去一块块好吃的东西。虽然陶思萦曾向祖德说过，一定要等到他真正拥有她那一天，才会把身体献给他，可今夜，她违背了对自己的约束和承诺。在祖德情不自禁的情况下，她任由祖德占有了自己。她也想用这种妥协再次向祖德证明，虽说两人这些年相隔遥远，但她这颗心，她的身体是属于他的。

陶思萦被一个土包子占有，这令左思承和所有原剧社的人心中大为不快。他们实在是没有想到陶思萦会以这样的方式向人们宣布自己的人生归宿。特别是一直还在追求陶思萦的左思承，怎么也不会想到陶思萦还会看上这个与自己格格不入的土包子。第二天他大为光火，眼睛里充满一团团怒火，仿佛要把剧社积攒下的这个小楼烧掉。不想容忍，无法容忍！可他又没有办法，因为陶思萦是先锋剧社的灵魂。

陶思萦是个再聪明不过的姑娘，从人们对陈祖德种种不接受的姿态中看出他们的不友善，于是她以退为进，向左思承提出要与陈祖德一起回北京的要求。

这怎么能行？刚刚回到祖国，组建了新的先锋剧社，主要编剧和台柱子马上要走，这不是开天大的玩笑吗？但如果不走，陶思萦就要求他们把陈祖德留在剧社里，这使左思承极为不满。他以上级和革命者的姿态几次做陶思萦的思想工作，要她为了革命大业，暂时放弃儿女情长。陶思萦告诉他，她与陈祖德的关系和身份并不影响革命事业。

左思承觉得实在没有办法说服陶思萦，一赌气便离开剧社，并将剧社的管理权交给了他的好朋友王立志，自己到广州投奔他人而去。临行前，他硬着头皮再次来到陶思萦的房间求询陶姑娘，能不能重新考虑和他确立恋人的关系。陶思萦坚定地回绝了他，因为从某种意义上说，她已经属于陈祖德了。左思承痛苦地说："我不在乎，我只要你和我在一起。"陶思萦说："这几年我们不是天天在一起吗？"左思承说："我指的是我们将来生活在一起。"陶思萦断然拒绝了左思承，告诉他："我们是新一代人，是革命者。我们有共同的理想和追求，这就足矣。什么还能比革命人更亲？但人和人共同生活并组建家庭，是要看情趣，爱好和彼此的欣赏，这个谁也无法强求。"话说得已不能再直白，左思承悲哀地长叹一声，提着皮包走了出去。

在陶思萦的庇护下，陈祖德留在了先锋剧社，帮着剧社写剧本，排演戏剧。他明显地感到自己与大家在革命观念和思想觉悟上有了一定的差距，这表现在他的谈吐，交流，以及在创作中陈旧观念的表露上，都与当下革命党人的激情和热望格格不入。面对大家的冷嘲热讽，他有些吃不住，显得十分焦躁。陶思萦却不温不火地观察着他，宽慰着他，并拿出极大的耐心给予他指点，讲给他道理和新的观念。

一直受宠的少班主，怎么经得起人们的白眼？正好借着父母来信催他回京有事相商，他要求陶思萦和他一起回北京。陶思萦又怎么能放得下手中的革命工作呢？陶思萦再三劝阻祖德不要耍小孩脾气，留下来好好在上海发展。可他很任性，一定要回去。最后陶思萦没有办法，只好劝他回去看望父母后，尽快回来，下一步他们可能还要到广州和武汉等地去开展工作，希望他早去早归。祖德虽有不舍，但话已说出，便只能按陶姑娘的意思，先回家看望父母，说明自己与陶姑娘的情况，再回来与陶姑娘相聚。临别时，两位恋人站在码头上依依不舍，望着远去的陈祖德在船上挥动的手臂，陶思萦泪光闪闪，她期待着能与恋人尽快再次相聚。

祖德回到北京后，与父母说明了陶姑娘的情况，并告诉父母他要与陶姑娘一起从事革命事业，希望父母能够给予他支持。父亲一听就翻脸了："什么？你还要革命？上次你差点革去了脑袋，还不思反省。如今戏唱得好好的，日子过得好好的又要去玩命？绝对不行！"母亲也劝儿子不要去，对他说："如果真喜欢陶姑娘，就把她接回北京，接进家里，好好过日子。如今你哥嫂跑路在外，这么大个家，这么大个班子，你再走了，我和你爹如何支撑？再说，革命哪是闹着玩的？如今南北两个政府，军阀混战，各自为政。枪炮不长眼睛，万一有个三长两短，爹娘如何是好？"

母亲说得不无道理，可陶姑娘还在上海等着自己呢。不管革不革命，上海是必须重返一趟的。于是他耍了一个小狡猾，告诉父母说他去上海把陶姑娘接回北京，成亲后好好唱戏。父母信以为真，便同意他去了上海。

祖德再次来到上海，下船雇了辆黄包车驶向陶思萦居住的先锋剧社。他推门而入的时候才发现，剧社里人去屋空，像被刚刚抄过家一样非常零乱，书稿如飞舞的雪花，被风吹得四处飘落。他傻呆呆地站在那里，脑子一片空白，短短几天，这里到底发生了什么？他到旁边的里弄打听过情况才知道，这里前天夜里被抄了，人提前一天都跑没影了。人都跑没影了？跑哪儿去了呢？人们冲着他直摇头说不知道，只听抄家的人说，这里住着一伙革命党人，所以要抄他们的家。祖德万分不解地问，不是共和了吗？

怎么还抄革命党呢？那些人再不发一言，退回自己家里去了。万般无奈的祖德走向码头，遥望着大海，悔恨不已，如果不是自己过于任性，现在应该与陶姑娘在一起呀。思萦啊，你现在到底能在哪儿啊？一只海鸥忽然闯进祖德的视线，它不停地飞舞着，祖德感到它很像自己的恋人，那样洁白，那样高傲。

共和的号角震荡四海，普天下的国人都在这一年里体验到了不同的感受，关外大地也在春的季节里发生着变化。头顶上戴着顶子办案的人不见了，涌现出更多的是身着一套套黑色制服的警察站在街上，管理行人，追拿逃犯。过去提枪人和操刀手，都换成了手持洋枪的兵士，一个个威风凛凛，好不洋气。许多百姓还是满心欢喜的，毕竟社会秩序比从前要好许多，听说这回土匪们见了这帮警察和当兵的吓得直跑，再也不敢像从前那样直扑商铺和百姓家中。

尽管如此，关外的土匪仍很猖獗，王三发也好，马世龙也罢，还有更多的绺子仍对百姓骚扰不断。到底是什么缘故呢？后来人们说，连大帅都是土匪出身，这土匪可怎么个剿法？特别是锦州黑山一带，人们出出入入还需多加提防，慎之又慎。

最近锦州城里出现了一位衣着华贵的姓于的少爷，此人面如冠玉，英俊潇洒。头戴瓜皮帽，翠绿的玉护额戴在头上。身着灰色细布长袍，上穿黄色锦缎外罩。面前架着一副金丝边墨镜，一只金链怀表挂在胸前，扮相十分讲究，典型的富少装束。身边跟着一个帮他背着布包的书童，显得聪明伶俐。不管进了哪个店，只要看好的东西从不讲价，照单全收。他每天在街上走来走去，东瞧西看，走完这店进那店。人们不知道这位少爷做什么买卖，是什么来头，只知道他有个爱好，看戏。看完这个班的戏，看那个班的戏。有意思的是，看完了戏他还要请些戏班子的人吃消夜，打听打听这，打听打听那，也不知道他为什么会对唱戏人感兴趣。

　　一天，郑家班班主郑春玉唱关公戏，这位于少爷前来观看，在台下不停地为郑班主喝彩。戏散了，人们都离开了场子，唯见这位于少爷仍然坐在台下若有所思。他抬步走向后台，来拜见郑班主。郑班主对此人已有耳闻，也曾留意几分。郑班主担心这位阔少爷不怀好意，惦记上他家的婉秋。经少时的攀谈发现，这位少爷对梨园行和唱戏讲得是十分在行。对自己方才唱的戏，好与歹品评得也相当精到。这使得郑班主对这位少爷刮目相看，同时心里也画了个大大的问号，方圆几百里也没听说哪个班子的少爷如此阔绰，这位是哪儿来的呢？

　　聊了一会儿，话锋一转，于少爷问郑班主，几年前是不是有位陈少爷，也就是京城陈家班的少班主在郑家班搭过班子，唱过戏？一句话把没有提防的郑班主问得眼前顿时一片金花飞舞。他忙摆着手说，没听说，我不知道。说完转身就要走的样子，显得那样怕事和狼狈。不想这位于少爷一把将他拦住，并显得十分友善地对他说："老班主不必担心，这位陈少爷是我的发小，又是家母的远亲。因他出门很久不曾回家，我是受陈老班主和家母的嘱托前来寻找他的，请老班主但放宽心，如知他下落，请尽快告诉我，在下替陈家感激班主不世之恩。"说完，于少爷从随身口袋里取出一百大洋放在郑班主面前。

　　郑班主连看也没看，将钱一把推开，说："我跟你说的都是真话，什么陈少爷，少班主的，我不认得，我真的不知道。"说完再次欲走，却被于少爷再次拦住。

　　他对郑班主说："老班主，不瞒您说，我已经访过好儿个班子，大家都知道这位陈少爷在你的班子里唱过一场关公戏，虽说被轰下台来，可你仍将他留在了班子里。后来不知因为什么才出走，老班主何说没有此人此事呢？"郑班主回过头认真打量了一会儿这位于少爷，但见此人容貌不像歹人。同时也对他寻陈少爷感到几分好奇，便把心一横，心说，难道老子怕你不成？稍想片刻，他稳稳当当地坐到于少爷面前，再次仔细打量了于少爷，说："甭问我太多，我倒是想知道，你到底是干什么的？东家打听西家问的，这位陈少爷跟你有什么关系？他是你什么人，你这么上心？"

忽然两行泪水从于少爷眼中滑落，他忙低下头掩饰，却被郑班主看了个着实。这下可把郑班主弄蒙了，他感到此事非同寻常。这时于少爷镇定了一下，抬起头接着说："老班主，不瞒你说，我这位表兄做事鲁莽，与家人发生点冲突便出走，一去不回。家人着实为他担忧，所以特派我前来寻他。如老班主果真知我表兄下落，请看在京城陈老班主的面子上，告我实情，我也好找到表兄，不负陈老班主对我的嘱托。"郑班主唱了一辈子戏，善于察言观色，对于人情世故是再了解不过的。显然于少爷说的不全是实话，但他知道其中必有隐情。三合计两合计，他一拍大腿说："唉，既然如此，那我就把实情告诉你吧。"于是他将祖盛到他这儿搭班子唱戏，救他的女儿，当了土匪，他将小女婉秋许配给他他却不娶这些事统统讲给了于少爷。

只见这位于少爷边听边擦拭着泪水，显得非常伤心，把郑班主搞得也好不难过。郑班主告诉于少爷："不管你与这位陈少爷是什么关系，我敢打包票，这位陈少爷那真是堂堂君子，大丈夫，纯爷们儿。我领着班子闯荡江湖也三十余年了，还是头一次在班子里遇见这么一位少爷。别看台上关公戏唱得颠三倒四，可为人，真乃活关公也。"听了郑班主的话，于少爷心中无限感慨。他又问郑班主："知不知道他离开你这里之后又到哪儿去了呢？"郑班主想了想说："我倒是真打听了，听北镇的一个小戏班子的人说，好像在医巫闾山土匪窝子里看见他了，还说他在山上唱了出关公戏。"听了郑班主的话，于少爷苦笑了一下说："我这位表兄真是胆大包天，什么样的地方他都敢唱戏。"他询问郑班主可否带他去一趟北镇，找一找见过他唱戏的戏班子，郑班主不假思索便答应了："陈少爷是我家的恩人，只要你是他的朋友，要我做什么都理所当然。"

郑班主陪着这位于少爷来到北镇，没费多大工夫，就找到了那个草台班子的班主。这个老班主不像郑班主那般谨慎，当即就把在山上见到祖盛唱关公戏的情景讲述了一遍。之后竖起大拇指称赞道："那气派，那劲头，看了一辈子戏，我都没看过那么好的关公戏。把全场黑压压的一片土匪全唱傻了，全镇住了。"听了这番话，于少爷再也无法控制住夺眶而出的泪水。

于少爷又问戏班的班主，知不知道这个唱关公戏的人后来到哪儿去了。老班主告诉他说，他后来又叫山上的人找去唱了两回戏，听山上的人说，这小子后来跑了，不当土匪了。听说跑内蒙古去了，在那边干啥，就不知道啦。这个消息是于少爷今天最大的收获，当土匪也好，不当土匪也罢，最重要的是要知道他如今到底在哪儿。于是他取出一把大洋交给老班主，和郑班主一道回锦州城了，准备明天一早去内蒙古寻找陈祖盛。

回到郑家班后，郑班主叫人做了几道菜，把小女儿婉秋也叫到屋里陪于少爷好好吃顿饭。因为他觉得陈少爷是郑家的恩人，和陈少爷有关的亲朋，都应当是他们的亲人。席间，郑班主劝这位于少爷不要去内蒙古，天辽地阔，人地两生，只凭一个老头听人们说的消息，何处去寻？可这位于少爷却决心已定，一副万难更改的架势，老班主便不再劝阻。他望着这位于少爷问："于少爷呀，老朽问你一件事你可否坦诚相待呀？"于少爷立刻拱起手说："谢郑班主，必定坦诚相待，否则晚生哪能知我家表兄在外下落？"郑班主接着说："不瞒您说于少爷，陈少爷乃我家救命恩人，但凡与陈少爷有亲之人，我必视为亲人。可据老朽看，少爷，你并未把你的实底告诉老朽，这是为何呀？"

郑班主的话使这位于少爷陷入沉思之中，他紧紧地闭上双眼，可滚滚泪水却不停地从那里流淌出来。只见他轻轻地摘下帽子，一头乌发散落下来，他告诉郑家父女，自己并非什么于少爷，而是陈祖盛的结发妻子霍九红。一语出口，大家都愣住了，只要在梨园行有些资历的人哪有不知道京城霍九红的？郑班主忙拉过女儿婉秋正正经经地站在霍九红面前行一个大礼说："怪老朽眼拙，久闻姑娘大名，霍姑娘在上，请受老朽一拜。"霍九红有些羞怯地站起身还了个礼说："老班主客气了，在我家祖盛危难之时，蒙老班主容他在此安身，我代他谢过。"

郑班主忙请霍九红归座说："霍姑娘千辛万苦为寻祖盛而来，着实令人感动。只是老朽担心你一个女子，虽装扮成少爷，可在这兵荒马乱年月还是危险重重啊，不如姑娘回京，哪怕老朽替你到内蒙古走一趟，如有消息定到京城告知姑娘。"霍九红摇了摇头说不行，她是一定要亲自去找祖盛的，哪怕是再艰险也在所不惜。郑班主和婉秋很是感动，郑班主想了想说："既然姑娘一定要去，那么也好，让老朽陪着你一同前往吧。"婉秋也说要与霍姑娘一起去寻找陈家少爷。九红深受感动，可嘴上却说郑班主还要带班子，怎好为此事放下营生。郑班主一拍大腿说："什么营生不营生的？陈少爷是我家救命恩人，漫说这点事，就是再大的事，老朽又岂能不去担当？这样吧霍姑娘，我们马上着手准备准备，后天我和女儿一起陪你上路，咱爷几个不论到哪儿，吃住办事总有个照应，总比你一人在外强得多。"商量好之后大家便各自回房休息去了。

夜色深沉，万籁俱寂。仰头望去，星光灿烂。霍九红走出屋子，站在院子里，从京城出来后她一直思绪纷乱无法安眠，常常是一个人站在星空下仰头望月，苦思冥想。离开祖盛的时间很久了，她想念他，惦记他。听人说在关外看见过祖盛的影子，便寻迹而来。苍天不负有心人，万不想还真就打听到了他的线索。只是这一竿子又支到内蒙古去了，这一去路途遥远，可如何找他呢？郑班主和女儿婉秋见霍姑娘孤零零站在院子里，便也走出屋，来到院子里。婉秋怕九红着凉，特意给她取了件披风披在身上。爷俩静静地坐在九红的身边，什么也不说，陪着她望着满天星斗，像数星星一样地观望着。叹红尘漫漫，举目望人海茫茫。愿相亲之人，觅得知己如影随形。可远在天边的陈少爷呀，你到底在哪儿呢？

两天后，他们备好了行装，为方便起见，九红取出一把大洋交给小书童，叫他自己找个地方安身，小书童装好了大洋，眼泪涟涟地离开了霍九红。九红仍穿戴上少爷的服饰，三人说好以一家三口的方式相称。一切打点完毕，三人便骑上头天晚上租借来的三匹枣红大马，直奔内蒙古草原而去。

第二十五章

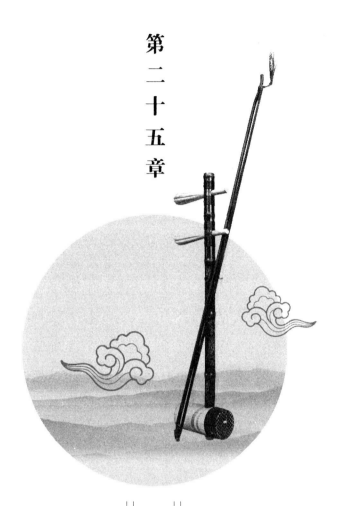

情为何物

美丽草原如此辽阔，绿草黄花分外芳香。牛羊成群遍似星罗，红霞纷飞尽染苍穹。在舞台上表演了众多人生故事的人们还是头一次来到草原，见识到如此壮美的景色。尽管行了多日，人困马乏，可美好的心情却使他们忘却了忧愁般沉浸在这如诗如画的美丽仙境中。

一晃行程半月有余，却没有见到祖盛的影子。只听人们说有一个唱关公戏的班子来过这里，去过那里，可谁也不知道他们的踪迹。传说中那个演关公的人唱得很好，演得很神。九红认定那一定是祖盛带的班子。可茫茫草原漫无边际，上哪儿去找呢？这些时日，人走瘦了，马也走乏了，这种寻找方式如大海捞针般，显然不是办法。正在他们一筹莫展的时候，一天在路过一个很大的客栈时听开店的人说，那个唱关公戏的人与科尔沁草原的一个叫布德格哈的王爷关系十分要好，听说老王爷就爱听他的戏，还跟着他班子里的琴师学拉琴，时常把他找去听他唱上几句。

这真是天大的喜讯，得到这个消息，霍九红兴奋得掉下了眼泪。漫说是王爷府，就是龙潭虎穴，本姑奶奶也要走上一趟。这几天霍九红拿出钱和宝物到处寻找能与王府搭上话的人。很难找，人们一听说要上王爷府，立马躲得绕着弯子走。这是怎么回事？一打听才知道，这个老王爷不仅好酒好色，而且疑心很重，十分凶恶，弄不好会丢了性命。这使得郑班主和女儿婉秋为霍九红十分担心，可霍九红已听不进人们的劝解，她是铁了心地要拜会这个老王爷，找到自己的丈夫。

无法入睡的霍九红这天夜里躺在床上十分兴奋，她期待着见到思念的人的那一刻。想啊想啊，她嘿嘿地笑了起来，相信这个消息是准确的，不管多么困难，多么危险，这个死鬼都能化险为夷。即便时至今日，他还能与这儿的王爷拉上亲朋之谊，这就是她的男人陈祖盛，这就是当年谁都没看上，唯独自己要嫁他的缘由。英雄自有英雄胆，虎行天下显雄威。她越想越觉得好笑，一是笑祖盛有意思，二是笑自己找寻他这个主意的正确，这一趟真是没白来。

因苦心寻找又花足了钱的缘故，终于有位名叫蒙特萨哈的草原富家子弟答应带九红去拜见王爷。他让九红备上一份厚礼，做好准备，听他的消息。蒙特萨哈要走时，却被九红拉住，她从袖口里取出两颗金豆子放到他的手里，问他是否知道一个唱关公戏的人的消息。蒙特萨哈用手掂了掂两颗金豆，又看了看这位相貌堂堂的于公子，便对她讲了传说的这位唱关公戏的人的事情。霍九红听后十分感激他，对他说，最好在这位唱关公戏的人去王爷府的时候带他进王爷府，到时定会重谢他。蒙特萨哈答应了她的要求。

原来，祖盛带着班子到内蒙古唱戏后不久，一次偶然的机会他被王府请去为王爷女儿出嫁助兴，演关公戏《古城会》。其精彩的技艺，英雄的气概，深得老王爷和女儿布德丹公主的赏识。之后便常常被请至王府登台献艺，时间一久，祖盛的言谈举止深得王爷父女的器重。从此便建立起与王府的联系，开启了他在草原发迹的历程。他不仅养了个戏班子，取名为光胆剧社，同时在蒙南地区开设了一个远通商行，下设一个客栈。客栈里的伙计大多是戏班子里的人，既能唱戏，又能做生意。几个跟班主要好的贴心人手里都备着长短家伙，是一伙草原上传奇般的人物。客栈除迎来送往外，主要经营皮货生意。用最便宜的价格将大批皮货通过各种关系运至关内出售，再把这里缺少的东西从关内买回来出手，所得利润与王爷的女儿布德丹五五分成。

同时，祖盛经常让人把从关内买来的服饰、首饰、珠宝送给布德丹公主，使布德丹公主不胜喜悦，心怀感激。祖盛性格开朗，为人豪爽，不仅能唱一出好戏，天生又招女孩子喜欢。时间一久，布德丹芳心倾移，深深喜欢上了这个从内地来的汉子。祖盛深知在这种地方这种情感的危险性，便开始躲躲闪闪，可为时已晚。他越是绕着走，姑娘越是迎着上。姑娘对他左围右堵，毫无顾忌。一开始王爷看着不舒服，可他又深知女儿任性，拗不过她。加之他对祖盛也十分欣赏，也就睁一眼闭一眼不管此事。

一次祖盛被招到王府唱戏，饭后，布德丹公主硬是把祖盛叫到自己的房中，非要祖盛与她欢愉。这可真的难住了祖盛，王爷的女儿太任性，可王爷的女儿怎敢惹？他试图以这些道理说服布德丹，可任性的她却不把任何人放在眼里，她告诉祖盛，天塌下来自己顶着。说完，姑娘毫不羞涩地脱去衣袍，露出诱人的躯体。祖盛顿时被这一芳香冲得头晕目眩，血往上涌，身体犹如欲喷发的火山一般。一是布德丹一身秀色，二是祖盛自离开九红已很久没沾女人的身体，这一刻的诱惑着实难挡。

他走上前紧紧地抱住布德丹，抚摸着她的身体，眼前的姑娘体态婀娜丰满，且光滑如玉，如绵纸般柔软。他抚摸着，亲吻着，缠绵的感受如梦如幻。姑娘微闭双眼等待着他去抚爱，祖盛情不自禁地问布德丹为什么非要这样。布德丹告诉他，她爱他，她爱关公，她想体味与活关公在一起的感受。一句话如惊雷般掠过头顶，关公？关公独自一人保护嫂嫂几年，从未动过情欲之心，我怎能做这般不义之事？再说，九红为我一家遭受如此大难，我怎能对不起她？他霍地用手将二人身体支开，对布德丹说："妹妹，哥哥是有家室之人，你嫂子为了哥哥遭了大难，我不能对不起她。你是我最疼爱的妹妹，今生今世你叫哥哥做什么，哥哥都没二话，唯这件事，哥哥做不得。"说完，他将衣服披在布德丹的身上，转身欲走，被布德丹唤住，布德丹问他："难道关公就这样无情吗？"陈祖盛说："妹妹，关公更讲义字。"

从这之后，祖盛与布德丹以兄妹相称。尽管如此，布德丹仍愿意缠着他，绕着他，一有机会便凑上前去亲吻他一口，这令布德丹的丈夫腾格尔很不满意。与此同时，祖盛也感到总有双眼睛在那里紧盯着自己。

近些时祖盛一直忙于收拢皮货，准备运往内地。忽听有几个人在打探和寻找他的下落，这引起祖盛警觉。什么人？想干什么？什么于公子王公子的，他压根就不认得这么个人。他将藏在道具箱子里的驳壳枪取出来，顶上子弹带在身边，即便睡觉的时候也放在枕头下面以防不测。同时告诉马血旺和小六子，随时做好拔腿就跑的准备。

这天，王爷府来人传他去见王爷，说王爷要听他唱戏。对于祖盛来说这是常事，他带上人手来到王府，首先见到的便是布德丹，虽说她比从前稳重了许多，但一双妩媚的眼睛仍始终勾人心魂。她告诉祖盛，府上来了几位朋友，要看他演关公戏。这样的事情对于祖盛来说也已习惯了，过去只要王爷来了贵客，便请他来为之助兴一番。今天祖盛也并未多想，进来不多时便开始扮戏。他要为王爷和他的朋友唱一出《温酒斩华雄》。扮好戏后，前面锣鼓已当当作响，他不慌不忙地登上舞台，手提大刀，微闭双目，显得傲气十足。一阵趟马过后勒住丝缰开板起唱："今闻华雄来讨战，袁营兵将去阻拦。丢盔卸甲失三关，千百儿郎命倒悬。急求关某来观战，一杯热酒敬与咱。某只说先斩华雄再把盏，温酒若凉非好汉！"之后他开始挥舞青龙偃月刀与华雄开战，几回合之后将华雄刀劈马下，之后耍了一个大刀花，一捋髯，做了一个精彩的亮相，之后便开始与群贼战在一处，博得台下人们不停地喝彩。

祖盛戏演得非常精到，王爷身边装扮成于少爷的霍九红尽管见到丈夫欣喜万分，偷偷拭泪不止，却也在认真地观看着祖盛的戏，她简直不敢相信，台上这个人竟然是当年央求着自己非要唱关公戏的丈夫。自己当年奚落他，说再从他娘肚子里生出来三回也唱不了关公，可如今他关公戏唱得不仅有范儿，且稳稳当当，有英雄气概，举手投足十分讲究，唱念做打有大家风范。没道理呀，这是怎么回事？九红在脑子里画着大大的问号。

台上的戏打完了，祖盛拱起手向台前的王爷和贵客们致意，无意中向台前的客人投去目光，这一看他忽觉目眩，难道自己是看花眼了吗？见王爷身边坐着两位少爷，而其中一位少爷的身旁坐着的父女二人再熟悉不过，那不是关外的郑班主和女儿婉秋吗？他再定神向郑班主身边那位少爷看去，觉得此人好眼熟，而那位少爷也正用同样的目光凝望着他。他恍然大悟，还什么少爷？这不正是自己日思夜想的九红吗？两串泪水不觉滚滚而落。台下的九红一扭头离开王爷身边，到侧室去了。散戏后，祖盛让六子和马血旺带着班子回蒙南，自己留在了王府。

丰盛的酒席摆满桌面，王爷陪着几位客人坐下后，布德丹公主陪着卸了装的祖盛来到桌旁坐下。王爷给大家介绍了一下新朋老友，大家分别拱起手客套一番。举杯相敬一番后，便开始各敬各的朋友。一桌人有问有聊，唯九红和祖盛显得些许沉默。他们在相互注视着，用目光询问着，布德丹几次推着这位平时见酒就爱闹腾的哥哥，问他今天为什么这么沉默，他也只是报之一笑。几杯酒过后，祖盛的脸微微发红，他斟满一杯酒举向对面与自己相视而坐的霍九红问，不知这位兄台从何而来，如何称呼。九红也举起杯子对碰了一下说："打京城而来，在下姓于，名思渺。"

"哦，好文雅的名字，不知为何思渺？"

"是因为渺茫而去寻找的意思吧。"

"哦……既然渺茫，为何还要寻找？"

"因为有彼此的约定。"

"什么样的约定？"

"生死约定。"

"哦……这样的约定的确感人肺腑，令人敬佩。小弟敬兄台一杯。"说着祖盛将杯中的酒一饮而尽，亮出杯底。九红也将酒一饮而尽。除郑班主父女外，其余人不知怎么回事，只觉这两个人咬文嚼字，附庸风雅，蛮有意思。这时九红又举起一杯酒敬祖盛说："不知这位兄台尊姓大名，因何至此？"祖盛举起杯对她说："因为偷着杀了父亲的几头驴，怕父亲责罚，所以跑到远离家乡的地方躲避一时。在下姓周，小名光胆。"扑哧一声，九红乐了，这个臭小子，什么时候都能想出歪门邪道捉弄人。

"果然？"

"果然。"

"啊……"

"啊……"

"哈哈哈……"二人同时大笑起来。他们最后用的是京剧里常用的一个套词，但此时此地却真正表达出他们心底要询问对方的真诚。不用再多说，他们达到了询问的目的，便共同举起酒杯一饮而尽。大家见这二人很是风趣，也觉十分开心，便也跟着举杯同饮。布德丹发现这位于少爷长得白白净净，十分英俊，好像也会唱戏的样子，便问："于少爷也会唱戏吗？"霍九红想了想说："戏乃国剧，多数人都会唱上几句。"布德丹显得很高兴的样子，便问她能否与胆哥合唱一出。九红看着祖盛想了想问，却不知胆兄意下如何呀。祖盛说但凭于少爷做主。九红问，不知胆兄喜欢什么戏。祖盛想了想说，为讨个吉利，就唱《龙凤呈祥》中刘备招亲那一段吧。

"但不知谁唱刘备，谁唱孙尚香？"

"自然是于兄唱刘备，小弟唱孙尚香。"

"使得？"

"使得。"

霍九红心里暗暗发笑，心说，这个死鬼，真是什么样的丑都敢出。于是他们站起身像模像样地比画起来。还得说霍九红，举止做派潇洒利落，开口一唱，韵味十足，余音绕梁。不比不知道，一比方知晓。在布德丹心中她胆哥戏唱得是最好的，无人能比，今一看方知，关内能人奇才真是太多，令人敬畏。九红几句唱过之后，祖盛故作扭捏地装起女人，沙哑的嗓子也不中听，唱得大家捂着肚子笑得直不起腰来。老王爷和女儿布德丹却越来越喜欢他，王爷为表示今天开心高兴，将手上戴着的翡翠扳指作为酬劳戴在了祖盛的手上。

酒喝得着实不少，好在近来布德丹不再死死缠着祖盛，席后，大家各自回到王府安排的住房之内。毕竟在王府之内，夫妻如何相见，这的确使祖盛心焦气躁。正这时，郑班主来到祖盛的房中，祖盛像见到了救星一样一把拉过郑班主便问如何去见九红。郑班主说，在府内不能相见，只能等到再晚些的时候，让九红和小女出去，我和你再出去，之后在约定的地方相见。说完，郑班主回屋去了。祖盛觉得郑班主想得很周到，只是觉得时间难耐，他沏了杯茶，等啊，等啊，终于等郑班主再次来到房间，便和郑班主一起走出王府，奔不远处一片草原而去。

一钩弯月挂天边，几丝残云随风飘。顺着郑班主手指的方向，祖盛走出一段路，便见一个身影伫立在不远处等待着。由于许久未亲近的缘故，祖盛并未直扑过去，他慢慢地，慢慢地走到九红身边，借着惨淡的月光，见到美人脸上刚刚滑过的泪痕，叫他好不伤怀。这个自己发誓用一生守护的女人哪，这个自己要用一生去爱恋的女人哪，你叫我如此想念，如此痴迷。他什么也没说，轻轻地，轻轻地抱住她，亲吻着她，并将她轻轻地放在洁净的草原之上。九红好像刚要说什么，却被他嘘声阻止打断了欲说出口的话语，他想告诉她，此时什么也不要再说，要用爱来表达离别后的思念，要用爱来说明他们彼此的肺腑心声。祖盛轻轻解开她的衣衫，亲吻着她的身体。轻轻地，轻轻地，仿如一场大戏的序幕，是那样幽静。渐渐地，渐渐地，一阵浓烈的激情澎湃而起，仿佛恢宏的交响乐在冥冥中震荡。九红紧紧地抱住爱人，尽情地徜徉在幸福的享受之中。为了相见一刻，走遍千山万水。为了牵住双手，宁愿天涯海角。

祖盛变了，变得不再像初识时那般愣头愣脑，变得不再像偷刀时那般毛毛躁躁。好像稳当了许多，好像绅士了几分。几番云雨过后，九红侧过头望着眼前这个颇有些大男人气的祖盛笑了，她笑得是那样完美，那样醉人。在梦里，在思念中，在面临生死考验的时候，眼前浮现的就是这个微笑。祖盛揽住身边的妻子问笑什么，九红说笑他变了。祖盛问变成什么样子啦，九红说变得完美了，不再像从前。

祖盛问是不是变得正经了，九红一抿嘴笑着说："憋着骚了。""哈哈哈……"一句话逗得祖盛实在憋不住了："难得你还能想出这么个词，从哪儿学的呀？"九红说："还说我呢，谁让你给自己取这么个不着调的名字？还是那么骚。"祖盛乐了，说取这么个歪名有利于在外面混，因为谁也想不到一个土匪头子会取这么个二蛋子的名啊。微风习习，他们盖上衣服幸福地躺在草地上，望着天边的弯月，诉说着离别之情，开始讲述着离别后各自的情况和对彼此的思念。

第二天，一行人告别了王府，奔祖盛的远通客栈而去。尽管公主布德丹不希望祖盛离开，想留下他在王府多待几天，看他演戏，可祖盛告诉她说，有两笔货要马上发走，过几天就回来看她和王爷，同时把从关内弄来的好东西给她带来。听了这个条件，布德丹才勉强同意把他放走。上马后九红打趣地问祖盛："这个小公主对你好像有点意思呢。"祖盛便毫不隐瞒地将曾有的事情告诉了九红，九红听后很是感动，觉得尽管自己为陈家付出了很多，今天看来，一切值得。走出好远后，她跳下马，坐到祖盛的马上，几匹马朝着蒙南奔驰而去。

九红抱着丈夫的腰，将身体紧紧地贴在祖盛的背上，此时她感到是那样温暖，那样幸福。她忽然问祖盛："你的戏是从哪儿学的？"祖盛便将他跟郑班主学戏的事详细地告诉了她，之后他问九红他唱得怎么样，九红告诉他说，相当不错。

"真的假的？"

"我说的是心里话，相当不错。"

"你这个不错是什么标准？"

"除你爹和我爹之外，当数你陈祖盛啦。"

咯噔一下，他勒住了马。这句话如果出自别人的口，祖盛会以为是恭维，可出自九红的嘴里，的确出乎他的意料。说妻子别的，他不敢多恭维，论起唱戏，妻子应当说是他的标杆，他的偶像。他回过头，郑重其事地问九红："九红，你说的是真的假的？"九红紧紧地抱了他一下说："我说的是真心话，你唱的关公已有相当的境界，非一般同行可比。当然，我说的是你的气魄，至于戏路子嘛，还要归拢。功夫嘛，也还是要练的。"

"哈哈！"嗖的一下，马蹿出去好远，差点把九红甩到马下。祖盛高兴得不能再高兴，他兴奋得在草原狂奔了片刻后才勒住丝缰，跳下马把妻子抱在怀中亲了又亲，他告诉九红这句话是你带给我最大的礼物。气得九红轻轻地抽了他一个小耳光说，坏蛋，差点摔着我。不多时郑家父女也赶到他们身边，下马问他们到底怎么回事，九红便把方才的事告诉了郑班主父女。祖盛仍用不大相信的目光望着郑班主父女，郑班主对祖盛竖起大拇指："陈少爷，霍姑娘说的是真的，您现在这戏唱的，那可真叫老朽刮目相看啦，这哪像几年前您搭班子唱《古城会》的时候哇，在王府看了您那出《温酒斩华雄》，好家伙，真把我看傻了。我就真没相信那是你陈少爷。"婉秋也跟着爹的话说："可不是嘛陈少爷，我和爹怎么也不敢相信是您在那儿唱戏。真像个大英雄，像关老爷。"

听到这儿，祖盛热泪滚落而下，他跪在郑班主面前道："谢师傅当年收留和赐教之恩哪，如不是师傅当年认真教我，哪有祖盛今日长进？"郑班主忙将祖盛扶起说："哎哟，少爷，少爷，千万别这样，您看您当着霍姑娘的面，这不是愧杀老朽吗？"几人上马后奔远通客栈而去。

几人欢欢喜喜地回到远通客栈，众人见当家的回来了，都过来迎候。此时九红深为祖盛闯下的一片天地感到惊讶，大客栈里一包包货物堆得像一座座小山一般，敞亮的庭院，木制的牌楼，宽大的客厅不如说是个唱戏的小舞台。祖盛在九红面前不胜自喜地问怎么样？这片小天地还纳得下姑娘吧？九红抿着嘴笑了笑说："甭臭美了，早知道就这么点个小地方，本姑娘就不过来了。"

"嘿！没看出来，胃口还这么大。"大家看着祖盛和九红笑了，望着大客厅，祖盛问九红和郑班主："难得贵客到此，今晚上咱是不是得唱几出？"郑班主说："好哇，行啊。"他看着九红问："于少爷，这可难得，老朽久闻您的大名，就让老朽和婉秋开开眼吧。"九红有些腼腆地低下头说："那好吧，就凭班主安排戏吧。"郑班主说："老朽听说姑娘《白蛇传》唱得惟妙惟肖，您就唱段《游湖》，给大家开开眼吧。"九红看了祖盛一眼问："有行头吗？"祖盛调皮地说："什么话呢，太小瞧人了吧？我光胆剧社什么没有哇？哪还能缺了您的行头。"

有朋自远方来不亦乐乎，情人如天外归来不胜欣喜。今晚远通客栈灯火通明，伙计们听说今晚班主带来的朋友要在这里唱大戏，好不欢欣。大家都看得出，这几位朋友的气质非同一般，唱戏肯定也是好角儿。今晚婉秋姑娘和郑班主唱《霸王别姬》，于少爷唱《白蛇传》，班主唱《千里走单骑》。对于大家来说，没有什么能比这更开心，一晃到蒙南两年，看到从关内来的朋友能与他们欢聚一堂，思乡之情油然而生。大桌小桌摆满堂中，好酒好肉摆放桌前。

开戏前，祖盛站在厅堂里对大家说："蒙兄弟们不弃，咱光胆剧社走出西口，来到蒙南闯出一片天地。今为感谢大家，特从家乡请来几位同行朋友前来与咱欢聚，为犒劳弟兄们，大家今晚该吃吃，该喝喝，等咱把戏唱好那天，咱就不在这儿遭风吹雨打的罪啦，咱杀回去唱。谁是活关公？咱才是活关公！"一席话，使整个厅堂里的人一片雀跃高呼。对！咱才是活关公。咱光胆班子才是顶呱呱的班子！九红被祖盛的话和兄弟们的热情深深感染，这个曾经那么不成器、那么顽皮的人，为了这个活关公的情结，是那样赤诚，那样执着。就是在跑路的途中都不忘带个班子，跑到蒙南这样难以生存的地方还没忘唱戏。人真是难以捉摸。

锣鼓阵阵，琴声悠悠，宁静的草原响着天籁般的美乐。"力拔山兮气盖世。时不利兮骓不逝。骓不逝兮可奈何，虞兮虞兮奈若何……"一出悲剧被郑班主唱得动人心魄，且霸气不减。一曲"看大王在帐中和衣睡稳"被婉秋唱得凄美生动，余音绕梁，众伙计无不为眼前女子美貌和才华所打动，情不自禁地为她喝彩，心生仰慕。大家在下面议论纷纷，如果咱光胆班子有这么位当家旦角儿该有多好。说话间，九红扮演的白蛇上场了，她唱了句《游湖》的导板："离却了峨眉到江南，人世间竟有这美丽湖山。"一声唱，把方才所有的喝彩之声全部压了下去，上场后仅简单几个动作，几个造型，便把大家的眼神全部凝聚于此，台下每一个人都屏住呼吸，看傻了眼直勾勾地盯着台上这位美丽的白蛇。但见她美得已不能再美，娇媚得叫人陶醉。举手投足端庄大气，招招式式美若天仙，声音甜美荡漾心怀，动作彰显大家风范。

只听班主说这位于少爷是当今名角儿，可怎么也想不到能厉害到这个程度。台下一个个都是唱了半辈子戏的人，怎么也想不到戏还能唱到这般境界，这样美丽。台下一点动静都不再有，甚至把该鼓掌和叫好的环节都忘在了脑后，只能拿出一双眼睛认真地欣赏着，观看着。望着台上的妻子，祖盛眼前一阵迷离，不禁回想起初识九红时的情景，这位姐呀，你美得是那样遥不可及，以致父亲不停地说自己癞蛤蟆想吃天鹅肉。多少个夜呀，自己望着天上的月亮想着你，多少回梦啊，就站在你的身边望着你。如今你终于走进了我的梦乡，来到了我的身边。望着台下一张张被惊呆、被征服的脸，祖盛心里无比骄傲，这个天才的艺人，这个美丽的女人是我的，是我陈祖盛的。

一场《游湖》唱罢，台下的人不约而同地站起身为台上扮演白娘子的这位于少爷鼓掌祝贺，九红向台下连连拱手致谢，并用手势引向站在一旁的陈祖盛，意思是该由你们的班主上场表演了。可是台下的人不答应，大家欢呼着要她再唱一段《断桥》，祖盛也向她拱手，示意她满足大家的要求。无奈，她只好再给大家唱段《断桥》，声腔委婉动听，丝丝入耳，唱得人们如痴如醉。把身在一旁的祖盛唱得心里美美的，痒痒的，他终于意识到，美是一种力量，是一种难以征服的力量。

九红唱罢，祖盛手提青龙偃月刀上场了，他今天很感慨，也很激动。好像有一种说不出来的话，要在自己的戏里去说。曾经的过往，曾经的岁月，曾经的恩恩怨怨，曾经的悲欢离合，一瞬间在他眼前，在他胸中起伏澎湃，他感到一双美丽的眼睛正在注视着自己。自己要像个英雄，不，自己本来就是个英雄。谁是活关公？我才是活关公！

"赤兔奔驰行千里，偃月在手无人敌。肝胆胸怀凭忠义，侠爷一马走单骑……"一阵沙哑的声音，博得阵阵喝彩之声，只见祖盛在台上动如神龙摆尾，走如行云流水，坐而端庄有样，杀则挥刀有式。看得台下的人无不叹服。这正是非凡的人生，铸造非凡的气质。郑班主和婉秋看得入迷，九红看得如痴如醉。爹的戏看过，公公的戏看过，如今看自己男人的戏，到底哪一个更像关公呢？一时真叫她难以说清。是不是因为爱的缘故，自己更喜欢看祖盛的戏呢？一双迷离的眼看着五光十色的台，忽然，她看到了黄发绿眼睛的洋人，见祖盛举起大木棒向洋人的头上砸去，嘭的一下，脑浆飞溅，一片叫嚷，人们四处奔逃。一阵阵晃动，一阵阵旋转，她突然昏厥了过去。

多日的劳顿，一时的兴奋，片刻的惊讶，致使九红的精神出现了片刻的崩塌。当她醒来时，已是午夜时分。祖盛、郑班主父女精心地守在她的身旁，她一把拉过祖盛的手泪流不止。见九红已苏醒，郑班主父女便回屋休息去了，留下祖盛守护着九红。二人相拥在一起，是那样亲切，那样缠绵，祖盛问九红到底怎么啦，九红说想起了以往，想起了家人，想起了孩子……说到这儿，九红便泣不成声，祖盛非常理解，漫说九红，自己又何尝不想父母和孩子呢？祖盛告诉她别心焦，他会想办法尽快和她一起回京城见父母和孩子的。听罢，九红一把拉住他的手问："当真吗？"祖盛说：

"那还有假？你男人吐个吐沫都是钉。"九红却犹豫了，她问祖盛能安全吗？

祖盛说："没啥安不安全的，都过多长时间了，谁还想得起我来？"九红想了想说："可别出什么事呀，好不容易找到你，再有闪失我真是经不起风浪啦！"

这一夜二人过得温情，浪漫。好像有说不完的话，道不尽的情。九红问祖盛："我就纳了闷了，你说你怎么像脱胎换骨一样变了个人哪？想也想不到你还能当土匪头子，跑路到了内蒙古来还能和王爷弄得跟爷俩似的，把个小公主弄得神魂颠倒。再说你这个关公戏吧，从以前的底子来看，怎么也想不到你能把关公戏唱到这般出色，你说说，这到底是怎么回事？"

祖盛笑了，他捧着九红的脸说："不因为别的，只因心里有你。从跑路的那天起，我就发下誓愿，除非死了，如果活着，我就要让你看看我陈祖盛成才成器，顶天立地的一天。所以我才能豁出一切敢拼敢杀，无所畏惧。后来我发现，人哪，不能熊，只要别有杂念，多难的事都能逢凶化吉，遇难成祥。就拿当土匪来说吧，你别怕他，他凶，你要比他狠，反倒能把他收了。如果一熊，可就完喽，非掉脑袋不可。再说这个戏，你说我连死都不怕，还怕什么戏吗？爹的戏看过，丈人的戏看过，照猫画虎咱还不会呀。扯下脸皮我就是唱，还别说，越唱越想唱，越唱越觉得自己像关公，越唱越觉得自己就是关公。只要往台上一站，我的心里头就想往外喷发什么，我也说不出是什么东西。"

九红马上跟着他说了句："那是英雄气概。"

祖盛说："对对对，你说得对，就是英雄气概，老子天下第一的感觉。"

祖盛说得很实在，九红听得很着迷，眼前这个男人，她实在是太喜欢了，比从前任何时候都更加喜欢，此刻她真的感觉他天下第一，幸喜当年有那段不解之缘，不然还真就错过了这个男人。她一把搂过祖盛，祖盛顺势钻入她的怀中，二人不想再说什么了，想用一种更深爱的方式走进彼此的身心。九红凤目迷离望着心爱的丈夫问："今夜你要怎样？"祖盛调皮地笑了笑说："唱大戏呀。"九红问："咱俩今夜唱的是哪一出哇？"祖盛想了想说："当然是关公战白蛇啦！"正可谓：

云雨弥漫峨眉，柳叶红樱娇媚。幽幽处吟舞龙盘，才晓芳心暧昧。

奇缘终属佳人，山重水复依偎。冥冥中天旋地转，怀中有你为贵。

第二十六章

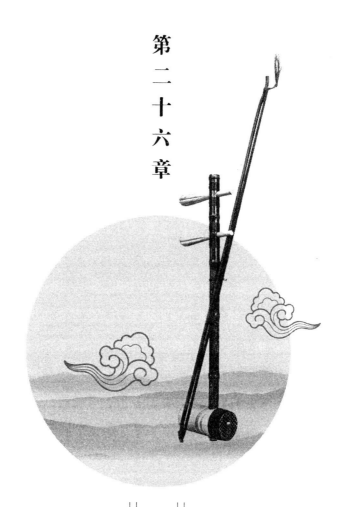

人性真伪

这些年来陈家班时运不佳,这次班主陈琏琨想借自己的六十大寿,好好大办一场,冲冲晦气。为办出声势和特色,他发出帖子,邀请了京城的几个班子和陈家班一起在广合戏园共同上演几天大戏。京城的几个班子很给面子,答应了陈班主的邀请。可一天下午,忽然来了一位关外姓郑的梨园人,带着不少关外特产前来拜望陈琏琨,打开礼箱一看,陈琏琨顿感来人阔绰,出手不凡。东北虎的虎皮一张,一对大大的鹿角,男女貂皮大披风两件,银丝狐尾五条。好家伙,非亲非故,什么人会这样恭敬咱哪?

郑先生说他代表他的班主前来拜望,还说道:"我家班主久慕陈班主的艺术,听说陈班主庆贺生日,欲献上一台关公戏。《古城会》《千里走单骑》《温酒斩华雄》《华容道》《走麦城》,五出戏,任由陈班主挑选一台。"陈琏琨顿时感到棘手,他以为郑先生是想借着陈家班的势力在京城造势,便对郑班主说:"谢谢贵班班主,以后有机会再说,这次是老朽过生日,已约好几个班子共同唱戏了,就不想再麻烦贵班班主啦。"郑先生问陈琏琨是京城的哪几个班子,陈琏琨便把京城有号的几个班子,洪生班、承春社、京剧世家马家班等告诉了郑先生。郑先生一听,轻蔑地笑了笑说:"陈班主,想您是山东出来的大家,怎么也跟着他们俗气起来,如果说皇城脚下什么都灵，可唱戏不一定灵，您信不信？"

嗯？这是什么意思呀？陈琏琨不禁抬眼认真地看着郑先生，但郑先生却没有一丝胆怯的样子，说："没有金刚钻，咱不揽这瓷器活。陈班主，早听说您是国剧中人称的活关公，可我们光胆班的大角儿也是毫不含糊的呀。"

光胆班？陈琏琨听着笑了，说还从没听说过这个班子。郑先生也笑了说："一回生，二回熟，我们班主就是久仰陈班主大名，想借此机会与班主结识，结下梨园之好。"陈班主想了想说："这话说得还算客气。既然你们班主有此意，那么我就应下这事，你们班主哪天过来坐坐，我们好好聊聊。"郑先生说："我们班主早就想过来，可这几天正赶上督军大人家办喜事，非把他给留在身边，让他帮着操办，这些时日特别忙。但他跟我说了，无论多忙，只要班主选定了日子，他一定过来给您祝寿。"陈班主想了想问郑先生："你们这位班主姓字名谁？今年多大呀？"郑先生一拍大腿说："巧了，我们班主也姓陈，今年三十六岁。"哦？也姓陈？陈琏琨捋了捋胡须，仰着头想着什么，考虑到人家的盛情，又是为自己祝寿，最后便将办寿的日子和唱戏的时间告诉了郑先生，让他回去回复他们班主去了。

且说霍九红忽然回到了霍家，使霍家人万分惊喜，从精神状态上看，九红仿佛变个人一样，一双秀目明亮而充满祥瑞，粉盈盈的脸上饱含着幸福的光泽。九红一把揽过儿子，目光在他的脸上不停地搜寻着什么，滑下的泪水是那样欣慰。女儿的归来仿佛天上降下吉瑞，霍班主一扫往日的阴霾，命人将尘封已久、带着霍家字样的大红灯笼挑起来挂在门前，同时备好一桌上好的酒席，要与家人好好畅饮一番。

陈琏琨听说儿媳回来了，不胜欣喜，携乌夫人来到霍家探望。公婆与儿媳相见万分感慨，乌夫人上前一把将九红抱在怀中痛哭不已，诉不尽万语千言，道不完期盼之情。因为高兴，霍家便把陈班主留在家中共聚畅饮。对于九红在外这么长时间有过什么经历，大家闭口不问，几杯酒下肚却聊到了陈家要办大寿的事情上。霍班主有兴致地问陈班主准备得如何，陈琏琨便把办寿请班子唱大戏的事情说给了霍班主。陈班主诚意邀请霍班主也献上一台大戏，共庆陈霍两家花好月圆。借着酒兴和看在女儿归家的兴致上，霍班主还真就答应了陈班主的邀请，答应唱一出他的私房戏《关公月下会貂蝉》。

　　陈班主一听不胜欢喜，都知道霍班主这出戏拿手，轻易不唱。如能在自己寿期观瞧这出戏那是再美不过。陈琏琨问霍班主："不知貂蝉由谁来演？"霍班主拍了拍身边的女儿说："天遣佳人在此，何需什么名家？"陈班主一拍脑门说："您瞧我，笨到什么程度啦？咱九红回来了，还请谁呀？"可九红的脸上仿佛忽然罩上一层阴云，大家知道，她一定是为上次上台被轰的事心有余悸。大家马上劝她说，不必担忧，自你走后京城很多人对你非常怀念，现在正是你重出梨园之时，两位活关公为你保驾，但唱无妨。

　　在两位梨园大家的劝说下，九红勉强应了下来。霍班主问陈琏琨，余下的几个班子都是谁，陈班主为他一一道来，最后便把关外要来位班主献戏的事说给了霍班主，霍班主眯着眼睛想了想问："光胆班社？怎么起这么个不伦不类的名字？我怎么没听说过呀？班主是谁呀？唱什么戏呀？"陈班主说："来的人说过几句，把这个班主说得挺神乎，说是关公的戏都能唱，说这个班主最拿手的戏是《温酒斩华雄》。"

　　霍班主拢了拢稀疏的头发，眯着眼睛想着。这时九红说："这个班子我在关外时看过，这个班主的关公戏唱得的确了得，除二位爹爹之外，京城的班子还没有他的对手。""是吗？"两位大家几乎同时说出这两个字。他们感到不可思议，什么时候冒出这么个班子，这么个人来？陈琏琨问霍九红："你看了他的关公戏，他的特长是哪方面？"九红毫不迟疑地说："英雄气概。"两位班主哦了两声，相互看了看，他们知道，只要九红说好，那一定是错不了的。可他们的心里还是有些猜疑，谁不知道，满中国也就两个活关公，都坐在这里，哪还能再冒出个比他们更有英雄气概的人呢？最后他们都自嘲地笑了笑说："英雄出少年，英雄出少年哪。"

搭好龙凤台，迎候梨园人。这几天的大戏，几乎被京城和外地赶来的梨园人包下了场子，好戏票友和戏迷们只有站在场子外谈戏聊天听动静的份儿。这不仅是梨园人多的缘故，更重要是陈霍两位班主为了避免上次九红被戏迷起哄的事再次发生而精心设计的，第一天陈琏琨和小儿子祖德唱了《古城会》和《华容道》。第二天霍班主和九红唱的是《关公月下会貂蝉》。两天大戏可算引爆京城，好评如潮，特别是为霍九红的再度出山，用绝世、绝唱之词，给予了高度评价。只是第三天大戏惹来了人们的关注和猜疑，关外的班子？光胆班社？什么名啊？班主是哪位呀？什么本事呀就放在了陈琏琨和霍思纯之后？京城梨园和各大班社心有不忿，拭目以待。

对于这个光胆班社，陈琏琨心里多少有些不悦，虽说出手大方，来头不小，可晚上就开戏了，怎么到中午了也不见个人影呢？不多时，郑先生再次提着一个礼盒来到陈家，说我家班主被京城的督军府请去了，得开戏前才能回来，班主让我转告陈班主，散了戏一定前来拜见。说完将礼盒放在桌上便走了。望着远去的身影，陈琏琨心中仍有不悦，早知这样不开心，不如当初就回绝了他。说着便与夫人慢慢地将礼盒打开，有意思的是礼盒里装的并非什么叫人稀罕的宝贝，而是方方正正的一块风干驴肉和几坨洁白如雪的上好燕窝。老两口不约而同地相视一愣，并再次将目光投向礼盒之中。

原来，除了家人谁都不知道陈琏琨最爱的一口便是风干驴肉，多少年来他练完功一定要随手撕上一条放到嘴里嚼上一阵。一是他感到香，二是驴肉禁嚼，磨牙，同时大补。燕窝是乌夫人每天晚上必吃的补品，一是养颜，二是养身。可叫绝的是今天这个光胆班社的班主怎么会送这两样东西呢？这不禁使他们感到狐疑，凭这两样东西来看，这是个知晓陈家内情的人。陈琏琨三步两步追出院子想叫住那位郑先生，可来人却早已不见踪影。

陈家夫妇在桌前相视而坐，不知如何开口，可心里想着什么却好像又都心照不宣。乌夫人唰地两行泪水滚滚落下，陈班主的眼圈也渐渐发红。这个命苦的孩子呀，一晃多久不见啦，今晚来的人会是他吗？乌夫人撑不住劲了，她想到霍家去见九红问个究竟，可被陈班主拦住了，他拍了拍老伴的手说："莫急，好几年都熬过来了，这一会儿咱还等不得吗？"于是他们沏了壶茶，对坐在桌前，带着些许的忐忑，无限的期待，望着天上的太阳，希望它尽快地落下去……

今晚场子里可谓座无虚席，这可乐坏了老板周连德，已好久没见这么红火的场面了，这回陈家班唱的几天大戏，使他又能足足挣上一笔好钱。他走进场子东拱拱手，西哈哈腰，冲着每位贵客赔着笑脸。今晚来的人大都怀着一视梨园奇才怪人的心思，大家悄声议论着，谁都不知道什么时候冒出个光胆班社，谁都没听说过那位人物，都想一见庐山真面目。陈班主携乌夫人和儿子祖德，霍班主携霍夫人及九红均来到戏园，乌夫人用目光不停地在霍九红的脸上搜寻着，想在她的脸上找到答案，可是九红的脸上静如止水，平和得不能再平和。陈琏琨再次拍了拍妻子的肩，示意她稳住神，等待着大戏的开台。

锣鼓终于敲响，唢呐琴声共鸣。舞台上旌旗招展，众儿郎挥舞刀枪。

华雄将十八诸侯兵马杀得人仰马翻，吓得诸侯兵将连连败退。关云长前来讨令，领命出战。忽然之间，马嘶阵阵，锣鼓骤鸣，八面跃虎旗唰唰作响，一阵清脆的京胡声压倒了全场的声响，紧跟着一个带些沧桑，带些乌云遮月般的嗓音传来关云长的导板声："昔日虎将军中待……"一句导板过后，台下忽传来掌声和叫好之声，因为这句导板不仅调门高，且唱得非常有味儿，区别于以往关公只唱炸音，显得威猛的唱法。这一余音绕梁之感，众人还从未在关公戏中听到过，顿觉与众不同。紧接着关云长手提青龙偃月刀上场，只见他微闭双目，傲视群雄，一步步向台前走来，接唱快板："卧薪尝胆头未抬，为显桃园结义情，赤面儿男来帐外。小小华雄不自量，岂知关某雄威在。温酒一杯桌上放，取尔人头畅开怀……"最后这一声却用了个非常震撼人心的炸音，用得地道，用得恰到好处，再次博得台下阵阵掌声。

不明事的人还在品头论足，可台下陈家班的人却已泪水涟涟。导板的声音一出，乌夫人便知大儿子祖盛回来了。她情不自禁地用手捂面，不想让人们看到她的失态。只是祖德还在纳闷，关公戏还能这样唱，他真心佩服台上演关公的人。不仅唱得有味道，功架也十分漂亮，但他发现这位班主好像似曾相识，他在记忆中不停地搜寻着，可就是记不起来了。

从祖盛一出场，陈琏琨便认出这是自己的儿子。他没动声色，十分认真地关注着，他细细地品着儿子的戏。唱得很是讲究，做派非常得体，确如九红所说，有种压倒一切的英雄气概。难得，难得，着实难得。不是说他在关外当土匪吗？什么时候把戏练得如此精到？特别是当他看到关公与华雄开战，见儿子在台上挥刀捋髯，干净利落，杀入阵中如神龙摆尾，这种自如的挥洒已非一般道行。自己唱了这些年的关公戏，有的地方也不得不尝见一二。

他侧过头去，与窥视他的霍九红的目光正相遇，顿觉似一股电流通遍全身，不觉一阵惭愧袭上心来。他知道九红此刻一定在笑话他当年看不上大儿子，死活不肯教祖盛唱关公戏。他知道九红在笑话他当年因宝刀一事把大儿子吊在房梁上打得几番昏迷。再看看身旁的夫人，备觉羞愧难当。

不是父母亲，难识骨肉真。霍班主却没有认出这个女婿，但他看得却十分认真，并不停地对女儿叨叨着，这几下不错，那几下还差点火候。唱得挺有味儿，嗓子沙哑了点。女儿问他演得像不像关公，老班主没含糊地说："嗯，是有点气概。"女儿问父亲认不认得台上这个人，父亲摇着头说不认得。女儿说我要是嫁这么个人你说怎样，霍班主说："那敢情好了，当初劝你，你偏偏不听啊。"这时九红悄悄对着父亲的耳边说："台上这个人就是你的女婿。"这句话说完，只见霍班主两眼直勾勾地瞪着台上，张着的嘴半天没有合上。

愣了好大一会儿，他才回过神来问女儿："不是说他当了土匪吗？什么时候又带班子唱上戏啦？"女儿忽觉好不开心，捂着嘴笑着说："你这个女婿你还不了解呀？他当初在咱家是怎么唱大闹霍家府来着？他这个人想干什么，你就压根别想弄明白。"霍班主不觉侧过头去，与正在望着他和九红的陈琏琨的目光碰个正着。二人不觉闭上眼睛点了点头，意思是说，人真有看走眼的时候。

就在大戏即将结束，一家人骨肉团圆的时候，风云突变，一个身着黑身裤褂的人带着一伙当兵的把戏园子给围住了，他带着一队佩带短枪的兵，气势汹汹冲进场子，直奔舞台上的陈祖盛而去，观众还没反应过来是怎么回事呢，他们已将祖盛按倒在地。祖盛不服地挣扎着，却被当兵的一枪把子打晕在地，失去了知觉。戏班的人见班主被当兵的欺负了，那还了得，举起家伙就要反抗，却被一支支黑漆漆的枪逼到墙根站着去了。小六子和马血旺分别从箱中取出家伙，想救祖盛，但见当兵的实在太多，恐难救出祖盛，便相互递了个眼神，示意从长计议。

突发的事情使舞台上下顿时慌乱一片，九红大喊一声："你们想干什么？"便想往上冲，带头的举枪冲棚顶嘭地就是一枪，唰的一下，台下顿时鸦雀无声。霍班主一把将女儿拉住，护在身后，陈家人和霍家人渐渐地靠在了一起。大家定神一看，这个身着黑衣裤褂，腰里插着双枪的不是别人，正是已销声匿迹了许久的朱马田，他神气十足地扫视着台下，忽见陈家班和霍家班的人，不怀好意地淫笑了两声说："哟……听说今天是陈班主六十大寿哇，兄弟我给陈班主道贺啦。我也是特地来给你们唱戏来的，可我唱的不是什么关公温酒斩华雄，老子唱的是官家戏台抓土匪。"

说着，他用枪头点了点脚下的祖盛，对着台下的人们说："看见这个人了吗？关外的土匪头子，手里有三条人命。他可不是外人哪，看了半天戏你们都不知道他是谁吧？这个不难哪。"说着他冲台下的陈琏琨点了点头，说："陈班主，您不会不认得吧？要不您跟大伙说说？"陈家班的人气得只是瞪着他。他干笑了两声说："那好，您不说也成，但我不能不说呀。这个匪首不是别人，就是陈琏琨的大公子，陈祖盛！"

唰的一下，台下一片哗然。朱马田看着台下惊恐的人们，心里好不得意。说着，他冲台口吹了声口哨，几个当兵的又将一个绑着的人也带到了台上，大家一看，不是别人，正是广合戏园的老板周连德。朱马田用枪顶着周连德的脑袋冲着台下说："这个人认得吗？"台下的人不敢吱声，他又冲着台下的人说："这个人当年就舞刀弄枪地索拿卡要，从老子手里都能抢走两千两银子，你说他是不是吃了豹子胆了？如今串通土匪入京作案，这回被老子盯上了，拿他个正着。你们问我是谁呀？咱们不陌生吧？嘿嘿，但老子现在可没那个开戏园子的心思啦，老子是京城治安局特务队队长！谁再想破坏社会秩序，那是妄想！本大爷决不答应！"

说完，他一眼看见了台下的霍达，便冲着霍达招了招手："霍达兄弟，过来过来。"吓得霍达直往父亲的身后躲。朱马田冲他说："你看你躲什么呀，你还能躲过老子的子弹吗？"说着他将黑洞洞的枪口对准了台下的霍达，吓得霍达只好硬着头皮走上舞台。朱马田笑了："哎，这就对了。"他冲着霍达说："霍达兄弟呀，当初你小子可不够仗义呀，你说你把自己的事一退六二五，把屎盆子扣在了哥哥的脑袋上，你可把哥哥我坑苦啦。"

他吹了吹枪口，看着霍达说："哥哥可是叫这帮人打惨啦……"他两眼直勾勾地看着霍达，吓得霍达冲他说："朱哥放心，你想怎么着说话，要不兄弟马上回家给你拿钱去。"一听这话朱马田乐了："这不结了，有什么话都好说，哥哥我是个敞亮人，我只记着别人对我的好，不记别人不恭的地方。人嘛，活一辈子得讲个人品，对不对。大洋哪天给我送来？"霍达说明天。嗯？朱马田迟疑了一下，吓得霍达马上说："晚上，今儿晚上就给你送过去。"朱马田点了点头说："好好好，就这么定了。"

他又看了看台下的霍九红说："哟，九红姑娘也在这儿看戏呀？怎么着，这回想不想进大牢捞人哪？那个张久立死啦，这回要找，得找兄弟我啦。我知道你厉害，没问题，只要你把大爷我伺候好了，说不准我就把你当家的给放了。"霍九红气愤地冲着他呸了一口说："王八蛋，也不照着镜子看看你自己，你算个什么东西。"这时场子里响起一片哄声，大家纷纷嘲笑台上的朱马田。"可不嘛，小人得志。"

"也不撒泡尿照照自己，算个什么东西。"

"怎么蹦跶也是个缺德鬼。"

朱马田生气了，他冷笑了两声说："都给我闭嘴。还敢嘲笑国家官差，不要脑袋了吗？还什么东西？你说我是什么东西？老子就是法！"说着他掏出手枪左右看了看，将枪口对着戏园子老板周连德的后背砰地就是一枪。鲜血瞬间染红了他的衣衫，他应声倒在了舞台之上。朱马田得意地冲台下笑了笑说："怎么样？服是不服？是不是想让我再打死两个？"说着，他将枪口对准了祖盛的头，用眼睛看着台下。此时只听撕心裂肺的一声呐喊："住手！"霍九红不顾一切地推开人群冲向舞台，用身体将祖盛紧紧护在身后。紧接着，陈家人、霍家人纷纷不顾一切地冲向舞台上，他们怒视着这个得意忘形的小人，虽说朱马田手里有枪，但人多势众，他也有些胆怯，但他还是拔出枪冲着大伙吼着："干什么？干什么？想抗法是怎么着？"举枪冲着棚顶砰砰又是两枪。这时场子外面的士兵也纷纷冲了进来，他一挥手，一帮士兵一拥而上将陈祖盛五花大绑带出门外。临走到大门口的时候，他还没忘冲身后的霍九红抛了个眼神说："九红姑娘，我可是会在治安局等着你的哟。"说完，他一挥手，领着一队士兵，带着陈祖盛走了。

"天哪，这到底是怎么啦？我还没来得及跟儿子说句话，就把他给绑走啦！"乌夫人站在台口几乎晕死过去，九红也陪着婆婆哭得死去活来。谁能想到陈家班命运捉弄，多灾多难，一场大戏才刚刚开场，便以悲剧的方式收住了场子。台下虽有同情之人，但大多人此时已知晓，陈家班出了土匪，如今已是民国，再也没有慈禧老佛爷罩着，陈家还能否挺过这一关呢？人们三三两两地离去，广合戏园里只剩下陈霍两家人呆呆站在那里。忽听场外一声嘶喊，周连德的家人如疯了一般直奔台上，抱着周连德的身体痛哭不已，眼前发生的一切如噩梦一般叫人难以相信，难以承受。

当苏醒过来的时候，祖盛只感到眼前黑乎乎的一片，身旁除了一些稻草之外什么都没有。周身上下冰凉刺骨，脑袋疼痛不已，他尽力回想着之前发生的一切，知道自己已被关进大牢。为了防冷，他尽量多划拉些稻草，堆缩在了一个墙角，方感到好些。不多时，好像听见有说话的声音，眼前开始有了些光亮，他便伸着耳朵，眯起眼睛观察着，一支火把越来越近，直走到了他的门栏前，只听朱马田跟一个人说："把这小子关这儿啦，您放心吧，就是给他插双翅膀也飞不出去啦。"那人深沉地嗯了一声："伤势不重吧？"朱马田说："不重，就揍了他一枪托子。"朱马田冲着里面喊："陈祖盛，陈祖盛！你小子别装死，参军大人看你来啦，过来，过来！"

祖盛心想，到底是什么人把我抓进来了？我还真得看看。于是他抖落身上的稻草，向牢门走来。越走越近，火把将来人的面目照得一清二楚，朱马田身旁站着一个身穿军装的人，此人一脸冷峻，眼中凶光闪烁，脸上有几道非常明显的刀疤。祖盛仿佛忽然想起了什么，觉得此人似曾相识，在哪儿见过。还没等他开口，那人看着祖盛问道："别来无恙啊陈大公子？想来一别五年，你的筋骨倒是壮实了不少。"祖盛想起来了，这是洋人破城那年，绑爹要青龙偃月刀的那个土匪头子。什么时候当上兵了呢？看这架势混得还不错呢。祖盛抬起头冲他笑了笑说："这位军爷，您见过我呀？我怎么不认得您呢？"那人借着火光向牢房里看了一眼，冲朱马田耳边嘀咕了几句，朱马田说："不用，一个臭贼还管他？"那人冲朱马田一竖眼睛，朱马田即刻点头哈腰地说："好好好，是是是，这就办，这就去办。"那人转身走了，朱马田屁颠屁颠地紧随其后用火把照着路。

不多时，门被打开了，几个当兵的抬了张床，抱着被褥走进来，铺在床上后对祖盛说："跟我们走。"陈祖盛问上哪儿去呀，一个当兵的对他说："上哪儿去？受审哪。怎么着？还想吃炖肉去呀？"另几个当兵的乐着说："一个坐牢的还得厚待。"祖盛被带到一个宽大的屋子里，但见一个大桌子旁微弱的灯光下坐着一个人，正是脸上带着刀疤的那个人，他正用一双狼一般的目光盯着他。祖盛左右打量着，屋里一排排刑具，一副副枷锁，打人的鞭，砍人的刀，摆放得叫人害怕。祖盛却显得不在乎，因为这些年，他净看这些东西了。那人对士兵摆了摆手，士兵退下去了。那人对祖盛做了个手势，意思让他坐在自己的对面。祖盛走过去，坐在了他的对面，四目相对。

相互看了一会儿后，那人问祖盛："知道我是谁了吧？"祖盛冲他点了点头。那人笑着点了点头说："九鬼魔头，你的名声也曾显赫一时呀。"祖盛笑了，他不想再装下去了，因为谁都知道谁的底了，还有什么可隐瞒的呢？只能是尽量摸摸对方的想法，看他到底想要做什么。那人又对祖盛说："想不到我今天穿上军爷这身衣裳吧？"祖盛说："的确没想到，像你这样的江洋大盗，居然还能当什么参军，拿钱买的官吧？"听了这话，那人笑了，随手给祖盛倒了杯水，放在他的面前说："买的也好，骗的也罢，终是坐在这儿审你。当着明人，咱别说暗话。我叫杜云飞，从前做什么，想必你心里也有数。听说过你的大号，今天我也不想难为你，对你以前搜刮的那点财宝我也不感兴趣，我感兴趣的还是你家的那把青龙偃月刀。只要拿到这个，本官即刻放了你。"

祖盛告诉他宝刀早就没啦。杜云飞一听立刻摆下了脸子说："是吗？如果宝刀真的没有了，你的命也就没有啦。我说的是真话，这回可不同上次，放你一条生路，是为给老子留下机会。"陈祖盛摊着两手说："那我可就没什么办法啦。"都当过土匪头子，都有一身贼皮。杜云飞还是不死心，都说酷刑之下无不招。于是他大吼一声："来呀！用刑。"没想到，听了他的大吼，陈祖盛哈哈大笑起来，说："我就说，跟我装斯文，到末了，还得来下三烂的这套。来吧，正好给你爷爷我松松皮。"说着站起身伸着懒腰就要往刑具儿那去，杜云飞在他身后说了句："听说你太太长得倒是蛮丰润的呀……"

一句话惹得祖盛火冒三丈，他转过身指着杜云飞说："有本事就冲我来，别打她的主意。你给我听好喽，你要敢动她的毫发，只要我活着，我定要你的脑袋！""哈哈哈！"杜云飞大笑起来，"我跟你说了，我要的是青龙偃月宝刀，对别的并不感兴趣，可你要是不给我宝刀嘛……"几个当兵的一拥而上，将祖盛捆绑在刑架之上，杜云飞冲他们一摆手，几人挥起大木棒冲着祖盛从上到下就是一通暴打，泼过水之后，又抬来几个木架子放到祖盛面前，将他的腿放上，又用大木桩子从上往下压，祖盛紧咬牙关，几次昏死过去。杜云飞抱着膀子一直在一旁观瞧着，他叹了口气，心想，如不是为了那把刀，自己倒真想认这位兄弟。

陈家的人和霍九红几次想来狱中探望，都被拦在门外，最后他们只同意乌夫人探望自己的儿子。母亲看到祖盛被打成这个样子心痛不已，她对儿子说的第一句话便是："傻孩子，你干吗冒这么大的风险跑回来，再躲几年，没了事再回来该多好。"祖盛看着母亲说："娘，我想您啦……"之后母子紧紧地抱在一起放声痛哭，他们恨这个不讲理的世道，他们怨这个混乱而备受凌辱的国家。母亲抚着儿子的身体，看到他遍体鳞伤，心如刀绞。她问祖盛对方到底为什么要抓他，祖盛便把这个杜云飞是怎么回事，以及他想要青龙偃月宝刀的事告诉了母亲。

乌夫人听罢此事一拍腿说："宝刀，宝刀，就这么个玩意儿真是把咱陈家坑苦啦。"他告诉儿子放心，她这次一定说服他父亲把这个刀交出去，救他出来。母亲恋恋不舍，被带到杜云飞的屋里。杜云飞很是客气地接待了她，并告诉她，他的上司就是要这把宝刀，如果能把宝刀交到他的手里，他保证马上放人。乌夫人心想好在宝刀在家，便带着些许宽慰出了大狱，回到家中。

陈琏琨听说要用宝刀才能换回儿子，脸子立即沉下来。他马上对夫人封口说："宝刀宝刀，又是宝刀。这个东西早就不在了，谁也别想再惦记这个东西啦。"乌夫人和九红一听立马愣了:"不在了?哪儿去了呢?"陈琏琨说:"洋人进京城的那天就丢啦。"九红不知情,可乌夫人心里有数,这次她可不能沉默了,她啪的一声将桌上的茶杯摔在地上说:"什么不在了?你别在那儿糊弄我,就为这么个东西十几年咱陈家都没过上安生日子,这回儿子都叫人抓进去了,生死一线,你还在那儿守着那么个破刀有什么用?怎么?你不想救儿子了吗?"

陈班主被说得不敢再抬眼皮,九红虽心急,却说不得什么,她知道这件事只能靠婆婆跟公公去说。丈夫有人命在身,这次被抓住定是命悬一线,她却束手无策。她伤心地低下了头,慢步走出陈家。走一路,哭一路,当走到霍家大门前时,她再也走不动了,她扶着门前的那棵老槐树对天大喊了一声:"祖盛,你叫我可怎么办哪!"

几天过去了,陈家没有个动静,九红在陈家门前徘徊了几次,却没有进去。她感到事情越拖对祖盛越不利。于是她来到大狱门前,说要见朱马田,不多时,里面传出话来,同意让她进去了。一个当兵的把她带到朱马田的屋里,小屋虽不大,却很亮堂。她提出来要见祖盛,朱马田嬉皮笑脸地上下打量着她,她问朱马田:"说吧,除了那把刀,还有什么条件你们能放人?"朱马田嘴上叼着一根烟,淫邪地笑了笑说:"什么条件?让我想想……"说着伸手去摸霍九红的屁股,霍九红牙关一咬,没有反抗。朱马田顺势又将霍九红揽在怀里,慢慢解开霍九红的上衣,虽说他是色中魔鬼,却见他急得他满头大汗,却没有更加实质的施暴之举。最后他气急败坏地将九红一把推开骂道:"狗日的张久立,你死了,老子都要咒你八辈祖宗。"原来自上次他被关进西四衙门后,下身已被张久立的一顿大枪给打残了。现在纵是霍九红的身体再好,他也无福享受了。

九红慢慢地系上衣扣,掸掸身上的尘土问他能否帮自己救出祖盛,他叹了一声说："没用，你们陈家如不拿出那把青龙偃月宝刀，说死了也没用。"九红问他："多少财宝和金银都救不得吗？"朱马田说："别提啦，这位大人就是一个字，刀！别的他对什么都不感兴趣。你就是长得再漂亮，他也不想享用，你说老陈家弄那么个东西到底干吗？这些年也没落个消停。"九红说想见祖盛，朱马田想了想告诉她："时间可不能长喽。"于是他叫人把九红带去看陈祖盛。

见到祖盛，九红一下子扑了过去，无论祖盛怎样解劝，都止不住她的泪水。她慢慢地将父亲不肯把刀拿出来换他的性命的事情告诉了祖盛。祖盛一听，泪水潸然落下，他叹息地说："我曾经问过母亲，他是不是我的亲爹，母亲说他肯定是我的亲爹。可我总觉得他对我漠不关心，视而不见，可无论如何想不到，在我的生死关头，他仍会这样心冷。"说完，他扶着墙痛哭起来，九红很久没见到祖盛哭了，她没有劝他，想让他哭个痛快。男儿有泪不轻弹，只因未到伤心处。祖盛这回真的伤心了，为了救爹，他拼过死。为了救爹，九红失去了贞操。可这个爹呢？九红走过去，抱着丈夫一起痛哭着说："没办法，真的没办法了，他们说除了这把刀什么都不要，但凡有一点希望让我做什么我都肯，可是没有用啊祖盛，你让我可怎么办哪！"

哭了好一会儿，祖盛便抱过妻子说："九红啊，没什么。我说过，早死晚死，早晚一死。除了你和娘还有孩子之外，我也没什么好留恋的啦。这辈子活的时间不长，可我能娶到你这么好的女人，已经是上天对我的恩赐啦，如果真有下辈子，我还想、我还想给你当男人……"说到这儿他和九红都呜呜地哭了起来，好像就要离别一般。这时几个当兵的进来把不忍离开的霍九红拉了出去，只剩下祖盛在牢房之中。远天仿佛隐隐传来雷声，是要下雨了吗？可隔着铁栏杆望着窗外，仍是白云朵朵，阳光灿烂，怎么会有雷声呢？他闷坐牢中，雷声一直激荡着，而且仿佛越来越近。凭经验，他发现这不是雷声，这是炮声。

陈家老夫妇已闹得不可开交，乌夫人自己搬到另一个房间去了，陈琏琨一个人独住在宽大的房间里。小儿子知道哥哥被抓，又从母亲的口中得知官家要他们拿宝刀去换人，也帮着母亲劝说父亲，可苦劝了两天也没用，父亲一口咬定，宝刀已经没有了。陈琏琨虽舍不得那把视之比生命都重要的宝刀，可儿子终归是儿子，是自己的亲生骨肉哇。这一刻他感到迷茫，感到困惑。

这天夜里，他一个人独坐房中，望着天上的月亮，他想起了慈禧，想起在紫禁城里唱关公戏时的威风凛凛，想起慈禧对陈家的恩惠，不禁泪流满面。人的一生啊，什么最重要？当然是荣誉高于一切呀。慈禧给了自己人生最大的荣耀，不仅是荣耀，还有回味不尽的记忆。那把刀仅仅是什么宝贝吗？不，它是比自己生命更有价值、更重要的人生奖励呀。怎么能叫这么个当兵的拿走呢？

再说这个祖盛，从小就不知本分，宝刀他也敢从家里偷走，这回怎么这样巧？他刚一回来就出这样的事，这里面到底是怎么回事？有没有诈？他想了半天也想不明白。可儿子毕竟被关进了大牢，自己作为父亲怎么能无动于衷呢？老伴翻脸了，儿媳躲出去了，小儿子一个劲地劝，这可叫自己如何是好？这要传扬出去，将来还怎么做人？他苦思冥想不得其解，最后决定，不管怎样先上大牢里看望儿子。

听说陈班主驾到，杜云飞亲自迎出门来，又是大家又是名人地恭维了半天，之后便纷咐左右，让他们领着陈班主去看望儿子。

推开牢房的大门，父子相视良久，谁也没主动走上前去拥抱谁。最后，陈琏琨走进牢房，坐在了祖盛的床边，问他这些年都去了哪儿，做了些什么。

祖盛笑了，他觉得父亲实在是没什么真心的话，便对父亲说，问这些还有什么意义吗？他想了想又问父亲："我倒是想听你说说，我的关公戏唱得怎么样？"父亲望着儿子说："好哇，唱得相当不错。如不早些猜到是你回来，我还真就看不出是你呀。有味，有样，有气势。"祖盛脸上忽然显现出光彩，像从未有过般满足。他说道："那就足矣。人生啊，不能要得太多，有那么几样能让我们得到满足就足矣！"

说完，他也坐到床上，坐在了父亲的身边，他很是认真地看着父亲，忽然问他："爹，我想问你一件事，你一定要真实地告诉我，好吗？"父亲望着儿子说："好吧，你问吧，只要是我知晓的，我一定告诉你。"祖盛问父亲："爹，我想知道，你是我的亲爹吗？如果不是，我的亲爹到底是谁？他现在在哪儿？还活着吗？"这几句话问完，忽见陈琏琨脸上的肌肉急速地抖动，嘴角不停地颤抖，泪水慢慢地落下，此时他不知拿什么话来回复儿子的疑问，用什么更有感情的语言来弥补这些年来给儿子心里造成的创伤，他只能坐在那里惭愧地哭着，捂着脸痛哭。

儿子站起身，走到小窗前，隔着几根铁栏杆望着遥远的蓝天说："人们都称你是活关公，我也曾那样崇拜你，崇拜着我的父亲。我知道我资质有限，学戏不灵。但半生里只要这家里有事，我都忙前忙后，尽我所能，因为我爱这个家。土匪把你绑了，我二话没说，带着一把假刀不顾生死前去救你，因为你是我爹。九红为了咱陈家，当着你的面叫两伙子洋鬼子强暴了，至今没说半个不字，因为你是我爹。"

说完，祖盛转过身来，借着窗外射进的光望着父亲说："可是你呢？我那么喜爱关公戏，你教戏时却把我锁在门外。为了把带珠宝的青龙偃月刀，几乎把我打死，赶出家门。如今我身陷牢笼，只能拿那把刀来换取我的性命，你却不舍财宝，听之任之。所以我想问，你真是我的亲爹吗？天下有这样的父亲吗？人们都敬重你是活关公，王爷、太后都称你是活关公，可我想问，你的关公戏到底是怎么演出来的？仁慈？悲悯？忠义？哈哈哈……太虚伪，太虚假了，这个充满着虚伪的世界对我来说还有什么意义吗？原本我还想求生，现在我倒是想，还是赶快让我去死吧！"

儿子的话如一根根钢锥戳进陈琏琨的心肺，使他羞愧难当，无地自容。他几次欲言又止，不知说些什么。最后他慢慢地站起身，向牢房的大门走去，泪水遮住他的双眼，几步路走得歪七扭八。

第二十七章

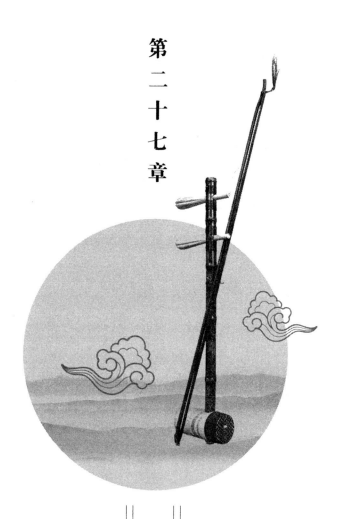

归去来兮

风雷动，旌旗奋，自由和民主是历史的必然，任何想阻拦它前进的势力，都将被碾压得粉身碎骨。袁世凯死了，中国陷入了军阀混战的岁月，京城成为他们不停争夺的焦点。所谓城头变幻大王旗，你方唱罢我登场。

近几天忽然来了一支新军接管了京城的防卫，虽说这支部队显得焕然一新，但在百姓的心里并未引起什么变化。要问现在京城最大的头是谁，百姓不知道，因为他们觉得没必要知道，谁爱接管谁接管，谁爱当头谁当头，天下乌鸦一般黑。经历了千百年封建约束的中国人已经习惯被左一个王朝右一个王朝统治，习惯了谁来谁搂钱的历程。老百姓给谁干都是干，免不了再被搜刮一场罢了。

话说正当陈家陷入困境之时，一天陶思萦走进了陈家。她一身戎装，意气风发。与祖德相见的一刻，不顾一切地上前深情拥抱着他，二人是那样幸福，那样沉醉。陈家人把这位姑娘迎进家中，祖德道不尽对她的思念之苦，爱恋之情。陶姑娘把上次相见后遇到危险突然撤走的事情讲给了祖德，并告诉他这几年她一直在南方从事新军建设和民主宣传的工作，并给他讲述革命的进程，中国的希望。祖德听得十分入神，他暗下决心这一次一定要跟陶思萦走，不再唱什么戏了。当看到陈家二老脸上的阴郁，询问陈家近来的境遇时，陶思萦方知大哥哥因曾当土匪杀过人，被关进大牢，官家非逼陈家拿青龙偃月宝刀来换人，气得火冒三丈地说，不推翻这个封建制度，中国百姓就没道理可讲。她想了想告诉陈家二老："不难，这件事交给我吧。"

陶思萦是随军进入京城的，此时当年剧社里的左思承已是新军的首领，素以办事干练、整军有素而闻名于军中，很受上层器重。一提左思承，人们都会竖起大拇指，深感佩服。这次进京后，由他协管京城防务。如今三十多岁的左思承相貌英俊，举止潇洒，一撮小小的山羊胡很有些特点，作为青年英才，不乏姑娘们的青睐和追求，但他始终不谈婚娶之事，目光从未离开过陶思萦的左右。他在等，等待着她的回心转意。他始终弄不明白，为什么她的心里只能装着一个半新不旧的戏子，而不是自己这样优秀的青年领袖。他要用时间去证明自己是这个世界上最优秀的青年，最优秀的男人，最优秀的爱人。

这天他正在与部下研究京郊防务之事，陶思萦走进他的办公室。见陶思萦来，他便辞去左右，问她什么事情，陶思萦便把陈家的事情告诉了左思承，并希望他迅速出手相救。对左思承来说，只要陶思萦说出的事，就是对他的号令。可这次他感到心中不悦，他知道陶思萦一定去了陈祖德的家里，他不难想象她与陈祖德发生了什么，他对自己想象中那一幕幕感到妒忌。他马上摆出一副公事公办的架势说不行，既然陈祖盛曾是土匪，有人命在身，就不能草草行事。我们怎么能徇私枉法？

陶思萦告诉他，陈祖盛曾加入过匪帮不假，但他从未做过打家劫舍之事，虽有人命，那也是杀富济贫时杀的另一伙匪帮的头子，也应当说是除暴安良。听了她的话，左思承笑了："除暴安良？难得你能替他想出这样好的词句，土匪要是能除暴安良，还需要我们干吗？"一句话问得陶思萦哑口无言。她拿出耐心劝说："左思承，陈家是艺术之家，再说祖德也曾是咱们剧社的人，也是咱们未来争取的力量，在关键时刻给他们以帮助，更会鼓励他们今后加入革命队伍的。"

"哈哈哈……"左思承不屑一顾地笑着说，"我看没这个必要，像这些糟粕之人离咱们越远越好。"陶思萦不悦了："你什么意思？难道我也成了你心中的糟粕之人了吗？既然这样，左思承，我不干了，我和糟粕之人回家生孩子去啦！"说完，陶思萦转身便走，被左思承好说歹说拦住，他向陶思萦承认了自己的偏激，之后劝说她此事关系司法，不可小视，容他认真思考一下再做打算。

陶思萦乘兴而来，扫兴而归，但凭借着新军的地位，陶思萦能带着祖德来到原治安局大牢看望哥哥祖盛。原来的人马早已被新军撤换，他们与陶思萦一样身着新军军装。陶思萦报上姓名，他们马上将陶思萦和陈祖德带进了关押祖盛的牢房。此时祖盛已没有了前些时对匪首的待遇，而是和一帮犯人关在一个死囚牢房，坐在一堆稻草旁，斜靠在墙边仰望着铁窗外的日出日落，只等着给最后一顿肉、最后一碗酒了。

兄弟相见无限感慨，而陶思萦的到来，使祖盛为弟弟、为陈家感到有希望重生。陶思萦向大哥询问了一些情况，告诉他别心焦，她会想尽办法救他出去的。祖盛很是感动，看着这对当年被关进死牢里的进步青年，往事犹在眼前。可叹世事无常，如今自己身陷牢笼，有家难回。他抹了把泪对弟弟说："前些时爹来过，该说不该说的，都和父母说过了，跟你嫂子也算告过别了，人生不过如此，如果哥不在了，爹娘就拜托你照应啦，如果过得好，别忘了帮我关照你的嫂子和侄儿。"

说到这儿，三人都哭得泪流满面。祖盛告诉弟弟回去告诉爹娘，千万别上别人的当，不能拿那把宝刀换他的性命，他已经活够了，烂命一条不值得。陶思萦一再告诉他，千万不要胡思乱想。回到家中，二人将看望哥哥的事情告知了父母，母亲一听儿子还在死囚牢，放声大哭，感到天昏地暗，没有了希望。她独自走回自己房中，把自己关在里面，任是谁来敲门再也不开。这可怎么办？陈琏琨孤零零地站在门外，望着阴沉沉的天说："老天哪，关二爷呀，太后哇，你们说，我该怎么办哪！"

这天夜里，陈琏琨一个人独坐房中哭了很久，思考了很久，为自己成了陈家班的孤家寡人而备感难过。难道真的不救儿子了吗？难道真的要孤苦一世，家破人亡吗？那天儿子在大牢声声质问，触及心灵的鲜血难道还让它再继续流淌吗？不能啦，他毕竟是我的儿子呀。太后不是说过嘛，血浓于水呀。天蒙蒙亮的时候，陈琏琨手提着一把铁锹，悄悄地从后门溜出陈家，向香山的方向走去。

路很远，但他没有坐车，他不想让任何人知道他到什么地方去。伴着阴湿的小雨，走过泥泞的小路，来到香山脚下，抬头望去，风起叶落。人生啊，和叶生叶落又有何区别？这些时大儿子的质问在他脑海里不停地震荡着，刺痛着。我是亲爹吗？我是活关公吗？他反反复复自问着，却给不了自己正确的答复。这把青龙偃月刀是自己一生的荣耀，比生命更加重要，自己早已做好了为这把刀随时献出生命的准备。可儿子的生命怎么办？儿子的儿子未来将怎么看待自己？一个守财奴？一个假关公？多么大的人生嘲讽。老伴也不能理解自己，自大儿子被关进大牢后，再不跟自己说一句话，如今把自己关进屋里不吃不喝，这可如何是好！

雨水伴着泪水从老人的脸上阵阵落下，眼前一片迷茫，辨不清当年埋刀的地方。他在林子里找哇找哇，最后终于在一棵大大的银杏树旁停下了脚步。他左右看了看，再次确认方位，自己对自己说，对，就是这棵树。于是他开始挥锹铲土，不多时，一个大大的包裹出现在眼前，剥去外面的布毯，一个油光锃亮的木匣子终于显现在面前，他将锹往旁边一扔，抱起木匣子失声痛哭："太后哇，我对不起你呀，我没能保住你给我的荣耀，没能保住这把稀世珍宝青龙偃月宝刀哇！"

第二天，由于祖德和陶思萦去霍家探望嫂嫂九红了，心急如焚的陈琏琨在宽二爷的陪同下，来到京城防务协办左思承的办公室。左思承很是恭敬地接待了他们。陈琏琨将这把罕见的稀世珍宝放在了左思承的办公桌上，告诉他，请军爷笑纳，只要把我儿子放了，这把刀就是军爷的啦。

左思承像是没弄明白地望着他们，打开木匣子一看，一把宝光闪烁的大刀浮现在眼前。这就是人们传说中的那把青龙偃月刀吧？他精心地将刀头托起，看着刀头上满是灿如星辰的宝石，难怪人们为了它费尽心机，不惜性命。就拿前几天镇压的那个杜云飞来说吧，为了这把刀，辗转十余年，末了还是落个身首两处。人为财死，鸟为食亡，人生真的就难逃这个可怕的咒语吗？想完，他将刀放进木匣，将盖子轻轻地盖上说："老人家，您误会了。我们是新军，不是勒索百姓的军阀。这把稀世之物，您把它好好地保存起来吧。"

不要？这可大大超乎陈琏琨的想象。世上还有不稀罕珍宝的？他望着左思承问："军爷，那我儿子你们什么时候能放出来呀？"左思承好像想起了什么似的说："老人家，您说的是那个当土匪的死囚犯吧？"陈琏琨冲他点了点头说："对对对，他是我儿了，叫陈祖盛，陈祖盛。""哦……"左思承想了想说，"老人家，是这样，欠债要还钱，杀人要偿命。您儿子有三条人命在身，必须法办。"

老班主顿觉脑袋嗡的一声，差点晕过去。他仿佛没听明白似的问左思承，什么是法办？是偿命吗？左思承冲着他点了点头，说是这个意思吧。陈琏琨顿时汗水淋淋，直喘粗气说道："不是说取来青龙偃月刀就能换他一条命吗？怎么民主了，还不如不民主呢？难道非要我儿子的性命吗？"
左思承说是呀，杀人偿命，以法论处。陈琏琨发怒了，他啪的一下推倒了
木匣子，冲着左思承大吼："什么法不法的？今天来个人这个法，明天来
个人那个法。还让不让老百姓喘气了？还让不让老百姓好好活了！"见状，
左思承沉下了脸子，对身旁喊了声："来人。"几个卫兵迅速站在了他的
身旁，他对卫兵说："把老人家带出去吧。"不容分说，几个当兵的迅速
把陈琏琨架起身向外走，宽二爷一见，只好抱起木匣子跟在后头向屋外
走去。

　　回家的路上，陈琏琨无比悔恨，他觉得是自己杀了儿子，如果再早几
天把刀拿出来，儿子现在早已回到自己身边，就是远走天涯，这条命起码
还在呀。来这么个讲法的人，怎么就非要把儿子杀了呢？带着悔恨，他和
宽二爷一起来到大牢看望儿子，见了儿子陈琏琨痛哭不止，把事情的经过
讲述给了祖盛，说出自己的羞愧和悔恨。万没想到，儿子对他说："没什么，
别难过。您已经做了您该做的事，剩下的只能听天由命啦，您是我的父亲，
您是我的亲爹。"

　　一番话说得陈琏琨更加伤心，他捧起儿子的脸说："孩子呀，爹真没
想到你能如此成大器，有出息，现在就是拿爹的命去换你，爹也在所不惜。
你放心，爹再去找他们，爹把所有的财宝都拿出来给他，我就不相信他不
动心。"祖盛笑了，说："爹呀，我已与母亲、弟弟和九红都说过了，我
烂命一条，死不足惜。千万别再拿宝刀和财宝来换我，不值。今天您能舍
得拿出宝刀来换我，不管成与不成，已经使我无憾了，我可以闭上眼睛去
死啦。"陈班主马上用手捂住了儿子的嘴说："不能说不吉利的话，这个
死字不是随口就说的，想让咱死，阎王爷还不一定收呢。你等着，爹再去
找他们。"

听了陈班主的讲述，陶思萦和祖德都觉得事情难办了，这个左思承到底要动什么念头？不管怎样，死马要当活马医，陶思萦披上衣服便直奔左思承办公地而去。推开他的办公室大门，左思承正伏案思考着什么，见陶思萦前来，立即起身迎候。他发现陶思萦的脸色不好，便把她让到沙发上坐下，询问她来的目的。陶思萦冷冷地看着他一语不发，左思承只好把今天陈班主来的事情向陶思萦讲述一遍，希望她能够理解。

陶思萦平淡地将一份早已写好的辞呈放在了左思承的面前，告诉他，自己要跟他们告别了，要为陈家延续香火去了。听了这话，左思承脸上顿时现出极其复杂的表情，他拍案而起，指着陶思萦说："你太叫我失望了，作为一个革命党人，我们的路还很长，我们的担子很重。你却这样丧失理想信念，玩起小孩子过家家的腐朽把戏，还有没有廉耻？还讲不讲道义？那么多革命先烈的血在你的面前简直是白流！"

陶思萦看着他觉得非常好笑，她忽然问道："说句实在话吧，你怎样才肯放过陈家的大儿子？"左思承还想讲道理，却见陶思萦已做好要走的架势，便直截了当地对她说："要放他的家人也不难，只是需要答应我一件事。"陶思萦问他："刀不是已经给你拿过来了吗？"左思承回了句："俗气。"陶思萦问他："那么有价值的一把稀世珍宝你都不要，你到底要怎样？"左思承憋了半天，终于痛苦地说出三个字："我要你。"

"什么？"尽管陶思萦隐隐感到左思承心里的算计，可当这几个字说出来的时候，她仍然感到惊讶。龌龊，无耻！还一口一个革命，一口一个信念，竟然惦记一个有夫之妇，如此下贱，如此下作，他竟还能说出口来。

左思承忽然转过脸来，一副柔情地看着陶思萦说："思萦啊，我知道此刻你一定在笑话我，可这一天对我来说迟早会来临。你的出现是我生命中永无宁息的追求。这个追求将伴随着我的一生，是我的宿命，不论你嫁人与否。看见你我欢喜，看见你我痛苦，直至我拥有了你，才会幸福。为了这个幸福，我奋斗着，不惧艰险，不怕牺牲地奋斗着。在我人生的追求中，你与我的革命理想有着等同的概念，等同的价值。明白吗？"

对他的一番话，陶思萦不知拿什么来驳斥，只能好言相劝："我知道你的感受，也感激你对我的这份认可。可是我情有所属，况且我们已有夫妻行为，感情之事怎能一分为二？"左思承痛苦地告诉她："你说这些我都知道，尽管痛苦过，我也在所不惜。当然，我要的是你的全部，我要的不仅仅是你的身体，我需要的更是与你在精神上的享受，革命征途上的追求与进步，成功路上荣耀的共同拥有。我希望把这一切给你，同时也希望你把这一切给我，没有你，我将一事无成。"

说完，他低下了头，显得很痛苦似的坐了下来说："我今天可算是鼓足了人生所有的勇气来面对你，说出这番话。请拿出怜悯之心，不要蔑视我，不要讥笑我。我知道用这种手段不好，可我已再无计可施啦！思萦，原谅我，给你三天时间，如果三天后得不到你的答复，你知道我会做出什么样的事情。"说完，他推开办公室的门，躲进旁边的小屋去了。

陶思萦回去后，祖德感到她很是消沉，问她到底怎么了，她却什么也不说。从这种消沉中，祖德感到一丝不安。毕竟自己与恋人已是很久不在一起了，对她的举止思维有些生疏。但凭一颗赤诚的心，祖德是相信陶思萦的，从那种想念和渴望中，祖德是相信恋人忠贞不渝的。陶思萦没有想到，人生对她会有这样的挑战。望着眼前爱恋的男人，这个儒雅而有才气的自己曾无限崇拜的艺术家，她忍不住流下泪水。眼前陈家大哥命悬一线，她知道，左思承这种人是什么事都能干出来的，如果自己不答应他的条件，祖盛大哥肯定就会被他正法的。

她将与左思承的对话告诉了陈祖德，祖德一听立即火冒三丈，歇斯底里地大吼："畜生！猪狗不如的畜生！典型的以官谋私，还说什么革命？狗屁！"之后他问陶思萦："这种男人你还能信任吗？典型的伪君子。"陶思萦冲他点了点头，承认他的看法，可又问他："那哥哥可怎么办哪？你在快断气的嫂子那儿发誓，不管付出什么代价都要救出你的哥哥，可你如何救得了你的哥哥呀？"一句话把祖德问傻了，他想了想说："再想别的办法，我是绝对不会以你为代价去做任何事情的。对，我是不会拿我一生的幸福去换取任何东西的！"说完他搂紧恋人，生怕被别人抢去一般抱得紧紧的。

越是恐惧，相拥会越发亲密，越是害怕，相爱会越发浓烈。小恋人这一夜不曾安眠，他们不停息地喜欢着，缠绵着，回忆着，诉说着。从走进剧社，到洋人破城身处两地难忘的思念，到回国后初识云雨，到远走南方回归后彼此的依恋。讲啊讲啊，说呀说呀，好像有说不完的情，道不尽的爱。这一夜匆匆过去。

九红快要不行了，她已好多天不吃不喝，奄奄一息。霍家人忙前忙后开导她，可是不起任何作用。从她微弱的喘息中只能听到两个字——祖盛。这使霍班主夫妇心急如焚。老班主还是头一次大发脾气，推开陈家门兴师问罪。他责怪陈琏琨没人性，舍命不舍财。他质问陈琏琨为什么不早些拿出青龙偃月刀救儿子和他的女儿。该说的不该说的他全说了，该骂不该骂的他也全骂了。脸色铁青的他用手杖指着陈琏琨说："还跟我争活关公，你也配？漫说是我，就是跟你儿子比一比，你也差着远呢！"说完一脚踢开陈家大门，没好气地走了。

长这么大也没叫人这样奶奶、祖宗地一通骂。唱这么多年的戏，也没叫谁这样嘴中舌上地一通贬。陈琏琨虽说火顶脑门，却无法发作，因为人家质问得有道，痛骂得在理。特别是听说九红快不省人事了，他感到内心充满愧疚，他忽想到洋人进城时的情景，这么好个闺女为了自己受尽人间侮辱，自己竟为不舍宝刀害了儿子，又害了儿媳。想到这儿，他捶胸顿足，骂自己不是东西。他顾不得脸不脸面，来到霍家看望儿媳九红。没多久，人都变了模样，再也看不出这曾是誉满京城的梨园秀人，瘦得已脱了相，脸色蜡黄如泥，眼睛半睁半闭，仿佛只等最后的合上。"这是怎么啦？孩子呀……"陈琏琨顾不得公媳之嫌，紧紧地抱着九红痛哭不已说，"孩子呀，是我害了你，是我害了你呀……"

不能再有半点犹豫，必须马上救出祖盛，把他送到九红面前。谁也不能再阻拦他！陈班主带着比上次更多的财宝来到左思承的办公室，打开盒子，里面闪闪发光！左思承看着陈班主笑了，说道："拿珠宝贿赂国家公务人员是犯法的呀。""屁！法、法，少跟爷爷我讲法，太后跟我谈法的时候，你还在你娘的怀里吃奶呢。说吧，除了这些你还想要什么吧？你要什么我都给你，包括老子的性命。"

左思承看也不看一眼，说："对这些东西我压根就不感兴趣。老人家，你真想救你儿子吗？""废话！"陈琏琨瞪圆了眼睛，仿佛发疯了般说，"不想救我儿子我拿这么多稀世珍宝送给你？你说吧，到底怎么着你才能放我儿子？"左思承看着急迫的老人说："现在只有一个办法能救你儿子了。"陈琏琨等了半天，他却不往下说了。陈琏琨忙问："只有一个办法？什么办法？"左思承告诉他："你回去问陶思萦吧。""问陶思萦？"陈琏琨蒙了，这和陶姑娘有什么关系？左思承笑了笑说："有关系，现在也只有她才能救出你的儿子。"

现在只有陶思萦能救出祖盛。这到底是怎么回事？带着满腹狐疑，陈班主回到家里，见祖德和陶姑娘在房中写诗作画，他心中纳闷，便把祖德叫到了自己的房中，把方才去左思承办公室的事情告诉了小儿子。祖德一听，立即低下了头，说："爹呀，您怎么不跟我打个招呼就去了呢？"陈琏琨说："我能不去吗？你嫂子就快断气了，咱陈家对不起人家呀！"说到这儿，陈班主老泪纵横，泣不成声。陶思萦慢慢走到了陈班主的面前，陈琏琨一把拉住陶思萦问："姑娘，到底是怎么回事？那个总跟我讲法的小子说，现在只有你才能救出我儿子，你快出手救救他吧，现在不仅是我儿子的事啦，我那儿媳就快断气啦，孩子呀，你，你到底有什么办法，就救救他们吧，你要什么，大叔都给你。宝刀，对，宝刀，还有珠宝、玉器都给你，只要你能救救他们。"陶思萦看着老人，看着祖德流下泪水，转身向屋里走去。

"怎么不说话呀？这到底是怎么回事呀？"陈班主像没主意的小孩一样地发问。祖德见实在是糊弄不过去了，便把事情的真相告诉了父亲。父亲一听蒙了，这，这到底是怎么个茬儿啊？这小子不是讲法吗？这到底是什么法？这简直就是无法无天！一股血直冲头顶，他感到眼前泛起一片金红色的浪花，身体也仿佛飘浮起来，只听耳中嘭的一声，便什么也不知道了。

按照左思承给出的时限，今天是最后一天，到底怎么办？一对恋人默默以对，相视无语。陈霍两家已陷入悲惨境地，要死的即将死去，活着的东倒西歪。现在只剩下他们两个正期待婚礼的人，不知该怎样应付眼前的局面。分手？怎么舍得？不分手，哥哥和嫂嫂的性命难保。现在是他们必须做出决断的时候了，可两个人谁也不想先说这句话。既然不想道破，暂且放置一旁。微微垂下丝帐，鸳鸯共枕床上。

这是一生都要铭记的夜晚，匆匆迎来一生都要铭记的清晨。梳妆后的陶思萦静静地走出陈家，向左思承的办公室走来。远远地望见左思承站在办公室的窗前看着她，她却视而不见，大步流星走去，推开办公室的门后，她像发号施令一般对左思承说："放人吧。"

　　陈祖盛终于被免去死刑，发配西北流放三年。出狱的那天，陈家人扶着一息尚存的九红来到治安局的门前迎候他。祖盛一直猜想着家里一定付出了沉重的代价，但始终不知到底是什么样的代价。当看见陶思萦不再站在弟弟的身旁，而是站在左思承身边的时候，他心中怒火顿生。是这个代价吗？这个代价可是太大啦，这不是要陶姑娘和弟弟的命吗？他不顾一切地向左思承冲去，被左思承身边的卫兵挡在一旁。他骂左思承缺德，骂弟弟软骨头，骂父亲老糊涂，唯独不肯责骂陶姑娘，因为他知道，在这场交换中，她的牺牲是最大的。

　　祖盛走到陶思萦的面前，跪在地上给她磕了几个头，陶思萦想拦，可他不肯起，他对陶思萦说："陶姑娘，哥哥欠你的，请你相信，这辈子哥哥一定给你个说法，还你这个情。"陶思萦默默地将他扶起，望着他的眼睛对他说："哥哥呀，算是妹妹给你送行啦，山高路遥，一路珍重。家人再经不起折腾啦，望哥哥好自为之吧。"说完一抹泪水转身走了，左思承跟在她的身后也走了。祖盛大吼一声唤住了左思承，对他说："姓左的，你记着，只要我不死，我定会回来取你的性命。"左思承回过头笑了笑说："好哇，我记着呢，千万别死在路上。"

　　人是非常奇怪的动物，有着意想不到的潜能。九红已经不省人事多时，本已奄奄一息，可当祖盛出现在她面前的时候，她立即就精神了许多，拥抱祖盛的时候也充满着力量。九红抚摸着祖盛的脸，幸福地看着他的双眼对他说："终于见着你啦，活着就好。发配西北，这次我可跟你走不动啦，你要好好地活着，活着才能回来，我们都等着你，等着你唱大戏，唱关公啊。"

　　看着妻子瘦成这般模样，祖盛心中非常难过。九红从乌夫人手里牵过儿子思明的手递给丈夫说："喜欢喜欢你的儿子吧。"儿子一双眼凝视着父亲，由于许久未见，他感到陌生，迟迟说不出爸爸二字。祖盛一把将他揽入怀中，泪水再也无法控制，他对儿子说道："原谅爹，是爹不好，可是爹想你，爹好想你！"

今天有二百多犯人发配西北，左思承规定发配前只能与家人道别，不能回家，所以陈家人和九红也只能是在大门前见祖盛的最后一面。道不尽的情，诉不尽的爱，此去山高路遥，大家着实担心。特别是由于左思承手握权柄，又做出这种龌龊之事，陈家人和九红担心此路凶险，不停地嘱咐着。

祖盛笑了，他拍了拍胸脯说："放心吧，我命大，出不了啥事。"说完，他后退了两步，望着面前送行的家人，弟弟沉默了，母亲消沉了，短短半月时间，父亲老了，一副要掉渣的样子。九红更是远不如从前，憔悴的面容再不现昔日的风采。祖盛两行泪水夺眶而出，他跪在地上给家人连连磕了许多响头，对着家人说："祖盛不孝，连累家人受苦，身为晚辈不能为家分忧，身为男人不能为妻小尽责，身为兄弟不能解同胞苦难，我悔恨，我惭愧。但请家人放心，我陈祖盛此去定忍辱负重，千难万险我自能扛。爹，娘，弟弟，九红，儿子，你们就放心吧，等着我，等着我回来！"说完，他一抹泪水，转身向集合的大队伍走去。望着远去的祖盛，大家心里舒了口气。旧怨方去，新愁又来。大家看着身边的祖德，心里有说不出的难过。

人群被排成两个大队，手绑着手连在一起，在武装人员的看押下向西北方向走去。有人忽然发现，在离队伍不远的方向总有几匹马跟随着，祖盛也不时回过头望着他们。这些到底是什么人？能是谁呢？看着看着，祖盛笑了，目光锐利的他发现，这几个人不是别人，正是小六子和马血旺，还有王爷的女儿布德丹。祖盛心想："我就说嘛，关二爷出行，关平周仓怎能不来护驾？"

左思承心知自己的行为不佳，所以将陈祖盛发配偏远，以防不测。迎回陶思萦使他感到无限幸福，他为自己人生的重大突破感到自豪，比当上军队首领还要满足。已等不得喜事的操办，革命化婚姻嘛，尽早完成人生的目标。手下为他选了个新住址，帮着他弄室内的装饰，使用的家具。虽说他脸上尽量显得平淡，可心里早已抑制不住期待和渴望。

白白的杆架，红红的床，柔柔的被褥暖新娘。左思承很注重卧室的氛围，他知道陶思萦是个浪漫的人，所以他要给她浪漫，让她知道他更懂得情趣。他美美地幻想着夜里和她在一起的情景，这是多少年来一直梦想的一刻。为了这一刻忍耐了多少？为了这一刻痛苦了多久？想不起来了，只记得陶思萦跟陈祖德在一起的那一夜，她的声音是那样畅快淋漓，把他的心都挖空了一样。那个声音这些年一直萦绕在他的耳旁挥之不去，像病魔一样地折磨着他。这些年一直想把她揽在怀中，也要像那样的声音，这一天终于到来了。

傍晚时，他走进下属为自己安置的小楼，推开门，里面静悄悄的，他以为陶思萦一定会为他准备晚餐，或是为夜里的浪漫准备着东西。可走了两个屋，都没见到陶思萦，最后在卧房中见到了她，她已静静地躺在床上。左思承笑了，以为她是在跟他撒娇，便走过去抱住她的身体，可当抱住她的一刻他才发觉不对，怎么这样僵硬，这样沉重？再好好看看她的面容，发现她牙关紧咬，脸色发青，身旁放着一封留给他的信，他忙展开去看，上面写着：

　　左思承，请原谅我的行为。谢谢你高看于我，但我心已有所属，不能再忍受别人强加于我的新欢。本来我们是新军的同志，是共同追求理想和信仰的战士，这种友谊珍贵难得，但怎么也想不到你竟能用这种手段来谋取别人的女人，这在我心里造成强烈的伤害且无法接受，这个打击对我来说是巨大的，我怎么能与你这种人共度一生？既然不能很好地活着，那么就让我死去吧。让我远离这个充满虚假的世界，充满混乱的年代。再叫你一声同志，希望你能以我为戒，洗刷净心中的污垢，不要再做没有良知的事情，人间正道是沧桑，不是所有人都下贱，望你尊重。

陶思萦绝笔

这简直就是噩梦。他拿着信，手扶着已逝的陶思萦冲天大叫："天哪，这是为什么？为什么我的爱你就不能接受！"

就在这天夜里，一伙黑衣人突然闯进陈家，将陈家里里外外翻个底朝天，将关公像下殿盒里的珠宝全都装进口袋，最后从房后的烟筒里将那把稀世的青龙偃月刀抢夺在手后，奔逃而去。陈班主看到被打碎的关公像揪心般疼痛，而当他发现刀不见的时候，直接大呼一声仰天倒地，不省人事。

第
二
十
八
章

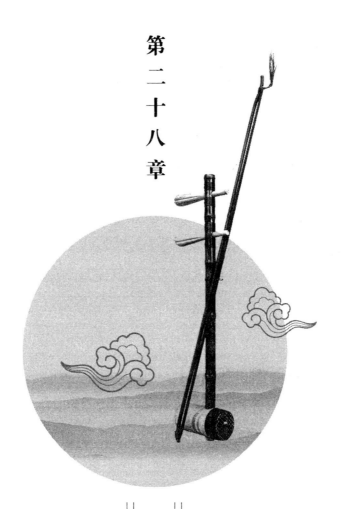

许
身
军
旅

　　两支被发配的队伍走出京城。古道绵绵，尘土飞扬。遥遥远望，关山重重。远离亲人的人们，心中说不尽凄楚阵阵，靠一双脚去跋涉千山万水，非死即伤。当他们走近与河南交界的地方，远处隐隐传来枪炮声，且越来越近，渐渐地能听见喊杀之声，被发配的人们脸上一片惊慌的神色。他们冲着看押的官兵喊叫，让他们把绑着的绳索解开，以免他们被卷进这厄运的浪潮。枪声越来越近，当兵的哪还管他们的死活，撒腿跑得比兔子还快，于是他们互相帮着把勒在手上的绳索打开，各自潜逃。正在这时，小六子、马血旺和布德丹公主飞马赶到，将祖盛架到马上飞驰而去。

　　大家跑出不远，在一个较高的地势上被祖盛唤住，他从马血旺的手中取过一个破旧的望远镜向战场的方向观望着。不远处红旗黄旗飘摆一片，枪声炮声轰响如雷，一排排迎弹倒下的兵士，一片片惨烈的景象。从南边杀过来的队伍在士气上已明显占有压倒性优势，尽管守方的指挥官挥舞着战刀，叫嚷着抵抗，可士兵在猛烈的炮击中已伤亡惨重，难以抵挡。轰的一声，一颗飞弹过来，正落在军官的身旁，眼见他被抛出好远，血肉横飞，倒在一旁。陈祖盛毫不犹豫，飞马而去，不管身后的人怎么呼喊叫嚷，他仍是快速冲向战场，保护他的小六子紧随其后跟着冲了过去。还没等马血旺和布德丹反应过来，一颗飞弹便落在了他们的身边，为保护布德丹公主脱离险境，马血旺拉着公主的马转身奔逃而去。

陈祖盛飞马直奔负伤的军官，他将身体紧贴在马背之上，飞弹不停地在他的头顶和身边掠过。眼前黑压压的兵士举着旗帜冲向这里，他已顾不得太多，飞身下马将血肉模糊的军官架到马上转身奔逃。一排排的子弹向他射来，刚跑出百米左右，他忽然感到肩头一阵剧痛，眼前开始发花。小六子忙骑马靠向他，牵着他的马一起向远处奔逃而去。

当眼睛睁开的时候，祖盛发现自己已躺在一个草房之中。朦胧中虽然看不清晰，但他心里明白，见六子在他身旁，便又微微睡去。当他再次苏醒的时候，眼前已是一片明朗，他看了看肩头被子弹撕开的口子，已被包扎上，虽还有些疼痛，但应不危及性命。六子给他喂了些许的水后，他清醒了许多，侧眼看了看躺在另一处的军官问小六子："这个人怎么样了？"小六子撇了下嘴，摇了摇头，示意他的情况不大理想。他又看了看身旁问小六子，马血旺和布德丹呢？小六子摇了摇头说："冲散了，不知道他们往哪个方向逃的。"

祖盛问小六子："这是哪里？安不安全？"小六子告诉他这是离战场二三十里的一个村落，应当没啥问题。这时祖盛方叹了口气，对小六子说："想尽一切办法把这个人救活。"小六子说："这个人伤势挺重，流血太多。一会儿再出去找找人，尽量把他救活。"祖盛急眼了，他瞪着眼睛冲小六子说："什么尽量救活？一定要给我救活！"小六子冲他点了点头说："是，是，一定救活。"祖盛又大喊了声说："快去！"不容再想，小六子转身走了。

费了很大周折，花了不少大洋，小六子终于说通一个江湖郎中，他背着箱子带着红疮药，跟着他偷偷摸摸地来到他们安身的地方。掀开被子，郎中吓了一跳，伤口纵横，流血太多。他冲小六子摇了摇头说治不了，转身欲走，却不想一旁躺着的祖盛拔出手枪顶在他腰间。陈祖盛瞪着双眼对他说："治也得治，不治也得给我治。你给我听好了，把这个人给我救活便罢，如果治不活他，老子崩了你。"吓得郎中冲他直发抖说："是，是，我治，我治。"

郎中放下药箱，马上开始诊治，擦干伤口，开始上药。好在这位军官在昏厥之中，缝伤口的时候不知疼痛。最后再用绷带一圈圈缠住流血的伤口。一切完毕后，郎中对祖盛说："军爷，小的也就这么大的能耐啦，死与活，就看他的造化啦。"祖盛看着他点了点头，示意小六子再多给他点大洋，又对郎中说："就当没这么回事，出去对谁都不能讲起，知道吗？"郎中冲他一个劲地点头称是。祖盛一摆手，让他走了。之后郎中出了门，逃命般飞快地跑了。

还得说行伍出身的人体质好，十几天过后，这位军官慢慢睁开了眼睛。他环视了一下周围，发现自己躺在一个陌生的地方，身边有两个陌生的人。他问这是哪里，祖盛告诉他这是一个偏远的村落，他负伤了，他俩把他救到了这个地方。军官想起身，却觉得疼痛难忍。随手摸了摸身体，发现周身都被绷带裹缠。忽然想起战斗惨烈的情景，回忆起被炮弹爆炸掀起的那一刻，叹息了一声。他问祖盛："你们是什么人？是怎么把我救到这里的？"祖盛说："我们是好人，被坏人坑害，流放到西北，路经此地遇上了这场混战，见你负伤了，便把你救了出来。"祖盛又把这些天发生的事情说给了他。军官侧脸端详着祖盛，冲他点了点头，说："谢谢你救我，否则我已命归西天了。烦你们再关照我些时，我定当厚报于你们。"之后，他又慢慢闭上眼睛睡去了。

血迹无法洗净，但灰色戎装上的星星闪闪发光。小六子冲祖盛耳语：

"这回咱救了个大官。"祖盛仔细端详着这位躺着的军官，剑眉凤目，仪表堂堂。从方才简单的几句话中便能听出是个有身份的人。他从六子手中取过一条手巾，轻轻地为军官擦拭着每一缕头发，回答六子说："从样子上看，咱救的是个不小的官。"六子问他："哥，你当时是咋想的？"祖盛回身用手敲了敲他的脑门说："有些事是不用去想的，只能凭一种感觉去做罢了。如果想得太周全，事早就晚三春啦。"

小六子非常佩服他大哥的胆识，冲祖盛伸出大拇指说："真有你的，你飞马一去可把我们都吓傻了。那可真是冒着枪林弹雨。没几个有你这胆子的人，别说，那一刻还真像你在台上唱关公的架势。""真的吗？"小六子毫不含糊地冲他点着头说真的，一点都不含糊。祖盛顿时有一种无上荣光之感。他自言自语："关公当年可能就这样，敢冒生死去救大哥。"小六子遵照祖盛的吩咐，给房主夫妇留了些大洋，让他们关照好负伤的两位军爷，自己出去寻找马血旺和布德丹姑娘了。

又过了些天，负伤的军官伤势好转起来，他已能在搀扶下慢慢地坐起来说话了。他起身的第一件事就是想抽支烟。这可把祖盛难住了，他不抽烟也没准备烟，只好问农家的夫妇，他们拿出农民的旱烟问行不行，军官笑了，说没有轮船坐水船，啥烟都行。卷起旱烟抽了几口后，军官显得很是舒服，吐了几个烟圈，看得祖盛觉得好稀奇，他也卷了根旱烟，学着军官的样子吸了几口，结果把自己呛得直咳嗽。军官看着他哈哈大笑起来，说想不到，连烟都不会抽的人，竟敢上战场去救人，难得，难得。之后随意地与祖盛闲聊起了家常。

他告诉祖盛，自己是陕西长安人，姓马，叫马占魁，是冯将军手下的一个将军。这次是与山西的一支部队交战，由于兵力不足，加之缺少重武器，所以兵败。伤好之后，他要马上返回部队为军效力。他问祖盛是干什么的，今后有什么想法。祖盛告诉他自己姓周，叫周光胆，家在京城边上，是靠做零活为生的。这回发配的队伍被冲散了，他也只能偷偷地跑回家猫起来啦。军官哈哈笑了起来说："还什么猫起来？有我在此，谁还能把你发配？这么说吧，你是我的救命恩人，并为救我挨了枪子，我答应你，一生为你做三件事。要钱我可以给你钱，要物我可以给你物，要女人我可以带你随便去挑。你说吧，第一件求我做的事是什么？"

祖盛看着他笑了，说："我什么都不要，如果长官看得起我，就让我跟在你的身边，跟着你干吧。"马占魁眯着眼看着他笑了，说："行伍是个玩命的差事，干这个你不怕掉脑袋吗？"陈祖盛霍地一下站起身说："这个长官不用担心，我不怕，我喜欢当兵，要怕我还能冒着枪林弹雨把您从炮弹坑里背出来吗？"马占魁一听也有道理，便问他都会什么。祖盛看着他晃了晃脑袋说："不会什么，但我可以学呀，守着您这么好的一个长官，还怕学不到东西吗？起码我还会做饭哪，哎，还别说，长官，我能做一手好菜呀，熘爆炖煮，煎炒烹炸，我样样拿手，色香味俱全。不信你可以让我给你露几手。"马占魁笑了，说："是吗？那我的口福可不浅呢，这样吧，今天就考考你，你做几道菜，如能比我的厨子好，我就把你带在身边。"祖盛问："一言为定？"马占魁说："一言为定！"

祖盛拿钱给农家夫妇，让他们到外面买点好酒好肉，说晚上要给他们做顿饭，以感激他们收留之情。农家夫妇说不用客气，都是应该的，只是这兵荒马乱的年月上哪儿去买好吃的东西呀？祖盛冲他们作了个揖，说不行就多走几步道，尽量买点好东西。夫妇二人见此，只好答应他的要求，绕过山到集镇上买了点好东西。二斤好肉，两扇排骨，半兜子下水，两棵白菜，二斤大葱，一篮子鸡蛋和两瓶子烧酒。这些东西往桌子上一放，马占魁笑了，问祖盛："能做出一桌好菜吗？"祖盛拍了拍胸脯说："没问题呀，看我的吧。"

说完，他手提菜刀走进外屋。洗好菜，生起火，开始了应对官长的初考。没过多久，几样香喷喷的菜摆到了桌上：烧排骨，熘肥肠，葱炒肉片，醋熘白菜，蛋炒瓜片和一碗甩袖汤。看到桌上的菜，马占魁的眼睛直了，觉得祖盛活干得麻利，菜炒得很香，色泽也不错呢。他拿起筷子挨个尝了一下，点了点头说："嗯，还别说，真是不错。"祖盛起开两瓶烧酒对马占魁说："长官，咱俩都是带伤之人，谁也别攀比谁，能喝多少咱喝多少行吗？"马占魁说："这个提议不错，我同意。"说完他往自己的碗里倒了半碗酒。祖盛看着他问："长官，你的身体能行吗？"马占魁说："我的血流得已经差不多了，我想也再流不哪儿去了，现在需要的是活血呀，咱就把这酒当成血喝吧。"

祖盛端起碗对马占魁说："长官，不管信与不信，咱缘分不浅。如果长官不弃，我将跟随大哥帐下，鞍前马后，效力身旁。"说完他端起大碗就要把酒干了，被马占魁拦住，马占魁对他说："不能急呀，我得好好品品你的菜才能决定留不留你呀。"祖盛问他："长官，你说话到底算不算数？"马占魁轻轻地拍了下胸脯："说什么话呢，君子一言，驷马难追呀。"祖盛又问他："长官，你不是说你这一生答应我三件事吗？"马占魁点了点头说："是呀，我是说过呀。"祖盛说："那就好，我的第一件事就是要给您当个厨子。"

一句话把马占魁说愣了："什么？你求我的第一件事就是当个厨子？"祖盛点了点头说："对，就当个厨子。"马占魁问他为什么。祖盛笑呵呵地说："你想啊，天天能跟你在一起，还有好吃好喝，天下上哪儿找这样的美差去呀？"马占魁笑着说了他一句："瞧你那点出息。"合计了一下又说："不过还别说，你的这种选择也倒是挺有趣，挺实在哈？"祖盛乐了，说："人各有志呀，你当的这个大官，那是你的天分，福分，也是脑袋别在裤腰带上杀出来的，那不是谁都能当将军的是不是？像我这样的，只要能跟着你混，那也是沾了你的福分，这就可以啦，我知足。"祖盛的话使马占魁觉得很受听，他忽然发现这个人挺有趣，挺讨人喜欢。于是他端起杯跟祖盛对撞了一下，大大地喝了一口，之后开始品菜。

菜做得很有样，马占魁每样都认真地吃着，品着。可能是由于好长时间也没吃东西了，他觉得祖盛炒的这些菜，哪样都特别香，比自己的厨师炒得好吃多了。他冲祖盛笑着说："你的第一个请求，我答应了。"祖盛一听乐坏了，他冲马占魁竖了下大拇指，以示心中的得意，又将一大碗酒全干了。两个人的脸都红了起来，祖盛又将酒倒进碗里对马占魁说："长官，我高兴，喝我的，您自己悠着点啊。"

马占魁也将酒倒进碗里看着祖盛问："你就那么愿意跟我在一起？"祖盛说："是，我就想跟你在一起。"马占魁忽然严肃起来，问他为什么，祖盛想了想说："甭说，从我在战场上看见你那一刻我就知道，你是个好军人，不是贪生怕死之辈。那么大的官能到一线去督战，这可不是谁都敢的。从你一醒说的那几句话我就知道，你是个好人，是个正派人。你这个长官和他们不一样，所以我想跟着你。你是刘备，我是关公，我以后得给你保驾呀。"马占魁笑了，说："你是关公？关公可不是给刘备炒菜的呀。"祖盛说："长官，您得从长远眼光看我呀，得给我点时间是不是？我现在炒菜，可不代表永远炒菜吧，是不是？再说炒菜怎么啦？我没给你炒菜的时候，不也把你从枪林弹雨中背出来了吗？你身边倒有张飞赵子龙，怎么着？他们哪儿去啦？"

一席话问得马占魁哑口无言。他冲祖盛点了点头，用大碗向他的大碗碰撞了一下说："说得好，我认你这个兄弟。"话音刚落，祖盛便起身给马占魁跪下，嘭嘭嘭就是三个响头："大哥在上，受小弟一拜。"速度之快，马占魁还来不及反应，他已双手捧着大碗对马占魁一敬，之后咚咚几口全干了。马占魁也将碗里的酒干了，并对他说："讲得好，怕就怕你这辈子只想着炒菜呀。"之后二人都哈哈大笑起来。

小六子回来后，说没有找到马血旺和布德丹公主。祖盛很是担心，自己是逃离了险境，他们会不会有什么危险呢？马占魁询问他在寻找什么人，祖盛说有个兄弟和表妹在救他的时候失散了，没有说出他们真实的身份。

又过了些日子，马占魁的伤势好了许多，精神也振奋起来。他说要带着大家归队了，这使祖盛非常兴奋。收拾好东西，辞别了这对善良的农家夫妇，众人上了马，直奔河北沧州而去。

师座回来了，这在军营中是天大的喜讯。各团营级的军官纷纷前来拜见。师座把祖盛和小六子引荐给他们，言告他们这二位是自己的救命恩人，并将把他们留在他的警卫连做随从。对师座的救命恩人大家格外尊重，纷纷拱手各自报号，说只要有求，但凭开口。

为迎接师座回营，部队里准备了丰盛的晚宴，全师团营级军官全部到场。大家为了表示对师座的尊敬，特别将祖盛安排在师座的身边，将小六子安排在另一桌坐下。祖盛是见过钱，见过排场的人，但这桌酒席叫他惊叹，看得眼花缭乱。熊掌鹿鞭虎头肉，大雁天鹅黑乌鸡。茅台西凤竹叶青，红酒白酒绍花雕。好家伙，祖盛的眼睛快要掉到桌子上了，心说土匪就是土匪，官家就是官家。他手拿着筷子不知先奔哪个下手，马占魁眼明，给祖盛先夹了块虎头肉放在眼前说："英雄虎威，替本师长先尝尝这虎头肉，看可不可口。"

大家也都奉迎着，英雄虎威，英雄虎威。祖盛也不客气，夹起来一吃："嗯，好香。"马占魁悄悄地问他："我的厨子怎么样？"祖盛不好意思地笑了笑说："好！比我那是强多了。"马占魁却笑着说："不过，你做的那顿饭，却是本师长前半生最香的一顿哪。"二人哈哈笑了。马占魁亲手为他倒杯西凤酒，双手捧上敬他说："谢兄弟救命之恩，待兄余生相报。"这些年祖盛虽也曾常排酒宴，可今天不知怎么，他还真有点心虚，只好接过杯，冲师长，冲各位军官点了点头，一扬脖，把酒干了。

真正的酒宴开始了，军中这些军官的酒量可算了得，除师长马占魁有伤大家不攀一二，除此之外，有一个算一个均无人抵挡。祖盛见过能喝酒的人，但还没见过这么能喝酒的。大杯大杯的酒，举杯就干。干了之后马上倒上大杯再找下家去干。祖盛心想，这是酒吗？都喝到哪儿去啦？师长的救命恩人怎能不敬？一个个红着脸的汉子端着杯，左敬一杯，右来一杯。祖盛一开始觉着还能抵挡，可忽然感到再站起身的时候脚下发飘，他知道自己这是到量了，于是他左推右躲，看得师长马占魁冲他直笑，最后还是马占魁替他说话，那些人才肯放过他，奔着自己要寻找的目标端杯杀去。

祖盛看着这些喝红了脸的军官，感觉很像父亲屋子里挂着的那张钟馗的样子，一条条长长的眉毛，一根根立着的胡须，一双双圆睁的眼睛，雄赳赳，狠巴巴的样子。酒喝到这个时候，祖盛只有看着马占魁嘿嘿发笑的份儿了，马占魁便让人带着祖盛回房歇息去了。酒喝到一定量上，大家为助兴，便起身鼓掌让马师长讲话。马师长平静地看着手下的弟兄点了点头问道："酒喝得怎么样？"大家余兴未消地喊着："好！"马占魁笑着说："嗯，酒喝得好，可仗打得不怎么样！"忽然变了脸，"本师长都到前线去督战了，可你们呢？炮声一响跑的跑，逃的逃。本师长被炮弹炸飞了，居然让一个被流放的马夫救了命，说说你们叫不叫人笑话？嗯？"

哗的一声，马占魁掀翻了桌子。他脸色铁青地瞪着大家。这时参谋长见势不好，马上打圆场："师座，当时事发紧急，弟兄们跑遍了战场到处找你没找到，这个我可以做证。这些日子大家一直到处寻找你的踪迹，你是弟兄们的主心骨，大家惦记着你呀。"众人纷纷说当时去晚了一步，望师长原谅。马占魁冲大家摆了摆手，示意让他们坐下，脸上开始恢复常态："不是我不讲人情，你们今天为我接风我感激，但你们能不能拿出你们喝酒这股子精神在战场上与人较量？还号称什么铁军，连我都觉得丢人。"

这时一个团长对马占魁说："师座，这也不能都怪弟兄们哪，这都一年多没发军饷啦，底下的兵士难带呀。"另一个团长也说："是呀师长，咱多长时间没换枪械装备啦，看看人家，一听炮响咱就知道人家大炮都换了口径啦，可咱机枪才有几挺啊？再这么打，咱的底子全拼光也不是对手哇。"这时底下都开始嘀咕，表达着不满情绪，可不是咋的，将士用命拼，那也得差不多点吧。怕就怕，咱把命搭上也是无济于事呀……

祖盛一直睡到第二天中午才醒，起来后仍觉头昏脑涨。见他醒了，一个士兵给他打来洗脸水，他一开始还想跟打水的人客气一下，再抬头一看是小六子。嗯？什么时候换上一身新军装？小六子美滋滋地捭了捭衣袖问他："怎么样？好不好看？"祖盛冲他笑了笑说："哼，什么好衣裳穿在你身上也看不出个形。"一句话说得小六子有些泄气，他问祖盛："我怎么什么都不如你呀？"祖盛说："哎，你说对了。这就像唱戏，角儿和底包的区别知道吗？不信，你把我的那身衣裳拿来。"

小六子把发给祖盛的两身衣裳送到他的面前，祖盛看着深蓝色的军装，心里有说不出的喜悦。他穿上白衬衫，套上这身军装，戴好帽子，腰间勒紧皮带，冲着衣镜郑重其事地行了个军礼，转身问小六子："怎么样？有没有点长官的意思？"小六子笑了，从心底佩服地说："有那么点意思，就是比我强。"可他忽然发现祖盛的军装和他的不同，他是普通棉布的兵服，而祖盛是绒布的，是加厚的。他走过去摸了摸他的衣裳说："哎，我说你穿着好看，原来咱俩是不一样的衣服哇。"祖盛细一看，可不是。他对六子说："那当然啦，知道因为什么有区别吗？"小六子看着祖盛摇了摇头说不知道。祖盛说："区别就在于，我是第一个冲向战场的，你是跟在我后面冲过去的，所以要分先后哇。"六子合计了一下，点了点头："嗯，有那么点道理。"

说话间，一个传令兵前来报告，师长命令他们到师部报到。祖盛马上带着六子前去。师部的三层楼显得肃穆庄严，师长的办公室富丽堂皇，非常气派。祖盛和六子同时给师长敬了个礼，马占魁冲他们摆摆手笑着问："醒过来啦？昨晚喝得不少，看不出，你也是海量呢。"祖盛坐在马占魁办公桌下首的沙发上说："哎，反正又喝不死，喝呗。"马占魁笑了笑说："从喝酒能看出来，你也挺虎呢。"祖盛不好意思地说："虎不虎不知道，但我敢玩命。"

马占魁点了点头，从桌旁取过两把手枪说："在我的身边做事，配把枪给你们，以备防身之需。"祖盛起身走过去一看，是两把德国造的蓝光大镜面驳壳手枪，"哈哈，太招人喜欢了。"说完，他将两把枪都插在了自己的腰间，显得十分神气的样子。小六子觉着不对劲，便走到祖盛身边，说："大哥，师座说给咱俩配的手枪，咱俩一人一把的。"祖盛打断他："什么一人一把？你还小，根本用不上这家伙，给哥哥我配着吧。"哎？小六子不高兴了，他看着师长，嘴噘得老高。马占魁笑了，冲身边的传令兵吩咐，到枪械处再取把枪来给这位小兄弟配上。传令兵转身去了，小六子和祖盛都高兴地笑了。马占魁冲祖盛说："马上到厨房去准备做几道菜，我晚上要请参谋长和几位团长吃饭。"祖盛一想昨晚的情景说："别逗了师座，我这两下子能行吗？"马占魁说："别看他们弄得花里胡哨，做家常菜，他们还真未必是你的对手。"祖盛问："师座给个单子，都想吃哪几道菜呀？"马占魁说："随你的便吧，我看上次你弄的那几道菜就蛮香嘛。"祖盛行了个军礼说："是！师座。"

晚宴在师部小食堂备好，红烧狮子头，滑熘里脊肉，小鸡炖红蘑，清煮甲鱼汤，冬笋爆腰花，蒜头熘肥肠，糖醋白菜片，血肠炖酸菜。八个菜像模像样地摆在餐桌上的时候，几位长官都愣了，问师座这是什么意思，这不像是下酒菜呀？马占魁说："昨天酒喝得太多啦，今天咱以吃饭为主。好长时间未吃家乡菜啦，我今天特地从外地请来个厨子，你们尝一尝他菜做得怎么样？"大家一听不喝酒了，都说太好了，咱好好吃顿饭吧，这肠子都快叫酒烧坏了。

大家按师长吩咐，一人端起一碗大米饭，认真吃起菜来。还别说，一吃觉着挺顺口，后来越吃越香，不住地冲着师长竖起大拇指，说这个厨师真不错，味道非常好。是哪儿的？每月几块大洋？适当的时候能不能借给他们用几天，让他们也换换胃口？师长说："那可不行，这是我专用的厨子。"说完，便将陈祖盛唤出来与参谋长和两位团长相见。大家一看，这不是师长的救命恩人嘛，便对师长说："您不能太自私呀，抽时间得借我们几天。"师长看着祖盛乐了，说："还真没看出来，你这个厨子一上手，还真有买账的。"他一拍身边的椅子，示意祖盛坐下一起吃饭。祖盛坚决不肯，冲几位长官拱了拱手，便退至后面去了。望着他的背影，马占魁点点头笑了。

客人们都走了，马占魁把祖盛叫到身旁，很是满意地表扬了他懂规矩，同时对他说："好好练练枪法，练练骑术，这是一个好军人必备的素质。"祖盛感激地冲他说是。马占魁忽然问他："你昨晚喝醉酒躺在床上，嘴里直念叨九红九红的，九红是谁呀？"祖盛突然心头一震，不觉眼圈发红说："那是我家乡的媳妇儿，好久不见啦。"马占魁知道问到了他伤心之处，便不再多问，却问了声："想她吗？如果想她，可以叫人把她接来。"祖盛忙摇了摇头说："不必不必，师座军务在身，况且这又是军营之中，怎好接一个女人来此？等以后有机会时再说吧。"马占魁点了点头告诉他："在外我是师座，我俩在一起的时候你不要客气，有什么难处告诉我，但凡我能做主的事，都不是问题。"

祖盛望着马占魁，不觉鼻子一酸，两行泪水滚滚而下，千恩万谢后离开了师长。回营房的路上，他在一片白桦林旁停下脚步。仰天望去，一片星斗，他认真地看着，辨认着牛郎织女星，自己在哪儿呢？九红在哪儿呢？我们俩到底相距多远哪？为什么总是要远隔千山万水？亲爱的，等着我，我一定要衣锦还乡。等着我，请等着我呀。

军旅生涯，南北转战。枪林弹雨，如影随形。战争仿佛是一种洗礼，经过它的锤炼，人总会发生质的变化。要么远远地离开它，要么便死心塌地地跟随着它的脚步前行。

远山残阳如血，路旁原野茫茫。转眼间几年戎马生活，几番炮火硝烟，使祖盛深深地爱上了军旅生活。跟在师长的身旁，他明白什么叫征讨，望着壮大的队伍，他感受到什么叫武威。祖盛心中无比澎湃和自豪。虽不是什么官，可难得师长器重和信任，愿意把他带在身旁。视察下属部队也好，外出打猎也罢，只要一有事，传令兵就会把他叫去陪师长。即便什么事都没有，马占魁也常常把祖盛叫到师部陪他聊天，说东问西，聊上一阵。祖盛虽受师长抬爱，但从不傲气。他天性随和，性格又好说笑，里里外外对他都高看一眼，印象不错。

年关将至，白白的雪花抛撒出洁净的世界，不管过去的一年好与坏，人们都把更多的期待留给了明天。为了明天，大家要庆祝，为了明天，大家要欢聚。这些天部队里杀猪宰羊，置备年货。一个名叫柳中林的团长，是军中虎将，也是一个戏迷，平时好唱两口，也爱比画几下。年前他请了一个戏班子，一天到师部请师长过去看大戏，师长便把祖盛带在身边。到团里祖盛一问，听说唱的是《挑滑车》和《战荆州》。团长说当兵的一般都爱看武戏，快过年了图个热闹。要说河北戏班的武戏可称得上国内一流，连翻带打不仅热闹且水平高超。只是唱高宠和唱马超的水平一般，主要差在做派上。

内行看门道，外行看热闹。部队的人懂得什么戏好戏歹？一阵锣鼓，一通翻打，余下的就只剩给他们拍巴掌了。见士兵们看得很开心，柳团长得意地问："怎么样？好不好？"师长满意地点了点头，问祖盛怎么样，祖盛哑巴哑巴嘴说还行吧。"还行吧？"一句话说完，团长觉得不大得劲，他眯起眼睛看着祖盛，心说口气可不小。于是他打趣地问："怎么着大师傅，不会是您也会唱两句吧？"祖盛笑了，说："还真叫你说着了，我还真就能唱上两句。"柳团长立马竖起了眼睛，说："听口气你也能登上去唱一出？"祖盛不在乎地笑了笑，说："那得看他们会不会我唱的戏。""好嘞！"柳团长一拍大腿说："只要你能唱，不会他也得会。你说吧，你唱哪出？"祖盛想了想说："我唱《古城会》。"团长看着他，眼睛越睁越大："我的天，敢情还能唱老爷戏。行行行，我马上去跟他们说，马上跟他们说。"说完他一转身冲唱戏的后台去了。

马占魁倒是显得平静，他抬头望着祖盛笑着："说你是个杂家，你还真什么都敢比画几下。唱出戏给我看看，唱好了本师长有赏。"祖盛问："真的假的？"马占魁说："什么话呢，君子一言，驷马难追。"祖盛一拍大腿，说："好嘞师座，不管您给什么，这东西今儿晚肯定是逃不出我手啦。"正在这时，团长咧着大嘴走过来："真巧了，他们本来今儿个就要唱这出《古城会》来着，可唱关公的病了，他们才改的戏。一听说咱有一个能唱关公的，他们乐坏了，说这可真是老天难不倒关老爷，不唱都不行。哈哈哈！"

在团长的陪同下，祖盛来到后场，冲各位戏班人拱手相敬了一番后开始扮戏。搓揉枣红脸，描眉如卧蚕。画好丹凤眼，戴上长美髯。团长一看祖盛扮戏这架势，心中有了几分眉目，看来这是行家呀。他与祖盛道了几句客套话后，下去陪师长了。下得台后，他问师长："您这个厨子到底什么来路？"马占魁笑了："我也不清楚他几斤几两。"团长撇着嘴，摇着头说："挺神道。"

喤喤喤喤……一阵锣鼓声迎来一声响亮的声音："紧紧加鞭白阳关……"方才一直是比比画画，翻翻打打，没有个正经唱。唱戏唱戏，真正的戏还是要唱的。这一划过天际的嗓音，惹得台下报以热烈的掌声。再看台上的关公，策马扬鞭，手提青龙偃月刀，神采飞扬，气宇轩昂。已唱过多年戏的祖盛此时可谓自信满满，游刃有余，唱念做打无可挑剔。团长柳中林简直看傻了眼。好歹也看过这么多年的戏，但平心而论，这么好的戏还从未看过。众人都鼓掌喊好，唯马占魁静静地看着，谁也没有比他看得认真。因为他忽然想起陈祖盛对他说过的一句话——你是刘备我是关公啊。

散了戏后，柳团长来到后场，望着还没卸下装束的祖盛，不由得竖起大拇指说："太牛了，我说兄弟，你到底是干什么的？一会儿做菜一会儿唱戏的？你可真把哥哥我弄蒙了。"祖盛冲他抱了抱拳："献丑献丑，兄弟我也是看过几天戏，照猫画虎罢了，有不对的地方您多指教。""砢碜我是不是？"柳团长照他胸前擂了一拳，"不过哥哥我可好这口，以后抽时间可得过来给哥哥我说几下。"祖盛谦逊地说："只要哥哥看得起兄弟，我听命就是。"祖盛卸下装，问小六子师座在哪儿，小六子说："戏一散师座就回去了，让我转告你，他在师部等你。"祖盛三下两下套上军装，骑马直奔师部而去。

祖盛推开师长办公室的门，站在门口笑嘻嘻地看着师长，马占魁冲他摆了下手，示意他过来坐下。祖盛坐在马占魁身边的沙发上，仍笑嘻嘻地看着他。马占魁将桌上的一张纸交到祖盛手中，上写：兹任命周光胆为西北军第四师，特务连副连长，兼师部侍卫长职务。祖盛看后欣喜若狂，他起身冲马占魁郑重其事地敬了个军礼说："谢师座，我将竭尽全力！"

马占魁笑着问："怎么样？这个奖赏值不值呀？"祖盛激动得眼圈发红，说道："怎么能说值不值呀？做梦都不敢想啊，如不是师座抬爱，我周光胆哪有今天。"师长摆了摆手，示意他坐下，祖盛欣喜地抱着这一纸任命坐在沙发上。马占魁望着他说："说你炒菜吧，还算凑合，可今晚这出戏唱得倒是令本师长吃惊不小。以前学过戏？"祖盛笑了，说："逃不过师座的眼力，小时候的确学过唱戏，也跟着班子跑过码头。后来觉得这是下九流，唱不出息，便不唱了。"马占魁摇了摇头说："可惜呀，可惜……"他抬起头想了想，说："可也是，男子汉大丈夫生逢这个乱世，唱戏怎能实现抱负？近来没事，如果想家可以回去看望看望家人。"祖盛感激地给马占魁敬个军礼后，离开了师部。

一路飞奔回到了自己的营房，祖盛借着灯光，认真地看着委任状上对自己的任命。小六子发现大哥进屋后神神道道，便披着衣服走过来，看着他拿的那张纸问他看什么。祖盛递给他看，问他知道是什么吗，小六子把任命状往边上一放，说："成心难为我，我哪能看懂这东西呀？"祖盛告诉他，他就要当官啦，小六子一听，脸上立即绽放出光彩，问他当啥官，祖盛告诉他说马上当特务连副连长和侍卫长了。小六子乐得直蹦高："大哥当大官了，这可是好事，这可得庆祝。"他从床底下取出花生和烧酒摆到小桌上，要和祖盛喝两盅。祖盛也觉欢喜，精心地把任命状放在床下的夹板里，甩掉衣裳与六子端起杯喝起酒来。

两杯相撞，感慨万千，忆往昔峥嵘岁月手足情深，艰难时不离不弃紧紧相随。吃过多少苦，担过多少惊，终于混到走出山重水复的一天。两人你劝我一盅，我罚你一杯，喝得无拘无束，无话不说。说着说着说到了伤心之处。想起了家乡，想起了九红，想起了孩子，想起了被冲散的马血旺和布德丹公主。分别几年啦，不知他们怎么样。六子问祖盛说："要不咱就回京城一趟？"祖盛想了想说："不啦，身处乱世，世事难料，别再因为自己的鲁莽给家人带来祸端。"小六子说要不他回趟京城探探情况，祖盛想了想说这样也行，便告诉他尽量不要让人知道，快去快回。于是小六子连夜换上便装，飞身上马向京城奔去。

第二十九章

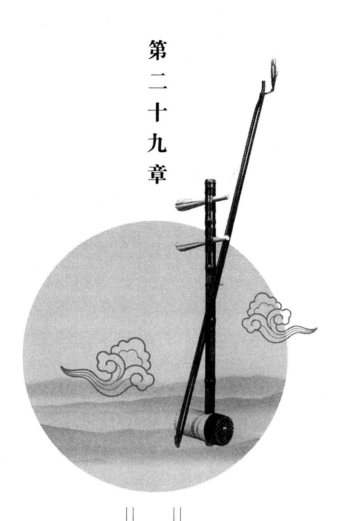

出生入死

京城随着历史的进程也在发生着变化。随着新文化的兴起,人们在着装、谈吐、审美等方面都产生了与以往不同的要求,人际关系也发生着变化。每当一个大时代变革,功名利禄便像一块试金石般检验着人性。在梨园界人们更加明显,新一茬儿的名生名旦在新一代推崇者的力挺下如明星般冉冉升起,而晚清时期当红的班子渐渐走向下坡。以陈琏琨、霍思纯为代表的这一辈老梨园人在人气和势力上明显受到了严峻的挑战。

这一时期,陈家走入低谷的阶段。大儿子被发配西北,小儿子失去了恋人,老班主失去了人生最珍视的青龙偃月宝刀,简直缓不过气,抬不起头,连带着霍家都替他们背着黑锅般受委屈。陶思萦自尽的消息传来后,小儿子祖德的精神仿佛被彻底打垮。他无法控制对恋人的思念,每天坐在黑暗的屋子里泪流不止,不肯出门,后悔当初没与陶思萦一起留在上海,如果不回家里,可能事情就不会是今天这样的结果。尽管时光匆匆而过,可他的思念之情丝毫未减。不论母亲和带病的父亲如何劝解他,都无法把他从痛苦的深渊中拯救出来。

九红不顾父母的再三劝阻,带着儿子回到陈家孝敬公婆。她无声无息地操劳着,尽着儿女的义务。特别是对这个小叔子,更是百倍心疼,百般小心地伺候。她知道他因为自己的男人而失去了爱情，失去了美好的生活。她尽可能地替祖盛弥补过失，弥合他心灵的创伤。一天，她从祖德的屋里回来，感到周身疲倦，坐在镜前看着自己的面容，忽然悲上心头。她发现自己老了，憔悴得再也看不出从前舞台上那个风采无限的自己：脸上失去了光泽，眼神失去了明媚，这些年创伤、离别、思念之苦把自己折磨得未老先衰，几丝鱼尾纹已悄悄爬上了眼梢。她轻叹一声，不由得回忆起这些年的风风雨雨，坎坎坷坷。回味起与祖盛的初识与那段自己都讲述不清的恋情。

难道一切都是命运的安排吗？可是自己是个不信宿命的人哪！想着想着她又不觉笑了，她觉得自己记忆中的那个男人，像个混世魔王，当土匪时还给自己取个九鬼魔头的称号，好像真有九条命的样子，什么事都敢干，任你是谁拿他也真没办法。上次为惦记他心操得死去活来，现在看根本没那个必要，不论到哪儿，他都能绝处逢生，自强不息。这就是祖盛的本色，这就是自己的男人。对，临别的时候他不是坚定地告诉自己等着他吗？自己就带着儿子，侍奉着家人，他会回来的。对，自己就在这里稳稳当当地等待着他的归来吧！

一天天过去，百无聊赖的时候是那样难以打发。梨园人仿佛忘记了陈家班，陈家班仿佛也忘记了舞台。这里已很久不再响起京胡的声音，院子里也再无人披着披挂迎风飘摆，班子里靠唱戏吃饭的人渐渐地离去，尽管他们是那样不情愿，也只能将昔日里身上的丝丝陈家班光辉带出门去，消失在茫茫人海之中。宽二爷离去的那天，与陈班主抱在一起哭得好惨，好伤心。他跟了陈琏琨快三十年了，从未想过陈家班会有这样一天。可他是要靠捧角儿养家吃饭的，忠诚与守候是换不回米面的呀。望着他远去的身影，陈琏琨夫妇难过得无以复加，他们为陈家班的落魄感到痛心。

就在人们渐渐离去的时候，一天，一对父女敲响了陈家的大门，九红开门一看，不是别人，正是许久未见的郑家班班主郑春玉和女儿郑婉秋。九红像见了久别的亲人，扑过去一把将婉秋抱在怀中，悲喜交加。郑班主很认真地告诉她，他们是来投陈家班的。一句话使霍九红愕然，她半张着的嘴半天没闭上，都什么时候了，还会有人投奔陈家班？她有些羞怯地问郑班主："我没听错吧？陈家班的人都走啦，您这个时候来投我们陈家班？"

郑班主笑了："是呀，他们的眼拙，可老朽的眼不花呀。红红火火的时候，可能还轮不到我，就这个时候来，我相信，陈家班一定会收留我们父女。再说，姑娘这里不是有你在吗？你这个妹妹对你崇拜无限，她就想给你做个妹妹，你说这不是天生的缘分吗？"九红再次将婉秋抱在怀中，无限感慨地说："太好了，在这个时候有你陪伴太好了，这个妹妹我认下了。"

九红将郑班主投奔陈家的事情告诉了陈琏琨夫妇，同时将祖盛曾在关外投奔郑家班的事情，及后来郑家父女舍命陪着他们闯内蒙古、进京城的事情告诉了公婆。陈家夫妇一听，像见了亲人一样迎出门来，抱着郑班主不停地致谢致歉，请进屋子里热情款待。陈琏琨为家境的破败感到羞怯，可郑班主却乐观地劝慰他："咱唱了一辈子的戏啦，人世间的兴兴衰衰，起落沉浮，人世间的冷冷暖暖，悲欢离合，咱们什么不晓得？乱世之时，世事难料。以愚见，用不了多久，咱陈家班还会重展雄风，威震梨园。""真的吗？你真这么看吗？"已缺失自信很久的陈琏琨听了郑班主的话，脸上顿时增添几许血色。郑班主非常自信地拍了拍自己的脑门说："我敢拿我这颗脑袋担保。"

陈琏琨笑了，他以为郑班主是在宽慰他，便随口问了句，你的凭据是什么呀？郑班主回说："是艺术哇，是您一身的本事呀。陈班主哇，甭管它千变万化，不论它什么世道，能耐是人们都需要的。如果没看过您的戏，我不敢多说话，可我看过您的戏呀。那太后老佛爷可不是眼拙之人哪，普天之下的好戏她看过多少？可她唯推崇您的戏，这就是我的凭据。不然我也不会在这个时候来投您陈家班哪。"一番话说得在情在理，连陈琏琨自己都顿觉一股子气正由丹田向上升腾。是呀，我陈琏琨是什么人哪？我是御戏高人，当代关公啊。他忽然想起那天夜里在紫禁城，太后赠他黄锦缎"御戏高人"的一幕，泪水唰地滚落下来，他侧过身忙擦去泪水说："惭愧呀，惭愧……"

乌夫人虽一语未发，一双眼睛却一直没离开婉秋的脸上，几次看得婉秋不得不羞怯得低下头去，半合上媚眼。郑班主一脸沧桑的样子，怎么会生出这样一位貌如仙的娇娃？乌夫人走过去坐在姑娘的身边，拉起她的手望着她问长问短，问戏问家。婉秋告诉乌夫人，她很早便失去了母亲，父亲怕她吃苦，便一直未续夫人。她一直跟着父亲维系着一个戏班子，自己也学戏，唱戏。唱过《白蛇传》《玉堂春》《武家坡》《失子惊疯》等。难得难得，这么年轻就唱了这么多的好戏。乌夫人抚摸着姑娘柔软若绵的手，看着这张清秀而粉盈盈的脸，忽然发现姑娘的长相与冰清玉洁的陶思萦有几分相似。难得难得，实在难得。

出于种种机缘，她更加疼爱起这个姑娘。她对郑班主说："班主，如果不嫌弃，我想收这个姑娘为义女，不知郑班主可否恩赐？"郑班主一听，顿时脸上泛起红光，说道："还什么恩赐？这是我女儿的福分哪，有您这个娘在，我也算没白吃这么多年的苦，也算对得起她过世的母亲啦。"他扶起女儿："快快，给你义母磕头，多磕几个响头。"婉秋刚要跪下，却被乌夫人拦住说磕个头可以，可不许磕什么响头。这个脑门可是金贵，你爹不心疼，娘可心疼。婉秋很听话地跪在地上说："苍天在上，我郑婉秋在下，今拜陈夫人为义母，我将终身视为生母，侍奉左右，直至天年。如有违背，天诛地灭。"还没等婉秋把话说完，乌夫人一把捂住婉秋的嘴："可不许再说，有这份心思娘就心领。孩子，放心，只要有娘在，再不会让你受一点苦，遭半点罪。"说完她抱起婉秋不住地喜欢着，欣赏着。

"秋日秋月秋时节，秋雨秋霜秋风烈。奴家本是秋日生，只待秋郎入秋夜。红墙红花红世界，红台红粉红绸谢。是谁无心红颜我？却等鸿雁赋红阙……"一阵悠扬的唱腔从静静的小院传出，是那样委婉清新，动人心魂。已沉寂许久的陈家班的左邻右舍，无不再次抬起头，侧耳倾听这天籁般的声音。这是谁呀？是霍九红吗？人们纷纷猜测着。不对，虽说没霍九红唱得纯熟，却比霍九红唱得更美更自然，如泣如诉。

却说祖德已很久未走出书房，陶思萦的逝去仿佛使他心死了。他知道天底下再也找不到这样跟自己绝配的女子，她不仅漂亮，且重情重义。更难得的是那样通情达理，舍己为人。她的不幸是因为哥哥，可是她的死是为了他。她是那样性情刚烈。演了这么多年的戏，看了这么多年的戏，可还从来未见过这样一个戏剧当中的人物。是编剧不会编吗？是作家不敢写吗？都不是。是因为他们压根就想象不到人世间会有这样的人物。唯独这样一个真实的人，让自己碰到了，却又失去了。许久不见阳光的他，脸色苍白，身体虚弱。每天在屋子里做的一件事便是不停地画着陶思萦的画像。蛾眉弯弯，凤眼迷离，面如桃花，口如红樱。像西施？不，西施又缺少她的几分仙气。像白蛇？不，白蛇又缺少几分纯然，思萦是冰清玉洁的呀。像……像谁呢？

正思忖间，忽听一阵悠扬的音乐送入耳中，是那样清新。是嫂嫂吗？不，嫂嫂的戏自己看过，嫂嫂的声音不是这样。声音忽隐忽现，飘忽不定，却起伏有律，韵味浓郁。是谁呢？是哪儿呢？忽然感到这个声音仿佛就在耳边，祖德不由得推开窗子，向外望去。忽见一个女子身着淡青色戏装，手舞水袖，随着悠悠扬扬的乐律慢慢旋转着舞姿，是那样痴迷，那样专注。正所谓人在戏中，出神入化。这是哪个女子？怎么会跑到自己家里舞姿弄袖？当姑娘的脸微微侧过来时，他忽然愣住了，这不是陶思萦吗？唰地一身冷汗，不由得身向后倾。甜美的声音依旧没有停息，他缓过神来，再次睁开双眼观望着眼前这位女子。她仍是不理会身旁的动静，神情专注于戏中。这时祖德方能辨认，这的确是一个真实的女子在眼前唱戏，而且从眉眼和神态上看，的确与陶思萦有几分相像。于是他定了定神，推门走到屋外，他没有去打扰她，而是坐在自己屋前的台阶上静静地看着这个女子练戏。

婉秋练罢戏，定住收式，转过身来的时候看见了祖德。她笑盈盈地问祖德："你是祖德哥哥吧？我是婉秋，义母说你好长时间不出屋了，幸得今天见到你。"婉秋？义母？这是哪儿和哪儿啊？什么和什么呀？正这时，乌夫人走过来，将郑家班父女二人投陈家班的事情告诉了祖德，并告诉他婉秋是他的义妹，以后要好好关照。听罢，祖德转过身走回屋内，再次将门窗严严地关上，不出动静了。乌夫人伤心地捋了捋婉秋的头发看着她。婉秋问乌夫人，小哥哥为什么会这个样子。乌夫人叹了口气说，人世间怕就怕用情专注，这会害死人的。婉秋却说："用情又怎能不专注呢？难道您不爱义父吗？"乌夫人笑着说："瞧你说的，如果不爱，还能天天死守着他遭这份罪吗？"

时光荏苒，一天天过去，陈家班的人像冬季里等待阳光的树木，像春田里等待春雨的禾苗，像深夜里期盼黎明的路人。霍九红却像是旷野中等待一声惊雷的寻觅者，她领着儿子思明不时站在门前向远处眺望着，她知道那个人也正在期待着她，思念着她。他们一定有相见的一天，等待吧，等待，什么都没有比期待更有意义。

十几天后，六子回来了，把打探到的陈家消息告诉了祖盛。当听说他发配西北的当天夜里，陶思萦便自尽身亡的事情时，祖盛脑袋嗡的一声。他生怕自己没听清楚，又追问了一遍，六子便将陶思萦自尽的前后情况说给了他。祖盛听罢捶胸顿足，痛苦万分。多好的姑娘，自己的救命恩人，怎么会寻此短见？他越想越伤心。是自己害了她，坑了弟弟，他一把鼻涕一把泪地痛哭不止。六子又告诉他，听人说，自失散以后，马血旺和布德丹公主在京城等了一些日子后，以为他能回内蒙古，便想回内蒙古的商行等他。万没想到在回去的途中，遭遇一伙抢匪，马血旺为保护公主，在枪战中中弹身亡了。

听到这个消息后，祖盛再也无法控制，只见他眼睛一翻，身子一挺，咣当一声跌倒在地，任六子怎么捏人中，怎么呼唤也不起作用。急得六子到缸里弄了盆凉水，哗的一下浇到了他的头上，这才使他清醒过来。醒来之后，他哇地放声大哭起来。哭得很惨，很伤心，像父母失去了儿女，像孩子失去了爹娘，一串串泪珠不停地洒落胸前，他捶着胸问："这到底是怎么啦？要死让我去死呀，干吗非让这么好的人死呢？让我死吧，让我死吧，是我该死。"

这天夜里祖盛一夜未眠，他在院子里仰望天上的星辰站了一宿。都说关二爷会观天象，他想看看陶姑娘和自己的结拜兄弟马血旺在哪儿。往事一幕幕，泪流一遍遍，堂堂男儿这一夜仿佛把一生的泪水流了个干净。痛定思痛，他悔恨，悔自己太任性，太意气用事。从六子口中得知的青龙偃月宝刀再次被人连夜抢走的事情，他判断定是左思承一伙所为。他一定是对人财两空心有不甘，所以在得不到陶姑娘的情况下，才狠下心抢走了这把稀世珍宝。只叹老父亲又要经此磨难啦，那是他的荣耀，那是他的性命。

祖盛是个尽职尽责的人。自当上侍卫长后，他从来不离马占魁左右，即便是晚上，他也要睡在师部楼内的大门守候处。往往是右手提枪，子弹上膛，和衣而卧。不仅是师长，就连警卫班的人对他都竖大拇指，对他忠诚尽职的责任感敬佩有加。这段时间不知为什么，师长的心情非常烦躁，这使祖盛心绪不宁。以他的观察，师长马占魁是个喜怒不形于色的人，可这些天净听他把这些副师长、参谋长、团长关在屋子里大吵小嚷，拍着桌子喊叫不止。这到底是怎么回事呢？

一天，那个喜欢唱两口戏的柳团长也被师长从屋里吼了出来，祖盛忙凑过去递上烟，把他拉到一旁坐下问到底因为啥事。柳团长一拍大腿，说："唉，两三年不发军饷，队伍带不动啦。队伍里不停地开小差，当逃兵，不能都抓回来毙了吧？都这时候了，还要拉着队伍去打仗，这不是扯犊子吗？你看吧，再等几天指不定就兵变。"兵变？听了这两个字，祖盛不禁冒出一身冷汗。

这天夜里，祖盛走进师长马占魁的办公室，室内灯光暗淡，几乎看不清他脸上的轮廓，一猜便知他的心情已到了极不好的程度。他没有像以往见到祖盛时一样唤他近前坐下，祖盛也只好悄悄地走到他办公桌旁的沙发那儿坐下看着他。屋子里的味道很浓烈，不用猜，师长一定是喝了好多酒。他望着脸色惨白的师长不免有些心疼。他对马占魁说："师座，不管遇到啥事，身体要注意呀。"马占魁望了他一眼苦笑着说："身体要是能当钱花，我宁可不去管它。"

祖盛问他要不要吃点什么，他摇了摇头。祖盛便给他沏了杯茶水放到眼前，问道："师长到底因为啥事这么不开心？"马占魁叹了口气，说："想不到追求民主，追求理想这么多年，遇到的上司一个个净是利欲熏心之人，贪得无厌之辈。用兵时一声命令，可要钱时一问三摇头，这不是难为人吗？我马占魁无所谓，可弟兄们能不吃饭吗？当兵的能不拿钱吗？在战场上玩命，一个月一块大洋都不给，这不是玩人吗？再如此下去，这些兵可怎么带呀！"正说到此处，桌上的电话响起，马占魁随手接起电话。电话是柳中林打来的，那边的口气听起来很急，他告诉师长，副师长带着二团、三团哗变了。

马占魁一听就蒙了，他让柳中林再说清楚点。柳中林气喘吁吁地告诉他，副师长沈德江带着二团和三团的弟兄们前往霸县老城去集结了，方才也劝他一起去，可他说没有师座的命令哪儿都不能去。马占魁问他行动有多长时间，他说估计他们行动有半个时辰左右，他追问马占魁用不用去拦截他们，马占魁说不行，那样会造成兵变的冲突，他让柳中林原地待命，自己亲自去路上拦截，劝说他们归队。放下电话不容分说，他命令特务连一排跟他一起拦截阻止两个团的哗变。祖盛要跟他前往，却被他留在家里，他让参谋长马上把柳团长也叫到师部，并让一团随时做好应变准备。祖盛不干了，说我是侍卫长，我怎么能不跟着你呢？马占魁拍了拍他的肩膀意味深长地说，别把赌注都押在一个盘子里，你是我的兄弟。说完他推门而去，带领人马消失在夜色之中。

马占魁带领特务连的一队人马策马疾驰，在响马山一带追上了奔霸县开拔的大队伍。听到身后的呼喊，副师长沈德江也不含糊，带着警卫班拨马挺枪迎了过来，两个团长也跟在他的身后。他对马占魁拱了拱手说："抱歉啦师座，碰上这些狗官，兄弟们也实属无奈。为避免难堪，我带弟兄们先行一步。这个活法不行，我们看换个活法试试，如果混好了，我和弟兄们会前来迎候师座。"马占魁看着他有些得意的样子心中很是气愤，心说，画龙画虎难画骨，知人知面不知心。他轻蔑地笑了笑问沈德江："你准备把我的弟兄带到哪儿去呀？"沈德江侧过头去看了看身边的两位团长，转过头对他说："哪儿能让弟兄们吃上鱼，哪儿能让弟兄们吃上肉，我们就上哪儿去啦。"

马占魁见对他说什么已不起作用，便问他身旁的两个团长："你们是我带出来的兄弟，也准备跟他一样吗？"这两个团长面有愧色地说："师座，你我兄弟手足情深，可军队需要钱，需要粮啊，再这样下去，即便我们不走，手下的弟兄们也散花啦。不如我们先出外闯一闯，如果时运变了，我们还回来接您，还在您的手下干。"马占魁心想，他们说的是实话，但还是板起脸说："你们知道吗？你们这种行为是哗变，是叛军，是要受到军法处置的。"两个团长一听有些发傻，这时沈德江却冷笑了两声说："这怎么能叫哗变？留，人快饿死了没人管。走，自寻活路还不成？天下哪有这个道理？"

马占魁说："难道仅仅为了军饷吗？我已经跟你们说了，我会解决的。""你会解决？"沈德江笑着说，"师座，别再自欺欺人啦，如果你能解决，这些时日弟兄们就不会天天站在你办公室听着你拍桌子骂人啦。"听了这话，马占魁顿感从未有过的难堪。他愤怒地指着沈德江大骂他人面兽心，假仁假义，带着他的兄弟送死。此时沈德江也心有愤恨，但怕做事过分，引起麻烦，也不敢继续发作，只好耐下心来对马占魁说："师座，您此时的心情我能理解，但我们必定要面对现实。要么这样，您既然来了，就跟着我们走吧，我保证，只要有我沈某一口吃的，绝差不了您的。"

说完，他冲二团一营长一挥手，说："来人，把师座和他带来的人一起带上，我们走。"说话间，一营的人迅速围拢过来，当马占魁反应过来时，他们的人马已被团团围住。尽管如此，队伍里仍发生了短暂的骚乱，特务连的兄弟纷纷拔出枪要拼个你死我活，却被马占魁拦住。除了特务连几个心明眼快的人拨马逃掉外，其余人全部被沈德江的人拿下了。直到此时马占魁方知自己是被他们当人质了。曾是天天在身边朝夕相处的兄弟，心肠却是如此险恶。

师长被沈德江扣押当人质了！这个消息很快传回师部，参谋长、柳中林和祖盛都傻了，像没了主心骨般不知所措。柳中林提着枪就要去火拼，被参谋长拦住，参谋长告诉他，论实力我们现在处于下风，再说如果火拼会给师座造成生命危险。那该怎么办呢？总不能听之任之吧！参谋长说只能将此事电告上级，等待上峰派人来解决。柳中林一听笑了，狗屁上级，这年头爹死娘嫁人，个人顾个人，连一分钱都不给你，还管你人不人质？我算看透了，越是民主进步喊得欢实的人，越是一肚子花花肠子。他气得坐在那里直喘粗气。

祖盛实在是坐不住了，他对参谋长和柳中林说："不管你们去想什么办法，我得马上到霸县去一趟，我得马上见到师座。"参谋长和柳中林对了下眼看着祖盛，参谋长说："去一趟也好，你官小职微，又与师座感情深厚，他们不会难为你。起码我们得知道一下师座目前的状况，以图良策。"柳团长说要给他配几个人手，祖盛摆了摆手说："不用，我只能单枪匹马，这样那些人才不会疑心。"柳中林瞪大了眼睛看着他问："能行吗？"祖盛笑了，说："没啥，脑袋掉了碗大个疤，等我消息吧。"说完，他回屋换上整洁的军装，腰间插上两把驳壳枪，飞身上马，奔霸县而去。

一路上风驰电掣，祖盛的脑子里反复合计着应对的方式，可到底会发生什么，他也猜不准。最后把心一横，去他的，我也只能见招拆招，随机应变啦，但有一点是必须的，那就是得把师座营救出来。第二天清晨，祖盛来到霸县县城外，被城门处几个把岗的士兵拦住，问他是谁，干什么来了。祖盛也不瞒着，告诉他们自己是师长的侍卫长周光胆。一听这个名字，几个当兵的还真就马上客气了几分，其中一个小头头笑呵呵地上前打量打量，问他是不是那个会唱关公戏的侍卫长。祖盛哈哈笑起来，说："想不到我周光胆还有点名气，连你们都知道老子唱关公啊？"几个当兵的竖起拇指，说："都听说师座身边有个神人，原来是你呀！"他们纷纷上前看个仔细，却说先不能放他进城，得报告给上头。不多时，一个当兵的领着二团一营的营长来到城门，营长对祖盛上下打量一番，询问了半天后，才带着他进城去了。

他被营长直接带到副师长沈德江的办公地点，虽说是临时的，却也很是阔气，一个被占用的大宅子，雕梁画栋，红木桌椅样样齐全。沈德江对他并不陌生，对他热情地打着招呼："怎么着大师傅，来看师座？"祖盛也像见了上峰一样恭恭敬敬地行了个军礼说："是。"沈德江请祖盛坐下喝茶，向祖盛诉说他的好心，他的无奈，希望祖盛他们能够理解。又说师座一个是太认真，一个是心眼死。这是什么年头？手里握着枪杆子还能饿肚子？走到天底下都叫人笑话。他想带着这个师重新开辟地域，整编队伍，打出一片新的天地。沈德江想带着这个队伍？那师座呢？祖盛已明了沈德江的心思，却装着很憨的样子对他说要看师座。沈德江想了想，把一营营长叫过来，让他领着祖盛去见马占魁。

推开一个小四合院的门，师长马占魁正站在院中，望着空中的飞鸟若有所思。祖盛急扑过去，心里非常难过。马占魁却推开他说："干什么娘们儿家家的？哭个什么？"祖盛收住泪，与马占魁坐在当院的石凳上聊起兵变的事情。哗变这件事情让马占魁觉得丢脸，无能，为没有尽早识破身边的人而懊恼。祖盛却拍了拍他说："师座不必强求和责怪自己，人岂能是看出来的？我这次来就是想知道咱下一步该怎么办。"

一句话问得马占魁没了主意。下一步？要枪他们比我们多，我又成为人质，还有什么下一步呢？祖盛说："那不行啊师座，咱得想出办法，逃脱险境，东山再起呀。"马占魁听着他的话乐了，心说难得，都这个时候了，他还有这种乐观主义精神，便问他："依你之见该当如何？"祖盛想了想问马占魁："师座，现在最主要的是什么？"马占魁想了想，说："弟兄们要走有他们的原因，人是要吃饭养家的，最重要的东西当然是钱啦。"祖盛跟着说："如果我马上弄来钱是不是他们就能放你，接着跟你干？"马占魁想了想，说："这里面当然又复杂了一些，但依我对弟兄们的了解，他们在心里是不想难为我的。"祖盛问马占魁："师座，依你之见得多少钱才能把你接出去？"马占魁伸出两只手，十个指头。祖盛问他："这是多少哇？"马占魁说："十万大洋。"祖盛听完乐了，一拍大腿说："就十万大洋啊？那就好办。师座，你在这儿再委屈几天，等我把钱弄来，把你接出去。"

听了祖盛的话，马占魁乐了："你把钱弄来？痴人说梦吧？十万大洋你上哪儿弄去呀？"祖盛冲他神秘地笑了笑，说："师座呀，要说这个世界怪就怪在这儿，我觉得难的事，在您那儿屁都不算。在您那儿觉得难的事呢，我可能就能给你办成。嘿嘿，你说怪不怪？"马占魁盯着他的眼睛暗自揣测着，可又觉得他说得也不无道理。马占魁告诉祖盛，回去转告参谋长和柳团长，从目前局势来看，渗透是最好的办法。渗透是最好的办法？祖盛记在心里。

离开马占魁的小院，他再次被带回到沈德江的屋里，二团长耿彪和三团长吴有亮坐在屋里好像正研究着什么，见他来了打着招呼也不回避。沈德江把他拉到沙发上坐下，希望他回去后好好劝劝参谋长和柳团长一块到霸县投奔他来，这样大家和和气气还是一家人该有多好。祖盛没接这个茬儿，而是提出来要带师长回去。一句话令在场的人都愣住了，而且祖盛的话是那样坚决，神态是那样镇定。

沈德江阴沉地冷笑几声问："带师长回去？就凭你？"祖盛说："不

是凭我，是凭钱。你们和师座有矛盾，有冲突，不过是为了钱嘛。说吧，你们打算得多少钱，才能让我把师座带回去？""嗬，口气可不小，多少钱？你能有多少钱？"几个人哈哈大笑起来。他们笑着笑着看着祖盛又愣了，因为祖盛显得那样从容和自信。他们也都曾听说，师座身边的这个侍卫长是个挺神的人物。一个团长看祖盛很是认真，便对他说："既然兄弟你把话说到这儿了，那咱们就干脆打开天窗说亮话，你要是能弄到五万大洋，啥说的没有，咱马上把队伍拉回去，师座还是师座，咱团长还是团长。"另一个团长说："可不是吗，这不都是叫钱憋的吗。"

祖盛看着他们问："真的吗？"二团团长耿彪一拍胸脯说："真的，绝不含糊。"祖盛一拍胸脯说："好！一言为定，就五万大洋。三天后我带钱回来，谁食言谁是孙子！"说完就要走，却被一营营长拦住，祖盛从那眼神里看出隐隐杀机，他回过头看着沈德江问："副师长，不会连我这么个小侍卫长都不放过吧？"沈德江眯着眼睛看着他，好像在盘算着鬼点子，他对祖盛说："都传说你挺神，做的菜我吃过，唱的戏我也看过，可能弄到很多钱，这个我可没想到。这可不是开玩笑的事，你拿什么证明你有这个本事呀？"祖盛一仰头，说："怎么着副师长，还想考考我？"沈德江点了点头说："说得一点不错呀，我的确要考考你，合格了你走，不合格了，可就出不了霸县啦。"祖盛不在乎地说："我这条烂命不值钱，副师长想要随时可以拿去。不过我想问副师长，你想考我什么呢？"

沈德江低下头自言自语："这么着吧，你毕竟是从军之人，那本师长就考考你骑术和枪法，能赢我的人，才可以谈条件，要是赢不了我的人，那本师长可就……"下面的话他不说了，祖盛知道他要要流氓了，他假装很尿的样子说："副师长，不带这么玩的吧？你要说比做饭、比唱戏我成，我才当几年兵啊？跟你手下的人比骑术、比枪法？那不明摆着玩我呢吗？"

身旁的两个团长都直咂嘴觉得不妥，可沈德江却非常自得地笑着说："不是说你神吗？没事，你就当唱戏了，怕什么呀？"祖盛一拍胸脯，说："好！比就比，谁怕谁咋的？来吧，你说在哪儿比？"沈德江说："在城西的校场比吧。"说完冲一营营长一摆手，大家一起向门外走去。

沈德江从骑兵营选出三个枪手，让祖盛自己从骑兵营挑选了一匹马，跟这几个人比，让几个战士像模像样地画好了界线，举好令旗，让他们在大校场跑十圈，谁先到终点谁胜。这时连两个团长都替祖盛捏把汗，他们真怕祖盛输了，沈德江对他下手，毕竟是师座的随身侍卫长啊。祖盛却没显得在乎，他牵着一匹黑马，嘻嘻哈哈地来到赛场，冲身边的几个骑兵抱了抱拳，说道："兄弟们别见笑，哥哥我马术不灵，一会儿跑偏踢着各位的时候请多担待，多担待。"说着，他笨拙地上了马，只听一声枪响，他一夹双腿，马如飞箭一般冲了出去。

祖盛猫着腰，双眼直视，紧紧策马，将那几个骑兵落在后头，当跑到第七八圈的时候，他回首一望，那几个骑兵已与他有段距离，他便顽皮地开始了马术表演。从马左跳到马右，再从马右跳到马左，一会儿贴在马背上，一会儿钻到马肚子底下，把在场的官兵看得大呼小叫，掌声不止。副师长沈德江都看傻了，他心说，真怪了，这小子怎么什么都会？最后，祖盛终以把那三个骑兵落出快一圈的成绩取胜。

他冲那几个骑兵拱拱手说承让承让，弄得沈德江还以为那几个骑兵故意让他，大发脾气。祖盛牵马来到沈德江面前问他："怎么样副师长，我的马术还行吧？"沈德江从鼻子哼了一声没搭理他，心说，马术占先了，不等于你就赢了，还有枪法呢，这个你可比不过军中这些神枪手。于是他冲一营营长一摆手说："比枪法吧。"

沈德江从两个团里选出四名神枪手，在百米开外立了五个靶子，比谁的枪法好，命中率高。祖盛望了望，回过头对沈德江说："太没意思了吧？这叫什么比枪法？"沈德江问他："依你之见如何算比枪法呢？"祖盛望着靶牌，说："什么七环八环的？那哪算是枪法？枪法就是枪枪命中靶心。依我之见，咱在百米之处点上五炷香，看谁能把香炉打碎或是把香火头打掉。"沈德江像没听清他的话一样望着他，心说，竟扯淡，能枪枪打到靶子上就算你能耐了，还打香火头？从古至今说百步穿杨，连老子都没见过，你能打香火头？可他已叫上板了，不打又像没他能耐，所以就按他说的，拿了五个小菜坛子，在里面放进沙子，插上香，点上火，开始射击。

应当说沈德江找的这几个枪手的能耐不小，香火头他们没打着，可每个人都把插香的小坛子打得粉碎，这已足足赢得在场人们的一片欢呼了。最后一个是祖盛，下面的人们绷紧了神经，悄悄议论起师长的这个侍卫长，都偷偷竖起拇指说他神，说他是关二爷下凡。祖盛提着双枪站在了自己的位置上，人们都屏住呼吸凝望着他，沈德江和两个团长甚至掏出了望远镜，观看着靶位上的香火炉，看看他是否真有打香火头的能耐。过去，祖盛一般举枪就打，可今天他很是慎重，告诫自己一定要稳住神，要百发百中，因为是要救师座，救他大哥。砰砰砰砰砰，连打五枪，弹无虚发，每发子弹都在香的一半处把香炷打断。这一下全场都惊呆了。什么神枪手？这才是真正的神枪手！

验靶兵将这个结果报告给全场的时候，众人的情绪沸腾着，可祖盛却没有得意，他仍是嘻嘻哈哈地冲在场的人拱拱手，以示谢意。他走到沈德江面前对他说："副师长，这回我有资格谈点正事了吧？"沈德江显出惜才爱将之意，竖起拇指说："当然，你当然有这个资格。"祖盛冲他和那两个团长说："五日之内，我拿五万大洋来接师座回去，您看成吗？"沈德江却像早已想好了砝码般地说："三日之内，十万大洋。从明日开始计时。"

三日之内十万大洋？连他身边的那两个团长都觉这是故意刁难之举，可祖盛却一口应承下："好！君子一言，驷马难追。苍天在上，你我兄弟在下，三日之内我必拿十万大洋前来换人，不管是谁，如有反悔，天诛地灭。"嗬，好家伙，誓发得挺狠哪。直到此时沈德江仍是不信，就凭他，能在三日之内取出十万大洋来霸县换人？这是什么年头？有十万大洋谁还救谁呀？早跑得无影无踪啦。他手往桌子上一拍说："一言为定，如有反悔，天诛地灭！"祖盛二话没说，敬了个军礼，又一抱拳，飞身上马直奔沧州而去。

回到师部，祖盛将经过讲述给参谋长和柳团长，并告诉他们，师座说目前最好的办法是渗透。参谋长一听立即明白了师座的意图。好在师座还算安全，他们为之庆幸。可这十万大洋咋办呢？那不是吹牛吹出来的呀。祖盛告诉他们这件事交由自己办。参谋长仍不安地问祖盛："侍卫长啊，这可是关系师座性命的大事呀，你果真能在三日之内弄到十万大洋吗？"祖盛一拍胸脯对参谋长说："你就放心吧参谋长，就是砸碎了这身骨头，三日之内我也定会把这十万大洋抬到霸县。"

参谋长一听豁然开朗，拍了拍祖盛说："有你这句话，师座性命无忧矣。别的交由我来办吧。"祖盛在特务连挑选了十名精干的战士，配上长短枪，趁夜色正浓直奔关外而去。望着祖盛远去的身影，参谋长与柳中林商量后，手写两道密令，让特务连二排长和三排长带着密令连夜潜入霸县。尽管布好了局，可参谋长知道整个局中灵魂所在还是那十万大洋。如果没有这十万大洋，一切都是海市蜃楼，悬于空中。

一路星夜兼程，第二天下午祖盛带人进入关外盘山地带，在一片广阔的芦花荡里寻找着路径。祖盛是个记忆力极好的人，他仔细地回忆着当年王三发领他来看宝时的路线和方位。他知道这一箱财宝的价值绝不低于十万大洋，他一定要先拿到这笔财宝，再找王三发兑换出十万大洋，救师座于危难之中。就这样，寻哪，找哇。

最后，祖盛终于在一棵老槐树下停住了脚步。他骑在马上转了转，警觉地四处看了看，认为应该没有问题了，便指着一个地方对手下说："就在这个地方挖吧。"

几个人挥锹动锄，不一会儿挖到了一个铁箱子般的东西，大家感到非常兴奋，像找到宝藏般告诉祖盛找到了，找到了。祖盛让他们打开，可掀开一看，却是个空箱子，大家都傻眼了，祖盛也傻了。他知道一定是自己走后，王三发把财宝取走了。这可怎么办？自己在师座和沈德江面前已打下包票，三天之内带钱回去，要是空手而归，叫人笑掉大牙是小，师座的性命可如何是好？短短几分钟却把他急出一身冷汗。他把心一横，一不做，二不休。既然来了，就休想让老子空手而归。他问手下的弟兄敢不敢跟他要钱去，几个人忙给他打个立正说，听长官命令！好。于是他勒转马头，一行人奔医巫闾山的方向而去。

几年前祖盛便听人说起，王三发到医巫闾山不久便把山南的马世龙给灭了，现在已成为关外一个名传千里叫得响当当的匪首。祖盛不敢迟延，当天晚上便来到医巫闾山脚下，刚要寻路上山，便被几个小土匪持枪拦住。祖盛没有惧怕，毫不含糊地告诉小土匪去禀告他们大当家的，有人拜山。小土匪冲他一笑，心说想见大当家的？你也配？问他你是谁呀？祖盛冲他们一抱拳说，告诉你们大当家的，就说二当家的九鬼魔头前来拜见。说别的不知道，一提这个九鬼魔头，小土匪眼睛立马就直了，冲着祖盛直点头，说你等着，你等着，这就去。祖盛本以为一听说自己前来，王三发会带领弟兄下山迎接他。没想到，不长时间，来了两个小匪首，把他们带到山上。

山寨很大，也很气派。他们被带到聚义大厅里，王三发坐在堂主的虎皮椅上注视着他们。祖盛慢步向他走去，二人四目相视打量着对方，一晃多年过去了，王三发胖了，脸上那道刀疤已由紫红色变成了黑色，显得更加凶狠，更加恶毒。王三发慢慢站起身向祖盛走近，张开双臂将他紧紧地抱在怀中说："兄弟呀，多年不见，你什么时候又换上这身衣裳啦？当年你不辞而别，让哥哥我想得好苦哇。"祖盛一听深受感动，毕竟兄弟一场，人非草木，孰能无情，他侧过头去，两行泪水滚洒下来："大哥呀，勿怪小弟，所谓人各有志，再说小弟乃有家之人，只能如此呀。"说完，王三发冲他点了点头，大手一挥，将他引进旁边的大厅，里面已然摆好了酒肉，只等入席。

点亮松油火把，满山喜气洋洋。如今的王三发已不再像当年求祖盛来医巫闾山拜马世龙借山北时的样子了，如今手下六七百人分布在盘山、黑山、辽阳一带。他是总把子，只要一声号令，手下人会立即从命而来，帮他打杀平叛。从相见的第一刻祖盛便感到，王三发深沉了，老练了，已远非当年那个说打就捞的土匪了。

摆好酒肉，分好座位，大家开始为当年的二当家接风。席间王三发给祖盛讲述他灭掉马世龙的光辉战绩，讲述这几年如何扩充势力，抢占地盘的趣事。最后问起祖盛为何身穿军装，这几年到底都做了什么。既然来求人，不能说假话。祖盛便把这几年的遭遇讲给了王三发，同时告诉王三发他遇到了恩人，要报恩，所以也将这次来取宝的事情说给了王三发。

王三发一听愣住了，没有像祖盛想的那样痛快地表态。祖盛顿感此事不像想的那样简单。几大碗酒落肚之后，大家脸都红了起来，王三发终于开口了，他告诉祖盛："不是哥哥我说话不算数，也不是我心疼财宝。要是你自己拿走，哥哥我二话没有，可你要把这些财宝充什么军饷，这不是开玩笑吗？这兵荒马乱的年月，谁认得谁呀？什么国不国家？军不军队？和咱有啥关系？咱吃苦受难的时候，谁管咱啦？再说，那些东西，也是哥哥我提着脑袋在枪林弹雨中抢到手的呀，怎么能白白地送给旁人呢？你忙乎半天不过是个小侍卫长，有啥出息？依哥哥我之见，不如跟着哥哥我，咱就在自己地盘上，吃香的喝辣的，愿意抢咱就抢他几天，抢不着咱过下半辈子也绰绰有余。要不你把这箱子财宝拿回家去，我二话没有。但你充什么军饷哥哥我是坚决反对。"

祖盛听着他的话，思考着如何答复，他觉得王三发说得不无道理，于是对王三发说："大哥，别看我一晃走了这么长时间，可说真的，我心里有你。咱毕竟最后一个头磕在了地上，不然当年我也不会冒死来医巫闾山争这块北山哪。为什么呀？因为你是我大哥呀。如今我那位大哥当了人质，我怎能袖手旁观？平日里他待我亲如手足，我仍要像当年为你奔波那样帮他解危难于水火。"王三发听着祖盛的话也觉有理，但也有酸意，不满地说："那位大哥，有本事也不至于叫人抓着当人质。"祖盛笑了："天有不测风云，人有马高镫短。本事不本事咱不提，但这个情字，义字，咱不能不讲。我说过，我是关公，他是刘备，我得保着他呀。"

"你是关公，他是刘备，那我是谁呀？"王三发一副没弄明白的样子。祖盛看了看他嘿嘿一笑，说："你是张飞呀。"听了这话，王三发瞪起了眼睛问："你是关公，我是张飞，你还得拉着我去保他？不不不，赔本的买卖我可不干。我说了，这年月我只保我自己。我还是那句话，你回到哥哥我身边吧，哥哥我想你，也需要你呀。要不这么着，我可以给他拿点钱去，但条件是你必须留在我这儿。你看行不行？"祖盛真的犯难了，时间一刻一刻地过去，此时他心如火焚，如果说不通王三发，拿不到钱，自己如何复命？可眼下明摆着王三发就是不肯给他这笔钱。

祖盛的脸子渐渐阴沉下来，王三发也感到了祖盛的不悦。他想了想对祖盛说："哥哥好话也算说尽了，难道你就这样非要替那个狗屁大哥去卖命？"祖盛毫不迟疑地点了点头。王三发叹了口气说："财宝是弟兄们的，我也不能自己说了算。实在不行咱就按道上的规矩办吧，也算我对弟兄们有个交代。"祖盛问他什么规矩，他两眼直勾勾地盯着祖盛说："从油锅里把玉璧捞上来。"祖盛一听顿时感到周身发麻，他王三发竟能想出这种捉弄人的办法。祖盛横下心说了句："好哇，我捞！"

门口架起一口大锅，里面热油煮得沸沸扬扬，冒泡的声响都听得一清二楚。王三发在大锅旁向弟兄们说了二当家为救他上司，要以从油锅里捞取玉璧为代价，换取一笔钱。大家听说九鬼魔头为救人要从油锅里捞玉璧，不免为这一壮举称道，虽觉非常新鲜，却更替他担忧。这一手下去，一条胳膊也就没啦，大家在道上听说过这样的事，可还从未亲眼见过。今天二当家的沸鼎取物，可算关外道上一件罕事。祖盛跟随王三发慢步向油锅旁走来，王三发将一块十分漂亮的玉璧抛进沸腾的油锅里。

清亮的玉璧在油锅下依稀可见，可滚开的油沸腾翻滚也令人恐惧。祖盛慢慢走近锅边，他心想，听人说过，捞这种东西，眼力一定要好，动作一定要快，可是再快，他的一条臂膀叫油炸后也算是废了。此刻他闭上眼睛想得很多，想起了师座，想起了九红，想起了身边那样多的亲朋友人。他慢慢地睁开眼睛，把牙一咬，心一横。眼睛盯准了锅下的玉璧，举起右手，猛地抄手下去。就在他手快接近油锅的瞬间，王三发有力的大手一把将他的手抓住。他眼含热泪抱住祖盛说："兄弟，你这是怎么啦？中了什么邪啦？咋啥事都敢干？哥哥我服你啦，我这回可真是服你啦……"

说着，他拉着祖盛的手往回走，可当他抬起头看祖盛的时候发现，此时祖盛的一双眼睛已变得血红血红，那样恐怖，那样吓人。什么都不用再说，要多少钱给多少钱。王三发望着祖盛，说："既然你决心已定，哥哥我也留不住你啦。我是匪，你是兵，好在我在军中也算有个兄弟啦，吃不准哪天遇到枪长刀短的时候，你和你那个刘备还得保哥哥我一条性命啊。"缓过神来的祖盛笑了："这话可算叫你说着了，人生何处不相逢？连你都没想到兄弟我几年后还会来此拜山吧？"二人一碰碗哈哈大笑起来。

酒越喝越高兴，王三发忽有所思地问祖盛："听兄弟们说你曾在医巫闾山唱了一出关公戏，把马世龙给镇住了，才逃过一劫？是真是假呀？哥哥我倒是想看看你这出戏呀兄弟。"祖盛说："大哥呀，时间有限，我临出来时曾说三天之内带钱交差。不连夜走我担心三天之内赶不回去呀。"王三发笑了，说："不会误事的，班子我都给你请好啦。"他一拍巴掌，一个戏班子的人走了出来，祖盛一看，还是当年那个老头领的那个草台班子，便一拍大腿哈哈大笑起来说："缘分缘分，真是缘分。"那个老班主走过来仔细瞧了瞧祖盛，立马冲着在场的人竖起大拇指说："神，活关公！"

就这样，祖盛这天夜里又在山上给王三发和他的手下唱了一出关公戏，他的神武和威风给王三发和山上的弟兄留下了深刻的印象。大家不停地竖起拇指称二当家戏唱得好，唱得棒。唱完大戏已是星光满天，王三发打开寨门亲自护送祖盛来到山下。又要告别啦，王三发拉着祖盛的手有些难舍地说："兄弟呀，年景不好，此一别不知何时相见啦。"他说完一摆手，手下的兄弟抬出八个大箱子放在了祖盛的面前："这是十万大洋，你带回去交差吧，哥哥我也算是用它买一块免死牌，万一哪天有灾有难，你可千万别忘了这儿还有个张飞呀。"祖盛冲他一抱拳，说："大哥放心，虽说你我弟兄分分合合，只要有什么难处，给兄弟我捎个信，我定当竭尽全力。"王三发给他们准备了三辆马车，将大箱子抬到车上，为防止出事，他又派了十几个弟兄，身配长短家伙跟随着祖盛的队伍出发了。

晓月关山，苍林风吼。关外山野到处能听到狼吼的声音，特务连和王三发的兄弟都睁大了眼睛，紧盯着前方，二十几人护送这十万大洋警惕前行。出了山海关后，他们才放心几分。夜色将尽，天色渐渐朦胧，就在快进入霸县的时候，一队人马突然出现在他们面前。好在祖盛他们大多军人着装，即便是王三发的人也身着青色裤褂。一个当官的走到他们近前，以检查为由硬是要打开车上的箱子。祖盛一想这肯定不行，如果他们发现这车里装着十万大洋，肯定是不会放他们走的，弄不好会要了他们的性命。于是他走上前，告诉当官的说自己是驻扎在霸县第四师的人，他们是特务连的，在执行一项特别任务，所以箱子不能打开。

说着，祖盛从手下的手里取过一个小包裹交到这个当官的手中，当官的用手一掂，知道里面足有百块大洋，便暗笑了两声，转身突然拔出手枪对准了祖盛，那些手下也稀里哗啦地推上枪栓对准了他们，与此同时祖盛带领的人马也拔出手枪对准了对方。双方僵持在一个小山坡的旁边，互相叫嚷，相互恐吓，就差扣动扳机一声枪响了。正这时忽听不远处一声清脆的枪响，见一队人马从山坡的另一边奔他们僵持的地点疾驰而来。再近点的时候，便听到柳团长的叫喊："不许开枪，都把枪放下，不许开枪……"这时祖盛像见了救星一样，一屁股坐在大车之上，站不起来了。

由于祖盛要办的差事重要，参谋长放心不下，便命柳中林在祖盛走的第二天带人在五十里外的霸山口接应祖盛。柳中林在此等了足足两天，今天终于等到这支队伍，却见他们在山口与人发生了冲突，便疾驰而来，他们是团里的轻骑兵，清一色的快马短枪，且个个手脚干练，冲过来后便迅速包抄了对方，下了对方的家伙。经一打听，原来是二师驻守在山海关的队伍，也是出来打食找事的一个小队。柳中林让人赶着大车先行一步，祖盛取出一百大洋交给王三发派来的十个人中的一个小头头，对他们的护送表示感谢后，让他们回关外医巫闾山去了。

一个时辰后，祖盛把枪械交还给二师的人，他们骑上马向大车行进的方向追赶而去。柳中林和祖盛坐在大车之上好不欢喜，这一趟行程真可谓险情不断，逢凶化吉。柳中林拍了拍身边的大箱子问祖盛："这里真的都是大洋？"祖盛笑着说："那哪敢含糊？不是大洋我还能回来吗？"柳中林咂了下嘴说："我说你到底是干什么的？我咋就越来越弄不明白你了呢？"祖盛说："不急，总有你弄明白那天的。"

三辆大车渐行渐近，抬头望去，霸县城墙清晰可见，祖盛乐得已合不拢嘴。柳中林拍了他一下说兄弟，趁现在没外人，给哥哥我来两句。祖盛一听，说这个行。于是他站在车上扯着嗓子高唱起来："昔日里有个三大贤，刘关张结义在桃园……"随着这清脆而明亮的唱腔，城门渐渐展开，城楼上站着副师长和两个团长正手举望远镜向他们这里观望。越走越近，大车终于来到城下。祖盛冲城楼上的师团长们高喊："长官，大洋到啦，请下来验货吧。"

二团长耿彪骑着一匹白马带着卫队向他们缓缓而来，来到近前围着几辆马车转了两圈问祖盛："这里面装的都是大洋吗？"祖盛向车旁的几个士兵一挥手，他们拿起家伙撬开箱上面的盖子，白花花的大洋立马闪现在他的面前。耿彪脸上顿时惊现出欣喜的表情，他骑马过来哈下腰从箱子里捞出一把大洋，举在空中一撒把，哗啦啦的大洋掉进了箱子里。他冲城上挥了挥手，点头示意没有问题。副师长让传令兵冲他们打了几个旗语，示意他带着几辆大车进城。

哎？那怎么可以？祖盛不干了，既然把大洋拿来了，必须把师座接出来，这是起码的条件。此时祖盛心急如焚，他担心沈德江见财起意会下黑手。可他见柳团长和耿团长却对上面笑嘻嘻的样子，这是怎么回事呀？难道他们……正思忖间，只听城楼上一声清脆的枪响，紧接着副师长沈德江从城墙上栽了下来。在一阵骚乱后，城上又冲他们挥舞了一番旗语，耿团长冲柳中林和祖盛一摆手说：“欢迎回到四师。”

原来就在祖盛走的当天，特务连的两个排长带着参谋长的密令潜入霸县，当夜找到二团长和三团长，将密令交与他们。密令让他们在三日后，侍卫长带十万大洋到霸县时，即刻除掉沈德江，迎师座重掌四师。两个团长接到密令后便进行了私下的联络，也觉得如果真取来十万大洋，再跟随姓沈的蹚这浑水实在不值。他们便在身前身后安排好了人手，等待时机动手。方才城上的确见到下面已取来十万大洋，三团长便给身边的人使了个眼色，一枪结果了沈德江。大家都觉得这是最简单的方式，也是对所有人最体面的方式。

祖盛的传奇经历一时间成为军中的佳话。特别是下面的官兵，将这位平日里总是嘻嘻哈哈的侍卫长传得跟江湖大侠一样。后来又说不是江湖大侠，是活关公。不久，一团长柳中林便接任了副师长职务兼一团团长，祖盛被破格提拔为一团一营营长。从一个副连级的侍卫长一跃而成营长，这简直就像玩笑，但全师上下没一个人反对，因为大家都知道这个人很神，也非常有能耐，所做出来的事都是人们连想都不敢想的，当营长都小了，应当当团长。他还会什么，还有什么能耐，大家还不知道，有这样的人当官不是什么坏事，官当得越大越好。

一天夜里，祖盛被马占魁叫到师部，二人沏上茶坐在沙发上像从前一样聊起天来，只是这次马占魁聊得更多的不是部队，而是少时的家乡，离别的亲朋。他忽然话题一转问祖盛：“一晃你跟了我也已几年啦，跟我好好说说，你到底是干什么的？都做过什么呀？”望着师长坦诚而睿智的目光，祖盛知道是该跟师长交底的时候了，便一股脑儿地将自己的人生经历全部告诉了马占魁。马占魁听后并没有什么震动，好像这些早已在他的预料之中一般。他问祖盛：“你说你这么大的能耐，还非跟着我跑这儿遭这份罪干什么呀？好好在京城唱戏不是蛮好吗？"祖盛对马占魁说："师座呀，如果能平平稳稳地在家唱戏，我也就不出来啦，我是在唱戏的舞台上叫人家给抓住的。"

马占魁叹息一声："怪只怪年景不好，尤其是这兵荒马乱的年月。不过这回你什么都不用再担心啦，可以挺胸抬头，骑着高头大马衣锦还乡啦。去看看父母，亲近亲近妻儿。"祖盛摇了摇头，说不行，至少现在还不能回去。马占魁问他为什么，他说他有未竟事宜，只有办了这件事之后，才能回家。马占魁望着他问是什么事，需不需要他的帮助。祖盛笑了，说这件事还真需要师座上心，否则小弟真就力不从心。马占魁问他什么事，祖盛告诉马占魁，他一定要找到左思承，要惩罚他，还陶姑娘和弟弟一个公道，同时从他手里把爹那把青龙偃月宝刀夺回来，才能给家人一个交代。马占魁毫不含糊地一拍桌子说："没问题，你的事就是大哥的事，我马上打听此人下落。"

就在马占魁打探到左思承已投直系部队的消息后，他着手让祖盛带特务连的人偷偷拿人。部队马上开拔西北临潼一带集结待命。尽管如此，祖盛还是按照马占魁的命令，让小六子带领特务连的一个班，潜入唐山一带，秘密监视左思承的动向，伺机行动。经过几番历练的小六子如今已非等闲之辈，他已荣任特务连一排长，满脑子鬼点子的他告诉祖盛："大哥，你就放心地去，寻找青龙偃月宝刀的事就交给弟弟我啦，别看他副不副参谋长的，只要在你弟弟我这儿挂上号，那他就跑不了啦。"祖盛笑着拍了拍自己一手带出来的兄弟说："那就拜托你啦，抽时间回趟京城替我看看你嫂子，说我想她。"

祖盛随大部队开拔后，六子便带一队人马奔唐山而去，没几天，便打探到三师师部和左副参谋长的住处。他带人在房前屋后转了两天，认真观察动向。贴着山边一座不大的小楼，里面常出入一个女人和用人，左思承一般在晚上七八点钟回来。第三天晚上七点多钟，左思承在卫兵的护送下回到了家里。头发油光光的他，在一个姑娘的服侍下，宽衣解带，走进浴室泡澡去了。他每天回来必须好好泡一个热水澡，缓解一下一天的疲劳，之后要与女人好好地缠绵一番。他喜欢用热毛巾把水浇到头上的感觉，那样会使他回想起童年时母亲给他在大盆里洗澡的情景。时光过得好快，好快，一晃这么多年过去啦。

热水一遍一遍地冲，他感到舒服了很多，便走出浴缸，换上睡袍，推门而出。当他推开卧房门的时候，忽然傻眼了，自己的女人嘴里塞着毛巾被赤条条地绑在一把椅子上，旁边站着几个身穿黑衣的人。当他转身欲跑的时候，已经来不及了，一只大手猛地擒住他，并迅速地将他捆绑起来，他刚要大叫，一条毛巾塞到嘴里，任是怎么哼哼也喊不出声。他仔细打量着这伙人，从上到下黑衣黑裤，黑布缠头，是一伙贼的样子。他满眼冒出怒火，心说这伙贼人胆子不小，胆敢来碰你家爷爷。

一个坐在椅子上的小个子头不抬眼不睁地摆弄着手里的小刀子，仿佛猜透了他的心思一样说："怎么着参谋长，看样子你是有点不服哇？按理说你是兵，我们是匪，井水不犯河水。可我们听说你有一件稀世珍宝，我们不能不来呀，这乱世之秋唯宝是真，所以特来拜访。我们也不想难为你和你的女人，只要你乖乖地把东西给我们，咱们大路朝天各走半边。如若不然，这想不到的苦你是吃不起的。"听了他的话，左思承不忿地把头一仰，那意思是说爱怎么着怎么着，没有半点想配合的样子。小个子抬起脸看了看他轻蔑地一笑："还死硬，不见棺材不落泪，不到黄河不死心哪。"他冲身边的人一歪脑袋，两个人把他的女人架了出去，只听这个女人在屋外不停地哭喊起来，这使左思承怒火中烧，他拼着命挣脱着身子表示愤慨，可根本没用，除挨了两记响亮的耳光外什么也没再得到。

小个子见他仍不驯服，便站起身走到他身边对他说："姓左的，识点趣，早说晚说都得说，早给晚给都得给，何苦非要吃这苦头？"左思承用轻蔑的目光盯着他，分明是在告诉对方，有朝一日他饶不了他们。小个子乐了，说："你也用不着不忿，等你想抓大爷我那天，你的骨灰都不知扬哪儿去啦。来呀。"话音未落，上来两个人把左思承绑到靠墙的椅子上，小个子从旁边人手中接过一把利斧，用手摸了摸斧刃，向那上面吹了口气，并将左思承的左手拽出来按在椅子的扶手上，目光锐利地看着左思承，说道："现在我问你话，你点头便算是，摇头便证明不是。我现在问你，那把宝刀在哪儿？你交不交给我？"左思承根本没怕他们的恐吓，用鼻子哼了一声转过头去，表示出不服不惧、不屑一顾的样子。

忽见那人手起斧落，左手掉在了地上，只见左思承痛得一下子蹿起身，却被两个大汉按下。鲜血顺着他的胳膊直流，他疼得五官挪位，眼中也快冒出了血水，汗也一下子流了下来。小个子却显得平平淡淡，好像什么也没发生过一般看着他问："怎么样？这回知道疼啦？我再问你一遍，那把宝刀你交是不交？"左思承疼得没有表态，小个子又把他的另一只手拉在椅子的扶手上看着他问，还死硬是不是？当他再想举起斧子的时候，只见左思承急切地用鼻子大哼起来，目光中也充满着乞求。小个子问他，点头还是摇头？左思承急切地点着头。小个子将斧子往地上一扔，说："这不就结了，何苦费这事。"

第
三
十
章

衣
锦
还
乡

　　月缺月圆，人聚人散，星移斗转，往事如烟。一晃又过了些年，除小六子带些东西偷偷回来探望过两次，祖盛一直没回来过。墙壁上长长短短、深深浅浅的杠杠已划痕无数，可还是没见祖盛归来。归来不归来，这都已成了霍九红的一种习惯，虽说她不再像从前那样每划完一道杠杠便怀着把头探出门外去的冲动，但她还是刻画着，记录着自己每一天的企盼和惦念。

　　九红不再唱戏，也不练功，她觉得自名声被洋人玷污，祖盛当了土匪又叫人在舞台上抓起来之后，自己的舞台生涯便结束了。那个曾在京城舞台上人人追捧的粉黛佳人，已随着往事被风儿吹得烟消云散。她现在所惦记的就是一件事，把祖盛盼回来，和她一起带着儿子好好活着，好好过日子。世界上所有荣华富贵，所有虚荣幻想再与她无关，什么也比不上好好活着。

　　陈家班不仅变得消沉，且渐渐败落。为了改变这种局面，陈班主也曾做过努力，尝试着重振陈家班昔日的威风。可是没有用，他的戏码再张贴出去的时候，已引不起人们的兴趣，台下不到三成座，稀里哗啦几声掌，连他自己都不愿再在这个舞台上站下去。卸下关公的行头，脱去脚下三寸厚底，他坐在椅子上哭了，哭得好委屈，好伤心。堂堂一个国剧高人，今天竟沦落到如此地步，在天的关二爷会笑话，面对死去的慈禧都觉汗颜。

散戏后，陈琏琨慢慢推开场子的大门，迎着微凉的夜风向家走去。他老了，满头白发，目光迟滞，反应缓慢，行动笨拙。知情的人都知道，丢失了那把青龙偃月刀，对他是致命的一击，使他一蹶不振。对于陈琏琨这个名字，梨园人也好像懒得再提起，那个曾经风光无限的艺人，那个曾被慈禧誉为京剧名伶、得了许多耀眼珠宝的人，已成为明日黄花，不值一提了。新一年梨园人的拜年盛会，竟没有人通知他，仿佛这个艺人已经没有了与大家相会一面的资格。

梨园人的拜年会已延续多年，这里不仅是梨园人年终岁尾的见面机会，更是要靠梨园界有名望有财力的大家，或再找些梨园的爱好者出资出物，为那些年节前经济状况不好的梨园朋友提供些必要的生存用物。有意思的是，岁月在变，容颜在变，可喜爱京剧的那些人的情趣却始终未变，他们仍是那样痴迷地喜爱着京剧，推崇着他们心目中喜欢的好角儿。万鑫魁仍是不惜花重金前来支持梨园界的拜年会，他身边仍携着一位年轻漂亮的女子，是那样漂亮，那样娇媚。这不禁使人们一下子想起了当年的霍九红，她是那样才貌双全，独秀于梨园。是呀，九红现如今怎么样啦？

霍班主也应邀前来参加拜年会，虽说时代变化，新人辈出，可他却心有不甘。他自认这些靠推出来、吹出来的角儿没什么真本事，照他这样一板一眼、一脚一腿练出来的还相差甚远。他反对人们对陈琏琨的编派和非议，他对那些说俏皮嗑的人说："自古老猫房上睡，人们一辈看一辈，谁都有老的一天。"他更反感人们提及他的女儿九红，因为这是他一生的痛楚。好端端的一个闺女，自她认命于陈家后便再没得好，可又没办法，谁说也不行。现如今像个用人般在陈家伺候公婆，这怎么能行？长此以往不就完了吗？别看现如今捧出来的这个衫那个旦的，论本事比起九红那是天壤之别。他渴望女儿走出人生低谷，能有更好的生活。

霍家毕竟三世梨园，在京城有着广厚的人脉。即便是今天，论唱戏也还能有点自己的观众和戏迷，虽说不再大红大紫，却也自得其乐。对于陈家他始终怨恨在心，可随着岁月的流逝，特别是这些年陈家不停地遭灾受难，他心里也就慢慢地放下了一些旧日恩怨，毕竟叫一声儿女亲家。对于陈琏琨的潦倒，他有些痛心，因为他懂，他知道陈琏琨是好角儿，戏里的东西好，玩意儿好。可怎么一改朝换代，他就不灵了呢？这天他派人叫女儿九红带着思明回家一趟，一是他想女儿和外孙了，二是他也很想和女儿像过去那样，把心底不愿和别人说的话好好聊聊。

九红见了父亲既没有了昔日的亲昵，也没有承受苦难的意愿，她显得平淡，显得冷漠。亲不亲，隔辈人，霍班主见了外孙格外亲切，逗玩了一阵后，便让夫人领着霍思明到后院玩去了，把女儿留在客厅。他疼爱地将了将女儿的秀发，却发现已有些许银丝掺入黑发之间，一股悲凉袭上心头。孩子呀，你怎能承受得了如此苦难？你不应该承受这种苦难哪。他又不能多说，他知道他是不能当着她的面谴责陈家的，特别是对那个当了土匪头子的丈夫，一说，女儿就翻脸，少则十天八天，多则一个月也不回来一趟。

老班主问女儿还练不练嗓，还练不练功，女儿报之一笑作为答复，仿佛答案是那样不值一提。他又问女儿，陈班主现状如何，女儿很悲观地摇了摇头，两行泪水滑落下来，父亲知道女儿心中一定是有苦说不出。霍班主拉起女儿的手，说："孩子呀，想哭你今儿个就痛痛快快地哭出来，这是在自己家里，在爹的面前。"话说到这儿，九红再也无法控制自己的泪水，她痛彻心扉地倾泻下泪水，她说她想象不到世间会有这样大的变化，想象不到思念会有如此绵长的痛苦，想象不到人情冷暖会有这样大的差别。

老父亲感到终于可以和女儿认真地对话了，他对女儿说："孩子呀，我们演了一辈子戏，看了一辈子戏，看的到底是什么呀？不就是世界的变化，人世间的人情冷暖吗？真正的舞台是社会，真正的戏剧是人生，真正的好角儿是我们自己。这出戏演好了才能在舞台上绽放，自己都没演好自己，怎能在台上成为好角儿？就拿你公公来说吧，戏唱得好不好哇？好！你爹不是他的对手。可唱来唱去怎么不灵了呢？原因是他自己人生这出戏没唱好。一个活关公，唱成了守财奴，遭到了人们的编派和非议，致使家人离散，家境败落，想再唱戏都没人看，就连梨园界这么一个小小的拜年会人们都不情愿让他参加。当然，梨园人有梨园人的偏见或是妒忌，可你公公的话把毕竟落在人家嘴上啦。唉，这便是天大的讽刺。"

他想了想又接着说："琏琨也好，我也罢，毕竟是这个岁数的人啦，可爹现在想的是你呀孩子，你不能就这样无声无息沉沦哪。"九红擦去泪痕，叹了口气："我还能怎么样？家境败落不说，时代也过去啦，看戏的这些人我太了解啦，追新追变，翻脸翻得比翻书都快。再说新一辈，什么时装戏，连台本戏，花样翻新，看得我都眼花缭乱，难以应付，我都什么岁数啦。"霍班主一听不认同地摇了摇头："你才多大岁数，四十多岁不正是唱戏最好的年华吗？爹像你这个岁数的时候正是唱戏最卖座的时候哇。再说我们霍家三世梨园，不能到你这一辈就销声匿迹啦孩子，你得振作精神，重整旗鼓，华丽转身，在人生的舞台上完成你最叫得响的佳作才是呀。"

听了父亲的话，九红如听天方夜谭般笑了笑问父亲："您认为我还能华丽转身？"霍班主坚定地说："能！为什么不能？这个世界上只要想做的事，没有做不成的，别说是你，就是陈琏琨要做，也能，只是看决心罢了。但我更希望是你，因为你是爹一生的希望，是霍家一世的寄托呀！"

一番话说得九红心里发热，她知道父亲的爱，父亲的心思。她此时无言以对，站起身想离开，却被父亲叫住。父亲问她祖盛怎么样了，那边有没有信。九红摇了摇头，说前几年还捎过信，这两年没个动静。霍班主叹了口气，说："军务缠身，不得自在，这也在所难免。不过话说回来，他的戏能唱到如此程度，的确是爹没想到的。如果不是他有人命在身，京剧舞台上又多一个难得的人才呀。"九红说："可能正是因为这个原因，所以他不轻易露身，这也是情理中的事情。"

父亲告诉女儿："是福不是祸，是祸躲不过。世界上的事和舞台上的戏没差多少，走到哪步演到哪步，该出场的时候他才能出场，轮不到他上场的时候哇，你就是把锣敲破了，他也出不来。祖盛上场的时候哇，还在后头。"

话是开心锁，从父亲家出来，九红的心情好转了许多，她已好久没将闷在心里的话一吐为快，也很久没有得到如丝雨般的好言抚慰。出得家门，她发现不远处坐着一个人仿佛正定定地看着她。什么毛病？她放眼一瞭，不由得一怔，原来万鑫魁正一步步向她走来。霍九红转身欲走，可已经来不及了，两人相距已不到五六米，如果回避反倒叫人家笑话。

九红故显满不在乎地缓步向前，被万鑫魁唤住。万鑫魁是听人说了霍九红的境遇才来看她的，见九红一副不在意的样子顿觉心痛。他痛恨陈祖盛，怜悯霍九红，可见了面又不知该说些什么。他问九红近来好吗，霍九红大大方方地说很好。万鑫魁侧过脸去笑了笑，说："那就好，找个地方咱们好好聊聊吧。"九红说："不必了，万一日后让我家祖盛知道了会有误会。"万鑫魁说："你就那么喜欢你家的陈祖盛？"九红顿显很不高兴的样子，说："你这是什么话？那是我男人，是我丈夫。"霍九红白了他一眼接着问他："还有没有事？没事我回家啦。"

九红转身欲走，被万鑫魁拦住。万鑫魁把一撂钞票递给九红，说："这些钱你先拿着，如果不够随时派人到我那儿去取。"九红忙躲闪一旁说："这可不行，我男人知道会误会的。"一句话把万鑫魁说火了："你男人，你男人，就没有别的话说啦？"可没想到霍九红的火更大，她绷起脸冲万鑫魁怒吼一声："没有！"说完转身奔陈家的方向走去。万鑫魁手拿着钞票尴尬地站在那里，遥望着一步步远去的背影，自言自语："没想到，真的没有想到哇。"

回到陈家后，九红依旧操持家务，尽心尽力地伺候公婆。此时陈家的饭桌上再也没有了玉白翠绿的排场，再也没有了壮力的鹿筋、养颜的鲍翅和随口能嚼上一嚼的风干驴肉。除几样简单的小菜，便是百姓家常的小炒。过哪河，脱哪鞋，什么时候说什么话，到什么岁月过什么活。一家人都显得甚是消沉，除婉秋仍在院子里比比画画地唱上几口外，仿佛一天都听不到什么动静。

一天，祖德从外面回来，手拿一份报纸对大家说，马上又要打仗了，弄不好这次会殃及京城百姓，咱家里也要早做打算。陈班主不在意地笑了笑，说："殃及什么？咱不过一介草民，谁来了咱们也是唱戏吃饭。"祖德叹息了一声："唉，商女不知亡国恨，隔江犹唱《后庭花》，军阀割据，军阀混战几时休哇。"说着摇着头回屋去了。乌夫人望着小儿子不禁一阵阵叹息，多好的材料，不在舞台上唱戏都对不起老天。父亲望着老伴说谁都不怨，要怨就怨这个世道，这哪是好好唱戏的世道哇。

隆隆炮声，滚滚硝烟，所经之处，狼藉一片。在整个民国时期，中华民族都在经历着战乱带给它的痛苦与悲伤，流离和灾难。物价飞涨，朝不保夕，财宝都叫歹人抢跑了，祖盛托人捎来的钱也渐渐花光了，乌夫人已经将家里的积蓄都拿出来派上用场，仍捉襟见肘，入不敷出。九红常常回霍家取些东西补贴家里，这使陈家夫妇很不自在，不免有些难堪。回想起当年欲争出个活关公，两大家明争暗斗，甚是好笑。

就在陈家陷入人生低谷的时候，一队人马开进了京城西郊，一个威风凛凛的军官骑着高头大马在陈家门前停下，抬头望着一片寂静的院落不禁感慨万千，他不是别人，正是陈家人期盼已久的陈祖盛。此次他代表西北军参加了战斗，并荣立了军功，晋升为四师一团团长。此次战役结束，途经故里，军长马占魁破例给他放了一个月的假，让他好好看看父母，疼疼妻儿。

这次他没再推辞，带着小六子和特务连的一个班回到了京城。祖盛跳下马，来到曾是那样熟悉的大门前，一个卫兵准备前去叫门，被他拦住。祖盛轻轻地敲响大门，在他的记忆里，这个大门是那样金贵，是当年大太监李莲英敲过的大门，是好角儿陈琏琨的宅子。门被打开了，开门的是婉秋，乍见一位军爷站在面前她没认出来，一队兵马站在门口更使她有些胆怯，可这位军爷是那样笑容可掬，再仔细一看，大呼一声："大哥，可把你给盼回来啦。"她回身冲院子里大喊："大哥回来啦，大哥回来啦！"

这几声呼喊，对于苦难中的家人来说，简直就是乾坤之震荡，惊魂于瞬间。大家纷纷跑到屋外，看傻了眼直勾勾地盯着他。忽然，九红像撕破了嗓子般大喊一声"祖盛"，猛扑过去，将他紧紧地抱在怀中。泪水伴随着哭声不停地洒落在他们的胸前，父亲、母亲、弟弟却略显陌生地站在那里看着他。是对这身戎装的质疑，还是离别得太久有几许陌生？莫不是他们压根就不相信自己还能回来？祖盛走到母亲的面前，跪在地上给母亲磕了几个头，之后对母亲说："娘，我回来啦，您的儿子祖盛回来啦！"直到此时才听得母亲哇的一声哭喊，她俯下身，抱着跪着的儿子说："娘就说你会回来的，你一定会回来的。"

祖盛荣归故里，陈家再次燃起希望。卫兵门前把岗，马首傲然街头，无人再笑陈家的没落。所谓三十年河东，三十年河西，一时间消息纷飞各处，梨园界很多人也都觉得陈家大公子的传奇人生不可思议。看望了父母后，祖盛来到弟弟祖德的屋里。祖盛见了弟弟很是歉疚，也很尴尬。他拉着弟弟说："哥哥知道这一辈子都欠你的，欠陶姑娘的。是你们搭救了哥哥的性命，多好的一个姑娘啊，却香消玉碎于芳华，哥哥时至今日都难以接受这个事实。"说到这儿，兄弟二人都再难控制感情，抱在一起痛哭不止。

哭了好一阵后，祖盛对弟弟说："祖德呀，所谓人死不能复生，哥哥救不回陶姑娘了，但哥哥无论如何也得给你和陶姑娘讨个说法。"说完，他从随身的皮包里取出一个不大的木盒子，并将其打开，里面是个油纸包着的东西，隐隐散发出一股难闻的腥味。他对祖德说："不能要了他的性命，那会有麻烦，但取了他一只手，算是给他一个人生的教训。"祖德看了立即捂住了鼻子，说："这是干什么？非要这么做吗？"祖盛说："这也并非我意，是手下的弟兄们听说了此事，心有不平，所以才剁掉了他的手，也算是个了断吧。"

第二天，祖盛在弟弟的带领下来到西郊，一片山岭旁，枫林萧萧处，在陶思萦的墓碑前，祖盛跪拜了好久。望着照片上这个冰清玉洁的姑娘，他悲痛万分："多好的芳龄韶华，竟为我陈家香消玉碎，且毫无怨言，怎能不令人惋惜？姑娘虽为女辈，丈夫之气节却令我男儿自觉汗颜，我陈家兄弟将把姑娘情义铭记于心，以不负姑娘之救命之恩。"那天兄弟二人一直在坟前坐到很晚才回到家中。

祖盛回家后，将几年来荣立战功得到的奖赏两万大洋交给母亲一万元，交给妻子一万元。陈家是见过钱的人家，在过去这点钱根本算不得什么，可如今破败的家境忽得如此重金，如沐春雨。望着白花花的大洋，母亲激动得落下泪水，她拍着儿子的肩说："娘早就知道你最顾家，你最疼娘。"她忽然像想起了什么似的拉着祖盛的手对他说："你呀，别光顾着哄我和你媳妇儿，也该好好哄哄你爹啦，虽说你对他有成见，可你不在的时候，他总念叨你呀。"祖盛说:"那是自然,听说爹的心情不好,治爹的病啊,还得我来。"

近些时日陈琏琨仍少言寡语,精神萎靡。他觉得大儿子对他有成见,跟他不亲,特别是在监狱里曾怀疑自己不是他的亲生父亲,使他感到伤心,耿耿于怀,记至今日。他觉得这个儿子像个灾星般地叫陈家不吉利,事总是出在他的身上。祖盛这次回来一头跪在母亲膝下,给母亲磕了那么多响头,也使他心里有说不出的难过。我是他爹,是这个家的主人,可他心里根本没把我这个爹当回事。这天晚饭后,他仍不说话地回到自己的房间,关上门躺在床上,回忆着陈年往事,任思绪在那里畅游,享受着峥嵘岁月里的荣耀。

吱的一声,门被推开了,大儿子的身影出现在陈琏琨的面前。他理也不理地转过身装作睡觉的样子。祖盛走过来悄悄地问了声:"爹,您睡了吗?"老班主哼了声,却没理他。祖盛走过来坐在了他的床边,问:"父亲的身体可否好些?"老班主没加思索地说了句:"倒还死不了。"祖盛笑了,道:"瞧您老说的,儿子这些年虽没在您的身边,可儿子的心是想着您和母亲的呀。"老班主转过头来眯着眼睛看了看祖盛问:"是吗?那我得谢谢你呀。"祖盛说:"爹呀,我知道丢失了那把青龙偃月刀之后,对您老的打击很大,这些事都怪我,给您老给这个家带来那么多麻烦。"父亲听着乐了:"丢了好哇,不然谁都惦着。唉,也难怪,这个世界上哪有猫不惦记鱼的呀。"祖盛听出父亲话里有话,却也没往心里去,仍对父亲说:"爹呀,听娘说您不唱戏了,这怎么能行啊?咱陈家班在京城怎么能不唱戏呢?您老还得振作起精神唱戏呀。"

听了这句话,陈班主慢慢坐起身,靠在床边看着祖盛,说:"陈家不是有你了吗?我还振作什么精神?你如今衣锦还乡,光宗耀祖,要风得风,要雨得雨，还能唱上几出关公戏，你看你多展扬。你爹不行啦，虎落平阳被犬欺，拔了毛的凤凰不如鸡呀！"祖盛听着实在是别扭："看您老咋这么说呢？"父亲嘲讽地说："你也用不着猫哭耗子假慈悲，恐怕你早就等着看我笑话了吧？"说到这儿，父亲的目光开始变得愤怒，对儿子说道："不过你放心，还轮不到你来可怜我。我知道你记恨我，你不是认为我不是你亲爹吗？那好，我今天可以告诉你，我的确不是你亲爹，你的亲爹是霍思纯，连你儿子都姓了霍了，我还能是你亲爹吗？明天你就上霍府认你的亲爹去吧。"

听了这话，祖盛的心快被撕裂一般地大叫一声"爹"，陈琏琨却理也不理地转过头望着窗外说："没良心的东西，我还天天望着夕阳盼哪盼，盼回来的却是这么个狼崽子。唉，可怜天下父母心哪。"说到这儿，他老泪纵横，委屈地哽咽了一阵接着说："唉，说什么都没用，常言道，不行春风，难沐秋雨，算你爹没栽好这棵树，没唱好这出戏罢了，咱父子就到此为止吧。"

"爹……"祖盛又是一声悲痛的呼叫，他泪流不止，抓起父亲的手放在自己的胸口说："爹呀，您是我的亲爹呀，人都说血浓于水，天下哪有父亲不认儿子的道理？虽说您打过我，骂过我，可我心里知道那都是儿子做得不好，那些年儿子给您闯了那么多祸，您还为儿子到处奔走，那把青龙偃月刀都……儿子对不起你……"

陈班主哼了一声说："算你还有良心，那是一把普通的刀吗？不，那是你爹的命啊，你爹现在就是豁出命也再换不回那把刀啦，当初如果不是因为要救你命，你爹就是豁出去死，也不会从香山西坡把它挖出来呀。"说到这儿，他泣不成声，倒在床上像个孩子般大哭不止，是那样伤心。这一幕使祖盛动容，他知道爹说的是心里话，他没有去劝爹，他想让爹好好哭一场，让他哭个透，这样他才能把心里的委屈和郁闷都哭出来。他用手轻轻地拍打着父亲的背，像哄孩子般拍打着。父亲哭了好一阵，好像哭够了，哭累了，便抬起身喘了喘气，望着心疼他的儿子说："不过话说回来，你和九红都救过爹的命，咱们也算各不相欠啦，今后你们过你们的，爹过爹的，咱也别再冤家相聚两不全啦。"

"那怎么能行呢？"祖盛不干了，"这是什么话？什么叫冤家相聚？我还指着和您学关公戏呢，还指着您带咱陈家班在京城重振雄风呢。"父亲叹息地摇了摇头告诉他："没有那把青龙偃月刀，你爹是唱不了戏的。"没有那把青龙偃月刀就唱不了关公戏？天下哪有这样的道理？父亲仍是淡淡地摇着头说："你哪懂得一根绳拴一头驴的道理？"儿子开玩笑地问："为什么是一头驴呢？难道爹说是一头犟驴的道理吗？"父亲冲儿子苦笑了一下，说："你只说对了一半，因为那根绳子是它的精髓，它只见这根绳子才会被人牵着走哇。"他仰望着窗外，仿佛在看远方的天空，多么希望慈禧再帮他找回那把世间罕见的传世宝刀哇。

祖盛像开玩笑似的问父亲："照您这么说，如果儿子要把那把青龙偃月宝刀给您找回来，您就能唱好关公戏了呗？"父亲依旧仰望着远天苦笑了两声说："你找回来？笑话！"祖盛没说什么，他悄声走到门口，将一个长长的木匣子抱到父亲的身旁，放到床边让父亲看。陈琏琨慢慢地转过头，无精打采地看了眼木匣子，不看不要紧，一看眼前顿时一亮，心说这不是我存刀的木匣子吗？他指着木匣问祖盛："这是……这木匣是从哪儿找到的？"祖盛诡谲地笑了笑，告诉父亲不妨打开它看看里面放的到底是什么。父亲望着他，把木匣打开。忽然间宝光四射，那把稀世青龙偃月宝刀安然地躺在里面，仿佛睁开千百双眼睛观望着主人，正期待着他用那温暖的双手去捧起它，去抱起它。陈琏琨大呼一声："哎哟我的宝贝哟，宝贝，我可找到你啦……啊……呜……"

　　陈琏琨抱着心爱的宝刀卧倒在床上，由大哭变成了低吟，嘴里不停地诉说着对它的思念，不停地诉说着老佛爷在天有灵，再次把青龙偃月宝刀送还于他。儿子在一旁听着暗暗发笑，心说："我这个爹呀，心里只有他的宝刀和太后哇。"班主伤心的哭声引来了院里的人，当乌夫人和九红等人也见到班主抱着的那把青龙偃月刀的时候，无不激动地流下泪水，他们为班主终于找到了精神归宿感到高兴。老班主带着泪花望着夫人说："夫人哪，刀，我的刀找回来啦，太后在天有灵，在天有灵啊……"

　　乌夫人走过来用手细心地抚摸着光灿灿的刀头，望着班主，又望着大儿子，说："孩子呀，你可是把你爹救啦，把陈家班救啦。"九红和郑班主父女走过来仔细望着这把传说中的宝刀。闪闪发光的宝刀五颜六色，光彩奇异，这样的稀世珍宝怎能叫他心舍？这还不光是宝石，这里记述着一个班主人生中的光辉岁月和一段大清王朝对他的最高奖赏。

　　人的精神虎的胆。顷刻间，老班主的脸上便和宝刀一起发出灿烂的光彩，再不像几天前一副活不起的样子。他望着大儿子的脸，拉起他的手，无限感慨地说："儿子呀，自从有了这把刀，咱陈家就没落个消停。为它爹打过你，为它爹撵过你，为它我们父子生分得险些互不相认……"说到这儿，他愧疚地流下泪水，接着说："可你没怨爹，还能在这茫茫人世间把它给爹找回来。不说能不能，就说这颗心吧，实属难得。你比你爹强，比你爹有出息，爹得怎么感激你呀。"

　　祖盛笑了，他扶着父亲说："您老咋跟儿子还客套起来了？我不是为别的，我为的是能看着你拿着它唱关公戏呀，咱陈家班得手握着这把稀世宝刀唱关公戏呀，是不是呀爹？"陈班主挺了下胸脯说："这个不假，有这把宝刀在手，谁还敢说咱不是活关公，连这把刀都不答应！"话里透露出底气，充满自信，屋里的人纷纷拍起了巴掌，这个好叫得比台上的喝彩更有意义。这天晚上一家人坐在大客厅里聊得欢欣，聊得畅快。正欢笑间，陈班主忽摆手叫停了笑声，他竖起耳朵静静地听着外面的动静，双手紧握着大刀悄声对大家说："外面好像有动静。"祖盛和全屋的人都哈哈大笑起来，老班主纳闷地问他们笑什么，有什么好笑的，接着他又很是神秘地问祖盛："儿子呀，刀是找回来了，可咱得把它藏哪里呀？"

说着，他哈下腰东瞧瞧，西看看，好像还要放到床底下的样子。祖盛走过来扶起父亲，将宝刀从父亲手里取过来竖到大堂的正中，又从腰里掏出两把手枪放在桌子上对父亲说："爹呀，这回您老就不用怕啦，您就把它供在这儿，也没有一个再敢惦记它的人啦。"父亲听了儿子的话觉得纳闷，他走过来看了看儿子，又从桌上拿起枪看了看说："时代变啦，这个东西比刀厉害呀。"

消息不胫而走，梨园一片哗然。从茫茫人海中再次把稀世珍宝捞回手中，这得多大的本事呀？已在生存边缘岌岌可危的陈家班，忽然间峰回路转，给梨园人上了生动的一课。运气也好，造化也罢，他们不得不竖起拇指说陈家班真乃天养之人。天养就天养吧，忽然又传出，陈家班近期要手提稀世宝刀在广合大戏园连唱五天大戏，而且这次还不仅是陈琏琨唱戏，他那个当了大官的儿子也要唱关公，上次只看了一半，这次一定要认真看看。

祖盛带着妻儿恭恭敬敬地走进霍家，望着院内每一处练过功夫的地方，一种物是人非的感怀袭上心头。他仿佛看见那个落魄的自己还在院子里扫地，玩耍，练功学艺，那个漂漂亮亮的妻子坐在窗口看着他戏耍胡闹，被逗得捧腹大笑。想起往事，他紧紧地搂了搂妻子对她说："多亏你当年庇护，才使我度过人生最艰难的岁月。"往事如云如烟，此情此景也不免使九红想起那个在院子里大闹霍府的泼皮，侧侧身望着这个一身戎装、谈吐斯文、举止端庄的人，心说，真是苦心百练，大器晚成。

祖盛走进霍家，老班主迎了出来，见了这位戎装在身的武将，不无感叹，人不可貌相啊！此刻他一扫往昔的恩怨，亲切地拉着他的手走进客厅，第一句话问的不是官多大，钱多少，而是戏还唱不唱。这句话把祖盛问乐了，他告诉岳父大人，偶尔也唱。"唱就好，唱就好哇。"霍班主不解地问祖盛："你这几出戏是跟谁学的？路数不是我的，也不像你爹的。"祖盛告诉他，学得很杂，主要是在关外学的，也有在小班子学的，更多是自己编的。"哦，"霍班主拢了拢稀疏的头发，有所感悟地说，"嗯，走南闯北，集于百家呀。"

第三十一章

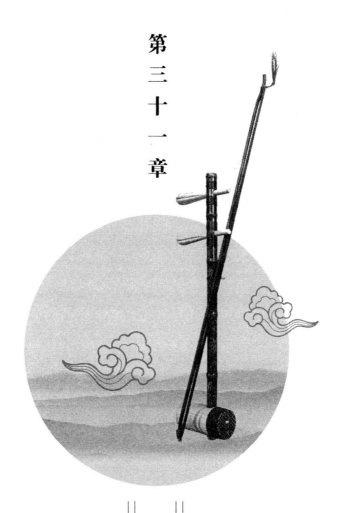

戏中有戏

　　九红不想再唱戏了，这使祖盛感到惋惜，在自己的记忆中她是绝代的艺人。如今家父老了，岳父老了，难道陈霍两大京班就这样在京城销声匿迹了不成？这些时日九红天天抱着丈夫不肯撒手，在她的思想中，她只愿再不放开爱人，享受着眼前这种美满的生活。可祖盛知道，自己迈出了这一步便身许军旅，再难回首，唱戏也只能是生命中那一瞬间难得的享受。可眼下能用什么办法唤起妻子的热情呢？用什么办法振兴陈霍两家在京城梨园的威望呢？这不仅是自己的热情，更是自己的责任哪。

　　望着一天一天翻过的日历，他知道留给自己的时间不多了，他要在有限的时间里完成自己对家人的这份责任。思来想去，他忽然想起一个人，在陈霍两家争活关公时给陈家出过主意的罗世申，他相信他一定会有办法。于是他找人把罗世申请到家中，将自己的想法和陈霍两家的难处说给他，让他出出主意。罗世申告诉他："如果陈霍两家要走出困境，霍九红想东山再起，一定要适应当今的形势，排演新剧目，否则怎么整都是换汤不换药，戏迷不会买账。"

　　"排新戏？排演什么新戏呢？"

　　罗世申说："当然还是要扬己所长，避己之短啦。比如说陈霍两家都以红净戏闻名于国人，那咱还得在这个戏路子上打点子，只是戏要新内容，是从前没有演过的。"祖盛一听觉得有道理，便对罗世申说："久闻先生善于创作，戏剧戏剧，一剧之本至关重要，先生能否为我陈家写一部新戏？"罗世申说："只要陈少爷不嫌弃，我自当效力。"祖盛二话没说，从抽屉里取出一百大洋交给罗世申，说："这是订金，先生先拿着，本子出来后，我再付一百。"罗世申见祖盛如此敞亮，便把大洋装进口袋，对祖盛说："五日之后我定前来交本子。"

五天后，罗世申果真来到陈家，将新剧本交到祖盛的手中。祖盛一看本子，剧名叫《关公月下会貂蝉》，便问罗世申为何写这部剧。罗世申对他说："天下第一勇士会天下第一美女，从人物关系和结构上看，应是上乘之作。"祖盛听后觉得有道理，罗世申接着说："记着，你岳父当年有这出私房戏，但这是按新路子写的，跟他那个是两码事，里面的人物所有的戏剧行为与以往都有所不同，如曹操、张飞、吕布，特别是貂蝉，在这里的人物塑造、戏剧行为都跟过去有所区别。你可以根据自己的设想展开思路进行创排。"祖盛翻开略略一看，从剧情到唱段写得都很精到，于是又拿了一百大洋交给罗世申。

罗世申很高兴，简单客套一番后，将大洋装进口袋。二百大洋也不是小数目，在兵荒马乱的年月，省吃俭用的够一家人活个三年五载啦。祖盛手拿新剧本叹息了一声说："这出戏九红如能唱貂蝉就好啦。"罗世申没弄明白地问祖盛："这出戏不就是为霍九红写的吗？"祖盛听罢摇了摇头，将九红不肯再登台唱戏的事对罗世申说了，并希望罗世申出个主意。罗世申笑了，说这有何难。他对着祖盛的耳朵嘀咕了一番，祖盛一听直拍大腿："对呀，你说我怎么就没想出这个主意呢。"

一天，九红从外面回来，见祖盛一个人在屋里连哼带唱比比画画甚是专注，像没看见她似的。她猛地拍了下丈夫，问他比画什么呢。祖盛告诉妻子，说他想在临走前好好唱出大戏。九红说那不是现成的事嘛，还至于这么神道哇。他对九红说："面对当下的形势，我不能再唱过去的老三出啦，要唱我只能唱新戏。""唱新戏？唱什么新戏呀？"九红弄不明白地问他。祖盛对妻子说，他让罗世申给他创作了一部新编的历史戏，叫《关公月下会貂蝉》。

"《关公月下会貂蝉》？"妻子一听，心说，这出戏好哇。于是问祖盛："那你准备和谁唱啊？"祖盛想了想说："我合计着肥水不流外人田，不能跟别的班子唱，要唱只能与婉秋唱，好歹是咱陈家班的人哪。""呸！"九红不高兴了，将买回来的东西一下子甩到墙边，气哼哼地坐在床边，理也不理祖盛。祖盛走到她的身边问她怎么了，九红白了他一眼反问他："还怎么了？嫌我老了，拿不出手了是不是？"祖盛说："瞧你说的，我喜欢都喜欢不过来，怎么能嫌你老呢？"

"不嫌我老，你怎么能想起来和婉秋唱？不嫌我老，你怎么能让她跟你演貂蝉？她长得比我漂亮吗？"

"瞧你说的，不敢说全天下，这满京城上哪再找比你更漂亮的人哪？"

"既然我漂亮，那是我唱得没婉秋好啦？"

"又来了，霍九红谁不知道？你的能耐道行那是天生的好角儿啊。"

"我又漂亮又好角儿，可你跟她唱戏，这不成心眼儿我吗？"

祖盛笑了，说："你不是不想唱戏了吗？我就寻思让你轻闲点呗。"九红白了他一眼，说："有这么让我轻闲的吗？我不想唱是我不唱，可我并没说我不想和你一起唱啊。这锣鼓一响，你跟别人会什么蝉，我这张脸往哪儿放？人们会说难怪她不灵了，连她男人都懒得跟她一个台上唱戏了。"祖盛听完拍了拍脑袋，说："嘿，你瞧我呀，咋这么疏忽？咋就没想到这一点呢？对对对，这出戏无论如何都得咱俩唱，咱俩唱才是绝配呀。"九红抿嘴乐了："谁跟你是绝配呀？本姑奶奶唱角儿的时候，你还在台下拍巴掌呢。"祖盛点着头咧着嘴说："那是那是，不就因为我巴掌拍得响，你才瞟了我一眼吗？"

"德行。"这时九红仿佛消了些气，转而顽皮地问祖盛，"告诉我，我当时瞟了你一眼之后，你是什么反应？"祖盛抬起头想了想说："那一眼哪，看得我神魂颠倒，想入非非，虽说我家刚来京城，咱俩是天壤之别，可我还是想，如果能把这个姑娘娶到手，那简直比当皇帝还幸福。"九红敲了他脑门一下说："我就知道你拍巴掌没安好心，像你这么骚烘烘的人还能安心看戏？看完了戏还跑后门堵我，请我吃饭，幸亏没上你的当。"

祖盛笑嘻嘻地问九红："那后来咋就上我的当了呢？"九红撇了下嘴说："好女怕缠郎嘛，架不住你天天地去呀，再后来知道你是陈家的大公子，又会哄我逗我，再说你又帮了我家的忙，我也是心存感激，就上你的贼船了嘛。"祖盛仍调皮地问："再后来呢？"九红说："再后来不就跟你到你家来了吗？骚烘烘的样子。"祖盛问："再后来呢？"九红知道入了丈夫的圈套，捶了他一下说："哎呀，讨厌……"祖盛调皮地一下把妻子按倒在床上，边扒扯她的衣裳边装狠地说："叫你说我骚烘烘，叫你说我骚烘烘……"

祖盛边扒扯，九红边捂着衣裳说："别闹别闹，门没插呢，别孩子一会儿进来啦。"祖盛不管不顾地说："进来就进来，正好让他知道什么是爹。"九红一拱屁股把祖盛拱到了一边，捂着嘴笑得鼻涕眼泪都流了出来："你说你咋这么不着调？怎么什么话都能从你嘴里冒出来？"祖盛提着裤子过去把门插上，回过身又扑到九红的身上，这回九红显得那样顺从，把被子取下来盖在她和祖盛的身上。忽听门被嘭嘭地敲响。"嗯？谁呀？"

两个人都被这敲门声弄愣了，九红掀开被子问："谁呀……"

"娘，是我……"

"什，什么事呀……"

"我想找我爹，让他陪我出去逛逛。"

九红用手捅了祖盛一下悄声说："咋样？要不把门插上是不就坏了？"

"娘，开门哪，我找我爹出去呀。"

九红有些为难地看着祖盛问："咋办？孩子这些天就想缠着你。"

祖盛说："竟扯，我现在哪有时间陪他呀？"

九红想了想对门外说："儿子呀，你先自己待会儿，爹正跟娘办正事呢，等事办完了你爹再跟你出去呀。"

"我不嘛，爹本来答应我的嘛。"

九红显得没办法的样子看着祖盛说："这可咋整？孩子磨人，要不……"

祖盛一听不干了："什么要不？那哪行啊？你起来，我跟他说去。"说完他撩开被子，光着屁股走到门前，冲着门缝对儿子思明说："儿子呀，爹和你娘正商量着以后给你娶媳妇儿的事呢，等过一会儿我们俩商量完了，爹带你上前门逛去呀。"

"那你可得说话算数，这回可不许逛一会儿就走哇。"

"好好好，这回说话算数，说话算数。"

"好，那我回屋等你。"

"得嘞，就这么定啦。"

听着儿子远去的脚步声，祖盛乐了，心想我咋这么有才，这么能耐呢？回过身来正望见妻子手拄着头迷离地望着他，美人哪美人。这一刻春心荡漾使他亢奋不已，说什么关公会貂蝉？貂蝉哪有你美？他一个高蹦到床上，把头和身子钻进被窝里，美美地喜欢自己的女人去了。

　　说话就要算话，不能失信于人，哪怕是对自己的儿子。喜欢完自己的妻子，他便领着儿子思明去逛前门，逛完前门又领着他遛天桥，看翻跟头打把式。此时祖盛的心情美美的，看着聪明漂亮的儿子，仿若看见当年的自己。不，比看见当年的自己更美。

　　正这时，他忽见一个驼背的人在乞讨，此人衣衫褴褛，蓬头垢面，没有了常人的模样。当将一个破碗伸向祖盛的时候，他不免微微一怔。祖盛向这个人看了一眼，忽觉有些眼熟，再仔细一看，这不是当年广合戏园的周老板吗？怎么这模样啦？他下意识地拉起他的手，这双手像破树枝般粗糙，周连德羞怯得转身欲走，被祖盛一把拦住。这一刻使他想起在自己被抓的那天，朱马田在舞台上开了一枪，子弹从他的前胸穿过后背，他倒在血泊之中。对，就是这个人，这个曾在广合戏园门前挥起过三尺大刀的人。

　　祖盛在街边给他买了身裤褂，把他带到街边的小饭馆吃了顿饱饭，之后问起他的境遇。原来自他被朱马田打伤后，家也被朱马田抄了。女儿被朱马田糟蹋之后，听说被他卖到天津的窑子里去了。媳妇儿被他们逼疯了，自己被一个小伙计送进医院，好歹算保住了性命。他时至今日半个身子仍疼痛难忍，没有能力做事，所以只好沿街乞讨为生。说到这儿，周连德哭了，哭得很伤心，嘴里不停念叨女儿淑萍的名字。

　　不听则已，一听祖盛的肺快气炸了，不见此人还倒忘了，一想起此事顿时有一种此仇不报，誓不为人之感。对呀，这个朱马田怎么能放过？他问周连德，这个朱马田现在何处，以什么为生。周连德告诉祖盛说这小子现在可惹不得，靠上英国的大买办啦，不仅有钱，也很有势，在前门珠市口那儿开了个好大的烟酒行，还在边上开了个烟馆，可阔气着呢。"哦？还开了个烟馆？你知道叫什么名吗？"周连德想了想说："叫什么什么海德曼烟馆，对对对，海德曼，海德曼烟馆。"

嗬，祖盛一听笑了："名起得还挺花哨。"他想了想从兜里掏出二十块大洋交给周连德："周老板，好歹我们也算缘分一场，你的事就是我的事，你的家人我帮你找，你的仇我帮你报。"一听这话，周连德眼泪都流出来了，他拉着祖盛的手说："少东家，如果真能像你说的那样，能把我女儿找回来，我一辈子感激你的大恩大德呀。"祖盛说一定尽力。他气得仿佛是对自己说："朱马田，海德曼，老子要不把你砸个稀巴烂就枉称九鬼魔头！"

这些天谁也不知道祖盛和九红总是把自己关在屋子里叨叨咕咕的干什么，只有胆大的母亲扒着门缝偷偷地听了几次，回屋告诉班主说他们好像是在说戏呢。"说戏？能吗？他俩在一块说戏？别逗了，是是，是说戏，可不知道说的是什么戏。"乌夫人一听不高兴了，说："你这老家伙咋也这么不着调了呢？"陈琏琨说："不是我不着调，这压根就不挨边的事呀。"乌夫人说："不信你听听去。"父亲于是也好奇地偷着扒门缝去听。还别说，一会儿一个兄嫂，一会儿一个官人的，这是哪出哇？再细听，也品不出来，这辈子看的戏也不少啦，以前怎么也没听过这出戏呢？但忽然间他从心里觉得幸福，他仿佛从这条狭窄的门缝里看见一道曙光，这道曙光绽放出陈家班的未来和希望。他拉着夫人的手轻手轻脚地回到屋里。还别说，这两个小冤家还真琢磨戏呢，可他们琢磨的到底是哪出呢？

连续几个夜晚，小两口屋里灯光明亮，他们幸福地勾勒着戏里每个人物的服饰，头饰，盔甲，兵器。戏是新的，一切都应该是新的。红绿相间如诗如梦，曲线幽幽意韵深沉。细想想，自己也是唱了半辈子戏的人了，可还从未想到能唱一出自己创造出来的戏，实在是件令人欣喜、叫人激动的事情。望着丈夫精心的设计，勾画，九红是那样幸福和自豪，直到此时她还在琢磨着，这是那个当初拍着巴掌的青年吗？人可真怪，二十多年光景真能判若两人。看着妻子投来迷离的目光，祖盛想放下手中的笔，九红突然对他说："不许胡闹，快干活。"

祖盛笑着说："你看你，你要让我好好干活，就别拿这种眼神看我，把我搞得神魂颠倒的，我还能干下去了吗？"九红乐着说："哎，你能不能不总那么骚哇？你说你总这样，你离开我我能放心吗？"祖盛说："我不是跟你保证过吗，我这杆枪那是你专用的，别人钩不响这个扳机呀。"九红说："是吗？我不信，我看看。"说着九红便过来想撩扯他，被祖盛拦住："哎哎，今儿个咱谁也别撩扯谁好不好？咱得赶快把正事干了。"

九红笑着说："你这个死鬼，我咋就拿你没办法呢？"祖盛抬起头想了想说："是呀，拿我有办法的人还真没几个，我那位军座呀，也不知他们现在怎么样啦！"

就在祖盛与妻子琢磨戏期间，六子带着几个兄弟化装成抽大烟的烟鬼来到前门边的海德曼烟馆。高高的举架，中西合璧装饰风格，墙壁上画着裸露女人的画像，下面摆着红木桌椅和供烟客抽烟的躺榻，再往里一间间隔间飘出如云如雾的烟气。六子和几个手下摆出来京的买卖人的样子，东瞧瞧西望望地感到新鲜。他们不敢抽大烟，可为需要也得装作鼓弄两泡的样子，六子叫过小伙计，很大方地给他两根说是东北的人参，小伙计乐得够呛。六子顺便打听他们这里的老板叫什么做什么，平时在哪儿，等等。小伙计很神秘很小心地告诉他，他们老板叫朱马田，平时不轻易回来，只有来大官和贵客的时候才过来陪着。有时也回来在二楼最里间的大卧房里待着。一般都是这里的一个叫八姐的姘头陪着。

两个时辰后，六子带着弟兄们准备离开，可就在要出门的一刻，忽见几个人迎头而来，一个像贵客似的人显得非常眼熟，六子马上拉低了帽檐，合计这人是谁。左思承！他马上侧到门边让过客人，眯眼瞄着他们。左思承身着长衫，头戴礼帽，一副商人打扮。他仍是高抬头长阔步，一副高傲的样子，唯左手臂用丝带裹着，从样子上看，倒很潇洒。六子的脑子急速运转着，这小子到京城做什么来啦？他速命两个兄弟在门边紧紧地盯住左思承，弄清他的去处住处，自己则马上回去向大哥报告。

听到左思承进京的消息，祖盛陷入了沉思，凭直觉感到这不是什么好预兆。左思承一定是听说青龙偃月刀的事情了，如果再与朱马田掺和到一块，事情还真就复杂了，看来自己这出戏还真不那么好唱啊。他命六子马上回烟馆附近盯住左思承，看看他到底是什么来头，六子领命去了。快入夜前，六子回来了，他告诉祖盛说，朱马田的确回烟馆见了左思承，傍晚的时候又与左思承一起去了哈德门饭店。弟兄们跟着他们，左思承住在了哈德门饭店，进了五二五房。他们一直在房间里待了很久，朱马田才从哈德门出去。

祖盛想了想问六子："左思承带了几个人知道吗？"六子说："这个还没全摸清，我把小宋和赵军留在饭店那儿了，让他们随时盯着他们，弄清他们的情况，我一会儿也还回去。"祖盛说："非常好，不过得精心点，弄清他们到底想干什么，是什么路数。为防暴露，你们不妨也在哈德门开个房间，让弟兄们住进去，这样免得引起人们的怀疑。"

六子想了想说："依我看，干脆把他们崩了算了，免得那么多麻烦。"祖盛说："这可不行。千万记着过去的教训，不能再鲁莽行事。这是京城。再说还是要弄清情况，知道他们想做什么，顺势而为，就是干掉他们也要神不知鬼不觉。"六子冲祖盛竖了竖大拇指说："大哥高见，那我就盯着去啦。"说完他便消失在夜色之中。祖盛望着六子的背影，叹息地想，人哪，不是你想过安生日子就能安生的呀，往往是一脚迈出，身不由己呀。

祖盛的心里酝酿着一个宏大的计划，那就是面对新的时代，新的形势，他想说服两位老人，放弃曾有的隔阂与偏见，将陈霍两家合并成一个更大的京班，这样资源更多，名气更大，目标是排演新的剧目，引领戏剧潮流，不枉梨园一世，舞台一生。正当他费尽心思筹划这一构想之时，偏偏冒出一个左思承，又与朱马田勾结，弄不好正在台上之时，就一颗子弹飞过来穿过自己的脑袋。别看平时祖盛显得毫不在乎，可当危险之际，他永远是如履薄冰，心细如发。

第三天晚上，六子又回来了，他告诉祖盛，这两天朱马田天天都在哈德门饭店与左思承会面。六子告诉祖盛，他们买通了一个五楼的服侍，借送咖啡的名义进去几次，的确听他们说什么陈家等等，还常提一个怪怪的名字，叫什么土肥原君。土肥原是谁呀？祖盛愣了，土肥原？土肥原不是日本大特务头子吗？怎么会提到这个人呢？难道朱马田和日本人也有勾搭？祖盛告诉六子，土肥原名叫土肥原贤二，是日本大特务头子。六子说："对对对，所以他们总提什么'东洋战略''东洋战略'的。"

"这到底是怎么回事呀？"祖盛一头雾水，摸不着个头脑。六子告诉祖盛，在前门大栅栏的旅馆里，左思承还有十来个兄弟住在那里，看样子也是长短家伙都带着呢。祖盛一听更觉头疼，心说，不好，看来这家伙还不拉倒了呢，非想来个咸鱼翻身，讨个说法。六子后悔说："都怪我，当初不如直接把他给做了，也就没这事了。"祖盛说："也不怪你，咱们哪是草菅人命之人？但凡过得去，何苦非置人于死地。"

祖盛命人西去，带着自己的一封长信，向军长马占魁讨一个说法。苦闷的他独坐家中等待着军座的示下。他知道他大哥一定有比他更高的见解。第三天晚上，一声爽朗的大笑划破寂静，竟是他的顶头上司柳中林走进来。他急忙迎到院里，却只见他一人站在院里，便有些纳闷。柳中林看出他的心思，悄声告诉祖盛，弟兄们都安置在外面啦。说完上前抱住他说："想不到你这个智多星也有求人的时候哇，哈哈哈！"他显得那样开心。

祖盛怎么也没想到军座会把柳中林派来，便问："师座怎么亲自前来啦？"柳中林说："军座听说你要成立一个大京班，知道我老柳好这口，这个机会怎么能不给我呢？于是就派我给你助阵来啦。"祖盛摇着头笑着说："哪会有这么简单？说吧，军座是什么意思？是不是把你这个顶头上司派来拎我回营啊？""哎……"柳中林对祖盛说，"你把军座看哪去了？军座说了，你回家办的那也叫大事，想待多久那就待多久。军座对你呀，真偏心。"祖盛急迫地问："快说吧，军座派你前来必有密令，告诉我，啥意思？"柳中林笑着点了点他的脑袋，说："什么事都瞒不过你的脑袋瓜儿。"

他告诉祖盛："军座接到你的密报很是重视，一是你的安全，另一件事便是这个土肥原的事。现在有种种迹象表明，日本人与咱们早晚会有一战，而且他们现在活动频繁，渗透到咱各军中拉拢叛变之人。军座的意思是想让咱就此摸清底细，早有准备比没有准备强上百倍。"祖盛一听，明白了，问柳中林："为防夜长梦多，是不是尽快动手把他们抓起来？"柳中林说："不忙不忙，放长线钓大鱼。"说完他笑了，伸出拇指说："要说军座高明，他就说了，你聪明过人，但身在其中难免不如局外人看得清楚，要不怎么特派本师长前来为你坐镇？"

他说完美滋滋地坐在椅子上，拿出一支烟点上问祖盛："你的大京班子何时庆典呢？"祖盛泄气地说："还京什么班？庆什么典？人家枪都顶到我脑门了，我还庆典？找死呀？""唉，不下诱饵怎么钓大鱼呀，这是引鱼上钩多好的机会呀？"引鱼上钩？机会？祖盛摇着头没弄明白。柳中林无比兴奋地对祖盛说："成立大京班子是件好事，你呀，就在台上好好地唱你的戏。本师长在你的周围布下天罗地网，唱另一出好戏。咱俩这一里一外，唱一出惊天动地的大戏。"祖盛顿时心领神会地与柳中林一起竖起拇指。

　　小人得志高抬腿，现如今的朱马田衣冠楚楚，再不像当年跟在别人后头混江湖的样子。守着洋行烟馆的他财大气粗，出入豪华场所一掷千金，不仅一般人要高看一眼，就连军警宪特也要给他几分薄面。他在交往中又结识了一位日本洋行的老板松田纯一。二人在走私洋货上曾大发横财，特别是走私几批军火，大捞了几笔。现如今日本在世界上的地位很高，在中国的势力也不小，连政府对日本都惧怕几分，他更是大事小情仰仗这位松田纯一为他撑面，靠日本人吓唬身边的买卖人要给他几分便宜。

　　朱马田与松田纯一越走越近，越处越深时慢慢发现，这个人远不是什么买卖人，而是一个隐藏很深的特务。他想撇清关系时已来不及，因为他偷运军火、贩卖鸦片都是死罪，此时把柄已被日本人牢牢地攥在了手中。他只想和日本人一起发财，可日本人不答应，要求他以洋行老板的身份替日本人办事，让他不惜重金笼络中国军队高层，不仅为他提供大笔钱财，同时答应他一旦日本帝国主义势力在中国有所发展，他将得以重用，享不尽荣华富贵。

　　刚开始的时候朱马田也曾痛苦过，出卖良心可以，可出卖祖宗是千刀万剐之罪。他吃不香，睡不着，浑身上下直冒虚汗，躲在黑暗的小屋里苦闷了好几天。可躲是躲不过去的，只要让日本人惦记上，就像被一条大蚂蟥叮上一样脱不了身。既然怎么都是死，那就可一头吧。最后他一咬牙，既然日本人给钱，给好处，干！在这个决定下，他终于迈出了背叛祖宗，背叛祖国的一步，踏上了日本人的贼船。

　　接触上层，接触军界，接触洋人，慢慢这些事成了他的主要任务。大小情报陆续被送到日本人手中，朱马田得到主子的大大嘉奖，被松田纯一秘密带到旅顺会见了土肥原贤二，土肥原对他大加赞赏。酒席间，土肥原告诉他："中国处于内忧外患之时，军阀混战之秋。政府腐败，国人贫弱，民无希望，一盘散沙，被大日本帝国占领和统治已是迟早的事情。只有大日本帝国才能拯救中国，只有大日本帝国才能帮助中国，赶走洋人，给亚洲带来和平与繁荣，建立'大东亚共荣'，共同抵制西方列强。那个时候，朱马田你的功劳是大大的，不仅是日本人的朋友，也是中国福音的创造者。你使命在身，前程远大，应有享不尽的荣华，受不尽的富贵。"听了土肥原的一番话，朱马田激动得泪如雨下，他不仅为自己的付出感到高兴，更为自己的努力感到自豪。他向土肥原行了个军礼："我将誓死效忠大日本帝国，永不背叛。"

与土肥原的会面如点燃了他人生的希望，明确了他人生的目标，"是呀，土肥原君高瞻远瞩，有大格局。只有靠日本人，我们才不会再受洋人的欺辱，才有'大东亚的王道乐土'哇，我朱马田要在这个宏伟大业中建立功勋，让人们好好看看我朱某，有朝一日得会风云。"从那之后，他更加积极地搜集各方面情报，源源不断地输送给松田纯一。拉拢军界的人是松田纯一办不到的事情，朱马田勇挑重担，把这项任务视为己任，开始了奔波。在他的策动下，不少人已有了背国亲日的倾向，一旦时机到来，这些人将是他们下手的对象。在寻找中，在河北驻守的第三师副参谋长左思承这个名字渐渐地进入他的脑中。

朱马田早就闻听此人曾是最早号召革命、响应共和的激进军人，虽说少年得志，可后来一直不得其位，尤其被人砍掉一只手之后便颓废不堪。颓废的人是最好下手的对象，于是他寻根找线地捋到了左思承的帐下，求之一见。二人相见一拍即合，特别是对京城陈家班有着同样的反感与憎恨。左思承始终怀疑砍他手的是陈家人，如今陈家再次将宝刀取回手中，更使这一猜测得到证明。因此，当朱马田把叛国亲日思想渐渐灌输给他的时候，左思承当即表示接受，同时非常激进地大骂政府腐败，无能，连陈家当土匪的儿子都能当团长，这不乱套了吗？法之不法，国之不国，成何体统！

这些天他们一起聊得十分投机。为显自己有本事，朱马田告诉左思承，多在军中发展朋友，如有所成就将带他去旅顺拜见本庄繁司令。左思承感到无比兴奋，能见本庄繁司令，那是多么幸福的事情啊。他告诉朱马田，他在日本休养多年，早就听说过本庄繁司令的传奇人生，如能相见并紧紧跟随，那将是他人生最大的追求。朱马田听后把胸脯拍得啪啪作响，告诉他不成问题。在朱马田的安排下，松田纯一会见了左思承，对他很是器重，交谈间通过左思承断手的经历，了解了青龙偃月宝刀一事。松田纯一曾听说过这件宝物，也听说英国人一直在寻找这件宝物，可始终未能得手。他了解这件宝物不仅仅有多颗宝石，更珍贵的是这把宝刀凝聚着大清王朝的太后与一位梨园名伶的一段传奇往事，因而闻名于世，不仅有着很高的美学价值，更有着厚重的历史价值和人文价值。

一天，松田纯一把朱马田叫到他的居所，交给他一个任务，说日本非常想得到那把传说中的青龙偃月刀，要不惜一切代价拿到手，存放于日本的博物馆中。这可难住了朱马田，他深知这把刀岂能轻易到手。于是他故作不明地推说，这把刀几易其手，不知它如今落入何处哇。松田纯一告诉他，他派出去的人打探到，这把刀目前就在陈家班的手中，要想尽办法，不惜一切代价拿到手中。无奈之下朱马田找到左思承商量，左思承认定宝刀在陈家，并希望借这把宝刀之事报自己的一箭之仇。朱马田于是撒下人马去打探，不久，下面的人还真打探到情报说，近些时陈家的长子陈祖盛骑着高头大马衣锦还乡了，听说他要成立什么大京班，还要在庆典当天拿这把刀唱关公戏。朱马田心知，自己就要面临一次艰巨的挑战了。

第三十二章

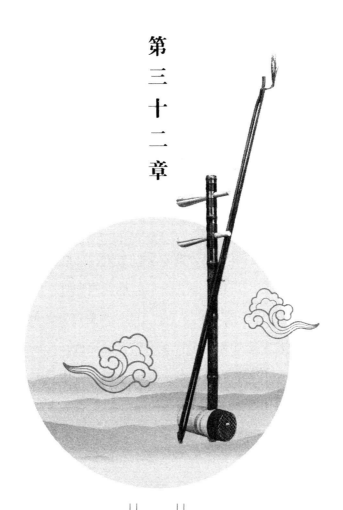

组建京班

　　祖盛把成立大京班的事与妻子商量了好几天，九红也认为是件好事，可担心这两个爹弄不到一块去。谁先谁后？谁能服谁呀？这不又和当年争那个什么活关公一样，搅得两家不得安生了吗？祖盛也觉此事为难，常言道，一山难容二虎，两位爹爹如何摆平？爹的脾气他知道，可霍班主的性情也不相上下，这可怎么办呢？有什么好办法能让两个大角儿走进一个班子？想来想去，祖盛觉得还是得找罗世申给他想个主意。

　　第二天罗世申被请到陈家，当祖盛把他的想法告诉罗世申的时候，罗世申也感到有些为难，如果说想捧一个灭一个他有办法，可如今是两个都是爹，两个都得捧，两个当年没决出来的活关公，现在要在成立的新班子里排出先后，这怎么可能？想来想去，最后他说只有一个办法他们会认同，那就是这个班子由祖盛来挑。他排在最先，爹爹们一定都会赞同。祖盛和九红琢磨了一阵觉得有道理，只有这样这个班子方能成立，否则，都会悬于空中，唱几天戏也就散了。祖盛想了想可说："不成啊，我也只能是把班子立起来就得回军啦，我哪能天天在戏班子里唱戏呢。"罗世申笑了："成立之后的事就好说啦，只要他们凑合到一块了，谁唱戏谁挂头牌，这就不难啦，所谓的生米做成熟饭不就这个意思吗？"祖盛冲罗世申竖起拇指："真是高人，我苦思冥想了这么些日子不如先生弹指之间的想法。"

　　祖盛这两天把心事一点一点渗透给父母，现在的形势倒是顺应，可陈班主有些忌惮，他十分担心霍思纯日后会生事，搅得大家都不安生。祖盛告诉父亲："时代变了，人也在变，只有大家齐步走，才能抱成团，而且要合作我们就要大气些，先迈出诚恳的一步，人心都是肉长的嘛。"陈珽琨望着儿子点了点头，说："全凭你的想法。"九红也回家把想法透露给父亲，霍班主一晃三摇头："不行不行不行……和他家合到一个班子？你这辈子苦还没吃够哇？临了还要拉上你爹？把咱们三世梨园的名声也败在他们陈家？不行不行，绝对不行。"九红开始耐心地劝导父亲："爹不是把一生的希望都寄托在女儿身上了吗？不是说为了我能重新返回舞台您什么都能付出吗？这句话怎么就白说了吗？"霍班主说："为你我认，我什么都舍得拼上，可为了陈家我可不干，我犯不上。"九红问父亲："如今女儿又是谁家的？如今思明又是谁家的呀？"

　　一句话把霍班主问住了，他想来想去叹了口气："可我怎么能甘心呢？"女儿劝道："还有啥不甘心的呀？现如今都什么形势了？您和我公公就是把牌子挂出去，又有几成座？咱再不齐心共上，拿出好戏，慢慢都得让这股大潮冲到海底去啦。"霍班主思考着，认同地点了点头，却不大自然地问女儿："可这个班子谁挂头牌呀？"女儿按照罗世申的办法说："我想这个班子就由祖盛挂头牌吧，他虽是陈家的大公子，可也是您的女婿和徒弟呀，再说他又正当年。"老班主闭上眼睛思量一会儿，点了点头说："嗯，这个我看还行。可光成班子有什么用啊？"九红一听爹问，眼睛顿时一亮，便把祖盛和她排演新戏《关公月下会貂蝉》的事告诉了父亲，老班主一听愣了。

　　"什么？《关公月下会貂蝉》那不是我的戏吗？"女儿告诉他说这和

他的戏不一样，这是一个全新的剧本，唱白及戏里的人物关系都变啦，而且都有很高的文学性，行头装扮都比过去讲究。霍思纯一听豁然开朗，说这个点子不错。九红告诉父亲说："这只是个开始，祖盛还有好多想法呢，他还想把《七侠五义》《三侠五义》都排成连台本戏，把台子装上机关布景，那时候咱天天演新戏，让戏迷看都看不过来。"

霍班主一听，拍了下大腿说："嗬，这小子可真比他爹强，你说他这些个鬼点子都是从哪儿想出来的呢？"看着父亲夸自己的爱人，九红心里有说不出的喜悦，她上前抱住父亲后背，无限感慨地说："爹呀，您说这个世界上是不是不是冤家不聚头哇？你我父女曾在这间屋子里研究着如何拆陈家的台，可拆来拆去我却拆到别人家里去了，你与我公公斗来斗去，现如今斗到一个班子里来了，这是不是天大的笑话？"霍思纯也无奈地说："谁说不是？早知今日，何必当初哇？可话又说回来了，说来说去还是个缘分，有缘在一起打都打不散，无缘在一起聚都聚不拢啊。"

在祖盛和九红的张罗下，在前门丰泽园摆了一桌丰盛的酒席，陈霍两家还是首次这样齐全地聚到一起。这一桌上可谓人才济济，行行齐全，好一派新戏上演前的排场。肉红菜绿，虾青鱼白，祖盛和九红恭恭敬敬地为两位班主斟满西凤酒，盛满银耳羹。祖盛首先向两位父亲谢罪，说这些年让他们操心，费心，惊心。之后又向两位母亲谢罪，说自己没有尽到做儿子的孝顺，让她们受苦。望着如今成器的祖盛，大家都竖起拇指称他出息，懂事，并纷纷询问新戏如何排演。他告诉两位老人，排戏不是问题，可唯四梁八柱没人撑顶。

两位父亲都觉这话说得可笑，守着这两大班子，还能说没人撑得起四梁八柱？霍班主关切地问祖盛："都什么活说给我听听。"祖盛有些叹息地说："首先是这个曹操，咱排的是新戏，路数跟过去都不一样。这可不是一般的曹操，必须能文能武，脚下的功夫不逊关公，特别是马踏青苗一场，没相当的道行是不行的。"一听这茬儿，霍班主当即表示："我来！我来反串曹操。唱这么多年戏，还从没被什么活把我难住。"祖盛一拍大腿说："哎哟我的爹哎，你可真是我爹呀……"一句话把全桌的人都说乐了。

祖盛接着说："再说第二个难唱的人物是张飞呀，这可不是一般的张飞呀，能文能武不说，还得挑哏，不把哏逗足了不成，论舞台上的经验和火候，特别是有芦花荡这场戏，他一般人来不了哇。"陈班主当即说："我来！你看你爹我怎么样？"祖盛不好意思地拱了拱手，说："爹呀，您要是来那还有什么说的？我怕这活难为了您哪。"陈班主说："哎，这有什么难为的？为家里人唱戏，唱什么那都是角儿啊。没看你岳父都唱曹操了，我还敢不捧你的场子吗？"祖盛再次拍着大腿说："哎哟我的天哪，我祖盛是积了什么大德啦？这威震全国的两大武生都这么捧我的场，我这出戏，我……"祖盛本来是想顺便开开玩笑，可开到这儿的时候，忽然两行泪水流了出来，他是真的被岳父和父亲的诚恳打动了，自己曾觉得跨山越海的难题，在两位老人面前瞬间解决了，他倍觉欣慰。

祖盛一流眼泪，把桌上的人都弄得心里不大是滋味，九红马上打圆场说："行啦行啦，夸你戏演得好，你还真来神了，还把眼泪弄出来了。"她对父亲说："他这是演给你们看的，他将来演时装戏的时候哇，这都是功夫。"霍班主很认真地问："是吗？祖盛现在连这功夫都有？说掉眼泪就能掉出来？"九红说："哎哟我的爹呀，他的本事呀，你得慢慢数哇，就连跟了他二十几年的我，到现在还没弄明白他到底有多深的道行呢。"祖盛一抹眼泪，笑盈盈地捧起酒送到两位母亲面前说："儿不孝，戏演得还不够火候，不够火候。"乌夫人、霍夫人看着祖盛倍觉欣喜，她们为两大家子、两大班子重振雄风、后继有人而欣慰。接着祖盛开始给大家派活，弟弟祖德饰演吕布，内弟霍达扮演许褚，郑班主饰演陈宫，郑婉秋扮孙尚香。一家大小全梁上坝，文武兼备，个个精英。

大家斟满美酒，人人心情舒畅。祖盛端起酒杯问两位母亲："咱是一家，成个大班，可班子的名字叫什么呀？还望两位母亲费心一二。"两位夫人顿时你看看我，我看看你，不知该起什么名。乌夫人望着两位班主想了想说："我想，咱梨园人挑剔得很，为不惹麻烦，咱也别这个丰，那个盛的，叫人听得不自在。依我之见，咱这班子叫新庆班吧。新里面有个亲字，因为咱里里外外是亲人，亲如一家。那个斤字是提醒咱不再斤斤计较。庆字里面有广有大，代表着咱们面向未来，以图宏远。不知大家觉得如何？"半天无语人，一语惊天地。霍班主端着杯愣住了，望着这位亲家母肃然起敬地说："亲家母真乃世外高人，一语定音。新庆班果真人才济济，老朽佩服佩服。"

物尽其用，财济于世。早在祖盛回京之际，六子便按照祖盛的吩咐，到关外和京郊两处取出多年积蓄，按计划找到林老板，以四万大洋盘下了他当年出三万大洋买下的广合戏园。又在周边盘下了几套大四合院，通连在一起，按照祖盛的要求粉饰一新。既有戏园，又有通体连宅，祖盛决定将大京班落于此处。在这里不仅要把四梁八柱、文场武场、班底龙套配齐全，还要养班子，办学校，排新戏。他将两位老班主请来帮他认定此事，两位老人走进翻修一新的戏园和连体宅院，听说祖盛把这里全都买了下来，满脸愕然。这可不是开玩笑，这得多少钱哪？这时候霍班主从心里舒了口气，幸亏没再争什么头牌，就这一掷千金的气魄谁比得了哇？当祖盛把创办大京班未来的走向和盘托出的时候，两位班主都为他前瞻的目光所折服，直到此时他们才意识到自己的确老了，跟不上这个时代的思路了，原来班子是需要这样来办的。

　　陈霍两家合并成一个大京班的消息再次引起梨园界一片哗然，把两头倔驴拴到一个槽子上，成了天大的新闻。之后又频频传出大京班将以陈家大公子挑班，而且马上要上演新戏——《关公月下会貂蝉》。貂蝉由久离京剧舞台的好角儿霍九红饰演。不仅如此，为力捧陈家大公子，霍思纯居然出演曹操，陈琏琨出演张飞。这戏会是什么样子呢？不用说，一定要看！更吸引人的一则消息是，成立大班那天，陈家大公子将手提那把传说中的青龙偃月宝刀唱关公。众多戏迷也从不同渠道得此消息，这对他们来说可是一件大事，这戏得看，就冲这把传奇的宝刀也非看不可。

　　在梨园人得到邀请的同时，朱马田也得到了这个消息。他身着灰色长袍，理顺乌发，叼着翡翠烟嘴，沏上龙井香茶，在哈德门饭店舒适的房间里静静地坐了一上午，他反复思考着如何才能在众目睽睽之下将青龙偃月刀抢到手。广合戏园每个进出的口子他倒是烂熟于胸，可到底要动用多少人手，动用什么样的人手，他心里还没数。强中自有强中手，能人背后有能人，这个道理他是懂得的。陈祖盛这个当年关外枭雄匪首，如今摇身一变成了西北军中的一个团长，绝非等闲之辈，想在舞台上从他手里把稀世珍宝抢到手无异于虎口拔牙。

　　左思承应该是个好帮手，他手下不少身手敏捷的高手已聚于京城，况又与陈家有着断腕之仇，按理说再合适不过。为日本人抢刀之事也非同小可，这个头功应当落在自己头上啊。再说这个左思承对投靠日本人到底有几成真心，自己也还没有把握，应当再好好地试他一试。他正在盘算之时，他的手下刘喜冬敲门进来，说已告知左思承午后一点过来会面。他若有所思地点了点头说："好的，午后三点给我备车，我要到松田君处去一趟。"

　　午后，左思承推开了朱马田的房门，朱马田在桌上摆放着两件上好的日本瓷瓶，上面印画着浮士绘的日本女人，袒露着雪白的肌肤十分漂亮诱人，他告诉左思承，这是松田送他的礼物，左思承上前认真地看了看说，都说中国瓷器最好，可日本人把瓷器做得如此精到，更是难得。朱马田不屑一顾地说："还什么瓷器呀？中国人发明了火药不是照样叫人打个稀里哗啦吗？看看西洋人的枪炮，我都觉得咱们还停留在一个原始阶段。也就日本人能与他们相抵一搏呀，咱们国家算是完啦！"

左思承看着他笑了笑，问他这就是今天见面的开场吗。朱马田也乐着说算是吧。之后二人坐到茶几旁开始一边喝着茶，一边探讨起时局，不一会儿朱马田话锋一转，聊到了陈家班要建大京班的话题上，忽见左思承的眼中闪过一道凶光。朱马田对他说："忘了，你与陈家有着断腕之仇哇。"不提便罢，左思承简直无法按捺住自己心中的怒火，他咬牙切齿地说："不共戴天之仇，失妻断腕之恨，早晚有一天要算这笔账！"朱马田见左思承是真痛恨陈家，心中暗暗高兴，心说天助我也。他便把想借陈家成立大京班之时抢夺那把青龙偃月宝刀之事和盘托出，告诉左思承自己有一部分人手，也算一顶一的高手，但更希望左思承能带他的人马助他一臂之力，这样更有胜算，事成之后必有重礼相谢。

左思承一听微微一愣，问他怎么敢想夺得陈家宝刀。陈家近来势盛，这可不是闹着玩的。朱马田笑了："知道陈家的底细，所以才想请老弟助力。"左思承想了想问："是谁又出天价，你动这个脑子啦？"朱马田认定左思承不是外人，便把松田纯一要宝刀一事告诉了左思承。左思承笑了："日本人就是太贪，天底下什么好东西他都想要。不过能拿出好价钱也行，咱就帮他们干。"于是朱马田笑呵呵地拿出早已画好的广合戏园的图纸，在红红绿绿的道道上开始给他讲早已研究好的趁乱抢夺宝刀的计划。

锣鼓声声，琴声缭绕，从广合大戏园里不停地传出热闹的声音。一把闪闪发光的青龙偃月刀竖在戏园前厅的大堂之上，一尊高大彩绘的关公像仨立堂前，供香缭绕从场子里缕缕飘出。好是讲究，好是气派，京城还从未看见谁家唱戏这般讲究。

一遍遍的响排，一场场的研究，两大班主的绝活令在场的人无不感到国剧之神奇，国剧之伟大。曾经的两大红生，如今一个扮曹操，狡猾，霸气，一个扮张飞，勇猛，喜兴，把反串戏扮演得活灵活现，连跟了他们一辈子的乌夫人和霍夫人都觉叹为观止。再看祖盛九红，一个英雄气概，大气磅礴，一个天生丽质，姣美绝伦。祖德婉秋锐气不让，霍达郑班主恰到好处。好一个大京班，好一出精品戏。看得偷偷溜进场子里的师长柳中林圆睁双眼，瞠目结舌，要说这辈子戏也算看了不少，可这么多的好角儿，这么好的戏，有生以来还是头一次看到。尽管梨园界许多要好的朋友想过来一赏为快，可陈霍两家都认为应让排练的剧目对外密不透风，保持神秘色彩。大家都感到信心满满，只等大戏开场的一天啦。

京城的初秋如一幅典雅的古画，无与伦比。还有五天就正式成立新庆班啦，人们的心里充满期待，充满喜悦。这天晚上，祖盛独自一人走出场子，被装扮得十分精美的广合戏园迷住了眼神。猛然间，数年前在这里帮着爹照应着场子的情景浮现眼前，仿佛看见那个一心想跟着爹学关公戏的自己正站在门前冲着他发笑，那个叫爹申斥着癞蛤蟆想吃天鹅肉的自己，正委屈地看着他想诉说什么。多么快呀，一晃二十多年过去啦，物是人非的感慨油然而生。

这时小六子来到他的身边，告诉他柳师长派人来叫他到虎坊桥去一趟，有事情找他商量。祖盛和六子转身欲走，忽见几个壮实的大汉迎面而来，他们目露凶光，每人右手上都搭着件衣裳。不用说，从军之人都明白，那件衣服下面一定藏着一支短枪，六子想拔枪已来不及了。在这些人中间站着一个白面书生样子的人，他冷着脸子看着祖盛。尽管身处不利地位，六子仍想奋力一搏，手再次插进腰间，一个黑洞洞的枪口已顶在了他的脑门之上。祖盛忙按住六子，示意他别再动手。那个年轻人看着陈祖盛问："这就是你的特务连长？"祖盛说："有什么话冲我说，有什么恨冲我来，想上哪儿去我奉陪，别难为我的兄弟。"年轻人狠着脸子问："和他们无关？我大哥那只手是谁卸下去的呀？"祖盛忙护着六子说："我已经说过了，有什么话冲我说，都是我做的。"年轻人冷笑了两声说："行，听说你是条汉子，老老实实地跟我们走，我会放了他的。"于是他掏出身上的怀表看了看，吩咐身边一个兄弟说十五分钟后放人。他一摆手，几个大汉带着陈祖盛向前门的方向走去，刚走出不远，一个大汉照着祖盛的后脖颈使劲一击，祖盛便失去了知觉。

简直是祸从天降，师长柳中林把桌子拍得啪啪直响。"都是干什么吃的？团长出去你们竟然连个人都不跟着？是不是不想要吃饭的家伙啦？"六子和一排站在面前的卫士你看看我，我看看你，不敢吱声，最后六子哆哆嗦嗦地对柳中林说："这些天团长从来不让我们跟着，一跟他就急眼，冲我们不是吼就是叫的，兄弟们只能听他的呀。"真是拿他没办法，柳中林知道祖盛的脾气，气得在屋子里来回踱步，想不出辙来，只好命六子带着特务连的人，乔装打扮，四处打探消息，看左思承把祖盛弄哪儿去了。

陈家人听到这个消息，如五雷轰顶一般。祖盛刚刚回来，情况刚刚见好，还有那么多好事、大事等着他来做，怎么忽然就叫歹人给抓走了呢？九红疯了一般来到虎坊桥找到柳中林，询问到底是什么情况。柳中林告诉九红，估计是朱马田和左思承所为，并劝慰九红放心，他已安排人去各处寻找了，一定会找到祖盛的。朱马田和左思承怎么跑到一块去了呢？这是哪儿和哪儿啊？柳中林只好将近些时日的事情及他与祖盛研究的对策告诉了九红。九红一听气不打一处来："这个没正事的，你说放着那么多事还没做，扯什么朱马田、左思承的闲淡，不是找事吗？"可事已到此又能怎么办？只好再三拜托柳师长一定多派人手找到祖盛。

如今大京班成立在即，陈霍两家人都聚于陈家等待九红的消息。九红回家将从柳师长那得到的消息告诉了家人，并安慰家人说柳师长已派人分头找去了，希望家人别太上火。尽管如此，陈家二老听后仍十分担忧。再没有能力承受更多波折的陈琏琨急得在屋里乱转，嘴里不停地念叨："这可怎么办？这可怎么办？"霍班主却嘿嘿地笑了起来，霍夫人用手捅了捅霍班主，意思是怕陈家挑礼。霍班主却说："我看没什么了不得的，就祖盛而言，这点小事难不了他。以往多少比这大的事他都能逢凶化吉，这点事算不得什么。"正这时，祖德却忽然想起什么似的说："如果这件事牵涉到左思承，那我应该知道他们在什么地方。"九红一听，眼睛顿时一亮："你知道在什么地方？你怎么会知道在什么地方？"

原来，在陶思萦去世后，祖德一直想找机会给情人报这个仇。几年里他一直瞄着左思承的动向，多次发现左思承总去城郊的一处大宅院，但那里保卫甚严，自己始终无法得手。他相信左思承如果做什么隐蔽的事情，一定会在此处藏身。

九红和家人认为祖德说得有一定道理。于是九红带着祖德来到虎坊桥柳中林的住处，柳中林一听祖德所说觉得有门，便亲自带领一班人马直奔京郊左思承处而来。

夜深人静，乌鸦枝头晕晕欲睡，半边残月遥挂天边。一行人远远下得马，夜行衣打扮，按祖德所指方向潜行而来，只望见眼前一片大大的宅院，柳中林一挥手，两个小队迅速将小院团团围住。特务连一排长飞身上树向里面张望，见院内屋里都有灯光和人影，便将此情况报告给了柳中林。柳中林一听心中暗喜，抬起头望着满天星斗不无感慨地说："世间机缘巧合，天无绝人之路！"

祖盛醒来的时候仍觉昏昏沉沉，只见一个空荡荡的屋子里好像有几许光亮，刚想动动身子，却发现自己被绑在一个椅子上。哗——一盆凉水浇在他的头上，顿时将他冲个激灵，之前的年轻人冷冷地看着他，轻蔑地笑了笑走出去了。不多时，一个身着长袍的男人吊着一支胳臂走了进来，表情是那样轻蔑和傲慢。

来人正是左思承，虽说手丢了一只，可人仍显得精明干练，头梳得光光溜溜，脸养得白白净净，一副金丝边眼镜架在鼻上显出几分斯文。他细细地打量着祖盛说："真是山不转水转，想不到一晃这些年过去，我们能在此处相逢。"祖盛深知已身处险境，但怕也没用。这些年的经历告诉他，越是怕越完蛋，他索性哈哈大笑："是呀，两山难相撞，两水终相逢啊。想怎么着，来吧！"

左思承沉思了片刻说："革命如何成功？像你这样的人还能混上什么团长，这个时代荒不荒唐？"祖盛笑了："你还配说什么革命？哄着别人排演什么新剧，干着些见不得人的勾当，如今又跟日本人混在一起，还好意思喊什么革命？"一席话把左思承说愣了。他眯起眼看着祖盛问："这么说你对我的行踪是有所了解喽？"祖盛说："那当然，所谓螳螂捕蝉，黄雀在后，相不相信，再不用多时，我的弟兄们就会闯进来？"左思承笑了，说："你们这些人有点能耐我相信，不过这个地方是任何人都想不到的。这并不是大栅栏里的街巷旅馆，这是个你所不了解的地方。"

祖盛不值一提地说："别太自信了，就是松田老儿的住处，老子也知道得一清二楚。"一听这话，左思承认真起来，问祖盛："你到底都知道什么？都给我说出来，不然你今天可不是掉胳膊掉腿的事了。"祖盛索性一挺胸脯说："无所谓，看你爷爷哪块肉好就直接往下拉，我还真就没在乎过。"说完,他两眼一闭,好像只等开肠破肚的样子。左思承从身边兄弟的腰间唰地抽出腰刀架在陈祖盛的脖子上说:"姓陈的,你给我听好了,你我两家仇恨非小,你剁了我的手,我就要挖了你的眼。睁开眼睛,我让你再好好看看这人世间的模样。"

祖盛慢慢睁开眼睛,愤怒地说:"我看见了,一个空喊着民主的假革命,一个贪恋别人女人的伪君子,一个爷们儿面前的懦夫。"左思承将刀抽回去,交给身边的兄弟,习惯性地拍了拍手,用手帕掸了掸浮尘说:"早听说陈团长是性情中人,今日一见果真气概非凡。陈祖盛,如要你命那是分分钟的事情,可我并不想要你的命。"

"嗬,不想要我命?那绑我来干什么?不会又冲那把刀吧?"

"哼,算你聪明。不过要刀的不是我,是朱马田。我并不惦记你那个东西。"

"嗯?那么你把我弄来到底要干什么?"

"松绑!"

几个大汉过来将捆绑祖盛的绳子解开,左思承伸出右臂,冲着里面的屋子做了个请的手势。祖盛跟在左思承身边向里间走去。忽然灯光明亮,但见一个装饰豪华的大厅堂中央摆放着一张大桌子,上摆各种美味佳肴。落座后,左思承为祖盛满满地斟上一杯红酒敬他说:"岁月如梭,往事如烟,城郊告别,一晃你我弟兄多年未见。后来在军中也听说你许多传闻,甚是传奇,今日再次得以相见实属有幸。来,我敬仁兄一杯。"这一系列举动着实让祖盛觉得突然,这到底是怎么回事?他忙拦住左思承说:"哎,慢点慢点,这到底是怎么回事?"

左思承望了一眼身边的兄弟,笑了起来,从容地从怀里掏出一张纸递给祖盛,祖盛展开看着,上写:兹委任左思承为华北地区军务肃反处处长,凡该地区涉此类事宜均有裁断之权，望给予便利而行。看完这个，祖盛心里明了一些，将文书交给了左思承说："哦，左处长，想不到，原来干上特务啦。"左思承笑着说："都是明白人，我也不多说，其实我早知道你的人一直在跟着我，你也一知半解地了解些情况，如果我要再不见你，一是担心由于误会影响我们的计划，二是怕双方在不知情的情况下动起手来造成伤害，更得不偿失。因此，今天在不得已的情况下用这种方式把你请来一叙，望兄见谅。"

祖盛明白了左思承的意思，便问道："这么说朱马田等一系列的事都在你事先设好的圈套中了？"左思承笑着冲祖盛点了点头说："是的，的确想通过他了解到底有多少他想拉拢和已经被拉拢的人，同时更想深入到松田纯一下面的网络。据现在的情况分析，中日早晚一战，只是政府希望把时间推迟得越晚越好。这个我们说了不算，要看日本人的，所以我们只能加以防范。今天把你请来要跟仁兄说的是，这件事交给小弟来办，知会太多反倒不利于我的工作。你只管办好你的大班，唱好你的大戏，保护好那把稀世青龙偃月刀。同时传告令弟，当年之事小弟多有得罪。"说到这儿他下意识地看了看自己的断腕说："我也算为此付出了代价。"

这一刻，祖盛心里忽觉一阵沉痛，他真是无法想象，沉浮世事，大浪淘沙，不知谁被冲到哪里，冲刷成什么样子。祖盛郑重地站起身，端起酒杯说："思承弟一番诉说，兄谨记在心，就按你说的去办，如有用兄弟的地方尽管开口，兄定当效力。"听了祖盛的表示，左思承脸上泛起一片光彩，他非常高兴地举起杯说："好！尽管乱世之秋，但我等中华儿郎应不负国人，有一份力，发一份光，来，让我们同饮此杯。"

正此时，忽然一片巨响，各个窗子被冲破，一群身着黑衣、面罩黑布的人手持枪刀直扑过来，高喊着："不许动！不许动！"桌上的人纷纷举

大京班

起双手，正这时一阵爽朗的笑声打破了沉寂："哈哈哈……他奶奶的，果然不出所料，还是在这背静地儿能捉着你们。"祖盛一听便知是柳中林的声音，于是忙大喊一声："师座，误会，误会……"

忽见寒光一闪，祖盛凭直觉一把推开刺向左思承的尖刀。祖德反过身想再刺左思承的时候，手一把被哥哥拦住。祖盛劝弟弟说："祖德不可，现在都是自家人，别伤了和气。"祖德一下子愣在那里，什么？自家人？你什么时候和他成自家人啦？祖盛拍了拍弟弟的肩，将左思承方才所诉之事一一告诉了柳中林和弟弟祖德。只听啪的一声，短刀落在了地上，祖德望着哥哥，目光中充满失望，充满悔恨，充满痛苦，自言自语："早知今日，何必当初哇……"

回到家里，祖德紧紧插上门闩，不让任何人进来看他，一个人坐在床上哭了许久。祖盛深知弟弟难过，守候在他的门前。饭菜热了凉，凉了热，细心的婉秋也和祖盛守候在门前，不敢多说什么。父母也深知小儿子的脾气，只能让祖盛好好劝劝祖德。入夜时分，祖德的门开了，他慢步走出屋望着一院子守候他的家人，难过得抱住门前的哥哥哭了许久。

人们渐渐散去，只有婉秋悄无声息地坐到他们身边，陪着他们兄弟二人静静地坐在院子的榆树下仰望着星空。他们什么也不说，婉秋也不说，只是陪着他们一起望着天上闪烁的繁星，仿佛苍穹中的千百万双眼睛，一闪一闪，是那样神秘。祖德看得是那样痴情，那样专注，他好像在那里寻找着什么，婉秋知道，他一定是在那里面寻找着他最熟悉的那双眼睛。她静静地望着眼前这个小哥哥，心说，世上难得还有这么痴情的男儿。

·531·

第三十三章

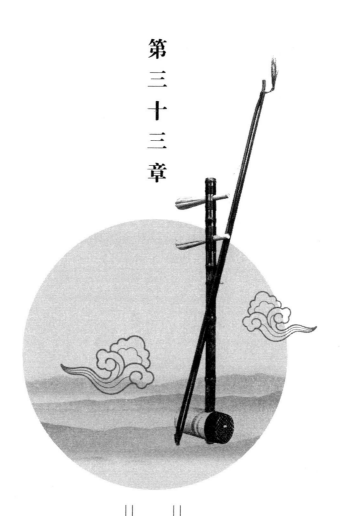

狂飙一曲

　　爆竹声声，锣鼓喧天，彩带飘飘，恭贺纭纭。新庆班正式成立，各界宾朋喜聚新庆班，将梨园界两大世家荣辱与共称为佳话。曾有的过往如昨日陈酿，苦中有甜，悲中有喜，大起大落，如诗如梦。正所谓，不是冤家不聚首，纷争过后共春秋。演了一辈子戏的人也未曾编出如此精到的剧目，活了一辈子的人有几个有如此荣辱相交的人生？人们谈论着陈霍两家的往事，称赞着两大班子合并的高明。展眼望去，两大班的阵容，两大家的势力，京城之内还有谁家可敌？

　　大戏即将开场，祖盛也学着当年父亲的样子，斩杀白毛鸡，拭血刀头，供上偃月刀，躬身三拜，显得那样诚挚，那样庄严，使身边的人都感到肃穆。

　　陈琏琨望着儿子的举止，不禁想起当年的自己，不免有种酸溜溜的感觉，被正走过来的霍思纯看在眼里。他对着陈琏琨嘿嘿笑了笑说："唉，老猫房上睡，一辈看一辈呀。还别说，你当初这一套程序，还真把梨园界的人弄得神魂颠倒呢。"陈琏琨说什么叫一套不一套的，这是规矩。霍思纯说："我懂我懂，是不是看人家唱戏，自己又犯瘾啦？不着急，等他唱完了，哪天咱俩再好好比画比画嘛。"陈琏琨叹了口气说："唉，怕是心有余力不足啦。"霍思纯笑了笑，说："是呀，有道是江山代有后人出，世界是年轻人的世界啦。"

正说话间，孙子霍思明来到两位爷爷的身边，霍思明长得标致可爱，彬彬有礼。见了爷爷们问寒问暖，很是得体，他告诉爷爷们自是来看爹娘和爷爷演戏的。两位老爷子见了这个孩子乐得合不拢嘴，谁都争着去稀罕。陈琏琨问思明今后准备做什么，霍思明说唱戏呀，唱关公啊。陈琏琨感慨地对孙子说："为什么非要唱戏呢？咱唱了两辈子戏的人家啦，还没唱够哇？太苦啦，你这么聪明的孩子，难道就不能干点别的吗？"霍思明忙说："为什么不唱戏？我的两个爷爷，还有我爹，都是咱们关公戏唱得最好的人，我怎么能不唱戏呢？我是未来的活关公啊。"霍班主哈哈大笑起来说："孩子呀，你可真是我的好孙子，看来爷爷没白给你起这个名字呀。怎么样啊陈琏琨？要不说怎么让他姓霍呢。"

霍思明告别两位爷爷上后面看爹去了。望着后生，两位梨园老人心中充满幸福。转过眼，陈琏琨却没好气地对霍思纯说："我可跟你说，当初你给这孩子取名字的时候可是把我气够呛呢。"霍思纯忙说："嘿，那些个陈谷子烂芝麻的事还提它干吗？当初是怎么个缘由你也知道。琏琨哪，我一直想找你好好聊聊，想当年你是顶天立地的一个汉子，一个好角儿，看了你的戏不得不敬重三分。可到底是什么原因造成的你连年走背字，渐渐远离了人们的视线和尊重？太后恩宠有加无可厚非，可那些个财宝真比亲情、比命还值钱吗？"

听了霍思纯的话，陈琏琨仿佛陷入了沉思。这个连自己都答不明白的问题已困扰他很多年了，连颜世龙这样的挚友都远离了自己，在梨园界自己还有几个朋友哇？不免心中一阵难过，两行老泪顿时涌流而下，他背过身向里面走去，以免让霍思纯看见笑话。

霍思明遵照父亲的吩咐，将拜过的青龙偃月刀送至前厅展位，以供今晚前来看戏的人观赏。对这件事情，老班主陈琏琨甚是不放心，也曾几次跟儿子计较过，他实在担心这把刀再叫人抢走。他又说服不了祖盛，虽说这把刀是他的，却是大儿子帮他找回来的，再加上如今新庆班已由大儿子挑班挂头牌，班子由他做主啦。老班主望着小孙子拿着宝刀向前厅走去的背影，仿如看见一个时代渐渐远去。

夜色渐渐幽暗，灯火初染市井。秋天的风给人们带来阵阵爽意，广合戏园高搭彩棚，五色飘带随风摆动，门前聚集着许多争看新庆班大戏的人。即使看不上戏，也要在这里倾听和感受新庆班成立的盛况，这不仅是梨园的盛事，仿佛也是他们的节日一样，他们渴望分享这种快乐，感受这份喜悦。

大门敞亮地开着，一把青龙偃月刀伫立在大堂之上，那样惹人注目。即便隔着较远的人也不停向里张望着，大家窃窃私语，不就是这把刀吗？被人们传得神神秘秘。不就是这把刀吗？曾经是那样轰动京城！

应邀前来的宾朋陆续走进戏园，无不在这把青龙偃月刀前瞻看一时。人们知道这不是一把普普通通的刀，不仅仅是因刀头之上有稀世珍宝，更因为那里面有皇族对一代艺人的宠爱，对国剧艺术的尊崇，有一位艺术家为此荣辱一生的事迹，是大京班的人不计前嫌，心怀忠义，面向未来的象征。望着上面一颗颗闪闪发光的宝石，望着金灿灿光彩夺目的大刀，人们不免生出几分敬仰，几许感慨。

梨园人士、达官显贵纷纷前来拜贺，忽然几个身影出现在人们面前，他们穿着讲究，斯文有礼。尤其前两个，一个西装笔挺，留着一撮很有特点的小黑胡；另一个头发光光，身着灰色长袍，手拿一支翡翠烟嘴，潇潇洒洒，很是气派。他们不是别人，一个是日本商人松田纯一，另一个便是现如今不可一世的洋行老板朱马田。尽管他过去长得狗头獐脑，塌鼻鼠目，可这些年的养尊处优使他脱胎换骨般地发生了变化，大有今非昔比之感。

人们对他的到来有些吃惊，因为知道此人与陈家有着不悦的过往。

朱马田显得稳重，平和，他陪着松田纯一来到被围栏隔着的青龙偃月刀前认真地观望着。松田纯一从怀里取出眼镜戴上，仔仔细细地看着，仿佛想辨认它的真伪。为此事他特意从国内请来近十个一流的行盗高手，加上朱马田手下十几个武功能人，左思承一帮兄弟，下手取刀不在话下。可假如这把刀是赝品的话，不仅暴露了日本的意图，更会叫人笑掉大牙。看到刀头上闪闪发光的宝石和精美的做工，凭多年的经验，他认定这就是那把传说中的青龙偃月刀。但他还是反反复复、小心翼翼地询问朱马田，这把刀是否是真品，朱马田打一百个包票地告诉他，从多方面得到准确的消息，这把刀是真品。

听了这句话，松田纯一仿佛得到了更准确的认证，才放下心来。他脸上掠过一丝得意的微笑，他感到这把被人们传了又传、几易其手的宝物将通过他的手，存放在自己国家的博物馆里，其中的光芒也将把自己这份辛劳永远载入史册。他又上上下下打量打量前厅，前后左右看了看进出和观瞻的人群，对着朱马田耳语了几句后，转身向戏园门外走去，消失在市井之中。

左思承带着随从走进戏园，站在这把青龙偃月刀前，显出几分冷峻。目光中充满藐视一切的傲然，增添他几分孤傲。他上下左右打量着，仿佛合计着什么，目光忽然落在正准备进场子的朱马田身上，见朱马田向他招手，便过去一起走进了场子。朱马田小声地问他，会过陈祖盛后的这几天再没更多的反应吗，左思承告诉他说没有，看来陈祖盛对他还是深信不疑的。朱马田告诉他："姓陈这小子可不白给，咱们的情形他掌握得不少，这次我做面上的文章，烦老弟你从另一侧下手，料他再聪明也想不到这一招，所谓英雄出少年，老哥我可就指望着兄弟你啦。"

　　左思承假装客气地说："没什么出少年，只是多一分计算，多一分胜算罢了，做到有备无患是兵家之道。"朱马田乐了，说："还得是带兵之人，哥哥研究水路、陆路的买卖还行，研究这争夺之计谋还要向弟弟请教一二。"说完，他们走进场子，在座位坐下，左思承纳闷地看了看朱马田问："松田先生怎么还没过来呀？"朱马田说："过来啦，欣赏完这把青龙偃月刀之后就走啦。"左思承轻蔑地笑了笑，说："东洋人，总是比狐狸还狡猾，坏事都由别人去做，好处都是他们来得。不是我跟你说呀朱兄，跟他们打交道，你得留点心呢。"

　　朱马田笑了笑说："嘿，你是军人，我是商人。你们还有点血性和豪情，哥哥我不说有奶便是娘，可也得找个硬实的靠山不是？你说从咱们大清到现在的民国，你看看，换汤不换药，都他娘的欺软怕硬。什么时候不是洋人在这儿打腰？英国人、法国人、俄国人，现在又换成了日本人。只要你站在他们身边，就没人敢惹你，不然的话欺负死你。"听了他的话，左思承闭上眼睛叹息了一声，摇了摇头，仿佛是对他的观点无奈的认同。

　　这时忽见一个壮实的大汉走到了他们的身边，此人头戴礼帽，上罩古铜色绸衫，一条光闪闪的金链搭在怀中，手提一根考究的拐杖，一派富商的样子。他笑呵呵地冲左思承点了点头说："哟，原来是左老弟，这么巧？"边说边坐到左思承的身边。左思承一看便认出这是陈祖盛的上司，柳中林师长。柳中林这个时候的出现和这身打扮，大大出乎左思承的预料。他忙起身冲柳中林客气地想说点什么，却又不知该怎么称呼。柳中林忙说："哎哟，就是贵人好忘事。"边说边伸出手去说："古董商陶中秀哇……"

　　"哦，陶老板，陶老板，你看看我，你看看我……"说着，左思承拍了拍自己的脑袋，好像一副好忘事的样子，"我说嘛，看着这么眼熟，就是想不起来啦。"接着，他忙将柳中林引介给朱马田："这位是我的朋友朱马田先生，这位是古董商老板，陶……陶……"柳中林忙接过话说："陶中秀。"

双方站起身来相互握了握手，朱马田的眼神中闪过一丝狐疑，冲柳中林点了点头坐下来。他忽问柳中林："陶先生，小弟也十分喜爱古董，不知陶先生在哪儿设店哪？改日到先生店里拜望。"柳中林不紧不慢地笑了笑，说："兄弟家在西安，不在京城开店，这位仁兄如果喜爱古玩可随时到西安找小弟，愿为朱兄效力一二。"左思承忙插话说："是呀是呀，陶兄是西北的古董商人，手里有不少镇国之宝呢，朱兄如有兴趣，改日小弟可陪朱兄去逛逛。"朱马田甚有兴致地说："好哇，今日有幸，可谓相遇知己也。"柳中林也笑着说："哪里哪里，能见识到京城海德曼商行的朱兄，此乃三生有幸啊。"

两人你一句我一句聊得热乎，左思承却显得不大自然，他起身欲走，却被柳中林一只有力的大手牢牢按住。柳中林热情地说："哎，左老弟呀，都说你少年得志，骄傲得很呢。上次的酒没喝好，今天在这儿碰上你，看完戏，你得陪哥哥我好好喝几杯呀。"左思承点了点头，说："是是是，今天一定陪大哥好好喝上几杯。"朱马田饶有兴趣地又问柳中林："陶先生这次到京城是采货呢，还是卖货呢？"柳中林笑呵呵地说："当然是采货呀。"朱马田接着问陶先生采些什么货，柳中林显得神秘地小声说："不瞒二位说，兄弟我是专门来买前厅那把青龙偃月刀的。"

一句话，把眼前的二人都说愣了。柳中林像没那么回事般地看了看他们，仍神秘兮兮地说："不瞒你们说呀，听说好多人惦记这把刀，连东洋人都掺和进来啦。"左思承听了这话脸上显得很尴尬，朱马田却说："是吗？那陶兄可要费一番周折呀，不过据我所知，这把刀陶兄看来是拿不去了。"柳中林像不明白似的问："怎么？怕兄弟我出不起这价啊？"朱马田笑了笑说:"这个,这个,怕是没人能出得起这价吧。"柳中林不屑一顾地说:"这话可不对,这个世上不论什么,有东西就有价,有价就有买。兄弟我这次是慕名而来呀,是志在必得。"朱马田哦了一声,眯起眼睛看了看柳中林,说:"那小弟可得刮目相看了,小弟听说,此刀乃无价之珍宝,为此刀不知惹过多少麻烦,掉过多少人头哇。"柳中林毫不介意地说:"别听人们传得神乎其神的,我才不信邪,越是传得神乎,老子越感兴趣,我这次把大洋备得足足的,我就不相信得不到此刀。"

突然的巧遇使朱马田心犯疑。这个人到底什么来头?什么古董商?纯属扯淡。一手的老茧,分明是行伍出身嘛。他怎么会与左思承如此熟悉?这里面到底是什么套头?朱马田百思不得其解,他闭上眼睛,脑子飞速旋转着,左思承?陶中秀?这里面是怎么回事呢?

霍思明按照父亲的吩咐,再次将青龙偃月刀取回后场,在路经场子的时候,这把闪闪发光的宝刀吸引着人们的目光和兴致,人们仿佛从这把宝刀里看到许多东西。

锣鼓阵阵震荡京城,乐曲声声余音绕梁。新庆班的大戏开场了,好角儿陆续登台,风采各不相让,谁看过这般演绎的张飞?谁又看过这般演绎的曹操?两大闻名于国人的活关公啊,半世风云的争霸,半世烟雨的恩怨,此一刻融为一江春水。当霍九红长调一声"喂呀"引来场内爆棚的掌声,这个阔别近二十年的声音仍是那样完美无瑕,如泣如诉。这个曾被国人视为绝代名伶的九红,一颦一笑仍是那般娇媚动人,一歌一舞是那样叫人浮想联翩,这个貂蝉还有谁能与之相比?祖德、婉秋、郑班主、霍达也纷纷登台亮相,引来喝彩连连。"得,马来呀……"一声炸响全场的叫板声,使台下的人屏住呼吸,关云长即将上场了,这个让人们争执二十多年的人物,这个在京城梨园传如泼皮的戏子,这个闯荡江湖富有传奇色彩的人物就要登台啦，人们瞪大了眼睛拭目以待。

> 皓月如银乾坤朗，大将飞马离疆场。曹操传下一道令，命我一人许
> 都往。闻说吕布已命亡，孤留貂蝉守月望。欲把姣人配与我，岂不愧杀
> 男儿郎！

一个唱段载歌载舞，洒脱至极，美不胜收。博得台下喝彩连连，引得
观众如痴如醉。梨园人和戏迷拍手称快，好一个新庆班，好一个陈祖盛，
领教，领教。

场内大戏如诗如幻，场外大戏如火如荼。就在第一声锣鼓敲响之际，
六子带领着特务连的兄弟首先抄了朱马田的洋行和烟馆，之后又查抄了朱
马田的家。除查抄出大量金条、大洋和值钱的细软外，还在洋行的地下室
里发现大量枪支弹药和一些看不懂的文件。一个洋行商人存这么多这些东
西干吗？肯定有歹心，也算抓他个证据确凿。六子吩咐人看好朱马田的手
下和家人，之后又按柳师长的吩咐去松田纯一的住处。在一个闹市区稍僻
静的四合院门前停下了脚步，六子确定了此处的位置后，踢开大门闯了进
去，可进去一看，院子和屋里均空空荡荡，无有一人。六子叹了口气说，
看来这个老东西早有准备了。

舞台上一身素服的霍九红扮演的貂蝉令人心酸，面对亡夫和自己心存
敬意的关云长内心十分复杂，她轻舞长袖泪水涟涟，把台下的人看得好不
揪心。

> 喂呀君爷呀……
> 我貂蝉苦命薄夫君已故，本是想寻一死相陪亡夫。恨曹贼施奸计

阴险歹毒，毁将军于不顾骂名千古。谁不知关将军松柏一柱，谁不闻大丈夫忠义坦途。你莫要中曹贼一箭双颏，害你我于世间名节不顾。

呀……

未曾料此女子名节可贵，与美貌相映彻融融生辉。吕公嫂你且把安心放稳，关云长行事端无惧无畏。

一位大英雄，一个大美女，各自抒发着对彼此的敬重与爱戴，又道出世间人难以逾越的鸿沟。这种凄美的缠绵，如泣如诉，叫人感动。台下的人被台上这对夫妻的演绎功力所深深折服。此时又见关云长手提青龙偃月刀与貂蝉边舞边唱着一个动听的唱段：

金华玉翠铸车辇偃月宝光寒，凤阁龙楼飘摇中红烛灯一盏。云中舞霓衫星辰抱月残，绵绵长路香一缕古今岁月憾。粉黛蛾眉塑娇娃一鬐惊鸿雁，金戈铁马关山岳回首茫茫然。怡园好春梦忽隐又忽现，长歌一曲贯九州守得魂未散。

今晚戏园内大多是梨园友人和达官显贵，但也有许多生面孔无人认得。有趣的是谁也不问他们是谁，他们仿佛也无心看戏，个个都是眼珠子骨碌骨碌直转，目光直勾勾地盯着陈祖盛手提的那把青龙偃月刀。就在这时，忽听一声口哨响，哗地从不同方向出来好多人。也就在此时，从台后拥出一群身着军装的卫兵，手端着枪啪啪啪啪一通扫射，一条条火舌直接撕裂行盗者的胸膛。场内场外顿时枪声大作，三伙行窃者早已被柳中林布下的天罗地网罩住。说来也怪，不论台上发生了什么，不论台下观众多么惊恐，锣鼓照常地打着，吹拉不停地奏着。祖盛仍边唱边舞，好像台下所发生的一切都与他无关一般。

月夜如银如镜，铁马阵阵嘶鸣。征伐声声不静，且看谁敢横行。

唱完此段，"关公"身背青龙偃月刀做出完美的亮相，指尖直指台下的朱马田。

从来还没见过如此演戏的台下众人乱作一团，冷不防左思承抽身而走，可当朱马田想走的时候已来不及，他只感到一个硬邦邦的东西顶在自己的腰间。柳中林笑呵呵地对他说："哎哎，老实地坐着看戏，动一动就要了你的性命。"直到此时朱马田方知，自己早已落入陈家设下的陷阱之中。

戏中戏尚属首见，新庆班的传闻被梨园人越传越神，这回可真开了眼了，这哪是什么关公月下会貂蝉哪，明摆着是演绎生死硬抢偃月刀哇！

从朱马田的口中得知十五个亲日的营级以上军官的名字，柳中林将此情报上报至军政部。之后又从朱马田的口中得知，当年他以五十两银子，将周连德的女儿卖给天津花柳巷的一个老鸨子了。得知这个消息，周连德心如刀绞，即便把闺女找回来也是废人一个啦，他泪流如注，浑身颤抖，可怜巴巴地望着陈祖盛，希望能给他做主。祖盛明白周连德的心思，他望着周连德问："周老板，依您的意思？"

周连德忙说："陈班主，您给我做回主吧，我想让他死。"祖盛听后明白了周连德的意思，望着朱马田说："朱马田哪，所谓冤有头，债有主。想当年你犯了事是周老板从大牢里把你捞了出来，可你不仅不感念他，还对人家痛下杀手，把他的女儿卖进窑子。像你这种没有人味的东西，猪狗不如。今天我就把你交给周老板啦。"被五花大绑的朱马田自知把他交给周连德等于让他送死，于是他把头磕得砰砰响，苦苦哀求祖盛饶他一命。

祖盛对他说："现在我只能把你交给周老板啦，他如能饶你不死，与我无关，你去求他吧。"说完，他冲周连德一抱拳离开了屋子，就在他转身还没走出五步远的时候，便听见里面棍子落在骨头和肉上的声音和朱马田鬼一般的号叫。

在六子的配合下，这天夜里把朱马田蒙上眼，捂上嘴，拉到天桥的大空场上。空旷的场子在月光下显得十分清冷，六子按照周连德的要求，从侍卫手中借了五匹马。起初六子也不知他借马要做什么，到了大空场才发现，周连德已备好了五条长长的绳子。六子立马明白了，心说，这可真够狠哪。转念一想，可也难怪，这朱马田死有余辜。像这么阴损坏还真就不多，这人世间哪，像这样的人应当有一个杀一个。于是他让手下的人按照周连德的要求，把每条绳子套在马上以及朱马田的头上和四肢。

五马分尸，只是在说书中听过，还从未见到过，今天也是借周连德的光看看。一条条绳索套好后，周连德上前把朱马田的眼罩和捂着嘴的布巾取下来。朱马田一开始并不知道是怎么回事，只知可能一死。当眼罩被摘下来，借着一束火把看到手脚和脑袋都被拴在一匹匹马上的时候，他终于明白了，他忽然撕心裂肺地号叫一声。这一声叫得是那般绝望。周连德慢步走到朱马田的身旁说："姓朱的，没想到你也有今天吧？"

朱马田哭号着对周连德苦求："周老弟，你大人不计小人过，哥知道哥坑了你，害了你，哥对不住你。只求你赏哥哥我个全尸，让哥哥我换个死法，这，这实在是太吓人啦……"周连德咬着牙说："不行。不能让你有全尸，像你这样的坏种，不配到阴间去，到那儿你还要做坏事。只能五马分尸，让你进不得祖坟，入不得地狱，当个孤魂野鬼，四处飘着去吧！"

朱马田心说，这个周连德真够狠的，此时后悔也已来不及。他还是不甘心地晃动和呐喊着："陈大当家的，陈大当家的……啊……饶了我吧……"

话说也巧，为寻松田纯一的踪迹，祖盛和柳中林也来到天桥广场，想从朱马田嘴里寻个究竟。

两匹高头大马，带着一队手持松油火把的队伍走近朱马田的身边。祖盛下得马来，望着绝望中狂号的朱马田问他松田纯一的藏身之处，说如果交代其藏身的地方，可以考虑给他换个死法。

朱马田可怜巴巴地告诉陈祖盛，说："除去过他在前门一带的那个住处，真不知道他现在藏在什么地方，松田这个人非常狡猾，短时间之内你恐难找到他的藏身之所。"祖盛接着问他跟左思承到底是怎么勾结在一起的，他的使命是什么。朱马田告诉祖盛："这段时间他与松田交往甚密，他与你们接触也是想摸摸你们的底，更多的我就不知道啦。"祖盛又问："左思承将家人和财宝都转移到了日本，你知不知道这件事情？"朱马田摇了摇头说不知道。祖盛接着问除了西郊的住处，左思承还有什么藏身的地方，朱马田仍是摇着头说："真是不知道。"

祖盛无奈地摇了摇头，说："朱马田哪朱马田，你自以为聪明，到头来却叫人当猴耍了，可怜又可悲。如果仅仅为了些私人恩怨，你不必受这样的惩罚，可是你出卖祖宗，出卖国家利益，罪责难逃。加上你作恶多端，手段残忍，行为恶劣，死一百次都有余辜。所谓恶有恶报，今天你落在周老板手里，也算给他个说法和公平。"他看了看身边的周连德，说："周老板，搭救你女儿的事放在兄弟我的身上。"说完拍了拍他的肩，转身跳上高头大马扬鞭而去，身后留下朱马田不停的求饶和哭号之声。

灯光火把远去了，天桥广场再次陷入恐怖的宁静。周连德一瘸一拐地巡视了一下那五匹健壮的高头大马，他拍了拍其中的一匹，边捋着马鬃边亲昵地说："伙计，一会儿听到动静的时候你卖点劲，把这狗日的脑袋抻下来，我喂你好吃的。"之后，走到朱马田的身边，得意地对朱马田说："再说几句话吧，这也是你在人世间最后说话的机会啦。"

　　朱马田深知难逃此劫了，只能惊恐地把脑袋尽量缩进脖腔里呜呜地哭鸣，希望在被五马分尸之前，让头颅再享受片刻的温暖。周连德叹息了一声说："唉，作恶多端，自承因果吧……"他举起手中的枪，冲着天空砰的一声。清脆的枪声震荡着宁静的夜空，也顿使几匹马受到惊吓，它们各自冲着自己前面的方向猛冲过去。只听嘣的一声，一个完整的人顿时被撕裂成碎片。士兵一个个吓得紧捂眼睛，因为这太血腥，战场杀人也没这样血腥过，没这样刺痛他们的神经。只有周连德瞪大了眼睛发狠地看着，仿佛期待再来一次。

　　一夜的惊鸣，一夜的枪声，仿佛给新庆班的庆典造成阴影。万万想不到的是广合大戏园的门前人越聚越多，想一睹新庆班的风采，想观看青龙偃月刀的人越发踊跃。连连五天大戏，陈老班主的《古城会》，霍老班主的《温酒斩华雄》，霍九红的《擂鼓战金山》，陈祖德的《千里走单骑》，霍达的《火烧连营寨》，票一售而空。

　　全梁上坝，个顶个的好角儿，这等大班谁人可比？最后在业界和众戏迷的要求下，再加演一场《关公月下会貂蝉》。经祖盛和班子推举，由祖德和婉秋接演这场戏。虽说祖德近些年无心于此，可毕竟从少年起就被业界公认为梨园神童，他的天资和功底绝非一般人所比。婉秋出身梨园，近些年在陈家的熏陶下，演技也已炉火纯青。二人上得舞台一举一动，一说一唱，无不显现出其精深的艺术功力和感人的艺术魅力。人们陶醉在这对新人为他们带来的艺术享受之中，祖盛和九红面对弟弟和婉秋舞台上的精彩演绎，无不感慨万千。祖盛和九红偷偷地站在场子的后面，望着舞台上说："新庆班，大京班，太好啦，这样我也就放心啦。"

　　当祖盛说完这句话的时候，一丝惆怅掠过九红心头，她眼圈微微发红，悄悄低下头，双手紧抱住自己的爱人。她知道，祖盛已心许军旅，这种安排是心里早有打算的。可多留几日是几日呀，她轻轻地取过祖盛的手，放在自己的胸前，祖盛感到她心跳得那样快。祖盛亲切地搂过妻子，用手撩起她的发帘，看着他梦中思念的这双迷人的眼睛，抱歉地说："九红啊，自打我见到你的那天，就盼着能与你天天厮守。能娶到像你这样美，这样好的女人，我陈祖盛三生有幸。在我人生低谷之时，夫人护我，疼我。在我跑路远走他乡时，夫人为寻我冒着风险受尽辛苦，更使我没齿难忘。夫人对我之爱，我今生今世无以为报。只是为夫不仅仅身许军旅，更重要的是当今军阀割据，民不聊生，洋人纷纷窥视，民族危亡在即。这些时日你也看到了，日本人图谋中华，中日之间早晚一战。军座已托人捎来信件要我速回军中。为夫已身不由己啦，万望夫人能体谅祖盛心情。好在大班已经成立，我走之后还望夫人协调好家人和班中的关系，愿我走到哪儿都能听说，京城的新庆班戏演得好，角儿唱得棒。"

九红哭了，她是那样不舍得丈夫远去，她是多么希望爱人还像当年那个骚烘烘的小淘气，成天绕在身旁。可是不能了，所谓大丈夫所为，大丈夫情怀，古往今来的戏中不知已看过多少。他不是《天仙配》中的董永，他是《三国演义》中的关云长。他是驰骋千里的汉子，他是心系民族的军人。滚滚热泪滔滔洒，绵绵情意缠缠连。她望了眼台上，对祖盛说："让他们先唱着，我们回家吧。"

垂下红罗帷，宽解黄丝带，这一夜九红要拿出所有的爱去与自己的男人缠绵。人生苦短，良宵千金。期待如云，过往如烟啦。

两天后，祖盛带着部下告别家人，踏上西去的路途，只是把六子和几个人留下来，因为前天已接得密报，左思承潜伏到了天津。他叮嘱六子一定将此人拿获，只有抓到他才能捉住后面的松田纯一，同时尽最大努力找到周连德的女儿周淑萍。六子说："拿左思承不在话下，可天津那么大，姐儿那么多，又隔了好几年，上哪儿找这位烟花姑娘去呀？"祖盛半开玩笑地说："抓左思承我有八百个人选，但找周淑萍非你莫属，明白吗？"六子问祖盛："这是什么意思？"祖盛笑着说："因为你打小就跟老鸨子熟哇。"一句话把六子说得满脸通红，他忙用手势止住祖盛的话，怕再往下说，身边的兄弟听之不雅，忙说："好好好，我去我去。"

大将飞身上马，回眸百感交集。新庆班的人望着这位既是那样亲近，却仿佛又那样陌生的亲人，心头百感交集。留是留不住的，去又不知何时再见，特别是九红哭得跟泪人一般。儿子搞不明白，爸爸戏唱得这样好，为什么还非要回什么部队，做什么公干，把娘娘心疼得死去活来？九红再次来到马前望着丈夫说："祖盛啊，为妻知道，你有英雄气概，英雄情怀，虽说身许军旅，也要好自为之。乱世之秋，枪林弹雨，你要多加小心，一家人，新庆班的人都等着你的归来呀。"

男儿有泪不轻弹，只是未到伤心处。这一刻祖盛忽觉鼻子一酸，流下泪水，他觉得自己实在对不住眼前这位为陈家付出那么多的女人。他仰天长叹一声，慢慢低下头对九红说："九红，记着我对你的嘱咐，等为夫回来看你。"说完，一扬鞭奔大路而去，望着一阵尘土飞扬，他们的身影渐行渐远，消失在一片晨曦之中，新庆班的人却还在那里挥手遥望着。

按照祖盛的吩咐，六子带人奔天津而去，费尽周折在那座鱼龙混杂的海港城市里，从港斧帮的手中把已陷入青楼多年的周淑萍姑娘搭救出来，完完整整地送回到她父亲周连德的家中。按照祖盛与家人的交代，将周连德和周淑萍父女安排在广合戏园，经营班子的场子。当再次走进场子时，父女二人不免感慨时世多变，福祸轮回。他们为成为新庆班的一员而感到庆幸，他们从心里感激这位心存正义的陈家大少爷，这位新庆班真正的班主。

同时，六子又在码头上把化装成商人准备去日本的左思承捕获。经密审，左思承承认了他投靠松田纯一的事实，夺取青龙偃月刀也是松田纯一让他与朱马田分两路同时下手的计划。六子没含糊，同样将他绑在一把椅子上，抻出了他的右手，尽管左思承吓得哭爹叫娘，六子仍是毫不含糊地举起了手中的斧子。

时隔不久，一天祖德唱罢戏坐在后台，一个人给他送来一个木盒子，祖德感到莫名其妙，打开一看，是一只血淋淋的手。祖德顿时感到一阵恶心，婉秋想过来观瞧，祖德忙用盖子盖上。他曾经见过同样的一只手，祖德知道，这一定是那个人的另一只手，是哥哥给自己和陶姑娘的一个交代。

陈祖德一个人向紫禁城外的护城河走来，这里是那样静，静得像心死了一般。天渐渐凉了，哈出的气息仿佛一股股冒出的白烟儿，他静静地站在护城河边想着什么，随后将木盒子扔进河水里，一阵声响，几片涟漪，之后便归于宁静。他仰天望去，一轮昏黄的月亮，几丝惨淡的浮云，和陶姑娘准备救哥哥而离开自己的那个夜晚是那样酷似，不免潸然泪下，他如吟诵般道：

　　　　故人已西去，哀鸣贯九州。滚滚潺潺诉往事，欲语泪先流。爱似千古梦，情如万世秋。卿卿我我志未酬，天凉意未休。

随祖德身后悄悄而来的婉秋在不远处凝望着眼前的一切，不禁黯然神伤，小哥哥真是这个世界上再好不过的男人，自己如此用情可如何是好。

第三十四章

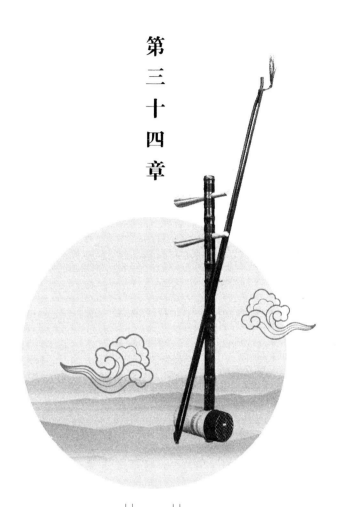

家国情怀

　　九一八事变爆发，日本人仅用不到两万人马便占领了奉天，当国人还没清醒过来的时候，全东北又被迅速占领，日军直逼山海关脚下。眼见城门洞开，中华民族将面临从未有过的危亡险象。消息迅速传遍大江南北，国人纷纷声讨，身为军人的祖盛顿感气愤难平。狗屁政府，东北军，个顶个的包子！熊蛋！打内战比谁都能耐，见了小鬼子一枪不放就跑了，算干什么吃的？

　　虽说祖盛的部队在西北，可不管军人们如何请缨，政府就是不批准他们到山海关。祖盛心说，这不明摆着，日本人占领东北作为大后方后，一定会继续侵占中原。自己的家在京城，离山海关三百余公里，转眼的工夫就过来，怎能不深深挂怀。保家卫国匹夫有责，更何况军人。

　　军长马占魁看出祖盛心焦气躁，便安慰他说，国家之事，一盘大局，岂能儿戏。作为军人，好好练兵，有朝一日上得战场，那时再分输赢。"赢个六吧？"祖盛不服地说，"趁王八还没成精赶快弄死它，等成了精，缓过乏来，你再想动它都难啦。"听了祖盛的话，军长马占魁陷入沉思，是呀，为侵占中国，小鬼子这些年就一直在做着各种准备。政府明明知晓，却故作绥靖，终养虎为患。身为军人也只能以服从命令为天职，他拍了拍祖盛说：

"兄弟，你的心情我理解，放心吧，以这种情形来看，仗是有你打的，少安毋躁。"祖盛一扭头："还什么少安毋躁？火都燎到屁股底下了！"他转身走了。军长马占魁望着这位血性男儿感慨地说："真是皇上不急太监急，一将误事千古恨哪。"

不管怎样，带好队，练好兵，还是十分重要的。由于中国军队装备有限，再扩军也得不到更多给养和装备。祖盛想出一个好点子，听说日本人拼刺刀非常厉害，大刀破长枪有着独到的功法，咱何不组成一支大刀队呢？这两天他画了几张草图，有一幅带青龙偃月的图案的刀样，他十分中意。听人说山西太原附近有个左家镇，那里有一个打造宝刀的世家，于是祖盛带着六子立即起身奔山西太原而去。

来到左家镇，放眼望去足有几百户人家。这里铁匠铺很多，他左右打听了半天，终于在靠镇西头的地方找到了悬挂黑紫色牌匾的左家刀铺。进院一看，这里与镇中大的铺店比起来显得冷清，几个中年人正在打造铁器，脚下堆放着铁马掌、铁叉子、铁犁铧等器具。祖盛走过去打听这里是否有个叫左辰的老人。

一个壮年汉子回身看了他一眼问："你找他做什么？"祖盛说是来找这位老人帮他打造一把钢刀的。那个中年人对他说："我爹老了，做不动活了。"之后又问他要打造什么样的刀，有图样吗，肯出多少钱，仿佛有要接活的意思。祖盛看着他笑了笑说："多少钱我都肯出，可唯一一样，我只找左辰老先生打造。"那个壮汉又对他说："我说过了，我爹老了，做不动活了。"祖盛有些失望地点了点头，转身欲走。正这时忽听身后传来一个苍老而沙哑的声音："谁找我呀？"祖盛回过头，只见一位老人走出屋门，他一身粗布衣着，蓬松着长发，瘦而苍黄的脸像刀条子般布满一道道皱纹，唯那双眼睛仍充满长辈和高手的傲慢。他手里端着一支长长的烟袋，嘴里吧嗒吧嗒地吸着旱烟。他望着祖盛，不紧不慢地坐在了自家门槛上，不慌不忙地往烟袋锅里添烟丝。祖盛一看便知，这一定是那位人称宝刀匠的左辰。于是，祖盛走过来对老汉毕恭毕敬地深施一礼，说："晚辈陈祖盛想请老先生帮我打造一把钢刀。"老汉抬起头再次打量他一会儿，说："看得出，你是个行伍出身，可这都什么年代啦，怎么还想打什么刀哇？再说镇上到处都是铁匠铺，为什么偏偏找到我呀？"祖盛忙解释："闻听老先生手艺了得，所以特来讨扰。"老汉仍吧嗒吧嗒地抽着烟，又看了看祖盛，问他："你想打把什么样的刀哇？"祖盛说宝刀。老汉一听乐了："宝刀？宝刀，这个词已是很久的啦。"

老汉眯起眼睛望着远天，好像在想着什么。他问："祖盛，有样子吗？"祖盛说有，将自己勾画的刀样拿给了老汉，老汉接过刀样边吧嗒吧嗒地抽烟，边细细地看着，同时嘴里轻声叨咕着："青龙偃月，嗯，倒是与众不同。打这把刀准备做什么呀？"祖盛说："杀鬼子呀，杀日本鬼子。"老汉一听，认真地睁开了眼睛，仔细地打量祖盛一会儿说："那叫倭寇。"祖盛忙拱手说："对对对，倭寇，倭寇。"

老汉长叹一口气说："杀倭寇，杀倭寇，这都多少年啦？就是杀不尽哪。"他冥想了片刻后问祖盛，你打算出多少钱，祖盛说但凭老先生开口。老汉想了想，伸出四根手指。祖盛问："四十大洋？"老汉摇了摇头。祖盛又问："四百大洋？"老汉又摇了摇头说："四根金条。"他抬起眼睛望着祖盛，祖盛想了想，一点头说："全凭老先生。"老汉紧接着说我要的可是现货。祖盛点了点头，回身从六子手里接过四根金条送到老汉手中。老汉用手掂了掂，说："好吧，这活我接啦。"院子里的壮汉和几个年轻人看傻眼一般，打把刀要四根金条？他们仿佛从来没信过他爹有这样的本事。

老汉站起身围着祖盛走了两圈，上上下下打量了一会儿，拍了拍他的臂膀，弹了弹他的胸脯，从身边的柳树上折了一条柳枝，根据长短又折了几折，将柳枝抬到眼前向远方伸望了一会，交到祖盛的手里说："拿着它，抬起手臂让我瞧瞧。"祖盛遵照吩咐拿着柳枝抬起手臂，他明白，老汉是要量刀的长短。看后，老汉满意地捋了捋胡须问："军爷要的是腰刀哇，还是背刀哇？"祖盛想了想说："我要一把背刀。"嗯，老汉点了点头，一抬手将祖盛请进屋里。

老汉把祖盛请进他的家里，指着墙上挂着的几幅画像，自豪地给祖盛介绍，说这个是他爹，那个是他的爷爷，那个是他爷爷的爷爷。左氏宝刀到他这儿已是第十三代传人啦。祖盛一听，立刻向老汉一拱手说幸会幸会，真是三生有幸。之后又向那几幅画像拜了几拜，老汉望着眼前这个人感到很舒服，聊了一会儿后，老汉将祖盛领向后院。那个壮汉和几个年轻人也跟着祖盛和六子来到后院，他们也感到很神秘，想看个究竟。

后院有个大土包一样的炉子，老汉望着这个大炉子说："这个老伙计可是有好些年没人碰过啦。"他走到后院的西墙脚，用脚踩了踩地面，对那个壮汉说："锁子呀，用锹把这块挖开。"壮汉冲身边的几个年轻人一挥手，他们拿起锹镐开刨，不大工夫下面露出一个大石板，老汉让他们把石板抬起来。几个人遵照吩咐将大石板抬了起来，底下露出几个木箱。老汉又让他们将这几个木箱子抬出来，他们逐一抬了出来。

老汉上前蹲在地上，用手轻轻拂去上面的灰尘，轻轻打开一个，人们上前一看，是些锤子、锥子、锉刀、铁碗之类的东西，便不以为然地摇了摇头。打开第二个箱子，里面净是些小布口袋，老汉将其中两个布袋打开，里面有好像沙子一样的东西，只是颜色不同，有一个是发红色的沙石，有一个是发绿色的沙石。老汉抬起眼望着儿子和眼前的几个人笑了笑，说："没见过这些东西吧？"大家摇了摇头。

老汉将第三个箱子打开，里面是几个带把手的大铁坨子，分大中小排列着。老汉让祖盛从大到小，分别拿起来抡一抡。祖盛照吩咐，从大到小开始抡铁坨子。抡起大的，显然力不从心；抡起中的还算可以；抡起小的，又显得轻飘。老汉将了将胡须说好了好了，之后把铁坨子放进箱子里。

老汉又领着他们走到东墙脚，用脚踩了踩，让儿子把那儿挖开。壮汉带着人用铁锹开始挖，不一会儿几个大铁坯子露了出来。老汉蹲下身拍了拍，挑一块说，把它给我挖出来。不一会儿，大家把这个大铁坯子抬了出来。这个大铁坯子着实不小，祖盛纳闷，心说用这个打刀吗？那得打多少把呀？老汉仿佛看出他的心思，笑了笑对他说："小伙子呀，什么叫百炼成钢，这回老汉让你见识见识。知道这是什么铁吗？"

祖盛摇了摇头说不知道，老汉很是得意地告诉祖盛，这是拿天上掉下来的石头炼成的铁呀。祖盛似乎一下子明白了："是陨石炼成的铁吗？"老汉得意地点了点头。他掏出旱烟袋，放进烟丝，点着火，心满意足地吸了几口，告诉儿子："生炉吧，放大了火，给我先烧他三天。"之后自顾自地向院内屋里走去。这一通玄乎，把祖盛和六子都弄得眼花缭乱，但凭直觉，祖盛认为不虚此行。他吩咐六子到镇上买些好酒好肉，他要与左辰老汉好好喝上一杯。

傍晚时老汉亲自在后院查看儿子生炉，一锹锹的煤送进炉内，炉火映红人们的脸庞。老汉见祖盛要请他喝酒，便冲身旁一指，意思就在这儿摆上桌子喝。老汉的儿子便从前院搬来桌子放至此处，老汉和祖盛坐在那儿，一边看着炉火，一边喝酒。当上好的汾酒摆在桌上的时候，老汉的眼睛顿时亮了起来，一口抿在嘴里感到那样享受："许久未喝到这样好的酒啦……"

祖盛问老汉，这把刀得几天能打出来呀，老汉看着他笑了笑，说得七七四十九天呢。祖盛顿时愣了，打一把刀需要这么多天哪，老汉点了点头说："要么为什么说叫宝刀哇。"之后问祖盛："知道我为什么接了你的活吗？"祖盛说："因为您知道我要杀鬼子。哦，不不不，杀倭寇，杀倭寇。"老汉说："这只是其一，还因为你刀样上画着青龙偃月呀。老朽原以为你是关家的后代，但凭此图也不难看出这位军爷有壮志豪情，也是难能可贵啦。"

话一句一句地说，酒一杯一杯地下，炉火映红了老汉的脸，可能是喝了些酒的缘故，老汉的脸上放射出兴奋的光彩。祖盛问老汉："都说左家宝刀闻名于世，您这祖祖辈辈一定打造了不少宝刀吧？"老汉抬起眼睛说："是呀，王公贵族，江湖侠士，的确没少打造。不瞒这位壮士，连当年戚家军的好刀都是出自左家呀。"听到这儿，祖盛本能地一拱手，以表对这个家族的敬仰之意。老汉摆了摆手，以不值一提的样子说："你说这些个日本人哪，你老到别人家来祸祸什么？这一晃多少年啦，他们总是没完没了哇。"

喝着喝着，老汉掉下几滴泪水，祖盛忙安慰老汉："那咱不怕，他来祸害，咱就揍他。我不相信咱国家这么多人，还不把他们揍扁喽。"老汉叹口气摇了摇头说："说得轻巧，压根就不是什么人多人少的事呀。按理说，咱这国家地大物博，人众口多，从表象上看骨架很大，但无济于事。多年来贪的贪，腐的腐，玩的玩，乐的乐。干正事又有几人？有几个替黎民百姓做主的呀？到玩命的时候让百姓上，他们能情愿吗？宝刀虽好，但要看握在谁的手中。日本国被美国人用兵舰敲开国门，也是损失惨重，但他们得到了教训，知道了强军，知道自强不息，厉兵秣马。造飞机，造炮舰，这一晃也是准备了好些年啦。再看看咱们，都干什么啦？玩花玩鸟，舞文弄墨，吃吃喝喝，花天酒地。再说这些个当官的吧，连北洋水师的军门都抽大烟，这仗还能打赢吗？难得壮士你还想打造一把钢刀去杀鬼子，老朽佩服你呀，来，壮士，我敬你一杯。"说着，老汉郑重地端起酒敬了祖盛一杯。

听了老者的话，祖盛对这位老人顿时肃然起敬，觉得老者虽身居寒陋之所，但精通世事道理。他斟满酒向老者深鞠一躬说："今闻先生一番话，胜读十载圣贤书。祖盛佩服啦。"老者含笑摆了摆手说惭愧惭愧，一己拙见，让壮士见笑啦。这一夜他们喝了很多，也聊了很多，笑语悲声留在这片西部旷野之中。

由于军务缠身，祖盛不能久留，只好暂回部队等待取宝刀的日子。一晃四十几天过去，祖盛带着六子满怀欣喜地来到太原左家镇。推开左家大门，左辰老汉正稳稳当当地站在院中，仿佛已掐算好他今天要来的架势。他笑盈盈地对祖盛摆了摆手，将祖盛领进屋里，向木架上架着的刀一指说："壮士，你的这把刀老朽替你打造好啦，不妨取来看看。"

祖盛见架上一把用精制的牛皮套封着的刀，便走了过去，慢慢将牛皮套取下，忽觉一道寒光在眼前一闪，青龙偃月映入眼帘。他将刀握在手中做了个顺刀、藏刀的姿势，便觉刀的长短、轻重正适合自己。于是转过身来郑重地向老汉深施一礼谢过前辈。老汉乐了，走过来在桌旁取了些已准备好的毛发对祖盛说："壮士不妨用毛发对宝刃一试。"祖盛取过毛发对着刀锋轻轻一吹，毛发即刻断成两截，轻轻飘落于地，同时宝刀似乎发出嗡嗡的响声。老汉对他说："壮士可出室一观。"

祖盛带刀来到院子里，老汉告诉祖盛："壮士有所不知，你这把刀与众不同之处在于，在阳光下它从各个角度看都是闪闪发光的，正所谓寒光刺人眼，不战心胆寒。"祖盛将刀用手撩了撩，发现确有一道光束随手摆动。他突然发现，这把钢刀不是纯白，而是有些奶黄色。他忙问老汉这是什么道理。老汉笑了，并对他竖起三根手指说："不瞒壮士，这把刀里有你三根金条哇。"祖盛一听顿有不解之意。老汉说："西洋人所谓的合金、合金，就是这个道理。金子是软的，可把它融进钢铁里就坚硬无比啦，再加上老汉放进些应有的晶石和原料，便会使它切金断玉，横扫千里。不信你可以试试。"说着，老汉随手将一把铁锹头放至祖盛面前，意思是让他挥刀一试。祖盛毫不客气，举手照着锹头便是一刀。唰的一声，铁锹头被宝刀削去了一半。祖盛顿时大喜，赞不绝口道："宝刀，宝刀，真真的宝刀。"老汉也笑了，说："所谓宝刀并不在大与小，轻与重，而一定要根据其人定制特殊的样式和大小打造。日本人善用战刀，可它那刀与你这把刀相比，可谓小巫见大巫啦。望壮士身背这把宝刀上战场多杀倭寇，也不辱老朽与左家英名啊。"

祖盛无比兴奋，向老汉再次深鞠一躬，背上这把宝刀，跨上战马向部队的方向飞驰而去。左辰老汉望着他的背影，心说难得难得，混战岁月，乱世之秋，还能有这样的壮士，望上苍保佑。

回到部队，打刀的消息被人们传开，柳中林听说他打了把宝刀，便陪着马占魁过来要看个究竟。既然军座来了，这含糊不得，他让六子取来几个铁锹和钢盔，在军座面前摆成一排，之后挥起这把青龙偃月宝刀，左劈右砍，像切菜一般将这些东西剁个稀巴烂。柳中林和马占魁都看傻眼了，只在故事中听说过宝刀，可从来没有见过，今日一见，才觉中华文化名不虚传。祖盛又把自己想组建一支大刀队的想法说给了军座，马占魁一听甚是高兴，当即告诉柳中林，必须支持陈团长的想法，缺什么给什么。柳中林服服帖帖地敬了个军礼。

不多时，祖盛为团里大部分战士的手上配了大刀，士兵们整天挥舞着大刀，喊杀声震天动地，甚是威风，全军上上下下都称祖盛的团为大刀团，也称他为大刀团团长。

各大媒体纷纷报出日本人侵占东北后烧杀奸淫，无恶不作的野蛮行径，更使军中热血男儿愤愤不平。祖盛仿佛又看到八国联军侵占京城时，将自己的妻子一丝不挂地吊在树上的情景。近些时日闻听关外义勇军风起云涌，与日寇厮杀得天昏地暗，只是缺少物资，缺少外援，这个消息使祖盛忧心忡忡。是呀，在关外还有那么多自己当年的兄弟呢，也不知他们怎样了，是不是也参加义勇军了呢？关外的百姓，甚至连土匪都加入抗日武装了，可作为军人的我们，整天坐在这里幻想着什么国际联盟的调停，简直丢人。

这天，他实在忍无可忍，来到马占魁面前告诉他："这个兵我不当啦，我想回家唱戏去啦。"马占魁呆呆地坐在那里半天没说出话来，说什么呢？拿什么更有说服力的话来安慰这位血性男儿呢？再打官腔，一切都显得虚假。可怎舍得这位朋友？怎舍得这个几次把自己从生死线上拉回来的兄弟呢？他显得犯难。祖盛见军座犯难，便笑嘻嘻地说："军座呀，你们那套政治兄弟我不懂，只是这碗饭我实在是不想吃啦，我回家唱戏去啦。"

说出的话，泼出的水。全军都知道大刀团团长不干了，要回家唱戏了。马占魁深知祖盛的秉性和脾气，同时也知道他的用意，所以不再阻拦。只是说在他临行前给部队再好好唱一出关公戏，祖盛一听便明白了军座的用意。

三天后军中召开声讨日本侵占中华的大会，军长马占魁、师长柳中林、大刀团团长陈祖盛都在声讨会上做了慷慨激昂的演讲。会场气氛热烈，喊声震荡。中国人要都能有如此血性，何愁外寇为患？可将帅无能累死三军，政府无能涂炭黎民。这血一般的呼吼又待如何？

这天晚上高搭戏台，将士们都来看大刀团陈团长演关公戏。这天祖盛特意为大家唱一出《千里走单骑》，这出戏主要表现关云长为保嫂嫂，不远千里，过关斩将的故事，展现了关公的忠勇节烈。古人尚且如此，今人又待如何？听说演完这出戏团长就要回家啦，他哪是什么回家唱戏呀？一定是另有计划。台下的人凝聚着目光，只等团长身披战袍，手提偃月刀上场了。一阵铿锵有力的声音划破了寂静的夜空：

　　　　山重重水复复绵绵古道，关云长千里行护送皇嫂。慎提防仍担心思绪不到，走一路杀一程血染征袍。思皇兄一路上热泪滔滔，忠义情这一世心系牢牢。忽听得马嘶鸣用目观瞧，见城内阴气重吉凶难料。我这里亮出了偃月宝刀，来一双杀一对誓死不饶。

　　祖盛的关公戏演得霸气，逼真。台下的将士虽不懂戏的门道，可祖盛的英雄气概令他们折服，他们不停地为台上的关公送来热情的掌声，他们知道这个大刀团的团长很神，有血性！虽说是一个简单的演出，却激发出台下阵阵整齐的呐喊之声："打倒小日本！把小日本赶出中国去！打到东洋去！消灭小鬼子！"听到台下的呼喊声，祖盛深受感动，他冲打鼓的人使了个眼色，锣鼓阵阵更加有力，唢呐声声更加嘹亮。他索性在台上舞起青龙偃月刀，舞得那样美不胜收，神采那般令人飞魂。清脆的锣鼓震荡着山谷，阵阵的丝弦抚慰着河流。中华的山山水水，中华的辈辈儿郎，仿佛在这一刻被唤醒不屈的精神。

　　好一个陈祖盛，好一个关云长！马占魁真是舍不得他的远行，但人各有志，不得强求。第二天早上，马占魁亲自为他送行，祖盛已换好一身粗布衣褂，腰间仍别着当年六子为他买的那两把驳壳枪，只是背上多了把新打造的青龙偃月刀，显得神气十足，像传说中的大侠一般。

　　当推开门的时候，祖盛忽见六子和特务连一个班的人也像他一样，布衣打扮，身佩一把大刀，腰间别着双枪。这是马占魁命令长柳中林特意为他配备的卫队。一切尽在不言中，这一刻祖盛突然热泪盈眶，他忽觉这真是自己的亲人，自己的家。他抱着马占魁说不出话来，马占魁拍了拍他的肩说："哎哎哎，别娘们叽叽的，昨晚那股子英雄气概都哪儿去啦？"师长柳中林笑着说："兄弟别忘了，这就是你的后方，你的家。到了关外千万记住哥哥的话，打得赢咱就打，打不赢咱就跑。留得青山在，不愁没柴烧。明白吗？"

祖盛点了点头。军长马占魁笑着说劝也没用，他要是那号人就不会别着大刀奔关外啦。马占魁上上下下仔细打量着祖盛，为他整理了一下衣领说："兄弟呀，全军为你的血性感到骄傲，我马占魁为你的人品感到自豪，我没看错，没白认你这位兄弟。记着，哥哥这里是你的后盾，有什么事回来找我。上路吧！"

迎着晨曦，十几匹马飞驰北去。几天后祖盛一班人马进入京城，城内到处是为抗日呼喊，募捐奔走的青年学生，那种爱国热情极其震撼心灵。他忽然想起弟弟和陶姑娘当年排演新剧时的那般热血澎湃，不由得心生感怀，国人什么时候能从沉睡中苏醒，不再自私地为蝇头小利而贪婪地活着。如果国家不强，一盘散沙，我们终将备受苦难和沉沦。

远远听见锣鼓声声，咿咿呀呀的喊唱和琴声牵引着他们的脚步走进新庆班院内，这里已焕然一新，几年过去了，这里办起了科班，少小的梨园学子正跑圆场，踢腿，打飞脚。祖盛静静地坐在一旁认真观瞧着，不由得想起少小的情景，仿佛又看到那个整天跟着爹屁股后面想学关公戏的自己，看到那个在舞台上娇媚无比、光彩绽放的九红。

这时一个先生模样的人走过来看着祖盛问："这位先生，您找谁呀？"祖盛被问得不知该说些什么，六子上前刚要搭话，被祖盛拦住。祖盛说我谁也不找，就是想看看。那位先生客气而又严肃地说："先生这可不行，按照我们的规矩，外人是不允许随意走进院子的，请您还是离开这里吧。"

"规矩？都是什么规矩呀？"那位先生往身边的墙上一指，一个红告示牌上写着新庆班的每一项守则，祖盛刚要走过去看看，忽与走过来的祖德的目光相撞。祖德稍一停顿，马上急扑过来，大喊一声："哥哥……"

祖盛的归来，给陈霍两家，给新庆班带来了少有的欢乐。几年的光景，两位老班主已满头银发，父亲的身体有些不支，神情也显得恍惚，时常沉浸在当年紫禁城的荣誉之中，喊着谢太后恩赏。霍夫人前年过世了，母亲显得苍老许多。岳父霍思纯却硬朗朗显得几分潇洒，九红胖了，胖得那对酒窝已经看不出来了。弟弟和婉秋现如今已成为京城梨园界当红好角儿，也是新庆班挑梁之人，两人三年前结了婚，生了两个娃娃。霍达还是不正经唱戏，整天跑出去找一帮朋友研究买卖，可总是赔钱。郑班主也已成为陈家自己人，目前帮着新庆班掌管科班。

整个院子里最精神的当数儿子霍思明，他相貌英俊，神情朗朗。天天身披大靠，手舞长枪，跟着霍老班主的屁股后面学戏。祖盛问他为什么不跟爷爷学几出戏，思明说爷爷不肯教，说还不到跟他学戏的火候。祖盛一听笑了，说："你爷爷呀，这辈子除了愿意教你小叔叔外，他谁也不肯传呢。"霍老班主一听也笑了，说："这个世界可真怪，往往是想学者无授，想授者无学呀。就拿九红来说吧，这一晃多少年啦，多少人就是想听她这口，可她就是不唱，你说怪不怪？"祖盛看着九红笑了，说："那要看唱给谁，她现在的戏只给我唱。"一句话把九红说得满脸通红。

虽说人们为祖盛回家感到兴奋，可他这次脱下军装，换成了这身布衣打扮，的确令人费解。特别是看见他新铸造的这把青龙偃月刀，心里都犯合计，是执行任务，还是另有公干？祖盛吩咐六子带几个人乔装改扮成收山货的到关外去打探情况，也好有个准备。特别吩咐他打听打听王三发的消息，看他是不是也参加义勇军了。

晚饭后，人们渐渐散去，只有母亲留在儿子身边想多聊一会儿。她像孩子小时候一样喜欢，用手轻轻地抚摸着儿子的脸说："娘早就说过，你将来一定会出息。"大哥刚刚回家，母亲又坐在屋里不肯出来，祖德只好让婉秋去哥嫂的屋里把母亲唤出来。在婉秋不停的拉扯下，乌夫人才算是离开了九红的屋里。

几多烟雨几多云，千般恩爱如梦寻。若是两情常相望，与尔厮守罗衫裙。什么都不必再说，二人即刻插上门，便进入了温柔乡。这一夜两个相爱的人无尽的欢愉和缠绵，分不清是泪水还是汗水，说不清是爱还是怨，终是要把自己的身体紧紧地贴在对方的身上，仿佛这样才能弥补失去的时光和爱恋。渐渐地，渐渐地，波涛退却了汹涌，海面如银如镜。可能离别得太久，九红显得几分羞怯，她忙用被子盖上发胖的身体，抬眼凝望着爱人，忽发现祖盛的鬓发已罩上一层霜雪，胡须中不免些许杂色，一阵悲凉袭上心头。多快呀，一晃许多年过去啦。

九红细心地为爱人擦去汗水，端来热茶，问祖盛为什么这身打扮，这次回来做什么，能待多久。祖盛本不想这样早把实情告诉妻子，让她担心，可望着妻子疑惑的目光，一想早说晚说都得说，还不如早让她知道，心里也有个准备，于是把想去关外加入义勇军的想法告诉了妻子。

不听便罢，一听要去关外，九红的心一下子提到了嗓子眼。"去关外？不想活了吧？谁不知道日本人厉害？谁不晓得日本人残忍？连政府都不敢招惹人家，咱没事跑那儿干吗去呀？"九红不高兴了，一把夺过被子蒙在头上。祖盛以为她在开玩笑，可掀开被子的时候才发现，九红已是满面泪痕。祖盛忙去安慰她："我是九鬼魔头，命大不死。"九红说："祖盛啊，你当年怎么混是一码事，你回部队我也认可。可如今咱们都什么年龄的人啦，该为这个家，为这个班子，为我想想啦。如今关外的人不停往南边跑，国家的部队都不抗日，你说你咋还能参加什么义勇军？那是什么武装？土枪土炮的民众和土匪，怎么能跟日本人去抗衡？万一有什么闪失，叫我们娘俩可怎么办哪？从我嫁给你到今天，咱夫妻俩在一起的日子一共有几天？"她抱着这个血性男儿，撩开自己的被子说："祖盛啊，别的都是虚的，火红的日子，白净净的肉，才是真正的生活，你如果真把一腔热血洒出去的话，一切就都没啦。你怎能舍得放下我呢？"

一席话说得祖盛哑口无言，是呀，九红说得在理，自己到底算是哪根葱呢？怎么就放下这样美好的日子不过，去赴什么国难呢？可静下心来又一想，如果国人都是这样的想法，那么侵略者何时才能被赶出国门哪？于是他给九红也沏上一杯茶放到床边，说："九红啊，你说得都对，按理说，我祖盛压根就犯不上当什么兵，抗什么日。天塌下来有个儿大的顶着呢，咱算老几呀？"

九红认同地冲他点着头。祖盛亲昵地撩起她的发帘接着说："可是不行啊媳妇儿，覆巢之下安有完卵？如果中国人都这么想，咱们不就亡国了吗？如果咱亡国了，还有咱们这个美满的家吗？记得当年八国联军攻进京城，咱家经受的苦难吗？这些年每每想起此事我都心痛难忍。一帮洋鬼子，一帮狗杂种，凭什么到咱们国家抢咱们的东西，糟蹋咱们的女人？凭什么！因为咱们国家的男人没血性，因为大家都不想撑起头顶这片天，所以咱们就受欺负。但那是过去，如今我们再不能熟视无睹，佯装不知啦。"

九红知道丈夫说得有道理，可不想听认。于是对祖盛说国家都佯装不知，你干吗揪这个头？祖盛说："你说得非常有道理。可总要有人揪这个头吧。关外的义勇军不是揪这个头了吗？因为他们是爷们儿，是汉子。我也是爷们儿，是汉子。我学了一辈子的关公，舞台上讲了一辈子的忠义，当世事来临的时候，让我当缩头乌龟，我做不到。别说你男人不会出事，就真有那天，我也让人们知道，我陈祖盛是个有血性的汉子，是个顶天立地的男人，是一个真正的关公。"

一席话说得九红热泪滚滚，她知道祖盛是个有血性的汉子，可没想到他竟是真正的关公。望着眼前这张脸，她认真地端详着，仿佛时隔已久有些辨认不清了，这还是那个偷刀的小子吗？还是那个拍巴掌的青年吗？都说大自然神工鬼斧，其实世界更是个大熔炉，能把这样一块生铁铸造成一把真正的青龙偃月钢刀。九红不再说什么，她轻轻地依偎在祖盛的怀中，轻叹一声："唉，能与你唱一回《关公月下会貂蝉》，也算不枉此生啦。"

新庆班的人得知祖盛已脱下军装，要带人到关外去参加义勇军时，无不为这种大丈夫所为而感慨，而感到震撼，表现最为强烈的便是父亲陈琏琨。他拄着拐杖走到儿子身边，仔仔细细地打量着儿子，仿佛不认识般地端详了好一阵子问："儿子呀，戏如人生，这些年你扑扑腾腾地唱戏，不知你今天要唱的是哪一出哇？"祖盛想了想告诉父亲："儿子今天要唱的是《关山万里斩阎罗》。"父亲钦佩地竖起拇指说："好戏！有气魄！"

父亲又问他："听说你打造了一把青龙偃月刀？拿来叫我瞧瞧。"祖盛忙取过那把新铸造的青龙偃月宝刀，交到父亲手中。老班主手端着这把钢刀反反复复、认认真真地端详了好一会儿，无限感慨地说："唉，这才是真正的青龙偃月刀哇。"他老泪纵横地对祖盛说："儿子呀，家贫出孝子，国难显忠良啊。你爹唱了一辈子戏，连太后都说我是活关公，可爹不配呀。你打小就想跟爹学关公，可爹就是没有教你，今天想来爹都觉得惭愧。爹不配呀，如此看来，你才是活关公啊。"

这句话换了别人说，祖盛不会放在心上，可今天从爹的嘴里说出来，祖盛备受感动。他上前抱住父亲哭了，哭得非常伤心，不知是因为多年的委屈，还是因为父亲老了。霍班主和九红过来劝慰这对父子，希望能从心底真正扫清多年尘封在他们心底的积怨。霍班主说："忠义不在脸上，难得壮志情怀。你我虽也父子有缘，师徒一场，可思来想去，却是那样滑稽可笑。所谓岁月如烟，人生如戏。有悲戏，有喜剧，有闹剧，还有戏中戏。咱爷俩演的到底是什么戏，直到今天老朽也说不清楚。不过一样，老朽平生能看到你这出戏，也算没白来一世呀。"

听了两位父亲的赞许，祖盛深受感动。他又恭恭敬敬地走到郑班主的面前，深施一礼说："师傅在上，受弟子一拜，您当年的指教使祖盛获益匪浅。如人们还能认同一二，全谢师傅指教。"郑班主连连摆手说："别价，别价，千万别价，愧杀老朽，愧杀老朽。"

几匹快马沿街飞驰而过，直奔陈家而来。其中骑着一匹黑马的汉子龙眉虎目，下得马来推开陈家大门，大喊一声："陈祖盛可在？"人们纷纷走出屋子望着此人不敢作声。当走出院子的一刻，祖盛被惊呆了。紧接着二人直扑上前紧紧拥抱在一起，失声痛哭。此人不是别人，正是十几年前被传护送布德丹公主而战死的马血旺。痛哭过后，马血旺将经过讲述给祖盛。

原来在护送公主回内蒙古途中，的确遇到了劫匪，马血旺拼死抵抗，终将公主掩护脱险，但自己却身中数枪，生命垂危，幸亏被一对放牧父女所救。数日后公主带人过来，将他接回草原。枪伤渐渐好了之后，便留在公主的身边了。前些年因草原之间的争斗，公主的丈夫腾格尔不幸阵亡，公主说服王爷将自己下嫁给了他。如今已有一儿一女，儿子已经六岁，女儿也已三岁。这些年他和公主一直都惦记祖盛，也一直打探他的消息，可始终没有准信。直到前些时日才听说祖盛在军中当上了团长，一家人欢喜得不得了，他与王爷和公主请示想出来跟着祖盛做事，虽说王爷觉得有些不妥，可公主坚决支持他。

到了军中，他又听说祖盛辞去团长回家唱戏了，差点把人气死。后来见到了柳师长，说祖盛要出关打小日本去，自己便又特地回内蒙古向王爷和公主做了交代，并告诉他们自己要跟祖盛出关。王爷仍觉不妥，可公主让他出来跟着祖盛干，公主说，鸟随鸾凤飞腾远，人伴贤良品自高。她说祖盛不是凡人，让他陪伴在祖盛的身边。

祖盛听完愣了，望着这个曾跟随自己闯进青楼绑人，混在匪窝子里闯荡，曾在发配路上要救自己的兄弟，不禁泪流满面。他心存感激地拍了拍马血旺的肩说："大哥，兄弟一生都感激你对哥的这份信任。可这次不行，兄弟实在不落忍哪，你刚过上好日子，又有公主一层关系，兄弟怎能再让你脱离虎口，再入狼群？兄弟这次出关是玩命去呀，你如有闪失，我如何向公主和王爷交代？"

一句话把马血旺说不高兴了："这是什么话？打咱一个头磕地上那天，我什么时候说个不字？你是关公，我和六子是关平周仓啊，我是你的护法呀。"一句话把满院子里的人都说得非常感动，为祖盛能有这样的挚交感到自豪。特别是两位人称活关公的老班主顿觉汗颜，演了一生的关公，什么时候有过这样的护法呀？大家热情地把马血旺和他带来的兄弟迎进客厅，吩咐后厨好酒好菜招待远道而来的客人，因为班主的护法来啦！

这一夜，祖盛夫妻、郑班主父女加上祖德陪着马血旺和他的兄弟们一直喝到天亮，他们指天骂地，十分豪爽。祖盛大骂六子谎报军情，为了那个假消息，害得他连连哭了好几个晚上。唯郑班主感慨颇深，忆往昔峥嵘岁月，这几个救婉秋的兄弟，吃了那么多的苦，遭了那么多的罪。当外寇入侵之际，却是他们不顾生死加入反抗的斗争之中。那些平日吃百姓、穿百姓的军爷官兵都是干什么吃的？那些平日嚷嚷拒敌于国门之外的孙子都是干什么吃的？何为悲喜交加？何为怨声载道？在一夜阔别的诉说中，永远留在了新庆班人的记忆之中。

为了给祖盛一伙人壮行，新庆班连演三天大戏。陈琏琨的《古城会》，霍思纯的《华容道》，祖德的《千里走单骑》。当得知陈琏琨的大儿子要赴关外参加义勇军的时候，梨园人无不为这种义举称道，都说这不仅仅是中国军人的血性，更是梨园人的骨气！在众人的要求下，祖盛决定最后身披战袍再演一场关公戏《温酒斩华雄》。这场戏一票难求，这不是普通的戏，这是壮士的戏，这是活关公的戏。人们纷纷走进场子静待观赏。锣鼓震荡耳边，虎旗迎风招展，清脆的琴声引来嘹亮的声音……

　　　　耳边响只听得杀声震天……忽闻得贼华雄前来挑战。素日里在帐中争将充官，大兵来袁营中谈虎色变。关云长一声吼天地震撼，为大哥树英名讨令军前。斩华雄且在这温酒之间，取尔头留美誉四海名传！

　　祖盛在舞台上英姿勃发，举刀托刀功架漂亮，圆场如行云流水，翻身如大鹏展翅，不时引来台下阵阵喝彩。今夜台下的人们看得相当仔细，并被这种英雄气概所震撼，只是他们搞不懂，你说他当匪、当兵，哪来的这身功夫？哪来这种气势呢？

　　这天夜里新庆班灯火明亮，酒席间杯杯见底，大家纷纷一饮为快，父子兄妹豪爽一回。正此时六子从关外回来，带来了关外的消息。义勇军虽生死无畏，但日本人更加凶残。封山封路，归屯并户，义勇军面临非常艰苦的斗争环境。王三发加入义勇军，已壮烈殉国。他的部队在医巫闾山也已被打散，处于群龙无首之际。人们一听说这种情况，都目光呆滞地盯着祖盛，仿佛在询问他是否还要去关外。却见红脸的祖盛丝毫没有惧色，反而大笑起来："我早说过，终有一众人马在等待我。大当家的也算豪杰一回，这次让我九鬼魔头替你报仇雪恨。"说完将一碗浓烈的酒一饮而尽，"明知山有虎，偏向虎山行，方显我英雄本色！"

天上下起了大雪，飘飘洒洒，纷纷扬扬，将整个京城装点成洁白的世界，是那样洁净，晶莹剔透。祖盛再次放眼这座心中放不下的都城，不免感慨万千。

再次飞身上马，不免儿女情长，回眸一家老小，此刻有一种说不出的难舍难分。他知道正是为了这些人的安危，他要远赴行程。正是因为对这些人的挚爱，他要斩杀外寇。他深知，此去路途遥遥，吉凶难料，但这是他的使命。九红来到马前，热泪滚滚而下，望着自己的男人说："祖盛啊，戏中说，扬扬万千不过情怀二字，富贵荣华难逃苍凉人生。情里梦里渴望如影随形，悠悠岁月但愿相伴终生。为妻惦念你，到了关外早捎信来。记着，多杀鬼子，早日归来，我和新庆班的人等着为你接风洗尘。"

一阵战马嘶鸣，卷起飞雪如烟，远去的一排壮士，挂怀于人们心中。人们遥望着远去的身影，见他们策马扬鞭，虎虎生风，仿佛去争夺他们珍视的宝物，仿佛欢喜地去赴另一场盛宴……

二〇一八年十月六日于沈阳